방랑하는 철학자

방랑하는 철학자

초판 1쇄 인쇄 2023년 7월 20일
초판 1쇄 발행 2023년 7월 27일

지은이 헤르만 폰 카이저링
옮긴이 홍문우
펴낸이 정해종

펴낸곳 ㈜파람북
출판등록 2018년 4월 30일 제2018-000126호
주소 서울특별시 마포구 토정로 222 한국출판콘텐츠센터 303호
전자우편 info@parambook.co.kr **인스타그램**@param.book
페이스북 www.facebook.com/parambook/ **네이버 포스트** m.post.naver.com/parambook
대표전화 (편집) 02-2038-2633 (마케팅) 070-4353-0561

ISBN 979-11-92964-46-1 03850
책값은 뒤표지에 있습니다.

The Travel Diary of a Philosopher
방랑하는 철학자
헤르만 폰 카이저링 지음 | 홍문우 옮김

파람북

역자의 말

《철학자의 세계일주 여행기》는 유럽에서 동양 사상을 이해하는 데 크게 이바지한 헤르만 폰 카이저링(Hermann von Keyserling, 1880~1946)이 1914년까지 몇 해에 걸쳐 집필했다. 독일어 초판(Das Reisetagebuch eines Philosophen)은 1918년에 나왔고 2000년까지 중쇄가 나왔다. 1927년에 프랑스어 초판(Journal de voyage d'un philosophe autour du monde)과 1986년의 개정판이 나왔다. 그 뒤 영국(The travel diary of a philosopher), 이탈리아(Diario di viaggio di un filosofo. Cina, Giappone, America, 2004년), 스페인 등 각국 언어로 번역되었고 최근에도 여러 이본이 계속 출간되고 있다.

카이저링은 30대에 접어든 1911년부터 1912년까지 2년간 주로 선박과 열차를 이용해 지구의 북반구를 한 바퀴 돌면서 그 경험을《철학자의 세계일주 여행기》로 남겼다. 중동과 인도와 극동을 거쳐 태평양을 가로질러 미국까지 주파하며 문명의 중심지와 종교 성지와 거대한 신도시 시절의 미국을 답사했다. 그러나 세계는 가장 참혹한 전쟁이 될 제1차 세계대전이 터지기 직전의 음울한 시절이다. 저자가 유럽에서 출발할 무렵, 레닌도 파리를 떠나 세계로 번질 혁명을 위해 조국 러시아 가까운 변경으로 향했다. 터키의 제국주의자들은 이탈리아와 발칸동맹 사람들과 전쟁을 벌였다. 멕시코에서 혁명이 일어났고 무엇보다 중국에서 첫 번째 공화국을 세운 신해혁명이 한창이었다. 몽골은 독립하며 갈라졌고 아프리카는 사방에서 독립운동에 나섰다. 한반도에서는 일본 제국의 총독이 신민회 회원 수백 명을 체포하고 많은 사람을 강제노역장으로 보내며 폭정을 시작했다.

하이럼 빙엄은 마추픽추의 문명을 알렸고 아문센과 스콧은 남극을 처음 탐험했다. 그 사이 저자가 타고 다닌 거대 여객선과 비슷한 '타이타닉'이 대서양에서 침몰했다.

저자는 그 길에 사상가와 사제, 학자와 시민을 만났다. 타고르를 비롯한 아시아의 문인, 예술가와 두루 사귀었다. 저자는 에스토니아 사람으로서 전쟁으로 모든 것을 잃을지 모를 일생일대의 불운이 닥쳤을 때, 오로지 자신의 정신으로 버텨보려고 여행을 택했다. 바깥의 낯선 세상을 경험하고 이해하면서 자기 자신을 구해보려고 했다. 수천 년 동안 끄떡없는 힌두교와 유불선을 비롯해 당시에 유행했지만 지금은 거의 잊히거나 사라진 신지학이나 신흥 기독교 운동에 이르기까지, 마주치는 문명의 현실을 안팎으로 샅샅이 관찰했다. 거기에서 받은 인상과 체험을 되새기면서 길을 갔다.

저자는 구도자와 지식인을 만나 자기실현의 비법을 구하지 않았다. 저자는 자기 자신과 대전환기의 세계가 어디로 가야 할지부터 고민했다. 프로테우스처럼 변신을 거듭하며 질주하고 싶어 하면서도 저자는 무엇보다 겸손하게 자신과 다른 삶의 의미와 가치를 깊이 들여다보고 이해하려 했다.

우리는 저자의 글을 읽으면서 중요한 문명과 역사의 현장을 따라가게 된다. 그러면서 철학자가 현장에서 들려주는 종교와 사상, 문화와 예술의 요점을 청강한다. 그렇게 저자의 강연을 듣는 동안 철학 개념의 중요한 기초를 이해한다. 게다가 우리도 그 일부인 동아시아 문화까지 깊이 들여다본다. 저자의 여로를 따라가면서 우리는 젊은 철학자의 사유와 감정에 공감도 하고 반발도 하지만, 어쨌든 짙게 우러나는 그 숨결에 취한다. 단맛과 쓴맛도 두루 맛본다. 우리는 철학자가 여행에서 무엇을 묻고 챙겼으며 어떻게 달라졌는지를 엿본다. 그러는 동안, 세계와 자아를 궁극적으로 깨닫고 싶어 하는 철학자의 인격이 우리 모두에게 어떤 의미인지를 헤아려 보게 된다. 신념과 행동으로 모범을 보인 영웅과 다르게 '자신의 솔직한 양심'으로 살아가고 모든 것을 어떻게든 이해해보려고 부족하나마 자신의 '이성'에 호소하는 소박한 인간을 만난다.

철학자의 여행은 과연 남다르고 아름답다며 감탄하지 않을 수 없다. 저자는 여행의 구경거리 너머로 엄연히 존재하지만, 결코 "눈앞에 보이지 않고 또 경험할 수 없는" 세계를 겪어보려고 파고들었다. 저자의 지구촌 여행기는 단순한 관찰의 기록이라기보다 삶과 운명 앞에서 지혜에 목말라 방황하는 젊은 철학자의 모험담이다.

인도와 극동을 여행한 많은 유럽 지식인이 기록을 남겼다. 그러나 몇 사람 제외하면 그들은 동양의 넓고 깊은 바탕을 제대로 파고들지 못했다. 이런 점만으로도 저자의 동아시아 여행 편, 특히 중국 유교와 일본 불교에 대한 통찰은 큰 공감을 불러일으켰다. 그뿐만 아니라 저자의 한국을 비롯한 극동의 미학에 대한 이해와 안목은 지극히 소중하다. 극동 전통예술에 대한 이방인의 견해이지만 당사자들의 견해보다 더욱 음미할 만하다.

저자는 어수선한 대한제국에는 들르지 못했다. 아쉽기 짝이 없다. 그렇지만 저자는 대륙과 일본 열도 사이에서 한반도의 전통이 얼마나 중요한 역할을 했는지 놀랍게 꿰뚫어 보았다. 또한 저자가 급성장한 신대륙의 산업과 인간을 보면서 걱정하고 예견했던 일들은 두 차례에 걸친 세계대전으로 거의 적중했다. 그래서 오늘날 저자의 예언자 같은 평판도 높아졌다.

저자는 과거와 현대의 고상한 '인격'들을 만나 감탄하지만 결국 그들과 조용히 겨루었다. 오직 말짱한 정신으로 싸웠다. 거듭 생각하며 반성하면서 걸러낸 맑은 정신이야말로 가장 크고 순수한 열정의 소산이다. 저자의 철학자로서 세계를 걷는 길을 뒤쫓다 보면 우리도 어느새 왕성한 기운과 영감을 받아 스스로를 좀 더 이해할 수 있음 직하다. 독서는 꿈쩍하지 않고 할 수 있는 어지간한 수행 비슷하다.

저자는 본디 제네바, 하이델베르크 등지에서 지질학을 공부했다. 청년 시절에는 결투를 했다가 중상을 입기도 했다. 그 후 1903년부터 4년간은 파리에서 그다음 3년간은 베를린에서 유학했다. 저자는 그 파리 유학 시절부터 아예 지질학을 포기하고 철학으로 전공을 바꾸었다. 그 뒤 잠시 그리스 여행을 하고 귀향했다가 다시 세계일주에 올랐다.

1930년대 나치당을 비롯한 대중선동정치를 혐오하던 저자는 독일에서 모든 활동이 금지되어 추방당했다. 그 뒤 남미 등 여러 지역을 전전하다가 전후에 인스부르크에서 작고했다. 베르그송과 니체와 같은 시대적 분위기에서 살았던 저자의 사상은 친구이기도 했던 오르테가 이 가세트처럼 삶과 실존을 중시하는 철학자들과 가장 가까워 보인다. 한편, 저자는 에스토니아 출신으로 눈치 살피지 않고 유럽을 탐구한 저서들에서 자유롭게 이웃 나라들을 비판해 부당한 미움을 받기도 했다. 세계의 운명을 극복하려 함께 노력하며 책임지려고 하기보다는 이웃 불구경이나 하면서 떡고물이나 기다리는 이웃 국민들을 꼬집었기 때문이다.

차례

세계일주야말로 자기 자신을 찾는 지름길이다.

_ 헤르만 카이저링(Hermann Keyserling)

1부

열대 지방으로

떠나기 전에

또다시 길을 떠나야 할까? 벌써 여러 해 돌아다녔는데 허전한 마음을 채우려고 돌아다니던 시절은 지났다. 마음은 넓어지고 외모도 달라졌다. 나는 몸부터 훌쩍 커버린 어린아이 같다. 그래도 정신은 여전히 미숙하다. 아이가 활기차다고 한없이 자랄까? 누구든 때가 되면 더 자라지 못한다. 같은 방향으로 더 나아가지 않는다. 멈추거나 다른 차원으로 향한다. 어쨌든 나이가 들어도 절대 멈추지 않아야 한다는 듯 반드시 다른 차원의 변화를 겪는다. 누구나 어른이 되면 고상하고 깊은 힘을 찾지 않을까? 젊었을 때처럼 자신감을 키우려고?

이제 경험과 욕구, 성격과 능력은 이전과 완전히 다르다. 성장하면서 새로운 사실과 모습을 내 일부로 챙겼다. 나 자신은 더 많은 것을 소화했으니 그만큼 컸다. 새로운 인상을 받을 때마다 그에 걸맞은 표현 수단을 구했다. 이런 쪽으로 감정을 다졌다. 내 속에서 꿈틀대지만 도무지 알 수 없던 것이 별수 없이 밖으로 드러나곤 했다. 하지만 튼튼해진 몸을 더 많이 놀리게 되었다고 내면까지 새로워지거나 성숙하지 않았다. 대체로 섬세하게 정신을 가다듬었지만 내 밖의 것에 대한 관심은 차츰 시들했다. 솔직히 이런 심정은 일시적 핑계였다. 지금은 어떤 사실 자체가 중요하지 않다. 나는 독서도 별로 하지 않고 사람도 만나지 않는다. 점점 더 은자처럼 처박혀 살고 싶어진다. 그 틀 안에서 내 운명을 조금 더 충만하게 할 수 있지 않을까? 나는 이제 별수 없이 철학자다. (성공했든 아니든 많은 다른 일을 해보고 나서 택한 일이다.) 나는 정말이지 세상이 궁금하기 짝이 없다. 그 현실이 아니다. 현실의 밑바탕이 궁금해 좀이 쑤신다.

나는 오래전부터 혼자 지질학을 공부했다. 그러다 만난 사람들의 개성을 파고들면서 그들에 관한 이야기가 차곡차곡 담긴 책을 읽어도 보았다. 그러나 흥미진진하지 않았다. 그러다 보니 지금이야말로 세계를 한 바퀴 돌아봐야 하지 않을까 더욱 안달이 났다. 옛날에 그랬듯 어쩔 수 없는 본능이다. 그런데 건강 때문에 날씨 좋은 곳을 찾아 여기저기 돌아다녔을 때처럼 꼭 떠나야 할까? 분명 호기심 때문은 아니다. 나는 '볼 만한 재미'가 있다는 곳은 싫다. 절실히 원하는 곳이 아니니까 별로 내키지 않는다. 그렇다고 딱히 연구하고 싶은 마음도 내키지 않는다. 내 기질에 맞거나 근본적으로 진지하게 접근할 만한 특별한 문제도 없다. 더 넓은 세계로 나아가야 한다. 수도원에 들어가는 많은 사람이 그랬겠지만 나 자신부터 알고 싶다.

여러 해 전 라이퀼[1]에 정착했을 때 나는 다른 세상이 더는 필요 없다고 생각했다. 사실 그랬을지도 모른다. 이미 싹튼 생각을 키우려고만 했다면 그랬을 것이다. 시끌벅적한 세상인데 조용히 외롭게 지낸다면 별 무리 없이 그럴 수 있을 테니까.

라이퀼에서 나는 오래 기다렸다. 고독하게 지내면서 나 자신 정말로

---

1 Rayküll. 에스토니아 북서부에 있는 카이저링 가문의 영지로 오늘날 라플라군에 속한 라이퀼라(Raikküla) 마을이다. 저자는 이곳에서 청소년기를 보냈다. 헤르만의 아버지는 지리학자였다.

깨우치고 싶었다. 그렇게 깨우쳐 순수한 형이상학 문제를 짚어내 표현하고 싶었다. 나는 고독에 파묻혀 우연히 접할 수밖에 없는 공간을 넘어설 기대에 부풀었다. 시골에 틀어박혀 항상 '나 자신'과 더 많은 시간을 보냈다. 뜻깊은 경험이었다. 하지만 철학적 의미에서 그러지는 못했다. 내가 찾던 것과 정반대였다. 나는 세상을 등지기에 너무 젊었다. 보통, 괴테가 말한 것처럼 인간으로 태어났다면 "지극한 복"을 받았다고 생각할지 모르겠다. 그러나 철학자로서는 사람으로 태어난 것이야말로 가장 슬픈 비극이다. 자기 자신을 결코 완전히 뛰어넘지 못할 테니까. 낭만주의자 키츠는 시인을 이렇게 보았다.

> 시의 본질은 자아가 아니다.
> 모든 것이면서 아무것도 아니다.
> 개성은 없다.
> 시인은 정체불명 아닌가.
> 항상, 뭐든 다른 것 속으로 뛰어 들어가 그것을 차지하려고 할 뿐.

왜 키츠는 시인이 이기주의자일 수밖에 없다고 하지 않았을까? 이기적이어야 제 할 일을 할 수 있다고 생각했을까? 철학자야말로 시인보다 고상한 의미에서 이기적이지 않을까? 철학자와 시인의 관계는 시인과 배우의 관계와 같다. 배우는 연기하지만 시인은 창조한다. 철학자는 내심 표현과 창작을 원한다. 특별한 형식에 얽매이지도 누구와 같다고도 생각하지 않으려 한다. 자기의 의식이 우주의 의식 속에 녹아들어야 한다. 각각의 현상을 높은 관점에서 바라보아야 한다. 그리고 무엇보다 자기 자신과 자기 철학부터 그런 식으로 주목해야 한다.

내 고향은 깊이 있게 성찰하기에 적당하지 않았다. 나도 다른 사람들과 비슷하게 생각했다. 우주는 특수한 에너지로 돌아가는 것이 아닐까 싶었다. 인간이란 근본적으로 개별적이며 우연한 존재가 아닐까 싶었다. 이런 생각을 품으면서 나는 '사람'이 되기 시작했다.

피타고라스와 플라톤은 늙어서도 여행하며 살았으니 얼마나 현명했던가! 가능한 끝까지 굳지 않으려고 했다. 가능한 한 프로테우스[2]처럼 살아야 하지 않을까. 그 변화무쌍한 기질처럼 생각이 유연해야 철학을 공부할 자격이 있다. 결국, 나는 다시 세상으로 돌아가기로 결심했다.

이 세상이 내가 생각하는 자각(自覺)에 얼마나 도움이 될까? 대부분의 시간이 장애물처럼 거추장스럽다. 그럭저럭 살다 보면 누구든 새로워지기 어렵다. 타고난 적성이나 도움이 될까. 어른이 되자 보이는 것 자체가 무의미했다. 정신적으로 아무런 문젯거리에 부딪히지 못했다. 그런데 이제 새로운 여건에서 완전히 다른 사람이라도 된 듯하다. 매사를 다르게 보고 이전에 접해본 적 없는 사실들을 들춰보게 된다.

사실, 이 세상은 '변함없는 어른'에게 무용지물이다. 사람은 세상만사를 더 많이 경험할수록 껍질뿐인 인간이 된다. 자잘한 사실이나 알아보는 데 익숙해져 더 많은 것을 알려고 하겠지만 겉모습이나 훑는다. 그런 사람은 자기 세계에서 그냥 사는 것이 더 낫다. 그렇지 않으면 새 환경에서 유연하게 변하는 정신을 어떻게 감당할까. 그런 성격으로는 어

---

2 그리스 신화의 초기 '바다의 신'으로 우리에게 바다의 신으로 널리 알려진 포세이돈의 아들이라고도 한다. 프로테우스는 모습을 자유자재로 바꾸는 변신술에 능해 오비디우스를 비롯한 많은 고대 문인이 즐겨 다루었다.

떤 것도 제대로 체험하기 어렵다. 머리를 쓸 때마다 깊은 변신을 겪어야 정신도 참신해지지 않을까. 게다가 개인적으로 확인하는 만큼 전체를 보기도 매우 어렵다. 행동은 또 얼마나 제각각인가. 어쨌든 서로 긴밀히 엮여 있다. 의식의 중심은 자신이 들여다보는 내면 깊은 곳으로 천천히 끌려 들어간다. 이렇게 닻을 내리고 나면 어떤 개별 현상이든 지나치게 중시하지 않고 모든 것을 전체로 보게 된다. 애당초 하느님이라면 본능적으로 그렇게 보았을 테지만, 사람이 거기에 이르려면 온갖 것을 겪어 보아야 한다.

그래서 나는 세계일주에 나섰다. 유럽은 내 성장에 더는 도움이 안 된다. 새삼스레 어떻게 살 것인가 묻기에는 너무 익숙하다. 답답하기도 했다. 유럽의 밑바탕에 흐르는 정신은 똑같다. 나는 사고방식을 밑바탕부터 혁신하고 가능한 한 내가 알고 있는 모든 것과 과거의 나 자신을 잊어버릴 만한 곳으로 가고 싶었다. 열대 기후와 인도 사람의 의식, 중국인의 생활 방식과 그 밖의 다른 많은 것과 부딪혀보고 싶었다. 예측할 수 없는 세계에 뛰어들고 싶었다.

내게 무슨 일이 벌어질까? 궁금했다. 갈 곳을 모두 정했더라도 중심이 필요하다. 그래야 우연한 시공을 넘어설 수 있지 않을까? 그렇게 할 수만 있다면 세계일주라는 탈출구로 나 자신을 찾을 수 있지 않을까?

지중해에서

이제부터 평소의 모든 관계는 끊어진다. 어떤 편지도 소식도 받지 못하게 된다는 해방감에 조금 들떴다. 분명, 나만큼 독립적인 사람이 얼마나 될까. 나는 직업도 가족도 없다. 시간에 얽매일 의무도 없다. 멋대로 하든 말든 나 자신에게만 몰두할 수 있다. 어쨌든 마음까지 자율적이어야 자유롭겠지만 매일 아침 갓 태어난 아기처럼 일어나려면 그만 한 절제심이 필요하다. 사람은 자신이 파묻혀 사는 복잡한 환경으로만 내면이 결정되지 않는다. 주변 환경도 그와 함께 드러난다. 환경이 매우 중요하다. 환경은 그 사람의 가장 은밀한 의식을 폭로한다. 그러나 의식도 그 분위기나 반영한다. 밖으로 드러난 것은 이미지에 불과하다. 좋은 환경에서 특권을 누리는 사람들에게 가장 고약한 상황이다. 스스로 만들어낸 특별한 상황이기 때문이다. 물론 이런 결과는 그들이 엮어낸 새로운 관계에서 나온다. 이런 상황은 그들과 잘 어울리기도 하지만 본질에서 멀어지기 쉽다. 지각 있는 사람들이 이상한 관점으로 본다. 그들은 자기 행동을 어떻게 설명하든 자신의 조건을 드러내고 과시하며 흐뭇해한다. 기존의 것을 뛰어넘거나 더 본질적 세계를 찾을 필요를 못 느낀다. 감각이 생생하게 되살아나고 모든 사실이 상징으로 다시 태어나는 세계에 둔감하다. 그들은 그냥 학파의 우두머리나 정신적 지도자로 안주한다. 그 개인과 제도(제도는 기본적으로 같은 것의 반복이다)에서 제일 좋은 것을 꿈꾼다.

그러면서도 우리는 모호한 표상을 가장 고상하게 여긴다. 마치 단단한 이론의 뼈대 같은 것으로 보면서 모든 사실을 앙금처럼 굳은 것으로나 본다. 어느 개인에게서나 누구도 건드릴 수 없는 자신만의 표현과 표현 수단만 본다. 그래서 나는 단순히 자신을 드러내는 사람이나 전달자로 만족할 수 없다. 똑같은 생각을 되풀이하는 것이 궁극적 목적은 아니다. 아무리 따져보아도 이 세상에 새로운 것을 내놓거나 현 상태를 유지하고 개선하는 것은 (쓸 만해보이는 점이 있더라도) 문제가 아니다. 발명하든 발견하든 그 모든 기존 현상에 불가분한 조건을 알아보고 표현해야 한다. 물론 조건 자체에 형태는 없다. 나는 그런 데에 몰두한 적이 없었던 것 같다. 심지어 나 자신 속에 깊이 빠진 적도 없다. 나는 나와 내 일을 진정한 나 자신과 같다고 본 적이 없다.

나는 어려서부터 어른들과 차츰 멀어지면서 과거의 나를 멀리했다. 그러나 나는 아직도 내 밖에 있는 것을 자연스레 추론할 만큼 자유롭지 못하다. 나는 줄곧 정신에 얽매여 있다. 거기에서 벗어나려 해도 늘 그러지 못한다. 그저 애만 태운다. 그러면 정신은 매일 얼기설기 실타래처럼 꼬이면서 무겁게 조여든다. 아무리 버둥대 봐야 다시 얽매이지나 않을까 걱정한다. 이렇게 달리 뾰족한 수가 없을 때 기계적 방법을 택한다. 여행이다. 주변을 다시금 배워야 하는 이방인으로서 떠난다. 웬만한 사람이라면 떠나지 말라고 말린다. 평범하게 살아가기가 더 어려운 법이니 강해져야 한다고 훈계한다. 그렇다. 그럴 수 있어야 한다. 하지만 그럴 수 없다고, 지름길로 갈 수 없다고 접근할 만한 목표를 버려야 할까? 최종 목표도 아니고 단순한 수단일 뿐 조금 돌아가면 쉽게 도착할 수 있을 텐데 별것도 아닌 힘을 굳이 아껴야 할까?

나는 심정적으로 예수회 수사 같다. 수도자는 못 되더라도 겸손하게 말하면서 자신을 덜 내세워야 한다. 심경의 변화는 자연에서 벌어지는 우연과 마찬가지다. 이런 것을 유독 떠받들면 곤란하다. 어쨌든 심정도 세상만사의 일부분이다. 성격의 결함은 진정한 내 모습이 아니라 겉으로 드러난 것일 뿐이다. 그렇다고 밖으로 드러난 세계를 떠받들고 싶지도 않다. 여행하는 방법밖에 없다고 안타깝지 않다. 오히려 마음에 들지 않는 것을 선뜻 잊어버릴 만큼 내 마음이 단순하고 힘차며 빠르게 움직여 다행이다.

여자들은 쉽게 유혹받는 것을 당연시한다. 남자에게 사랑이 별로 중요하지 않을 때조차 여자는 사랑을 깨울 줄 모른다며 남자를 숙맥 취급한다. 이런 식으로 여자들은 남자를 잘 안다. 철학자처럼 인생을 깊이 이해한다.

우리의 심정을 자연의 일부라고 생각해보자. 심정은 본질적으로 정신적인 것과 무관하게 움직인다. 그래서 그 실제 결과를 뛰어넘어 짐작하게 된다. 결국 운명을 피할 필요는 없다. 원하기만 한다면 자연스러운 결정만으로도 육체에 고상한 정신을 불어넣을 수 있다. 욕망은 결혼으로 성스러워졌고 살인은 법정에서 성스러워졌다. 당연한 일이다. 길은 우리가 정한 목적지에 따라 선택되지 않던가. 그런데 지금 나는 어디까지 가야 할지 뚜렷한 목적지조차 못 정했다. 당분간 목적에 너무 연연해하지 않지 않을까 걱정이다.

수에즈 운하

바람을 맞으며 한껏 상상에 부풀었다. 푸르스름한 어둠으로 빛나는 밤이다. 보랏빛 사막이 동쪽 지평선 너머로 이어진다. 아찔하게 높은 허공에서, 한 번도 본 적 없는 그 높은 곳에서 깜빡이는 별들은 천국의 둥근 지붕이다. 허공은 믿을 수 없이 광활해 모든 공간의 폭을 뛰어넘는다. '텅 빈 공포'가 엄습한다. 죽은 세계가 큰 소리로 생명을 애원하는 것일까? 별수 없이 내 몸이라는 집에서 '탈피'할 만큼 몸이 불어 터졌으면 싶다. 알라딘의 요술 램프에서 수호신이 튀어나오고 싶어 할 때처럼 그 허공을 채울 수 있을 때까지 내 몸이 불어난다면.

몸이 불어나는 공상을 하는 동안, 내 앞으로 또 위로 비록 하늘과 땅 사이에 갇혀 있으면서도 모든 것을 채우는 괴상한 형상이 나타난다. 천둥을 몰고 오는 먹구름처럼 잔뜩 터질 듯 긴장된 어떤 '존재'였다. 방금 전까지도 없었다. 그런데 금세 나타났다. 마치 세상의 중심인 듯하다. 기막히게 독특한 그 존재야말로 '전체'의 혼이 아닐까. 거대한 침묵은 폭풍 전야의 고요함이다. 깊고 엄숙한 고요는 무시무시한 폭격의 전주곡이다. 저 하늘 위의 그 '전체, 그 절대 존재'가 화를 내면 무슨 일이 벌어질까? 사하라 사막의 열풍이 몰아치며 모래언덕을 휩쓸겠지.

바로 거기에 사막 민족이 기도하던 하느님이 있다. 그 하느님은 '알라'도 '야훼'도 아니다. 초라하게 시작했지만 대대손손 유산을 물려주면

포트 사이드 소재 수에즈 운하 건설자 레셉스 기념상. 1900년경, 미국 의회도서관 자료.

서 천하의 주인으로 신이 된 역사적 영웅들도 아니다. 그 하느님은 모든 신의 뿌리에 있다. 먼 자손의 조상으로서 모든 것 속에 살아 있다. 때때로 그 하느님은 단순한 모습으로 반복해 나타난다. 죽어가던 이스라엘이 사막에서 벌을 받았다고 믿고 있을 때 그를 무섭게 내려다보던 하느님이다. 북아프리카 사막의 베두인족은 경을 치는 하느님이 무서워 열풍 속에 숨어 있었다.

바로 거기에 사막의 하느님이 있다. 상상력이 풍부한 인간이 주변 어디에서나 절대 존재를 보는 곳에서 신령이 창조된다. 조상의 특별한 본능에 따라 특별한 존재들이 나온다. 부계나 모계의 혈통이 엎치락뒤치락 우위를 다툰다. 그리스에서 신들은 아버지에게서 나온다. 어머니의 특징은 미미하다. 어머니는 어떤 모습이든 취할 수 있기 때문이다.

그러나 반대로 사막의 신성은 어머니가 결정한다. 사막의 얼굴은 자연의 명령을 따르기라도 했을까? 폭력에 찌든 나라의 독재자 같은 이미지를 풍긴다. 그 삭막한 세계는 큰 소리로 살려 달라 악을 쓴다. 하지만 영원히 굳은 듯해도 이런 균형 또한 불완전하다. 균형을 유지하려면 어느 정도 변덕이 필요하다. 그렇게 고요가 폭풍을 집어삼킨다.

사막 민족은 상상력이 풍부하기는 할까? 그들이 믿는 신들이 소박하고 초라할까? 알 수 없다. 아무튼 하늘에서 사막으로 떨어진 작은 씨앗이 거대하게 싹튼다. 단순해도 피라미드처럼 웅장하게 자란다.

직선으로 사막을 가르는 수에즈 운하는 엉뚱한 인간의 작품이지만 자연과 기막히게 어울린다. 운하는 사람 멋대로 만들었다. 뛰어난 힘이 사막을 운명처럼 갈랐다. 인간은 정말이지 하느님처럼 창조했다.

홍해

동행자들은 너도나도 더위에 죽을 지경이라고 했다. 상상력이 너무 없다. 물론, 북쪽에서야 이런 찜통더위는 부자연스러운 것이니 위험천만하다. 북쪽 지역에서는 기온이 너무 올라가면 균형이 깨진다. 우리 몸도 주변과 관계가 있어 환경이 흔들리면 몸도 쉽게 무너진다. 그런데 이곳에서 열기는 전체에 불가분한 일부다. 기온은 사실 그다지 높지 않다. 상상력이 있다면 까짓거 이겨낼 수 있다. 몸이 약해질 만한 온도라면 처음에는 그럴 수 있다. 예외적인 것이야말로 결정적 자극이 아닐까. 그래서 처음 몇 달 동안 열대기후의 좋은 면에만 매달렸다. 놀라운 일은 아니다.

이곳에서 모든 것이 너무나 잘 어울린다. 기후와 색, 풍광과 동물과 바다. 낯설고 새롭게 살아 있는 것을 볼 때마다 예감이 적중한다. 이런 위도상에 사는 동물들의 모습이 그 답이다. 상상을 하나로 합친 듯한 모습에 가장 중요한 것이 들어 있겠지만 그렇다고 문제가 끝나지는 않는다.

어떤 세계든 모든 요소는 불가분하게 연결되었다. 그래서 그것들 가운데 하나라도 알게 되면 다른 것들까지 웬만큼 예상할 수 있다. 하나를 보면 열을 알 수 있다. 나는 동물원에 갈 때마다 종종 예비 지식은 없었지만 모르는 동물들을 단순한 성격에 비추어 추론해보았다. 그놈들 가운데 전형적으로 그 고장 나름의 법칙이나 성격을 뚜렷이 보여줄 때 이런 조합은 어렵지 않다.

사실, 이곳 날씨는 너무 덥다. 끔찍한 무더위에 시달린다. 차츰 몸과 마음이 따로 논다. 몸은 생리적으로 적응하느라 정신이 없다. 정신은 그 조용한 해안만 쳐다보느라 바쁘다.

아덴

검은 대륙의 창조력은 세상에서 가장 위대하다. 영원한 아프리카 정신에서 나오는 힘이다. 박물관에서 고릴라는 제 고향을 다시 찾은 듯하다. 얼룩말과 타조는 포근한 봄날의 풍경 속에 메마른 초원의 환상을 자아낸다. 그런데 아프리카 사람은 자기가 끌려와 살고 있는 고장을 조국의 혼으로 채운다. 지금 그가 떠나온 고향에서는 백인이 흑인의 노래를 부르며 시원해한다. 이런 것을 보려고 아프리카까지 갈 필요는 없다. 그렇지만 아덴항에 상륙하지 않았다면 막연히 '아프리카'라는 곳이 어디까지 현실인지 가늠하기 어렵지 않았을까?

여기에서 바위산의 풍경과 사람들, 드넓은 모래밭과 초가와 독수리, 단봉낙타와 그 등에 실린 짐꾸러미가 눈부시게 하나로 어울린다. 얼마나 잘 어울리는지! 각 부분의 계조는 극히 맑게 생동한다. 확실하게 전체로서 울린다. 귀를 기울이는 곳마다 들린다. 거의 격렬하게 들린다. 너무나 완벽해 부분을 위한 자리와 각각의 독창성은 없다. 그 대신 모든 개성을 넘어선 감각을 즉시 드러낸다. 몹시 강렬하다. 전체의 통일성은 상투형이 아니다. 오히려 수준 높은 전형이다. 그리스 예술처럼 반복되는 것마다 리듬을 탄다.

벌거벗은 흑인은 당당하고 멋지다. 이곳에서 정말이지 조각은 무의미하다. 유럽인의 몸뚱이는 둔하다. 예술가는 몸에서 표현에 마땅한 부

▲ 아덴항 선착장, 1920년대 ▼ 아덴항 우편엽서, 1910년

분만 추려내야 한다. 그래서 유럽에서 예술가가 그토록 중요하다.

아프리카의 자연은 우리에게 예술 작품처럼 커다란 감흥을 준다. 자연만큼 훌륭하게 작업할 수 있는 조각가가 어디 있을까. 자연보다 더 높은 수준으로 인간 형태의 가능성을 보여주기 어렵다. 대부분 한참 멀다. 순수하게 예술적인 면에서나 작품이 암시하는 힘에서나 그 모델에도 크게 못 미친다.

유럽의 탐미주의자들은 최고의 예술만 중시한다. 나도 그렇다고 해야 할까? 예술가들은 영원하다고 하지만 우연히 작품을 내놓을 기회와 명성을 누릴 뿐이다. 조각가들은 인류가 두 발로 걷기 시작한 때부터 수많은 세월 동안 몸짓만으로 모든 표현을 할 수 없어 그것을 모방하기 시작했다. 이럴 때 그 작품은 참신한 폭로가 된다. 우리 대부분은 스스로 느끼는 것이 별로 없다. 시인은 사람들의 공감을 사려면 낯선 감정을 보여주어야 한다.

이곳에서 본 모든 사내가 아름답다. 흑인의 몸매가 유독 그렇다. 아랍인은 귀한 준마를 타고 멋지게 긴 모래밭 길을 따라 달린다. 동물처럼 아름답다. 몸에서 표현이 넘친다. 그들 모두가 전형이다. 그 아름다움은 절대로 개인의 표현이 아니다. 아름다움이란 종족의 특징이 조형으로 완전하게 표현되었다는 뜻이다. 아름다움이란 개인보다 우월한 그 무엇으로 채워진다. 모두 각자의 몸으로 똑같은 형태를 보여주는 보편의 절대성에서 나온다. '가능성'이란 실현될 수 없는 부분이 있다는 뜻이다. 그래서 완벽한 실현은 절대적이다.

고대 그리스 조각처럼 인체의 완벽한 조화를 보여주는 것은 없다. 그들의 창작도 절대미에서 나온다. 이런 점만 객관적 미의 판단 근거가 된다. 그들의 작품과 장식에서도 아름다운 자연 형태는 도식적으로 표현된다. 창작뿐만 아니라 어디서든 객관성을 가장 적절하게 표현되는 것들이 있다. 이런 판단에 주관성은 개입되지 않는다. 민족의 전형에 따라 미를 본다면 (예술적 개성처럼) 객관성은 극히 편협해진다. 객관성은 그 전제를 인정하는 사람에게만 가치가 있다. 그러나 일단 인정하고 나면 취미는 무의미해진다.

아텐의 흑인은 정말 아름답다. 종족의 전형을 완벽하게 보여주기 때문이다. 먼저 것의 분명한 결과로서의 아름다움, 물려받은 아름다움이다. 완벽한 육체미는 절대로 개인의 상징이 아니다. 여기 아랍인들의 이마가 눈부시다고 해서 그만큼 지성까지 뛰어난 것은 아니다. (그래서 슬프다.) 소크라테스가 그리스 사람들 가운데 가장 추남이었다는 것은 공연한 일이 아니다. 우리가 완벽한 미녀의 머릿속에 무엇이 들었는지 알고 나서 놀라는 것도 공연히 그러는 것이 아니다. 육체미와 개성은 차원이 다르다. 둘은 상반된다. 자연이 항상 그렇듯 종족이 지배하는 곳에서 개인은 희생된다.

아름다움은 원래 개인을 초월하는 관념이다. 인물의 아름다움과 강한 개성미는 전형을 깨트린다. 한창 무르익어 가는 민족에게서 뚜렷한 점이다. 독일 사람이나 러시아 사람이 그렇다. 이들에게서 보통 개인은 민족의 이상 체형과 매우 다르다. 개인이 평균적 인물이 아니기 때문이다. 민족의 전형이 이미 굳어진 곳에서 이런 현상은 덜 두드러진다. 영국이 그렇다. 아무튼 영국은 내 짐작과 크게 다르지 않다. 대체로 완숙하지 못한 종족보다 성숙기에 이른 종족에서 뛰어난 인간이 드물다. 영국에서 이제 더는 셰익스피어 같은 인물이 나오기 어렵다.

인도양으로

나는 별수 없이 북쪽 사람이다. 인도양은 지금까지 내가 건넜던 어느 바다보다 넓고 깊다. 평소 대서양에서 받던 느낌이 아니다. 색은 숭고한 느낌이 없이 마냥 부드럽고 온화하다. 장밋빛에 물든 그 넓은 바탕을 바라보면 감탄사가 절로 튀어나온다.

"해파리 천지에, 돌고래 놀이터구나!"

내가 북쪽 사람이라 이렇게 감탄한다. 북쪽에서는 공간이 거대해도 별것 아니다. 거대하다는 기분이 들려면 그 앞에서 감정이 끓어올라야 할 것 아닌가. 감흥은 사람마다 다르다. 보통, 산과 사막 또 바다 같은 자연의 걸작(별이 빛나는 밤이 아니다. 너무 흔하니까. 지금 별다른 기분도 들지 않는다)을 마주치면 누구나 숭고한 감정에 사로잡힌다. 어쩌면 덧없는 우리 각자의 한계가 반드시 답답하지만도 않다. 무한을 향해 뛰어들든 말든 그것은 자기 하기 나름이다. 거대한 힘은 자기 밖에서 움직인다. 하지만 자신도 그 속에 들어와 있다는 기분으로 바라보면, 그 힘은 속에서 솟구치는 정념처럼 편견을 깨부순다. 그러고 나면 알듯 말듯 후련해진다. 자기 자신조차 자신의 극히 작은 일부에 불과한 줄 알면서도, 자신이 더 크고 너그러우며 고상하기도 하고 하찮다고도 느낀다. 아무튼 어떤 느낌이 들든 모두 같은 뜻이다. 단, 이런 효과는 그때그때 상황에 따라 다르다. 힌두교도가 북극해의 눈부신 빙하 앞에서도 히말라야를 보며 떠올리던 신들을 그려볼 수 있을까? 너무 추워하지 않을까? 얼어붙어 무신론자나 되지 않을까? 그런데도 나는 인도양에서 대서양과 북극해에서 받았던 인상을 되살리려고 공연히 기를 쓴다. 그래 봐야 소용없다. 무덥고 묘하게 나른한 분위기에서 어떻게 숭고함을 알아볼까. 신경이 너무 무뎌졌다. 거대함 속에서 작은 것에나 관심을 둔다. 그렇게 오늘, 나는 파도 위로 포물선을 그리며 날아오르는 물고기들만 바라보았다.

그렇다. 나는 북쪽 사람이다. 변신에 능한 바다의 신(神)도 한계에 부딪힌다. 인도양이 어떻게 북해가 될까. 환경을 바꾸기는 쉽지만 성정을 바꾸기란 어렵다. 오랜 시간 뒤에나 그럴 수 있다. 결국, 나는 몇 차례 시도에도 번번이 실패하는 탈옥수 신세가 아닐까? 항상 우발적으로 움직이지 않으려 해도 어쩔 수 없이 그러고 만다. 자의든 타의든 내 의지와 상관없이 끌려간다. 나는 큰 세상 속의 한 요소, '현상'에 불과하다. 내가 실제로 얼마나 자유롭든 분명 내 속에도 나 못지않게 자유로운 것들이 있다.

옷도 중요하지 않을까? 우리는 옷을 입고 다니는 데 익숙하다. 누구나 자기 이미지를 의식하기 마련이라 의복은 몸만큼이나 중요하다. 그런데도 제 모습과 잘 어울리는 옷을 입은 괜찮은 사람을 보기는 드물다. 드물어도 덧없는 재능일망정 쓸 만하다. 자기 성격과 어울리는 옷차림을 하는 사람은 자기만의 취미를 즐기고 자기와 비슷한 사람들을 존중하지만 그게 다가 아니다. 그 자신이 사실상 표현 수단이다. 왜 유력 인사는 여러 사람 앞에 나설 때 복장을 바꿀까? 그의 인격도 복장과 함께 달라지기 때문이 아닐까. 개성은 일단 밖으로 두드러지면 내면을 완전히 벗어난다. 누가 허영심이 없을까? 누구나 거울 속의 자신을 들여다본다. 개인의 처신은 그 자신의 외모와 어울릴 때 훨씬 더 자연스럽다. 유행은 사라지기는커녕 최상의 표현 수단이다. 사람들은 뚜렷한 개성도 없다. 그래서 유행은 일반적 인간형을 추구한다. 이런 점에서 카스틸리오네[3]와 영국 왕 에드워드 7세[4]와 같은 인물은 자신의 위대성을 완벽한 전형으로 보여준다. 그런데 골상이 특이한 예술가들이 머리를 길게 기르지도 않는다면 개성도 없고 잠재력 표현력마저 어지간히 잃지 않을까?

오늘, 선상에서 남녀의 성을 바꿔 차려입고 즐기는 가장(假裝)무도회가 있었다. 좋든 싫든 참석할 수밖에 없었다. 보통 사람이 가장한 모습에서 배울 점이 많지만 배우의 분장에서는 배울 점이 없다. 배우의 실물과 연기자로서의 이미지는 다를 수밖에 없다. 그러나 연기할 줄 모르는 사람들이 가장할 때에는 배울 점이 많다. 그 사람의 뜻과 모습과 실물이야 어떻든 각자 평등해지니 정말 재미있는 사실이 드러난다. 18세기 사람처럼 화려하게 차려입은 사람이 그 시대에 사로잡혔다는 뜻은 아니다. (기본적으로 특별한 의도에 따른 옷차림일 뿐이므로) 가장이란 평소 숨어 있어 거의 드러나지 않던 본성을 표현하기에 좋다. 이런 식의 가장으로 관상이 더욱 두드러지는 사람이 있다. 진짜 개성을 드러내려고 한다. 그렇게 하다 보면 오히려 개성이 줄어든다. 사람들의 개성은 자연스러운 표현에서 더 잘 드러난다. 무도회에서 가면을 쓴 사람을 알아볼 수는 있다. 하지만 그가 정말 어떤 사람인지는 드러나지 않는다. 가면은

---

3 Baldassare Castiglione. 1478~1529. 이탈리아 만토바 공국과 우르비노 공국의 외교관이자 문인으로 처세술에 관한 고전《조신론(Il Libro del Cortegiano)》을 썼다. 라파엘로 산치오가 그린 그의 뛰어난 초상을 루브르 박물관에서 볼 수 있다.

4 Edward VII. 1841~1910. 빅토리아 여왕의 장남으로 영국의 왕이자 인도의 황제였다.

〈발다사레 카스틸리오네〉, 라파엘로, 1515년 유화

발모랄 성의 에드워드 7세

그의 정체를 대신한다.

어쨌든 가면으로 그것을 쓴 사람의 개성이 어지간히 살아난다. 일상 생활에서 개성을 드러낼 기회가 없던 사람들은 가장했을 때 자신을 조금 표현할 수 있다. 이런 사람들 가운데 일상에서 절대로 자기 자신으로 살아가지 못하거나 가장해야만 진짜 자신을 드러내는 사람이 정말이지 흥미롭다. 분명, 많은 사람이 자신이 태어난 시대와 직업과 세계에 걸맞지 않다. 영혼은 그저 껍데기뿐이다. 그런데 이런 사람들이 때때로 가면 덕에 참모습을 찾는다. 내 앞에서 아파치 복장을 한 두 사내가 얼씬거렸다. 사실, 그들은 놀이를 하는 것이 아니었다. 인디언 모습이야말로 그들이 살고 싶어 하던 모습이었다. 그들의 평소 생활은 애당초 희극이 아니었을까.

이 자리에서 자연스레 떠오르는 것이 있다. 제임스 모리어[5]가 《이스파한의 하지 바바》에서 놀랍게 그려낸 주인공 '오리엔탈'의 유연한 모습이다. 오리엔탈은 총리였는데 때로는 이발사로 때로는 금욕하는 수도사로 변신을 거듭한다. 그때마다 완벽하게 제자리를 찾는다. 정체된 오리엔트 같은 곳에서는 어떤 모습이든 변신하기 쉽다. 오리엔트에서는 사람을 항상 외모로 판단한다. 옷차림이 그토록 중시되는 것에 대해 서구인은 의아해한다. 외모가 인격이 되는 곳에서 달리 어쩔 것인가? 서구인은 세속에서 차지하는 자리와 지위를 하느님의 뜻이라고 본능적으로 믿는다. 그래서 오리엔트보다 모양을 덜 중시한다. 그러나 일단 형식이 필

---

5 James Justinian Morier. 1780~1849. 영국 외교관이자 소설가로 주로 중동에서 근무했다.《이스파한의 하지 바바(The Adventures of Hajji Baba of Ispahan)》을 비롯한 '하지 바바' 연작을 비롯해 중동 지역 기행문을 남겼다.

요해지면 의미도 중요해진다. 신사라면 자기 사정이 어떻든 간에 어떻게든 자신에 걸맞게 처신해야 한다. 미국에서 확인한 가능성이 있다. 우리도 기본적으로 자신을 속이고 싶어 하지 않는다. 솔직할 수 있다면 좋다. 유럽 사람은 대서양 너머까지 자기 기준을 요구하지 않을 것이다. 유럽의 조국에서 실패한 신사는 미국에서 카페 종업원으로 일해도 아무 문제가 없다. 그곳에서 그는 거리낌 없이 순순히 팁을 받는다.

내가 아는 연구원이 있었다. 그는 인도 각지를 돌아다녀 그 고장과 주민에 훤했다. 그가 나와 같이 가고 싶어 했다. 그렇게 되면 내가 인도 사람의 생활을 더 깊이 알 수 있을까? 낯선 곳에서 동행한 친구와 지인들의 덕을 볼 수 있겠지만 그 대신 여행의 목적은 아예 물 건너가지 않을까? 그들의 배려가 중요할까? 중요하다고 그것 때문에 여행을 해야 할까? 훌륭한 학자들이 이미 거쳐간 곳은 어디든 누구나 접근할 수 있고 검증된 곳이다. 내가 유능한 사람들의 관찰을 따라가지 못할 수도 있다. 다른 사람들이 더 잘할 수 있는 것을 따라해본들 시간 낭비다. 괜히 힘이나 뺀다. 재능 있는 청년들은 무엇이든 할 줄 알아야 한다고 큰소리친다. 그러나 사실 그러기 어렵다. 그러다 보면 완벽하게 할 만한 것도 산만해질 뿐이다.

여러 인간형 가운데 정치인이 가장 형이상학적 사고가 부족하다. 그런데 이들은 자신과 자신이 이용하는 인재를 구별할 줄 안다는 점이 특이하다. 정치인들은 일을 잘하려면 반드시 자신이 직접 하지 않아도 되는 줄 알고 있다. 반대로, 철학자는 종종 자기 머리로 모든 것을 할 수 없다며 창피해한다. 스스로 정확한 이해를 통해 자기 일의 가치를 최대화하기는커녕 적합한 자질이 있는지 또는 문제를 풀려고 그것을 충분히 활용하는 사람들만큼 제대로 하는지에 대해 고민한다. 이런 식으로 그는 자기 일에 관한 한 착한 신이라도 되어야 한다는 환상에 사로잡혀 일을 그르친다.

하찮은 사람이 이런 식으로 쓸데없이 수세를 취한다면 이해할 만하다. 그러나 철학자는 아주 큰 조직자다. 내적으로 더욱 자유로워야 한다. 나도 그렇게 자유롭지 못했다. 왜 내가 진즉 어려서부터 그러지 못했을까? 현명해지려면 시간이 걸리기 때문이라 그랬을까? 지금 나는 내 눈보다 다른 사람들의 눈을 더 좋아한다. 정확하게 관찰할 문제가 닥쳤을 때 그렇다. 경험만으로 제대로 입증하기 어려울 때 나는 더 튼튼한 타인의 신경을 빌린다. 추론을 해야 할 때 나는 가능한 그 작업을 나보다 더 훌륭한 논리학자에게 남겨둔다. 특수 분야와 관련된 제도를 충분히 활용한다. 전문가에게 연구 주제로 내놓고 의논한다. 나는 개인적으로 정신 문제에만 몰두한다. 그런데도 무용한 것이 너무 많이 쌓여 있어 거북하다. 어떤 세계에서 울리는 기본적인 소리를 들을 만한 사람은 아주 작은 소리만 울려도 알아듣는다. 너무 많은 소리는 귀만 아프다. 물론 원칙적으로 연구 주제를 제한해야 한다고 모두들 인정한다. 그러나 연구자 자신도 자제해야 한다는 것을 아는 사람은 드물다. 우선 자신이 받은 영향과 관련된 문제에서 그렇다. 그래서 우리는 종종 이기적인 괴짜요 엉뚱하다는 소리를 듣는다.

예컨대, 주변에서 내가 함께 여행하는 사람들과 거리를 둔다고 건방지게 본다. 그런데 진짜 이유는 따로 있다. 나는 혼자 조용히 있어야 나만의 지적 능력을 발휘한다. 일을 하려면 신경도 주위도 정신만큼 차분해야 한다. 그러자면 조용히 떨어져 있어야 한다. 결국 내 식대로 하다 보면 인간적으로 좋은 소리를 못 듣는다. 이런 거부감은 별것도 아니다. 정신노동자는 그런 식으로 자신에게 쏟아지는 불평을 감수할 만큼 이기적일 수 있어야 한다. 사실 그렇게 하려면 잡음이나 갈등 없이 편안히 지낼 수 있다는 생각을 아예 포기할 수밖에 없다. 원죄를 지은 몸인 나 자신을 깊이 이해하려면 자신에 몰두해야 한다. 아기를 위하는 착한 어머니처럼 공부만 애지중지해야 한다.

어쨌든 만사가 그렇게 완벽하고 한결같다면 오죽이나 좋을까. 어떤 일을 끝내려 해도 완성과 상관없는 잡사에 시달리기 마련이다. 실생활에서 신통치 않은 자기 모습과 일을 잘하는 자기 모습, 둘 가운데 어느 것을 보여주어야 할까. 일단 후자를 택해야 한다. 불완전한 사람이 찾아내고 설명하는 깊은 진실이 모든 사람에게 유익할 테니까.

다른 사람들을 뛰어넘는 인간적 완성도 다른 일과 마찬가지로 원초적 이기주의에 불과하다. 근본적으로 틀렸다. '자신에만 기대 산다'는 것이 도대체 무엇일까? 누가 그렇게 할 수 있을까? 아무도 없다. 개인의 완성을 위해 사는 사람, 자기든 동료든 자식을 위해 사는 사람이든 하느님이 보기에 무슨 차이가 있을까. 누구든 무엇인가 개인을 능가하는 것을 위해 살기는 한다. 어쩌면 죽고 나서도 살아남고 기독교식 영생을 얻는 것이란 그 사람 자체가 아니라 그것을 품고 또 낳은 그 사람의 결실이다.

곰곰이 따져보니 승객은 모두 23개국에서 온 사람들이다. 엄청나게 다양하게 보일 만한 집단이다. 그러나 사실은 정반대다. 거의 구별하기 어렵다. 만약 내가 그들의 용모와 깊은 내심과 그 두드러진 성격을 짚어본다면 엇비슷하지 않을까? 보름도 안 되는 동안 한 공간에서 그렇게 좁지도 않은 인도양을 건너면서 함께 지내다 보니 내린 결론이다. 대홍수가 끝나갈 즈음에 노아와 사자와 산양 사이에 도대체 얼마나 차이가 남았을까? 각 존재는 어떤 현상이다. 두드러져 보일 수 있고 그 주변에서 그것을 파악할 수 있는 모습으로서 이것이든 저것이든 그렇고 그런 모습이다. 이런 데서 환경의 엄청난 힘을 알 수 있다.

파리 같은 대도시는 그곳에 적합한 각자의 개성을 키워준다. 이런 대도시에서 혼자라면 절대 찾지 못할 것을 이해하게 되고, 그런 이해에서 새로운 생각이 나온다. 세상에서 가장 기민한 사람들의 도시에서 교양 있는 계층은 너무 빠르게 지식을 과시하기 때문에 생각은 절대 멈추는 법이 없다. 종종 더 높은 관점으로 갑자기 뛰어오른다. 다른 환경에서라면 예상하기 어려운 일이다. 그래서 고대의 아테네, 피렌체, 알렉산드리아, 로마, 파리 등 대도시에서 성장한 사람들이 항상 촌사람들보다 한 수 위에 있었다. 여객선의 갑판에서도 이와 마찬가지로 진부한 일이 벌어진다. 사람과 짐승의 차이도 없어진다. 이곳에서 가장 진부한(자기 나라에서든 다른 나라에서든 세련된 사람들이 무시하는) 인물들이 돋보인다. 강하게 주위의 눈길을 의식하는 사람들이다.

대양을 횡단하는 선상이야말로 '사교계'의 멋지게 풍자하는 한편의 그림이다. 사교계는 인간을 가장 쩨쩨하게 만든다. 나는 이런 사교계를 혐오한다. 어떤 사람이든 무식하다는 소리를 듣지 않으려고 상류사회와 빈번히 접한다면 역효과 나지 않을까. 이런 사회에서 누구나 지켜야 할 예절을 갖추지 않는다면 무시당할 수 있다. 평균적인 인간성이 두드러진 모양새를 보인다. 그래서 지적으로 고독한 철학자 같은 사람은 불리한 뒷걸음질을 감수해야 끼어들 수 있다. 그러나 사교계를 드나드는 것과 거기에 말려드는 것은 분명히 다르다. 누구든 거기에 말려들수록 항상 옹색해진다. 누구든 주눅 든다. '허세를 부리는 사람'이야 그렇지 않을 테지만.

황당하게 인생을 낭비하면서도 걱정은커녕 자신을 더 키우려는 사람들, 특히 여자들이 있다. 그 인물의 전형은 18세기에 완성되었다. 당시 귀부인들처럼 공허한 존재를 상상이나 할 수 있으랴! 그 여자들은 진실한 사랑을 몰랐다. 진지한 관심 같은 것도 없었다. 온갖 수다를 떨고 덧없는 짓이나 하며 살았다. 그런데 그런 숙녀들 가운데 깊이 있는 사람들이 있었다. 생활 방식을 걸림돌 대신 표현 수단으로 삼아 깊이를 추구했다. 이런 표현이 여자들의 예절과 정신을 고취했다. 경박하지만 가끔 놀랍고 부러울 만큼 진지하고 깊이 있어 보이기도 한다.

환경이라는 문제를 생각하다 보면 황당할지 모르지만 이따금 줄줄이 떠오르는 생각이 있다. 환경에 따라 우세한 용모는 매우 다르다. 그렇다면 당연히 외모뿐 아니라 내면의 환경도 그만큼 다를 수밖에 없다. 대부분의 사람은 외모가 '저 자신'과 같다고 생각하겠지만.

행동은 아이 어른 늙은이 할 것 없이 환경을 반영한다. 차이를 보이지 않는다. 깊은 의식을 타고난 어린아이를 보면 현명한 노인을 예상하게 된다. 자유롭게 즐기는 노인은 죽을 때까지 젊게 살 수 있다. 나는 어떤 것을 설명할 때 신체 조건에 따라 드러나는 다양한 자질을 활용한다. 노인의 신경이 아이의 신경처럼 움직일 수 없겠지만 아이의 신경도 노인처럼 움직일 수 없다. 남자와 여자도 마찬가지다. 형이상학적으로 차이가 난다.

유전학에 따르면, 우리 누구나 조상에게 물려받은 자질을 그때그때 상황에 따라 드러낸다. 이런 식으로 어떤 개인이 (그 또한 유전자를 갖춘 사람으로서) 여자로 태어난다면 남성적 특징은 표현되지 못한다. 그 반대의 경우도 마찬가지다. 남자에게 여성적 미덕을 강요하거나 여자에게 남성의 관점에서 볼 때 부족하다고 질책한다면 황당한 일이다. 어떤 사람이 체사레 보르자[6]처럼 야수 같은 남자와 자애로운 누이 같은 여자, 그 두 가지 성격을 모두 지닐 수도 있다. 꿈같은 일이다.

후덥지근한 곳의 답답함을 벗어나보자. 비판 의식조차 시들해지는 곳을 벗어나 가능성이 무한한 나라만 탐하고 싶다. 죽음 뒤에 온다는 천국처럼 행복한 삶이나 상상해보자. 어느 민족 신화마다 빠짐없이 등장하는 삶이다. 그런 삶은 사람이 죽은 뒤에도 여전히 전과 다름없는 인간일 뿐이라는 사실을 인정한다면 절대로 생각할 수 없다. 그런데도 우리는 '천국'이라는 말에 내심 솔깃해한다. 부정(否定)과 해악은 아예 없는 곳이라지 않는가. 마치 남자의 몸 안에 잠재된 여자다운 성격처럼 그런 것일까?

여객선은 다시 분홍빛 해파리 떼를 건너간다. 물결 사이로 여기저기로 그 그림자들이 살랑댄다. 내가 해파리가 되어 나 자신을 표현해도 저럴까? 내 자신의 작은 부분만 남고 혼이 되는 부분은 거의 사라져버리겠지만. 어쨌든 그 부분이 누구도 표현하지 못할 것을 표현하지 않을까.

---

6 Cesare Borgia. 1475~1507. 이탈리아의 군주로 이탈리아 중부 지방을 통치했으며, 교황군의 사령관도 지냈다. 마키아벨리가《군주론》에서 독재자의 모델로 삼은 인물로 친형을 살해할 만큼 비정한 인물이었다.

2부

실론

콜롬보

스리랑카에서 나는 달라져도 너무 달라졌다. 거듭 변신했지 않나! 푸른 섬이라고? 매 시간 달라지는 느낌이다. 온실처럼 뜨거워 어떻게 일할 맛이 날까? 몸이 움직이는 대로 맡길 수밖에. 그런데 많은 일이 저절로 벌어진다. 믿기 어려울 정도다. 가능성을 훌쩍 뛰어넘는다. 사실, 나도 그렇게 움직인다. 무엇을 하든 의지가 꺾인다. 나른하고 편안하게 몸을 맡기고 온순해진다. 야심도 행동도 필요 없다.

나는 식물처럼 지내고 있다. 북반구가 아닌 열대의 초목처럼 지낸다. 북반구에서 식물은 최소한의 활동만으로 자라며 그런 생활에 자족한다. 반대로 이곳 식물은 활력을 모조리 쏟아부으며 자라는 듯하다. 하룻밤 사이 하늘 높이 자란 식물은 신과 같은 정력을 과시한다. 실론[7]에서 식물은 가만히 있어도 자란다. 노력이 필요 없다. 애쓰지 않아도 모든 것이 이루어진다. 모든 생활이 식물 자라듯 한다. 정신생활도 마찬가지다. 정신도 열대 식물처럼 풍요롭다. 나 자신도 그것을 느낀다. 열대 사람의 세계는 식물학으로서나 이해된다. 이곳에서 이미지는 꽃처럼 피어난다. 화려하고 현란하며 뒤죽박죽 얽힌다. 정원사가 애써 돌보지 않아도 된

---

7 오늘날의 스리랑카로 수도는 랑카였다. 정치적 분열과 갈등으로 내전을 겪으면서 국호가 바뀌었다. 인도양에서 아시아와 아프리카를 잇는 중요한 길목으로 오래전부터 서구인이 적도 아래 낙원의 모습을 간직한 곳으로 상상하던 섬이다. 1815년부터 1948년까지 대영제국의 식민지였다.

다. 결국 아무 책임도 묻지 않는다.

신비한 힌두교의 역사도 이런 식으로 설명할 수 있다. 북쪽 철학자들의 엄격한 이론은 남쪽에서는 오래가지 못한다. 모든 것이 아무런 목적도 없이 그저 순식간에 단순해진다. 기름진 땅에서 수많은 신이 다투어 태어났다. 상상할 수 없이 풍요로운 힌두교는 식물계의 생장 같은 것으로나 보인다.

우리는 자신을 자명한 현상으로 생각하지 않는다. 어느 누가 자기 자신을 그저 몸에서 피가 돌기 때문에 살아 있는 생체로만 여길까. 우리는 자기 결정에 따르는 자연의 성질만 자기 일부로 인식한다. 이와 마찬가지로 어떤 진지한 서구인도 자아를 자기 밖에 있는 물질계와 같게 보지 않는다. 사유와 관념의 축으로서 정신세계와 같게 본다. 이런 자연스러운 관계가 인간을 '생각하고 뜻을 품고 행동하는 존재'로 보는 서구 철학의 바탕이다. 내가 이미 느꼈지만 열대 사람들은 몸과 마음을 구별하지 않는다. 신체와 정신을 형이상학적으로 진지하게 파악하려 하지 않는다.

내게서 벌어지는 모든 것은 사실상 나와 무관한 생장의 결과로서 식물계에서 벌어지는 것과 비슷하다. 생각하는 것은 내가 아니다. 내 속에서 생각하는 그 무엇이다. 원하는 것은 내가 아니라 내 속에서 나타나는 의지다. 사실상 이는 어디에서나 똑같다. 그러나 실론에서는 자연이 중요한 모든 것을 행한다. 자연은 모든 것이 제 것이라고 주장한다. 사람들은 이런 주장을 진실로 받아들인다. 이곳의 구릿빛 피부의 사람들은 붓다의 인식론을 쉽게 이해한다. 아무리 유식한 유럽 사람도 극히 몇 가지밖에 이해하지 못하는 인식론이다. 유럽 사람은 인도 사람이 움직이지 않는다고 보는 것에서 움직임을 본다. 그래서 자기 속으로 자연의 일부를 끌어들이려고 한다.

마야론[8]으로 보면 현실은 또 다른 비현실의 세계다. 북쪽의 합리주의만큼이나 열대 지방에서 전형적인 이론이다. 인간이 활동하려면 자연에 끊임없이 뒤섞여야 하는 북쪽에서 자연을 진지하게 간주하기 쉽다. 가령, 인간이 그런 경향을 따르면서 경험한 관념을 체계화할 때, "인간은 자연의 물리적 성장 속에 완전히 포함된다."라는 철학이 나온다. 반대로, 이런 성장이 자동적이고 주목할 필요가 없다면 그런 현상을 진지하게 여기지 않게 된다. 게다가 의지력이 너무 약해 욕망이 사고로 이어지지 않는 곳에서는 구체적 사실을 착각이나 환상으로 보기 쉽다. 자연주의와 정확히 상극인 이런 세계관은 제한된 통로일 뿐이다. 그러나 바로 그런 점에서 매우 인간적이다. 두 상극이 한 점에서 만난다는 점이 주목할 만하다. 말하자면 절대를 보는 입장은 똑같다. 두 개념 모두 실존을 근본적으로 부정한다. 자연주의는 자연 현상을 강하게 의식하기 때문에 바로 '저 너머의 세계'로서 저승 같은 것이 쓸데없다고 본다. 하지만 불교는 이와 상반된 동기로 그렇게 본다.

인간의 모든 의식은 자연의 일부다. 따라서 자연이란 실체가 없다고 여긴다면 의식할 수 있는 것도 줄어든다. 이렇게 되면 공허는 더욱더 커지고 마침내 아무것도 남지 않는다. 이렇듯 실론의 불교도는 '존재하지 않는 것', 즉 무(無)를 현상의 이면으로 본다. 이 세상에 또 다른 세상은

---

8 힌두교의 우주와 자아의 일체를 인식해야 한다는 일원론 사상이다. 힌두교 신비주의에서 마야의 뜻은 여러 가지인데, 현상계에서 환상을 빚어내고 관장하는 힘으로 많이 쓰인다. 아울러 힌두계의 여러 여신 중 하나를 가리키기도 하고, 불교에서 붓다의 생모를 부르는 이름이기도 하다.

없다. 이런 개념을 유럽 사람은 상상하기 어렵다. 나도 실론에 들어와서야 그 개념이 설득력 있는지 알아보고 있다.

유럽에서는 마야론을 두고 우주의 비현실성을 주장하는 철학자들과 비교했다. 하지만 이런 비교는 부정확해 보인다. 유럽의 몇몇 철학자는 진지하지만 무기력한 이론가다. 그들은 경험한 사실보다 논리적 구성을 더 확고하게 본다.

서구인은 마야론을 믿지 않는다. 서구에도 불교 철학을 가르칠 만한 사람들이 없지 않다. 오래된 문화권에 사는 사람은 어떤 문화에서도 자기실현을 하기가 꽤나 어렵다. 그의 사유와 감정과 행위는 그 자신에게조차 무의미하다. 그런 것들이 그 사람의 일부도 아니고 그것들에 녹아들지도 못한다. 의식 수준은 불교의 수준과 마찬가지다. 다만 의식은 불교도와 완전히 반대다. 불교도의 조건은 다행스럽다. 유한한 존재를 간절히 벗어나려 하기 때문이다. 그러나 현대 유럽 사람들의 조건은 비극적이다. 실존에 대한 욕망이 지나쳐 허약해진 바람에 자기 욕망을 이루지 못하면 '무기력하다'고 느낀다. 유럽에서 존재를 절대적으로 부인(불교의 허무주의에서 구원의 길 같은 것)하기란 불가능하다. 유럽 사람들은 활기찬 삶을 중시하기 때문이다. 그래서 실론에서 붓다의 교리가 뿌리내릴 수 있던 것과 같은 조건이 유럽에서는 프리드리히 니체가 성공한 바탕이다. 사실 니체의 초인론은 위대성을 표현한 것이 아니다. 위대해지고 싶은 욕망의 표현이다. 그전까지 이런 욕망을 그토록 비장하게 표현한 적은 없었다.

칸디

숨 막힐 듯 찌는 콜롬보에서 시원한 칸디[9]를 향해 기차로 굽이치는 산길을 올라가는 동안 끝없이 펼쳐지는 풍경은 매혹으로 넘친다. 어디에서나 울창한 수목에 입이 딱 벌어진다. 높이에 따라 다양한 식물과 드넓은 지평선을 훑으며 하나가 아니라 수많은 자연을 동시에 바라본다. 저희들끼리 갑자기 다른 모습을 보이기도 하면서 속속 미묘하게 변한다. 여기저기 흠잡을 데 없는 조화로 넘친다.

칸디를 무어라고 할까? 짙은 녹음으로 우거진 산과 또 꽃처럼 만개한 나무들에 둘러싸인 초원 한복판에 호수가 보인다. 평화로운 호수다. 강렬한 햇빛을 메아리처럼 반사하는 희뿌연 빛깔에 젖은 모습이 마치 짙은 양탄자에 떨어진 월석(月石) 같다. 도착하자마자 나는 즉시 멀리 싸돌아다닐 만큼 반해버렸다. 지쳐 돌아오고 나서 발코니 응달 밑 안락의자에 파묻혀 이런 상념에 젖었다.

"낙원이구나. 기대 이상으로 엄청나다. 더 바랄 것이 없다. 행복이 이런 게 아닐까!"

행복? 너무 건방진 말이다. 그렇지 않다. 어느 욕망이나 채운 것으로

---

9 칸디(Kandy)는 스리랑카 제2의 도시로 마지막 왕조인 나야크 왕조의 수도였다. 붓다의 치아(진신사리)를 성유물로 모신 불교 성지가 있으며, 이곳은 유네스코 세계유산으로 선정되었다.

칸디 사원(콜롬보), 1900년대초 찰스 스코윈의 사진.

보인다면 그렇지 않다. 욕망은 채워지면 사라진다. 사라지는 욕망과 나란히 내 삶도 공허해진다. 반드시 살아야 한다는 느낌도 사라진다. 자발성이 이렇게 약해질 수 있을까? 이런 곳은 없다. 잠깐이지만 자연스럽게 눈앞의 세계에 흥분한다. 하지만 그 세계 때문은 들뜨는 것은 아니다. 나도 모르게 항상 새로워지는 기분이다. 이런 곳이라면, 화가 폴 고갱이나 소설가 로버트 스티븐슨처럼 자연의 끝없는 자극을 찾아낼 수 있지 않을까? 우리의 정신은 얼마나 클까. 아무리 큰 것에도 만족할 줄 모른다. 그러나 여기에서 내 상상은 곧 마비될 것만 같다. 모든 것이 성취되는 곳이니까, 모든 물질적 욕망이 사라져버리는 듯하니까.

욕망과 성취! 이 둘이 제대로 어울린다고 모든 문제가 풀릴까? 어째서 위인들은 기후가 혹독하지 않은 지역에서 등장했을까? 모든 것이 나타난 곳에서는 더 찾을 것이 없다. 탐구자가 아닌 한 누구도 궁극의 진실을 찾지 않았다. 의지는 모든 것을 갖춰 아쉬울 것 없는 곳에서 솟구치지 않는다. 영웅적 행위는 한가한 데에서 나오지 않는다. 모든 가능성이 실현되는 곳에서 어떤 이상적 관념도 살아남지 않는다.

열대의 독특함은 너무 낯설다. 열대에서는 상상력도 다른 것들처럼 식물처럼 움직인다. 사실, 열대에서 경이로운 꽃이 핀다. 마치 신들과 얽힌 민중 신화처럼, 시인의 가슴에서 무르익은 서정처럼, 야성의 환상을 보여주며 향기롭게 타오른다. 그뿐만 아니라 여기저기 서 있는 야자수처럼 강하고 튼튼한 모양이다. 그러나 제아무리 아름다워도 '자연계' 속에서만 벌어지는 창조다. 영적 '깊이'라는 독특한 원리에서 나오지 않는다. 정신으로 재창조되지 않는다. 그와 같은 창조는 꽃처럼 피어날 때에만 '영적 표현'이다. 제아무리 화려해도 저절로 높아지는 영성 같은 것은 없다. 주어진 틀을 과감하게 뛰어넘는 인간만 거기에 이른다. 하지만 열대 사람은 이렇게 노력할 기회가 없다. 모든 것이 자연발생적이라서 그렇다. 불가능한 것을 탐내는 동기와 추진력이 부족하다. 그 의식은 무척 빈곤할 수밖에 없다. 의식이란 자발적으로 나타나지 않는 것을 생각하는 것이 아닐까? 그런데 모든 것이 자연스레 저절로 벌어지는 곳에서 그럴 필요가 있을까? 열대 사람들이 과연 사랑을 알기나 할까? 이들은 서양 사람들이 사랑이라고 부르는 것을 상상에만 기댄다. 욕망이 쾌락보다 우선이고 관념이 현실을 앞지른다. 이런 곳이라 경이로운 생장은 욕망과 성취의 거리도 없어질 만큼 풍성하고 따뜻하며 아름답다. 이런 까닭에 현실감이 넘치는 남쪽보다 정신이 몽상 세계와 빈번히 접하는 북쪽에서 사랑은 더 미묘하게 피어난다. 남쪽 사람일수록 동물 같은 육감이 풍부하지만 상상력은 덜하다. 욕망을 금세 성취할 수 있어 욕망과 성취의 거리가 가깝다. 정신의 성장은 미미하다. 체험은 정념을 몸으로 겪는 수준에 머문다. 북쪽 사람이 생각하듯 많은 체험을 쌓은 끝에 사랑에 이르는 과정은 없다. 열대에서 욕정에 끌린 사람들이 서로 하나가 되고 서로의 것이 되어야 하는 것은 당연하다. 인도 시인들은 욕망을 그리워한다. 헤어진 짝을 그리며 괴로워하는 노래다. 그 쾌락을 누릴 수 없어서다. 접근할 수도 알 수도 없는 욕망을 노래하지 않는다. 열대 사람들은 북쪽 사람들 같은 욕망을 모른다.

이곳 세계의 견인력이 될 만큼 발전한 것은 단 하나, 충만에서 벗어나려는 욕망이다. 북쪽 사람들이 현실을 비판하지만 거기에서 벗어나려 해서 그러는 게 아니다. 눈앞의 현실에 만족하지 못하기 때문이다. 그들이 현실을 부정하는 데 깊은 이유는 없다. 그런 부정은 비생산적이다. 그러나 열대에서는 세상을 벗어나려는 욕망이 가장 큰 창조력이다. 오직 그 욕망이 인간의 내면 깊은 곳에 있는 것을 표면으로 끌어올린다. 깊은 곳에 뿌리내린 것은 그 욕망뿐이니까 더는 바랄 것 없는 곳에서 충만은 박탈과 마찬가지로 억누르는 힘이다. 충만은 에너지의 발산을 가로막고 활기를 떨어뜨리며 자의식을 무섭게 짓누른다. 이런 때, 기운이 넘치는 사람이 세상에 가장 적대적이다. 여기에서 바로 북쪽 사람들이 보기에 가장 실망스러운 행동을 부추기는 이론이 나온다. 열대의 최소화한 생활에서 나온 이론이다. 넘치는 힘을 줄이려고 하고 현실의 창조 대신 그것을 부인하는 문제에 힘을 쓰는 '정신'이다.

호수에 반달이 비친다. 야자수 위에서 많은 곤충이 구슬피 운다. 우리가 정말 열반에서 살 수 있을까! 무엇인가 만들어내야 한다는 압박감에 시달리지 않고 자연이 정신을 짓누르지 않는 생활을 할 수 있을까! 개인적이지도 정해진 것도 아닌 존재로, 환락과 신과 인간에 얽매지 않고 모든 것에서 벗어나 살 수 있을까? 자기 자신조차 벗어날 수 있을까.

식물이 자라는 것을 몹시 보고 싶었다. 실론에서라면 가능하다 싶었다. 덤불은 땅바닥에서 불쑥 솟아나고 대나무는 말 그대로 창공으로 쭉쭉 뻗어 오른다. 모든 것은 창조로 흘러넘친다. 이곳에서 사물을 이해하는데 헤라클레이토스[10] 같은 철학자가 필요할까? 열대의 숲은 북쪽의 숲과 정말 다르다. 온대 지방의 숲은 수많은 나무의 군집이다. 즉, 집합명사다. 그러나 이곳의 숲은 덤불로 뒤엉켜 알아보기 힘든 나무들보다 더 구체적이다. 겁날 만큼 빠르고 왕성하게 자란다. 형태는 긴밀하게 뒤얽혀 눈 깜짝할 사이에 몇 단계를 건너뛴다. 외양을 들여다본들 그 존재에 대한 이론 같은 것을 세울 틈이 없다. 보이는 모든 것이 태어나고 자라는 중이다. 이런 과정을 벗어나는 것은 아무것도 없다.

이렇게 볼 때마다 붓다의 현상학은 분명한 진리다. 붓다의 현상학은 그 어느 시대의 식물론보다 정확하다. 식물의 삶이 모든 삶을 대표하는 만큼 붓다는 인간에 대해서도 진리를 말했다. 내용도 풍부하다. 모든 기본 문제가 인간의 가장 고상한 문제와 마찬가지로 식물 속에서 완벽하게 벌어지고 풀이된다. 자유, 영생, 인간의 궁극적인 목적 같은 문제다.

---

10 기원전 6세기 말경의 그리스 철학자로 《자연론(Peri Physeos)》이라는 저작의 일부만 전해진다. '불'이 상징하는 끊임없이 타오르고 꺼지는 생성과 소멸의 움직임으로 우주를 이해했다.

아무튼, 식물을 통해 인간을 정의하니 조금 거북하다. 그렇게 하면 인간을 왜곡하지는 않지만 고유의 인간성을 설명하지도 않는다. 원칙적으로 식물과 비슷함을 보여주면서도 어떻게 다른지 따지지 않는다. 붓다의 이론을 들여다보면 그가 인간을 종종 식물로 바꾸고 싶어 하지 않았을까 싶다. 정말 그는 그렇게 했다. 붓다의 이론은 모든 생명체의 공통점을 속속들이 모방했다. 그 추종자들은 이런 생명 공동체의 방향으로 발전하고 말았다. 불교의 수동성은 식물과 비슷하다.

열대에서 지내다 보니 붓다가 구원론의 근거를 식물 현상에 두었다는 점이 놀랍지 않다. 여기에서 삶은 식물의 움직임이다. 그 움직임으로 존재에 담긴 가능성이 모조리 사라진다. 인간의 뛰어난 소명에 대한 질문은 제기되지 않는다.

지금, 적도 지방의 영향으로 내 몸은 불교 의식(意識)에 젖어 들었다. 변화 덕에 대단히 많은 것을 배운다. 불교를 이론으로 정당화하기란 어렵지 않다. 불교 정신은 경험주의 철학 정신과 같다. 이폴리트 텐[11], 에르네스트 마흐[12], 윌리엄 제임스[13]의 심리학과 허버트 스펜서[14], 오귀스트 콩트[15], 빌헬름 오스트발트[16], 심지어 베르그송의 철학 개념도 각자

---

11 Hippolyte Taine. 1828-1893. 프랑스의 철학자, 사상가, 비평가, 역사가로 오귀스트 콩트의 실증주의적 방법을 응용해 과학적으로 문학을 연구했다. 인종, 환경, 시대의 세 요소를 확립하였다.

12 Ernest Mach. 1838~1916. 오스트리아 철학자로 감각에 바탕을 둔 인식을 중시했다.

13 William James. 1842~1910. 미국 실용주의 철학의 창시자로 소설가 헨리 제임스의 형이다.

14 Herbert Spencer. 1820~1903. 영국 철학자로 사회진화론을 주장했다.

15 Auguste Comte. 1798~1857. 프랑스의 철학자이자 사회학자로 실증과 경험을 중시하는 사회학의 창시자이다. 그는 '실증주의 철학'과 '사회학'이라는 용어를 명명하였다.

16 Friedrich Wilhelm Ostwald. 1853~1932. 독일 철학자, 화학자로 1909년에 노벨 화학상을

나름대로 어떤 면으로나 어떤 방향에서 일정하게 절충했다는 점에서 붓다의 이론과 바탕은 같다. 경험주의 사상가들은 생성을 실제 흐름으로 주목한다. 가능한 결과를 전제로 하는 입장이다. 아무튼 모든 경험주의 사상가가 모든 점에서 같은 입장은 아니다. 관점과 재능에 차이가 있다. 스펜서와 오스트발트와 마흐는 베르그송과 똑같은 것을 가르쳤을지도 모른다. 애당초 이 명석한 사람들의 의도는 같았다. 붓다의 철학은 모든 서구 사상가들 가운데 마흐의 철학과 가장 비슷하다. 중요한 장점이든 기본 단점이든 모두 비슷하다. 정확한 관찰은 장점이지만 관찰에 깊이가 부족하다는 점이 단점이다.

우리는 모든 실재와 가능성이 현실 속에서 벌어지는 것을 볼 수 있다. 붓다 이후 6백 년, 대승불교(大乘佛教)[17]를 일으킨 아슈바고샤[18]와 베르그송도 그렇게 보기에 이르렀다. 인간 편에서 바라본 이런 인식은 매우 소중하다. 그 시간의 이미지는 완벽하다. 최소한의 왜곡으로 우주의 고유성을 재현한다. 그러나 붓다는 현실을 그다지 깊이 뚫고 들어가지 못했다. 그는 존재와 생성을 동시에 주시하기보다 생성에 주목했다.

해박하고 추론에 뛰어난 학자들은 불교 철학을 흐뭇해한다. 이해할

받았다. 화학적 균형과 그 반응 속도를 연구한 선구자다.

17 산스크리트어로 '마하야나'라고 한다. '대승'은 '큰 탈것'이라는 뜻인데, 여기에서 '탈것'이란 가르침을 비유한 것으로 가르침으로서 사람들을 미혹에서 깨달음의 세계로 실어간다는 것이다. 대승불교도는 자기완성을 목표로 하는, 곧잘 소승(小乘)불교라고 폄훼되어 불리는 부파불교(남방불교)와 달리 많은 사람의 구제를 겨냥한다.

18 Aśvaghoṣa. 아슈바고샤 또는 마명(馬鳴)은 인도 산스크리트 문학 최초의 불교 시인이다. 북부 인도의 브라만 출신으로 불교에 귀의하여 보살의 칭호를 얻었다. 서사시 〈붓다의 생애(Buddhacharita)〉가 대표작으로, 그의 불교극 단편(斷片)은 중앙아시아에서 발견되어 인도 고전극의 모범이 되었다. 인도 고전문학 융성의 선구자로서 불교 경전《대승기신론》도 그의 저작으로 본다.

만하다. 마흐는 형이상학이 필요한지 몰랐고 종교적 감정을 보여주지 않는다. 그래서 현상학적 상대주의에 만족했다. 이와 반대로 개념들을 붓다와 비슷하게 이해하고 보편성을 존중하는 사람이라면 절대의 철학을 지향하기 마련이다. 이런 사람은 어떤 형태로든 절대 존재를 염두에 둔다. 본질 개념에서 붓다와 우연히 비슷한 눈으로 현상을 보는 힌두교 현자들도 그렇게 생각한다. 서구도 마찬가지였다. 감정을 중시하는 일종의 종파를 창립한 오귀스트 콩트, 인격에 담긴 신성으로서 '사람으로 살아 있는 신'을 생각했던 윌리엄 제임스, 만년에 '불가지론'으로 기운 허버트 스펜서도 같은 생각이었다.

붓다는 현상학이라고 할 만한 종교를 일으켰다. 붓다는 복음서의 형식으로 인식을 분석했다. 마흐가 했을 법한 일이다. 붓다는 그런 것을 했다. 서구인이 보기에 매우 역설적인 일이다. 바로 이것 때문에 브라만 철학자들은 불교를 무시했다. 처음에는 나도 이상하게 보았지만 이제는 비로소 이해한다. 열대 지방에 사는 사람과 관련된 생리 조건에서 불교는 사실 복음서의 의미를 띨 만하다.

요 며칠 사이에 나는 달라진 내 의식을 분석해보고 싶다. 움직이고 싶은 마음조차 없다. 내게 어떤 주도권도 없다. 나는 나서기보다 따른다. 그렇게 해야 나 자신과 거리를 둘 수 있다. 북쪽에서 명상하는 사람이라면 자신과 그렇게 거리를 두지 않는다. 자아를 분명히 인식하는데 근본 조건이 되는 조용한 내면도 중시하지 않는다.

콜롬보에서도 그랬지만 열대 지방에서 마음의 움직임을 객관적으로 파악하기는 별로 어렵지 않다. 그러나 또 다른 점이 있다. 이런 식물적 움직임은 (몸이 스스로 어쩔 수 없이 거의 식물처럼 움직이니) 북쪽에서보다 훨씬 강렬하다. 나는 심신이 계속 번식하고 싹을 티우고 자라나며 꽃을 피운다고, 계속 생성하며 부패한다고 느낀다. 끝없이 태어나고 죽는 것들을 가로지르며 계속 끌려가는 기분이다. 여기에서 두 가지 결론이 나온다. 우선 믿지 못할 만큼 뚜렷하게 이런 움직임의 진정한 성격을 인식한다. 탄생의 끝없는 고리 같은 것이다. 그다음 결론은 윤회 너머를 바라볼 수 없다는 것이다.

나는 언제든 변하는 것을 넘어서는 곳에 불변하는 것이 있는지 알 수 없다. 실존은 항상 변하는 형태로 보인다. 그러나 나 자신의 변화를 감지하지는 못한다. 내게는 낯설고 이상한 과정이 너무나 뚜렷해보여 또 다른 내가 있다고 의식할 여지는 없다. 이런 심정으로 붓다의 이론을 생각해보면 놀라운 일은 아니다.

붓다의 이론에 따르면, 시작도 끝도 없는 무한한 인과관계가 겹쳐 나가기만 한다. 현실의 모든 양상은 그 겹치는 접점이다. 이런 움직임 너머로 어떤 자아도 그 자체로서 확고한 어떤 인격과 영혼도 보이지 않는다. 그런데 나는 놀랍도록 분명히 드러난 내 마음을 인식한다. 자아에 대한 감정이 없다면 어떻게 자아를 이어가기를 바랄까. 마음 깊은 곳에서 불멸을 느끼지 못한다면 어떻게 영생을 바랄까. 열대 사람의 의식 밑바탕에는 그 환경이 있다. 자아가 존재하지 않는다는 이론은 이런 바탕에서 나왔다. 실존하는 자아와 그 영생론이 유럽의 환경에서 나온 것과 다름없다. 붓다의 말씀을 경청하는 사람들이 어떻게 그런 교리를 반색했는지 알 만하다. 서양 사람이라면 지성으로 받아들이더라도 결국 절망이나 할 법한 교리다.

인간은 항상 자기 자신의 또 다른 면을 보며 즐거워한다. 이런 것을 알게 되면 불교의 '열반'도 어려운 문제로 보이지는 않는다. 열대 사람은 자기 자신이 아닌 극도로 강한 자연에 붙들려 산다. 사방에서 자연이 그의 의식을 가득 채운다. 이렇게 사로잡혀 있는 한 그는 다른 것을 생각할 여유가 없다. 서구에서 심지어 중세에도 혈기 넘치는 총각이 하늘나라에 무심하던 것과 마찬가지다. 그렇다고 피곤해하면서 좀 더 나은 환경까지 예감할 때가 없지도 않다. 열대 주민도 자연의 변화와 무관하게 더 나은 상태를 그려볼 수밖에 없다. 자연의 흐름 속에서 자신의 이상을 찾기 마련이다. 천국으로 올라갈 생명에 대한 감각이 어떻게 없을까. 어떤 생활이든 기본적으로 피곤할 수밖에 없다. 따라서 그의 이상은 불가분 무너지는 세상을 꿈꾼다.

붓다는 열반으로서 무엇을 이해할까? 그가 그것을 어떻게 실감 있게 정의할 수 있을까? 그에게는 제 갈 길을 가기만 하는 자연에 맞서려는 나 같은 사람의 의식은 없다. 따라서 그가 더욱 고상하고 실증적으로 살아 있다고 하기는 어렵다. 그렇다고 그가 허무하게 사라지고 싶어 한다고 하기는 더욱 어렵다. 그는 자연의 행태를 피하려 했다. 따라서 이미 그 행태 속에서 온전히 사라진다고 느끼지는 않을 것이다. 변신과 붕괴의 메커니즘에서 벗어나고 싶어 하는 확실한 기분에 사로잡혀 있지 않았을까. 실증적으로 더 나은 무엇인가를 막연하게나마 기대하면서 말이다. 나도 실론에서 이런 감정을 느낀다. 그런데 그것을 파악하려 해도 불교의 현자들만큼 이해하지 못한다. 붓다가 열반이 무엇이라고 정확히 가르치지 않았던 데에는 그만 한 철학적 이유가 있다. 심지어 그것을 명시하려는 시도조차 이단으로 배척했다.

'완전한 깨달음의 세계'(일체의 속박에서 벗어나 해탈한 최고의 경지),

열반을 향한 욕구는 자연을 벗어나려는 욕구다. 사람들 누구나 느끼는 해방 욕구와 같다. 이것이 모든 종말론의 바탕이다. 자의식이 강한 사람은 이런 해방을 구체적으로 생각한다. 그가 만약 브라만 승려들처럼 통찰력이 뛰어나다면 영생을 모든 개인적인 것을 넘어선 상태로 상상할 것이다. 그 사람은 그런 상태에서 자신을 벗어난다면 자신보다 더한 존재가 될 테니까.

자의식이 부족한 사람은 어떻게 할까? 이런 사람은 똑같은 해방 욕구를 본질적으로 다른 표상에 비춰본다. 그가 원하는 것은 오직 자연에서 벗어나는 것이다. 다른 욕구 같은 것을 모른다. 자연에 대한 의식이 극도로 강할 때, 자아는 거의 존재하지도 않고 자기감정을 확실하게 증명할 수도 없다. 눈앞에 보이는 세계를 벗어나려는 욕구는 불교 형이상학의 기초로서 거의 절대 개념이다. 그 이상을 요구하지 않는다. 누군가 그것을 물어본다면 자기도 모른다고나 할 것이다.

셋째 날, 나는 온종일 불교 사원에서 보내면서 예불에 참석했다. 승려들과 이야기를 나누고 시원한 도서관에서 몇 시간 동안 팔리어[19] 경전을 공부했다. 도서관은 지붕이 둥글며 높은 곳에 아름다운 연못을 끼고 있다. 사원 실내에서는 독경 소리가 은은히 울렸다. 북 장단에 맞춘 요란한 피리 소리로 신도들에게 기도 시간을 알리기도 했다. 나는 몇 번씩 확인했다. 교리의 내용을 안다고 그 교리를 완벽하게 이해하게 되는

19 산스크리트어의 방언으로 남방불교(부파불교)의 경전이 이 언어로 쓰여 있다. 기본적으로 사멸된 문자언어다. 그러나 스리랑카, 태국 등 남방불교 국가에서는 불교 의식에 사용된다. 팔리어는 고유 문자가 없어 국가와 지역마다 쓰이는 문자의 종류가 저마다 다르다.

것은 아니다. 교리는 항상 놀랍도록 구체적으로 드러나는 것에 들어 있다. 어떤 교단이 '순수한' 교리를 제시하든 아니든 그것은 중요하지 않다. 교리는 그 자체로서 정신의 생생한 표현이기 때문이다. 교단이 아무런 이의도 받지 않고 교리를 바꾸고 훼손할 때조차 그 정신은 새로운 경전에서보다 더 뚜렷하게 표현된다. 최상의 이론보다 엉성하더라도 구체적으로 살아 있는 것이 더 나은 법이다.

불교 승려들의 수준은 매우 높다. 지성의 수준이 아니라 인간으로서의 수준이 높다. 인품도 기독교도보다 낫다. 인자하며 지식에 관련된 것에 호방하다. 사람을 반긴다. 기독교 사제도 그만하다고 주장하기 어려울 만큼 초연하다. 이는 불교가 신도들에게 완전히 무사무욕(無邪無慾)을 보였기 때문이다. 자신을 위해 사는 것보다 타인을 위해 사는 것이 이론적으로야 훌륭하다. 하지만 실제로 적극적 이웃 사랑은 수준 높은 정신에 이르지는 못했다. 되레 야박해지기나 했다. 타인에게 닦달이나 했지 지배욕을 버린 사람은 극히 드물다. 사람들을 향상시키고 싶다는 사람들이 막상 얼마나 요령부득이던가! 선교사들은 얼마나 가리는 것이 많고!

타인들을 개종시킬 궁리를 하는 대신에 사람들이 바라듯 유유자적한 인물이 가르쳤다면 그런 신앙은 온 세상에 널리 퍼지지 않았을까? 선교사의 심리는 단순하다. '자기 관점을 타인에게 씌운다.' 사실상 제한된 행동을 한다. 이렇게 계속 직무에 따라 움직이다 보면 어느덧 편협해진다. 오늘날, 특히 개신교 목사들의 심리가 이렇다. 마음이 좁고 공격적이다. 지배욕이 강하고 요령도 없으며 반지성적이다. 그런데 불교처럼 자기 구원을 생존의 유일한 동기로 걱정하는 종교에서 이런 부적절한 일이 빗어질 위험은 적어 보인다. 물론, 마땅치 않은 이기주의를 낳을 수 있다. 그러나 불교는 이런 것을 피했다. 두 가지 이유 덕분이다.

첫 번째, 불교에서 구원이란 개인의 영원한 복이 아니라 개별성의 굴레에서 벗어나는 것이다. 두 번째, 불교도는 온정과 동정을 행하면 자기 해방이 좀 더 빨라진다. 이런 도덕심으로 이웃 사랑과 무사무욕이 바람직하게 어울린 행동을 한다. 이것이야말로 불교의 우수성이고 불교 특유의 자비(慈悲) 정신이다. 기독교에서 자애는 선행을 하려는 의지다. 그러나 불교에서 자비는 각자 제자리를 존중하라는 뜻이다. 그렇다고 타인에 무관심하지는 않다. 각자의 실상과 실태를 진정으로 이해한다. 인도 사람들 누구나 자신에게 딱 알맞은 위계가 있다고 생각한다. 자신의 장단점에 따라 오르락내리락한다. 즉, 각자의 위상을 내심 옳다고 자인한다. 누구나 가장 높은 단 위에 오른다면 좀 바람직할까! 하지만 그런 도약을 돕는 디딤돌은 없다. 천천히 순서대로 한 단씩 올라갈 수밖에 없다. 또 단계마다 그 나름의 이상이 있다.

기독교에서는 금욕 정신이 압도한다. 따라서 수도 생활에 비해 세속 생활은 미미한 부분이다. 모든 사람을 수도원으로 들여보내고 싶어 하지 않을까 무섭다. 반면, 불교는 본질적으로 초기 기독교 못지않게 세속 생활을 경계한다. 수도 생활을 최고로 친다. 좋은 환경을 편들어 불리한 환경에 처한 것을 비난하지 않는다. 존재는 어느 상태나 필요하므로 좋은 것이다. 잎이 줄기나 뿌리와 대치하지 않듯 꽃은 잎에 맞서지 않는다. 인간에게 좋은 재물로 삼으려고 모든 잎을 억지로 꽃으로 바꾸려 하지 않는다. 있는 그대로 번창하게 놔둔 채 사랑으로 이해한다. 이렇듯 놀라운 자비심이 모든 불교 승려의 얼굴에서 빛난다. 아무리 하찮은 승려라도 그렇다. 그래서 불교 승려는 대중에게 모범을 보이지 않아도 존경받는다.

우선, 이 세상과 뚝 떨어져 있는 사람이 이웃의 복을 위해 매일 바삐 뛰는 사람보다 더 존경받을 만하다면 터무니없어 보이지 않을까. 그러나 사실이 그렇다. 사람은 미성년자처럼 보호받으려 하지 않는다. 설득당해 믿음에 이르는 사람은 어떤 의도나 꿍꿍이 없이 자진해서 행하는 사람보다 그 믿음에 이르기가 훨씬 더 어렵다. 불교 교리에 따르면 수도승의 무심한 고립 생활은 세상 그 누구보다 고상하다. 승려 생활을 돕는 사람은 자신의 이상도 돕는 셈이다.

이곳 사찰의 분위기가 무척 마음에 든다. 이렇듯 편한 곳을 어디에서 다시 찾을까. 그런데 지금 그 어느 때보다도 불교는 유럽 사람들에게 쉽게 통할 종교가 아니다. 실론 사람들 틈에서 그들만큼 적극 실천하려면 유럽 사람과 완전히 다른 정신이 필요하다. 유럽 사람들은 '현상'을 절대시하면서 개인의 구원만 바라는 생활에만 투자하다 보니 금세 비루한 이기주의에 빠졌다. 온정은 야생동물 보호 조치 비슷하게 싱거워졌다. 유럽 사람들은 열반을 동경하면서 각성은 고사하고 쓸데없이 부실해지기나 했다.

남방불교는 분명 열대 주민에게 적합해 보인다. 이런 관점을 흐리지는 말자. 어쨌든 일단 그 사실을 인정하고 불교의 바탕에 조용하고 느긋한 정신[돈단무심(頓斷無心)]이 있다고 이해하면 그 성장력에 감탄하게 된다. 불교 때문에 중생이 얼마나 고상해졌는지 믿기 어렵다.

나는 아직 인도를 보지 못했다. 하지만 많은 사실로 미루어 브라만교[20]는 당연히 최하층민에게 호의를 보이지 않았다. 그들에게 대단한 일을 하지도 못했다. 붓다의 커다란 정치 · 사회적 장점이 있다. 신비한 밀교의 지혜와 개방적인 현교의 지혜 사이의 벽을 허물었다. 그리스도처럼 모두에게 좋은 말씀인 '복음'을 전해야 한다고 역설했다. 이미 주목했다시피 이런 복음은 매우 제한된 조건에 어울렸다. 마찬가지로 남방 사원의 전통에 따르면, 소승불교(小乘佛教)[21]의 교리에서 붓다는 자기 이론을 모두 드러내지 않았다. 단지 미숙한 인간에 유용할 만한 것만 밝혔다. 그 교리는 세련된 사람에게는 정말이지 소박하고 매력이 없다. 그렇지만 민중에게 얼마나 적합한 지혜인가! 이런 점에서 그 교리는 브라만교를 이겼다. 브라만교는 사실상 '민중 지향'이라는 독특한 교리를 발전시켰지만 높이도 깊이도 없었다. 브라만교는 천민은 교리를 이해하지 못한다고 외면하는 건방을 부렸다.

그리스도는 모든 사람에게 말씀을 전하지만 현실과 세부를 고려하지 않고 '전체를 상대'로 전했다. 가톨릭교회는 중세 내내 이런 거북함을 고쳐보려 애썼다. 하지만 애초의 실수를 털어내지 못했다. 가톨릭교회도 브라만교처럼 높은 진리와 낮은 진리를 구별했다. 그러면서 대다수 민중을 포기했다.

루터교회는 구원 정신과 교리를 순수하고 효과적으로 실천하려고

---

20 고대 힌두교라고도 부른다. 기원전 600년부터 기원후 500년까지 성했다. 브라흐마 신을 섬기는 브라만 사제들의 종교라는 의미다.

21 히나야나. 대승불교의 입장에 선 불교도들이 스스로를 이타(利他)를 목표로 한 위대하고 뛰어난 탈것이라 하고, 그전의 불교를 자리(自利)만 따르는 열악한 탈것이라고 깎아내리면서 소승불교라고 불렀다. 오늘날, 소승불교에 대한 중립적 표현은 부파불교다.

안간힘을 썼지만 그 지도력을 잃었다. 그 대신 칼뱅의 개신교는 구약의 형태로 복귀했다. 기독교를 받아들인 지역 어디에서나 그리스도의 혼이 민중 속으로 친밀하게 파고들었다는 말은 사실과 다르다. 밖에서 안으로 향했을 뿐 지금도 대체로 외적 활동에 그치고 있다. 그러나 중세 기독교도의 신앙생활은 이런 것과 극히 대조적이다.

불교 대중에게서 이런 대립을 볼 수 없다. 붓다는 교리를 매우 훌륭하게 규정했고 신자들의 혼을 은밀히 사로잡았다. 붓다는 누구나 이해할 만한 쉬운 담론과 규칙으로 소박한 사람들의 영혼 깊숙이 그 철학을 심어주었다. 너무 깊이 심어 사실상 미신과 미망도 본질적으로 불교 신앙을 추방하지 못했다. 불교는 방대한 지역으로 퍼졌다. 대부분 신도들 덕이다.

붓다 고타마 싯다르타가 설파한 교리의 장점은 어디에서 나왔을까? 심오한 진리를 실행할 유일한 힘이던 그 형식의 잠재력은 어디에서 왔을까? 추단하기 어렵지만 중요한 요인이 있다. 붓다가 왕자 신분이라는 사실이다.

재능, 정신, 지성, 형이상학의 깊이, 힘과 종교적 직관은 고상한 출신 배경에 좌우되지 않는다. 고귀한 신분을 타고났다고 이런 것들에 유리하지도 않다. 오히려 귀하게 태어난 사람이 특별한 재능을 가꾸려고 자기계발을 하는 경우는 드물다. 어쨌든 귀족은 고상한 관점과 주체적 자세로서 평민보다 우수하다. 귀족만이 애당초 편파성을 넘어서 있다. 귀족은 원망이 없다. 귀족은 인간의 약점을 객관적으로 이해한다. 높은 신분 덕에 귀족이 사사로운 복수심에 시달리는 경우는 드물다. 그래서 인간을 지배하고 거기에 필요한 것을 감안하는 문제에서 귀족은 평민을 압도한다. 심지어 평민이 귀족보다 더 재능이 많을 경우에도 그렇다.

붓다의 교리는 군주 정신이 특징이다. 부인하기 어려운 사실이다. 붓다는 전형적인 크샤트리아[22] 계급 출신이다. 붓다는 브라만 승려보다 철학의 깊이는 부족했다. 일반적으로 철학에서 큰일을 하지도 않았다. 대부분의 정치인이나 군인과 마찬가지였다. 하지만 인도에서 그전까지 누구도 그만큼 인간을 알고 이해하지 못했다. 그는 사람들의 은밀한 욕구와 나약함을 헤아리고 그들이 따를 만한 계율을 내놓았다. 종교적인 것뿐만 아니라 정치 · 사회적으로도 최적의 것을 내놓았다. 이런 점에서 불교는 기독교보다 확실히 우수하다. 붓다는 왕자로서 자연스레 당파를 뛰어넘어 (소멸할 수밖에 없는 것을 부인했을 뿐) 어느 것이든 실제로 살아 있는 것을 특별히 부인하지 않았다. 그래서 무자비한 탄압을 받지도 않고 모든 사람을 공평하게 긍정적 완성으로 이끌었다.

기독교는 원래 빈민의 종교였다. 기본 원리부터 특권층과 대립했다. 가진 것 없는 사람들 편에 선 입장에서 행복한 사람들에게 원한이 많은 사람들 편에 섰다. 그뿐만 아니라 어느 쪽을 지향하든 불화의 씨를 품고 있었다. 평화에 가장 탁월한 종교가 가장 불화를 키웠다는 사실이야말로 매우 의미심장하다. 예수의 정신이 아무리 뛰어났더라도 그것으로 세속의 문제를 지배하지 못했다.

예불(禮佛)은 정말 사람을 홀린다. 해가 떨어질 때, 종지기들이 마을

---

22 Kshatriya(刹帝利). 인도 사회 계급. 카스트에서 두 번째 계급이다. 상위 계급인 성직자 브라만을 모시며, 하위 계급인 바이샤(평민), 수드라(천민) 계급을 통치한다. 이 계급 제도는 《베다》 경전에 근거한다. 그러나 브라만은 성직자로서 정치에 개입할 수 없어 크샤트리아가 다스린다. 왕을 비롯한 인도의 주요 관직은 모두 크샤트리아가 맡고 있다.

▲ 붓다의 치아를 모신 칸디의 치아 사원
▼ 붓다의 치아를 모신 칸디의 치아 사원사원에 모신 붓다의 진신사리에 경배하는 승려들

사람들에게 기도 시간을 알린다. 그러면 달라다 말리가와 사원[23]으로 태평한 구릿빛 사람들이 장발에 파란 눈을 반짝이며 몰려든다. 손이 정말 잘생긴 사람들인데 남녀를 구별하기 어렵다. 누구나 향기로운 꽃과 초를 바친다. 붓다의 치아(진신사리)를 모신 성소다. 눈부신 황금빛 문 앞에서 누런 승복을 입은 사제가 미소를 머금고 사람들을 반기면서 공물을 받는다.

먼 옛날의 교리가 여전히 때 묻지 않은 실론에서 붓다는 신으로 추앙받는다. 주변에 많은 신상이 모여 있다. 천사, 성자, 인도의 신들과 타밀의 원시 신들. 그러나 주변의 위대한 존재들도 붓다가 가르친 뜻을 전혀 훼손하지 못했으니 감탄할 만하다. 그 창조력도 떨어뜨리지 못했다.

종단은 신화의 형성에 거스르는 조치를 취하지 않았다. 이곳에서 현상계는 거의 무의미하다. 이 사람들은 마야론 교리를 타고난다. 마야 신상들을 결코 진지하게 바라보지 않는다. 누구도 그 성상이 논리적인지 아닌지 신경 쓰지 않는다. 누구나 아는 것이기 때문이다. 모든 신상이 혼으로 살아 있는 식물처럼 생동한다. 자발적으로 태어나 자라고 꽃을 피운다. 중요한 것은 다른 차원에 있다. 붓다의 구원 교리는 어떤 종교와도 다른 면이 있다. 마치 자신이 그랬듯 제자들이 신들 때문에 신앙을 망치지 않게 했다. 제자들에게 신들도 만물의 현상처럼 죽고 소멸한다고 가르쳤다.

열대 주민은 서양인보다 종교적 깊이를 스스럼없이 보여준다. 어떤 성상이든 형이상학에 뿌리를 두고 있다. 그러니 불교가 옳은 것은 당연

---

23 Sri Dalada Maligawa. 스리랑카 왕궁 내에 있는 붓다의 치아를 모신 사원이다.

하다. 서양인의 기질로는 이런 진리를 있는 그대로 인정하지 못하고 거북해한다. 서양 사람들은 현상계에 너무 깊이 빠져 있어 한 발 물러나 판단하지 못한다. 그래서 기독교의 역사에서 교리가 무지막지하게 중요했다. 어떤 개인이 설파한 사상이 무엇인지 아는 것이야말로 기독교의 생사가 걸린 문제였다.

붓다의 교리를 중심으로 수없이 갈라지며 번창한 교리들은 무기력했고 원래의 교리를 조금도 위협하지 못했다. 그러나 기독교에서는 자잘한 교리들이 핵심 정신을 제거하기도 했다. 따라서 '참다운 교리'를 위해 싸웠다. '구세주의 정확한 개념'을 찾고 하느님과 인간의 실존적 관계를 객관적으로 표현했다. 현상을 보면서 사물의 본질이 무슨 뜻인지 파고들었기 때문이다. 결국, 각 현상을 파헤치러 가다가 정신을 잃을 만큼 힘겨운 길이라 난해하고 알쏭달쏭한 의미를 금세 알기 어렵다.

이에 비해 열대 사람들은 얼마나 훌륭하게 서로 나누며 살았던가! 그들은 완전히 정확한 표현을 찾을 필요가 없다. 어떤 형태도 마음에 들지 않는 것이 없다. 그들은 타고난 생리 덕에 자연스럽게 서양 사람들이 알아보기 어려운 것을 인식한다. 복 받은 능력이다. 그래서 실론 사람들은 북반구 사람들이 파괴 요소로 보는 경향을 축복이라며 진심으로 따른다. 그래서 광신에 빠지기 쉽다.

오늘 아침, 나는 근처에 좀 떨어진 작은 절을 보러 갔다. 이방인들이 찾아온 적이 없던 곳이다. 그곳에 진짜 열성 신도들이 살고 있다. 온순하고 양성적(陽性的)인 사람들 틈에 이런 사람들이 있었다고 믿기 어려울 만큼 성미가 불같은 사내들이었다. 처음부터 그중 한 사람이 대뜸 무례한지 아닌지 모호한 태도로 내게 (선문답하듯) 다짜고짜 질문을 퍼부었다. 나는 아무 답도 하지 못했다. 지극히 쉬운 문제를 묻는 것처럼 상대방의 무지를 확인하려 드는 교활한 의도였을까? 우선 그런 질문을 예상도 못한 사람은 단순한 질문 속에 무엇인가 숨은 뜻이 있을 것이라 생각하기 마련 아닌가.

아무튼 내가 불교도가 아니라고 하자 그는 비로소 마음을 열었다. 그렇다. 그는 열성 신도였다. 진리를 진지하고 열렬하게 여기는 사람이다. 순수한 교리를 왜곡하는 사람들을 원망하는 사람이다. 나는 속으로 이렇게 생각했다.

'불순한 자들을 피해 산골로 들어왔을까?'

'아니, 그래서 뭐 어쩌려고? 똑같은 사람들이 새로운 사상을 설할 텐데 무슨 소용이 있을까?'

'그가 사람들에게 직접 영향을 주려는 생각이었을까?'

'그렇다. 그러고 싶어 했을 것이다. 어쨌든 그렇다고 큰 도움이 될까?'

그의 주장대로라면 세상의 오류를 추방할 방법은 진리를 아는 사람들이 각자 완성을 위해 온 힘을 다해 정진하는 것뿐이다. 이렇게 해야 개종하는 노력보다 더 값진 모범을 세울 수 있다. 광신적 사고방식이다. 신앙과 자기완성을 위해 누구보다 더 집요하게 일하며 믿음을 다진다. 적당히 흉내나 내는 사람들을 관대하게 내버려두지 않는다.

참회를 상징하는 누런 옷만 걸친 그 사람과 벌인 논쟁은 매우 유익했다. 우리는 경내 보리수 그늘에서 이야기를 나누었다. 흰 옷을 걸친 심각한 참회자 몇이 우리 대화를 경청했다. 볕에 까맣게 그을린 아이들이 알록달록한 허리띠를 두르고, 호기심에 넘치는 눈빛으로 우리 곁을 맴돌면서 재잘대며 쫓아다녔다.

나는 훌륭한 승려들을 보는 데 익숙해졌다. 매일 같은 시간마다 같은 일을 하는 그들을 보니 마음이 편안했다. 그들은 시내로 탁발하러 발우를 들고 나간다. 신도들에게 그날 치 식사를 받으러 간다. 그러고 나서 목욕을 한다. 목욕 후에는 명상에 잠긴다. 명상을 마치면 경전을 가르친다. 같은 시간 같은 일의 반복이다. 나도 벌써 실론 사람처럼 승려들을 나의 일부로 여긴다. 그들은 자신들의 이상을 구현한 모습, 우리들의 깊은 내면에 살아 있는 상징을 보여준다. 인간은 그런 상징에 강하게 집착한다. 괴테의 말대로라면 그런 상징들에게 "항상 질책이나 받을" 때에도 그렇다.

실론 사람들은 탁발승을 비난하지 않고 상징이자 모범으로 본다. 붓다의 지혜로운 교리는 원칙상 어떤 원한도 물리친다. 비록 승려가 최상의 생활을 하더라도 또 다른 생활의 진실을 부정하지 않는다. 누구나 자기 수준에 맞는 이유가 있다. 이렇듯 지적이고 너그러우며 이상적인 것을 따르니 얼마나 즐거운가! 그렇게 하는 데 별로 드는 것도 없다.

불교의 우주관이 염세적이라는 말이 많다. 불경을 고지식하게 본다면 그럴지 모른다. 경전의 주제를 되짚어 보면 누구든 한동안 서구의 염세주의자가 될 것이다. 그렇지 않다면 붓다는 왜 그토록 자주 고통을 이야기하고 번뇌(煩惱)를 구원 교리의 핵심으로 삼았을까? 그러나 오늘날 불교에 염세주의의 자취는 없다. 불교는 평화로운 기쁨으로 삶을 따뜻하게 밝혀준다. 무엇보다 열반은 열대 주민에게 서구 사람의 지복(至福)과 같은 뜻이다. 염세 교리라는 것을 승려들은 복음으로 듣는다.

이것이 전부가 아니다. 실론의 불교도는 별로 어렵지 않게 구원받으리라는 확신 덕에 태평하게 생활한다. 따라야 할 지침이 얼마나 단순한가! 승려도 구원의 길에 결정적으로 뛰어든 사람인데 그 생활은 조금도 피곤하지 않다. 엄격함과 노력을 강요하지 않는 곳에서 누구든 할 수 있다.

이렇게 황색 승복을 걸친 '인생의 스승'들은 표정도 밝고 대부분 정중하다. 붓다의 교리는 열대 주민에게 루터교회가 북쪽 사람들에게 전한 것과 비슷해 보인다. 붓다는 루터처럼 교단의 권위를 부인하고 인간이 중요하다고 장담했다. 두 사람 모두 사람들 사이에 차이는 없고 하느님 곁이 아니라 소박한 사람에게 영감을 받았다고 가르쳤다. 붓다는 사실 수도원을 폐지하기는커녕 한없이 중시했다. 그러나 인도에서 수도원 생활은 서구와 뜻이 다르다. 상궤를 벗어난 별난 생활이 아니다. 수도원은 인도에서 국립 기관이다. 보통 사람 누구나 은퇴한 뒤 들어가 생활한다. 가령, 내가 실론에 오래 머문다면 어느 날 나도 틀림없이 승복을 입었으리라.

그렇다. 승려는 정직한 사람들이다. 그들의 생활 방식을 곰곰 생각해 보면 그들은 분명 '평범의 소중함'을 이상적으로 보여준다. 그들은 모든 점에서 감탄할 만하다.

불교의 수도 생활에서 특히 두드러지는 점이 있다. 너무나 쉬운 이상주의인데 이것이 오히려 불리하다. 사실, 평범을 이상으로 삼는 것부터가 우선 비범하다. 평등한 것이 깊이를 얻는다. 이런 이상적 관념은 열렬한 루터파 신도와 관대한 불교도에게 대단히 긍정적이다. 그렇지만 그와 동시에 더 높은 열망을 가로막는다. 정신을 물렁하게 이완시킨다. 노력하는 방향과 다른 쪽으로 나간다. 모든 사람이 경쟁할 수 없는 곳 어디에서나 마찬가지다. 불가능한 것을 열망해야 하향평준화를 피할 수 있다.

불교에서는 루터파보다 이런 장애가 별로 중요하지 않다. 요컨대, 높은 이상주의는 열대의 분위기에서 피어날 수 없다. 어쨌든 지장이 없지 않다. 실론에서도 만약 탁발승이 최고로 이상적 화신이 아니라면 그보다 더 위대한 이상형이 나올 수 있다.

불교와 기독교의 두 교리가 중요한 점에서 일치하기도 하지만, 그 실질적 차이는 계율로 미루어 짐작할 수 있는 것보다 훨씬 크다. 나는 동서양 윤리의 차이를 우선 다음과 같이 설명했던 중국 관리에게서 그 미묘한 근본 차이를 이해했다. 동양에서는 남들이 자기에게 어떻게 하든 자기라면 하지 않을 것을 누구에게도 하지 말하고 간섭하지 않는다. 반면, 서양 사람들은 남들이 자기에게 어떻게 하든 자신에게 가장 바람직한 것을 타인에게 요구한다. 기본적으로 동양의 것은 겸손하고 서양의 것은 공격적이다. 사실 그렇다. 사랑을 위해 싸우는 기독교의 '호전적 사랑'만 제외하면 불교도와 기독교도의 이웃 사랑에는 차이가 없다. 불교도의 이웃 사랑이 아무리 심오하고 합리적이더라도 서양인은 썰렁하다 느낀다. 그러나 인정하지 못할 것은 없다.

어쨌든 희로애락 속에 살아가는 개인을 진지하게 생각하지 않는 사람이 어떻게 적극적 사랑을 이상으로 삼을 수 있을까? 불교도가 개인에 무심한 것이 기본 이치라면 기독교도는 무한한 인간 영혼이 기본 이치가 아니던가. 인도 사람들이 초연하게 살려는 이상을 불교는 역사적으로 가장 극단적으로 실현했다.

진정한 현자라면 자기 자신을 위해 당연히 인도의 이상을 받아들일지 모른다. 덧없는 현상 이면으로 깊이 자의식의 중심을 잡고 있는 사람은 자기 이상을 밖으로 흘려보내려 하지 않을 것이다. 이런 사람은 초연한 정신 때문에 냉정하고 무심해지지 않는다. 그는 이미 선물을 받았고 더없이 큰 기쁨을 찾은 높은 수준에 올랐기 때문이다. 따라서 복을 받으려고 연연해하지 않아도 된다.

왜 인도 어디에서나 이런 현자의 이상을 받아들일까? 현자들이 개발한 세계관이기 때문이다. 그러나 브라만교는 현자가 고상한 인격자로서 세속에 초연할 때만 그 관념을 인정한다. 브라만교도는 "천민은 자기 자신에 얽매여 있다."라고 본다. 기쁨과 슬픔을 나누는 격한 감정을 통해서만 발전을 기대할 수 있다고 생각한다. 반면, 불교는 현자의 이상을 모든 사람에게 불가피한 절대적 이상으로 삼았다. 불교에서 말하는 무아(無我)[24]의 사상이다. 그러자면 '나'는 없어야 한다. 만약 흘러가는 의식을 뒤에서 받쳐주는 어떤 실체도 없고, 브라만교의 교리처럼 현상을 잠정적이나마 가치 있게 볼 여지조차 없다면 그럴 것이다. 그러나 이런 이론은 분명하지 않아 엉뚱한 수행으로 이어질 수밖에 없다. 이론을 제대로 이해하지 못하거나 다른 정신의 영향으로 수행력이 약해지면 그렇게 된다. 불교는 사람들의 차이를 없앴다. 사람들을 평준화했기 때문에 자비심만으로 난제를 풀지 못했다.

---

24 Anatman. 힌두교의 '아트만'과 대립하는 개념이다. 불교에서 '나'라는 존재는 없다. 그것은 일정한 조건에 따른 현상의 집합체일 뿐, '절대성'을 뜻하는 열반도 본질적으로는 공허다. 즉, 꺼져버리는 것이다. 수행자는 열반에 이르기까지 초연히 모든 인연을 끊고 '경험적 자아'를 넘어설 곳을 지향해야 한다.

기독교도에 비해 불교도는 이상하게 특색도 개성도 없다. 지혜롭지 못한 사람들은 활기차도 초연할 줄 모른다. 그들에게 초연함이란 쇠귀에 경 읽기에 불과하다. 이런 사람들은 자기 자신 속에 살아 있는 것을 절대적으로 인정할 때나 완성된다. 자기 생활에 깊이 몰입해야지 만약 너무 일찍 밖으로 나온다면 시들어 버린다. 그래서 실론의 불교도가 선량하고 예민하며 지혜로워도 완전한 인간이 되기 어렵다.

이와 같은 사상계에서 기독교는 불교보다 분명 우위를 보인다. 기독교에도 평준화 교리가 있는데 그것이 모두에게 미치는 효력을 감안하면 기독교적 애착이 더 유익해 보인다. 기독교의 사랑은 이 세상에 무수히 많은 다른 힘들보다 꽤 위력적이다. 사랑이 세속에서 힘을 발한다. 기독교식 사랑에서 세속 관계는 긍정적이다. 그래서 굉장히 활기차다. 신도들은 하느님의 영광과 세계의 구원을 위해 뛰는 의무와 계명 덕에 탄력을 잃지 않는다. 그래서 기독교 신앙은 효과적으로 실현된다. 교리가 반드시 형이상학적 진리라서 그렇다기보다는 사랑이 틀림없이 효력적이기 때문이다.

현상을 완전히 진지하게 고려한다면 애착은 배척보다 긍정적이고 심오하기 마련이다. 진정 사랑할 수 있는 사람은 냉정한 회의론자보다 심오하다. 충분히 긍정적인 것에 절대적 가치가 있다. 물론 긍정적이면서 초연할 수도 있겠지만 절대로 무심할 수는 없다. 자유는 높은 단계에 이르기 전에 우선 용기로 나타난다. 고통과 희생과 불행에 맞서는 용기다. 기쁨과 슬픔을 용감하게 받아들이는 보통의 기독교도는 보통의 불교도보다 더 나은 길을 가고 있다.

요컨대, 남방불교는 이상적 종교에 못 미치는 모습이다. 추진력이 부족하다. 높은 이상주의에 유리하지 않고 힘도 깊이도 없다. 불교의 이치에 따르면 고상한 삶이 천한 삶보다 소중한 것은 아니다. 주어진 삶은 악과 같다. 열반에나 들어야 구원받는다고 하는데, 그렇다고 인간 조건을 개선한다고 누구나 열반에 들어가는 것도 아니다. 이런 철학은 붓다도 마찬가지였고, 오직 위대한 인간, 유일한 절대적 존재가 맡는다. 모든 사람이 숭고함의 화신으로 보는 사람이 삶을 무시하는 것만큼 큰 효과가 어디 있을까? 모자라는 사람들은 이런 철학으로 위대해지기 어렵다. 그렇다고 불교 철학은 그런 사람들을 현혹하지 않았다. 하지만 기독교는 허황되게 현혹했다. 기독교는 ("가난한 자에게 복이 있나니!" 하며) 천민들에게 그 처지 덕분에 그들이 세상에서 누구보다 뛰어나다고 설득했다.

높은 자비심에 취한 불교는 존재마다 있는 그대로 인정한다. 신 앞에서든 인간 앞에서든 왕자는 왕자고 시종은 시종이다. 불교에서 경험의 차이에 미리 정해진 가치는 없다. 왕자가 왕자라고 해서 종보다 신성에 더 가까이 다가선 것은 아니다. 그러나 이집트 사람들은 다르게 생각했다. 그들은 노예는 비천해 신에게 접근하지 못한다고 믿었다. 기독교도와 다른 신념이다.

궁극적으로 보면 모든 존재는 똑같다. 이렇게 불교 덕분에 보통 사람들의 마음속에 초연함과 우수성이 싹텄다. 특권층에서나 보이는 자질이다. 위대한 군주의 자질이다. 영생으로 보상받으려고 기쁘게 참고 기다리는 자질이 아니다. 뭐 하러 기독교도처럼 고생하며 참아야 할까. (진정한 자유를 설명하기보다 이성이라는 튼튼한 울타리 안에서 자유를 찾는) 에

픽테토스[25]의 평정(平靜)이나 디오게네스의 냉소로 일관하지 않는다.

나는 평범한 불교도 가운데 세상의 위인이나 보여줄 만한 인품을 지닌 사람들을 계속해 만났다. 석가모니 후예들의 심리적 재능은 정말 뛰어나다. 지금 동정심과 관련해 토마스 아 켐피스[26]의 《예수를 본받아》를 다시 읽어보면 무미건조하다. '모든 기독교계의 횃불'이라는 책이 아닌가? 이 책에서 말하는 심정은 너무 수준이 낮다. 하느님 앞에서 굽실대는 저속함뿐이다. 위신도 없는 굴종, 잘못할까 벌벌 떨고 축복이나 애원하며 노예처럼 조바심을 부린다. 토마스 아 켐피스는 이런 식으로만 순수하고 고상했다. 그의 사상은 인간 세상과 하느님 사이에 터무니없는 관계만 내세운 전통 때문에 그르쳤다. 그는 열등한 것은 열등하기 때문에 형이상학적 가치가 있다고 했다. 이런 미신이 우수한 기독교도에게 해로울 리 없었다. 그 미신은 그들의 삶을 직접 이렇다 저렇다 하지 않고 그 삶과 나란히 다른 삶을 제시하는 대위법 같은 것이다. 결국 그들의 삶은 더욱 위축되었다. 그들은 사람들에게 각자의 상태를 뛰어넘을 수 없다고 역설하면서 뛰어난 자질을 억누르게 했다. 그뿐만 아니라 교만을 부추겨 건방지게 했다. 구원받고 복을 누릴 권리를 확신하고 자랑했다. 오늘날, 종말론과 결별하고 사회・경제 사상과 결합한 것[27]이야말로 지극히 역겹다. 서구 문화의 장래에 심각한 우려가 될 만하다.

---

25 Epiktetos. 50~125?. '노예'라는 뜻의 이름을 가진 금욕주의 철학자.

26 Thomas a Kempis, 1380?~1471?, 독일의 수도자이자 신비주의 사상가로 신비주의에 따른 조용한 실천 활동을 강조하며 후진을 양성하고, 《준주성범》이라고도 불리는 책 《예수를 본받아(De Imitatio Christi)》를 썼다.

27 생시몽주의 사상을 사례로 꼽을 만하다. 인류 복리와 공영을 위한 산업 개발을 주창하면서 식민지 착취를 뒷받침하고 지구의 환경 파괴를 선도한 세력을 합리화했다.

심리학과 철학에서 볼 때 유식한 사람과 무식한 사람이 주장하고 퍼트린 진리의 차이는 어마어마하다. 예수는 붓다만큼 깨우치지 못했다. 예수의 사상은 인도 현자들보다 조금 깊다고나 할까. 예수의 교리는 "인류가 절대 거부하지 못할 복음"이다. 그러나 예수는 철학자가 아니다. 예수는 자기가 아는 것을 명료하게 설명한 적도 없다. 예수의 무수한 가르침은 이해보다 더 많은 오해를 받는다. 놀라운 일이 아니다.

어떤 겸손이 중요할까? 복종이 아니다. 인간으로서 위신을 포기하는 것도 아니다. 깊은 곳에서 나오는 영향을 온전히 받아들여야 한다. 사람이 어떤 뜻으로 자기를 희생하면서까지 이웃을 사랑해야 할까? 자기의 삶보다 타인의 삶이 더 귀해서가 아니다. 태양처럼 높고 지극한 것은 받지는 않고 주기만 한다. 비천한 것이 위대한 것보다 좋다니 무슨 뜻일까? 하느님이 비천한 조건을 더 좋아해서가 아니다. 그런 조건 때문에 눈앞의 현실에 덜 얽매일 수 있기 때문이다. 기독교 교리는 이런 식이다.

기독교 정신의 진정한 뜻은 아직 제대로 이해받지 못하고 있다. 기독교 교리를 객관적으로 정확히 이해하지 못하고 있다. 그래서 그 교리는 좋은 효과도 내지만 역효과도 많다. 기독교 정신은 서양 사람들의 사기를 떨어뜨렸다. 요즘의 끔찍한 물질만능주의는 중세처럼 낙원을 갈망하는 데에서 나왔다. 왜 교양과 지성에 살벌한 검을 들이대고 위협하며 독재를 부렸을까? 정신적으로 빈곤한 사람들이 천 년 넘게 행복하다고 주장했기 때문이다. 그들은 자신들만 가치 있다면서 자기네 신앙을 사업에나 이용한다.

인도의 종교 지도자들은 자각이 무엇을 의미하는지 알고 있었다. 그들은 미래에 대한 그릇된 해석을 경고하려고 갖은 노력을 다했다. 그 잘못이 얼마나 치명적일 수 있는지 알았고 세속적으로 볼 때 모든 영적 진리는 본질적으로 모순을 드러내기 때문이다. 평범한 불교 신자들은 그들의 잘못이 얼마나 크든 간에 서양의 다른 종교 신자보다 더욱 고상한 정신의 후예다.

다시 내 몸으로 돌아와 본다. 열대 기후에 어떻게 되었을까. 확실히 달라진 느낌이다. 몸도 마음도 같은 것을 빚어내고 있다. 몸도 불교의 영향을 받았다. 과거와 다르게 반응한다. 이전과 다른 방식으로 기뻐하고 괴로워한다. 다른 것을 구한다. 차츰 이런 변화로 나날이 실론 사람과 비슷해진다.

오늘도 만약 아프다면 집에서 하던 대로 약을 먹었을 것이다. 실론 사람들처럼 '착한 아줌마'[28]의 처방에 따른다면 우리 약국 처방보다 금세 나을까? 어쨌든 균형 상실의 문제는 아니다. 기후 적응이란 순전히 상상하기 나름 아닐까? 더운 지방 사람들은 추운 지방에서 잘 지내지만, 추운 지방 사람들은 더운 지방에서 그러지 못한다. 열대 동물 대부분은 북쪽 기후를 잘 견디지만 북쪽 동물들은 열대에서 오래 살아남지 못한다. 이런 경우들로 미루어 보면 더욱 폭이 좁은 생활 조건은 어느 경우에나 활력을 자극한다. 그러나 조건이 지나치게 풍부한 곳에서는 적응할 준비가 되어 태어난 것들만 버텨낸다. 더구나 동물은 상상력이 자유롭지 못하다. 인간은 상상력이 넉넉해 사실상 어떤 기후도 견뎌낸다. 단,

---

28 약초 등을 다루거나 산파 노릇을 하면서 의료가 부실하던 시대에 대증요법으로 민중의료에서 중요한 몫을 했다. 서구에서는 마녀로 모략받기도 했다. 쥘 미슐레의 《마녀(La sorcière)》를 참고하라.

각 기후 특성에 맞춰 살 방법을 택한다. 생리적 균형이 깨지지 않아야 하기 때문이다. 상상력이 부족한 사람은 그 방법을 본능적으로 익혀야 한다. 짐승은 생존 방식만 표현 수단으로 삼는다. 그래서 낯선 환경에서 금세 죽어버린다. 그런데 짐승처럼 북쪽 사람 가운데 적응력이 떨어지는 사람은 열대 지방에서 살지 못한다. 마찬가지로 이곳에서 영국 사람들이 영국식으로 생활하는데도(열대에서 그런 식으로 산다는 것은 극히 건강에 해로울 텐데도) 잘 지내고 있어 흥미롭다. 이유는 간단하다. (예외가 사실이라는 새로운 증거이기도 하다.) 모든 유럽 사람 가운데 영국 사람이 가장 훌륭하게 상상력을 끌어모은다.

우리는 다른 환경에서 심하게 경직될 때가 있다. 무기력이나 심한 긴장 때문이다. 금욕주의 시대부터 이 두 번째 경우는 잘 알려졌다. 수도사의 균형을 깨트릴 수 있는 것은 아무것도 없다. 그는 완전히 자기 자신 속에 갇혀 있다. 어떤 기후에 적응하지 않고 버티는 사람 비슷하다. 수 세기에 걸친 생리 덕에 영국 사람의 몸은 정말이지 '그 자체를 위한 별도의 세계'처럼 되었다. 외부 환경의 영향에 둔감하다. 그래서 영국인은 기후보다 개인의 습관과 성향을 중시한다. 영국 사람들은 이런 태도로 단순하게 생활하기 때문에 실생활에 매우 유리하다. 충격을 받아봐야 별것 아니라서 그럴 수 있다. 경직된 사람은 항상 이런 식이다. 어쨌든 유연한 사람이나 주변의 실제 성격을 감지한다. 그런 사람만 환경의 영향을 받아들이고 공감하며 어울린다.

엊저녁에 나는 독수리처럼 큰 새 떼를 보았다. 두루미처럼 여러 무리가 골짜기 속으로 날아갔다. 그런데 알고 보니 새가 아니라 박쥐들이

마운트 라비니아 해안 풍경. 1903년 퀴르트 부크 사진.

다. 열대의 자연에서 뜻밖의 놀라움은 예상외로 드물다. 그 자연 앞에서 우리의 영혼은 마치 우리 몸이 빛과 그림자로 갈라질 때처럼 두 쪽 난다. 가장 낯선 것이 정상처럼 보인다. 이곳 밀림에서 내 앞에 어떤 신이 불쑥 나타난다고 놀라기나 할까? 그러지 못할 것 같다. 일상에서 마주치는 생물이 너무 많아 놀라다 보니 그런 데에 둔감해진다. 열대에서 가능성은 너무 어마어마해 놀라지도 떨지도 못한다.

지금까지 내가 겪은 것 가운데 강렬한 장면이 생각난다. 마운트 라비니아[29]의 야자수 농장으로 파도가 부드럽게 치고 있었다. 그때 시커멓

29 Dehiwala-Mount Lavina. 콜롬보 남쪽 부근의 해안과 그 일대를 가리키는 지명으로 인도와 스리랑카 고유의 토종 야생동물이 유명하다.

고 험상궂고 껍데기가 갑옷처럼 무시무시한 게 수백 마리가 어기적대며 해변에서 사냥을 했다. 지옥에서 튀어나온 괴물로만 보였다. 으스스한 이미지였다. 실론 연안에서 볼 만한 것은 이것들뿐이다. 그 커다란 게들의 살벌한 이미지가 걸핏하면 떠올랐지만 (그때마다 떨리기만 해서) 그 모습을 절대 지울 수 없다. 지금까지 살아남은 원시의 거대한 도마뱀도 주변을 공포에 떨게 한다. 그러나 그놈들도 원래 자기네 자연환경, 원시환경에서는 귀엽고 매력적인 놈이 아니었을까? 지금 살아 있는 놈들보다 더 난폭한 놈들이 있었을 테니까.

내일, 나는 실론 내륙으로 자동차 여행을 떠난다. 마지막 며칠 동안 준비도 경험도 없이 밀림으로 들어가지 않고 자연을 차분히 관찰하기로 했다. 그런데 열대의 햇살 아래에서 본다는 것은 믿어지지 않을 만큼 어렵다. 볕이 너무 강해 배경 색 앞에서 희미하게만 보인다. 아주 화려할 텐데 미묘한 빛깔을 좀체 볼 수 없다. 그래서 칸디 주변의 숲은 거의 나른해 보였다.

오늘, 나는 마침내 수많은 돌과 썩은 나무 등걸을 걷어낸 끝에 불쑥 튀어나오는 커다란 다족류와 마주쳤다. 끔찍한 짐승이다. 지네다. 잘생긴 인간과 정반대의 존재다. 그 특징을 인간이나 인간세계에 옮겨 본다면 정말로 괴물이 나오지 않을까? 초기 불교도들이 지옥을 장식할 때 능숙하게 거미를 키워 사용했는데 이 짐승을 무시했다니 놀라웠다. 그렇다. 지네는 끔찍하다. 그런데 이놈도 살아야 한다. 사람과 닮은 구석이 전혀 없는 짐승이지만 이놈도 자기 종에서는 완벽할 테니까 창조의 원리에 따른다면 탁월한 존재다. 하지만 지네가 완벽한지 아닌지 우리가 어떻게 알까? 특별한 근거를 들 수도 없다. 그저 분명한 사실이다. 지네도 다른 놈들에게 '먹힐' 수 있다. 당연한 일이다. 물론, 적당한 한계 내에서 완벽하다는 것은 당연한 일이 아닐 수도 있다. 누가 그 점을 영국 사람들처럼 잘 보여줄까.

나는 영국의 명사들을 만날 때마다 충격을 받곤 했다. 그들은 타고난 재능도 별로 없고 시야도 좁다. 그런데 나든 다른 사람에게든 그들의 태도는 매우 대조적이다. 그들을 (당연히 진짜 뛰어난 인물들은 일반적 고려의 대상은 아니다.) 지적인 사람들로 진지하게 대하기 어렵다. 그들은 실수할 줄 모르며 본능대로 움직이는 동물 같다. 완벽하게 어떤 영역을 장악한다. 나머지에는 완전히 무지하고 무능하다. 그들은 다른 면에서 꽤 자연스럽지만 독창성은 부족하다. 누구나 이웃처럼 생각하고 느끼고 행동한다. 그들의 내면은 조금도 놀랍지 않다. 그러나 나는 동물과 마찬가지로 영국 사람을 있는 그대로 인정할 수밖에 없다. 자기 가능성을 완벽하게 실현하기 때문이다. 그럴 만한 사람들이다. 그렇기 때문에 확신에 넘쳐 다른 사람들을 설득한다. 그들은 유럽의 다른 민족보다 우월하다고 자신한다(당분간 반박하기 어려운 우월성이다). 그들은 유럽 사람들 가운데 정말로 이런 점에서 완벽하다. 누구나 그 흠잡을 데 없는 점에 고개를 숙인다.[30]

---

30 저자는《유럽의 해부 (Analyse spectrale de l'Europe)》(1928)에서 영국 사람을 다음과 같이 익살맞고 신랄하게 묘사했다. 저자는 스위스와 포르투갈 사람들에 대한 신랄한 묘사 때문에도 반발을 사고 험한 역공을 받기도 했다.
"영국 사람은 말을 닮았다. 카를 후터의 관상학에 따르면, 여기저기 기웃거리며 돌아다니는 인간이다. 최고의 미녀가 속이 텅 빈 탓에 고작 테니스공이나 치며 사는 것과 마찬가지다. 그러나 '정치적 동물'로서 본다면 이상형이다. 정치에서 영국 사람은 장닭 앞에 버티고 선 개처럼 자신만만하다. 정치에 관한 한 그들의 지식은 그런 개와 비슷하다. 생각하는 사람 같지 않다. 번번이 아무 생각 없이 움직인다. 유럽 대륙 사람처럼 생각하는 영국 사람은 자기 동포에게 모두 함께 전진하려면 "진흙탕

독일 사람은 타고난 것이 많다. 그러나 아직 걸맞은 형식을 찾지 못했다. 그래서 그들은 어디에서나 별다른 이유도 없이 인정받지 못한다. 그렇지만 완성도를 감안한다면 독일 사람도 가능성의 전형을 보여준다. '독일 사람'이라는 전형을 완벽하게 표현한다는 점에서 특히 오스트리아 귀족이 그렇다. 오스트리아 귀족은 그다지 유능한 편은 아니다. 그러나 황소처럼 정해진 길을 따라 묵묵히 일한다. 전형적인 독일 사람은 '격식'을 너무 중시해 '잠재력'을 해치기도 한다. 아무튼 이런 점에서 완벽하다. 이런 점에서라면 그는 어디에서나 즉시 인정받는다. 칭찬받고 모범이 된다. 높은 존경을 받는다. 거만한 영국 사람도 그 사회를 제일 먼저 찾아간다.

을 건너기 마련"이라고 주장한다. 대영제국은 그럴 뜻도 없었는데 어쩌다 보니 제국이 되었다고 한다. 자신들이 무슨 말을 하는지 잘 알면서 하는 말이다. 어떻게 밀어붙여왔는지. 아무튼 통찰력이 뛰어난 영국 식민지의 유능한 공무원들도 먹고 마시고 운동할 생각뿐이다. 물론 젊다면, 집적거릴 생각이나 한다."

담불라

이 나라에서 처음으로 차를 타고 돌아다닌 이 구간을 어떻게 잊으랴. 먼저 고요한 처녀림 속을 한참 달린다. 그러고 나서 가파른 민둥산으로 오른다. 정상에 이르면 담불라[31] 동굴 사원이 나온다. 사방은 온통 끝없는 숲이다. 나뭇잎에 덮인 초입의 건물들은 본당 앞마당까지 이어진다. 녹음 한복판에서 잿빛 궁륭이 매우 고고하다. 실내가 제일 인상적이다. 사람들의 혼이 담긴 경이로운 화초들이 죽은 돌 위에 서 있다. 화려한 불상 백여 점은 평화롭게 나란히 줄지어 있다. 그것들 사이 여기저기에 정성껏 가꾼 화단 속에 끼어든 망나니 잡초처럼 아연실색케 하는 인도 신상들이 튀어나온다.

자연은 자기 뜻을 굽힐 줄 모른다. 모든 것이 부처라는 '참 존재의 정복자'를 충실히 따른다. 신자들은 신상 앞에 엎드려 경배한다. 부처는 우상들을 부숴버리라고 하지 않았을까? 아무튼 부처의 무서운 예견과 화려한 정원이 서로 어긋나지 않는다고 보는 실론 사람들이 옳다. 그렇게 그저 허무한 존재라는 뜻으로 피어 있다. 열대의 언어로 표현된 교리 그 자체다.

---

31 Dambulla. 스리랑카 중부 칸디 북쪽 도시로 채소의 집산지다. '황금사원'이라 불리는 스리랑카에서 가장 거대한 담불라 동굴 사원이 있는데, 유네스코 세계유산으로 인도 문화가 도래하기 이전의 선사 유적도 풍부하다.

바윗돌에 거칠게 깎은 와상(臥像)이 특이하다. 그 불상은 신통하게 닮은 좌상들 사이에 홀로 누워 있다. 마치 수풀 사이에 민둥산 같은 데도 외로워 보이지 않는다. 그들과 본질적으로 다른 존재 같지도 않다. 그저 모습만 다르다. 붓다도 고타마 싯다르타라는 한 인간으로 살았을 때 자기 인격을 그렇게 이해했으리라. 그는 제자들에게 독특하고 고독하며 주체적으로 보였을지라도 자기 개성을 껍데기로 알았다. 오래전부터 그는 모든 수많은 다른 것이 진정한 하나로서 실현되는 깊이를 생각하며 살았다. 그 하나 속에 녹아들어 사라져 버릴 만큼 나는 한참 동안 와상 앞에서 상상의 나래를 펼쳤다. 문밖으로 나무 꼭대기 쪽에서 원숭이 떼가 조용히 춤추듯 외줄을 타며 저녁거리를 잡으려고 돌아다녔다.

하바라나 밀림

인간의 지각 능력은 너무 빈곤하다. 분명 두드러지고 거친 것을 제외하면 하바나라[32] 밀림에서 차이가 나는 것은 꽁꽁 숨어버렸다. 전인미답의 광야에서 이정표만으로 큰길을 찾는 사람처럼 길을 확실하게 찾아내는 코끼리가 부럽다. 나는 고향 북유럽의 숲에서 사냥꾼의 눈에 조금 익숙한 곳이라면 어디에 와 있는지 웬만큼은 안다. 하지만 여기에서는 발을 들여놓자마자 길을 잃고 헤맨다. 왜 특별한 능력도 없어 보이는 새들이 어떤 장소로만 모여들까? 왜 수많은 나비가 어떤 해안 절벽에만 알을 깔까? 나는 얼마나 까막눈인가! 더욱 재능이 뛰어난 동물이나 벌레는 이 처녀림을 내가 상트페테르부르크를 보던 것만큼 다채롭게 보지 않을까?

대양도 마찬가지다. 예민한 사람들이 거대한 통일 제국처럼 바라보는 바다는 사실 처녀림만큼이나 수없이 작고 다채롭게 나누어진 왕국이다. 인도양을 건너는 동안 날치들이 일정한 곳에서만 떼지어 수면 위로 뛰어올랐다가 한꺼번에 사라지곤 했다. 해파리가 수백씩 떼 지어 붉게 물들이는 곳도 있다. 돌고래는 어떤 지역에서만 우아한 놀이를 즐긴다. 이렇게 흩어진 지역들이 곧 서로 다른 생태의 경계다. 그렇지만 나는 그

32 Habarana. 사파리로 유명한 소도시로 담불라 북쪽에 있다.

런 것을 알아보기에는 눈이 너무 어둡다. 그들과 다른 우리 인간은 무엇을 알아볼까? 우리에게 필요한 것이나 알아본다. 도시와 거리와 밭에서 요긴한 것만 생각한다. 우리는 이런 식으로 네덜란드나 일본처럼 어떤 나라 전체를 이해할 수 있다. 그 나라의 기본 성격이 그 나라 사람에게서 나온 곳이다.

자연과 인간의 관계가 불가분하지 않은 곳에서 우리의 잣대는 쓸데없다. 자연의 편에서 보면 우리의 이론과 체계는 하찮을 뿐이다. 별이 빛나는 하늘을 체계적으로 분류한다니 정말 웃기는 일이다. 나는 별이 빛나는 밤하늘을 한두 번 본 것이 아니지만 아직도 남십자성 같은 것을 찾아낼 줄은 모른다. 물론 그것을 굳이 찾지도 않는다. 누군가 그것을 가리키겠지만 그 별자리가 내 머릿속에서 항상 똑같은 자리에 박혀 있을 수도 있다. "나폴레옹이 정상에 서 있는 웅장한 산의 모습을 보고" 나서부터 산을 항상 그런 모습으로 바라보는 딱한 사람처럼 말이다. 인간은 어디에서나 열심히 자기를 넘어서 있는 것들을 인간에 꿰맞춰 보려고 한다. 나는 스스로 남십자성을 찾지 않을 만큼 고지식하다.

미네리야 호숫가에서

책을 붙들고 공부하기 싫었을 때, 동물을 들여다보고 쫓아다니고 키우면서 행복해하던 어린 시절에 이런 야생 숲가의 호수가 있었다면 지상낙원 같지 않았을까? 나는 몇 시간씩 호숫가를 따라 숨어 다니며 새로운 생물을 찾았다. 모래 기슭에 썩은 고목처럼 엎드린 악어들을 긴 다리 물새들이 지키고 있었다. 흰 왜가리와 해오라기는 물소들 틈에서 먹이를 쫓았다. 매와 재두루미들은 불룩한 둔덕이나 나무 꼭대기에 앉아 있었다. 펠리컨 무리는 수면에서 물장구치고, 물수리와 솔개는 허공을 맴돌았다. 그중에 전혀 모르는 은빛 짐승이 있었다. 짧고 짙은 깃털이 섞인 놈인데 맹금류 가운데 가장 잘생겼다. 후경에는 뱀처럼 목이 긴 새들이 쫙 깔렸다. 새들의 특이하고 의젓한 자세 때문에 풍경은 전체적으로 신화의 분위기를 풍긴다. 천지창조 닷새째 되던 날의 세계를 다시 보는 셈이었다. 정말 좋았다. 이곳에 그 모든 힘이 고스란히 남아 있는 느낌이다. 모든 것이 태고 같은데 사실이다. 이런 면은 어린이와 특별한 위인만 그렇다고 할 만큼 사람들 사이에서 극히 보기 어렵다. 우리 대부분은 우리의 본질에서 아무것도 배우지 않는다. 동물은 항상 완전하다. 동물들은 항상 행동으로 보여주는 모습이 곧 그들 자신이다. 자기 가능성을 완전하게 표현한다. 하지만 동물은 자유가 없다고 반박하는 사람도 있지 않을까. 물론 동물은 자유롭지 않다. 하지만 무가치한 것은 아니다. 우리는 더 크고 특별한 자유를 누리지만 이는 우리가 자유롭게 이상을 실현하기 때문은 아니다. 우리에게 완성의 기회가 '많이' 열려 있기 때문이다. 우리 인간 또한 완전은 최고의 이상이다. 그러나 완전은 한계를 전제로 한다. 우리는 내면의 법칙대로 필요에 따라 행동하는 사람을 제멋대로 움직이는 사람보다 높이 평가한다. 우리는 확실하게 표현된 생각을 최고로 평가한다. 예술에서도 마찬가지이거니와 일반적으로 삶의 모든 표현도 마찬가지다. 인간 만사에서 이상에는 정해진 목적이 있다. 반면 무한정한 것에 목적은 없다. 이런 점에서 인간의 조건과 동물의 조건이 다르다. 이상을 실현할 수단이 이상은 아니다. 그러니 어째서 동물이 흥미롭지 않을까. 동물은 항상 자기만의 완전성을 보여준다. 그렇기 때문에 불완전한 인간보다 동물이 흥미롭다.

인간을 반쯤 신 같은 존재라고 찬미하고 싶다. 우리 각자는 미네리야 호수[33]의 목이 긴 새처럼 모두 살아 있는 자연의 산물이다. 나는 가까운 사람들보다 동물에게서 더 많은 정보와 자극을 얻는다. 사람들을 판단하고 평가하기는 쉽다. 개인은 불가분한 능력을 키워주는 지성에 비해 굉장히 엉성하기 때문이다. 그러나 아주 작은 동물조차 자기 존재를 알아차릴 때 그 능력을 극대화한다. 가장 단순한 해양 동물이 우수한 장기(臟器)에 비할 만한 자발적 동작을 발전시킨다. 우리 관심 밖의 사실이다. 특별한 자극에 맞서는 단호한 반작용과 뛰어난 생화학적 상상력이 합쳐져 막연한 생명의 감정 같은 것을 낳지 않을까.

---

33 Minneriya. 스리랑카 중부의 호수. 팔리어 경전을 준수하는 불교를 믿던 시절인 아누라다푸라 왕조의 마하센((276 – 303) 왕 치세기에 조성한 인공호수다.

가재는 하나가 아니라 둘, 셋이다. 이중 삼중의 존재다. 그 의식은 우리가 우리 자신을 이해하는 것처럼 하나로 모이지 않는다. 여우의 혼을 이해하려는 사람은 후각에 집중해야 한다. 사람을 알아보려고 예의주시하는 것과 비슷하다. 그래서 모든 뛰어난 사람은 인간 사회보다 '자연'을 좋아한다. 인간 사회가 위축되면 자연은 해방된다. 자연은 인간성의 한계를 뛰어넘게 해준다. 그러면 우리는 사물의 뿌리를 깊이 인식한다. 사실상 모든 창조의 뿌리는 하나다. 가장 고상한 생명력은 모두 같은 뿌리에서 나온다.

저녁은 정말 아름답다. 호수는 마지막 노을빛을 반영한다. 바다제비와 수많은 개구리 울음소리가 숙소까지 울리고 펠리컨 무리가 장엄하게 숲으로 날아오른다. 이웃 마을에 야생 코끼리 떼가 있다. 벌써 쿵쿵대는 발걸음 소리가 들린다. 볕에 얼굴이 누렇게 탄 숙소 주인이 밤사이에 코끼리 떼가 숲속 공터로 나온다면 아침에 깨워주겠다고 약속했다.

나는 다시 한번 동물 공원을 찾아갔다. 커다란 물수리 곁에 다가가기도 하고 물새 떼를 좇아다니기도 했다. 늪지를 벗어나 밀림 속으로 들어갔다. 덩굴나무들은 내 앞에서 비행기처럼 날아오르며 내빼는 긴꼬리원숭이들에 놀란 듯 흔들렸다. 이런 시간에 이런 것을 차분히 바라볼 수 있어 뿌듯했다. 현실의 이미지는 머릿속에서 상상과 같은 차원으로 들어온다. 그러다 보면 생각과 느낌은 거의 다를 바 없다. 마음을 터놓고 바라보는 동안 정신은 풍요롭다. 모든 것을 관찰할 수 있다면 한 번 더 자기 나름대로 세계를 창조할 수 있지 않을까? 그러나 정신이 그렇게 왕성하게 성장하려면 풍부한 양식이 필요하다. 정신이 저 혼자 어떻게 양식을 마련할까. 그래서 누구도 관념만으로 제대로 살아갈 수 없다. 바깥의 경험은 여전히 불가분하다. 사람들과 자기 성과에만 둘러싸여 있는 사람은 결코 자유롭지 못하다. 동아리 세계에 갇혀 사는 사람은 그 세계가 제아무리 넓어도 쇠퇴한다. 그런 사람들의 내면생활은 풍요로워지기는커녕 빈곤해진다.

나는 대도시에 살던 몇 해 동안 관찰하는 습관을 거의 잃어버렸다. 톱니바퀴 같은 도시 생활에 재미없었다. 생각은 굳어지기 시작했다. 하마터면 그런 생각의 노예가 될 뻔했다. 스물일곱 살이던 그때 나는 나 자신이 만들어낸 틀에 숨이 막혀 죽을 뻔했다. 그런 증세가 심해지기 전에 다행히 위험한 줄 깨달았다. 지금 나는 관찰을 자제한다. 그럴 만한 여지가 없을 때조차 그렇게 한다. 내게 여전한 호기심조차 키우지 않는다. 내 머릿속에서 짜낸 베일을 찢어버릴 수 있어 다행이다. 물론 관찰해야 한다. 내가 정말로 그럴 수 있을까? 아니다, 내가 바라는 대로는 아니다. 나는 여러 번 최선을 다해 관찰하려 했지만 번번이 그러지 못했다. 그러니 정말로 보았던 것은 없다. 분명, 감각이 표현의 조건은 아니다(감수성과 창의력은 차원이 다르다). 그렇지만 지각과 관념은 정신적으로 같은 차원에 있다. 따라서 실제로는 우리가 생각할 수 있는 것만 이해한다. 그런데 나는 절대로 특별한 것을 생각할 줄 몰랐다. 결국 내 밖에 있는 것조차 볼 줄 몰랐다. 나는 일반적 원인에 따른 특별한 것이나 생각한다. 사물 자체를 중요하게 보지 않는다. 사물이란 잠재태로서만 보인다. 그래서 내가 보고 느낀 것을 기억한다.

몇 해 전, 한 친구가 최후의 심판이 오늘날 내가 서기(書記)를 맡게 될 것이라고 놀리는 소리에 정말 난감했다. 사실, 나는 특별히 공상적

이야기나 잡담까지 기억하는 편은 아니다. 일반적 관계를 잊기는 어렵지만 특별한 일에 대한 기억은 긴장할 때뿐이다. 고치기 어려운 악습이다. 나는 세세하고 긴밀한 관계를 맺어보려고 무수히 애썼다. 개별적 인물과 이미지와 시대와 비슷하게 어울리고 싶었다. 소용없었다. 그럴 때마다 내게 부족한 것을 가진 사람들의 영향에 굴복했다. 경험의 한계를 뛰어넘으려는 것이 잘못이었다. 깊은 한계조차 몰랐다.

심리학자들은 인간의 다양한 인지력을 여전히 불확실하게 말한다. 우리는 화가들의 지각이 뛰어나다거나 철학자들에게 그림처럼 관찰하는 능력이 있다고 종종 오판한다. 위대한 시인과 화가처럼 우리는 현상의 완전성을 표현한다. 그렇게 표현한다는 사실은 표현하는 사람이 그 현상에 담긴 정신을 전혀 몰라도 된다는 뜻이다. 그러나 어떤 사물의 의미를 파악하는 사람은 그 면모를 잘 알아본다. 그렇다고 그가 그 현상을 객관적으로 인지한다는 뜻은 아니다. 이 문제에서 소설가 톨스토이가 매우 흥미롭다. 프랑스와 큰 전쟁을 치른 시대를 그려낸 그의 대서사시만큼 인간의 삶을 꿰뚫어본 작품도 없다. 그렇지만 톨스토이처럼 철학적으로 깊이 없는 인물도 없다. (아직 분화하지 않고 여전히 젊은 민족으로서) 러시아 사람 대부분처럼 톨스토이는 강렬하게 추상적으로 요약하는 능력이 부족하다. 전체 속에서 특수한 것을 파악하고 깊이를 파고드는 능력이 부족하다. 어쨌든 그의 눈은 사나운 매 눈 같다.

누군가 이해도 못 하고 본 것만으로 완벽하게 재현하더라도 안목 있는 독자는 그런 재현을 깊이 들여다보기 마련이다. 거기에서 안목과 재능이 떨어지는 시인들보다 더 깊은 것을 찾아내기도 한다.

폴로나루와

폴로나루와[34]의 찬란한 자취 가운데 파라크라마 왕[35]의 주거지는 정말 인상적이다. 그곳의 완벽한 예술 때문이 아니다. 그저 아름다운 것이 아니다. 비할 데 없이 아름답다. 예술의 아름다움과 완전히 다른 법칙에 따른 폐허 특유의 아름다움을 완전하게 보여주는 건축이다. 너무나 강렬하다. 폐허에 훌륭하게 보존된 예술품들보다 더 큰 매력을 발한다. 과거의 이미지에서 덧없는 관념이 영혼과 통하기 때문 아닌가. 미완의 작품이 발하는 것과 비슷하게 세월의 풍화가 남긴 자취 때문이기도 하지 않을까. (이런 것은 현실에서 부족한 것을 관념으로 채워준다.) 폐허에서 인간의 정신이 우주의 힘과 함께 움직이는 듯한 특별한 매력이다. 그렇게 무한한 배경을 보여준다. 특정 인물과 시대에 국한된 배경이 아니다.

대리석과 금으로 치장된 신전은 수준 높은 창작이다. 그렇지만 그 겉은 세월에 풍화되어 윤곽에서 영원한 자연력의 자취가 드러날 때 비로소 우주에 통합된다. 실론의 동굴 사원들 속에 보존된 불상은 불교 공

---

34 Pollonaruwa. 스리랑카의 11~13세기경 수도로 당대의 많은 힌두교와 불교 유적이 남아 있다. 바위에 새긴 열반에 든 거대한 석불상이 갈 비하라(Gal Vihara) 거상이다.

35 Parākramabāhu I. 1123~1186. 1153년부터 1186년까지 폴로나루와 왕국의 국왕이다. 그의 왕국은 스리랑카 역사상 가장 큰 나라였고, 당시 수도는 폴로나루와였다. 불교 개혁을 시도하고 예술을 크게 장려했다.

폴로나루와의 갈 비하라 와불상, 1920년대

동체의 혼을 이상화했다. 그렇게 많은 것을 설명한다. 그렇지만 그 겉모습이 주변의 특징과 하나가 된 '갈 비하라' 거상들은 더욱 고상한 의미를 띤다. 바로 자연의 형태다. 마치 오랜 세월 거대한 계곡물에 패인 듯 빙하에 씻겨나간 골짜기처럼 인간의 창의력은 위축될 줄 모르고 커지기만 하지 않았을까. 인간 정신은 별자리를 지켜주는 힘에 비할 만하다. 이곳의 유적은 지금까지 내가 본 어떤 것보다 더 장엄하다. 실론의 자연이 더할 나위 없이 가능한 노릇과 몫을 다했다. 밀림에서 멀리 떨어져 흩어져 있는 신전의 잔해와 기둥은 그 자체가 밀림이다. 덩굴은 풍화된 모르타르다. 나무들은 무너진 궁륭을 받친다. 그곳에 남아 있는 거상들은 새로운 자연의 토대가 되었다. 영원히 젊은 삶 속에 끼어든 죽은 과거가 보인다. 마치 젊은 몸뚱이 속의 뼈처럼.

어느새 생각은 먼 그리스로 날아간다. 그리스의 자연은 열대의 자연

시기리야의 고대 벽화, 1920년대

과 비교하기 어렵다. 그리스의 유적은 랑카 유적만큼 강한 인상을 주지는 않는다. 그리스 신전들은 인간의 완벽한 창작으로서 그 먼 옛날에 마치 지금 자연이 빚어내는 인상 못지않게 위대한 인상을 자아내었다. 그리스 사람은 자연이 할 수 없던 것을 예상하고 실현했다. 원칙적으로 그리스의 신전은 환경에 맞춘 자연의 일부로 구상되었다. 그래서 얼마 남지 않은 유적조차 정말이지 풍경의 일부가 되었다. 하지만 그 전체적 인상은 이곳과 다르다. 그리스 유적은 활달한 자연 대신 무기력한 산과 하늘과 하나가 된다. 생명은 죽어버린 완전성보다 자연스러운 본능과 더 잘 어울린다. 그래서 내게는 원시림이 아크로폴리스보다 중요하다. 그리스의 정신은 불상과 완전히 하나가 된 이곳 자연의 한복판보다 더 눈부시지는 않아 보인다.

아누라다푸라

실론에 거대한 기념물을 세운 고대 왕들은 어떤 사람들이었을까. 아누라다푸라[36]의 건물들은 공허한 부의 소산이나 샘솟는 상상으로 제멋대로 빚어내지 않았다. 그것들은 단순하면서도 건강한 위엄을 풍긴다. 주변을 압도하는 풍요로운 열대림 한복판에서 거의 반자연적인 무엇인가를 품고 있다. 부모를 죽인 용병대장 카시야파의 본거지인 시기리야[37]의 바위 요새에 비하면 유럽의 고성(古城)은 애들 장난감에 불과하다. 용병대장의 욕탕은 그 하나만으로도 이집트 왕의 묘처럼 거대하다. 산을 닮은 탑파들은 아무튼 가장 고상한 의미로 '혼'에 취한 모습이다.

실론의 수많은 경이 중 경이는 마힌탈 바위산이다. 그곳에서 아소카 황제의 아들, 위대한 승려 마헨드라[38]가 살다 죽었다. 석공이 깎은 그의 독방(산마루의 좁은 암자)은 내가 본 것 가운데 가장 고귀하다. 가파르고

---

36 Anuradhapura. 스리랑카의 고대 기원전 4세기부터 기원후 11세기까지 수도로 남아시아의 문화 중심이었다. 불교 성지로 유네스코 세계유산이다.

37 Sigiriya. 5세기 카사파 왕조 때의 수도다. 시기리야 요새는 예술가이자 정신이상자였던 카사파 왕이 부왕을 죽이고 왕좌에 오른 뒤 후환이 두려워 바위산에 세웠다는 궁전터다. 암벽의 높이는 200미터. 스리랑카의 대표적인 걸작 '시기리야 벽화'가 이곳에 있다. 벽화는 처녀들의 모습을 담고 있다. 500명이 넘게 그려져 있었지만 거의 훼손되어 지금은 20여 명만 남아 있다. 시기리야 벽화 아래쪽에 '거울벽'이라는 회랑 벽이 있다. '거울벽'에는 왕조의 흥망을 노래한 서사시와 시기리야 벽화 속의 처녀들을 노래하는 송가들로 채웠다. 송가를 싱할라어 최초의 문학 작품으로 본다.

38 마힌다라고도 한다. '위대한 인드라 신'이라는 뜻이다. 실론에 불교를 처음 들여왔다는 인물이다.

아찔한 바위산 꼭대기 가장 높은 봉우리 밑에 붙었다. 그 뒤로 원시림이 끝없이 펼쳐지고 여기저기에서 코끼리 웃음소리만 신성한 침묵을 깨트린다.

왕자나 이런 독방을 거처로 삼을 것이다. 영혼을 후련하게 하는 느낌이 없다면 이런 곳에 잠시나마 머물 수 있을까? 마헨드라는 보통 고대 석상처럼 몸집이 거대하고 명상하는 불상이다. 불상은 속세를 완전무결하게 거부했던 승려처럼 꼼짝도 않으면서 온화한 눈길로 골짜기에서 번창하는 생명을 내려다보지 않았을까.

이곳에서는 군주들을 코끼리와 호랑이 이름으로 불렀다. 기막히게 맞아 떨어지는 전설이다. 후끈한 온실 같은 지역에서 어떻게 위대한 인물이 나올까. 그들의 성장에 불리하다. 정글은 밀림이지 숲이 아니다. 그곳에 사는 동물은 정글에서 중요할 뿐만 아니라 화려하고 풍요롭다. 물론, 나무들도 하늘을 찌를 듯하다. 좀 더 가까이 들여다보면 거목만이 유일한 개체는 아니다. 가지에서 새로운 뿌리들이 뻗어 내리고, 개성미 넘친다고 생각했던 것들 모두 사실 한 뿌리에서 나온다. 그 모범은 인도 보리수(보디 다누라다푸라)라는 신성한 나무다. 보리수는 아소카 왕이 어느 날 부다가야에서 가져온 움에서 자라났다. 역사상 가장 오래된 나무인데 작고 나약했던 것이 지금은 푸르게 우거졌다. 먼 옛날에 뿌리 내린 가지들의 까마득한 자손이다. 실론에서 성장은 어지러울 정도로 빠르다. 한 살짜리 싹이 중유럽 식물의 15년에 맞먹는다. 나무들은 정말이지 풀처럼 자라는데 그만큼 빨리 죽는다. 살아 있는 것은 어린 것들이다. 인간과 동물도 마찬가지다. 이들은 결코 성숙하지 않다. 미친 듯 성급하고 무시무시하게 번식한다. 한 세대가 다음 세대로 정신없이 이어진다.

아무튼, 개체들을 키울 시간도 뜻도 없는 자연에서 각각의 존재가 나온다. 마치 생성의 바퀴에 브레이크를 걸듯 제어된 에너지로부터 어떤 기후에서도 볼 수 없는 거대한 코끼리, 코뿔소, 호랑이 같은 동물이 나온다. 이와 마찬가지로 인류도 그런 진화에서 특이한 인물이 나온다. 사람들이 거인들을 코끼리에 비유하는 것은 당연하다. 비로소 나는 우리 지구가 어렸을 때, 종려나무들이 극지에서 자랄 때, 오늘 경악할 화석을 남긴 거대한 피조물들이 어떻게 태어나고 살 수 있었는지 이해한다.

마헨드라, 파라크라마 바후, 두타가미니 같은 왕들은 오리엔트의 위대한 황제들과 본질적으로 완전히 다르다. 오리엔트 황제들은 자신들은 인과관계와 상관없이 위대하다는 듯 엄청난 능력과 의지를 지녔다. 그들은 그들 스스로 위대함에 걸맞은 여건을 조성했다. 열대 지방의 왕들도 그들만큼 위대하고 강력했을지 모른다. 단지 그들은 존재 원리를 자신들보다 자신이 속한 자연에 두지 않았을까. 열대의 왕들은 풍요로운 밀림에서 나왔다. 그들은 큰 힘 들이지 않고도 넘쳐나는 양식을 얻으며 환경에 순응했다. 물리적으로 저항해봐야 거의 소용없는 조건에서 살았다. 도마뱀도 옛날에 그런 식으로 살았다. 거대한 도마뱀들(공룡)이 태어나 살고 번식하던 시절은 요즘의 열대 자연보다 훨씬 더 풍요로웠다. 그때는 창조의 기본 덩어리가 몹시 빠르게 성쇠를 거듭했다. 자취를 남길 틈도 없었다. 어지럽게 이어지는 변화의 와중에 희귀한 개체들은 운 좋게 살아남았다. 그러나 거물의 시대는 끝났다. 자연은 거창한 생명을 살리기에 너무 빈곤해졌다. 지금은 어중간한 것들만 환경에 충실히 적응한다. 인간을 보자면 큰 나무 밑의 초목도 자의식이 강하다. 그래서 거인이 자유롭게 커나갈 방법이 없다. 차라리 잘된 일일지도 모른다. '자립적 존재'보다 더 좋은 것이 있을까. 무심한 대중은 막강한 개인들을 키우거나 일정한 한계 속에서만 그것을 뛰어넘지만 일반적 수준이나 높아진다. 이런 것이 거목의 싹을 자른다. 일반적 수준이 높아지면서도 원시세계처럼 거물들이 건재할 수 없을까? 안타깝다. 자연의 법칙은 이런 것과 반대다. 좋든 싫든 우리는 차악을 선택한다. 이런 조건이라면 차라리 빙하기의 공룡을 보면서 초라한 인간을 잊고 싶어 산토끼를 택하겠다.

오늘 유적을 돌아다니다가 우연히 오두막에 들렀다. 젊은 영국 청년이 그곳에 뱀 수백 마리와 함께 살고 있었다. 괴짜였다. 뱀을 꾀고 사냥하고 친구가 되는 사람들은 많다. 나도 뱀과 친해질 수 있지 않을까? 뱀은 유연해 좋다. 하지만 파충류와 함께 살자면 인간이 타고나지 못한 특별한 수단이 있어야 한다. 뱀을 다루는 힌두교도의 재능이 필요하다. 그런데 청년은 자연스럽게 뱀들과 어울려 살고 있었다. 뱀은 그에게 특별한 존재가 아니었다. 청년은 뱀에 감탄하지도 않고 함께 일을 하지도 않고 또 지적인 흥미를 쏟지도 않는다. 나선형의 뱀은 그에게 그저 자연환경이다. 왕뱀과 이빨에 독이 오른 섬뜩한 모습의 인도 코브라가 있었다. 청년은 그놈들을 손으로 붙잡고 내 앞에서 함께 놀았는데 너무 익숙해보여 끔찍했다. 주민들은 부적이 청년을 지켜주어 강하다고 했다. 그러나 청년은 코브라의 특징을 이해하고 조금 익숙해지면 놈들이 온순하게 군다고 태연하게 말했다. 나는 쓸 만한 해독제가 있는지 물었다. 그런데 청년은 그런 말을 처음 듣고 그런 질문도 처음 받았다면서 생각조차 못 했다고 했다.

뱀 집에서 정말 흥미로운 것은 그 기이한 사고방식의 주인이 조성한 환경이다. 그곳에서 뱀들은 미치광이나 정신병동에서 관리하는 '광분한 병자'들처럼 공격성을 잃었다. 광분하는 사람들이 절대로 무해하지 않지만 어쨌든 수용소 안에서는 자유롭다. 사실, 그들은 말썽을 피우지도 않는다. 그러나 코브라는 결코 길들이지 못한다. 그들은 어리석은 짐승이다. 터무니없이 미쳐 날뛰고 지능도 정도 없다. 어쨌든 영국 청년은 뱀을 틀어쥐고 심리 치료사의 해묵은 요법으로 금세 찍소리 못 하게 한다. 나도 청년을 따라 큰 위험 없이 뱀들 사이를 오갔다. 소중한 경험이다. 정상인과 고등동물처럼 지적인 존재는 환경에 엄청난 영향을 받는다. 그러나 뱀들의 심리적 장애는 물질적 장애만큼이나 객관적이다. 스스로 자유로이 선택할 여지가 있는 생물은 종종 선과 악, 어느 것 앞에서든 사정에 맞추어 행동한다. 멍청한 동물만 우둔한 사람처럼 시정을 상관하지 않는다. 그렇지만 오늘 찾아갔던 수용소와 뱀 집처럼 정신적 장애와 무관한 곳에서도 그와 같은 영향을 받을 수 있다. 그 결과는 순전히 객관적이다.

어떤 현상은 어떤 작용에서 나오든 작용하는 힘에 따라 달라진다. 이와 마찬가지로 주변 환경 덕에 코브라가 해롭지 않아 보인다. 미친 사람들은 편안한 수용소보다 밖에서 훨씬 더 행복해한다. 어떤 식으로든 더 나은 정신을 더 적합한 객관적 조건에 맞추어야 한다. 도덕적 행동은 조건에 맞춰 적응하면서 자연스레 우러날 뿐이다.

범죄자들은 서로 매우 솔직하다. 인간을 잘 아는 사람은 믿기 어려운 신하 중에서 충신을 찾는다. 쉽게 만족하는 인간이 덜 사악하기 때문이다. 환경에 잘 적응해야 훌륭하게 행동할 수 있다. 이런 사실은 무수히 입증되었다. 그것을 심리학 용어로 옮기든 그 본질을 고려하든 18세기식의 '도덕 본능'이라고 할 수밖에 없다. 결국 정신적으로 행복하려면 환경에 잘 적응해야 한다. 또 그렇게 해서 누구나 행복해질 수 있다.

도덕 본능 자체가 윤리적인 것은 아니다. 뱀은 선악을 의식하지 못한다. 본능적 충동을 윤리적 범주로 따지려면 개별적 수준이 높아야 한다. (그래서 마음이 병든 사람에게 '책임이 없다'고 한다.) 분명 도덕심은 뱀의 성향에서 지적인 능력을 키우는 것일 뿐이다.

이렇게 볼 때 낙원에 대한 관념은 진실하다. 만약 우리가 나쁜 의도로 행동하지만 않는다면 나쁜 일이 벌어지지 않는 세상이 되지 않을까. 하지만 유럽 사람은 어떤 낙원도 만들 수 없다. 우리는 사랑의 미덕을 확신하면서도 동물적 본능이 너무 강하다. 그러나 불교와 힌두교의 세계에는 여러 면에서 낙원의 분위기가 살아 있다. 종교가 사람들에게 동물을 괴롭히지 못하도록 금하니까 동물도 사람에게 적개심을 보이지 않는다. 동물은 인간을 존중한다. 어떤 인종이 다른 인종을 존중하듯 모두를 위한 자리가 있다고 가르친다. 인도에서 호랑이는 덜 무섭다. 그만한 이유가 있다. 유럽에서 암내를 피우는 사슴 같다. 이런 것은 플라톤까지 거슬러 올라가는 이론이다. 모든 기독교 신비주의자도 이런 이론에 익숙하다. 그것을 페르시아의 신비주의자들이 완벽하게 발전시켰다. 신성한 사랑은 누구나 지녔지만 그 실행 여부는 주어진 조건에 달렸다. 여성에 대한 취향이나 적합한 환경의 영향 같은 조건이다. 가혹한 운명 때문에 정신을 차릴 때도 있지만, '인간'은 늘 하느님이 다룰 수 있는 도구로서만 움직인다. 정말 그렇다.

다시 한번 거대한 유적지를 돌아보았다. 산처럼 큰 탑들과 웅장한 궁전과 튼튼한 둑이 막고 있는 연못가를 거닐었다. 저녁이 되고. 루완웰

리 세야 탑[39] 앞에서 신도들이 경건히 기도하고 있었다. 그들은 승려가 홀로 엄숙하게 부르는 찬불가를 따라 후렴을 맞추었다. 제단 위에 향기로운 꽃들이 놓여 있었다. 신도들은 성소 주위에 수많은 초를 꽂아 불을 붙이고 노을이 지자 돌바닥에서 일어나 어두운 하늘의 별처럼 하나둘 사라졌다. 성유물 숭배는 깊은 시적 감흥에 넘친다. 이곳의 경건한 민족은 그들 못지않게 경건한 군주에 이끌려 여러 해 동안 산을 쌓아 올렸다. 기억 너머로 솟아오른 산이다. 기억은 전혀 빛이 바래지 않았다. 성유물이 실제로 부처의 것이 아닐 수도 있다. 그것이 기도를 도와주는데 아무려면 어떨까? 사랑하는 사람은 종종 소중한 기억보다 하찮은 기억을 더 좋아한다. 그 뜻이 더욱 순수하니까. 아무것도 뒤섞이는 법이 없으니까.[40]

사라지는 것에 별로 집착하지 않는 종교에서 성물 숭배가 크게 발전했다. 뜻깊은 일이다. 덧없는 것을 소유하는 것보다 훨씬 소중해 보인다. 붓다가 장담했던 것이 있다.

"내가 죽으면 나를 이용해 나의 뜻과 다른 결과를 끌어낼 텐데."

사람들은 붓다가 남긴 많은 것을 받들고 있다. 그 말씀과 교리와 생애를 충실히 간직한다. 붓다의 흔적도 숭배의 대상이 되고 그 자신은 신이 되었다. 민중은 현자가 바라는 대로 열반의 교리를 이해하지 못한다. 민

---

39 Ruwanweliseya Dagoba. 스리랑카에서 가장 큰 탑(다고바)으로 두타가마니 왕이 타밀로부터 아누라다푸라를 되찾은 기념으로 붓다의 진신사리를 넣고자 착공해 기원전 1세기 초경에 완성했다. 본디 높이 100미터에 둘레는 290미터로 세계에서 가장 큰 탑이었고 하지만, 지금은 일부만 복원해 55미터 높이 탑이다.

40 리하르트 폰크라프트에빙은《광기와 성》에서 이와 같은 심리에 사로잡힌 사람에 대한 임상경험담을 자세히 들려준다.

중이 보기에 완전한 인간의 열반은 시간을 벗어나 영원하리라는 뜻이다. 그러나 민중은 자신도 그렇게 될지 확신하지 못한다. 승려들이 매일 반대로 가르치기 때문이다. 그래서 사원에서 드리는 기도는 추모의 성격을 띤다. 찬불가가 조금 우울하게 울린다. 소중한 사람에게 바치는 애도송 같다. 저승에서 복을 누리고 있기를 바라는 사람에게 바치는 것만 같다.

3부

인도

람스와람

날이 저물자 브라만 승려들이 사원으로 들어오라고 했다. 나는 어쩌지 못하고 그들을 따랐다. 끝없이 이어지는 순례자와 승려, 우상처럼 치장한 코끼리들을 둘러싼 하인들, 수레와 금빛 찬란한 가마가 희미한 횃불 아래 근엄한 행진 준비를 하고 있었다. 얼떨결에 나는 행렬의 선두에 껴들었다. 내 앞에서 노련한 인부들이 코끼리들을 점잖게 부렸다. 뒤로는 진귀한 가마를 탄 여신이 따랐다. 행렬은 쿵쿵대는 북소리와 째지는 날라리 소리에 맞춰 새벽 한 시까지 세상에서 가장 장엄한 수도원을 통과했다. 신도들은 수도원 벽에 걸린 횃불 밑에서 줄지어 절하며 깊은 존경을 표했다.

힌두교의 나라를 이보다 멋지게 소개할 수 있는 곳이 어디 있을까! 반도 최남단 곳에 외롭게 자리 잡은 람스와람[41] 사원은 바다와 종려나무에 둘러싸여 있다. 규모는 중세 초기 유럽의 대수도원쯤 된다. 복도의 형형색색은 세상에서 더 견줄 만한 것이 없겠다. 전설에 따르면 라마[42]

41 Rameswaram. 인도 남부 타밀나두 지방의 소도시로 스리랑카에 가까운 팜반섬에 있다. 현재는 연륙교로 대륙과 이어진다. 바라나시와 함께 힌두교 최고의 성지다.

42 Rāma. 라마찬드라(Ramachandra)라고도 한다. 힌두교에서 평화의 신 비슈누(Vishnu)의 일곱 번째 화신이다. 그는 라구 왕족이라는 태양 왕족(Suryavansha)에서 태어났다. 힌두교에서 추정하는 라마의 탄생은 기원전 7323년이다.
라마는 완전한 인간으로 묘사된다. 신화에 따르면, 그는 아버지의 명예를 위해 코살라(Kosala) 왕

람스와람 사원의 대회랑, 1913년

가 지었다. 라바나에게 그의 아내 시타가 납치되고 난 뒤였다.

람스와람 사원은 인도에서 둘째가는 성소다. 순례자들이 바라나시 다음으로 많이 찾는다. 정말이지 모든 인도 사람이 여기 모인 모양이다. 누렇게 볕에 탄 타밀 부족부터 피부가 흰 카슈미르 부족, 자부심이 강한 라지푸트 부족에서 머리를 펠트로 묶은 탁발승까지 여러 부족의 복식과 색채가 눈길을 끈다. 수많은 언어와 방언이 뒤섞인다. 눈길마다 다른 생

국의 왕좌에 앉을 권리를 포기하고 숲속에서 14년간 은거했다. 그의 아내 시타(Sita)와 동생 라크슈마나(Lakshmana)도 그와 함께했다. 이 기간 중에 시타가 랑카(Lanka)의 왕 라바나(Ravana)에게 납치된다. 라마는 힘과 덕을 시험하는 길고 힘든 (아내를 찾기 위한) 탐색 끝에 라바나의 군대에 맞서 어마어마한 전쟁을 벌인다. 마귀들과 무서운 무기가 맞붙은 살벌한 전쟁에서 끝내 라마는 라바나를 죽이고 아내를 되찾았다. 그 뒤 라마는 황제가 되어 태평성대를 이루었다.

각이 빛나고, 같은 계급끼리 함께 어울린다. 이렇게 다채로운 사람 모습을 언제 보았을까.

순례자들이 서로 다른 데도 정신으로 한 세계를 이루니 놀랍다. 어떤 의미에서 그럴까? 신앙의 뜻으로? 그럴 수도 있겠지만, 아무튼 지금까지 결코 본 적이 없다. 물질적으로 다른 것들이 어떻게 정신적으로 하나가 되었을까? 모여든 사람들 대부분은 소박하고 평범하다. 힌두교도는 깊이 사색하는 편이 아니라 의식이 그다지 성숙하지 않다. 그렇지만 특이하게 강렬하다. 평범한 서양 사람이 놓치기 쉬운 현실을 이해한다. 순례자들은 상징의 의미를 분명히 알고 있다. 이들에게 상징은 무식한 가톨릭 신자가 미사에 관해 털어놓는 순진한 믿음이 아니다. '경험을 통해' 반성하는 유식한 가톨릭 신자의 이해도 아니다. 상징은 순례자들에게 그 뜻을 곧장 드러낸다. 순례자는 신성한 말씀을 직접 듣는 듯하다. 이렇게 되려면 평범한 유럽 사람과 다른 의식이 필요하다.[43]

물질보다 정신을 중시하고 그것을 더 진지하게 들여다보면서 그것에만 있는 것을 알아보는 사람은 그런 사고의 변화로 자신이 경험할 것을 찾아낸다. 신상(神像) 같은 상징은 보통 그것과 닮은 생물에서 그 의미를 찾기도 한다. 그와 같은 연상으로 외면 세계와 전혀 무관한 특수한 의미가 드러난다. 상징물에 두 가지 뜻이 있겠다. 우선, 평소에 볼 때처럼 표현된 도식이나 이미지로서 의미가 있다. 또한, 애초에 상징물 자체의 뜻, 마치 기호처럼 즉시 가리키는 의미가 있다. 종교 행사에 편안히

43 고대 그리스에서 신들려 예언을 중얼대는 신통술사들은 중간의 영매 없이 신과 직접 소통했다. 순례자들 가운데 신통술사들과 비슷한 사람들이 많았던 모양이다. 기독교 성서에서는 이런 신통술사를 단순히 마술사라거나 복술사로 불렀다.

참석하는 사람들은 누구나 성상이 다양한 효과를 낳는다는 점을 알게 된다. 예배에 별다른 인상이 없기도 하지만 강한 인상을 남기기도 하는데 의례마다 차이가 있다.

자연에 법칙이 있듯 정신생활에도 규범이 있다. 어떤 소리가 관념과 합치면 매우 높은 단계에서 정해진 심정과 맞아떨어지지 않을까? 사실 이런 작용을 의식하려면 특별한 마음가짐이 필요하다. 요즘 유럽 사람은 이런 작용에 둔감한 편이다. 실제로 일어나지 않는 작용이니 당연한 일이다. 음악을 이해하지 못하는 사람이 화음을 못 듣는 것과 다름없다. 이런 사람이라면 음악에서 아무것도 의식하지 못하기도 한다. 드물기는 할 테지만, 시 한 편을 읽을 때 어떤 소리가 어떤 마음과 통하는 특수한 관계를 의식하지 못할 수도 있다. 아무튼, 그런 사람은 그냥 리듬과 상징의 영향을 받는다. 그렇게 무심히 경험한다. 그러나 의례에서는 강렬한 심리적 동요가 잠시라도 정신을 울려야 감동이 일어난다. 고대 전통에 따른 신성한 예배에서 벌어지는 일이다. 감각과 현상이 어쩌다 어울린 자리가 아니다. 그것을 머리로 이해하는 것과 진심으로 체험하는 것은 완전히 다르다.

이곳으로 경건하게 달려오는 순례자들은 유럽 사람이 기껏해야 머리로 이해하는 것을 체험으로 이해한다. 그들은 자신들이 참석하는 행사의 뜻을 깊이 이해하는 표정을 짓는다. 그들은 "만트라가 곧 데바타"[44]라고 한다. 다시 말해 소리를 신성하게 여긴다. 이론에 따라 세운 성상

---

44 만트라(Mantram, 眞言, 참된 말)는 영적 또는 물리적 변화를 일으킬 수 있다고 여겨지는 낱말 또는 구절이다. 다라니(陀羅尼)라고도 한다. 인간 행동은 그 영성의 반사라는 뜻에서 데바타(devata)라는 신성을 반영한다.

을 이미 알고 있는 어떤 존재라 여긴다. 마술로 사실상 정신이 달라진다. 그들은 마술을 믿을 뿐만 아니라 이해한다. 심리는 물리만큼이나 객관적이다. 신체가 일정한 관념의 화신이 될 수 있다면 관념도 완벽하게 형이상학적 실재의 화신이다. 정신은 원칙적으로 어디에서나 물질에 영향을 줄 수 있다. 내가 이런 사실을 안다는 것이 대단한 일도 아니다. 소박한 사람들도 그것을 알 수 있어 중요하다. 사상가도 지식인도 아닌 이들이 자기 능력을 넘어 정신으로 그와 같은 실재를 경험한다. 그들은 그와 같은 것을 먹고 자고 하는 것만큼이나 정말로 체험하며 산다. 요컨대, 그들은 분명 서양 사람들이 세계를 물질로 보면서 살아가듯이 정신을 현실처럼 눈앞에 보면서 살고 있다.

오늘, 이 문제에 너무 매달리지는 말자. 경험의 문제를 상상으로 너무 앞질러 나가고 싶지 않다. 그래도 꼭 하고 싶은 말이 있다. 독실한 힌두교도의 정상적 의식이 정말 오늘 내가 본대로라면, (힌두 경전《탄트라》에서 나온) 그들의 철학에서 주장하는 상당 부분은 꽤 대담해 보일망정 정확하다. 계율과 예배와 찬송은 그 의미가 곧바로 이해된다면 쉽게 '기적'을 일으킬 수 있다. 극단적으로 엄청난 결과를 낳을 수 있다. 불가분한 조건도 부족하지 않다.

나는 곁에 있던 순례자들을 유심히 살폈다. 모두들 꿈꾸는 눈빛이다. 그들은 의아할 만큼 자연에 무심하다. 그러면서도 자연에서 과학적 관찰자들이 놓치는 관계를 더욱 주목하는 듯하다. 그들의 참다운 조국은 또 다른 세계에 있다. 그런 세계가 정말 있을까? 답하기 어려운 질문이다. 보통 문제를 해결할 잣대를 여기에 들이대기 어렵다. 심리는 바탕에

람스와람의 코끼리 거리, 1913년

깔려 있고 관념은 겉으로 드러난다면 꿈과 경험의 성질은 똑같다. 결국 경험에 따른 발견과 발명은 모두 사실이다. 참말인지 거짓말인지 구별하기 어렵다.

서양 사람들은 힌두교도가 비현실적으로 살고 있다고 생각할 수밖에 없다. 사실, 힌두교도들이 현실에서 실패하기도 한다. 그렇지만 이것이 답은 아니다. 의식에는 자연과 다른 면이 있다. 힌두교 의식과 접하는 사람은 그 경험에 영향을 받는다. 다른 사람들이 알지 못하는 것을 체험한다. 힌두교에는 다른 곳에서 주목하지 않는 일련의 인과관계에 묶여 있다. 힌두교의 의식으로 들어서면 자신을 깊이 이해하는 길을 어렵지 않게 찾게 된다. 서양 사람의 의식에서 찾을 때보다 짧고 쉽다.

바로 여기에 힌두 철학의 열쇠가 있다. 즉 힌두교는 심리를 근본 사실이라고 믿는다. 심리가 물리적인 현실보다 더 실질적이다. 힌두교는 이렇게 심리를 절대적으로 강조했다. 하지만 그렇게 하다 보면 물리만 본질이라 강조하는 것 못지않게 착오에 빠지기 쉽다. 서양 사람이 왜 물질을 깊이 파고들었을까? 그 가치를 과장하기 때문 아닌가. 마찬가지로 힌두교도도 정말로 진지하게 심리에 매달렸기 때문에 그 세계로 더 깊이 빠져들었다.

마두라이

마두라이[45] 사원은 밤에 으스스하다. 기름 등불만 켜놓은 어두운 낭하를 지나가면서 나는 신자들이 버터를 바른 링감[46]을 둘러싸고 기도할 때 이상하게 움직이는 그림자들을 바라보았다. 괴성을 지르며 여기저기 날아다니는 박쥐 떼였다. 흐린 불빛에 비친, 팔이 여럿인 신상들은 낮보다 더 요란해 보였다. 소설가 플로베르가 강렬하게 묘사한 페니키아의 성례[47]가 문득 떠올랐다. 아무튼, 무서운 일이 벌어지지 않을 줄은 나도 잘 안다. 오늘날 인도 남부 성지의 힌두교는 평온하다. 그러나 그 전통 신상들에 그것을 처음 만들었던 야만 시대의 자취가 뚜렷하다. 칼리[48]는 인신 희생을 요구했고 지금도 마찬가지다. 칼리는 시바[49]의 아내다. 마

---

45 인도의 타밀나두주 바이가이강 제방에 위치한 도시로 람스와람의 바로 옆에 있다. 이곳의 문화유산은 2500년 전까지 거슬러 올라간다. 전설에서 마두라이의 원래 도시는 고대 레무리아 대륙의 쓰나미로 파괴되었다.

46 lingam. 시바 신상을 뜻하는 일종의 남근상. 금욕과 정욕을 동시에 상징한다.

47 《오리엔트 기행》을 말한다.

48 Kālī. 힌두교에서 시간의 신이자 죽음과 해방의 신으로 창조와 파괴를 관장하는 여신이다. 시바 신의 배우자이며 검은 피부로 재현된다.

49 힌두교의 삼주신 중 하나로 시바는 힌두교 경전《리그베다》에 등장하는 바람과 폭풍우의 신 루드라(Rudra)의 별명이었다. 시바는 부와 행복과 길조를 의미했다. 훗날 창조와 파괴의 신이 되었다. 시바가 지상에 인간으로 나타난 것이 왕이며, 왕을 신과 인간 사이의 중재자로 믿었다. 불교의 부동명왕(不動明王, Acalanātha)은 그의 또 다른 호칭에서 나온 말이다. 또, 불교에 수용되어 대자재천(大自在天)이 되었다. 시바의 배우자로는 칼리 외에도 설산(雪山)의 처녀라는 우마(Uma)와 광폭한 여신 두르가(Durga)가 있다.

▲ 마두라이 사원 대탑 신전, 19세기 중엽
◀ 마두라이 사원의 대탑 신전, 19세기 중엽(알부민 사진)

코끼리 상이 서 있는 마두라이의 시바 사원 입구, 1903년

두라이 사원은 시바 신에게 바쳤다. 시바 신도 무서운 인상이다. 밤중에 신상들이 빚어내는 온갖 상념은 끔찍하다. 어쨌든 무서워 들뜨게 된다. 오늘 나는 왜 원시 숭배의식이 모두 무시무시하며 그럴 수밖에 없는지 알 것 같다. 도스토옙스키의《카라마조프가의 형제들》에 나오는 형제들 가운데 가장 순박하던 드미트리가 했던 말이 떠오른다.

생각하기에 부끄럽고 겁나는 것이 마음속에서는 순수하고 아름답지 않겠어? 소돔에 미녀가 있었잖아? 나를 믿어줘, 소돔에서 미녀는 여러 남자를 상대했잖아. 미녀는 떨릴 뿐만 아니라 수수께끼 같아 무섭지. 사탄은 그녀를 두고 하느님과 싸우는데 그 싸움터는 사람의 마음이니까.

인간은 자신이 살아 있다는 감정을 부풀리는 것을 아름답게 본다. 원초적 인간이 육체의 황홀에서 느끼는 감정이다. 그런 사람들은 오직 취기와 육욕과 잔인함으로써 자신을 이겨낸다. 그런 식으로 그들보다 더 성숙한 인간이 신성을 조용히 바라보며 느끼는 감흥과 같은 것을 체험한다.

이와 마찬가지로, 독실한 민족의 예배는 그 성장기에 특별히 잔인성을 드러낸다. 숭배의식으로써 사나운 원초의 정념을 쏟아낸다. 정말로 환락에 넘치는 통음난무의 술판을 벌이고 미친 듯이 쾌락과 고통을 즐긴다. 야단법석을 떨면서 생명을 낳고 또 파괴한다. 그럴 줄밖에 모른다. 미개인은 본능만 깊다. 거친 성욕으로만 실존을 찾는다. 본능을 쏟아내면서 자신의 깊이를 과시하고 증명한다. 그런데 미개인만 그럴까? 유럽에서 항상 되풀이되는 숭배의식은 무슨 뜻이길래 그렇게 할까? 천박한 남녀의 사랑은 영적 세계관에 대한 과민반응일까? '영감을 북돋는' 흥분제나 미약(媚藥) 같은 것, 쾌감을 고취하는 것이 얼마나 더 필요할까? 이 모든 것이 그들 존재의 일부이겠지만 진정한 종교적 도취에 가까운 인신 희생과 주신제 못지않다.

힌두교도에게 인신 희생은 불필요하다. 그들은 살인의 쾌락을 즐기기에 너무 여성적이고 온화하다. 그러나 숭배의식마다 야성의 생식에 대한 정신이 스며 있다. 이곳에서 나는 난생처음 성행위를 불순한 것이 아니라 자연 속의 성스러운 상징으로 보여주는 것을 보았다. 띾스와람 종교 축제에서 인형으로 빚은 시바 신과 샥티(Shakti) 신이 하나로 몸을 섞는 모습을 지켜보는 신자들은 조금도 추잡한 표정을 짓지 않았다. 그 밤에 링감 앞에 절하는 여자들은 '순결한 동정녀' 앞에 기도하는 스페인 수녀 같았다. 모든 힌두교도는 육체의 사랑을 신성한 창조력의 상징으로 숭배하며 경건한 희생정신을 담아내는 그릇으로 이용한다. 남녀는 서로의 만남으로 브라흐마[50], 즉 우주의 창조 원리가 탄생한다고 생각하며 접근한다. 남녀는 서로 신성하게 떠받들어야 한다. 서로 사랑할 때 두 사람은 쾌락이 아니라 하느님의 선물을 받는다는 자세로 생명을 번식해야 한다. 이렇게 모든 본능이 신성의 표현으로 승화된다.

신상이 엄숙히 행진하는 동안 무희들의 춤사위처럼 다산(多産)의 정신에 순종하는 자세를 어디에서 다시 볼까. 첫 동작에서 다음 동작으로 이어지는 '스타일'은 특이하게 과장되었다. 그러다 보면 금세 신상과

---

50 Brahma. 범천(梵天)이라고 한다. 힌두교 신화에 나오는 창조의 신으로 비슈누, 시바와 함께 힌두교의 삼주신이다 브라흐마는 힌두 철학에서 우주의 최고 원리로서 궁극적 우주정신 또는 존재 브라만이 인격화된 남신이다. 브라흐마는《베다》경전에서 프라자바티라고도 한다.

무희 속에서 동시에 똑같은 정신이 드러난다. 신상들은 우리 원초적 본능의 화신이다. 그 이상 더 객관적으로 표현하기 힘들 화신이다. 그런데 이런 본능이 개인의 자아나 영혼에서 우러나지 않는다면 대체 무엇일까? 본능 그 자체의 힘이다. 사실상 사람 모습을 하기도 어려운 악령이다. 광인이나 음탕한 자, 쾌락과 잔인한 파괴욕에 사로잡힌 자들을 만나본 사람은 내 말이 무슨 뜻인지 알 것이다. 이런 자들은 인간이 아니다. 그들은 인간의 모습으로 거짓말을 한다. 자연의 바탕에 있는 힘이 인간으로 변신했을 뿐이다. 본능에 완전히 사로잡힌 사람이면 누구나 마찬가지다. 종족 본능에만 맡긴 채 자기 자신을 포기하는 어머니, 남편만이 전부인 아내도 마찬가지다. 가슴으로 자신을 하느님의 열락 속에 바치면서 세계를 끌어안는 성자와 성녀도 마찬가지다.[51] 본능에 따라 사람의 얼굴이 달라지고 새로운 표정을 짓는다. 짐승으로 표현되고 미화되기도 한다. 악마처럼 흉측해지거나 이상적 모습이 되기도 한다. 마땅히 '변신'이라 할 만하다. 그러나 심성(心性)은 이런 것을 표현하기에 불완전한 수단이다.

종교인은 '현상'의 이면에서 잠시 인간을 사로잡는 특이한 혼을 느낀다. 예술가는 자기 자신을 고스란히 표현할 물건을 만들려는 충동을 느낀다. 이런 동기에서 넓은 세상에 많은 신상이 탄생했다. 그러나 그 대부분이 마땅한 모습은 아니다. 아프로디테는 사랑을 의인화하지 않는다. 동정녀 마리아는 모성의 의인화가 아니다. 여신들은 인간의 이미지

51 아빌라의 성녀 테레사처럼 하느님을 사랑하면서 황홀경에 빠지는 경우를 생각해볼 만하다. 로마 산타마리아 델라 비토리아 성당에 조각가 잔 로렌초 베르니니의 걸작 '성녀 테레사의 황홀경(L'Estasi di Santa Teresa)'이 있다.

일 뿐 본능의 기계적 화신이 아니다. 서구와 중세의 정신은 너무 과학적이라 비합리성을 완전히 표현하기에 부적절했다. 그러나 힌두교도는 비합리성을 그렇게 표현했다. 힌두교 만신전의 신상들은 원초적 힘의 분신으로서 설득력이 강하다. 그래서 나는 어느 날 신상들이 신성의 진정한 복제품이라고 했던 점쟁이의 말을 거의 믿고 말았다.

모든 것을 따져볼 때 머리가 굳지 않고 유연한 사람들이 이런 창작을 할 만하다. 이런저런 감정과 본능에 흔들리면서 그것들을 어떻게 하나로 묶을지 뚜렷한 의식이 없는 사람만이 할 수 있다.

아트만[52]의 관점으로 보면 이런 사람들은 피상적이다. 도무지 자기 자신을 모르기 때문이다. 그렇기 때문에 자신의 가장 깊은 곳에 있는 것을 밖으로, 겉으로 살려낼 수 있다. 지성이 강한 사람들은 절대로 표현할 수 없는 것이다. 세상의 가장 깊은 곳에는 믿어지지 않을 만큼 무겁게 뭉친 정념이 숨어 있다. 그런 사람들 속에 정말이지 여러 본능이 압축되어 있다가 무서운 힘을 내기도 한다. 그래서 요즘도 많은 사람이 이런 사람들을 심오하다고 생각한다. 이런 의미에서 힌두의 만신전 자체는 피상적 산물이라고 해도 심오하다. 자연과 인간의 표피에 드러나는 것을 부드럽고 완전하게 꿰뚫은 표현이다. 어떻게 그토록 깊게 인간성을 드러낼 수 있을까!

유럽 여행자들은 이곳의 예술에 별로 공감하지 않는다. 당연한 일이

52 Atman. 힌두 철학의 기본 개념으로 산스크리트어로 '숨', '자아'를 뜻한다. 브라만이 우주의 모든 일을 주관하듯이 아트만은 모든 인격을 강조한다.

다. 서구의 어떤 잣대로도 그 예술을 평가하기 어렵다. 마두라이 신전에서 합리적으로 보아서는 아무것도 이해할 수 없다. 건물에 어떤 통일된 면이 없다. 건축과 장식을 지배하는 주도적 관념도 없다. 전체적으로 어떤 개념에 따르지도 않았다. 그 기념비적 웅장함에 상징적 의미는 없다. 거대한 수단이 낳은 우연한 결과다. 총안(銃眼)이 붙은 용마루는 설계도 없이 솟아오른 듯하다. 거대하게 자란 산호초 같다. 장식은 버섯이나 기생충처럼 우글거린다. 비교해봐야 한 다발 꽃봉오리 같다고나 할까. 사방에서 저절로 자라나고 서로 떠밀고 부딪치며 거창하게 불어난다. 뚜렷이 구별할 수 없지만 전체 인상도 마찬가지다. 여기저기에서 대성당처럼 삐죽삐죽 솟아올라 알프스 산자락에 오른 사람을 놀라게 하는 봉우리들처럼 자연이 변덕을 부린 꼴이다.

그 예술의 기본 틀을 이해하는 사람이라면 매우 의미심장하게 보일 것이다. 자연스러운 상상력의 극단적 표현이다. 어제 본 힌두교 신상들의 의미를 다시 짚어보았다. 신상들에는 원시의 본능이 들어있다. 어떤 민족도 그보다 더 적합한 창의력을 발휘한 적은 없었다. 한 사람의 작품이 아니라 본질적으로 여러 사람의 혼이 어울린 창작이다. 한 사람의 지성에 깃든 영혼만으로 도저히 만들어내지 못할 작품이다.

힌두교 예술은 전체적으로 생명력과 상상력으로써 '되살아난' 조형이다. 아직 지성이 개입하지 않은 생명력이다. 미미한 것들만 합리를 따른다. 그 바탕은 원시적이다. 욕망과 충동, 감흥과 의욕 또 성장 본능과 노화 거부는 비합리적인 감정이다. 우리는 이런 것들을 합리화하면서 그 본성을 없애버린다. 이렇게 사라졌던 고유성이 힌두 예술에서 독창적 진실로 되살아난다. 마두라이 신전은 원시 생물이 자라는 모습이다.

계획과 목적도 없고 자제할 줄도 모른 채 맹목적 충동에 따라 이쪽에서 저쪽으로 훌쩍 건너뛰면서 우연히 그어진 울타리에 갇힌 듯하다. 바로 이런 점 때문에 모든 면에서 훨씬 자연스럽다. 희생정신이나 편견도 없다. 넘치는 혈기와 색채로 활짝 피어난다. 이렇게 그 전체는 미완성작처럼 보이는데도 세부는 거의 다 아름답다. 인도인의 조각은 웅장한 맛은 덜해도 솜씨는 오묘하다.

실론에서 나는 종종 열대에서 나고 자라는 식물에 주목했다. 힌두교 또한 어마어마하게 자라는 식물처럼 보였다. 원칙적으로 틀린 말은 아니다. 그런데도 나는 힌두교 정신에 고유한 힘이 얼마나 엄청난지 제대로 모른다. 열대 주민 사이에서 힌두교 정신은 꽤 높은 수준으로 모든 실생활에서 영향력을 보여준다. 실론 불교의 절대적 진리는 힌두교에서 기본 짜임새로만 인식된다. 그러나 힌두교에서도 자유로운 정신의 문제는 아니다. 동식물처럼 자연스러운 자라나고 살아가는 정신이지만, 아무튼 보다 활발하며 나름대로 목적을 지향한다. 그 성장의 뿌리에서 정신이 꿈틀댄다. 그 응집력으로 힌두교가 성장했다. 불교의 형성 과정에서 부족한 것이었다. 힌두교 신화의 특징은 엄청난 과장이 아닐까? 힌두교 신화에서 현자(賢者)는 대양을 밑바닥에 물 한 방울 남기지 않고 단숨에 들이킨다. 하룻밤 새 1만 명의 처녀와 결혼하는 왕자도 있다. 고타마 싯다르타는 철이 들고 붓다가 될 때까지 수없이 많은 환생을 거쳤다. 크리슈나는 셀 수 없이 많은 팔을 동시에 움직인다. 힌두교 만신전에 새겨진 어리둥절할 만큼 많은 신상, 탄트라 의식의 비결은 무궁무진하다.

힌두교 사상이 펼치는 엄청나게 무수한 언어와 개념을 생각해본다. 사실상 혹처럼 불어나고 식물처럼 번식하며 성장한다. 그 번성의 이면에 지극히 풍요로운 상상이 있다. 그런 현상 자체도 너무나 생기와 활력에 넘쳐 아무리 화려하고 미친 듯 자라나더라도 식물이 아니라 동물처럼 보인다. 힌두교의 신상과 건물을 보다 보면 그것들을 지어낸 상상력은 머리가 아니라 몸에서 나오는 것 같다. 마치 넘치는 상상이 세포조직으로 변해 위대한 시인의 지성을 대신하는 것만 같다.

만약 몸에서 우러나는 상상력이 더욱 자유로워진다면 어떻게 될까? 특이한 힌두 신상들이 나오지 않을까? '모성(母性)'은 마두라이 사원의 중앙 복도[53]에서처럼 서로 겹치고 눌린 젖가슴에서 무한히 솟아나는 모습이 아닐까? 어머니의 전능은 셀 수 없이 많은 신체기관 형태로 나타나지 않을까? 그렇게 몸은 능력껏 창조주가 된다. 마찬가지로 힌두교 정신은 자기 시대에 가장 앞서 있었다. 그 예술 정신에 일관성은 없다. 그럴 필요조차 느끼지 않는다. 지성을 벗어난 경향이다. 그렇게 비합리성이 다른 어떤 것보다 더욱 풍부하게 표현된다. 오직 힌두교 정신만이 '보이지 않는 것을 보이는 것'으로 설득력 있게 재현하지 않았을까? 혼돈에서 솟구치는 창조의 힘을 멋대로 발휘하는 정신이다. 필연적으로 몸을 만들어내며 움직였다. 춤추는 시바 상 하나만 보더라도 모든 올림포스의 신들보다 더 신성이 넘쳐난다.

나는 점점 더 다신교에 마음을 빼앗기기 시작했다. 내 안팎의 힘을 실감했다. 나의 만신전은 시간이 갈수록 풍부해졌다. 이렇게 생활은 다채로워진다. 마주치는 것마다 각별한 존재로 보게 되고 그런 마주침에 더욱

53 '고푸람'이라고도 한다. 높은 탑 모양이다.

주목한다. 그러자 내 감정의 결도 다양해졌다. 세상은 마치 원소들이 끝없이 뒤섞이는 듯하다. 원소마다 성격은 뚜렷하다. 그중 어느 하나도 다른 것들에 끌려다닐 수 없다. 각자 다른 규범에 따라 움직인다. 그렇다고 어떤 것도 다른 것과 맞서지 않는다. 이제 나는 모순을 주목하지 않는다. 그 개념 자체가 무의미하기 때문이다. 개별성밖에 없는 세계에서 통일성과 일관성 또는 완결이 무슨 의미가 있을까? 개별성에 공통분모는 없다.

나는 신을 찾는 사람이라면 노심초사할 문제들을 더 이상 걱정하지 않는다. 악, 또 선악의 대립 문제처럼 별 소득도 없고, 덕행 비슷한 것들이나 지겹게 다루는 문제들 말이다. 고작해야 사악하거나 선한 힘, 도덕적이거나 부덕한 힘이 있다. 그런데 힘이 반드시 사랑과 결부되거나 과학이 선의와 결부되지도 않는다. 각자의 특수한 운명은 마치 우주 속의 지구 비슷하다. 무수한 개별 변수의 경쟁에 좌우된다. 브라흐마는 수학자 노릇을 할 때에도 결코 일반 공식에 따른 생성을 이해하지 못했다. 눈을 크게 뜨고 가능한 많은 특수 요인을 파악해야 한다. 유리한 영향을 받아들일 여지를 남겨두는 가운데 불리한 영향을 예상해야 한다. 그렇게 하는 데 필요한 법칙도 있다. (신들은 얼마나 고마운가!)

기도와 예배 덕에 우리는 갖은 정성을 쏟게 되었다. 무수히 반복되는 충고 덕에 경우에 따라 해야 할 것과 그렇지 않아야 할 것을 알게 되었다. 이렇게 샤스트라[54]와 《탄트라》의 규율을 착실히 따르고 중요한 고

---

54 Shastra. 특정 종교 이론과 사상을 해설하는 불교 또는 힌두교 논서(論書)를 가리킨다. 특히 불교에서 '샤스트라'는 특정 수트라(Sutra), 특정 불교 경전에 대한 해설서라는 뜻이다. 부처의 지위에 오른 존재들이 설법한 《반야경》과 《금강삼매경》의 주해서. 이 때문에 '경(經)'이라고 하지 않고 '론(論)'이라고 한다.

비마다 브라흐마의 지혜를 참고한다면, 신령들이 넘치는 이 세상에서 삶은 초자연적 존재를 믿지 않는 사람보다 훨씬 안전해 보이지 않을까? 삶 또한 더욱 흥미로워질 테고.

무슨 일이 벌어질 때마다 작은 사실에서도 우리는 경험을 뛰어넘는 중요한 그 무엇인가를 주목하고 상상해야 한다. '실체'는 어디에서나 시시하게 보던 것 뒤에서 숨바꼭질을 벌인다.

이제 나도 다신론자처럼 과거보다 나 자신을 더욱 배려하며 바라본다. 사물을 생각하는 방식도 더 풍부하고 다채로우며 부드럽고 세련되었다. 다신론자들은 놀랍게도 항상 위대한 예술을 꽃피웠다. (사실, 가톨릭교회는 다신론적이다. 괴테처럼 위대한 시인들은 다신교를 주장했다.) '개별성'을 있는 그대로 솔직히 인정하는 곳, 각자의 상상력을 주눅 들게 하지 않고 기를 살려주는 곳에서만 예술가는 걸작을 창조한다. 뒤집어보면 예술가의 본성에 다신교의 민족성이 고스란히 담겨 있다. 다시 말해, 예술가의 영혼에는 통일성이 없다. 만약 셰익스피어가 지성인으로 살았다면 그렇게 많은 사람이 그에게 열광했을까.

일신교는 별다른 저항을 받지 않는 한 금세 더 풍부한 신앙을 대신하게 마련이다. 영혼이 통일되고 하나의 신앙심이 여러 본능을 장악하면, 그때까지 산만하게 흩어져 있던 '신'들은 하나의 신성으로 집중된다. 이렇게 해서 기존의 오랜 혼돈 속에 질서와 법과 논리가 자리 잡는다. 그러나 그와 동시에 세상은 모순으로 넘치게 된다. 지금 모든 것이 조화로워야 하겠지만 현실은 얼마나 그렇지 못한가. 도대체 조화가 있기나 할까? 게다가 세상은 위축된다. 하나뿐인 이상이 모든 창작을 압도하면서 사람들은 실용성이 없다며 다른 이상형과 싸우고 무시하며 부정한다. 많은 일이 그렇듯 자연스러운 본능은 기를 펴지 못한다. 세상의 도덕은 경직된다. 유일신주의자는 어디에서나 성격이 강하다. 원칙이 확고하며 생활 방식은 순수하다. 그 대신 그들의 영혼은 단조롭고 빳빳해 싱겁기 짝이 없다.

내 친구 하나는 과거에 대단한 바람둥이였다. 그러다가 모범적 남편이 되었다. 그래서 내가 지금 자신을 어떻게 생각하는지 물어보았다. 그는 한탄했다.

"착실한 거야 좋지, 뭐. 그런데 나는 이제 멍청해졌어. 별로 써먹을 게 없어. 남자라면 한 여자하고만 사는 것이 건강에 안 좋은 것 같아."

다신교와 일신교는 대립한다. 반면, 신성을 의식하는 신비주의자를 종종 범신론자라고 부르며 오해한다. 그러나 신비주의자는 절대로 다신론을 적대하지 않는다. 그들은 오히려 다신론의 분위기를 편안해한다. 유럽의 가톨릭교회에서도 그렇게 한다. 신비주의자가 신과 같은 유일한 존재를 "보았다"는 주장은 결코 정확하지 않다. 신비주의자는 우리가 가리킬 수 없는 것을 본다. 그들이 신을 "한 번 보았다"라는 말은 단위나 복수 어느 것도 가리키지 않는다. 상당수 신비주의자가 유일신을 믿는다고 주장하지만, 그들은 유대교, 청교도, 이슬람교 신자들이 말하는 유일신주의자는 절대 아니다.

신비주의자는 정관(靜觀)하는 사람이다. 완전히 자기 내면에 들어앉아 사는 사람이다. 완전히 알맹이 같은 본질로 사는 사람이다. 참다운 자아를 뿌리 깊게 인식한 사람은 결국 진실하다. 자기 내면을 완전히 자발적으로 드러낸다. 생명의 분출을 부인하지 못하기 때문이다. 생명이 밖으로 드러날 때마다 신성한 힘이 움직임을 느낀다. 그것을 존중해야 한다. 그런 사람은 어디에서 어떤 모습으로 드러나든 자연스러운 것을 규범이나 편견에 따른 것보다 더 신성시한다. 힌두교와 고대의 선인(仙人)[55]들이 어떤 것보다 깨인 힌두교 형식으로 퍼트린 지혜도 다를 것이 없다. 순진하고 정말로 원시적인 인간은 자신이 복잡한 본능의 덩어리라고 께름직할 리 없다. 순수한 현인은 자신이 어떤 완결된 존재보다 위에 있다고 자부하기 마련이다.

이런 사람들의 직관은 모두 같다. 다양한 형식을 한 가지 이론의 상징으로 본다면 틀린 생각(힌두교에서는 이렇게 생각한다)일 듯하다. 즉, 어떤 형태든 모두 동물적 본능에 따라 싹이 텄다고. 그런데 애당초 힌두교 범신론의 바탕에 어떤 단일성도 없었다. 그 중복성은 더 나중에 나타나는 단일성, 다시 말해 '한 몸이 되는' 것에 대한 감정과 똑같은 뜻이다. 그래서 사제들은 형이상학적으로 하느님에 대한 신앙의 정통성을 주장할 권리가 있다. 또, 모든 신앙이 《베다》나 《우파니샤드》와 공존할 수 있다고 한다. 사실, 이런 해석은 번번이 경험과 어긋난다. 신성한 전설 대부분은 브라만 전통도 아니고, 또 아리안족도 아닌 원주민의 속요(俗謠)에서 나왔다고 보인다. 그러던 것이 훗날 브라만 교리에 통합되면서 애당초 없던 의미를 띠게 되었다.

알프레드 리올 경[56]이 이런 사실을 훌륭하게 설명했다. 그러나 브라만교도들은 전통을 기만했던 일을 형이상학으로 포장했다. 그들은 신

---

55 Rishis. 일종의 도인. 성현. 명상과 수행으로 우주의 진리를 듣는 현자. 힌두교에서 요가 수행자와 마찬가지다.

56 Sir Alfred Lyall. 1835~1911. 영국 문인. 인도 식민지에서 고관을 지냈다. 인도와 중국의 종교와 사회에 대한 글도 남겼다.

들이 정말로 살아 있어 그 뜻을 보인다고 주장했다. 이들은 토착 부족신을 비슈누의 진짜 화신이라고 가르친다. 그런 식으로 '유일한 브라흐마'의 모습을 보라고 한다. 형이상학의 진리를 신비주의로 윤색해 설명한다. "각 본능에 따라 신성이 창조된다." 그리고 "모든 표면은 그 바탕에 있는 깊이로써 살아 있으며 결국 깊이의 표현으로 볼 수 있다."라고 덧붙인다. 이렇게 봄으로써 거죽이 곧 깊이가 된다고 한다. 이렇게 현학적인 해석에 끌려 들어간 민중 신앙에서 애당초 상징이던 진리가 결국 경험할 수 있는 사실이 되었다. 따라서 민중 신앙은 높은 지식의 표현이 되었다.

어떤 인도의 현자도 심지어 붓다조차 신들에 대한 믿음과 절대로 싸우지 않았다. 누구보다 먼저 근본 일원론의 창시자 샹카라[57]를 포함해 대부분이 이런 믿음을 진지하게 설파했다. 그들은 신성 자체를 설명할 수 없음을 잘 알았다. 그러면서도 신성은 수많은 모습으로 무한하게 나타난다고 믿었다. 그래서 한 가지 표현보다 갖가지 표현을 더 좋아했다.

〈마하데비 찬가〉를 생각해본다. 여신 마하데비는 지고의 존재로 찬양받는다. 특히 강가, 사라바티, 락슈미 등으로 차례로 변신한다. 마하데비 여신이 세상 만물에 평화, 힘, 이성, 기억, 재능, 풍요, 우아, 수치, 굶주림, 신앙, 미(美), 의식 등을 불어넣는다고 주장한다. 여신은 모든 피조물이라는 허물 속에 살아 있다고 주장한다. 힌두교도는 이와 같은 다양성으로써 숭배하는 것을 어떤 모호한 형식보다 더 심오하게 표현한다.

57 Adi Shankara. 샹카라는 8세기 초 인도 남부 출신으로 인도 최고의 철학자다. 유유자적 여러 지방을 돌아다니며 다양한 기적을 행하였다. 수도원을 세우고 브라흐마 수트라 주해(註解)》를 비롯한 많은 저술을 남기고 인도 북부 지방에서 영면했다.

인도 사람의 정신이 엉뚱하게 동물처럼 성장하는 모습을 우리가 어떻게 후련하게 이해할까? 그리스어, 라틴어, 독일어보다 산스크리트어에 종교와 철학과 관련된 관용어가 더 많은 데 결코 우연이 아니다. 재능 있는 원시 민족의 언어는 문명 민족의 언어보다 구체적인 것을 가리키는 어휘가 훨씬 풍부하다. 최초의 인간들은 추상적으로 함축할 줄 몰랐다. 따라서 특별한 낱말을 수없이 사용했다. 나중에 나타난 민족들은 이런 낱말들을 개념어 몇 개로 표현했다. 이와 마찬가지로, 고대 인도인의 어휘도 (추상적으로 줄여 말할 수 없는 경우인데도) 후대로 전해지면서 엄청나게 풍부해졌다. 그들은 일반 개념을 차별화하고 선택하느라 골치를 썩였을 것이다. 낱말이 너무 많아 자신들의 생각을 표현하기에 마땅치 않았기 때문이다. 일반 개념은 알아볼 대상이 합리적이거나 합리화할 수 있을 때 쓸모 있다. 그런데 그렇게 하기란 인도에서 어림없는 일이다. 인도처럼 특이한 나라에서 살아 있는 것들은 모두 정해진 의도나 뚜렷한 목적도 없이 우연히 태어났다. 그래서 힌두교 신전에 설계도가 없고 그 형식에 하나의 통합 원리가 없다. 그뿐만 아니라 정말이지 인도에 민족이라고 할 만한 것은 없다. 민중정신이라든가 민족의식이 없다. 독일 사람이나 영국 사람이라고 할 때와 같은 의미에서 '인도 사람'은 없다. 이런 종합은 이성이 형식적으로 진화할 때 나온다. 표면상 거의 미미해 보일지라도 통일 성향이나 일반화가 필요해야 나온다. 힌두교도의 땅에 그런 경향은 없다.

이곳에서 각각의 형태는 어떤 밑그림도 없이 뒤섞인다. 항상 떨어져 있거나 그럴듯하게 조합되기도 한다. 그런데 형태마다 그 자체로서 존재할 권리가 있다고 본다. 절대로 각기 다른 것을 억지로 다루려 하지 않는다. 어느 것이든 우주 속에 제자리가 있다.

브라만교가 이런 다양성에 바탕을 둔 유일한 종교는 아닐 것이다. 우선 그 종교 정신은 하나가 아니다. 그것이 모든 형태를 살려내지도 않는다. 만약 그렇게 하더라도 그 방법이 지나치게 모호한 나머지 형태들 사이에 구체적 관계는 하나도 없다. 브라만교에서 모든 현상에 생기를 주는 방식이란 실론에서 불교 정신이 모든 생명을 살리는 것과 비슷하다.

인도에서 내 마음은 하루가 다르게 뿌듯하다. 인도의 독특하고 장엄한 색채가 논리와 합일(合一)에 무심해서 그렇다. 인도 여행을 하기 시작한 지 얼마 되지 않았는데, 나는 이곳에서 이미 사람이 사는 다른 어느 곳보다 다양한 것을 보았다. 인도 어디에서나 엄격한 이성이 무심한 과장을 가로막지 않는다. 그런데도 인도 사람은 변증론자이자 논리학자이며 세련된 이론가로 유명하니 주목할 만하다. 인도 사람들은 시(詩)에서 협잡까지, 신을 찾는 처신부터 첫날밤의 처신에 이르기까지 무엇이든 이론화한다. 이런 것이 어떻게 그들의 비합리성과 조화를 이룰까? 이론의 틀을 세우려는 집착도 다른 것들처럼 본능에 따르는 것이 아닐까. 본능 또한 제각각 길이 있어 무책임하게 발산된다. 사상도 야성으로 넘친다. 사상에 대한 해설은 식물처럼 자라고 퍼진다. 철학은 신과 신령이 하던 식으로 난잡하게 불어난다.

인도에서는 사물을 논리에 따라 궁극적 관계로 묶으려 하지 않는다. 논리 자체를 음미하면서 그 역할을 수수께끼 같은 직관에 맡겨둔다. 인도 사람은 경험을 이론화하기 좋아한다. 그런 것을 풍부하게 사색하고 그 소재를 꼼꼼하게 나누기 좋아한다. 그 결과, 전형적인 교부신학자 같은 작업이 나온다. 과학성도 별로 없다. 물론 인도 사람의 상상으로 빚은 창작 가운데 이런 작업이 가장 매력 없다. 그렇다고 인도 사람이 사물의 핵심까지 파고들지 못했다거나 인도에서 파르메니데스[58]나 헤겔 같은 인물을 배출하지 못했다고 비난할 수야 없다.

인도 사람은 유럽 사람에 비해 논리적 통찰력이 크게 뒤지지 않는다. 물론 인도 사람들도 유럽 사람들과 비슷한 우주론을 그럭저럭 작성할 수 있었겠지만 그렇게 하지 않았을 뿐이다. 그들은 그러고 있기에는 너무 심오한 형이상학자들이었다. 그들은 논리로는 사물의 뿌리까지 내려가지 못한다고 생각했다. 결코 합리주의자가 아니었다. 여기에서 인도 사람들이 인류에 남긴 가장 위대한 것이 나왔다. "지성이 출중하다고 반드시 합리로 귀결되지는 않는다. 그렇다고 수준 높은 논리적 통찰을 한다고 순진성이 훼손되지도 않는다."라는 가설이다.

인도에서 《베단타 수트라》[59]의 세 가지 주해본은 정통성을 인정받는다. 일원론과 이원론, 또 유신론에 따른 해석이다. 게다가 이전의 해석부터 이론들은 서로 꽤나 상반된 이야기를 했다. 인도 사람들은 이성의 성과를 모두 우연이라고 본다. 그런 성과로는 어렴풋한 형이상학의 세계를 정확하고 완전한 이미지로 설명할 수 없다고 생각한다. 유럽 사람들이 그와 같은 문제에서 부딪치면 즉시 이성으로 해결하려 한다. 그러나 인도 사람들은 이 문제에서 현명한 만큼 더 자유롭게 생각할지 모른다.

---

58 Parmenides. 기원전 5~4세기 무렵의 그리스 철학자로《자연에 대하여(Peri Physeos)》라는 시편을 남겼다. 소크라테스가 25살 즈음에 수십 년 연상이던 그를 아테네에서 만났을 것으로 추정한다.

59 기원전 5세기에서 2세기 사이쯤에 지어진 베단타 학파(Vedānta)의 경전이다. '브라마 수트라'라고도 한다. 편찬자는 불분명하다. 고대 신화를 연구하는 힌두교의 정통 철학파의 경전이다. 원래 베단타(Vedānta)는 '베다 찬가 부록'이라는 뜻이다. 8세기 무렵부터 '베단타'라는 우주의 궁극적 실재(브라만)를 중시하는 학파를 가리키게 되었다.

형이상학적으로 진지하게 포착할 수 없는 형태도 경험으로는 파악할 수 있다. 경험으로는 어떤 형태든 가능하다. 하늘에 신들로 넘친다고 상상하듯이 이성도 소신껏 제 노릇을 할 수 있다.

나는 경내의 연못가에 앉아 브라만 승려가 《라마야나》[60]를 낭송하는 소리를 들었다. 그의 제자가 때때로 민중 방언으로 풀어낸 그 경전을 찬송으로 뒤따랐다. 군중은 노래를 들으며 황홀해했다. 인도 사람들은 자기네 위대한 서사시를 나라에서 쫓겨난 유대인이 구약의 〈열왕기〉를 읽듯 했다. 지상의 위대한 왕들이 천상의 힘과 수시로 접하던 시대의 연대기다. 민중에게는 서사시들이 어떤 종교 해설서보다 중요했다. 인도 민중은 서사시를 역사적 사실로 믿는다. 일부 학자들도 마찬가지다. 학자들은 그중에서 《마하바라타》[61]의 일화를 즐겨 인용한다. 너무 자주 하는 바람에 천국에서 벌어진 일조차 지상의 사건을 설명하는 데 끌어댄다. 인도 사람들은 역사를 도무지 이해할 줄 모른다. 그들은 역사의 진실에 무덤덤하다. 그들에게 신화와 사실은 하나다. 똑같다. 당연히 또 번번이 전설을 사실로 생각하고 사실을 전설로 함축한다. 고인(故人)과 이방인을 변신시켜 끊임없이 살아 있는 화신으로 인정한다. 비슈누의 화신이라면서 군중은 그를 신처럼 숭배한다. 나머지 사람들에게 삶은 정상적

---

60 고대 인도의 대서사시로 기원전 3세기경에 산스크리트어로 쓰인 서사 신화이며 힌두 신화의 바탕이다. 라마야나는 '라마의 발자취'라는 뜻이다. '최초의 시인'이라는 별명을 가진 발미키가 지었다는 전설이 있다.

61 Mahābhārata.《바라타 대전(大戰)》이라고도 하며, 산스크리트어로 지은 인도 신화의 대서사시다. 18권으로 구성된 역사상 가장 방대한 서사시로《일리아스》의 15배 분량이다.

흐름을 따른다.

요즘 인도 사람은 어떤 신이 지상에 나타난다고 대단하게 여기지도 않는다. 호메로스가 올림포스의 신들을 전쟁에 끌어들인 것처럼 자연스러운 일이다. 그들은 모든 것을 똑같이 믿는다. 그럴 만하든 믿음직스럽지 않든 똑같이 생각한다. 역사에서 벌어진 실제 사건을 진지하게 여기지 않기 때문이다. 인도 사람의 의식을 구체적으로 들여다보고 나서야 나는 이런 실태를 이해했다. 그 결함은 자명하다. 인도 사람들은 시와 진리를 명확히 구별하지 않는다. 상상하는 사실과 경험하는 사실을 구별하지 않는다. 그래서 그들의 주장을 믿기 어려울 때가 많다. 그들의 관찰은 불확실하고 과학은 부정확하다. 어쨌든, 어떤 수준의 의식이든 의식에는 실증성이 있기 마련이다.

앞에서 이미 보았다시피 대상이 아니라 그 표상을 중시하게 되면, 보통 관심에서 벗어나기 마련인 사실의 여러 면을 알게 된다. 특히, 사실과 신화가 뒤섞인 사람의 사고방식으로도 마찬가지다. 신화로 어떻게 사실이 다른 모양이 될까? 의미 있는 방식일까 아닐까? 언제나 의미로 충만하다. 신화의 변신에서 사실성이 두드러진다. 그러면 본질은 더욱 반발력을 띠고 튀어나온다. 물론, 여기에서 본질은 변신하는 것의 본질이 아니다. 변신을 꾸며낸 사람과 그 시대가 본질로 여기는 것이다.

현대 서구의 신화에서 사물은 거의 과학적으로 정확하게 변형된다. 이를테면, 새로운 변신이 일어날 때마다 괴테는 자기 머릿속에서 그려낸 자아와 더욱 비슷해진다. 《파우스트》를 지어낸 사람은 파우스트와 비슷해진다. 반면, 인도 신화는 영웅이 민중에게 어떤 의미인지를 강조한다. 가령 이런 사실을 인도 사람이 실증적인 부분을 이해하는 문제와 비교해보면 어렵지 않다. 인도 사람은 사물의 영성(靈性)을 즉시 파악한다. 의식은 각 사건을 정면에서 마주한다. 경건한 사람이 종교의 수수께끼를 정면에서 마주대하는 것과 마찬가지다. 좀 더 쉬운 비교를 해보자. 괴테와 같은 시대 사람들이 그의 고전으로서 중요성을 우리만큼 분명하게 인지했을까?

아무튼, 요점은 무엇일까? 핵심은? 구체적 사실일까? 그 의미일까? 그 의미만이 핵심이다. 사실 자체는 무시된다. 그러나 신화를 창조하는 인도 사람들은 정확한 삶을 좋아하는 유럽 사람들보다 훨씬 더 나은 뜻깊은 부분을 선택한다.

나는 지금 《마하바라타》에 나오는 쿠루크슈트라 전투[62] 때처럼 절박하다. 신들이 사람들 곁에 나타나 도와주었다는 전투다. 제1차 세계대전에서 독일과 프랑스가 공방전을 치를 때만큼이나 실감이 넘친다. 지금 내 앞에서 펼쳐지는 세계는 유럽 학자 앞의 세계보다 더 본질에 가깝지 않을까? 더욱 실감 나지 않을까? 인도 사람의 지혜가 견딜 수 없이 나를 사로잡는 데 놀라지도 못한다. 그들에게 의미가 제일 중요하며 영원한 진실이다. 사람들이 '사실'이라고 하는 것은 마야에게서 나온 것이 모두 그렇듯 확실치 않은 이미지일 뿐이다. 어떤 현상은 그것이 구체적으로 표현된 의미에 따라 실체가 다르다. 천계(天界)는 물질계보다 더욱 사실적이다. 그러나 관념계는 천계보다 더더욱 사실적이다. 의미가 더 자유롭고 순수하게 드러나기 때문이다. 따라서 사유는 그것을 반영하는

---

62 인도 북부 하리아나 지방의 도시. 기원전 1천년대의 쿠루 왕국의 사촌간 권력 투쟁으로 벌인 전투로 《마하바라타》의 중심 사건이다.

사실보다 더욱 고상한 사실이다. 세상의 사물은 한 번 지나가면 그만이지만 의미는 영원하기 때문이다.

전설이 어떤 역사보다 확실한 것은 영원한 상징을 수단으로 또 억겁[63]에서 건너오는 식으로 '큰 뜻'을 재현하기 때문이다. 크리슈나는 정말로 최후의 결전을 앞두고 아르주나[64]에게 오늘날 우리가 〈바가바드 기타〉[65]에서 읽은 이야기를 해주었을까? 그것을 믿는 한 그럴 것이다. 높은 세계에서 '큰 뜻'은 그 자체만 보여준다. 특수한 형태 없이 오직 그렇게 보인다. 정신으로 파악할 수 없다. 그것은 우리가 원하는 대로 나타난다. 우리가 그것을 믿는 날에 모습을 보인다. 우리가 그것을 원하고 생각할 때 신으로서, 철학으로서, 원시시대의 그림과 전설로서 나타난다. 선택은 자유롭다. 그러나 우리가 그 존재에 더욱 깊이 들어가기를 열망할수록 우리를 찾아오는 이미지는 더욱 고상하다.

나는 인자하고 정답게 길을 가르쳐주는 큰 스승 마하구루의 지혜를 붙들고 싶다.

서양과학의 여신이라는 끔찍한 마야에게 홀리지 말거라. 마야는 사실 언제나 이성에 대한 비판을 막으려고 계략을 부린다. 그러나 우리가

---

63 칼파(Kalpa, 劫)은 힌두교에서 우주의 창조와 파괴가 반복된다는 기간으로 조물주 브라흐마의 하루 시간이다. 1 칼파는 86억 4천만 년이다.

64 Arjuna.《마하바라타》에 등장하는 영웅으로 인드라 신의 아들이며 크리슈나의 누이와 결혼했다. 모든 무기에 능통한 위대한 전사로 아킬레우스와 오디세우스를 합친 듯한 영웅이다.

65 Bhagavad Gītā. '성스러운 신에 바치는 찬가(Gita)'라는 뜻으로 기원전 4~2 · 3세기경에 완성되었다고 여겨진다. 신에 대한 사랑과 믿음의 실천으로써 계급과 남녀의 구별을 초월하여 모두 최고신의 은총을 받을 수 있다고 한다.《마하바라타》에 수록되어 있다. 인도에서는 늘 암송할 정도로 일상적인 노래다.

증명할 수 있는 것이 절대로 본질적인 것은 아니다. 우리가 겪는 것은 지나가 버리거나 또다시 똑같이 겪게 될 뿐이다. 그런 것을 겪으면서 존재의 참다운 본질을 무시하는 사람은 속아 넘어간다. 물론, 상상의 산물도 마야의 짓이다. 아무튼 물질세계보다 자신의 진면목을 더 솔직히 드러내고 의미를 훨씬 유연하게 전해주는 점만은 쓸 만하다. 서양 학자들은 얼마나 참다운 존재의 중심에서 멀어졌나! 인도 사람들보다 좋은 머리로도 큰 뜻을 탐색하기는커녕 짧고 귀한 시간을 시시하고 공허한 현실이나 공부한다면서 낭비한다. 객관적 사실을 알아냈다며 큰일을 했다고 생각하겠지만. 그런 사실이야 객관적인만큼 당연히 무의미할 뿐이다. 하지만 인도 사람들을 좀 보거라. 그들은 정확한 탐구가 무엇인지 잘 알고 있다. 마야의 품을 편안해하지도 않고. 세상살이에서야 번번이 부대끼며 좌절하지만 그래도 큰 뜻을 받아들이려고 혼을 활짝 열어두고 있으니 모두 해방의 길을 따르고 있지 않은가!

사원 문지기가 나를 불렀다. 경내에서 나갈 시간이다. 물에 들어갔던 사람들도 모두 나왔다. 《라마야나》 강독도 끝났다. 요가 수행자 몇이 꿈적 않고 명상에 잠겨 있었다.

탄자부르

오늘 몇 시간 동안 탄자부르[66]의 사원 무용수들을 보았다. 어슴푸레한 곳에서 무용수들은 행사에 참석한 여러 지방악단의 반주에 맞춰 춤추었다. 춤은 고조될수록 짙은 매력을 풍겼다. 전설에 따르면 나나 샤히브[67]는 영국 죄수들의 학살을 명하고 나서 무희 넷을 불러들여 밤새 꼼짝 않은 채 그녀들의 물결치는 몸짓만 바라보았다.

과거에 나는 이런 춤판에 재미를 붙이려면 취미가 꽤나 유별나지 않을까 생각했다. 그러나 지금 보니 누구나 즐길 수 있다. 나도 무희들에게서 눈을 떼지 못했다. 시간 가는 줄 모르고 감탄만 했다. 풍성하고 치렁치렁 늘어진 옷은 단점이다. 유럽 무용과 근본부터 다른 춤이다. 춤에 처음부터 끝까지 정해진 구성은 없다. 몸놀림은 거울 같은 수면의 덧없는 물결에 불과하다. 손짓으로 시작해 손짓으로 끝난다. 천천히 부드럽고 편안한 몸짓만 반복한다. 그 자체로서 완전한 밑그림[舞譜]에 따른 것일지 모르지만 너무 빠르게 움직이며 사라지기 때문에 잠깐 스치는

---

66 Thanjavur. 탄조르(Tanjore)라고 하며 인도 타밀나두주의 도시로 코베리 강변에 있다. 보석, 양탄자, 자수품이 유명하다. 촐라 왕조의 수도였고, 유네스코 세계유산 브리하디스와라 사원이 있다.

67 Nana Sahib. 1820~?. 대영제국에 항거해 무장봉기한 시파이스족의 지도자다. 1857년에 영국 군인과 민간인 다수를 공격해 학살했다는 전설이 있다. 그는 네팔로 피신해 활동하다가 종적을 감추었다.

듯한 인상이다. 흥분으로 고조되는 법도 없다. 반짝이는 옷은 근육의 움직임을 가리고 숨긴다. 동작은 두드러진 굴곡으로 시작했다가 부드럽고 찬란한 율동으로 가라앉는다. 출렁이는 몸에 걸친 패물은 별빛처럼 반짝인다. 생기 넘치는 예술이지만 단 한 번 속도를 내지 않는다. 그래서 끝없이 구경할 수 있다.

유럽 무용은 정해진 형식과 시간 안에 시작하고 끝난다. 관객은 시간의 흐름을 따라 놀이에 몰두한다. 시간순으로 펼쳐지는 의미를 따라가려고 애쓴다. 관객은 한 작품이 끝나야 비로소 정신을 차린다. 자신을 한참 떠나 있다가 되돌아온다.

유럽 무용의 완벽한 몸짓도 오래 주시할 수 없다. 그런 점이 이곳 춤과 다르다. 구경꾼은 자신을 벗어나 낯선 세계로 끌려가지 않는다. 구경꾼 자신을 의식한다. 그 춤은 시곗바늘처럼 움직이며 시간을 눈으로 보여주듯 생명의 비밀을 드러낸다. 이런 과정을 지겨워하는 사람은 없다. 급격한 동작은 시작하나 싶다가도 금세 편안하게 흐르며 진부해진다. 그렇게 즉시 실감을 되살린다. 우리가 생명 자체의 흐름을 의식하지 않기 때문이다. 피가 도는 줄 의식하지 않는다. 때때로 우리의 삶이 흘러가는 것을 막연히 느낀다. 깊은 곳에서 가벼운 진동으로 전해지는 희미하고 어렴풋한 의식이다. 인도 춤의 율동에서 바로 이런 것을 알아본다. 보는 사람이 자신이 살아있다고 자연스레 느낄 정도로 춤사위는 가볍다.

인도 춤의 의미는 이런 것이다. 이것이 모든 인도 사람을 키우는 바탕이다. 무희들은 그것을 좀 더 확실히 보여줄 뿐이다. 풍만한 몸도 굉장한 효과를 낳는다. 구경꾼은 자기 몸에 붙은 것을 쉽게 잊는다. 몸도 수수께끼 같은 생명의 바탕이다. 형태도 없고 붙잡거나 파악할 수도 없다. 합리적 원리도 관념도 아니다. 오직 어떤 '심정'이다. 주어진 틀에 맞서는 심정이다. 주관성이 바탕인 만큼 객관적인 것 모두 우연해보인다. 의미도 없고 일관성과 법칙이나 목적도 없다. 물론, 겉보기에 실감 나는 현상이다. 그러나 인도 사람처럼 존재의 본질을 찾는 사람, 모든 객관성을 넘어 뭐라고 부르기 어려운 존재의 깊은 곳으로 향하는 사람에게 그때까지 배운 것은 덧없는 물거품이다.

칸치푸람

안내자는 타밀족 출신이라 내가 입장하는 사원마다 들어가지 못했다. 입장 허가를 받지 못했다. 그는 기독교도인 데다가 최하층민이기 때문이다. 모든 사람이 첫눈에 그의 신분을 알아본다. 힌두교도는 누구든 얼마나 능란한 거짓말을 하든 위장하든 아니든 사람의 계급을 즉시 알아내는 특이한 능력이 있다. 칸치푸람[68]의 사원으로 나를 안내한 젊은 승려는 내게 어떻게 '부랑자'의 시중을 받게 되었느냐고 대뜸 물었다.

"창피하지 않으셨습니까!"

무어라고 답해야 할까. 나는 이미 힌두교도의 심리를 잘 알고 있는데. 심리가 일차적 요소라면, 상상한 것이 증명할 수 있는 것보다 더 실감 난다면, 사실상 표상이 사물의 세계를 지배한다면, 국경이 만들어낸 편견도 자연에서 종(種)을 구별하는 경계선만큼이나 정확하다. 서로 다른 계층 사람들은 본질적으로 다르다. 누구와 왕래하고 누구와 함께 식사할 것인지가 매우 중요하다. 나쁜 사람과 사귀는 것은 세균만큼 감염의 위험이 크다. 정신도 감염된다. 심리는 놀랄 만큼 쉽게 오염된다. 많은 영향이 그 속으로 뚫고 들어가 원초적 균형을 흔들기 때문이다. 그렇

68 Kanchipuram. 타밀나두주의 도시로 칸치(Kanchi) 또는 콘제와람(Conjeevaram)이라고도 한다. 인도 7대 성도(聖都) 중 하나로 팔라바 왕조를 비롯해 여러 왕조의 수도였던 곳이라 많은 사원 유적이 남아 있다.

게 흔들리면 어떻게 될까? 만약 건강만 중시하는 환자처럼 차분하기만 하다면, 외부의 영향으로 균형이 깨질 위험에 꿋꿋하게 대처할 수 있다. 어떤 문명 세계에서나 (정신적으로 무사하려고) 학교와 직장과 군대와 접촉을 피해야 할 때마다 사람들은 이런 식으로 행동한다. 인도에서도 대체로 그렇다. 모든 사람이 그런 기관의 '정신'으로 결정되기 때문이다. 난처한 일이다. 우선 끝없이 자기자신을 타인과 차별화하면서 가벼운 병에도 죽어버린다. 인도에서 차별화 때문에 오랜 세월 동안 계급 제도는 극히 복잡해졌다. 인도 주민들은 늘 걱정하며 살아간다. 매번 편견이 길을 가로막는다. "누가 살아남을 것인가"라는 끝없는 걱정도 낳았다. 유럽에서는 페스트가 만연하던 시대에서나 볼 법한 엄격한 처방과 규제를 항상 염려해야 한다.

편견을 뿌리 뽑기란 어렵지 않다. 겪어보거나 조금 더 이해하면 금세 사라진다. 유럽에서 천 년 이상 일상에 자리 잡았던 대부분의 편견도 단 한 세기 만에 거의 사라졌다. 하지만 영혼이 우세한 인도 같은 나라에서는 모든 현실이 상상력에 좌우된다. 인도에서 일상화한 완고한 계급 제도도 편견만 사라진다면 함께 사라질 것이다. 그러나 너무 해묵은 편견이라 온실 속에서만 유지될 수 있다. 최근까지 인도를 떠난 모든 브라만 계급은 해외에서 자기 계급을 잃었다. 당연한 일이다. 관념과 상상과 또 계급의 편견에 사로잡힌 조직은 분열되었다. 브라만이 타고난 틀에서 벗어나 계급이 없어지면 자연스레 벌어질 일이다.

계급 관계를 청산하려는 인도 사람에게 단 하나의 길이 있다. 인식의 길이다. 진리를 깨달은 사람은 형식의 틀에서 벗어난다. 지고의 빛을 받고 (의식이 깨이면서) 한 세상을 부인한 사람은 더는 현상을 걱정하지

요가 수행자, 1900년

않는다. 현자와 요가 수행자는 계급적 편견이 없다. 얼마나 지혜로운가! 사실상 알고 '이해하면' 운명처럼 타고난 관계는 쓸모없다. 현자는 어떤 것에도 묶이지 않는다. 지혜로운 사람만 어떤 편견이든 넘어선다. 그러나 너무 일찍 자신의 편견을 버리는 사람은 해방되지 못한다. 그러다가 오히려 자유로 가는 길이 막힌다. 우리 시대에 분명히 확인되는 사실이다. 현대인은 교육으로써 과거의 완고한 형식을 타파했다. 하지만 대안을 개발하지 못했다. 그래서 현대인은 날이 갈수록 더욱 피상적이고 못된 인간이 된다. 현대인은 위대한 자유를 피력하지만 그것이 무엇인지 제대로 이해하지 못한다. 그래서 구원커녕 자유를 오해하고 망친다.

"신들이 하는 일을 개나 소가 하지는 못하는 법이다."

주제를 알아야 한다. 현대인은 삶에서 이상(理想)이 무슨 의미와 가치가 있는지 조금도 궁금해하지 않는다. 오로지 인간에게 적합한 이상만

찾으려고 한다. 우리 시대 사람들보다 현명하게 사람들을 행복하게 해주고 싶어 했던 12세기에 요크단[69]이라는 가공의 인물이 있었다. 그는 깨달음의 빛을 보고 나서 형제들을 깨우치려 하지 않았다. 심지어 자기처럼 노력조차 하지 말라고 했다. 이븐 투파일[70]은 이렇게 이야기한다.

요크단은 형제들에게 자기가 했던 말에 용서를 빌었다. 그는 자신도 형제들과 똑같은 의견이므로 전통 사상에 충실하기로 했다. 외부의 영향을 받지 않도록, 용감한 조상의 모범을 따르겠으며 혁신은 쓸데없다고 했다! 무지하고 약한 사람이 구원받을 다른 길은 없다면서 전통을 버린다면 마음의 평안을 잃고 갈팡질팡하다가 불운이나 겪게 된다고.

그런데 서구에서도 뒤늦게나마 심오한 삶으로 되돌아오는 것 같다. 실용주의는 사실 요크단의 지혜를 우리 시대에 맞춘 형식일 뿐이다.

---

69 Hayy ibn Yaqdhan. 12세기 말에 이븐 투파일이 지은 설화의 주인공이다. 사람들에게 버려진 요크단이 사슴의 젖을 먹고 새와 동물들과 함께 살면서 성장한다는 이야기다. 요크단은 나중에 수피교를 굳게 믿으면서 자기 고장의 지혜로운 지도자가 된다.

70 Ibn Tufailou. 1110~1185. 북아프리카 철학자이자 신비주의자, 의사로 일종의 백과사전을 편찬했다. 고아 출신으로 인도양의 외딴 섬에서 수행하며 독학으로 크게 깨우쳤다. 로빈손 크루소의 진짜 모델이다.

마하발리푸람

남인도 성소 순례는 인상적으로 마무리될 듯했다. 황량한 모래섬인 이곳에는 참나무 몇 그루만 있을 뿐이지만, 바위와 돌은 예술품 같다. 바위산을 통째로 깎은 코끼리상과 황소상처럼 힘찬 동물상이다. 우아한 야자수도 보인다. 봉우리 위에는 석조 신전이 가득하다. 바다가 울렁거릴 때면 파도는 그 문지방과 계단을 뒤덮고 나서 잠든 신들마저 덮친다. 누가 이런 작품을 만들었을까? 모두 모래가 되어 자취조차 없다.

마하발리푸람[71]은 한때 군주의 상상에 따라 조성된 특이한 공방 도시였다. 수많은 사람이 망치질을 하고 쇠를 뚫으며 작업을 하다가 갑자기 모든 일을 중단하고 방치했다. 아니, 그렇게 추측할 뿐이다. 이제는 가난한 어부들과 승려 몇이 살고 있다. 비쩍 마른 양들이 폐허에서 먹을 것을 찾아다닌다.

나는 밤늦도록 비슈누 신전 문턱에 앉아 있었다. 먼 옛날에 땅 한복판에 있던 것이 지금은 바다에 잠겼다. 밀물이 높아져 발목을 적시기 시작할 때야 자리를 떴다. 사나운 파도에 벌써 신전 다섯 채가 사라졌다. 지금도 계속되고 있다

---

71 Mahabalipuram. 마발리푸람이라고도 한다. 벵골만에 접한 타밀나두주의 항구 도시로 인도 남부의 가장 중요한 고고학 유적지다.

◀ 마하발리푸람 해변 사원, 1903년, 퀴르트 부크
▶ 마하발리푸람 해변 사원의 부조, 1910년대. (멕켄지 《인도 신화와 전설》에 수록.

상상은 허둥대며 시간을 앞질러 갔다. 폐허와 쓰레기로만 덮인 우리의 별 지구가 보인다. 우주 속에서 죽은 몸을 썰렁하게 굴리고 있다. 막상 서글프지 않은 상상이다. 덧없는 것이야말로 사실 영원의 집 아닌가. 만약 사람이 하는 일이 단 한 번뿐이고 다른 것으로 대신하거나 돌이킬 수 없는 것이 아니라면 우리의 운명도 무의미하지 않을까. 나는 어떤 것의 끝을 보아도 서럽지는 않다. 되레 이미 오래전에 그랬을 처지로 되돌아간 기분이다. 사람들은 지속이라는 매번의 실현에 필요한 시간을 뛰어넘느라 늦어질 뿐이라고 생각하지 않는다. 과거의 시간을 붙잡아두려는 것은 영생을 바라는 것과 마찬가지로 신성모독일 뿐 아닌가?

위대한 인도 예술에서 극히 몇 조각만 남았다. 인도 예술가들은 오래가지 않는다고 걱정하지 않고 종종 목재를 사용했다. 그들은 오래가는 것이 중요하지 않은 줄 잘 알았다. 그들이 〈바가바드 기타〉의 위대한 정신을 따르며 살았다고 생각하면 즐겁다.

끊임없이 만들되, 결과는 일찌감치 포기하라.

아디아르

애니 비전트 부인[72]의 초대로 나는 한동안 아디아르[73] 강변에 있는 신지학회(神智學會)[74]에 진을 쳤다. 신지학 운동에 좋을 일을 기대할 수 있을까? 물론 그럴 만하다. 동양철학의 이해를 도모하지 않는가. 신지학은 동양철학을 독창적으로 전하고 있다. 전달 과정에서 그 철학의 고유한 모습은 상당히 퇴색되었다. 신지학은 앵글로색슨의 기질을 철저히 따른다. 그래서 동양에서 덜 중시하는 면을 주로 강조한다. 신지학은 힌두교의 기호를 정반대로 풀이한다. 신지학자들은 윤회론을 두려워하지 않고 오히려 반색한다. 몇몇 예외가 있지만, 그들은 눈앞에 보이는 세계를 벗어나려고 안달하지 않는다. 실용과 경험으로서 삶을 긍정하고 생활수준을 높이려는 뜻이다. 승진 제도도 완전히 실생활처럼 완비했다. 내가 만난 신지학자 모두 힌두교도와 아주 대조적으로 개인에 묶여 있

72 Annie Besant. 1847~1933, 영국 신지학자이자 사회주의자, 여권신장운동가로 신지학에 전념하기 전에는 노동운동을 했다. 나중에 인도 독립을 위해 싸웠다.

73 Adyar. 마드라스 지방 연안의 작은 강으로 쳄바람바캄호에서 시작해 벵골만으로 흘러들어 간다. 강어귀 남쪽은 새들의 천국으로 야생생물보호구역으로 지정되었다.

74 신지학(Theosophy)은 '신성'과 진리를 이해하려는 신비주의 철학이다. 고대부터 내려온 전통이지만, 주로 1875년에 블라바츠키(Helena Blavatsky, 1831~1891)가 신지학회 창립을 주도하면서 신비주의 철학과 차별화하려고 독립했다. 그 후 미국을 중심으로 신흥종교로 변신을 시도했다. 사상에 따라 여러 분파로 갈라졌다. 베르댜예프(Nikolai Berdyaev, 1874 – 1945), 칸딘스키(Wassily Kandinsky, 1866~1944) 등의 문인, 예술가들이 그 사상의 영향을 받았다.

1900년대의 아디아르 연안. 엑토르 레베이에 사진.

다. 이렇게 강조점이 달라지면서(그 자체는 충분히 정당하다. 개별에 대한 긍정과 부정은 분명 기질 문제다.) 이론이 간접적으로 수정될 수밖에 없었다. 그렇게 고치다 보니 편견을 초래했을 듯싶다.

우선 힌두교의 정신주의는 대부분 앵글로색슨의 물질주의로 변질된다. 신지학 서적은 가시화한 정신(물론 구체적 물질로)을 매우 중시한다. 그래서 그 책을 열심히 공부하는 대다수 신지학도는 형태가 본질이라는 물질주의자와 똑같은 신념을 갖게 된다. 그뿐만 아니라, 신지학자는 힌두교 교리에서 개인에게 불가분한 자율성인 자기함양의 이론을 지워버렸다. 신지학자는 "개인은 먼저 가르침부터 받고 배워야 한다."라고 주장한다. 그 결과, 신지학자의 신앙 공동체는 모든 반대급부에도 불구하고 점점 더 권위에 대한 신봉과 예속을 중요한 미덕으로 여기면서 가톨릭교회처럼 뻣뻣해졌다.

그렇게 될 수밖에 없었다. 힌두교의 지혜는 서구에서 대중화하면서 원래의 의미가 달라질 수밖에 없었다. 요즘 유행처럼 가톨릭에 동화되었다. 신지학자들은 힌두교 교리를 전파하지는 않는다. 새로운 종파로서 자기네 신앙의 승리밖에 관심이 없다. 그러니 그들에게 과학적 오류를 인정하라고 해봐야 소용없다. 신지학자들은 학자로서도 힌두교의 지혜를 제대로 모른다. 그래도 다른 각도에서 보면 그들은 신비학자로서 힌두교의 진정한 사제들이다. 이런 점에서라면 매우 흥미롭다.

벌써 몇 해 전부터 나는 고대 문명의 비밀 교리에 관심이 있었다. 그에 관한 중요한 기록 가운데 '신비학회' 회원이 아닌 사람이 구할 만한 것은 거의 다 구해 읽었다. 신비학자들은 자기네끼리만 몰래 돌려 읽는 것이 많다. 그 이론은 그 사실관계에서 매우 진실해보였다. 더욱 '높아진' 또 다른 세계와 관련된 것이면 무조건 상상으로 멋대로 지어냈다고 생각한다면 지나친 단정이다. 고대에서 최근까지 모든 시대와 민족의 비밀 교리에 본질적으로 놀랍게 일치하는 면이 있다. 그런데 별것 아니라고 하기는 어렵다. 그렇다면 비평의 규칙을 부인하는 셈이다. 고의로 기만한다면서 정직한 사람들을 단 한 번 검토하지 않고 비난할 수 있을까? 이는 문제를 부당하게 단순화하는 짓이다. 이른바 '비밀 학문'에는 부정확한 전통과 상상과 공상이 적지 않다. 그렇지만 그것을 진지하게 공부해보면 그 학문 전체가 상상으로 지어낸 것만은 아니라고 알게 된다. 확실할 가능성도 다분하다. 수많은 것이 사실일 개연성마저 있다.

얼마 전까지도 불가능하다던 여러 기현상의 실체가 이제 증명되었다. 무지한 사람이나 원격 투시, 원격 '에너지', 물질의 생성을 그 의미도 모르고 의심할 것이다. 나는 이런 현상이 증명되지 않았을 때부터 그 실체를 믿었다. 원칙적으로 가능하다. 상상력이 부족한 사람들은 자신이 경험하는 사실이 아닌 한 객관적으로 주목할 수 있는 경험까지 불가능하게 여긴다.

신체와 정신, 생명물질과 그 원리의 상호 작용을 진지하고 깊게 파헤친 사람이 보기에 자신의 손놀림과 멀리 떨어진 물체의 움직임에 원칙적으로 차이가 없다. 가까이서 벌어지든 멀리서 벌어지든 다른 행동도 그렇기는 마찬가지라고 인정한다. 내가 이웃에 내 생각을 전할 수 있다면, (말이든 몸짓이든 눈짓이든 아니면 심령술사가 부린 마술의 전달이든) 그것은 원칙적으로 상대편에서도 똑같이 가능하다. "이해할 수 없는 것이 있다."라는 사실은 무슨 뜻일까? 어쨌든 물질을 정신으로 판단했다는 뜻이 아닌가. 가령, 이런 식으로 정신이 물질에 어디엔가 영향을 준다면 그런 작용은 얼마든지 가능하다. 우주 어디에서나 힘이 작용하기 때문이다. 여전히 객관적 입증이 필요하겠지만, 많은 것이 내게는 이미 확실하다. 현실의 단면들이 신지학에서 말하는 천계와 정신 등의 단면이다. 우리가 어떤 것을 느끼고 생각할 때, 비록 지금 당장 물리학으로 포착할 수 없어도 분명 형태와 흐름이 형성되고 힘을 발한다.

모든 현상은 "물리적 사실에 따라 나타난다." 물질과 에너지로 구성되된다. 관념도 화합물과 마찬가지다. 어떤 관념이든 현상계에 속한다. 관념은 항상 어떤 실체로서 의미를 구성하고 전달한다. 어떤 생각이든 말과 글로 구체적으로 옮겨야 전달된다. 정신의 문턱을 벗어나지 못한 사고(思考)도 마찬가지다. 주관의 표현도 '밖으로 드러내는' 것인 만큼 우리의 능력이 닿는 세계 속에서만 가능하다. 그래서 객관적 사실로서 구체화해야 전달할 수 있다.

좀 더 나아가보자. 가령 우리가 느끼고 생각할 때 나타났다가 사라지는 물질의 움직임을 직접 꿰뚫어볼 수 있다면 우리는 신비학의 높은 수준에 오를 수 있다. 그런 가능성이 있는지 확인할 과학적 근거는 없다. 그러나 이론상으로는 분명 가능하다.

예컨대, 리드비터[75]가 이와 같은 고도의 인식을 다룬 글을 읽어 보면, 그가 높은 세계에 익숙했다는 것을 의심하기 어렵다. 사실, 우리가 자신을 통제할 수 있다는 어떤 주장도 그 주장이 우리의 실생활에서 벌어지는 사건과 직결되고 주장 자체가 믿음직하며 심리로 확인된 성격과 크게 일치한다면 리드비터가 오류를 범했다고 보기 어렵다.

우선 신비학자들의 주장을 믿음직하다고 할 만한 인식 비평에서 거론하는 견해가 있다. 우리가 보통 알아보는 현실은 전체 현실 가운데 특수한 부분뿐이다. 심리로써 접근할 수 있는 극히 좁은 영역(칸트는 이런 영역을 "나의 세계는 표상"이라고 했다. 현실이 언어, 이미지 등 다른 것으로 재현된 세계다)이다. 그런데 우리가 심리를 움직이는 또 다른 기관이나 보조 기관을 갖춘다면 인간의 규범과 한계는 더는 소용이 없다. 우리가 알아보는 자연과 우리의 지능으로 가공하는 자연은 우리가 [기억 등으로] 저장해 놓은 세계일뿐이다. 윅스퀼[76]이 말했던 "인공 세계"다.

---

75 Charles Webster Leadbeater. 1854~1934. 영국의 목사로 신비주의적 신지학자다.

76 Jakob Johann von Uexküll. 1864~1944. 독일의 철학자로 종족인류학의 선구자다. 철학자 질 들뢰즈, 조르조 아감벤을 비롯해 생태학자에 큰 영향을 주었다. 본문에서 말하는 개념을 소개하는 그의 저서는 《인간세계와 동물세계(Streifzüge durch die Umwelten von Tieren und Menschen)》(베를린, 1919)다.

칸트와 그 후계자들이 증명한 인식의 형태는 정신의 특수한 면만 가리킨다. 따라서 그 경계가 유동적이라고 할 때 칸트의 틀을 확장할 수 뛰어넘을 수도 있다. 어떤 것의 '실제 가능성'은 과학적으로 성립되지 않는다. 그럼에도 신비학자의 주장이 일관되게 그 비평에서 제기하는 문제와 일치한다는 점은 의미심장하다. 그들의 주장은 다음과 같다.

더 많은 것을 다르게 감지하려면 새로운 신체 기관이 필요하다. 결국 영적 통찰력을 얻는다는 것은 장님이 눈을 뜨는 것과 똑같다. 현실보다 '보다 더 고상한' 단계로 올라간다는 것이란 무엇일까? 칸트 철학이 말하는 경험의 틀을 일부 뛰어넘는 것일 뿐이다. 아무튼, 철학자나 심리학자와 생물학자가 칸트의 글을 한 번 진지하게 읽었으면 좋겠다. 고려의 대상이 된 문인들 가운데, 비록 견자(見者) 리드비터는 자기파에서도 세계적 평판을 누리지 못했음에도 주목할 만하다. 이런 종류의 글 가운데, 순진한 면에도 불구하고 그의 것이 가장 배울 점이 많다. 내가 아는 한 리드비터는 매우 과학적으로 관찰했다. 리드비터만이 건전하면서도 단순하게 설명했다. 그뿐만 아니라 그는 자신이 보았다는 주장을 꾸며낼 만한 재간이 없을 만큼 정직하다.

루돌프 슈타이너[77]는 사실을 지나치게 깊이 파고든 정신속에 쓸어담으려 하다가 자신이 파악한 것과 덧붙인 것을 구별하지 못했다. 하지만 리드비터는 그렇지 않았다. 지성으로 말하자면 그는 자기가 다룬 문제를 높이 끌어올리지 못했다. 아무튼, 그는 그 자체로서 그럴듯하며 철학

77 Rudolf Steiner, 1861~1925. 스위스의 신비주의 철학자로 영성 탐구에 여러 과학적 방법을 동원해 주력했다. 요즘 유행하는 영적 공동체 운동도 주도했다.

적 진리에 걸맞은 주장을 했다. 그가 자기 식으로 보는 것은(스스로 이해하지 못한 때도 있었다) 높은 의미로 충만하다. 그가 실제로 무엇인가 있는 것들을 보기는 했을 것이다.

이런 것 때문에 내가 기존 신비학의 방법이나 전통 이론을 지지하려는 것은 결코 아니다. 그런 방법에 따라 관찰된 사실에 대한 설명이 정확한지 의심스럽다. 나로서는 그런 사실이라는 것이 정상적 의식에서 나온 사실을 어떻게 위배하는지 검증할 능력이 없다. 특별한 동물들이 살고 있는 곳마다 초보적 신령과 신이 있는지 또 이런 것들이 있다면 그들을 보는 '견자들'에게 어느 정도 그것들을 알아보는 자질이 있는지 알 수 없다. 물론 가능할 것이다. 분명 자연은 우리의 틀에 갇힌 의식 수준에서 존재하는 것으로 보이는 것보다 훨씬 더 풍부하다. 또 천계의 존재를 보았다고 주장하는 정직한 사람을 어떤 경우에도 경험주의나 합리주의 관점에서 그렇게 지각할 수 없다고 무턱대고 부정하기보다 한 번 더 생각해볼 만하다.

결국 황당한 해석에 맡겨둘 수밖에 없을까? "황홀한 견신(見神)을 충분히 설명해 줄 묘약은 없다"라는 말처럼? 견신 체험은 '정상적으로' 입증할 수 없다. 미미한 수준으로나 증명할 수 있다. 그들의 견신이 공상이 아니라는 점은 충분히 입증되었다. 견신 체험자들은 대부분의 사람들보다 정신적 수준이 높고 역사적으로 강력하고 유익한 힘을 온몸으로 보여주었다. 일찍이 알 가잘리[78]는 신을 접하는 가능성에 항의하는

78 Abou Ḥamid Moḥammed ibn Moḥammed al-Ghazālī. 1058~1111. 페르시아 출신의 수피즘 신비주의자로서 가장 위대한 이슬람 정통파 사상가다. '알가젤'이라는 이름으로 더 잘 알려져 있다. 주로 아리스토텔레스 철학의 모순을 비판하면서 신비주의를 탐구했다.

아디아르의 농민들. 1905년

사람에게 이렇게 반박했다.

눈이 멀고 귀가 먹은 채 태어나는 사람들이 있다. 맹인은 빛과 색에 대해 아무런 관념이 없다. 사물이 어떤 것이지 그들에게 이해시킬 수 없다. 귀머거리는 소리를 생각할 수 없다. 마찬가지로, 지나치게 실증에만 사로잡혀 직관력이 조금도 없는 사람들이 있다. 그렇다고 그들이 이런 소질을 부정할 권리가 있을까? 직관의 소질이 있는 사람들은 눈과 마음으로 신성을 본다. 물론 그들에게 "당신이 무엇을 보았는지 가리켜보라."라고 할 수는 있다. 그러나 내가 본 것을 실감 나고 생생하게 그것을 못 본 사람에게 설명해봐야 무슨 소용이 있을까? 그가 가본 적도 없고 뚜렷하게 생각하지도 못할 곳인데. 게다가 이들보다도 못한 선천적 맹인도 있는데.

모든 신비학자들의 틀에 맞춘 주장대로 정상을 뛰어넘어 느끼려면 의식 수준이 달라져야 한다. 그런 이유 때문에 우리의 의식 수준에 따라 신비 체험을 '선험적으로' 검토하기란 공허해보인다. 만약 새롭게 경험할 수 있는 의식 수준의 이동을 이론상으로나마 생각할 수 없고, 그렇게 의식을 움직일 방법을 가르쳐 주지 않는다면 불가능할 것이다.

지금은 이런 경우가 아니다. 분명, 경험의 차이처럼 의식의 차이가 있을 수 있다. 잠자리는 불가사리와 똑같은 방법으로 관찰하지 않는다. 인간이 지각하는 세계는 낙지가 지각하는 세계보다 훨씬 더 풍부하다. 능력이 서로 다른 사람들은 다르게 경험할 수 있기 때문에 실질적 차이를 절대 무시할 수 없다. 타고난 형이상학자는 다른 사람들이 중개를 통해서나 아는 영적 사실을 곧장 알아본다. 모든 형이상학자가 그 같은 일을 체험한다. 지적인 사람은 멍텅구리와 다르고 더 많이 지각한다. '이해한다'는 것은 곧 멍텅구리가 이해하지 못하는 '보이지 않는' 특수한 사실을 더 빠르게 파악하는 능력이다. 결국, 누구나 알다시피 인간은 수면이나 최면 상태에서 말짱하게 깨어 있을 때와 다른 능력을 보이기도 한다. 분명, 서로 다른 의식 수준이 있다.[79] 신비한 것을 간파하는 데 필요한 의식에 이를 수단에 관한 한 모든 분파가 똑같은 전통으로 정확히 밝히고 있다.

신비주의자의 주장을 검증하려면 심리를 '통찰'하는 수련이 필요하

79 스베덴보리 이후 가장 놀라운 견자는 칼 벨키슈(Carl Welkisch)로 보인다. 내가 아는 한 가장 진실하다. 개인적으로도 친분이 있다. 그가 1927년에 내놓은 처녀작《영성에 이르기(Vergeistigung)》는 읽어볼 만하다. 청년 때 이미 예수처럼 사람을 고치는 신통력을 보였다. 개방적이고 온화한 인품으로도 유명하다. 이른바 '힐링' 치유법에 능했다.

다. 일단 주어진 지침을 따라봐야 아무것도 못 보는 사람이라면 신비주의자의 주장을 부정확하다고 할지 모른다. 망원경으로 들여다보는 천문학자의 관찰을 맨눈으로 정확한지 검증하겠다고 한다면 얼마나 실없는 사람일까.

힌두교도들은 의식을 넓고 깊게 하는 훈련법을 개발했다. 신지학운동 주동자들은 힌두교 요가에 큰 빚을 지고 있다. 그들 스스로 요가의 신비한 힘을 인정한다. 나는 비전트와 리드비터만큼이나 요가 문제에 오래 매달려 있었다. 두 사람 모두 진지하다. 모두 정상 상태에서 관찰한 덕분에 알게 된 체험이라고 주장한다. 하지만 그 체험 대부분은 제대로 알려지지 않았다. 두 사람은 특별한 수양 끝에 능력을 얻었다고 주장한다. 리드비터는 처음에 '심령주의자'는 아니었다. 그러나 비전트의 경우 한 가지는 확실하다. 비전트는 지금까지 몇 사람만 도달한 중심에 우뚝 서 있다. 본인의 과제로 미루어볼 때 당연하다. 비전트는 자기 재능으로 가꾼 인격으로 중요해졌다. 불완전한 수단을 이용하면서도 서툰 사람이 최상의 수단으로도 못할 최고의 결과를 끌어냈다. 비전트는 자기 역량(사유와 감수성과 힘과 의지)을 훌륭하게 장악하고서 더 재능 있는 사람들 못지않게 큰일을 했다. 비전트는 요가의 힘을 빌었다. 요가의 효력 같은 것을 최대로 활용했다. 비전트는 분명 자아를 실현한 사람들 가운데 가장 앞서 있다.

나는 요가를 이해하려고 아디아르 도서관의 풍부한 자료를 이용했다. 만약 내가 새로운 심리 기관의 형성 과정을 요약하면서 고대의 고전이 정의한 요가의 처방과 이집트와 중국 사람, 기독교와 현대 과학뿐만 아니라 힌두교 경전의 뜻을 요약해보려고 하더라도 이는 여전히 오리무

중의 작업이다. 마치 우리가 살아 있는 모든 것을 애용하더라도 절대로 '창조'할 수 없는 것과 마찬가지다.

무엇보다 집중력을 키워야 한다. 그다음에 기계적 정신 활동을 멈춘다. 그다음에는 바람직한 정신 기능에 활력을 불어넣는다. 물론, 이런 수련의 목적에 관한 이론은 다르다. 마력을 얻으려고 하거나 신 또는 절대자과 하나가 되거나 지상의 번영을 추구하기도 한다. 이론들은 "요가는 생기와 활력을 키워준다."라는 점에서만 일치한다. 그 기법은 여러 가지가 있다. 신체 수련과 정신 수련 가운데 어느 쪽을 더 중시하고, 어떤 것을 더 좋아하느냐에 따라 다르다. 어느 것이든 모든 이론은 일반적 의미에서 일치한다.

요가 수행법은 왜 먼 옛날부터 교육 기관에서 취급하지 않았을까. 생기를 키우려면 그것을 집중해야 한다. 집중은 모든 진보의 기술적 바탕이다. 사랑도 또 '기적을 일으키는' 모든 정념도 마음의 힘을 끌어모은다. 강한 사람은 약한 사람보다 더더욱 열심이다. 인식의 진보는 주의 집중에 근거한다. 어떤 성격이든 완전히 개선하려면 그 바탕에서 산만함을 이상적 중심으로 집약해야 한다. 자아 속에 더욱 깊숙이 숨은 것을 찾아 자기 속으로 들어가야 정신이 진보한다. 그렇게 해서 복잡한 심리 기관에 활기를 불어넣어야 한다. 요가 철학의 주장처럼 어떤 기존 수단보다 훨씬 높은 역량을 키울 수단이 있다면 그런 수단을 이용하라고 권장할 만하다.

요가 수련에서 두 번째 목표는 우발적 심리 활동을 그치는 것이다. 쓸데없는 움직이면 힘이 소모된다. 인간의 에너지는 얼마 되지 않는다. 그것을 낭비하지 않을수록 그만큼 더 요긴하게 쓸 준비를 할 수 있다.

그런데 보통 사람들은 무심코 생각나는 대로 움직여 많은 힘을 낭비한다. 의식에 떠오른 것이 아무런 목적 없이 무서운 속도로 줄줄이 이어진다. 만약 이런 움직임을 멈출 수 있다면 낭비할 뻔한 힘을 아낄 수도 있고 비축할 수도 있다. 그뿐만 아니라 기계적으로 움직이는 마음을 지속적으로 제어한다면 축적된 힘은 신체에 큰 변화를 일으켜 그 기관에 새로운 능력이 얼마든지 나타날 수 있다. (애당초 실제로 필요한 때에 맞출 때까지 끊임없이 움직이는 몸을 쉬게 하는 법은 누구나 배운다.) 자제의 효력을 의심할 수 없다.

정신력이 강한 사람은 누구나 기본적으로 열성적이다. 그런 사람은 자기 마음대로 집중하고 이완하면서 정신력이 약한 사람보다 훨씬 집요하게 일한다. 신체와 의식의 표상(언어 같은 것)을 다스리는 사람은 그 자동적 움직임에 얽매이지 않는다. 자신이 가진 에너지를 계속 발산하지 않고 꼭 필요한 때까지 모아둔다. 요가 수련은 대부분 이와 같이 정신을 다스리는 데 쓰인다. 신비주의자의 언어로 말하려고 그런다.

명상은 의식을 멈추고 부동 상태를 유지하는 것이다. 이런 효과에 맞춘 대상은 외적인 것이든 어떤 관념이든 재현이든 아무것도 아닌 것이든 무방하다. 집중하는 연습에서 심리 활동을 멈추는 연습이 매우 중요하다. 나도 직접 경험했다. 심리 활동의 정지가 터무니없다며 조롱받기도 하지만 이것이야말로 가장 중요하다. 급하게 흐르는 의식을 가로막고 심적 활동을 멈추어 에너지를 모아두면 집중력이 증가한다. 비록 잠시나마 주기적으로 반복하다 보면 명상하는 시간으로 존재의 내면이 얼마나 발전하는지 믿기 어려울 정도다. 매일 아침 몇 분간 의식을 멈추는 것만으로도 일에 훨씬 더 집중할 수 있다. 기도의 보강 효과는 주로

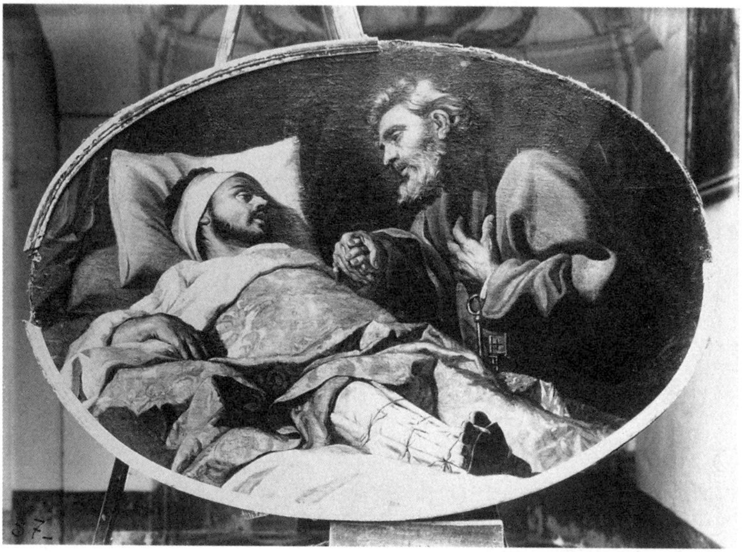

성 베드르를 만난 병상의 이냐시오 데로욜라

이런 것에 근거한다.

요가 수행에서 세 번째 요점은 원하는 재현 활동에 활력을 주는 것이다. 그 중요성을 의심할 수 없다. 요컨대, 교육이라는 암시 활동에 근거한다. 단, 요가 철학은 암시가 과학적으로 증명된 것보다 더 효과적이라고 주장한다.

"마음의 균형을 바로 잡을 수 있으며 새로운 요소를 끌어들일 수 있다. 우리에게 아직 없는 자질을 간절히 원하면서 하루빨리 나타나게 되기를 바라면 사실 그것이 나타난다. 정상인에게 없는 체질로 발전하기를 오래 생각하다 보면 사실 그렇게 발전한다. 정신세계에서, 욕망은 아주 분명하게 실현된다." 등등.

요가 수행자들의 이론은 원칙적으로 진실하다. 그들의 주장 대로 반드시 그렇게 될 수 있다. 이런 가설에 끌리는 것은 이미 입증되었듯이 예수회 창립자 이냐시오 데로욜라의 수도(修道)처럼 힘차게 수행한 사람들은 믿기 어려울 만큼 엄청나게 변한다. 일급 심리학자가 개발한 수련은 기본적으로 상상 작업이다. 그것을 실천하는 사람은 상상을 통해 정말로 목적을 이룰 듯한 경험을 실제로 경험한다. 시간이 가면서 그는 사실상 상상해오던 이상적 감각을 느낄 만큼 변모한다. 명상으로 단련된 사람들은(예수회원들만 그런 것은 아니다), 자신이 원하는 높은 수준의 자질을 갖고 있다. 집중함으로써 의식을 멈추는 비상한 경험을 하려고 엄청난 인내로 정신을 단련하는 사람은 언제든 예수회원에 특별한 가입 자격을 얻을 만한 적성을 갖춘다. 당연히 예수회원들은 무시무시해 보인다. 그들은 의지력의 달인이자 변덕의 곡예사로서 비할 데 없는 영향력을 발휘하면서 보기 드물게 인간을 이해하는 사람이기 때문이다. 그들도 요가 수행자와 마찬가지다. 그들은 자기 영혼을 지배한다. 마치 운동선수가 자기 몸을 지배하듯이 강해진다. 예수회 사제 가운데 가장 고수[로욜라]는 사실상 자신을 다스린 인물로서 요가 수련자와 조금도 다를 바 없다.

예수회를 깊이 들여다보면서 나는 요가에 관한 빈번한 오해에 직면한다. 생기의 성장과 변화가 심령의 진보와 일치한다는 믿음이다. 요가 자체는 순수한 기술이다. 다른 체조처럼 요가도 누구든 활용할 수 있고 어떤 정신과도 함께할 수 있다. 사실, 예절과 수행이 '신비한' 힘을 얻는 데 필수 조건은 아니다. 풍부한 영성의 조건은 이런 것과 완전히 다르다. 일반적으로 민중 신앙이 차라리 맞다. 마법사를 정신적 불구자로 보지 않던가. 마력을 얻으려고 모든 인격을 포기하는 알베리히[80] 같은 존재로 보지 않던가.

사실, 요가로 영성의 발전을 꾀하는 대신 원래 지닌 마음의 힘을 발전시키고 거기에서 새로운 힘을 깨워내려고 진지하게 수행했을 때 절대로 필요한 것이 있다. 자기 영혼을 키우는 대부분의 것 안에 자기 영혼을 가두고 자기 자신에 완전히 몰입해야 한다. 그래서 그 학교를 졸업한 사람치고 정신적 손상을 입지 않은 사람이 극히 드물다.

모든 것이 요가를 수련하는 정신과 수법과 목적에 좌우된다. 예컨대, 예수회원들이 수행의 달인이라면 그들은 힌두교 요가의 최고수에 결코 뒤지지 않는다. 그들은 머릿속에 미리 교리를 익히고 있다. 가능한 한 교단에 완전히 봉사하고자 절대복종의 표시로 자기 개인의 자유를 완전히 부정하고 원하는 심리를 되풀이한다. 그 결과 그들은 자율적 인식에 이르지 못한다. 그들 개인의 확신과 철학의 진리는 항상 덜 제기된다. 그래서 그들은 점점 더 교단이나 충성을 맹세한 비인격적 기관(조직체의 부속처럼)이 된다. 그렇게 함으로써 자기들이 맡은 어떤 역할이든 해낼 잠재력을 얻는다. 예상된 신앙의 방향에 따라 수련한 사람의 신앙은 더욱더 맹목적이다. 빤한 이기적 의도에 끌려간 사람은 자기 자신 속에서 그 이기주의가 자라나는 것을 보게 된다.

---

80 Alberich. 5~8세기경 독일 전설 속의 마법사로 '왕중왕' 또는 '난쟁이들의 왕'이라고 했다. 《니벨룽의 노래》에 등장하는데, 나중에 바그너가 각색한 악극 〈니벨룽의 반지〉에서는 라인강의 보물을 지키는 난쟁이들의 두목으로 등장한다. 여러 다른 이름으로 유럽 전역에 번안되었다. 칼 마리아 폰 베버의 오페라 〈오베롱〉이 대표적이다.

요가 수행자는 자신을 굳게 믿으려는 방향으로 수행한다. 고상하고 고고해지려는 성향도 마찬가지다. 요가 덕에 편견 없이 앎을 열망하는 사람은 그쪽으로 좀더 다가간다. 이와 마찬가지로, 정신적 완성과 건강과 자아실현에도 더 가까워진다. 그러나 최고의 목표를 추구하는 사람이 마술사가 되는 경우는 드물다. 마력은 또 다른 차원에 있고, 위대한 성자들은 그것을 바람직하기는커녕 해롭다고 보기 때문이다. 마력이 이겨보려는 '자연'은 높은 영성을 추구하는 사람도 똑같이 겨냥하는 것이다. 인간이 정상적으로 접근할 수 없는 자연을 이기려 하는 만큼 세속에서 이해를 추구할 때보다 훨씬 더 강하게 집중해야 한다. 그렇게 얻은 '통찰력'과 그 비슷한 능력 때문에 그것과 나란히 종종 그 밖의 인간성은 퇴행한다.

정신에 해를 입히지 않으려면 '정신교육'과 관련된 루돌프 슈타이너와 리드비터의 글을 읽어봐야 한다. 독단적 이론을 따르다 보면 다른 결국 이기주의자가 될 수밖에 없다. 그렇다고 이것 때문에 반박하는 것은 아니다. 예술가, 시인, 사상가도 마찬가지로, 만약 그들이 무언가 중요한 일을 하려고 한다면 무엇보다 우선 자기 자신부터 생각해야 한다. 자신의 영감에 유리하거나 불리한 것부터 생각해야 한다. 자기 자신을 도구로 삼는 사람이라면 누구든 그래야 한다. 요가 수련자 같은 정신 수양자는 자기 수련에 몰두하면 영감이 깊어진다고 주장한다. 그러나 예술가와 시인이나 사상가는 그런 식으로 영감도 깊어진다고 주장하지는 않는다. 고상한 세계를 깊이 이해한다고 해서 반드시 영성이 풍부해지지는 않는다. 하지만 대중은 대체로 신비주의자를 인간적으로 열등하다고 생각한다.

왜 요가는 형이상학으로 비추어 볼 때 흥미로울까? 인간을 더욱 깊이 있게 하면서 자신에 더욱 집중시키기 때문이다. (향상이란 동시에 심화이기 마련이다.) 타협은 피상적이다. 만약 인간의 깊은 영혼에서 껍질을 벗겨낸다면 모든 힘을 뿌리에 있는 감정으로 집중할 수 있다. 그렇게 되면 감정은 본바탕의 성격을 띤다. 전통에 따른 요가는 사랑으로 가득 차든 미움으로 가득 차든, 학술적이든 종교적이든, 극도로 이기주의적이거나 극도로 공평무사하다. 고대부터 갈라진 믿음이다. 유익한 마법과 해로운 마법, 결국 페르시아의 태양신 오르무즈(Ormuzd)와 암흑신 아흐리만(Ahriman)에 대한 믿음이다. 절대선과 절대악이라는 관념을 진실로 믿는다.

영혼은 어떤 깊이에 이르면 양자택일의 문제에 부딪힌다. 실제로 똑같은 가치로 보이는 양면 가운데 하나를 택해야 한다. 타협이 불가능한 극단적인 상황으로 보이기도 한다. 맹목적인 의지에 달린 상황이다. 그러나 인식은 의지보다 더 멀리 나간다. '이해하는 사람'은 선과 악의 차이란 근본적으로 삶과 죽음의 차이와 같다고 깨닫게 된다. 부정적인 힘도 우선 영원히 마르지 않고 샘솟는 긍정적 힘의 이면이다. 이런 것을 정말로 이해한 사람만이 그것을 원하고 결국 그렇게 행동한다. "생각대로 하지 않은 사람은 생각이 부족했기 때문이다."[81]

우리는 긍정적인 방향으로 움직일 수밖에 없다. 말하자면, 희미한 불

81 철학자 장마리 기요(Jean-Marie Guyau, 1854~1888)가 했던 말이다. 기요는 '프랑스의 니체'라는 소리를 들었는데, 실제로 니체와 친했다. 니체도 기요의 사상에 감탄해 기요의 대표작《의무와 제재 없는 도덕에 관하여(Esquisse d'une morale sans obligation ni sanction)》를 즐겨 인용했다.

빛에서 광채를 보려고 한다. 힌두교도는 앎에 구원이 있다고 했다. 얼마나 지당한 말씀인가. 거기에서 인간을 절대 가치로 믿는 신앙이 뿌리 내렸을 텐데. 인간이 절대 가치인데 어떻게 부정할까. 분명 그렇다. 인간이 근본적으로 원하는 것은 긍정하는 데에서 드러난다. 사람이 간절히 바라는 대로 "살아가는 것"으로 드러난다. 다시 말해, 순조롭고 자연스럽게 퍼져나가는 것이다. 조금 더 높은 곳(의지를 '으뜸가는 동기'[82]로 의식하는 곳)에서 원초적 충동은 두 가지 반대 경향으로 갈라진다. 각 경향마다 또다시 둘로 갈라지다가 표면에 가까워질수록 더 여럿으로 갈라진다. 그러나 결국 결합하고 연대하며 합친다. 어디에서 나왔든 어떤 성격이든 얽힘과 번식으로 혼잡하다. 그래서 구별하고 판단하기 어렵다. 이렇게 모든 표면 형태는 부정적인 것 못지않게 긍정적이다. 어떤 행위가 좋은지 나쁜지, 양성인지 음성인지 알 수 있을 만큼 확실하게 판단하기는 매우 어렵다. 한번 태어난 생명은 죽기 마련이다. 그러나 생명 자체는 악도 죽음도 아니다.

나는 여전히 신지학자들이 어떤 점에서 정신적 오류를 저질렀는지 명쾌하게 따져보지 못했다. 그 뒤로 나는 그들 중 많은 사람이 무엇보다 '우수한' 힘을 얻는 것이 정신의 발전을 보여준다면서 그것만 추구한다고 알게 되었다. 그렇게 그들은 서구의 사고방식을 두드러지게 드러냈다. 그들은 완전히 힌두교도 행세를 하면서 부와 물질적 성공과 더욱 큰

---

82 Primum movens. 라틴어로 '주원인', '으뜸가는 동기', '우주 또는 삼라만상의 원천'이라는 뜻이다.

번영을 추구했다. 완전히 서구 정신의 특징이다. 실지(悉地)[83]를 향한 노력이다. 더 높은 세계로 올라서기 열망하는 신지학자들과 미국 사업가들은 신지학자들과 고대 인도의 현자 간의 차이만큼 별 차이가 없다. 의식이 밖으로 넓어진다는 것은 순수한 생물적 진보를 뜻할 뿐 그 이상은 아니다. 신비주의자는 자기 몸으로 초물리적 영역을 들여다본다. 이런 점에서 생물학적으로 일반인보다 더 앞서 있다. 현대 기술자가 호수에 집을 짓는 원시인보다 우수하다는 뜻과 같다. 분명 누려 마땅한 진보이기는 하지만 정신적으로 중요하지는 않다. 가령, 신지학자들이 자신들의 세속 성향을 인정한다면 그들을 반박할 여지는 없다. 나는 개인적으로 그들에게 공감한다. 마침내 많은 사람이 엉뚱한 조건에서나마 신비주의 연구를 하고 있어 좋아 보였다. 그러나 그들은 성스러운 오솔길을 호젓이 걷고 있다고 너무 소박하게 믿는다. 그렇게 그 길에서 세속적 이익을 추구하고 있으니 경박하고 우스워진다.

사람들은 고상해지는 것과 진보가 다른 차원의 일이라는 것을 아직도 제대로 이해하지 못한다. 특이한 일이다. 붓다부터 그리스도까지 위대한 종교 지도자도 혼동하지 말라고 경고했지만 소용없었을까. 그 관계를 따져보자. 정신과 영혼의 고양이란 자아를 실현한다는 뜻이다. 현상을 완벽하게 꿰뚫어보려는 것이다. 생명의 가장 깊은 곳에서 나오는 기운을 우리는 '참된 자아', '삼라만상의 혼', '신', '생명 원리' 등으로 부른다. 이런 정의만으로도 분명하게 알 수 있다시피 생리가 아무리 진보해도 정신까

83 Siddhi. 산스크리트어로 '성취', '완성', '성공'이라는 뜻이다. 요가에서 정신 집중과 명상을 통해 얻는 초자연적 정신력을 뜻한다.

지 진보하지는 않는다. 그 진보와 나란히 정신력의 영역(정신계)까지 넓어지지는 않는다. 폭과 깊이가 나란히 발전하지 못할 것도 없다. 그러나 실제로 흔한 일은 아니다. 예외가 없지야 않지만, 어떤 기운도 동시에 두 방향으로 퍼지지 않는다. 심지어 발전하는 생리가 절정을 지나 하강국면으로 들어서면서 정신이 진보할 만한 때에도 절정은 유지된다. 자연스러운 일이다. 새로 형성된 신체기관은 정신을 표현하기에 적절한 수단이 아니라서 그렇다. 정신은 신체에 금세 활력을 주지 않는다.

결국, 사람은 피상적 존재로 머문다. 탐색하지 않는다. 미지의 영역을 거쳐 자기 생명의 깊은 곳까지 뚫고 들어갈 줄 모르기 때문이다. 그렇기 때문에 많은 선지자가 정신이 나약하고 맹목적으로 믿는 사람에게 "복이 있나니." 하고 공언한다. 이런 호의가 반드시 정당한 것은 아니다. 어떤 경우에도 재능을 타고난 지성인이 바보보다 우월하기 때문이다. 그러나 지성인은 풍부하고 복잡한 기질 때문에 바보보다 자기 속으로 깊이 들어갈 길을 찾기가 더 어렵다. 바보의 앞길을 막는 것은 거의 없다. 그래서 재능 있는 사람보다 단순한 사람의 영성이 쉽게 풍부해진다. 행복한 사람들보다 억압받고 비참한 사람들에게 영광을 돌리는 기독교리가 진실하게 들리는 까닭이다. 물론 반드시 옳은 주장은 아니다.

아무튼, 모든 위대성은 기쁨에서 나온다. 정신 속에서 사는 사람은 자기 나름대로 행복하다. 어려운 현실에서 자신감을 갖기 어려운 불행한 사람들은 자기 내면의 존재에서 길을 찾는다. 특권층이 외면하는 길이다. 이렇기 때문에, 사실상 고통과 슬픔이 가장 확실하게 하느님에게 인도하는 안내자가 된다.

진보하더라도 정신이 향상되지 않는다면 구도(求道)한다면 무엇이 드러날까? 완전성이다. 구도의 수준은 오직 완성도에 따라 측정된다. 가령, 구도가 눈에 보이는 것의 '궁극적 의미'를 꿰뚫어 보는 것이라면, 구도는 곧 가능성을 실현한다는 뜻이다. "중요한 것은 완성일 뿐"이라고 인정하는 사람은 많다. 이미 붓다는 자신이 '완전'하다고 자평했다. 중국의 '선인'이나 '귀인(貴人)'은 기본적으로 완성도에 따라 정해진다. 기독교에서도 일찍부터 완전이라는 관념은 곧 성스러움으로 가는 길을 찾는 이상(理想)이었다. 사실, 완성이라는 관념에 모든 것이 담겼다. 신과 같은 존재가 된다는 것은 그 가능성을 완벽하게 실현한다는 뜻이다.

이렇게 볼 때, 왜 진보를 향한 노력과 수행의 구도가 서로 어긋나는지 분명해진다. 진보를 추구하는 사람은 새로운 가능성을 모색하지만, 신을 찾는 사람은 기존의 가능성을 실현하려고만 하기 때문이다. 성취하려는 사람은 포기하거나 수정할 필요 없다. 가령, 성취가 이상이라면 어떤 가능성도 똑같다. 또 다르게 보면 완성은 곧 정신적 이상을 의미한다. 모든 정신적 가치[진, 선, 미]는 절대적 가치다. 이런 본질적 가치는 회의론으로 따질 수 없다. 그렇다면 도대체 무슨 뜻일까? '절대'가 합리적 개념일까 의심할 수는 있다. 절대라는 개념은 이론상 필요할뿐이라 그런 필요가 없으면 사라진다. 예를 들어, '절대미'를 내세워 예술 작품의 아름다움을 설명하는 자리에서 지식은 별 소용이 없다. 어떤 인물이나 어떤 물건과 작품이 절대적인 가치를 띤다면, 그 가능성을 최고로 실현했기 때문이다. 그런데 '최고'라는 말 자체도 이론상 필요했던 면이 있다. 다시 말해 어떤 것이든 '완전할 수 있다'고 한다면 완전이란 가능성이며 한계가 있다는 뜻이다. 그래서 "최고다, 궁극의 완성이다."라고 말한다.

자아실현에도 각자 나름의 끝에 해당되는 한계점이 있다. 이런 한계

점에 도달하면 갑자기 마술지팡이에 휘둘리듯 절대 가치가 나타난다. 마치 누군가 몸으로 할 수 있는 것을 완벽하게 보여주면 아름다워 보이는 것과 같다. 바로 이런 가능성이 정신적이며 지적인 것일 때 우리는 진리를 인식한다. 도덕적이거나 순수한 인격의 가능성일 때 우리는 결국 신 같은 인간을 보게 된다. 사실 완전이란 유일무이한 정신적 이상이다. 그런데 여기에서 진보를 추구하는 사람들의 잘못이 나타난다. 그들은 그 잘못으로 정신의 실현을 큰 목표로 삼는다.

완전은 구도의 지표다. 완성도로 구도의 수준을 알 수 있다. 그래서 낮은 조건에서 완전한 상태는 높은 조건에서 불완전한 상태보다 더욱 신에 근접한다. 완벽한 육체미는 불완전한 철학이 아니라 수행 끝에 나온다. 말하자면, 완벽한 동물은 불완전한 신비주의자보다 더 영성이 풍부하다. '아트만'이 아주 작은 것 속에서 완전하게 표현되는 것은 그 작은 것이 완전하기 때문이다. 외적 한계가 내적 한계로 작용하지 않는다. 원생동물도 브라흐마가 수많은 존재로 환생하는 세계의 원리를 완벽하게 보여준다. 어쨌든 원리가 중요한 본질이다. 탄생과 사멸의 영고성쇠를 넘어서 살아 있는 영원한 실재란 바로 원리 아닌가.

어째서 우리는 지혜로운 먼 옛날의 말씀을 그 뒤의 말씀보다 더 심오하다고 생각할까? 옛사람이 생각이 틀렸음이 분명해졌는데? 그들은 자신의 수단이 불완전해도 사고의 원리를 완벽하게 설명했기 때문 아닌가. 그들이 했던 말은 겉으로는 허구일지 몰라도 '본질적으로' 진실하다. 지식으로 우리가 이룰 만한 가장 큰 진보조차 이런 사상보다 결코 뛰어나지 않다. 영성 수행으로 죽음조차 이기는 것도 이와 마찬가지다. 사상의 역사에서 각 사상을 담고 있는 표상[언어, 성상 등]은 계속해 나타났다 사라진다. 그러나 표상으로 심오한 의미를 설명했지만 그 의미를 완벽하게 이해한 사람은 매우 드물다. 하지만 표상은 살아남는다. 시간도 그것들을 죽이지 못한다.

그런 점에서 나는 때때로 어떤 사람이 불멸의 존재가 될 수 있다고 믿는다. 그의 육신이야 필경 죽고 만다. 영혼도 결국 사라진다. 그러나 원리는 파괴되지 않는다. 거듭 변신한다. 무덤 안에서든 밖에서든 알 수 없는 방식으로 변신하고 원리의 전달 수단은 바뀐다. 그러나 거의 의심하기 어렵지만 원리는 근본적으로 영원하다. 예외적 인간, 존재의 깊은 곳을 인식하는 사람은 자신이 불멸의 존재라는 것을 '안다'. 그런 사람에게 죽음은 끝이 아니다.

생물학적 의미의 성장은 수행이나 구도와 무관할까? 신지학자들이 이해하는 것처럼 자신의 신비 능력을 키우려고 노력하는 사람이 애당초 잘못일까? 그 둘 사이에 관계가 있지만 신지학자들이 생각하는 것과 다르다. 고등생물일수록 심리를 풍부하게 표현한다. 물론 절대적인 것은 아니다. 자연은 어디에서나 아무리 사소한 것이더라도 잃는 것을 통해서 얻기 때문이다. 인간은 동물보다 부족한 면이 많다. 지혜로운 사람도 많은 점에서 삼척동자도 할 수 있는 것조차 할 줄 모른다. 그래도 고등생물일수록 더 자유롭게 심리를 표현한다.

우리는 경험하며 살기 때문에 세속과 정신 어느 면으로나 고상해지려고 한다. 그러나 인간이 구도를 통해 아름다워진다는 뜻은 아니다. 수행이란 개인이 의식에 제한된다. 수행자가 의식으로 겪고 이해하고 경험한 것만 존재하기 때문이다. 형이상학적 향상으로 경험이 더 폭넓고 풍부해질 수 있다. 그러나 문제가 있다. 결국 중요한 것은 무엇인가? 보이는 것인가 존재하는 것인가? 분명, '존재'하는 것이다. 앎이란 잠깐 임시적이다. 그것이 중요해지려면 생명 깊은 속으로 들어가야 한다. 따라서 형이상학의 의미로서 진보란 보통 일이 아니고 매우 드물다. 특별한 존재가 되는 데에 지름길은 없다. 경험칙으로 알 수 있듯 그 목표에 이르는 사람은 적다. 여기에서도 다시 한 번 재능을 타고난 사람들 대부분이 놀랍게 영성이 부족한 것과 마찬가지로 소박한 사람들의 영혼은 특권을 누린다. 그렇다면 어떻게 해야 할까? 힌두교 옛 교리의 가르침을 들어보자.

> 대단해 보이는 타인의 '다르마'[84]가 아니라, 아무리 하찮더라도 자기 자신의 다르마를 따라야 한다.

어떤 방향이든 중요하지 않다. 누구나 자기 나름의 완성을 구한다. 행동을 타고난 사람은 행동으로써 재능을 타고난 사람은 예술로써 완성에 이르려고 애써야 한다. 신성한 부름을 받은 자만이 신성한 것 속에서 (신의 품안에서) 노력한다. 특히 예지를 타고난 자만 신비주의자로서 완성을 추구해야 한다. 자신의 가능성에 걸맞지 않은 완성을 겨냥하는 사람은 시간만 버리고 목적도 놓친다. 반대로, 어디로 이끌리든 자기 자신의 다르마를 착실히 따른 사람은 분명 언젠가 목적을 이룬다. 영혼의 완성이라는 뜻에서도 그렇지만 생물학적 완성이라는 뜻에서도 맞는 말이

84 dharma. 한자로 법(法)으로 번역되는 다르마(달마)는 자연법으로 인도 철학과 종교의 주요 개념이다. 힌두 사회에서 다르마는 역사적으로 다양하다. 베다 의식, 윤리적 행동, 카스트 제도, 시민 및 범죄 법이 있다.

다. 모든 가능성은 불사조처럼 타버렸다가도 또다시 살아난다. 이와 마찬가지로, 젊은 시절의 성장이 성년의 잠재력이 되고 생명의 완전한 표현은 다시금 생명을 낳는다. 그 뒤에 있는 원리가 계속 살아 있는 만큼! 예수가 수수께끼처럼 했던 말은 영원한 진리다.

> 우선 하느님 나라와 그 나라의 법부터 찾거라. 그러면 나머지는 덤으로 받을 것이다.

완성을 향해 애쓰면 생물적 성장은 자연히 뒤따른다. 바로 이런 방법으로만 성장과 완성을 향한 노력을 합칠 수 있다. 성장부터 추구하는 자는 절대로 완성에 이르지 못한다.

사람들의 이민(移民) 신화는 합쳐진 노력의 사실관계를 훌륭하게 보여준다. 불리한 여건에서 자신의 다르마를 충실히 행하는 사람은 유리한 자리에서 거듭난다. 성스러운 오솔길로 가는 사람은 변신을 거듭한 끝에 더 유리한 조건에서 다시 태어난다. 그렇다. 완전히 초연한 구도자는 단 한 번의 삶으로서만 모든 단계를 질주하는 것이 아니다. 구도자는 육신으로 살아 있는 동안에도 해방자로 살 수 있다. 틀림없이 그렇게 할 수 있다. 삶과 죽음의 우연에서 완전히 독립된 이런 해방은 의식과 생명 원리의 결합으로 이루어진다.

지금까지 나는 또 다른 세계에서 벌어진 일과 면모를 살펴보았다. 나와 대화했던 사람들 대부분은 설득만 했다. 그러나 최근의 경험을 이야기하면서 자연주의자처럼 정말로 차분하게 믿기 어려운 사건을 알고 있고 믿음직하게 말하는 사람도 있었다. 그들 앞에서 내 입장은 특이했다. 나로서는 그들의 주장이 객관적 사실인지 알 수도 확인할 길도 없다. 그렇다고 그 주장을 불가능하다고 거부할 권리도 없거니와 그 신빙성을 장담할 뜻도 없다. 내게 그들의 세계에서 벌어질 수 있는 것을 인정할 만한 무슨 판단 수단이 있어야 할 것 아닌가. 그렇다고 포기할 마음도 없다. 나는 놀랍고 믿음직한 이야기를 여러 번 들었다. 그때마다 나는 이렇게 중얼댔다.

"분명 그렇겠지. 그럴 수밖에 없지 뭐. 나 자신 그렇게 알고 있는데."

나는 이런 생각을 진지하게 되풀이할 엄두가 나지 않았다. 심령에 관한 우화는 사람이 하는 이야기인 만큼 항상 그럴싸하게 들린다. '비인간적인' 자연 속에서 벌어지는 것보다 훨씬 더 그럴듯하다. 사람은 누구나 내심 놀라운 것을 좋아하지 않는가. 그래서 나는 잠시 합리적으로 생각하지 않고 어린애처럼 순진하게 새로운 인상을 솔직히 받아들여 보기로 했다. 나는 각각의 이야기에 빠져들었다. 각각의 사상을 남김없이 수집하고 점쟁이들에게 손금을 보았다. 관상도 보고 점성술사를 찾아가 별자리 운세도 보았다.

어쨌든, 신지학자가 사실이라고 주장하는 인연의 고리를 믿는 사람들의 생활은 무척 풍요로웠다. 나는 미신에 젖은 사람들을 정말로 동경했다. 나는 한동안, 내가 묵는 동안 그 장소에 얽힌 미신을 믿어볼 연습을 해보았다. 신비스러운 관계를 받아들이자 생활은 놀랍도록 다채로워졌다. 신지학 이론은 상상뿐 아니라 새삼스레 생각하는 재미에 빠지게 하는 또 다른 장점이 있다.

만약 그것이 진실에 부합한다면 현실보다 높은 수준에서도 진실해 보일 것이다. 사실, 나는 신지학계에서 과장하는 합리성을 의심한다. 이성은 보통 사물의 깊은 핵심까지 거의 들어가지 못한다. 또 그들의 이론은 대체로 비합리적인 데다가 본질적 문제를 일반적으로 이해하기에도 한참 부족하다. 해법을 찾기 어려운 문제다. 어쨌든 내가 이의를 제기하더라도 신지학이 옳을 수도 있다. 이 세상 모든 것이 논리적인 것만은 아니니까. 그렇더라도 신지학 이론이 현실과 매우 어긋난 우화로나 남았으면 좋겠다. 어쨌든 지금 나는 실존 차원에서 또 다른 실존의 차원으로 마음대로 드나든다는 사람들을 따라가 보고 싶다. 그들의 생활이 예사롭지 않고 다양하기도 할 테니까.

지금까지 살아오면서 나는 항상 변함없는 내 한 몸으로, 나와 마찬가지로 몸에 기대 사는 사람들과 부대끼며 살았으니 참 고약한 일이다. 자기 몸을 벗어나 또 다른 감각과 형태로 자연의 이미지를 받아들일 줄 알게 된 사람들이 훨씬 더 낫다. 그들은 지칠 줄 모른다. 그러나 안타깝게도 내가 아는 사람들, 매우 합리적 모습으로 한 차원에서 다른 차원으로 드나든다고 자부하는 사람들은 모두 특별한 병을 앓고 있다. 그들은 자기 기술의 중요성을 과대평가한다. 자리를 바꿔가면서 참다운 자아에 접근한다고 생각한다. 이들이 도달한 영적 세계마다 '더 높은' 또 다른 현실이 있다고 주장한다. 그들은 내 질문을 제대로 이해하지 못한다. 내가 예수의 "맨 앞에 나서는 자가 맨 끝으로 처지는 사람이 되리라."라는 말씀이 곧이곧대로 사실일 수 있는지 그들에게 물었을 때 답하지 못했다. 각각의 세계마다 특수한 표현 수단이 있다는 뜻으로 했던 질문이다. 그런 수단 덕에 지상에서 크게 성공한 사람은 천계에서 가장 초라한 사람이 될 수 있겠지만, 공기가 희박한 천계에서라면 세속적 의미의 몽상가와 무능한 자가 더 평안할 수 있을까? 물론, 나로서는 그런 천계가 있는지 모르니까 그렇게 믿고 싶을 뿐이다. 어쨌든 누군가 증거를 대기 전에, 자신의 진정한 조국은 지상에 없기 때문에, 어떤 정신적 위상에 또 다른 가치를 두거나 지상의 표현에 따라 그 등급을 정하지 않는 한, 그런 사람들이 더 훌륭하다고 믿기 어렵지 않을까?

모든 중요한 결정은 살아 있는 세상에서 내려진다. 나는 그렇게 믿는다. 죽음 뒤에 이어질 삶이 완벽하다고 생각하는 사람들은 착각에 빠져 있다. 아무튼 나는 이 모든 것을 경험하지 못했다. 그래서 나는 조목조목 판정하기 어렵다. 다른 사람들의 의견을 검토해보았지만 그들도 내 의견과 크게 다르지 않았다.

우리의 현실은 우롱 받고 있다. 현실의 장점이래야 진지하게 저항한다는 점뿐이다. 그런데 현실은 저항 수단 덕분에 성장한다. 저항이 있는 곳에만 진보가 있다. 저항으로 진보한다는 점에서만 현실은 가장 풍부한 기회의 마당이다.

힌두교 경전의 엄중한 경고를 들어보자. 모든 생명 가운데 인간의 탄생이 가장 복 받고 유리한 것이라 신들조차 이 세상에 다시 태어난다면, 신성을 뛰어넘어 사람으로 태어나기를 바랄 것이란다. 신들의 세계는 너무 순탄해서 영원히 똑같이 태평하게 흘러간다. 인간은 진정 갈망한다면 머지않아 열반으로 들어갈 수 있다. 우리의 현실과 다른 세상에서 더욱 잘 지낼 사람은 얼마든지 있다. 그런 사람이야말로 나약한 불구자들이다. 자신을 분명히 설명할 수 있는 사람은 꿈이나 꾸고 말이나 더듬는 사람보다 우월하다. 몽상에 젖고 예감을 느끼며 감수성과 심정에 따라 제멋대로 하기란 별로 어렵지 않다. 말은 누군가 발설해야만 말이 되듯이 이런 실현은 지상에서 더 잘 이루어진다. 나로서는 또 다른 삶의 가능성에 대한 이야기를 들을 때마다 그럴수록 우리 생활부터 완전하게 해야 한다고 말하곤 했다. 생활에서 성취할 수 있는 것이야말로 너무 중요하다. 그러니 지상에서 자신을 표현할 수 있는 사람이 다른 세계에서 실패할까 걱정할 이유는 없다. 싸우느라 힘들어 탄식하는 아킬레우스에게 오디세우스가 이렇게 묻는다고 해보자.

> 죽은 뒤에 훨씬 잘 될 텐데, 뭘 그래!
> 영웅으로 살아봐야 뭐 좋다고! 그냥 관두는 게 어때?

과연 아킬레우스가 들은 척이나 할까. 신지학자들은 대부분 이런 질문을 좋아하지 않는다. 그들은 믿는다. 그들은 모든 세상 사람이 믿기를 바라고, 어떤 종파보다 자기네 교리에 관한 한 비판을 받아도 태연한 척하느라 애쓴다. 인간의 근본은 제아무리 신앙심이 깊어도 달라지지 않는다. 신지학자들은 사실 다른 종교처럼 자기네 종교도 상대적 가치나 요구할 수 있을 뿐이라는 점을 오해하고 있다. (신지학은 대단한 학파로 인정받더라도 일종의 종교다. 살아남으려면 그럴 수밖에 없다.) 인류를 구원할 수 있는 것은 신앙뿐이라는 신념을 절대 못 넘어설까? 그러지 못할까 꽤 걱정스럽다. 그런 생각이야말로 지나치다 싶을 만큼 인간적이지만 그 진리 또한 가정이다. 참된 믿음을 지닌 사람만 구원받을 수 있다는 이론이 현실에 맞을 개연성은 있다. 불멸의 존재를 의식하는 사람, 자기 내면의 신성한 빛을 밝혔던 사람만 죽음으로부터 살아남을 기대를 한다는 점에서 그렇다. 그런데 종교 창시자들마다 자신이 경험한 신성한 빛을 밝힐 유일한 수단이 무엇일까? 그가 그런 말을 한다고 반박하기도 곤란하겠지만 "나를 믿지 않는 자는 심판 받을지니."라고 하지 않을까?

신지학자들의 신앙이 폐기되기는커녕 부흥한다는 것은 해묵은 잘못이다. 오늘날 신지학회에 참여하는 수많은 정신병, 신경증 환자들이 묵상하는 모습을 보면서 나는 그들이 병세를 과대평가하는 데 놀라지 않았다. 병에 걸렸다는 어떤 질병의 양성(陽性) 상태는 목적에 맞춰 균형을 다시 잡아나가는 정상보다 우월한 상태 못지않게 균형 잡혀 있다. 이런 사실을 불과 얼마 전에 다시금 확인했다. (물론 그만 한 이유가 있었다.)

내가 페스트에 감염되었다는 생각이 들었을 때 이런 단순한 생각 때문에 나는 정말로 병이 났다. 그래서 나는 심하게 앓는 듯했다. 그러자 모든 이기적 관심이 사라졌다. 완전히 자유로웠고 금세 마음속에서 끝없이 힘이 솟았다. 현실감이 너무 강했다. 평소에 전혀 느끼지 못한 것이었다. 의식이 말짱한 것만은 아니었다. 그것은 주로 몸에서 나오는 것이기 때문이다. 몸에 생기가 충만할 때 마음의 힘이 한 점으로 모이는데, 이것은 의심의 여지 없이 생리적으로 최적의 상태다. 이렇게 영혼은 몸에 충실한 것만 행하고 원하며 알 뿐이다. 이와 반대로, 몸이 정신의 완전한 전달 수단이 되지 못할 때나 몸에서 생명력이 희미해질 때 의식은 가장 크게 부푼다.

심령은 신체라는 장벽에 구애받지 않고 완전히 자기 세계 속에서 살아 있다. 그래서 중환자나 죽어가는 사람이 놀랍도록 차분할 수 있다. 또 연약한 몸과 강한 영혼이 공존한다. 단식과 불면과 채찍질처럼 몸을 일부러 약하게 하거나 고행한다는 생각도 여기에서 나왔다. 과격한 절제로 의식이 확장되고 그 능력이 커지는 것은 틀림없다. 금욕보다 절대로 활용된 적이 없는 더 많은 방법도 생각할 수 있다. 예를 들어 본능이 내향성을 띠게 되면 절제 중에 매우 훌륭한 결과를 끌어내는 데 쓸 만한 것이 있다. 눈이 머는 상태다.

나는 눈 수술을 받은 적이 있다. 그렇게 한동안 눈이 먼 채로 지내면서 정신적으로 꽤 풍요롭게 지냈다. 그 효과는 너무 유익해 시력을 되찾았을 때 상당히 에틋한 감정이 들었을 정도였다. 앞을 못 보며 지내는 동안, 내 마음속의 생명(살아 있는 영혼)은 밖으로부터나 낯선 것에 전혀 흔들리지 않았기 때문에 그 자발적 움직임은 거침 없었다. 평소보다 훨씬 더 강하게 움직였다. 보통 때라면 붙잡기 어려운 상상이 줄줄이 샘솟았다. 마치 검은 바탕에서 너울대는 놀라운 이미지처럼 뚜렷했다. 중요한 신체 기관이 저하되면 또 다른 기관들이 예민해지기도 하고 새로운 기능까지 얹어준다. 그 전체 상황은 너무 달라져 버린다. 한참 뒤에야 무엇인가를 빼앗겼다는 생각은 나지도 않았지만 매우 흥미롭고 새로운 세계를 접했다는 생각이 들었다. 눈 없는 동물의 의식 비슷하지 않았을까.

이런 사실로 미루어 병들었을 때 뛰어난 그 무엇이 보인다는 생각은 매우 확고하다. 특히 비정상적 심리에 쉽게 취해 관념적인 것을 보는 신지학자들에게 그렇게 보일 것이다. 이런 효과는 병적 기질에서 빈번하기 마련이다. 아무튼 기본적으로 잘못된 생각이다. 비정상 상태에서 갖게 되는 뛰어난 능력은 내적으로 진보했다는 의미나 증거가 될 수 없다. 비정상 상태란 정상적 관점에서 볼 때 손상이나 변질로서 보상된다. 보상도 별것 아닐 수 있겠지만 혜택은 결코 없다.

얌전한 사람들은 존경받는 '성자'들의 부인하기 어려운 도덕적 결점에 놀라곤 한다. 그들의 탁월한 능력은 종종 우월한 상태에서 정상적으로 나온 것이 아니다. 평범한 심리가 병적으로 흔들리고 돌변하면서 우발적으로 나타났을뿐이다. 마음과 혼을 전해주는 영매(靈媒)로서 이 '성자'들 누구나 보통 사람과 큰 차이는 없다. 그저 간발의 차이다. 병적인 상태에서 세상과 떨어진 채 마음을 맑게 하고 정신을 집중하기란 그다지 어렵지 않다. 과민하고 총명해지기도 한다. 그런데 이런 뛰어나 보이는 상태에서 깨어나 가면이 벗겨지면 금세 보통 사람으로 돌아간다. 그들의 바탕은 이런 것이다. 하느님 앞에서도 마찬가지다.

직업 마법사는 다르다. 마법은 사실 자기 행동의 잠재력에 의존하는 상태를 유지하려는 것이다. 정신병자가 열등하다고 해서 그런 열등성에서 특이한 잠재력이 나오지 않는다. 진주를 보자. 진주는 병든 조개에서 나온다. 우리는 병적으로 특이해 보이는 사람들을 타고난 병자 취급하지 않는다. 이슬람의 교조 무함마드와 가톨릭의 성자 프란체스코가 히스테리에 시달렸듯이 나폴레옹과 카이사르도 같은 병에 시달렸다. 심한 '스트레스'를 받으며 움직이는 매우 복잡한 '신체 자율 기능'은 때때로 혼란에 빠지기 쉽다. 그렇다고 혼란에 특별한 의미가 있는 것은 아니다. 카이사르는 선천성 뇌전증(간질) 환자가 아니었지만 엄청나게 긴장된 생활을 하다 보니 발작이 긴장을 푸는 출구였다. 그런 출구가 그에게는 정상적이었다. 위인들 상당수가 개인마다 정도 차이는 있지만 거의 마찬가지였다.

퇴치해야 할 미신이 있다. 우수한 사람만 과도한 병적 흥분을 대가로 놀라운 선물을 받는다는 미신이다. 의식과 그 영역이 넓어지는 가운데 생리가 진보할 수 있다. 하지만 새로운 것을 덧붙이려면 과거에 있던 것을 제거해야 한다. 모든 병적 상태는 절대악이다. 정상인과 비슷한 신비주의자가 유일하게 뛰어나다고 간주하는 것이 바로 병적인 상태다. 아니다. 정상인이 모범이 되어야 한다.

이런 입장은 대부분의 유럽인 추종자와 반대로 교양 있는 힌두교도들도 확고하다. 그들은 언제나 이런 것을 정확하게 이해하고 있어 감탄할 만하다. 고대의 사부 구루[85]에게 건강은 그의 문하로 들어가는 데 필수 조건이었다. 신경계가 완전무결한 건강 체질이어야 한다.

힌두교도의 귀신을 보는 능력이 자연스럽다고 하다면 그것은 뇌질환 증세와 비슷하다. 귀신이 존재하지 않는다거나 치밀한 준비 끝에 그것이 보일 만큼 의식이 확장되었다는 뜻이 아니다. 정상 의식이 병적으로 움직인다는 뜻이다. 그래서 스승들은 건강한 사람들만 가르쳤다. 전설에 따르면 그런 사람들 가운데 목적을 이룬 사람은 거의 없었다. 사람들 대부분은 구도에 필요한 강인한 노력을 버텨낼 만큼 신경이 질기지 않다. 그래서 수련을 중단하는 편이 나았을 것이다. 아무튼, 요가에 고취된 현대 운동도 요가의 기본 공식을 충분히 소화하고 무시하지 않아야 한다. 요컨대, "요가 수행자는 바탕이 건강해야 한다." 모든 점에서 자기 신경을 장악하는 주인이어야 한다.

그 밖에도 이런 수련에서 다음과 같은 사실을 간과하지 않아야 한다. 인도 요가 수행자는(물론 가장 멀리까지 나아간 고수의 경우) 고행의 적이라는 사실이다. 그들은 비록 금욕 생활을 하지만 그것은 경험으로 알 수 있듯 정신의 성장에 유리한 생활을 한다는 뜻에서만 그렇다. 따라서

---

85 guru. 정신적 스승. 무지몽매를 거두는 사람이라는 뜻으로 지혜로운 사람을 일컫는다. 인도에서 수행법, 무용, 음악 등과 기타 지식을 가르치는 사람이다. 자기 나름의 학파를 이끌기도 한다. 티베트의 불교 승려 '라마'도 같은 의미다.

자기 몸을 절대 괴롭히지 않는다. 수행자는 단식과 불면과 계율을 실천하지 않는다. 체질 강화에 적합한 식이요법을 하는 것이지 체질을 약하게 하지 않는다. 수행자는 가벼운 정신을 계발한다. 삶을 긍정하는 낙관주의자다.

결국, 어떤 사람이 겉으로만 아니라 실제로 생물학적으로 향상된다고 해서 우월한 존재는 아님을 명심하자. 인간이 동물보다 생물적으로 더 앞서 있지만, 우리 곁에 바보와 멍텅구리도 많다. 불결한 인간은 원숭이만 못하다. 이렇게 자기 내부에 비정상적 힘을 발전시킨 사람들 가운데 더 나은 세계의 적들이 넘친다. 그러나 이들은 결국 열등하다. 그들을 신처럼 숭배한다면 잘못이다. 그들이 누구인지 제대로 이해한다면 훨씬 더 좋아질 수 있다. 우리는 그들을 맹목적으로 모방하면서 영혼을 해칠 위험을 피할 수 있다. 우리는 공인된 사악 때문에 긍정적 가치를 팽개치거나 부인하는 유혹에 빠지지 않을 수 있다. 붓다와 그리스도뿐만 아니라 무함마드, 월트 휘트먼, 에마누엘 스베덴보리, 붓다와 윌리엄 블레이크 같은 사람들은 확실히 우리보다 앞선 체질이다. 그렇지만 그들은 완전하지도 전능하지도 않고 심각한 결점마저 있었다. 그들은 자연계의 우수한 종으로서 인간을 평균으로 대표한다.

많은 신지학자를 보면 그 자신만만한 주장이 곤혹스럽다. 자신들이 위대한 미래 문명을 창조해야 할 새 '인종'의 중심이라고 한다. 그들 대다수 주류의 지적 수준은 평균 이하다. 미신으로 기울어 있고, 개인의 구원이나 꿈꾸는 신경증 환자들이다. 언제나 선택받은 인간이라고 자처하는 사람들의 특징을 빼닮았다. 사악한 기쁨에 취한 이기주의자들이다.

역사적으로 이들의 주장은 정당화될 수도 있다. 모든 가능성으로 미루어 이런 독단적 주장의 핵심을 신지학회는 물론이고 다른 종교 공동체에서도 수백만 신도가 고백하고 간증하게 될 테니까! (신도끼리 결혼은 또 얼마나 많은가!) 이런 신앙이 어떤 기치를 내세워 그 공식 입회를 축하할까? (또 어디까지 가게 될까?) 많은 일들이 벌어지고 있지만 기본적으로 신지학회를 앞세운다.

종교 공동체치고 애초에 소박한 사람들로 구성되지 않은 것이 있었을까? 성 바울이 그랬지만 성 아우구스티누스나 칼뱅을 비롯해 훗날의 기독교를 이끈 인물들도 예수가 살아 있을 때였다면 그를 따랐을까?. 중요한 인물들은 제자가 될 수 없다. 그들의 심리로는 불가능하다. 그들이 비록 어떤 이상과 제도와 신령에 복종하고 살아 있는 사람을 사상의 권위자로서가 아니라 인간적으로 맹종하더라도 자신들의 자부심과 진지함에 걸맞지 않는다. 그들이 바로 자기들 눈앞에서 인간적 약점과 결함을 지닌 한 인간을 보았다면 그 인간의 신성을 믿을 수 있었을까? 심지어 탁월한 신앙의 땅 인도에서조차 어떤 종교 창시자도 자신이 살아 있을 때 우수한 제자를 찾지 못했다. 새 신앙의 중심으로 몰려드는 사람들은 예외 없이 정신박약자, 미신 신봉자, 정신질환자들이었다. 이들은 우선 누군가 자신을 이끌어주기를 바랐다. 그 뒤를 이어 봉사 활동에 뛰어든 용감한 사람들이 몰려들었다. 주로 여자들의 영향을 받은 사람들이다. 우수한 사람들이 처음 그곳을 찾을 때에는 역사가 신화의 색채를 띨 때(사실 오리엔트에서 이런 것이 매우 빠르게 나타난다), 어떤 사실도 이상화하는 작업을 방해하지 않을 때뿐이다.

신지학회 회원들이 언젠가 호기를 맞아 사실상 역사 속에 살아 있는 선지자가 될지 알 수 없다. 종교가 형성되는 역사를 깊이 이해하는 사람은 그런 사건이 불가능하다고 보기 마련이다. 종교를 일으키는 데에 합리성은 반드시 필요하지도 않기 때문이다. 앞에서 보았지만, 신앙의 중요성에 비추어 신도의 중요성을 추단해서는 안 된다. 어떤 사상의 중요성을 그 저자의 중요성에 따라 판단할 수 없다. 잘 알다시피, 인간적으로 위대하다고 지적으로 위대한 경우는 드물다. 나약한 보통 사람만 아니라, 극히 믿기 어려운 개인도 세계를 흔들 사상을 내놓을 수 있다. 어떤 점에서 종교 창시자 대부분도 이와 마찬가지였다. 그들의 인격에 대한 그럼직한 전설은 수없이 많다. 어쨌든, 분명한 사실이 있다. 그들은 살아 있을 때 몰상식한 대중이나 흔들었다. 물론, 그들은 통상적인 강자는 아니었다. 강자들은 억지로 존경받으려 하기 때문이다.

어떤 사상의 원융(圓融)과 또 그것을 내놓은 사람의 인격에 불가분한 관계는 거의 없다. 종교 창시자 가운데 실제로 그런 사람이 있었는지도 불확실하다. 십중팔구 훗날 역사 속의 인물을 여기저기에서 신화로 꿰어 맞추었다. 그러나 그 실제 인물이 세계를 뒤흔들었던 사상의 진짜 저자인지도 의심스럽다. 남방불교는 붓다에게서 유래한 것이 사실이다. 하지만 북방불교의 기초를 닦은 대승불교의 교리는 분명 기원후 1세기에 나타났다.

대승불교는 중앙아시아와 인도 접경지에서 시작되었다. 이곳으로 그리스 사상과 브라만 사상이 상호침투했다. 그 지역에서 대승의 정신은 정말이지 석가모니의 후예라기보다 기독교에 가깝다. 그래서 대승불교가 이름만 불교가 아닐까 하는 의심할 만하다.

예수의 초기 교리는 훗날 세계를 정복한 기독교의 한 요소였을 뿐이다. '예수'라는 이름은 매우 복잡한 경향의 상징이자 그 구심점이었다. 어둡고 깊은 곳까지 서구의 운명을 결정했다. 여기에서 그 어마어마한 역사적 중요성이 나왔다. 그 사상이 지금까지 실현했던 미미한 수준과 전혀 별개의 문제다. 어디에서나 이런 사정은 같다. 니체의 사상은 종종 니체와 완전히 모순된다. 베르그송의 이름 주변으로 몰려드는 많은 사람은 또 누구인가? 그의 진정한 주장을 이해했든 아니든 추하게 만든 사람들이다. 누구든 위대한 이름을 남긴 거물이 될 수 있다. 심지어 존재하지도 않았고 역사적으로 중요해질 것을 가르치지도 않았으며, 아예 아무것도 가르치지 않았고 전혀 중요하지 않은 데도 역사의 거물이 되기도 한다.

사람들은 신의 길을 찾을 수 없다고 한다. 그러나 역사의 길은 아무리 멀어도 지성은 도전을 그치지 않는다. 반유대주의자들이 세계를 보는 관점은 광기에 취했지만 근거가 없지는 않다. 유대인은 세계 어디에서나 번번이 무시당했다. 세상 어디에서나 서구는 물론 오리엔트에서 더 심했다. 그런데 어떤 민족이 '선민'을 자처할 권리가 있다면 유대 사람들이 가장 걸맞다. 유대 사람들의 신앙은 기독교와 이슬람교의 바탕으로서 전 세계를 간접적으로 지배한다. 그 어떤 억압과 경멸에도 그 민족은 결코 쇠퇴하지 않았다. 지금도 그 자손 대부분이 유럽 지성계를 이끌고 있다.

신지학회는 초기의 위대성에 여러 문제가 있었고, 그 많은 주의주장이 불충분하며 지금 회원 대부분은 무능하지만 여전히 위대한 미래가 열려 있다.

나는 앞에서 더욱 상세히 검토할 만한 점이 있다고 했다. 중요하지 않은 몇 사람을 제외하더라도 후손이 마치 직접 당대인에게 영향을 주는 거역할 수 없는 인물처럼 기념하는 많은 사람의 무능이다. 예언자들은 조롱받았다. 이미 앞에서 보았듯, 그들이 세상에서 중요한 인물처럼 행동할 힘이 사실상 없던 탓이다. 이런 인물은 주기적으로 공격받았고 살아 있을 때 모든 사람이 그렇게 알고 있었다. 조금 자세히 보면 그 무능은 별로 놀랍지 않다. 예언자들의 힘은 세속의 거물들이 보여주는 힘과 다른 세계에서 발휘된다. 그들은 그렇게 다른 세계를 믿지 않는 사람에게 영향력이 없다.

추론에서 나온 힘은 그것과 똑같은 차원에서 생각할 수 있어야 이해된다. 천재는 천재만 알아본다. 막강한 정신의 거인은 변변치 못한 사람에게 별로 힘을 쓰지 못하지 않던가! 게다가 사상의 거인도 세속 권력이 될 수 있겠지만(아우구스티누스, 사보나롤라, 루터 등은 고위직에 올랐다.) 일반적으로 신지학회 회원들은 경우가 다르다. 구도를 숭고하게 떠받들려면 그만큼 미묘한 자질과 그만한 조건이 필요하다.

종교적 천재들은 예외 없이 우선 자신들을 믿으라고 주장하지만, 세속의 천재들은 그런 요구를 하지 않는다. 세속 천재들의 믿음은 경험으로 증명될 때에나 확고해진다. 왜 그럴까? 종교의 천재들은 전형적인 약자들에게만 영향력이 있다. 그래서 그들도 약하다. 그들은 미리 믿겠다고 따라나선 사람들에게만 영향을 주기 때문이다. 가장 상식적인 의미에서 그렇다. 그들의 힘은 분명하지만 그 힘은 최소한 개종하거나 즉시 갱생할 때에나 발휘된다.

기독교 사상은 우선 구세주를 십자가에 매단 형리들만큼이나 "자기가 무엇을 하는지 전혀 모르는" 평범한 사람들이 채택했다. 그러고 나서 차츰 모든 생활에 파고들었다. 역사의 흐름을 따랐다. 그래서 오늘날 서구에서 마치 살아 있는 모든 것이 예수의 정신에서 나온 것처럼 되었다. 붓다와 무함마드도 마찬가지다. 어디에서나 영험이 결국 가장 강한 힘으로 나타난다. 수수께끼처럼 움직이는 힘이다. 진정으로 그런 힘에 고취된 사람들의 말이 그 교리를 미래까지 전하는 일은 드물다. 경전도 아니다. 그들 것이라는 대부분의 전통은 전설에 가깝다. 오히려 수많은 사람의 손을 거치며 변형과 함축과 오해를 거쳤다. 또 다른 한편으로 교주의 말을 퍼트리면서 그 마력을 보존하고 계속 그 방향으로 가는 방법을 내놓은 동기가 있었다. 신지학이 사실상 이런 동기를 따르지 않을까? 누가 알까? 시간이 증명할 텐데. 기다려 보자.

신지학자는 "스승들"에게서 영감을 받았다고 주장한다. 완전히 고립된 권위자로서 인류의 운명을 이끄는 전지한 초인들이라고 한다. 이와 같은 스승에 대한 믿음은 큰 웃음거리다. 그런데 왜 그런 스승들을 숨겼을까! 어째서 그들이 직접 움직이지 않았을까! 왜 정신적으로 위대한 사건들 중 어느 하나 그들에게서 벌어지지 않았을까! 어째서 그들은 자기네 운을 이루고자 그토록 부족한 몸을 놀리지 않았을까!

나로서는 그런 스승들이 있는지 알 수 없다. 그러나 이론적으로는 가능한 인물들이다. 그들이 구도자라는 뜻에서 초인이라면 위대한 정신을 보여주는 최고의 경지까지 올라갔을지도 모른다. 그런데 그들은 낮은 세계에서 무능하다. 그들은 낮은 세계 속에서 직접 움직일 수 없다. 이것이 바로 그들이 숨어 있고 싶어 하는 좋은 구실이다.

자연 속 어디에서나 우수한 것은 그만 한 대가를 치른다. 섬세한 인간이 거친 인간에 예속된다. 영혼이 풍부한 인간은 천박한 사람에게 예속된다. 세속적 인간이 할 수 있지만 현명한 인간이 할 수 없는 것도 많다. 사실 스승들이 있다면 신지학자들이 그들에 관해 내놓는 주장이 정확할지 누가 알까? 그들은 전능하지만 왜 힘을 쓰지 않고 참고 있을까?

그들이 믿는 지혜를 누구도 간파할 수 없으므로 차라리 힘을 아끼는 편이 더 낫기 때문일까! 물론 그들은 우리가 할 수 있는 것을 할 수 없다. 하느님조차 우리가 할 수 있는 것을 못할 수도 있다. 사람만이 할 수 있는 일이 있다. 그렇지 않다면 하느님이 우리에게 그렇게 많은 자유를 주지 않았을 것이다. 누구에게나 특별한 장애가 있다. 보통 사람은 영험이 풍부한 존재와 관련된 장애라서 그것을 더욱 놀랍게 본다.

환생 이론은 해석이 아니라 증명할 만하다는 주장이 있다. 확인할 수 없는 주장이다. 판단하기 어려운 일이니 미뤄둔다. 그러나 어떤 교리든 이론이기 마련이다. 이론은 사실이 아니다. 아무튼 놀라운 점이 있다. 환생론의 사제들 가운데 누구도 아직까지 실제로 자신의 믿음이 그 반대 믿음, 각 존재의 위치는 하느님이 영원히 정해놓은 섭리라는 믿음과 같은 점에서 만난다는 사실을 주목하지 않는다. 결국 환생론은 유교와 루터파 기독교의 교리와 같은 주장이다.

환생론도 동일 인물로 거듭 태어난다고 주장하지 않는다. 단지 생명이 안에서 밖으로 움직이므로 눈앞에 보이는 서로 다른 형태들의 관계라고만 주장한다. 루터가 지지하는 것과 같은 주장이다. 하지만 루터의 교리에서 해석하는 연쇄 관계는 이와 다르다. 비판철학자의 눈으로 검토해볼 때 그 상반된 이론들은 똑같다.

생명의 모든 과정이 영화처럼 움직인다고 본다면 사실 매우 이점이 많다. 이보다 더 살아 있는 생명을 합리화하는 관점은 없다. 생명에서 난처한 절망감을 제거한다. 우리에게 확신과 희망을 준다. 이런 개념이 서구에서도 조만간 우세해지지 않는다면 무척 놀랍지 않을까. 그런데 환생론의 사제들을 직접 만나본 지금, 서양 사람의 가장 큰 행운은 오히려 오랜 세월 동안 이런 믿음을 털어놓은 적이 없었다는 것이 아닐까. 그 사제들 대부분은 태연자약하다. 물론 놀라운 일은 아니다. 그들이 앞으로 가야 할 억겁의 세월이 기다리고 있으며, 게다가 (그들은 삶의 의미를 전향적인 것이라고 생각하므로) 우주의 운행이 그들을 떠밀어줄 테니까 전혀 서두를 까닭이 없으니 되는 대로 살아간다. 차라리 그들은 살아간다고 하기도 어렵다. 그들은 어제 했어야 할 일을 내일로 미룬다. 모든 것이 실현될 시간만 믿는다. 반대로, 짧은 단 한 번만 삶을 살아갈 뿐인 기독교도로서는 자신이 구원받을지 영원히 지옥불 속에서 신음하게 될지 알아야 할 문제 때문에 그 한 번뿐인 인생을 돌이킬 수 없는 결정적인 것으로서 이용한다. 그래서 기독교도는 어떻게 해서든 모든 노력과 있는 힘을 다해 즉시 성취하려고 서둔다. 조금만 늦어도 영원히 때를 놓쳐 버릴 테니까. 물론, 세계의 발걸음을 이렇게 빠르게 생각해 무섭기도 하지만 또 얼마나 짜릿한가! 그런 생각만으로도 감상주의는 뜨겁게 달아오른다. 얼마나 살아 있는 사람들을 흥분시키고 진보에 박차를 가하는가! 삶은 얼마나 비장해지고!

서구적인 것의 모든 밀도와 효율, 힘차고 불같은 의지, 끈덕진 용기와 정력에 넘치는 자신감은 무거운 책임을 지고 단호히 결단하라고 배운 신앙에서 나온다. (이슬람교도도 마찬가지겠지만) 유럽 사람들은 인도 사람들에 비해 훨씬 더 긴장되고 활기차게 살아간다. 상당 부분 최후의 심판을 받을 것이라는 조상의 신앙 덕이기도 하다.

나도 이런 믿음 때문에 좀 더 철학적 신앙으로 이끌렸다. 장차 기독교도도 유리하기만 한다면 환생 교리로 개종할 수 있겠지만, 아직은 이전의 교리가 물려준 유산이 너무 완강하다. 그래서 다른 지지 없이도 유지된다. 교리가 바뀔 수도 있겠지만 우리 각자가 유일하다고 굳게 믿는 고집을 버리기 어렵다.

영혼이 자리를 바꾼다는 교리에 따라 미래를 넓게 바라보기는 하지만 이런 교리가 지금 신지학자가 생각하는 만큼의 몫을 할 수 있을까? 힌두교도처럼 현실을 차분히 인정하면서 다른 것도 생각하는 대신, 신지학자들은 과거와 미래의 가능성에 끈덕지게 집착한다. 그들은 자신들의 신비주의 계보를 너무 쓸데없이 파고든다. 자신들의 미래의 삶을 겨냥한 억측을 쏟아낸다. 게다가 부적절한 현상에 대한 신비한 호기심을 부추긴다. 어쨌든, 나는 플라톤을 생각하게 된다. 플라톤도 영혼의 자리 바꿈을 믿었다. 그런데 그는 이 엄청난 문제를 신지학자의 실증하려는 답답한 방식에 비해 얼마나 뛰어나고 정확하게 다루었나! 플라톤은 이렇게 말했다.

> 영혼이 다시 태어나는 것은 사실이다. 사실이라면 다시 태어나지 않을 수도 있지 않을까? 누가 알랴? 나 자신 내가 무엇을 아는지 모르는데. 그런 이론은 말하기 나름이다. 그렇지 않으면, 아름다운 이야기나 될까. 각자 생각하기에 따라 믿을 수도 있고 그러지 않을 수도 있다.

아디아르에서 메시아를 기다리는 분위기는 꽤 매력적이다. 그곳에 사는 인도 청년에게 어느 날 성령이 깃들 것이라고들 했다. 사부들이 그를 찾아내었던 모양이다. 청년이 차세대의 구원자가 된다고 했다. 나는 며칠간 믿어보기로 했다. 가능한 한 그 믿음대로 겪어보고 싶었다. 솔직히 호기심을 접고 싶지 않았다. 그와 같은 가설은 믿어볼 만큼 흥미진진하다. 그렇게 믿어본다면 나처럼 하찮은 사람에게도 얼마나 거대한 배경이 나타나는지! 자신감은 또 얼마나 커지고 얼마나 많은 힘이 뜨겁게 샘솟는가! 내 모두를 던져 이런 믿음을 지킨다면 나는 열 배는 더 유능해지지 않을까? 그 믿음의 바탕이 아무리 약해도 내면의 목적을 열 배는 더 빠르게 이룰 수 있지 않을까? 그렇다면 그 믿음은 무슨 뜻일까? 이상(理想)을 객관화한다는 뜻이다. 구세주는 절대로 직접 구원에 나서지 않는다. 그를 믿으니까 그가 곧 구원 자체가 되었다.

마찬가지로 십자가나 성당을 주목하다 보면 신성한 것을 쉽게 믿게 되고 신성도 깊어진다. 바로 이와 똑같은 의미로, 더 커다란 이상적 관념이 실물로 나타나는 셈이다. 누구나 목격할 수 있다. 우리는 이상을 바라보면서 고양된다. 우리의 숭배 대상이 누구이든 무엇이든 그것을 진지하게 경배하면 우리도 그만큼 진보한다. 물론 무시당할 수도 있다.

사실, 숭배 대상 자체가 중요한 것은 아니다. 그것이 무엇을 대신하는지가 중요하다. 이상이란 먼 것일수록(초월적이거나 이상의 상징이 멀리 있거나 죽었을 때) 효력이 뛰어나다. 이상은 어떤 경험칙에도 얽매이지 않는다. 종교 편에서 신 같은 인간이 살았는지 죽었는지 하는 문제는 이상과 무관하다. 종교적 의미로서 믿는다는 것은 사실 여부를 떠나 이상에 따라 정신력을 집중함으로써 이상을 자아실현의 보약으로 삼는다는 뜻이다. 신처럼 살아 있는 인간들의 비할 데 없는 행동은 (그들의 존재 문제가 달려 있을 수 있다.) 바로 그들 자신의 이상을 추종자들에게 더할 나위 없이 실현함으로써 엄청난 교육 효과를 발휘한다.

이렇게 볼 때, 신지학자들의 메시아 신앙은 매우 생산적이다. 그 신앙으로 나중에 무슨 일이 벌어질지는 완전히 별개의 문제다. 당연히 앞에서 말한 청년이 딱히 불행을 겪지 않고 살아간다면 종교 창시자가 되지 말라는 법도 없다. 다른 사람들도 똑같은 암시를 받는다면 그렇게 될 수 있다. 그러나 만약 그가 비판에 대처하지 못할 만큼 별 볼일 없는 능력만 보여준다면 재앙이 따를 것이다.

구세주들이 심심치 않게 손님처럼 나타나던 원시시대에 사람들의 신앙 잠재력은 매우 커서 어떤 실수나 실망에도 내면은 요지부동이었다. 사람들은 모든 것을 무릅쓰고 모든 것에 맞서 모든 것을 철저히 믿었다. 행운을 낳을 만한 믿음이다. 신앙이란 선험과 자율로서 빚어내는 힘이다. 그래서 그렇게 정당하다. 현대인에게 이런 믿음은 없다. 현대인의 믿음은 작은 상처에도 죽어버릴 듯한 연약한 식물 같다. 실망한 인간은 어떤 시련이 닥치든 최악의 운명을 맞는다. 왜냐하면 믿음을 잃으면 그 어떤 상처보다 생기에 깊은 상처를 입는다. 믿음 없이 개인의 의식이 충만해질 수 없다. 오늘날 많은 사람이 믿음에 상처를 받았다. 그래서 새 종교를 열망한다. 사람들은 자기 속에 있는 힘을 커다란 것에 합칠 수 있다는 절실한 꿈을 품고 산다. 그런데 혼자서 그렇게 하거나 아무 지지도 받지 못한다면 실망을 견뎌낼 사람은 극히 드물다. 최근에 기독교 신앙을 한마디로 요약한 심오한 해석이 있다.

"하늘나라가 우리 안에 있다."

일반적으로 깊은 자의식에서 나온 해석은 아니다. 단지 삶보다 생각이 앞서 있을 뿐이다. 이런 의미에서 유럽에서조차 종교 지도자들이 봉사할 시간은 아직 남아 있다. 앞에서 말한 대로 오늘날 믿음이 너무 약하다. 어느 날 무르익어가던 특별한 믿음이 무너지게 되면 신앙의 잠재력까지 충격을 받아 허무주의로 이어질 수밖에 없다. 이런 까닭에 새로운 세계 구원자의 운명을 바라볼 때 우려하지 않을 수 없다. 비록 그가 삶의 적극적 동기를 부여하려는 다른 사람과 마찬가지로 최소한 내가 공감하는 구원자라 하더라도 걱정스럽다.

정통 신지학자들은 구세주가 실제 인물인지가 본질적으로 중요한 문제가 아니라고 인정하지 않는다. 그럴 만한 일이다. 자신에게 믿음을 주는 자가 누구인지 아는 것은 중요하니까. 각성한 사람은 미망에 사로잡힌 사람을 여전히 깨울 수 있다. 사랑의 천재는 굳은 마음을 풀어줄 수 있다. 믿음을 끌어내는 설득력이 아무리 강해도 아무나 할 수 있는 일은 아니다. 그러나 이런 것 때문에 내가 주장하는 진실이 달라지지 않는다. "어떤 스승도 제자들 속에 잠재적이나마 있지도 않은 것을 줄 수는 없다. 말하자면 스승은 잠들어 있는 것이나 깨울 수 있다. 사로잡힌 것에서 벗어나게 하고 감춰진 것을 밝혀낼 수나 있다."

스승은 항상 사람들이 인정하는 자기 지위만 지키면 된다. 보통 사람은 도움 없이 자각하기 어렵다. 도움을 받지 못한 제자들은 잠재력은 예외로서나 드러낸다. 그렇다고 스승이 제자의 바탕에 있지도 않은 것까지 발굴하지는 못한다. 잠재력은 창조적인 것이 아니다. 방아쇠처럼 눌려 있다가 튀어나올 뿐이다. 사실상 이런 잠재력은 수많은 방식으로 확인된다. 사람들은 항상 이런 방법으로 자신을 찾아왔다. 어쨌든 강한 사람은 누구의 도움 없이 그렇게 하지만 약한 사람은 타인에 기대고, 더 약한 사람들은 큰 도움을 받아야 겨우 그렇게 한다. 결국, 기념비처럼 단순한 것부터 극도로 복잡한 것까지 중재자가 있든 없든 어떤 종교든 이론과 형식을 권위나 자율에 의존한다. 그러나 그 목적과 의미는

칼리 여신을 모신 닥시네스와르 신전 일대, 1860년대

어디에서나 똑같다. 대중은 주체성이 모자라기 때문에 모든 사람에게 복음을 전하려는 종교라면 기본적으로 명상을 강조한다. 힌두교의 스리 크리슈나[86], 북방불교의 아미타불은 기독교의 예수와 똑같은 노릇을 한다. 똑같은 요구, 똑같은 대안이다. 그러나 그와 같은 구세주, 다시 말해 개별적 인간으로 나타나는 구세주가 곧 구원 자체라고 믿는 것은 미신이다.

구세주라는 인물들 대부분의 영향은 그들이 죽고 나서 아주 먼 훗날

86 Sri Krishna. 비슈누의 여덟 번째 화신으로 크리슈나파 힌두교에서는 비슈누 그 자체로 숭배한다.

에야 시작되었다. 그들은 단순히 이상(理想)의 화신으로서 영향력을 발휘했다. 여기에서 다시금 가까운 이상보다 '다가가기 어렵고 먼 이상'이 우월하다. 거침없는 상상으로 이상화할 수 있는 것이 이상의 가장 확고한 밑받침이다. 오리엔트에서 너무 쉽게 믿는 것이 있다. 바보는 멍텅구리라는 약점이 있어도 '무엇인가의 화신'으로 숭배받을 수 있다. 가장 최근 사례가 있다. 닥시네스와르[87]에서 황홀경을 체험한 성자 라마크리슈나 파라마함사[88] 같은 인물이다. 현대 유럽인 가운데 신지학자라고 해도 이런 일은 거의 일어나지 않는다. 라마크리슈나도 살아 있을 때 신처럼 숭배받지 못했다. 그의 동아리도 극소수였다. 그의 사후 반세기쯤 된 지금에 와서야 그는 세계가 인정하는 성자로 위대해졌다.

그렇다면 이상을 추구하는 본능과 이상형을 응시할 때 느끼는 행복과 또 거기에서 나오는 강한 흥분은 형이상학적으로 어떤 근거가 있을까? 사람이 자기 능력보다 더 정확하게 자기 자신을 표현하는 것을 인정할 때 나오지 않을까. 누구든 참다운 자기를 (일상생활에서) 표현하고 실현하기가 얼마나 불완전한지 잘 알고 있다. 더구나 자신에게 충실하지도 않다. 자기 영혼에 따라 생각하지 않는다. 우리는 자신이 내심에서 느끼는 것과 다르다. 각자 자기 힘으로 모든 일을 활기차게 하기에 부족할 만큼 산만한 마음가짐으로 살아간다. 그렇지 않은 사람은 극히 드물다. 그래서 미녀는 번번이 바보의 짝이 된다. 위대하게 행동하는 사람은 보통 제대로 이해받지 못한다. 생산적 지성인이 완성되는 일은 극히 드

87 Dakshineswar. 웨스트벵골주의 카마르하티(Kamarhati)에 딸린 마을이다.

88 Ramakrishna Paramahamsa. 1836~1886. 힌두교 신비주의자로 칼리 신을 섬기는 금욕 수행자다. "모든 종교의 목적은 같다."라고 설파하며 예배보다 수행과 구도를 중시했다.

물다. 어쨌든 누구나 알고 있는 사실은 "자신의 깊은 곳에 있는 자신이 밖으로 드러난 자신보다 더 우수하다." 결국 자신의 불완전한 점보다 완전한 점으로 자신을 인식한다. 이런 자의식으로 우리는 스스로는 절대 찾아내지 못할 진실을 즉시 이해한다. 그래서 이렇게 말한다.

"아, 딱 내가 생각하던 대로군요!"

이렇게 우리는 완벽한 아름다움을 마주칠 때 놀랍도록 부푼 기분에 휩싸인다. 깊은 존재는 자신에게 절대적으로 걸맞은 표현을 완전한 형태에서 찾기 때문이다. 이와 마찬가지로 약한 사람은 위대한 인물에게서 적절하게 표현된 또 다른 자신을 바라보며 행복해한다. 위인을 한 번 만난 사람은 이런 말을 한다.

"전부터 잘 알던 사람 같아!"

이런 식이다. 소박한 인격자의 탁월한 영향은 이런 감정 덕이다. 소박한 사람은 사람들에게 누구나 그럴 수 있는 것, 누구나 영혼 깊은 곳에 지닌 진실을 보여준다. 항상 그렇다. 우리는 말도 못 하고 막연히 생각만 하던 것이 분명히 표현될 때 행복해한다. 그뿐만 아니라, 위인이 우리가 기대하던 표현을 보여줄 때 더욱 자신감을 얻는다. 이것이 바로 해묵고 뿌리 깊은 진실이다. 요컨대, 성인은 그냥 나타나기만 해도 세상의 어떤 훌륭한 선행자보다 더 축복을 준다. 구세주도 이런 점에서 중요하다. "그가 인류에 모범을 보인다."라는 점이다. 그리스도도 이 점을 이해했다. 그렇게 해서 그는 한 사람이 다른 사람들을 위해 할 수 있는 가장 큰 일을 해내었다. 그는 사람들에게 마치 거울 속을 들여다보듯 그들의 깊은 자아를 들여다보게 해주었다. 그는 사람들이 꿈꾸는 이상을 분명한 모습으로 보여주었다. 그는 이렇게 깊은 마음속에서 우러나는 창조력으로 각자 천국에 갈 수 있도록 원하는 상징과 목적을 선물했다. 그들은 어디로 가야 할지 알고 있었다. 자신들이 할 수 있는 것이 무엇인지 알았다. 결국, 살아 있던 한 사람이 완전히 또 다른 모습으로 살아났다.

이런 구세주가 인류에게 여전히 필요할까? 구세주만 우리를 구할까? 이 문제에서 이반 카라마조프가 부활한 그리스도와 종교 재판관을 본 견신 체험이 궁극적인 해답일까? 아니다. 인류가 하나는 아닌 만큼 그렇지 않다. 인류 대다수는 아직도 기본적으로 구세주를 반길 만한 단계에 와 있을 뿐이다. 사실상 오리엔트는 물론 유럽에서도 구세주는 끊임없이 나타나고 사람들은 그들을 성급히 믿는다. 아직까지 그들 중 누구도 사후에 위인이 되지 못했다. (베이커 에디[89]가 유일한 예외다. 그러나 에디는 비록 멀리 나갔더라도 세계 구원자 역할까지 맡기 어려웠다.)

아무튼, 다가올 일을 누구도 예측할 수 없다. 3세기에 기독교를 탄압한 디오클레티아누스 황제 시대에 어떤 로마제국민도 먼 훗날 서양 사람들 모두가 기독교도가 되리라고는 꿈도 꾸지 못했을 것이다. 역사를 주도한 '중요한' 사람들은 새로운 구세주는 필요없는 존재라는 점이 분명하다. 따라서 우리가 예상할 수 있는 한(로마제국이 무너지고 나서 그랬듯 또다시 야만 시대로 돌아가지 않는 한), 어떤 종교 창시자도 세계의 구원자 자리에 오르기 어려울 듯하다. 오늘날, 구세주가 되기에 장애가 너무 많아서 어려운 것은 아니다. 과학 비평의 위세, 자유의 신장, 신앙의 약

---

89 Mary Baker Eddy. 1821~1910. 과학적 기독교 운동의 창시자로 19세기 미국에서 가장 영향력이 컸던 여성이다. 1875년에 《성서로 풀이한 과학과 건강(Science and Health with Key to the Scriptures)》을 내놓았으며, 보스턴에 '(과학적) 그리스도 교회'라는 종파도 세웠다. 1908년에 크리스천 사이언스 모니터(the Christian Science Monitor) 신문사를 창립했다.

화, 광고 산업 같은 장애는 넘어설 수 있다. 그렇다면 요즘 환경은 왜 메시아가 나타나기에 부적합할까? 앞서가는 모든 사람이 너도나도 인류를 구하겠다고 나서기 때문이다. 승승장구하는 정신은 부인하기 어렵다. 최근까지 개신교가 교세를 확장하는 동안 그리스도가 어떻게 되었는지 매우 흥미롭고 특이하다. 이미 역사 속의 예수는 완전히 뒤로 물러나고 '구세주' 예수의 객관성에 대해 모두 침묵한다. '신을 변호하는' 중세의 이론은 무시 받고 있다. 오직 내면의 그리스도만 살아남았다. 예수가 자기 속에 들어 있던 생명을 일깨운 첫 번째 인간이었고 따라서 누구나 자기 삶을 위해 그 나름대로 자신을 다스려야 한다는 주장이다. 그러나 그리스도를 실제 인물로 생각하지 않는 사람은 구세주로서 인정하기 어려울 것이다. 미래는 그렇게 생각하는 사람들의 것이 될 것이 거의 틀림없다. 우리는 만사를 자기 뜻대로 판단하는 만큼(과장된 개신교의 주장이 거북하기는 하지만) 객관적으로 생각하는 사람은 분명 명상을 거부하고 항상 자기 내면의 모든 것을 스스로 결정하려 할 텐데 이는 종교개혁 때부터 예상한 결과였다. 그렇게 개척된 길이 언젠가 완성될지 모른다. 그러나 그때까지 또 다른 경향이 역사적으로 중요하게 되지 않는다는 법도 없다.

이렇듯 신지학자들이 미래의 '대속자'가 되려는 꿈은 실현 가망성이 별로 없다. 그러나 메시아 대신 메시아 종파를 탄생시킬 가능성은 크다. 벌써 꿈틀거리고 있다. 지금이야말로 끈질기게 살아남은 원초적 유혹, '보편 종교'라는 유혹을 포기할 절호의 기회다. 오늘날도 여전하지만 보편 종교가 있을 수도 있다. 인류가 거의 나누어지지 않고 상당히 규모가 크고 엇비슷한 집단이었을 때라면 그럴 수 있다. 그렇지만 인류는 나날이 개별 집단으로 갈라지고 있다. 사람들 스스로 이런 분화를 의식하고 있다. 점점 더 개인이라는 점을 자부한다. '보편성'은 모든 내면의 문제에서 갈수록 중요하지 않고 힘도 줄었다. 보편적 공식도 항상 미비해보인다. 각자 다른 정신을 드러낸다. 그래서 아델 캄[90]의 말대로 하느님만 더 막강해진다.

신지학회는 자기네 목적에 맞춰 보편성을 구해보려고 했다. 보편성으로 모든 종교를 흡수하겠다고 주장했다. 그러나 학회는 강해지기는커녕 약해졌다. 그렇게 방대한 것은 단세포 식물 같은 상태를 견디지 못한다. 각 종교는 내적 형식이나 갖출 수 있다. 그렇지만 이것은 모든 신앙 표명에 고유한 목적이다.

지금 신지학회는 신앙만 표명하려고 하지 않는다. 그런데 그 뜻이야 어떻든 그러고 있다. 제도권에서 살아남으려면 별수 없는 일이다. 만약 신지학회가 학술 단체였을 뿐이라면 무기력하지 않았을까. 만약 고대하던 메시아가 나타난다면 신지학회의 일부는 그 주위로 몰려가지 않을까? 반면, 애니 비전트나 캐서린 탱글리, 루돌프 슈타이너와 같은 제자들은 폐쇄적 분파로 조용히 재결집할 것이다. 그렇게 된다면 좋은 일이다. 그런 식의 조직에 신지학의 미래가 달렸을 테니까. 당연히 현재의 지도자들은 블라바츠키의 야망이 실현될 수 없다고 인정하지 않으려 할 것이다. 그들의 활동이 크게 도약할 테니까 계속 인정하지 않겠지만 그들은 조만간 가톨릭 성격으로 기우는 것이 착오라고 깨닫게 되지 않을까? 어쨌든, 이런 사태로 자기네 계획이 차질을 빚게 되어 차라리 잘 되

---

90 Adèle Kamm. 1885~1911. 스위스 환자와 문인 협회 창립자다. 개신교의 성녀로 꼽힌다.

었다 싶어 하지 않을까? 아무튼 학회의 출범 때 세운 계획을 효율적으로 고쳐 나가면서 활력과 중요성을 잃지 않으려고 하겠지만.

신지학의 사상을 아디아르 메시아파와 불가분하게 볼 수도 있다. 아무튼 신지학에 보편적 사명이라는 것이 있을까? 신지학은 높은 수준에서나 현실성이 있다. 가능성은 적지 않다. 어느 날, 많은 사람이 그 이론을 얼마든지 받아들일 만하다(영적으로 받아들일 수 있겠지만 글로서는 쉽지 않을 것이다). 벌써 그렇게 수용한 사람들이 있다. 상당한 규모로 갖가지 이름을 내세우기는 했다. 신사상, 기독교 과학, 신영지주의(新靈知主義), 비네카난다의 베단티즘[베다경 다시 읽기], 신페르시아 비교주의(秘教主義), 인도-이슬람 비교주의 등. 힌두교, 불교, 브라만교는 말할 것도 없고 다양한 영적, 신비주의 단체의 철학, 심지어 프리메이슨의 철학에 이르기까지 모두 기본적으로 같은 원리에서 출발한다. 물론, 이런 운동은 기독교보다 갈 길이 더 멀다. 그렇다고 언제나 변함없는 힘[91]으로서 신지학에 보장된 미래는 아니다.

현재 신지학에서 독단적 이론만으로 활동하지 않는다. 어떤 식으로도 신지학자로 보기 어려운 수많은 사람이 그것을 받아들이지만 이론이 아니라 그 응용과 해석과 개념이다. 요즘 신지학이란 특정 종교 집단의 신앙 고해나 간증과 비슷하다. 그런 단체가 보편적 사명을 다할지 의심스럽다. 신지학은 종교로서 많은 사람을 행복하게 하고 작은 분파들

---

91 entelechie. 생명체에 항상 존재하는 힘(기계적인 작동과 다른 것으로 성게와 비슷한 원초 생물의 힘에 가깝다)이다. 그러나 관찰과 측정을 할 수 없다는 것이 난감한 점이다.

을 지지하겠지만 역사적 운동으로서 중요한 몫을 하기 어려워 보인다. 이렇게 반박하게 된 근거가 있다. 현재의 신지학은 신비주의 성격 때문에 비판받는다. 신비한 힘이 존재하는 한 그것을 정확하고 깊이 연구하는 것이 아무리 바람직하더라도 그것은 과학이 받을 혜택이지 종교나 삶을 위한 것은 아니다. 무의미한 인식은 감각적 인식만도 못하다. 종교나 종교로 이끄는 방법으로서 신지학자들이 실험하는 신비학은 빌헬름 오스트발트의 역사철학보다 조금도 나을 것이 없다. 신비한 탐구의 우연한 결과는 그 추종자들이 생각하는 것만큼 삶에서 그다지 중요하지도 않다. 추종자들은 텔레파시로 통신 수단을 대신할 수 있다고 꿈꾼다. 의지력으로 모든 물리력을 능가하리라는 꿈을 꾼다. 황당한 유토피아 같은 공상이다. 물리 현상은 정신이 원하는 만큼 영향을 준다. 앞으로도 수 세기 동안 예민한 문제에서 물상의 세계는 물리 수단으로 다루는 것이 더 정확할 것이다. 정상적 힘으로도 이런 정상적 활성 작용을 해결할 수 있다. 그 힘은 최소한 인간이 본질적으로 달라지지 않은 한 오랫동안 그럴 수밖에 없다. 그들이 주장하는 세계 같은 것이 있을까? 신체의 정신활동을 발전시켜 감축할 수 있다는 그런 숨은 세계는 이 세상에 없다. 그런 것에 관심을 두지 않는 것이 차라리 더 낫다.

우리는 중세보다 왜 진보했을까? 신비주의 믿음을 버렸기 때문이다. 그런 것을 인정해봐야 해롭다는 것이 증명되었기 때문이다. 그 영향을 따져볼 때 그랬다. 그런데 그 영향력이 살아 있을 때에도 현실에서 나타나는 영향력보다 미미했다. 더구나 그 영향력이란 직접 체험도 아니고, 그 체험을 하려고 모든 것을 의도적으로 준비했을 때라면 정말이지 해롭다. 그와 같은 영향력은 내면을 훼손한다. 치명적이다. 계속해 건강만 생각하는 사람만큼이나 해롭다. 전혀 안심하기 어렵다.

우리는 가능한 용감하고 당당하게 자신감을 갖고 살아야 한다. 우리 내면에서 벌어지는 일에 흔들리지 말고, 낯선 것에 불안해하지 말고, 탈선할까 걱정하지 않으며 살아야 한다. 그렇게 하면 할수록 우리는 더욱 힘차고 순수해진다. 사람은 낯선 힘보다 자기 자신에 더 기댈수록 자연스레 편안해진다. 모든 사건을 따지기보다 이런저런 사건에 무심해질 만큼 자신감을 확고히 하는 것이 이상적이다.

신비주의자는 계속해 앞뒤로 곁눈질을 한다. 절대로 편하지 않다. 결국, 사회생활에 유익할 만큼 삶의 안내자가 될 수 없다. 이미 설명했듯이 심리를 계발하려는 경향은 구도에 유리하기는커녕 불리하다. 삶에서 우발성도 중요하다면, 신지학의 비술에 솔깃해하느니 차라리 가만히 있는 것이 낫지 않을까.

두 번째 반박의 근거는 앞의 것과 관련이 있다. 종교적 충동을 밖으로 드러내는 과정에서 고통 받게 된다는 점이다. 신지학이 정신과 신, 반신(半神), 사부, 인간의 행동 등의 위계에 관해 가르치는 모든 것이 사실이라고 가정해보자. 물론, 이런 것에 너무 몰입하는 것은 건강에 좋지 않다. 어떤 신앙이든 단 하나의 의미뿐이다. 자신이 누구인지 깨닫고 실현하라는 뜻이다. 자기중심을 깊이 들여다보고 인식하라고!

미숙한 사람은 별수 없이 바깥의 것을 믿을 수밖에 없다. 자기 힘으로 중심을 잡고 그 힘을 하나로 모을 줄 모른다. 반면, 성숙한 사람은 '자기 자신 속에서' 신을 믿는다. 또는 아무것도 믿지 않거나 단순히 '살아 있다'는 데 만족한다. 존재에 대한 의식이 충만하고 존재와 믿음이 일치하기 때문이다. 미숙한 사람이 믿고 살아가는 그 바깥일의 성격은 별로 중요하지 않다. 바깥의 일은 목적이 아니라 수단일 뿐이니까. 신앙은 이론적으로 확실성과 무관하다. 어떤 믿음의 대상이 실제로 존재하는지 아닌지 사실상 문제되지 않다시피 믿음의 대상은 차라리 '증명되지 않는' 편이 더욱 낫다. 누구나 테르툴리아누스[92]처럼 심오할 필요야 없겠지만.

"나는 그것이 터무니없으니까 믿어."

어쨌든 종교에서는 신의 존재를 가능한 의심하지 않아야 편하다. 힌두교는 원칙적으로 이런 의문을 제쳐둔다. 힌두교는 신성이 절대적 '합일체'로 나타난다고 간주한다. 실제 그것을 경험할 수도 그러지 못할 수도 있다. 그러나 신지학자들은 이와 정반대 입장이다. 신지학자들은 초인을 마치 과학적으로 증명한다는 듯 자기네 지도자들을 내세운다. 그들은 신을 믿는다면서 외면으로 치우친다. 신을 실물로 따르며 물신숭배하듯 찬양한다. 그러다 보니 진정한 신앙심은 미신에 밀려나 죽어버린다. 자아가 아닌 것에 대한 어떤 믿음도 미신 아닌가. 비록 자기 밖의 존재를 절대적 진리의 화신으로 믿는 사람들이 없지야 않겠지만!

이런 문제에서 신지학자들은 고대의 다신교를 되살리는 바람에 결정적으로 잘못했다. 만약 신지학으로 신흥종교를 내세우거나 기존 종교를 심화하려 했다면, 자신들이 발견한 것과(발견이 객관적으로 존재해야 한다는 전제 아래) 상반된 결론을 내놓게 될 수밖에 없었을 것이다. 그렇

---

92 Quintus Septimius Florens Tertullianus. 155~230년경. 초기 기독교 교부이자 신학자. "하느님의 아들이 죽었다는 사실은 터무니없기에 믿을 만하다. 묻히신 분이 부활했다는 사실은 불가능하기에 확실하다. 즉, 빤한 사실이라면 믿고 자시고 할 일은 없다. 부조리한 사실을 믿음으로서만 사실이 된다. 모든 것을 떠나 믿어주는 것이 믿음의 본질이다."라고 주장했다.

게 되면 종교로서 가치도 없어질 테니까 즉시 만신전의 문을 닫아야 하지 않았을까? 그들은 어느 신이든 그 존재를 과학적으로 발견했다고 하지 않았나? 가장 뛰어난 위력을 지닌 존재와 신을 얼마나 바라 마지 않았나. 그런데 그들은 우리를 영적인 존재로서 바라보지 않는다. 영적으로 발전하고 싶어 하는 우리들인데.

신사상[93]은 분명 신지학의 편에서 보면 다행히 고대의 신비론을 발전시켰다. 신사상은 명상을 단순히 예비 단계로 본다. 모든 신비학을 거부하고 신비 수련의 효력을 부인한다. 세속과 단절하려는 노력도 부인한다. 그들은 오로지 생활 속에서 자아를 실현하려고 한다. 사실상 이것만 중시한다. 그러나 과학 지식에서 얼마나 유익한 것을 끌어내든, 신비주의에서 깨우친 이익 추구는 우리 시대 종교 생활에 위험천만하다. 매우 심각한 위협이 아닐까. 결과적으로 물질주의가 가져온 위협보다 더 치명적일 만큼 외향성을 추구하기 때문이다. 실제 사실로서 입증되고 숭배받는 신이라면 이는 금송아지보다 더 나쁜 물신(物神)이다.

우리는 자연 속에 숨은 힘을 더 찾아낼수록 그만큼 더 자아실현도 중요해진다. 우리가 신들을 보고 있거나 외면하기 때문만이 아니라, 신들이 있든 없든 영적으로 완전히 무심해진다. 지금 그 어느 때보다 더 붓다와 예수가 기적을 행한 자들을 반박했다는 사실을 알아야 한다. 두

---

93 New Thought. 단순한 종파가 아니라 미국의 새로운 사상으로 여겨지는 구도 운동이다. 19세기 미국에서 시작된 치료 운동으로 범신론 경향이다. 신사상에는 두 가지 메시지가 있다. 하나는 "사람들은 그 내면 깊숙한 곳에 엄청난 힘을 지니고 있다."이며 다른 하나는 "부정적인 생각을 떨쳐버리면 그 잠재력을 깨울 수 있다."이다. 주창자인 최면술사 피니어스 P. 큄비(1802~1866)는 "질병은 마음의 문제"라며 정신 요법과 건강 개념을 발전시켰다.

성자 모두 마음의 수련만큼 중요한 것은 없다고 했다. 그렇다고 마음과 다른 차원에 있는 것이 중요하다고 고집하지도 않았다. 경이로운 것을 탐색하는 것은 치명적이다. 오직 자신을 똑바로 보는 사람만 진보한다.

신지학자들은 자신들을 직시하지 않았을 뿐만 아니라 그렇게 할 수 없었다. 그들은 스승들의 성화에 시달렸다. 그들에게 잘 보이려고 눈치를 살폈다. 숨은 힘과 어울리고 나쁜 영향을 피하자면 어쩔 수 없었다. 그래서 진리에 바짝 다가설 만한 신지학자도 신앙심 깊은 기독교도만 못하다.

신사상은 우리 시대의 유일한 종교 운동으로서 대다수 사람에게 유익한 신비주의에 기초한다. 신사상은 서구적 관점에서 여전히 신지학과 다른 이점이 있다. 우연하며 경험적인 점이다. 그렇기 때문에 현실적 목표를 이루도록 듬직하게 뒷받침해주었다. 즉, 신사상은 기독교의 논리적 발전 가능성을 보여주었다. 비록 오리엔트의 지혜에 크게 고취되어 의존했지만 순수한 기독교 정신이다. 낯선 표상도 거의 없다. 자아실현은 익숙한 표상의 틀 안에서나 가능하다. 우리는 자신을 낯선 외국어로 설명하기 어렵다. 외국어나 낯선 언어를 사용한다면 그 용법에 극도로 신경을 써야 한다(그래서 붓다도 예수도 기존의 법을 '폐지'하지 않고 다만 '보충'하려고 했다). 그런데 힌두교의 표상은 서양 사람에게 낯설다. (신지학자들이 대표되는) 서양 사람들 대부분 표상을 통해 깊은 인식에 도달할 수 없다. 게다가 서양 사람들 모두 의식적으로 인정하든 아니든 심정적으로 기독교도다. 따라서 기독교 정신에 기댄 교리는 이방에 뿌리를 둔 제아무리 깊은 교리보다 서양 사람들을 정복하기에 한결 유리하다. 기독교가 반드시 사라질 것이라고 생각하기 어렵다. 서양은 차츰 변형되고 새로운 요소를 끌어들이겠지만, 기독교는 최후의 심판 때까지 계속될 것 같다. 새로운 종교가 반드시 필요할까? 가능성도 별로 없다.

서양 사람이 형이상학의 형식을 다룰 단계는 이미 지났다. 새로운 형식이 인정을 받으려고 할 때면 금세 이런 사실을 알게 된다. 서양에서 최상급 인물들은 더는 개종할 여지가 없다. 지성인 대부분은 여전히 오랫동안 전통 형식을 표현 수단으로 삼을 것이다. 그것들이 자기실현에 쉽기 때문이다. 새 종교가 필요하다고 외치는 소리를 누가 진지하게 들을까. 그런 외침은 종종 자신을 잘 모르는 데에서 나온다. 앞선 사람들은 날이 갈수록 신앙심을 표방하지 않더라도 잘 지낼 것이다. 고해가 필요한 사람들은 기존의 고해에서 최상의 표현 수단을 찾으려 할 것이다. 목청을 높여 새로운 신앙 형식을 갈구하는 사람들은 본질적으로 반종교적이다. 그들이 좀 더 성숙한다면 자신들에게 중요한 것이 새로운 신앙이 아니라 '새로운 생활 방식'이라는 것을 깨닫지 않을까.

우리 시대에 종교라는 이름에 너무나 많은 것을 갖다 붙인다. 수단과 방법을 가리지 않고 어떻게든 자신을 확인하려는 사람들은 이미 그렇게 하는 것만으로도 충분히 종교적 감정을 드러낸다. 현상을 통찰하려고 할 때 자기실현을 향한 노력만이 종교적이다. 자기 힘만 과시하려고 창의력을 발휘하는 사람은 행동파, 조직자, 어쩌면 시인일 수도 있겠다. 어쨌든 본질적으로 엇비슷하다.

신지학을 반박하는 세 번째 근거가 가장 중요하다. 신지학이 전 세계로 전파되기 어려운 요인이 있다. 그것은 역사적으로 볼 때 이미 파산한 이상에 동조하고 있다. 대속자는 이미 '긍휼의 주님'으로서 기념되었다. 겸손과 복종, 자애와 연민을 최고의 미덕으로 간주했다. 지극히 '여성적'인 미덕이다. 그러나 오직 남성적 미덕이 미래의 새 세상을 맞게 될 듯하다.

우리는 연민 대신에 타인을 행복하게 해주어야 한다는 매우 운명적인 미신을 택했다. 애착을 영성의 표시로 보았다. 변화보다는 생활에 복종하는 것이 인격 향상에 더 좋다면서 이타주의를 중시할 정도가 되었다. 감정이 부족해서가 아니라 오히려 지나치게 감정에 의존했다. 우리가 자신이 경험한 것과 자기 자신을 다르게 보기 때문이다. 우리가 그런 도움을 받지 못해 견뎌야 할 고통이 아무리 크든 말든 현재에 만족하지 않고 자신을 뛰어넘도록 도와주는 것, 여성적이고 보수적인 형식에 맞서는 남성적이고 생산적인 형식을 더는 중시하지 않기 때문이다. 신지학은 여성적 이상형을 극단까지 밀어붙인다. 그러나 남성적 이상과 여성적 이상은 동시에 엮이지 않는다. 서양의 역사는 이제 곧 2,000년대를 맞는다. 그 오랜 세월 동안 서양 사람들은 여성적 이상형을 존중했다고 공공연히 밝혀왔다. 좋은 일이다. 이런 규방교육으로 인류 절반이 교양을 갖추게 되었다. 유럽에서 동정녀 숭배가 중세에 크게 퍼졌다. 다양한 기독교의 모습으로, 때로는 놀라운 시학으로 동정녀는 신성한 노래 속에 녹아들었다. 왜 동정녀를 그토록 숭배했을까. 모성애 때문이 아니다. 영원한 여성상을 동정녀로 인격화해서도 아니다. 마치 여왕이나 여군주 또는 귀부인처럼 거칠고 상스러운 것을 그냥 봐주지 않고 미풍양속을 해치는 어떤 무례도 용서하지 않으려고 했기 때문이다.

13세기에는 지나치게 이상적 여성형만 생각했다. 그 시대의 사상만 알지, 실상은 모르는 사람들은 그 시대를 여성적이라고 단정할 만도 했다. 당시 유럽 사람들은 자신을 고상하다고 자부하기에 가장 적합한 세계관을 품었다. 요즘에야 그 진정한 성격을 확인하고 있다. 아킬레우스의 성격 비슷하다. 오디세우스가 찾아갔을 때 여자들에 둘러싸여 노닥거리던 아킬레우스다. 만약 요즘 서양에서 여성적 사상가들이 계속 나오고 있다고 한다면 거짓말이다. 지금 서양 사람들은 더욱 남성적 의식으로 움직이고 있지만 그 움직임은 한층 빠르게 완성될 모양이다.

이렇게 신지학의 계획에 비추어볼 때, 서양의 본질과 그 사람들의 운명이 무엇을 뜻하는지 그 어느 때보다 더 분명하다. 서양식 남성주의가 완전히 우세해졌기 때문이다. 그렇게 진보하고 있으니까 더욱더 세계의 주인이 될 것이다. 그 과정에서 전통과 진보 정신이 경쟁하지만 결국 진보 정신이 이기지 않을까. 진보의 원리는 우연한 것들을 능가하고 있기 때문이다.

역사의 주도권을 쥔 개신교 정신이 태어났을 때 원칙상으로 가톨릭 정신은 패배했다. 이때부터 좋은 것이든 나쁜 것이든 개신교 정신이 미래의 방향타를 잡았다. 그러나 그것으로 운명에 맞서지 못했다. 개신교의 모순은 조금도 달라지지 않았다. 아무튼, 자율권을 내세운 힘으로 장애를 돌파했다. 그 위력이 꺾이지 않았다면 가톨릭의 이상을 벌써 고사시켰던 것처럼 (모든 것을 아는 스승들을 따르는) 신지학의 이상도 걷어치웠을 힘이다. (모든 가톨릭 국가에서 대부분의 정치 지도자는 특이하게도 열렬한 반교부주의자들이다.)

서양 사람들은 이런 힘을 전하고 있다. 서양 사람들이 철저히 '인간적 존재'가 되고 싶어한다는 뜻은 사실은 '남성'이기를 바란다는 뜻이다. 그래서 서양에서 여성적 감상주의를 추종하는 현대의 사제들은 (그들 자신이 여성이 아닌 경우) 빈곤하다는 인상을 준다. 달리 해결책도 없다.

그들은 여성 심리를 갖고 있는 한 뒤떨어진다. 서양에서 최근에 창조한 것들 모두 남성 정신의 인증을 받았다. 오직 그 정신으로 가치 있는 일을 해나갈 것이다.

현대사의 운동을 지지하는 정신력은 확실히 남성적이다. 그에 비해 신지학은 여성적이다. 여기에 문제의 핵심이 있다. 다시 말해, 동양의 지혜로서 할 수 있는 것과 할 수 없는 것이 있다. 신지학이 서양에서 역사적 역할을 했다고 생각한다면 큰 오산이다. 거기에는 어떤 동기도 없다. 신지학은 운명의 위력 앞에서 인간은 순응해야 현명하다고 설교했다. 그런데 일단 인류가 스스로 움직이겠다는 결단을 내리자 예상과 기대 같은 것은 사라졌다. 서양에서 더욱 남성적 정력이 드러났다. 갈수록 많은 것을 제쳐버리기 쉬워졌다. 언제나 당당하던 책임감과 예정설에 따른 관념은 갈수록 희미해지고 있다.

신지학은 새로운 성장을 인정하지 않는다. 신지학에서 미래란 영원히 예정되어 있다. 새로운 인과관계마다 고대의 '카르마'처럼 업보에 따른 조건이 있다. 모든 것이 이미 정해진 계획대로 벌어진다. 그런데 서양 사람들은 더욱더 어떤 계획도 창조 의지와 무관하다는 원리를 따른다. 각자의 자유로운 행위는 완전히 새로운 창조 활동이다. 절대적 자아의 관점으로 볼 때 이 두 가지 개념에 모순은 없다. 절대성 속에서 만사가 다른 관계를 나타내기도 하고 같은 것을 의미하기도 한다. 하지만 그런 개념들은 우리가 생각하는 것보다 더 근본적인 차이가 있다. 사람들마다 방종으로 하느님의 섭리마저 물리치다시피 했다.

신화는 종종 과학보다 현실을 진솔하게 표현한다. 이와 마찬가지로,

하느님은 책임질 사람이 아무도 없어서 마지못한 때가 아니라면 절대로 개인의 일을 간섭하지 않을지도 모른다. 서구가 책임을 떠맡고 기뻐하는 지금, 하느님은 완전히 그런 일에서 손을 뗴었다. 이제 인간이 마치 신처럼 행동하고 신과 같은 권리를 쥐고 있는 상황에서 인간이 잡은 자리가 뒤집힐 것 같지는 않다. 그러다 보니 인간이 주인이 된 곳에서 의지하고 싶은 마음에서 나온 이상형은 중요성이 떨어지고 무기력해졌다. 주권자는 평화와 편애, 위로와 연민 아무것도 바라지 않는다. 그 자신이 결정하기 때문이다. 만약 그가 죽는다면 자기 죄를 자인하고 조용히 자랑스럽게 결과를 견딜만 하다. 바로 남자다운 처신이다. 여자는 기다리고 참고 바라고 따른다. 결국, 여자에게 동정과 편애와 평화가 필요하다. 이렇게 하면서 여자는 무엇보다 운명을 믿는다. 곧장 믿는다. 그러나 진정한 남자는 하느님도 악마도 아랑곳하지 않는다. 자신의 주도권으로 그들의 힘을 뛰어넘기 때문이다. 그런데 주도권을 잡는 자가 있으면 못 잡는 자가 있기 마련이다. 못 잡는 자는 불가분 뒷전으로 물러난다. 그래서 남성 정신이 깨어난 뒤부터 어떤 여성적 종교 형식도 역사를 움직이지 못했다. 그러자 동양에 비해 서양에서는 우수한 효율성이 나왔다. 서양 사람들은 자기 길을 가지 못해 안달했다. 나날이 자기 본성을 더욱 의식하며 항상 더 과감하게 정력을 과시했다. 서양에서 감히 해묵은 이상적인 여성상을 부인하게 될 때까지 오랜 시간이 걸렸다. 그러나 시간으로 보나 공간으로 보나 금세 자신들을 사실상 전형으로 만들었다. 그 속에서 완전히 진지하게 자신을 찾았다. 그러면서 진지하게 이상을 추구했다. 동정녀 마리아와 기사들의 사랑을 예찬하던 시대였다. 그러나 이런 형식은 생기를 잃었다. 그것은 수 세기 동안 번번이 사건과 무용담에 대해서 그러했듯 내면적으로도 분명 모순된 확신을 따랐다. 그러나 여전히 중요하다고 믿지 않을 서양 사람은 없다. 연민과 사랑을 숭고하게 보려 하지 않거나, 겸양보다 단호한 행동이 값지다면서 눈물의 골짜기에서 벗어나야 한다고 할 서양 사람이 누가 있을까. 아무튼, 서구는 점점 더 극심한 위기를 겪을수록 진정한 사명을 의식할 것이다. 프리드리히 니체는 가장 심각한 위기라고 보았다. 장차 일사천리로 발전하려는 마지막 진통일 수도 있다.

모든 것이 확실해보인다. 매번 우리 시대의 소요를 볼 때마다 아직도 사람들이 얼마나 자기 존재를 이해하지 못하고 그 진정한 의지를 헤아리지 못하는지 놀라게 된다. 사람들은 새로운 믿음과 신앙을 모색한다. 갈증을 느끼는 곳 어디에서든 새로운 이상을 갈구한다. 진실은 "그들 자신뿐이다." 그들은 개별적으로 움직이면서 가능한 이상적 자리를 잡았고, 밖으로 과시하는 시대는 지났으며, 굴절된 초점들이 서로 뒤섞이면서 한 동아리의 중심을 이루려고 한다. 신앙과 존재는 하나가 되며, 이제 자아의 자율성을 완전히 진지하게 간주한다. 가령, 우리가 무의식적으로 자신을 결정하지 못한다고 할 때, 우리가 우리 밖에서 이상을 찾더라도 헛되지 않을 것이다. 그러는 동안, 우리는 헤겔이라면 "불운한 의식" 상태라고 했을 모양으로 살 것이다. 그러나 만약 우리가 모든 노력을 기울여 진지하게 결정하고 책임질 용기를 내려 한다면, 조만간 그런 불행한 상태는 "더 행복한" 상태로 나아질지 모른다. 그렇게만 된다면, 우리는 니체처럼 과거의 이상을 부인하지 않아도 되지 않을까? 그러면 우리는 오히려 괜찮다고 생각했던 과거보다 더 유능해질 것이다. 남자에게도 여자의 동정심과 사랑과 연민에 맞먹는 것들이 있다. 그래서 우리의 문화가 남자다운 것을 의식적으로 밀어붙이면서 고통을 겪을까 걱정하지 않아도 된다.

아무튼, 역사가 가는 길에 영향을 줄 만한 사람들이 역사를 만들지만 사실 이들은 몇 안 된다. 시대 풍조가 점점 더 남성화하고 있어 여성다운 성격은 없어지고 말 것이라 생각하면 잘못이다. 동양 종교들은 엄청난 매력을 과시하면서 그 분명한 증거를 보여준다. 남녀 가리지 않고 많은 사람이 거기에 끌렸다. 그러나 그 대부분이 같은 여자로서 서로 이해하는 여자에게 끌리는 여자처럼 그렇게 하고 있다. 시대가 더더욱 남성적일수록 여성적 요소도 본능적으로 더 깨어나게 되지 않을까? 그렇다면 좋은 일이다. 여성다움의 의미도 그만큼 깊어질 테니까. 여성다움은 지성에 훨씬 유리하다. 여성다움은 영혼을 지닌 것들 속에 깊이 뿌리내리고 있다. 진정 그렇다. 여성적 인간성이 최후의 날까지 가장 훌륭하게 이해를 수행할 것이다. 이해하려는 우리의 노력은 우리가 아는 것에서만 나타나지 않는다. 우리가 모르는 것에서도 나타난다. 과학은 이미 지식으로 밝혀진 곳에서 성장하지 않는다. 우리는 행동하는 인간이라는 맹목성이 무엇인지 밝히야 한다. 그러려고 그 모든 것에도 불구하고, 신지학의 정신이 항상 서양의 폭넓은 환경 속으로 침투하는 점을 축하해야 한다. 그 정신은 인식을 무한히 활용한다. 신지학에 존재론의 교리처럼 소개한 인도의 가르침은 신지학자들이 잘못 해석하기는 했지만 남녀의 양극성을 넘어선다. 그 지혜가 지금까지 본질을 깊이 인식했다는 점을 어떻게 부정할까. 그 본질 인식이 무엇인지 서구에서 점점 더 이해하게 될 것이다. 물론 그 고유의 길로 더 나아가야 그렇게 될 수 있다.

내가 힌두교 교리에서 여성적이라고 한 것은 그 지혜 자체가 그렇다는 뜻은 아니다. 힌두교도와 신지학자가 실생활을 위해 끌어낸 결과물이다. 남자들은 그 결과를 인식하지 못할 수도 있고 그것을 실행할 필요가 없을지도 모른다. 그 결과물은 불가분하지도 불가피하지도 않다. 하지만 여자들은 그것을 수용할 수 있다. 여성적 이상이 우리들 사이에서 우위를 되찾을 일이나 위험은 거의 없을 테니까.

남자 그리고 여자. 지금이야말로 그 관계가 무엇인지 이야기하기 좋다. 대립으로 보면 곤란하다. 그렇게 되면 진실도 연기처럼 사라지게 된다. 어떤 사상이든 일정한 거리와 시간을 두고 볼 때나 진리로 보이지 않을까?

성의 양극성은 절대적인 것처럼 보이기도 하겠지만, 그것을 가까이 들여다볼수록 그 양극이라는 대립은 의미도 사실도 이치에 맞지 않는다. 마치 엠페도클레스부터 셸링에 이르기까지 그랬고 그것을 따르는 사람들이 그랬듯이. 그렇게 남자다움과 대립해보는 여자다움의 본질은 무엇일까? 여자답다는 개념은 남자다움이 먼저 있고 그다음에 나올 수 있다는 말일까? 그렇다고 해도 모든 여성 예술가와 여성 사상가, (자극이 필요해보이는) 철학자들, 또 남자보다 더 남자다운 여자들, 천재적 여성 활동가들은 다 어떻게 된 것일까? 이런 여성들이 일상에서 하는 일조차 항상 어떤 기존 관념에서 나온다. 그렇게 어떤 생각을 구체화하더라도 그것이 어떤 생각의 수용이 아니라 창조라고 한다면 필경 누군가 반박할 것이다. 우선 그런 경우는 무척 드물다. 역사적 과업은 대부분 기존의 경향을 해결한 것일 뿐이기 때문이다. 그러나 사고가 정말로 그들만의 고유한 것이었다고 해도, 그 산출의 문제는 아니다. 단성생식(처녀생식)의 문제다. 남성의 씨는 그런 식으로 성장하지 않기 때문이다.

하느님은 어쨌든 순수하게 남성이라고 볼 수 있다. 하느님이 사전 계획에 따라 창조하지 않는다는 의미에서 그렇다. 그렇지만 하느님은 성적 대립을 넘어서 있다. 가령, 하느님이 무슨 일을 하는지 이해하려 하거나 하느님을 무조건 여성이라 가정한다면, 어머니 젖가슴이 특징인 모든 성징 같은 이전의 존재를 생각해야 하지 않을까?

이렇게 성의 양극성이 아니라 형식적 틀의 문제가 있다. 창조 과정은 그 틀 안에 있다. 우리는 남성을 변주의 원리로 여성을 보존 원리로 부른다. 우리가 남성이라 부르는 것은 자극하는 것이고 여성이라 부르는 것은 만드는 것이다. 남성은 행하고 여성은 받아들이고 이해한다. 남자는 현상을 대표하지만 여자는 바탕의 화신이다. 이런 양극은 다양하게 드러난다. 개인마다 뒤섞여 드러난다. 인간은 누구나 남자다움과 여자다움의 종합체다. 여건에 따라 그때마다 남자나 또는 여자로서의 모습을 보인다. 사실 그렇다. 사람에게서 이런 일은 극피동물과 너무 다르다. 물벼룩 같은 놈은 남성 원리를 화합물로 대신하기도 하고 필요할 때마다 성을 바꾸기도 한다. 이런 변신 능력에서 인간이면 누구나 심리의 견제를 받는다. 아무튼, 그만큼 더 분명하게 나타난다. 예술가로서, 조각가로서, 이해심 많은 존재로서 여자야말로 가장 정력적 인간이다. 이렇게 세계사에서도 여전히 이런 원리가 완전히 우세해보인다. 어쨌든 우리가 생각하는 것처럼 별도의 극단적인 문제는 아니다. 그토록 남성화했을 우리의 문화 한복판에서조차 영원한 여성의 목소리가 계속 들릴 테니까.

엘로라

남인도 평원의 습하고 답답한 분위기에서 맑은 고원으로 나올 때 푸근하지 않았지만 이상하게 놀라웠다. 엘로라[94]의 바위산 신전을 보니 어릴 적 기억이 새로웠다. 다시금 생명이 무얼까 궁금해져 지질학자처럼 죽은 돌을 들여다보았다.

돌이 정말 말이 많다. 엘로라의 신성한 동굴 속 모든 것에 혼만 남았다. 오래전부터 마지막 숨결은 죽어버렸다. 찬불 소리도 들리지 않았다. 이따금 경건한 순례자들이 드나든다. 동굴들은 폭우와 작렬하는 햇볕을 피해 들어오는 목동이나 애용한다. 때때로 먼 길을 가는 대상(隊商)이 찾아오거나 주변 이슬람 주민이 양을 내다파는 장이 서기도 한다. 돌 속에 죽은 것이 살아 있다. 신앙심으로 산을 파고 바위산에 대사원을 지었다. 신앙심은 장엄한 바위 속에 영원히 살아남았다. 산을 파고들어 간 창의력 넘치는 작품이다. 기념비처럼 단순한데도 더할 나위 없는 심오함이 살아 있다. 힌두교와 불교, 자이나교[95]라는 3대 종교가 이곳 바위

---

94 Ellora. 옛 이름은 엘라푸라. 마하라슈트라주의 마을. 불교와 힌두교, 자이나교가 뒤섞인 암굴 사원은 유네스코 세계유산이다.

95 자이나교는 불교와 같은 시대에 창시된 종교로 기원전 9세기 무렵부터 성했다. 교조 바르다마나(Vardhamana)는 붓다와 동시대 사람으로 왕족 출신이다. 그는 30세 즈음 출가하여 13년의 고행 정진 끝에 크게 깨달았다. 브라만교와 달리 계급을 초월하여 널리 해탈을 주장했으며 불교와 다른 고행을 강조한다.

▲ 엘로라 바위산 신전, 1928년
▼ 엘로라 바위산 신전의 팔이 8개 붙은 시바 석상. 1868년경

에 각자의 정신을 새겼다.

자이나교는 불교와 가장 친근한 자매 종교다. 브라만교의 창작은 힌두스탄의 대서사시 《마하바라타》의 정신을 실현했다. 신 같은 창의력, 풍요롭고 놀랍기 그지없는 힘으로 표현했다. 신이 자기 작품 속에 지혜와 미추(美醜), 천사와 악마를 불가분한 하나로 결합했던 것이 브라만 미술의 바탕이다. 섬세한 것과 괴상한 것, 상쾌한 것과 역겨운 것, 뜻깊은 것과 무의미한 것, 숭고한 것과 흉측한 것이 나란히 함께한다. 지극히 보편적인 예술이다. 그래서 부족함조차 여유로워 보인다. 관객은 이해하지 못하더라도 이해력을 뛰어넘은 작품이라면서 숭배하는 만큼 믿음직한 모습이다.

바위의 성상 앞에서 불교와 자이나교와 개신교의 종파 정신이 대체 무엇일까? 얼마나 썰렁하고 초라한가! 자이나교의 형상에 원시적 힘이 여전하기는 하다. 왕성한 정신이 소박하게 웅크린 듯하다. 춤추던 시바 신이 금욕에 들어간 모습이다. 소박한데도 화려하다. 단순한 선조차 박력에 넘친다. 어쨌든, 이런 힘도 브라만의 창작에 비할 수 없다. 그렇게 깊은 오지에서 온 세계를 펼친다. 자이나교는 힌두교라는 거목에서 뻗어 나온 풋가지일 뿐이다.

불교를 뭐라고 해야 할까? 카일라스 신전에서 바윗덩어리에 형상을 새긴 대사원을 나와 석가모니 후손의 성소로 쓰이는 텅 빈 동굴로 들어서자니 몸이 떨렸다. 그 혼은 어떻게 되었을까? 조심스레 살펴보았다. 그러고 나서야 나는 겨우 이 세계와 내가 생각하던 세계를 비교해보았다. 비교되는 두 세계도 기본적으로 힌두교라는 같은 뿌리에서 나왔다. 그런데 그 최후의 화신은 지치고 병들었다.

오늘 비로소 알았다. 불교는 왜 세상을 정복하려다가 인도에서 그쳤는지. 내가 불교 이야기를 하면 왜 모든 인도 사람이 무시하는지. 처음으로 고타마 싯다르타 오직 한 분의 위인, 인도의 가장 위대한 자손이 인간으로 숭배받아 마땅했을 텐데 민족을 구원하지 못하고 신통치 않은 사람들만큼도 존경받지 못하는지 알게 되었다. 인도 사람들은 불교 자체는 위대할지라도 붓다의 정신은 기울어가는 것으로 보았다.

부인하기 어려운 일이다. 인도 사람들은 철학적으로 탁월한 민족인데도 사실상 불교 철학을 부정했다. 그 대신 하나로 통합된 이상형을 택했다. 깊이 사색하면서 경험으로 구원받으려고 했다. 결과가 좋을 수 없었다. 자연은 무시와 폭력을 참지 못한다. 자연은 순탄한 길을 가다가 막히게 되면 난폭해진다. [마치 폭풍처럼] 거추장스러운 것을 사납게 물리친다.

힌두교도는 항상 철학하듯 생각하며 살아간다. 반면에 세속을 등지든 자신을 버리든 불교에서 탈속(脫俗)은 모든 허무 경향을 받아들이는 큰 그릇 같았다. 경박한 회의주의자와 엉성한 유물론자 등 인도에 널리 퍼져 점점 더 인도 사회를 안팎에서 흔들던 경향이다.[96]

힌두교도는 모든 것을 똑같은 체로 걸러내지 않는다. 무엇을 받아들이더라도 가장 좋은 것만 골라낸다. 불교는 이런 것을 세속적으로 이용했다. 힌두교도는 정확하다기보다는 상상력이 풍부하다. 그들은 순수하게 경험에 바탕을 둔 철학을 포용할 때에도 힘들여 올라갔던 정신세계

---

96 요제프 달만(Joseph Dahlmann)이 《붓다(Buddha)》(베를린, 1898)에서 자세히 다루었다. 불교의 이와 같은 문제를 누구보다 시원하게 밝혔다.

에서 어렵사리 다시 내려온다. 세속으로 돌아와 신화를 찾는다.

붓다는 번뇌를 인식했다. 고뇌에서 시작해 속죄하는 논리를 다듬었다. 그런데 경험주의자들은 어떻게 보았는지 그 철학의 사색하는 성격을 해쳤다. 고통은 잠깐 나타나는 것이 아니라 실체가 있다고 생각했다.

내가 아는 한, 붓다의 심리학은 가장 정확하다. 그런데 힌두교도는 공상하듯 심리학을 자기네 기질에 맞춰 금세 존재의 형이상학으로 이해했다. 붓다의 가르침은 놀랄 만큼 효과적이었다. 깨달으려고 골치 아프게 추론하지 않고서도 쉽게 따를 수 있었다. 그렇지만 인도에서 그렇게 되었다시피 애당초 괴상한 추론을 내세우며 경박한 정신만 판쳤다. 그렇게 하면서 깊이를 원하던 사람들의 사유와 수련을 망쳤다.

불교는 마치 인도에 고유하던 정신적 거목 옆에 기생하는 해롭고 비정상적인 분파처럼 보였다. 분파에 감염되지 않으면 그나마 다행이었다. 불교를 믿은 왕들이 불교를 막강한 권력으로 끌어올린 수백 년 동안 원시 불교는 인도에서 사라졌다. 그 뒤로 인도에서 불교라고 했던 것은 사실상 불교와 다른 구도(求道)를 따르던 브라만교의 한 분파였다. 묵상과 의례, 깊이와 형식까지 적당히 조합했다. 그러나 브라만교식으로 해석된 불교조차 인도 아대륙에서 살아남지 못했다. 인도의 나머지 모든 곳은 힌두교가 다시 차지했다. 엘로라 암굴 사원의 거대한 기념비는 힌두교만이 진정 완전하며 보편적인 신앙심의 표현이라고 새겼다.

어떤 민족 신앙의 본질이 이렇듯 뚜렷하게 드러난 적은 없다. 종교를 믿는 사람의 본성을 이해하지 못하면 그 종교의 성격도 정확히 알 수 없다. 대부분의 사람들에게 신앙의 영험은 너무나 강하다. 이런 사람들에게 종족이나 민중 정신 같은 그밖의 동기는 별로 중요하지 않다. 그러나 인도의 사례는 이런 생각이 잘못이라는 점을 훌륭하게 증명한다.

불교는 뛰어난 종교다. 여러 면에서 그렇다. 그러나 인도에서는 유익하지 않았다. 인도 사람들은 불교로써 진보하지 못했다. 인도의 종교 사상이 제아무리 심오해도 거의 사색할 줄 모르는 서양 사람에게 별로 유익하지 않다. 서양 사람들은 기독교에서 자신에게 가장 적합한 사상을 찾았다.

어느 토착 종교나 수입된 종교에서 민중의 성격에 어울리는 장점을 끌어내고 표현 수단을 찾는다. 그 덕에 그 민족이 품고 있던 이상형과 최선이 지성으로 표현된다. 사실 '토착' 종교라기보다 '오래된 고장'의 종교"라고 해야 더 정확할지 모른다. 유구한 것은 원시적이든 더 나중 것이든 훌륭하게 적응한다. 그렇지 못했다면 지금까지 살아남았을 리 없다. 그러나 불교와 기독교의 승리를 예로 들면서 반박할 수도 있다. 불교와 기독교도 민족성과 신앙 체험이 불가분한 관계라는 점을 뚜렷이 입증한다.

기독교는 처음에 유럽 민족과 정신적으로 조금도 공통성이 없었다. 그러나 엄청난 속도로 변하면서 유럽 사람의 혼 속에 둥지를 틀었다. (비공인 시대이던 초기인 약 5세기까지) 이미 중세 초부터 유럽의 기독교에서 오리엔트의 원시적 자취는 거의 사라졌다. 기독교는 계속 새로워졌다. 동 · 서 교회는 기본적으로 민중 정신이 갈라졌기 때문에 분리되었다. 또 마찬가지 원인으로 가톨릭과 개신교 지역도 돌이킬 수 없이 굳어졌다. 개신교는 주로 게르만족 지역에서 융성했다.

불교를 보자. 불교는 인도 사람의 성격에 맞지 않아 인도에서 지속하지 못했다. 그것은 실론과 미얀마와 시암(타이) 등 열대 지역에서만 원초의 형태를 간직했다. 그곳에 문자로 전해진 석가모니의 교리는 무사태평한 주민들의 가장 적합한 생활 방식에 녹아들었다. 더 북쪽의 야만족은 순수한 우상으로 숭배했다. 브라만파의 불교(대승 교리)는 중국을 정복했지만 결코 창조적이지 못했다. 대승 교리는 너무 사색적이라 현실적인 중국인에게 낯설었다. 아무튼, 예술가들은 사실상 대승불교를 매우 중시했다. 그러나 천천히 식었다. 대승불교는 명목상 오늘날 일본에서 군림한다. 그렇지만 어떤 형식으로 군림하던가? 일본에서는 브라만교보다 기독교와 더 비슷하다. 일본 사람들은 이방에서 들어온 교리를 실용 감각에 맞춰 수용했다.

종교의 성격을 판단할 때 민족성을 간추려 말하기 어렵다. 이슬람교도는 교리를 가장 엄수했다. 예외인데 어떻게 가능했을까? 알 수 없다. 예외의 문제가 아닐지 모른다. 페르시아는 주민이 구도 생활을 하는 유일한 이슬람 지역인데 그 원초적 경향이 항상 수피즘[97]과 바하이즘[98]에서 다시 나타난다.

---

97 Soufisme. 이슬람교의 신비주의 분파이다. 수피즘은 교리나 율법이 아니라 현실적 수행으로 신과 하나 되는 것을 최상의 가치로 여긴다. 춤과 노래로 구성된 독자적인 의례가 있다. 수피파라고도 한다.

98 Bahaisme. 바하이즘은 19세기에 이란 출신 미르자 후사인 알리(Mirza Hussain Ali)가 창시한 종교로 그의 가르침을 신의 가르침으로 믿고 따르는 사람을 '바하이'라고 한다. 이들은 모세와 예수, 석가모니와 무함마드를 하느님의 메시지를 전하는 심부름꾼으로 본다. 바하이 신앙은 인류가 상부상조하고 평화와 화합의 문화를 발전시켜야 할 운명 공동체라고 가르친다.

우다이푸르

인도의 과거 왕궁을 안내하기 전에 관례에 따라 집사는 연단에 올라 관중에게 자기 체험담을 전한다. 그 이야기를 들으면서 관중은 상상의 날개를 펼친다. 관중은 상상한 이미지를 틀로 삼아 현실을 바라본다. 우다이푸르[99]는 액자에 담긴 이미지로 다가왔다. 그 현실은 이미지 같다. 우다이푸르는 너무나 믿기 어려울 만큼 아름답다. 꿈에서 보는 이미지 같다. 아름다운 왕궁에 취해 바라보고 있다는 사실조차 잊었다.

왕궁은 시내의 배경이다. 신처럼 위엄에 넘치고 장려(壯麗)하게 높이 솟아 있다. 언덕배기에 들어선 시내에서 사람들은 분주하다. 멋지게 말을 탄 사람들이 지나다니고 꽃미남 청년들은 무기 가게를 기웃거린다. 코끼리가 지나가며 남기는 거대한 그림자가 눈부신 인파 위로 스친다. 후덥지근한 정오 무렵, 화사한 꽃밭에 덮인 공원에서 대리석 분수들이 시원한 물줄기를 멀리까지 뿌리면 환상적인 새들이 회오리처럼 날아오른다. 정말 보석처럼 아름답다.

시내 전경이 거울처럼 한눈에 비치는 호수에 따오기와 두루미가 사람들과 어울려 논다. 호숫가에서 사슴과 가젤이 정답게 무리 지어 돌아

---

99 Udaipur. 라자스탄주의 호변 도시로 키플링의 소설《정글 북》주인공의 고향이다. 명장 프리츠 랑의 〈벵갈의 호랑이(Der Tiger von Eschnapur)〉와 007 시리즈의 〈옥터퍼시(Octopussy)〉 같은 영화의 배경이 된 곳이다.

우다이푸르 야그만디르 왕궁, 1910년

다닌다. 섬들에 은밀한 재미로 초대하는 가판대들이 즐비하다. 노 젓는 쪽배들은 노래와 첼발로 소리를 들려주면서 물살을 가르며 미끄러진다. 저녁에 궁전에 가보면 해는 대리석을 물들이며 기울고, 호수는 자줏빛에서 보랏빛으로, 보랏빛에서 뿌연 빛으로 변하고 작은 종들이 휴식을 알린다.

이곳에서 나는 그저 한가하게 즐기고 사랑하며 행복할 수 있을 것 같았다. 멍텅구리가 아닌 한 어떻게 그러지 않을 수 있을까? 인도 전설에 나오는 "사랑의 궁전"이 이런 분위기가 아니었을까? 지금까지 나는 사랑에 넘치는 궁전생활을 상상도 못 했다. 중세 노래에나 나오는 것 같지 않았을까? 너무나 비현실적인 사랑이다. 나른한 심란함과 노곤한 화려함, 반드시 찾아올 터인데도 초조해하며 기다리는 사랑이다. 믿어지지 않는 '비현실'이 현실이었다. 세련될 대로 세련된 이곳의 문화는 자연의 경계를 뛰어넘는다. 서구에서는 사랑이 진정한 예술인 줄 절대 몰랐다. '사랑의 기술'이라고나 했으니 어떻게 예술이라고 할까. 단순한 사교술이다. 사랑의 궁전에서 필요 없던 사교술이다. 사람들은 단박에 자신이 원하는 것을 가졌다. (목적은 이루어지는 법이다.) 만날 사람을 만나고 싶어 그리워하는 마음만 있으면 된다. 지극히 세련된 애정 문화의 중심지에서 아름다움 자체가 목적이었다. 사랑은 시와 음악처럼 진정한 예술로 승화했다. 극적인 사랑은 상상의 나라에서 나온다. 사람들은 모든 우화와 행위를 상상으로 끌어내려고 했다. 고통과 장애, 고뇌와 열망도 나란히 끌어내었다. 사실적 근거가 필요 없는 것들이기 때문이다. 이곳 사람들은 류트를 즉흥으로 뜯는 악사처럼 감정을 깨우고 펼쳤다. 감탄할 시대에 살던 사람들은 세련되고 깊은 감각으로 이런 기적을 이루었다.

그 문화는 오래전으로 거슬러 올라간다. 어스름한 집들과 정자, 옛날에 극장이던 높은 정원을 거닐다 보니 불쑥 쓰라린 심정이 북받쳤다. 그래, 우리 사회의 오락은 얼마나 예술성이 없나! 배경에 관능이 깔려 있기는 하다. 그렇지만 관능성은 그냥 백지 같아야 하지 않을까. 그 위에서 상상과 취미를 한바탕 펼치도록. 그런데 요즘에 그런 그림이 있어도 형편없이 낡아빠졌다. 유럽에서 관능성은 절대로 신통치 않았다. 유럽에서 남자가 여자 손에서 크거나 교육받은 일은 극히 드물었다. 세련된 육체적 사랑은 발전하지 못했다. 그러다 보니 여자는 남자의 간절한 요구를 어쩌다 뜸하게만 들어주었다. 사랑의 진보는 없었다. 게르만 남자는 보통 애정 문제에서 결혼 아니면 방탕밖에 모른다. 그런데 결혼과 금기라는 문화조차 서로에게 좋지 않았다. 둘 다 방기와 무관심을 조장했다. 만약 남자가 절대로 누그러질 줄 모르는 애욕의 긴장을 풀고 달콤하고 고상한 사랑을 하고 싶다면 해결책이 없지 않다. 그렇지만 실제로 마땅치 않은 방식이다. 배우자에게서나 매춘부에게서 진정한 해결책을 찾지 못한다.

동양에서 지금까지 또 고대 서양에서 그런 조건에 맞는 여성은 매춘부뿐이었다. 매춘부들은 르네상스 때부터 별도의 계층으로 떨어져 나갔다. 그러다가 18세기부터 사교계 귀부인이라는 이상적 인물과 하나가 되었다. 고대의 매춘부와 근대의 귀부인은 사실상 본질과 정신에서 똑같다. 다만 귀부인이 더 보편적이니까 매춘부보다 우위에 있을 뿐이다. 남자는 그런 여자들에게 얼마나 번번이 신세를 질까! 얼마나 세련된 손으로 남자를 가르쳐주었나! 게르만에 비해 교양 있는 라틴 세계만의 (감성과 지성에 못지않게 육체적으로) 뛰어난 매력은 라틴 사람이 게르만 사람과 다르게 애정 교육을 자주 받은 덕분이다. 어느 시대 어느 나라에서나 청교도처럼 사람의 정욕을 금기시하는 것은 신성모독이자 무지몽매한 짓이다. 정욕은 인간 본성의 축이 아닌가. 그것으로 인간이라는 나약한 실도 떨리고 때로는 가장 깊은 소리를 울리는 법이다.

어쨌든 여자는 자기 일을 알아야 한다. 여자는 정욕을 자수의 바탕천처럼 다룰 줄 알아야 한다. 거기에서 사방으로 그윽한 그림을 짜내야 한다. 여자는 남자에게 수를 놓게 하고 더욱더 세련되고 미묘하게 항상 새 무늬를 그려내게 해야 한다. 남자의 재능이 쓸 만하다면, 여자는 남자라는 예술가와 잘 사귀어야 한다. 아름다움을 동경하도록 남자의 거칠고 급한 욕구를 다스려야 한다. 바로 라틴 문화의 황금기에 여자들이 멋지게 보여준 솜씨였다. 그 문화의 존재 가치는 여기에 있다. 그런데 지금 그토록 섬세한 감각은 거의 사라졌다. 프랑스에서조차 사라졌다. 정욕은 끊임없이 강조되고 과장되었다. 여자들의 모임에서 남자들은 점잖고 재치 있기는커녕 거칠 뿐이다. 남자들은 이렇게 될 수밖에 없었다. 여자들도 마찬가지로 남자와 함께 실을 꿰며 즐기는 재미를 모른다. 아름다운 양탄자를 짜는 대신 아무것도 없는 텅 빈 바탕천이나 좋아했다. 중세의 인도와 얼마나 다른가!

이곳에서 막연한 충동은 결점이다. 좋아하는 여자를 찾아 품는다. 이곳의 환경이 결혼 생활보다 정욕을 부추기는 데 더 유리하지도 않다. 그러나 어디에서나 남편들은 무심하기보다 상상력이 우세하듯, 이 시대에 훌륭한 남자들은 그들 나름대로 수완이 좋은 만큼 애정의 불꽃은 외부의 도움 없이도 이탈리아와 프랑스의 전성기 때보다 더 할 만큼 엄청나다. 내가 귀부인과 창녀를 동격으로 본다고 치를 떠는 사람이 있지 않을까? 어쨌든 내가 현실을 바꿀 수는 없다. 사실, 서방을 여럿 갖고 싶어 하는 여자는 풍부한 감정과 깊은 연민과 너무 도도하지 않은 성격으로 군주이자 여신이자 무당 노릇을 할 수 있다. 현모양처의 미덕은 여자의 넓고 큰 영향력을 억제한다. 현모양처는 그렇게 살면서 여자로서 뛰어난 장점이 없다는 점이나 증명한다. 결국, '도덕성'이란 이상을 찾는 인간성의 공통분모에 불과하다. 다른 것으로 대신할 수 없는 절대 가치는 도덕률을 위반해야 실현된다.

오늘, 아스파시아[100]에 가깝던 보기 드문 귀부인이 내게 자신을 부정

---

100 Aspasia. 기원전 470~400년경. 소아시아 출신의 정치가이자 장군인 페리클레스의 친구였던 유

하다고 생각하는지 물었다. 나는 그렇지 않다고 했다. 부인은 정조를 문제 삼지 않기 때문이다. 그녀는 주요 인사들 한복판에서 시선을 독차지하려고 자신을 어느 정도 희생했다. 만약 그 부인이 자신의 뛰어난 힘을 신중한 처신 때문에 접어두었다면 되레 그것이 심각한 죄가 아닐까? 결국, 인간의 이상을 향한 열망에는 어떤 공통점도 없다. 열망은 완벽해지려는 욕구에서 비롯한다. 그렇지 않다면 열망이 사실 무슨 의미가 있을까? 어쨌든 완성에 이르는 많은 형식이 있는 줄 누가 알까? 그 다양한 결합이 새로운 문제제기 방식인 줄 알기나 할까? 사실, 어떤 완성에나 대가가 따른다. 하나 또는 여럿을 희생해야 한다. 만약 석공 같은 소시민이 무시받고 발길에 차이며 고생하지 않았다면, 그리스의 놀라운 예술 작품이 나올 수 있었을까? 귀족 사회에서만 번창했던 고급문화는 그렇게 고급이라서 절대적이다. 미의 완성은 도덕과 다른 차원에 있었다. 도덕과 맞서는 차원이다. 민주주의는 이런 문화를 적대시한다. 보편적 사랑은 남자다운 장점을 배제한다.

도덕의 이상은 보통 다른 어떤 이상보다 중시된다. 자주 확인되는 사실이다. 이런 단순한 가설에서도 모든 것을 포용하는 이상이란 생각하기 어렵다. 인간 속에 있는 어떤 것이든 완성의 지향은 도덕에 비추어 좋아 보인다. 가벼운 선행을 할 때 널리 관행이 된 이웃 돕기의 경우 개인 자신의 정신은 빈곤해진다. 계속해 타인에 몰두하기 때문이다. 자신을 심화할 기회가 없다. 그래서 심오한 사람은 인류애라는 개념에 만

명한 매춘부다. 유식해서 많은 학자들과 사귀었다. 소크라테스가 그녀의 집에 찾아가 그녀와 노닥거리는 제자를 끌어내는 장면을 그린 그림도 여러 점 있다. 그러나 그녀가 매춘부가 아니라 페리클레스의 아내였다는 등 그녀의 실체에 대한 논란은 분분하다.

족하지 못한다. 아무튼, 높은 이상은 그렇게 많지도 않고 선을 희생해야 실현된다. 수도사는 너무나 중요한 윤리인 자기 가족 본능을 죽여야 한다. 어디 그뿐인가. 우정과 세속의 성공에도 무심해야 한다.

수도원 생활이 별 효력이 없다면서 세속에서 수행하는 개신교 금욕주의로는 내면의 자유 같은 신앙의 지상 목표를 절대로 얻지 못한다. 모든 좋은 것을 완벽하게 표현해낼 궁극적 형식은 사람이 만들어내지 못한다. 모든 이상을 한꺼번에 품으려고 한다면 더더욱 불가능하다. 어떤 이상은 또 다른 이상을 희생시켜야 살아남는다. 생물의 신체 기관에서 보다시피 귀한 동물과 흔해 빠진 동물이 있는 것처럼 천박한 이상형들이 있다. 그러나 그 이상형들을 묶는 수수께끼 같은 관계는 어느 한쪽을 제거해야 가능하다. 만약 가치가 떨어지는 것을 붙들고 끙끙댄다면, 더 높은 가치를 띤 것의 밑바닥이나 파헤친다. 하지만 "가치가 떨어지는 것"이라는 상대적인 의미일 뿐이다. 가치가 덜한 것에도 항상 더 높은 것에 없는 긍정적인 면이 있다.

에로티시즘, 정욕(情慾)이나 애욕(愛慾) 같은 사랑의 욕망도 마찬가지다. 정욕이 반드시 고상한 본능만은 아닐 테지만 우리 인간에게서 그 최고의 실현은 다른 것과 비교할 수 없이 값지다. 그것이 실현되면 세상이 공허할 만큼 아름다울 테지만 그뿐만 아니라 더 높은 다른 실현과도 긴밀해진다. 정욕의 실현과 절대 불가분한 실현이다. 예술이 성장하고 번창하는 것은 정욕이 밑받침될 때뿐이다. 청교도 정신은 가톨릭 정신보다 거칠다. 미덕을 내세우는 위선자들은 항상 불구자들이다. 정욕이 메마른 인간은 종교적 깊이가 없다. 나는 있는 그대로의 사실을 확인한다. 사실과 다른 이유로 멀쩡한 사실을 덮어두고 싶지 않다. 삼라만상의 본성을 근거 없이 굳이 감추려 드는 것은 교양이 부족한 탓이다. 그런 사실에 긍정적인 면이 있다고 강조하는 편이 더 유익하다. 모든 것은 선을 목표로 삼는다. 따라서 각각의 것에서 선의를 파악하는 것은 처세술이자 기본 생존법이다. 사물을 전체로서 파악하는 것이야말로 인간 지혜의 궁극적 목표다.

치토르

치토르[101]는 라자스탄주의 메와르[102]에서 중요한 전략 요충지다. 치토르에서 영국 사람이 들어올 때까지 어느 해도 피를 흘리지 않은 때가 거의 없었다. 치토르 요새에 라지푸트[103] 일족의 자랑스러운 기억이 남아 있다. 이 세상 어느 곳보다 이곳처럼 무사(武士) 정신으로 죽음 앞에 의연한 용맹을 보여준 무대는 없었으리라.

여기에 바그 싱 대장의 묘가 있다. 그는 이슬람 침략군에 맞서 싸웠다. 아름다운 파드미니 왕비의 묘도 있다. 왕비는 이슬람 군대가 요새로 쳐들어오는 위기에서 절망하고 라지푸트의 모든 여자와 함께 불 속으로 뛰어들어 산화했다. 군주 빔 싱은 장벽에서 모든 부하와 함께 자결했다. 이곳에서 젊은 자이말 라토르[104]가 아크바르[105]의 군대에 맞서 싸웠다.

---

101 Chittor. 치토가르(Chittorgarh), 치타우르가르(Chittaurgarh) 등 표기가 여럿이다. 오늘날, 라자스탄주의 치토가르군의 군청 소재지다. 매우 중요한 전략 요새 도시로 인도 최대의 성곽이 둘러싸고 있다. 14세기부터 16세기까지 이슬람의 침공을 세 차례 받았다.

102 Mewar. 라자스탄주의 남부 지방으로 치토가트와 우다이푸르 등과 인접해 있다. 대영제국이 인도를 식민 통치할 때 인도 왕실이 이곳에 살았다.

103 Rajput. '왕손'이라는 뜻으로 인도 남부를 제외한 인도 전 지역과 파키스탄 일부 지방의 전통적 패권을 차지했던 가문이다. 6세기부터 12세기까지 번창했다. 라자스탄 지방에서도 현재까지 지배 세력이다.

104 Jaimal Rathore. 1567~1568. 아크바르군의 3개월에 걸친 치토르 요새 공략에 맞서 싸웠으나, 결국 함락되고 말았다. 당시 요새 수비 사령관직을 맡았던 자이말의 나이는 16살로, 당시 국왕 우다이 싱 2세는 요새를 포기하고 도피했다.

105 Muhammad Akbar(Akbar the Great). 1542~1605. 16세기 인도의 중부와 북부를 지배한 무굴제국의 제3대 황제다. 개방적인 현군으로 그의 시대는 종교와 예술이 번창한 전성기였다.

치토르의 승리 탑, 1927년

이렇게 인도에서 인도의 역사에 젖을 수 있다니 너무 어색하고 이상하다. 지금까지 내가 만난 인도 사람들은 역사를 거의 무시했다. 그들의 삶은 신화처럼 흘러간다. 영혼의 이동을 믿는 사람들이라 그렇게 옮겨 다니므로 한 번뿐인 사건의 비장함에 무심하다. 그래서 역사적 사실조차 무의미해진다. 나는 그렇게 못한다. 역사를 있는 그대로 진지하게 볼 수밖에 없다. 그런데 치토르 요새에서 역사는 비역사적으로 표현되었다. 그래도 깊은 감명을 주니 기분이 묘했다. 우주의 운행을 배경으로 흘러가는 관념의 세계에 사는 신상들이 '실제' 사건을 함축하고 있는지 아닌지가 중요하지 않았을까. 신들은 지상의 현실 가운데 완벽한 경지에 다다른 관념에나 관심을 둔다. 신들은 그렇게 옛날부터 코라바스와 판다바스의 후손들이 벌인 큰 전쟁들을 주목했다. 이런 점에서 치토르 요새가 흥미진진하다. 어떤 관념이 이토록 뛰어나게 현실이 된 곳은 없다. 인도에서 무사 또는 기사의 위대한 시대는 끝났다고 한다. 그럴 수 있다. 하지만 그 정신은 아직 살아 있다. 라지푸트 후손들을 보면서 이렇게 중얼댈 수밖에 없다.

"필경 어느 날인가 이들이 의기를 다시 펼 날이 오겠지."

라지푸트는 11세기 서양 사람들과 똑같은 정신으로 살고 있다. 누구나 원탁의 기사를 노래하던 시절이다. 그들은 머리끝부터 발끝까지 철저히 기사들이다. 의협심 넘치는 방랑 기사들이다. 허세도 두려움도 불평도 없다. 훌륭한 종마도 변변히 남지 않은 지금, 고상하고 순수하게 살아남은 종족이다.

실제로 벌어졌던 일이 모두 역사에 기록되지는 않는다. 역사의 기록은 비중 있는 사건들과 관련된 것뿐이다. 역사는 후대로 이어질 때마다 두드러지는 것들이 덧붙여지면서 허구가 된다. 현실에서도 여러 시대가 공존하고 혼재한다. 어떤 개별 시대상도 한꺼번에 싹 사라지지 않는다. 화려하던 무대에서 퇴장할 뿐이다. 역사 또한 이미 오래전부터 운명에 개입하지 못하면서도 여전히 살아 있다. 그렇게 18세기가 여전히 살아 있는 지역이 있다. 종교개혁 정신이 지배하는 지방들이다. 물론, 바빌론이나 수메르, 페니키아 사람들의 전통도 여전하다. 찾아보기가 쉽지 않을 뿐이다.

세상은 유령들로 덮여 있다. 유령들은 철저히 무시받는 곳일수록 그악한 소리를 낸다. 그래서 현대인의 내면이 어수선하다. 역사를 돌아보며 생각하기 때문이다. 그래서 불만이 많고 자기 시대에 적대적일까? 요즘 사람들은 자기 시대가 아닌 다른 시대 사람이 되고 싶어 한다. 어떻게든 지식의 틀에 자기를 짜맞추려 한다. 거기에서 자기 역사를 찾겠다는 미신에 빠져 있다. 그래서 자기 시대와 걸맞지 않은 저 자신을 애써 외면하려 든다. 쫓겨난 유령들이 소동을 부린다고 놀라울까? 이런 아우성에 홀려 정신 나간 사람이 한둘이 아니다. 그런데 라지푸트의 전성기는 오래전에 끝났지만 (산업 시대에 되살아난 호메로스의 영웅들처럼) 묵묵히 훌륭하게 살고 있다.

저녁 때, 나는 묵묵히 걷는 코끼리를 타고 요새를 따라 골짜기로 들어섰다. 코끼리 안장 위에서 땅은 보이지 않았다. 반짝이는 별들만 보였다. 모든 분명한 형태가 사라진 기분이었다. 내가 어디에서 무엇을 하고 있는지 심지어 코끼리 등 위에 앉아 있는 줄도 몰랐다. 코끼리 발걸음에 익숙해지면서 나는 무아지경에 빠졌다. 짐승도 탈것도 비행기도 아닌 것을 타고 있었다. 물론, 발은 허공에 있었다. 땅을 전혀 알아볼 수도 없었다. 별들만 나를 둘러쌌다. 나는 꿈속에서 태평하게 움직이듯 드넓은 우주 공간을 건너가고 있었다. 그 깊은 공간 속에서 아무것도 찾지 못할 듯했다. 완전히 늘어진 이상한 상태였는데 바로 내가 죽음의 문턱에 가 있던 때와 비슷했다. 강렬한 존재감이 공기처럼 흩어져버린 모든 현실과 짝을 이루는 상태 말이다. 그럴 때 우리가 살아 있는지조차 장담하기 어렵다. 주변의 흐름이나 따른다. 그런데도 그 어느 때보다 더 자신의 존재감은 강하게 느껴진다.

코끼리에서 내려와 희미한 횃불 사이로 나는 마치 난생처음 심연의 괴물 레비아탄을 보는가 싶었다. 그 품에 나를 맡기고 몸을 떨었다. 육지가 거북이 등에 올라앉은 셈이다. 더는 내 위로 사람에게 보이는 괴물은 없었다. 땅은 살아 있는 존재에 실려 움직이고 있었다.

자이푸르

나는 유럽인의 편견에서 좀체 벗어나지 못한다. 달리 설명할 길이 없다. 인도에 라지푸트 같은 사람들이 있어 거북하다. 인도 사람의 전형은 내가 만난 브라만 계층과 여자처럼 곱고 늘씬한 지성인이다. 그런데 지금 내 주변의 인도 사람들은 자기 동포보다 중세 유럽 영주를 더 닮았다. 상반된 모습이라 착잡하다. 나는 진즉에 인도에서 유럽식으로 민족이나 인종이니 민중이니 하는 개념에 따라 보지 않았어야 했다. 내가 람스와람에서 처음 인도 토착민을 보았을 때(어쨌든 그 종족과 같은 신앙을 믿는 사제들뿐이었다), 《일리아스》 생각을 할 수밖에 없었다. 호메로스는 미르미돈족이 스파르타나 포카이아[106] 사람들과 거의 구별할 수 없을 만큼 트로이아 사람 같지 않았다고 했었다. 그래서 호메로스는 언어는 같아도 '그리스 사람'이라고 부를 만한 것이 실제로 없다고 생각했다.

여기에서 감안해야 할 것이 더 있다. 인도 아대륙의 여러 민족은 수많은 언어를 사용한다. 그러니 당연히 '인도인'이라는 일반적 존재를 믿어야 할지 의심스럽다. 길지도 않은 여행에서 나는 갑자기 아이슬란드에서 시칠리아로 건너오기라도 한 듯 엄청나게 다른 사람들과 마주쳤다. 그렇다면 인도 사람을 어떻게 어떤 개념으로 일반적으로 볼 수 있을까? 그들

---

106 아나톨리아의 서부 해안에 자리했던 고대 이오니아의 항구 도시로 현재 터키에 속한다.

라지푸트의 전사들, 1857년

이 말하는 '카스트'뿐일까. 이 말 자체에는 딱히 정해진 뜻도 없다. 카스트라고 하는 것은 함께 사는 공동체로서 사회 전체를 가리킨다. 종족의 기원을 따지다가 나온 말이기도 하다. 무굴의 후손은 인도 사람과 다른 카스트에 속한다. 이슬람과 힌두교를 통합하고 계급을 부정한 펀자브 지방의 시크교도를 차별화하기 위한 뜻이기도 하다. 다른 한편, 지리적 관계와 신분의 근거가 되기도 한다. '인도인'이란 결코 과학적으로 정확한 뜻이 아니다. 혈연에 따른 공동체의 연대감은 끊임없이 다른 피를 끌어들이며 엷어진다. 신앙도 다른 신자들을 개종자로 끊임없이 흡수한다.

인도인은 예술에서 다른 종족에 비해 두드러진다. 선천적인 면과 환경에서 볼 때 그렇다. 그들은 다른 어떤 민족보다 관찰력이 뛰어나다. 아주 먼 곳에서 벌어진 것도 관찰한다. 인도에서는 어떤 집단의 형식도 너그럽게 수용한다. 신앙을 토로하던 중에 새로운 종파가 나오기도 한다. 이단조차 나온다. 이단이 또 다른 종파를 낳을 만큼 확고해지면 새로운 카스트로 인정받는다. 살생을 신성모독이라 하고 육식을 혐오하는 인도 사람들은 라지푸트처럼 비슷한 종파가 진짜 야수 같은 데도 전혀 놀라지 않는다. 여러 카스트를 그저 다양한 동물 종처럼 생각한다. 모두 하느님께서 만드셨으니 살 권리가 있다.

대체로 인도 사람들인의 사유는 여기에서 더 나가지 않는다. 그러나 어쩌다 공교롭게 고민거리가 생기면 힌두교에서는 현실에서 좋은 사례를 찾아보라고 권한다. 영혼이란 어떤 경험이든 겪어낼 만큼 다양하게 변신하기 마련이라고. 분명히 어떤 존재가 다른 것들보다 우수할 수 있다. 브라만은 크샤트리아 위에 있다. 그러나 신은 크샤트리아를 원하고 또 필요로 한다. 어떤 영혼이든 전생에 전사(戰士)만 아니었다면 지혜의 복을 받을 만큼 철이 들었다고 보기 때문이다. 이런 관점에 분명 약점이 있다. 그것 때문에 인도는 하나로 통합되지 못했다. 앞으로도 그러기 어려울 것이다. 인도 민족, 인도 신앙, 인도 정신은 없다. 하지만 그 대신 인도의 인간성은 얼마나 풍부하고 다양한가! 인물마다 표현은 또 어떻고! 오리엔트에서 어디에서나 개인은 두드러진 별개의 인격이 아니다. 자신을 최선으로 구현한 인간의 전형이다. 그런데 인도 사람들은 우리가 자연스레 구별할 수 있을 정도로 인간형을 구별한다. 이제 막 등장한 완전히 새로운 인간형을 인정할 자세가 되어 있다. 결국, 개인은 계급 때문에 개성이 억눌릴까 걱정하지 않아도 된다. 정말이지 카스트 계급 제도는 최소한 이론상, 어떤 전형화도 부정하는 서구 제도보다 더 많은 자유를 개인에게 허용하는 듯하다. 만약 우리 누구나 자아를 깊이 의식하고 자연스럽게 표현할 수 있다면 유럽의 제도를 가장 완벽하다 여길 만하다. 그러나 유럽 사람은 자기가 '어떤 인간형'인지 생각해보지도 않고 막연히 인간에 집착한다. 어떤 계급적 편견보다 더 완강하게 오직 '인간'이고 싶어 한다. 그런 식으로 존재하는 인간이란 없다는 사실을 잊고 있다. 그래서 일체감에 깊이가 없다. 허울 좋은 통일성이나 보여준다. 일체감이란 것이 깊고 넓게 뿌리내린 인도 사람들도 마찬가지다. 물론 개별 현상에는 배타적 태도를 보인다. 인도인은 개인을 인격으로서 믿지 않는다. 그런데도 개인주의에 젖은 현대 서구인보다 다양하고 풍부하며 차이도 많다.

장밋빛이 감도는 시내를 거닐어보니 더할 나위 없이 유쾌하다. 자이푸르[107]의 공기는 정말 맑다. 이곳이 《라마야나》에서 묘사한 영웅 시대 군주들의 궁전 생활의 무대가 아닐까. 내일 모레 영국 여왕이 이곳을 방문한다. 요란하게 무장한 기마대가 사방의 성문으로 들어오고 있다. 대왕의 형제는 권위가 대단하다. 자줏빛 옷을 입고 황금으로 치장한 코끼리를 타고서 여왕을 맞을 준비를 하며 거리를 돌아다닌다. (뱀이라는 뜻의) '나가' 부대도 행진한다. 몸에 꼭 끼는 푸른 갑옷 차림의 청년 귀족들이다. 지휘관들은 행렬 앞에서 야성에 넘치는 검무(劍舞)를 춘다.

라지푸트의 세계는 정말 중세 같다. 낭만에 넘치는 무용담을 읽으며 자란 어린이라면 이런 현실에 절대 실망하지 않을 것이다. 자이푸르에서

107 Jaipur. 라자스탄 주의 수도로 알라발리 산맥에 둘러싸인 천혜의 분지에 자리한다. '승리' 또는 '순결'이라는 뜻이다.

사람들은 말을 타고 다니지 않는다. 달린다. 세련된 기마술이다. 기사도만 존경받고 기사들만 대접받는다. 지나친 편견이지만 만연했다. 오래도록 완강하게 버티는 것에만 관심을 둔다. 유산의 힘은 과소평가하기보다 과대평가하는 편이 낫다. 라지푸트만큼 고상한 사람들도 없다. 기마 민족치고 이들처럼 고루 잘생기고 균형 잡힌 종족은 매우 드물다. 이들 중 어느 한 사람 옆에서 인도 사람에 비한다면 불과 엊그제야 귀족 소리를 듣게 되었을 뿐인 유럽 사람은 초라해보이지 않을까! 라지푸트족은 인종 번식의 보기 드물고 위대한 승리였다. 믿기 어려운 결과였다. 인간이 오랜 세월 현명하게 고상하고 까다로운 요구에 맞추면서 별로 퇴보하지 않았다. 어떻게 이럴 수가 있을까? 이 문제를 생태학적으로 따지기는 어렵다. 그러기에는 자료가 부족하다. 아무튼 라지푸트족은 서양 사람보다 덜 메마르려 하지 않았을까. 그들의 신경은 질기지만 다양성은 덜하다. (그래서 전형을 보존하는 데 유리했을 것이다.) 동양인은 대체로 서양인보다 장수한다. 이곳의 어떤 인간형이 서양인보다 더 오래 살아남을지 모른다. 그러나 신체 조건은 별개의 문제다. 다른 문제가 있다. 왜 인간은 유전 법칙에서 어림없는 일이지만 동물만큼 확실한 결과를 낳지 못할까?

인간에게만 심리가 조건으로 작용하는데 이것이 결정적일 때가 많다. 라지푸트의 전형이 훌륭하게 보존된 데에는 심리라는 조건이 크게 작용하지 않았을까 싶다. 유럽에서 벌어져 온 문제를 보면 분명 그럴 듯하다. 변동이 심하던 현대로 접어들기 전까지 인종도 오래갔고 유전도 확실하게 이어졌다. 요즘도 농민과 시골 신사는 가장 오래갈 전형이다. (이들은 안정된 생활을 바라는 사람들이다.) 중세 사람은 자신을 "특별한 인간형의 대표"라고 믿었다. 기사(騎士)의 자손은 혈통 덕에 자신이 기사도를 보인다고 굳게 믿었다. 그렇게 장점을 지켰다. 확고한 자부심이라는 또 다른 조건으로 인간형을 굳건히 했다. 다시 말해, 다른 계급과 접촉을 피하다가 퇴화한 사람들을 완전히 피했다. 배우자를 고를 때 기대하는 자손에 유리한 최적의 상대를 찾았다. 그런 식으로 이상형을 이어가도록 끊임없이 자신을 도야(陶冶)했다. 그러나 해묵은 형식이 위신을 잃어가는 동안 그에 걸맞은 인격을 가꿀 일도 없어지자 신분 상승이 과거의 오랜 이상을 대신해버렸다. 우리가 태어나 살면서 온전히 이어지던 것이 단절되었다. 이때부터 서양 사람들의 심리는 자신들의 인간형을 유지하는 데 불리해졌다. 결국 정력을 잃기만 했다. 놀랄 일은 아니다. 사람의 심리는 애당초 일방적이거나 완전하지 않다. 여러 형태를 띨 수 있다. 따라서 자신의 심리를 진지하게 여기지 않는다면 더딜망정 심리가 확실하게 생리로 전해지기 어렵다. 오직 이상형으로 생각하는 것만이 꾸준히 생명력을 유지한다. 왕족은 강력한 이상이 뒷받침했기 때문에 다른 집단의 가문보다 천천히 퇴화한다. 토착 · 세습 귀족은 임명 · 선출직 귀족보다 느리게 퇴조한다. 이상의 바탕이 깊기 때문이다. 사람 사는 곳 어디에서나 심리가 결정적 역할을 한다. 그것이 전형을 굳히기에 맞지 않는 곳에서 종족 문화의 순수성은 무용지물이다.

동양에서 일반적 인생관은 서양 중세의 것과 같다. 동양은 그 형식을 믿는다. 그러나 그 믿음은 서양에서 절대로 볼 수 없을 만큼 강하다. 매우 순수하기 때문이다. 내가 인도에 처음 도착한 날부터 깊이 생각했던 문제다. 인도 사람의 '믿는 힘'은 모든 관념을 뛰어넘는다. 서양 사람의 대단한 사상도 뛰어넘는다. 그들의 신앙은 흔들릴 줄 모른다. 우리가 무엇을 증명해 보이더라도 그들은 자기 사상을 놓지 않는다. 마치 물건을 쥐고 있는 문어 같다.

인도인은 자기 신분을 하느님을 뜨겁게 믿던 루터만큼이나 철저하게 믿는다. 그렇게 해서 힘을 쓰는 데 불가분한 의식을 만들어내었다. "산을 움직인다."라는 힘이다. 인도에서 위력을 발휘하는 전통의 힘이다. 서양에서도 가족의 전형을 이어가자면 특별한 심리가 뒷받침되어야 한다. 모범을 따르려는 식을 줄 모르는 욕망이 결국 그런 결과를 낳는다. 이와 똑같은 욕망으로 인도 기사들은 수준이 높아졌다. 그들의 거인 같은 신심(信心), 타고난 "한결같은 성격"과 서구인보다 더 단순한 심정 덕이다.

거친 공격을 받는 신분 제도를 정당화하는 것도 이런 전통이다. 그 기본 바탕은 대부분 상상에 따른다. 혈통의 절대적 차이라는 가정은 비판받을 만하다. 이른바 유전 법칙이 인도 사람들의 생각만큼 정확하게 작용하기도 어렵다. 추상적이고 모호한 유전 이론 때문에 오늘날 여러 계층이 틀에 갇혀 있다. 그 이론은 불완전할 뿐만 아니라 임의적이고 자연과도 배치된다. 인도를 모르는 사람들이 그저 바깥에서 계급 제도를 비난하는 게 놀라운 일이 아니다. 실제로, 인도의 계급 제도는 합리화한 어떤 서구 제도보다 훌륭하게 운용된다. '무한한 믿음'이라는 근본 요인을 서구에서 간섭하기 어렵다.

인도인은 확고하게 브라만의 영적 사명을 믿는다. 크샤트리아의 기사도와 바이샤의 경제력과 수드라의 노예 같은 운명 또한 믿는다. 하층민에만 특수한 미덕도 똑같이 순수하게 믿는다. 그 결과는 어떨까? 심리적 조건 덕에 아주 작은 싹도 믿음의 조건과 일치하는 것은 자유롭게 성장한다. 그동안 나머지 모든 것은 빠르게 죽어버린다. 예컨대, 브라만 계급은 눈에 띄지 않지만 많은 무능한 사람들이 있는 것 못지않게 좋은 환경에서 나올 수 있는 최상의 사상가와 사제를 많이 배출했다. 사람은 자신의 확고한 믿음에 어긋나는 것을 결코 주목하지 않는다. 결국 이런 믿음이 그에 걸맞은 현실을 낳는다.

사람들이 계급마다 갖고 있다고 짐작하는 특수한 재능은 유전적으로 더 확실히 전달된다. 마치 자연의 법칙과 공존할 수 있을까 의심스러울 정도다. 누구도 그 법칙을 모르니까. 다시 말해, 교육은 유전에서 시작된 것을 완수한다. 그래서 앞에서 말했다시피, 유전의 힘은 과소평가보다는 과대평가할수록 좋다. 유전의 창조적 잠재력은 어마어마한 힘이다.

인도 철학의 기본으로 돌아와 보자. 만약 어떤 민족이 영혼으로 서로 하나가 될 만한 밀접한 동기를 갖고 있다면, 인도인 또한 그럴 수 있지 않을까? 어디에서도 이곳만큼 심리라는 조건이 현실을 결정하는 곳도 없다. 현실은 다른 어디보다 풍요롭게 엮여 있다. 이 세상 어디에서도 이런 전형은 없고 그토록 실질적이지도 못할 것이다. 그런데 인도의 사상가들은 착오를 범하지도 않는다. (서양 철학자들은 그럴 만한 별다른 동기 없이도 항상 저지르지만) 우연한 형태를 형이상학적으로 진지하게 간주하지 않는다. 서양 사람들이 보기에 여전히 모순되어 보이는 원리가 그들에게는 자명하다. 제멋대로 만들어 내세울 수 있는 것은 필연적 사실이 아니라고 본다. 나는 선인의 눈으로 내 앞의 화려한 구경거리를 보고 있다. 세계란 이토록 다를 수 있기 때문에 세계 아닐까? 자이푸르의 지역색은 얼마나 강렬한지! 그런데도 막상 그것에 정신을 집중하면 그 빛깔은 엷어지고 윤곽이 희미해진다.

라호르

이제 펀자브 지방 북쪽까지 왔다. 인도밖에 모르는 사람에게는 완전히 새로운 세상이다. 하지만 나는 꽤 익숙하다. 라호르[108]에서 맞는 성탄절 무렵은 온화한 유럽에서 보는 것과 별반 다르지 않다. 잠시 지나가는 나그네로서 큰 차이나 눈에 띌 뿐이다. 내 생활은 유럽인의 틀 속에서 굴러가니까! 그래서 혼란스럽다. 내가 왜 여기까지 왔을까? 어쨌든 '당나귀 형님'과 동물들은 너무나 재미있다. 나는 당나귀 형님이 이런 분위기에서 얼마나 편안하게 먹을 것을 즐기는지 보면서 웃고 말았다. 오늘 아침에 감기 걸린 꼴이었지만 상관없었다. 감기조차 고향 날씨의 일부분이니까. 오늘처럼 추운 날이라면 정이 많은 농부 아낙네는 서방이 귀가해 두들겨 패도 좋아하지 않을까.

서둘러 떠나야 했다. 잠시 편안하게 즐길 틈조차 없었다. 고약한 일이지만 별수 없다. 한동안 지내는 곳 어디에서나 번거로운 심정에 시달리기 마련인데 일단 집에 온 듯 조금 익숙해지고 나면 긴장을 풀고 쉴 틈이 없다. 바람직한 생활은 아니다. 어쨌든 편안하게 지내다 보면 나태해진다. 나는 몸을 죽은 듯 여기라고 설교하는 사람들 편은 결코 아니다. 하지만 어떤 상황이든 허약해진다면 참을 수 없다. 사람은 삶의 기

---

108 Lahore. 현재 파키스탄 펀자브주의 수도로 아시아에서 가장 큰 이슬람 사원이 있다.

뻠과 환락 때문이 아니라 재미를 보려는 '습관' 때문에 허약해진다. 습관이 진짜 적이다. 금욕주의자들도 이 점을 분명하게 알았을까? 그들은 순진하게도 죽은 듯 지내는 습관이 폭식만큼이나 나쁜 줄 몰랐다. 그렇지 않았다면 세상의 쾌락을 포기한 사람 중에 딱한 수도사들도 줄어들지 않았을까? 그들은 보통 정신 나간 건달들 못지않게 우둔했다.

우리는 매일 시시때때로 '악습'을 되풀이하며 사는 동물이나 다름없다. 좋은 습관은 아니다. 나날이 똑같이 반복하는 습관으로 정신이 자유로워진다는 말은 사실이 아니다. 습관에 따라 사는 성자는 성자가 아니다. 기계 같은 착실함에는 영혼이 없다. 어떤 행위든 습관으로 굳으면 정신은 공허해진다. 기계적 움직임이 자발적 행동을 대신한다. 그러면 기계는 제 길을 가면서 그것을 만든 주인을 깔아뭉갠다. 물론, 우리가 살아가노라면 어느 정도 규칙이 필요하다. 인간은 완전히 자유롭지 못하기 때문이다. 자유로우려면 더욱 강하게 묶인 다른 것이 필요하다. 규칙은 자유를 간섭하지 않고 자유에 유리할 때만 좋다. 하지만 지유의 장점도 규칙에 얽매이다 보면 금세 사라진다.

이제, 라호르를 떠나야 한다. 멍해질 만큼 너무 편해 참기 어려웠다. 그러나 여기 살고 있는 백인들이 이 도시에 자신들의 성격을 심은 방식은 훌륭했다. 원주민 동네는 뉴욕이나 암스테르담의 게토에서 느낄 법한 낯설고 이국적 인상을 주는 정도다. 몰이해는 엄청난 힘이다. 만약 영국 사람들이 영국다운 것이 아닌 것을 그토록 고집스레 배척하지 않았다면, 그들은 결코 인도를 지배하지 못했을 것이다. 어디에서나 마찬가지다. 여자들을 좋아하고 낚아채는 남자들은 항상 자기 내면의 감정을 덜 존중한다. 최상의 교육자는 항상 가르치는 학생들과 가능한 먼 거리를 두는 사람이었다. 이런 점에서 유대교도와 기독교도는 하느님을 올려다보는 사람들이다. 만약 하느님이 인간의 모든 열망과 욕망을 철저히 모른 척하고 무심한 채 인간성을 넘어선 신성을 입증하지 못했다면 어떻게 되었을까? 그들은 절대로 하느님의 지극한 선의와 지성을 쉽게 알아보거나 하느님이 만사를 척척 해결할 것이라고 굳게 믿지 못했을 것이다.

페샤와르

나는 정말로 인도를 벗어났다. 앙상한 나무들, 겨울의 차갑고 맑은 공기, 넓은 흙먼지 길, 그 위로 내가 사람됨을 알 만한 사람들이 걸어가고 있다. 이상한 일이다. 아프가니스탄과 러시아 사이에 완전히 다른 세상이 있다. 중앙아시아 땅 어디에나 다른 부족들이 모여 산다. 부족마다 역사와 문화, 풍습과 관례도 다르다. 그런데 오늘 [아프가니스탄과 파키스탄 사이의] 카이베르 고개부터 우랄산맥에 걸친 드넓은 지역에 영기(靈氣)만 자욱하다. 이런 분위기에서라면 어떤 의미도 공허하다. 페샤와르[109]에서 매일 살인이 벌어지는데 원주민은 화려한 '숄'을 팔고 있다. 여기 무슨 의미가 있을까? 아무 일도 없거나 완전히 다른 일이 벌어지거나 더도 덜도 아니고 별것 아닌 사건이다. 이곳에서 벌어진다고 별다른 의미가 있는 것도 아니다.

낙타들이 끊임없이 긴 행렬로 이어진다. 수백 년 동안 끊임없이 따라온 머나먼 행렬이다. 엇비슷한 수백 명의 사람이 주기적으로 죽는다. 자연사로도 난폭한 사고로도 죽는다. 그래도 무슨 대수랴. 나는 공허한 기분에 우울했다. 러시아어에 그 기분에 딱 맞는 형용사가 있다. '우니니예(Уныние)'라고. 나는 아무것도 바라지 않는다. 아무것도 필요 없다.

---

109 파키스탄 북서부에 있는 도시로 쿠샨 왕조의 수도였으며 예부터 동서 교통과 상업 교역의 중심지였다.

살아 있다는 생각조차 들지 않는다. 우울하다. 그냥 그럴 뿐이다. 지쳐버렸다. 아시아에서는 머리가 꿈적하지 않는다. 뛰는 가슴의 박동조차 무한한 허공 속에 흩어진다. 버틸 힘조차 없다. 그냥 불행하다는 허무한 기분이다. 그러다가 거칠고 낯선 힘이 나를 뚫고 들어온다. 아프가니스탄의 새끼양을 훔치는 자들의 야성 속에 살아 있는 사유와 욕망이다. 가까스로 막아보지만 돌연 불쑥 밀려 들어온다. 그러면 화들짝 놀라면서 그런 것들이 내가 생각했던 것만큼 낯설지 않은 줄 알게 된다. 내 속에도 나도 모르는 깊은 구석에 살아 있던 중앙아시아의 야만인이 깨어난다. 그것을 깨운 분위기가 저주스럽다.

이곳에 특이하게 거대한 가능성이 숨어 있다. 폭풍이 불면 사막의 모래가 산처럼 솟아오르며 파도처럼 몰려다닌다. 폭풍 같은 힘이 몇 번씩 사람들까지 사로잡았다. 그 사람들은 영혼도 이성도 목적도 가치관도 없다. 그저 인간의 의식을 조금 갖고 있었다. 그 대신 그들은 삭막한 폭풍의 원초적 힘을 채웠다. 자기 앞의 민족들을 모래처럼 쓸어버렸다. 그들은 문명을 모래 언덕으로 덮어버렸다. 그런데 사막이 그 자리에 없었다면 이렇듯 아무 일도 없었던 것 같았을까? 침략이 악몽처럼 지나가버리기나 했을까? 정복자들은 본질적으로 영혼과 다른 힘을 보여준다. 하지만 초인처럼 위대한 인물로서 유라시아 민족의 대이동을 초래한 기마민족의 아틸라와 몽골의 칭기즈칸을 부정할 수 없다.

이곳에 오랜 세월 동안 불교 문화의 중심지는 없었다. 카불 계곡은 대승불교 신앙의 성지였다. 다섯 강의 땅[110]에서 동해까지 모든 순례자의 꿈이자, 예술과 문화와 종교에서 힌두교과 헬레니즘이 융합된 무대, 바로 이곳에서 극동의 모든 진화가 시작되었다. 중앙아시아는 수천 년간 지상에서 모든 영성의 샘이었다. 그러나 샘은 조금씩 메말랐다. 정원은 사막이 되고 영혼도 바싹 마른 공기를 피해 다시는 돌아오지 않았다. 그러자 극단적 야만성과 극단적 문화가 앞서거니 뒤서거니 반복되었다.

지질학 공부 때문에 세계를 답사하던 시절이 생각났다. 그때 알프스의 산자락에서 바다를 보았다. 바위에서 흐르는 용암과 단단한 돌에서 인간의 삶을 보았다. 고고학자도 이와 비슷한 눈으로 중앙아시아를 바라본다. 그러나 지질학자도 고고학자도 이곳에만 있는 의미를 제쳐두는 것이 아닐까? 의미 있는 것은 스스로 변한다. 농사짓던 사람은 '역사'가 무엇인지 안다. 한 해 농사는 우주처럼 절대적이다. 이런 한 해를 예상하거나 배제할 방법은 없다. 계절은 영원이 되풀이되는 현실이다. 목적을 이루려는 의지가 '변화'를 이끌 때 진화가 이루어진다. 진화는 항상 앞으로 더 멀리 나아가 끝을 알 수 없다. 그러나 왜 그런지 이런 의지가 꺾이게 되면 사건의 의미도 달라진다. '변화 과정'은 여러 갈래로 갈라지고 정지되기도 한다. 그렇게 정원이 사막이 되었다. 처녀림의 문화가, 혼 없는 혼이, 짧은 인생이 영원한 죽음이 되었다. 지상의 사건을 벗어나는 '섭리'는 얼마나 무서운 광기인가! 지상의 사건은 합리적으로 지속될 수 있었겠지만, 거기에 맞서는 것은 기본적으로 아무것도 없다. 어느 날, 우리 인간은 그렇게 맞설 수 있을지 모른다. 그렇지만 하느님은

110 인더스강과 그 지류인 젤룸강, 체나브강, 라비강, 수틀레이강이 흐르는 펀자브 지역을 뜻한다.

지상에서 벌어지는 일에 완전히 무심한 듯하다. 어제까지 살아 있던 혼이 오늘은 정반대의 것이 되지만, 내일 다시 살아날지 알 수 없다. 동산에서 사막, 푸른 숲에서 바다로. 하느님은 이런 변덕을 재미있어할까? 아무런 계획도 목적도 없이, 영원한 것이 너무 지겹게 오래가지 않았으면 하면서.

아프리디족[111]은 한동안 야만적이고 종잡기 어려운 환경에서 사는 재미를 보았다. 아프리디족은 맹수 같은 모습에 원시인의 기질을 타고난 데다 책임감도 없다. 정부는 장터에 안전요원의 보호 없이 가지 말라고 경고한다. 누구든 갑자기 칼부림을 당할지 모른다. 정부가 개입하더라도 아프리디족의 지혜에 따르면 즐거워서 칼을 휘두르는 것이 아니라고 한다. 그들에게 살인이란 유럽 사람이 점잖게 자기주장을 하는 것과 같은 행동일 뿐이다. 만약 그들이 내 목숨을 노린다면 그런 핑계라도 내세울까? 어림없는 일이다. 호랑이 한 마리를 만난 셈일 것이다. 나는 골목을 걸어가면서 혹시 시비가 벌어지지 않을까 조심했다. 이 사람들은 싸움이 붙으면 멋지게 하려고 한다. 모든 것이 평온한 가운데, 그들은 투우장의 황소처럼 태평하게 어슬렁거리기나 한다. 그러면 나는 웃으며 그 자리를 뜬다.

아프리디 사람들은 우리네 청소년 문학에서 인기 있는 초인의 진정한 이상형이 아닐까? 보통 잔인한 영웅들이다. 목숨을 내놓고 운명에 도

111 Afridis. 파키스탄의 한 부족으로 아프가니스탄에도 살고 있다. 카이베르 고개를 중심으로 분포한다. 이곳은 가장 중요한 전략적 요충지로 아프리디족은 영국이 침공했을 때 격렬하고 참혹한 저항전을 벌였다. 지금도 주로 이 교통로를 장악하고 무기, 식량 등의 거래에 종사한다.

카이베르 고개를 배경으로 포즈를 취한 아프리디족 사람들, 1878년

전하니까 그럴 수밖에 없다. 정열은 끝도 없고 합리적 생각 따위로 고민하지 않는다. 사실 그렇다. 현대인이 영웅을 예찬하고 싶어 엉뚱하게 과격한 행동에 나서니 재미있다. 영웅은 젊은 패기에 넘쳐야 한다. 그러나 거기에서 짐승의 기운보다 더 뛰어난 힘을 낼 수 있을까? 플라톤이 살던 시대에 아테네 사람들이 아킬레우스와 디오메데스 같은 영웅을 모범으로 보았을지 믿기 어렵다. 우리 현대인은 동물의 야만성을 인간의 이상으로 삼아 인간을 한참 끌어내린다. 심지어 고상한 목사의 괴짜 아들이던 니체도 무슨 말을 했든 그런 퇴폐적 의도는 절대 없었다. 그러나 지금 우리는 정말이지 원시성과 자연성을 혼동한다. 나는 황소의 꾀를 얼마든지 평가한다. (그러지 못할 게 뭐 있을까?) 그러나 황소가 글을 쓰지 못한다는 전제에서나 그렇다. 문명인이나 누리는 표현 수단이니까. 야

만성에서 영웅을 찾는다면 곤란하다.

아프리디족은 현대 청소년 문학이 한껏 끌어올린 초인들이다. 이런 관점으로 그들을 보니까 재미있다. 옛날에 강자는 자신을 다스리는 자였다. 그런데 오늘은 운명에 자신을 맡겨버리는 사람이다. 당연히 열정이 없는 사람이라면 소박한 생활이 이상적이다.

현대인 누구나 그렇게 맥이 빠진 것은 아니다. 대부분이 지쳐 살아가지만 소설가들, 이를테면 볼테르가 "글을 쓰는 악당, 선동적이고 무당굿하듯 날뛰는 악당"이라고 했던 사람들, 무모하고 비현실적인 사람들이 막강하다는 사실은 불행이다. 흥분하고 무기력하며 약한 자들의 이상형이 건강한 사람들을 야만스럽게 밀어붙인다. 그런 식으로 글을 쓰는 황소들은 단순히 풀 뜯는 짐승을 영웅으로 기념한다. 그러면 점점 더 글을 쓰는 황소들이 늘어나고, 그럴수록 더욱더 교양 있는 사람이 될 사람들이 야만스럽도록 타락한다.

요즘 청소년에게 인도의 지혜를 조금이나마 터득하게 한다면 얼마나 좋을까! 완력을 과시하며 잔인해지고, 운에 맡기고, 열정을 다스리지 못하고, 아무 생각 없이 행동한다면 강하기는 고사하고 약하다는 뜻인 줄 알아야 할 텐데! 최근에 유행하는 초인뿐 아니라 고전 비극 속의 영웅도 야만성의 화신 아니었나! 물론, 지금 현대인이 크게 우려할 수준은 아니다. 그래도 우리는 짐승이 되기보다 정신적으로 성숙해지기를 바라보자. 황소가 아니라 신을 모방해야 한다. 우리는 이미 황소보다 신에 근접하고 있다. 아프리디족을 보면 그들이 얼마나 우리에게서 멀어졌는지 알 만하다. 오늘날 고대와 환경이 달라졌기 때문에 동물이 고대의 신처럼 거대한 숭배의 대상이 되지 않았을까?

델리

나는 야만스러운 고장을 떠나 몇 세기 만에 비할 데 없는 문화 중심지가 된 곳으로 훌쩍 건너왔다. 그런데 별다른 감흥은 없다. 장엄하고 화려한 델리는 그저 그랬다. 거창하지만 독창적인 맛이나 깊이 있는 표현은 없다. 특히 이슬람 사원이 그랬다. 무함마드는 정신적으로 비슷한 칼뱅처럼 성전에서 감각적 자극을 금했다. 어떤 예술 작품이 이런 경건함에 적응할 수 있을까. 무함마드의 혼은 부족장의 법과 힘과 전투에서 드러난다. '예술의 아름다움'은 그런 것을 표현 수단으로 삼기 어렵다.

델리에서 인도 예술가들이 이슬람교도를 위해 빼어난 기량을 발휘했다니 어색하다. 이슬람교는 인도에서 정신으로서 군림한다. 그래서 '절대 통치권'이 드러내는 기념비적 분위기가 있다. 요새, 성곽, 사원 들이다. 다른 미학은 그 권력의 직접적 표현에 불과하다. 무굴제국 시대에 지은 웅장한 건물들은 그렇게 "지을 역량이 있다."라는 뜻만 전한다. 제국주의 예술은 완벽한 유용성을 과시할 때만 의미 있다. 로마 수도교(水道橋)의 기능과 하나가 된 위대한 예술도 같은 뜻이다. '물다리'라는 무지개다리는 그리스의 모범을 따라 세운 가장 아름다운 건축물의 정신을 능가한다. 마찬가지 의미에서 요즘 철골 건축과 기차역, 교량과 터널도 살아 있는 예술이다.

로마처럼 델리에서도 시시콜콜 들여다보지 않고서 변두리 시골로

아크바르 대제 시대의 건물, 1907년경

▲ 아크바르 대제 시대의 건물, 1910년대
▶ 아크바르 대제 영묘 안뜰

멀리 산책에 나설 때가 제일 즐겁다. 근교 풍경은 조금씩 차이가 있지만, 로마의 변두리처럼 시골을 수놓는다. 거대한 통일 정신이 숨 쉰다. 아무튼 확고한 집중의 정신 곧 '통치권'의 정신이다.

델리의 궁전과 이슬람 사원의 심오한 뜻이 담긴 아름다움을 이슬람 군주가 아니라 그것을 지은 뛰어난 사람들과 비교해보았다. 내가 그 같은 보편적 능력과 아름다움을 어떤 사람의 정신에 비교한다면, 그 사람은 역사에서 누구도 겨루지 못할 만큼 위대할지도 모른다. 공정하게 판단하기 어렵다. 그런데 위대한 몽골 군주들은 막강하다는 의미에서 역사상 가장 위대했다. 야성을 타고났던 인물들이다. 칭기즈칸과 티무르[112]의 후손이 그랬지만, 몽골 군주들은 세련된 외교관이자 노련한 통치자였다. 또한, 현자이자 탐미주의자, 몽상가이기도 했다. 서양에서 보기 어려운 위인들이다.

예컨대, 많은 사람이 연구한 마르쿠스 아우렐리우스 황제는 너무 복잡한 철학적 의미를 붙이다 보니 우스워 보이는 인물이 되었다(로마 캄피돌리오 광장에 서 있는 그의 기마상을 볼 때마다 실물과 꽤 비슷해 보여 웃음이 나온다). 유럽의 군주 가운데 프로이센 국왕 프리드리히 2세도 비슷하다. 그는 군주로서보다 인간적으로 더 흥미롭다. 프리드리히 2세는 서구의 모든 풍요로 주변을 채웠다. 재능도 많았다. 그래서 시인으로서 전쟁을 꿈꾸거나 상상을 실현하려고 했다. 그렇지만 지혜를 내세우는 바람에 외교는 지나치게 철학적이었다. 결국 일관성 있게 처신하지

---

112 Timur. 1336~1405. 티무르는 중앙아시아 몽골-튀르크계 장군 출신으로 오늘날의 카자흐스탄, 우즈베키스탄을 중심으로 하는 티무르제국의 창시자다. 그의 이름은 본래 몽골-튀르크 말로는 테무르이나 유럽에서는 태멀레인 또는 타메를랑이라고 불렸다.

못했다. 군주는 그 자신이라는 '인물'이 가장 중요한 법이다. 반대로, 무굴제국의 아크바르 황제는 어떤 행동과 이해와 경험보다 일관성을 중시했다. 풍요를 항상 하나로 끌어모았다. 그는 시인이자 몽상가, 독실한 신자, 회의하는 철학자였으나 그 어떤 노릇보다 '황제'가 더 중요했다. 그래서 그가 고취한 모든 아랍 문양에 제국 정신이 담겼다. 교황 몇 사람 외에 서구에서 어떤 군주도 그처럼 우수한 인간적 종합을 보여주지 못했다.

사실상 로마에서 교황청의 화려한 건축도 델리처럼 혼을 부른다. 교황의 대외 위상은 티무르 후손의 자연스러운 사명처럼 효과적이다. 하느님의 비서이자 심부름꾼으로서 또 기독교의 절대군주이자 모든 논쟁의 틀림없는 중재자로서 교황은 높은 위상과 깊은 내공에 걸맞게 치장한다. 아크바르도 교황과 비슷한 모습이 두드러진다. 아크바르의 위대성은 타고난 것에 그치지 않는다. 서양 군주 가운데 교황에게만 있던 자원의 대부분, 특히 권위와 신도의 절대복종을 아시아에서는 어느 군주나 누렸다. 무굴제국의 위대한 군주들 가운데 아크바르가 가장 위대하지 않았을까? 무굴의 권력으로 상상할 수 있는 모든 표현이 아크바르의 정신으로 집중된다. 엄격성, 보편성, 정의의 높은 뜻 또 그와 동시에 거의 여성적인 살롱 문화의 포시시한 색채, 철학자의 고상한 이해, 시인의 감수성. 그렇다. 위대한 초인으로 보이는 인물이지만 아크바르는 무엇보다 우선 사랑하는 사람이었다. 섬세하기 그지없고 상처받기 쉬우며 인정 많은 사람이었다. 기독교 편에서 본다면 하느님에게 이상적인 인물이다. 전능하고 정의로운 하느님의 심부름꾼은 세계의 운명과 함께 모든 사랑과 인정이 깊었다. 아무튼 깊이 속죄하는 사람도 어쩔 수 없는 원죄를 저질러 고뇌하고 절대 용서받지 못할 것이므로 끝없는 비극적 삶을 살아야 했다. 이러한 위대성은 단순히 민족들을 능가하는 우월함이 아니다. 인도 군주들이 로마의 황제들과 교황들처럼 어느 민족 출신에서도 나올 수 있었던 덕분이다.

아크바르 같은 위인의 넓은 아량은 옹졸하고 천박한 사람에 비해 고상한 사람의 너그러움처럼 자연스럽다. 이슬람교도는 관용으로 다행히 다른 교파들이 광신도로 여기지 않을 때라면 고상한 지위만 지킨다. 이슬람교를 가까이할수록 너그러운 신앙심 덕에 신도들이 우수해보였다. 사람이 선택받은 존재라고 자부할 때처럼 자신에게 유익한 것은 없다. 자신을 믿는 사람은 어떤 식으로든 자신감이 없는 사람보다 뛰어나다. 전형적인 기독교도가 고상하지 못한 것은 성경을 믿으면서 품게 된 천박한 불안감 때문이다. 물론, 반대 경우도 있다. 초기 칼뱅파 신자들은 이슬람교도처럼 선민이라 자부했다. 이는 칼뱅파가 기독교계에서 가장 뛰어난 인물들을 배출한 뒷심이었다. 사실, 그들은 이슬람교도처럼 고상하지 않고 훨씬 무자비했다. 무함마드의 전통적 관용을 아는 목자라면 이렇게 말하지 않았을까.

"우리 사회의 분분한 의견 때문에 하느님이 우리를 가엾게 여기시는 것이니라."

그렇지만 칼뱅주의 개혁파는 루터파보다 우수했다. 루터파는 항상 불안해하며 살았고 가톨릭보다도 못했다. 가톨릭교도에게는 책임을 대신해줄 교회가 있었다. 동양은 넓은 인자함으로 브라만교와 불교뿐만 아니라 이슬람교로 서양에 승리했다. 지금 어떤가? 유럽 사람들이 민족적 편견이 없는 곳에 정착하게 된 곳치고 이슬람 성격이 없는 곳이 있을까? 여전히 설명하기 어려운 일이다. 사실, 이슬람의 상징 초승달이 풍경을 밝히는 곳에서 민족성은 흐릿해진 듯하다. 특히, 인도처럼 관습이 확고한 곳에서 더욱 흐려졌다. 그러나 그 자리에 보편성이 자리 잡았다. 그다지 약하거나 희미하지 않은 보편성이다. 이슬람교도마다 붙잡고 어느 민족이냐고 물어보면 이렇게 말한다.

"이슬람이오."

어째서 이슬람교만 폭넓게 민족을 대신할 수 있었을까? 얼마나 넓길래 그렇게 강하고 독창적일까? 기독교가 많은 이상에도 불구하고 실패한 곳에서 이슬람교는 어떻게 그 교리를 모르는 사람들조차 우애를 다졌을까? 분명, 훌륭한 신앙과 인간 본바탕에서 우러난 성격에 가까웠기 때문이 아닐까?

이슬람교의 저력은 굉장하다. 분명 얼굴은 인도 사람인데, 어디에서나 이슬람교도 특유의 차분한 우월감과 자신감을 보여준다. 인도 사람들은 이곳에서 몽상가도 신들린 사람도 이방인도 아니다. 훨씬 현실적이다. 완력이 세고 눈빛은 대담하다. 자세는 스프링처럼 탄력이 넘쳐난다. 신체의 표현력도 풍부하다. 영국 사람들은 인도에서 이슬람 성격을 가장 중시하며 대비했다. 정말이지 제대로 보았다.

이슬람교가 다른 종교들을 제친 막강한 성장력은 어디에서 나왔을까? 나는 이슬람 공동체의 지극히 민주적 성격을 들여다보다가 마침내 답을 찾았다. 이슬람교의 팽창력은 바로 민주주의에서 나온다. 특히, 인도에서 이슬람교도가 되어야 운명처럼 타고난 계급을 벗어날 수 있다. 이슬람교도는 진정으로 평등하다. 미국보다 더 그렇다. 이슬람교도들이 서로 형제처럼 대해서만도 아니다. 그들은 서로 정말이지 우애가 깊다. 어느 민족 가리지 않고 재산과 지위도 가리지 않는다. 그러나 이런 민주주의가 전부가 아니다. 더욱 심오한 원인을 보면 이슬람 신앙의 우수성에 대한 수수께끼가 풀린다.

이슬람교는 절대적으로 헌신하는 종교다. 슐라이어마허[113]는 이슬람교도의 헌신을 모든 종교의 본질이라고 했다. 신도들은 언제나 하늘 같은 주인의 품 안에 있다고 느낀다. 신도들과 사제들은 언제나 자신만만하다. 바로 이것이 이슬람교의 민주주의 성격을 결정한다. 이슬람 세계에서 모든 절대군주의 권력은 평등하다. 유럽에서는 과거의 러시아가 가장 민주적이었다. 황제의 절대 권력과 백성의 차이는 미미해 보였다. 그러나 전제군주마다 정신적으로 다양했다. 군주의 타고난 성격에 따라 강하거나 약했다. 이슬람교의 비할 데 없는 창조력은 그 하느님의 비할 데 없는 성격에 기반을 둔다. 알라는 기독교의 하느님 이상으로 군대의 대장이라고 할만하다. 독재자라고도 하겠지만 일반적 의미의 폭군은 아니다.

이슬람교는 어떤 종교보다 기강이 강하다. 하느님과 따지고, 조르고, 흥정하거나 꾀를 낼 수 있을까? 기도할 때 이기적인 뜻만 품어도 죽을 죄를 짓는 것인데! 신자들은 병사처럼 복종해야 한다. 아무튼, 정신 무장이 철저한 군인이 어느 모로나 뛰어나게 임무를 다하지 않던가. 자진해서 솔선수범하는 능력이다. 이슬람 세계는 똑같은 정신으로 무장한 강인한 군대 같다. 동지 같은 정신은 결국 모든 차이를 녹여버린다. 서

113 Friedrich Schleiermacher. 1768~1834. 독일 철학자이자 개신교 신학자로 성서비평학의 선구자다. 《종교론(Über die Religion)》 등의 저작을 남겼다.

로 모두가 동지다. 인종, 민족, 부족 간의 차이를 지워버렸다. 이슬람교의 종교 의례는 힌두교와 가톨릭과 의미가 다르다. 계율을 일상화했다. 신도들이 매일 정해진 시간에 사원에서 줄지어 함께 똑같은 몸짓으로 올리는 기도는 힌두교처럼 '자아'실현의 수단이 아니다. 황제 앞에서 열병하는 프로이센 군인과 같은 행동이다. 군대 같은 성격이 이슬람교의 기본 특징이다. 물론, 장점이자 약점이다. 진보하거나 적응하지 못하고 창의력이 부족하다. 군인은 명령만 따른다. 나머지는 알라가 알아서 할 일이다. 이와 같은 성격으로 현대인이 완전히 부정적으로 보는 종교의 명령과 복종을 정당화할 수도 있다. "복종하는 군인만 명령할 수 있다"는 것이야말로 기본 진리다. 왜? 명하고 따르자면 절대로 똑같은 정신집중이 필요하기 때문이다. 복종을 배우는 사람은 복종함으로써 명령하는 법을 배운다. 따라서 복종하라는 종파를 나약하다고 비난한다면 곤란하다. 다만, 이런 종파는 무한하게 퍼질 수 없다. 사람이 자신에게 스스로 명할 줄 알게 되면 더는 그런 종파가 지속될 수 없다. 그렇게 달라지지 않는다면 이상적 인간형 가운데 가장 저급한 군인의 이상형이 될 것이고, 법이 현자보다 우월해질 것이다.

이슬람교는 빼어나고 단순한 군인 같은 종교다. 이슬람교는 크롬웰 같은 청교도 정신이 죽어버린 시대부터 다른 어느 지역보다 거대하게 퍼졌다. 북아프리카의 아랍 사람들 사이로 파고들었다. 북아프리카 아랍 사람들의 삶은 사막의 공기만큼 맑다.[114] 사막의 아랍 사람들은 순수

114 스위스 문인 이자벨 에버하르트(Isabelle Eberhardt, 1877~1904)의 《이슬람의 뜨거운 그늘 아

하고 신체 건강한 인간이 되는 것을 가장 좋아한다. 영원한 하느님의 부름을 두려워하지 않고 차분하게 기다리는 동안 내적 갈등 따위는 전혀 없다. 단순명쾌한 이상을 실현하려 하는 만큼 단순함이 위대하다. 단순해질 수 있는 사람만이 정신적으로 우월하다.

이슬람교의 숙명론은 초기 칼뱅파 개신교나 러시아의 숙명론과 마찬가지로 나약함이 아니라 강인함의 표현이다. 이슬람교도는 자신을 믿고 맡긴 무서운 하느님 앞에서 떨지 않는다. 자신만의 특별한 복을 기대하지 않고 무작정 운명을 따르지도 않는다. 그들은 자랑스럽고 자유롭게 자기보다 강한 힘에 맞선다. 죽음만큼 차분한 영원성을 내다보며 그렇게 한다. 이슬람교도는 기독교도처럼 음흉하게 속이지 않는다. 하늘 아래 한 점 부끄럼이 없으니 자신감은 하늘을 찌를 듯하다. 운명에 기대기에는 너무나 자신감이 넘친다. 그러다 보면 결국 운명의 뜻대로 된다. 예정된 운명에 대한 신념은 그것을 자부심에 넘쳐 토로하는 사람들이 사는 곳 어디에서나 어마어마한 효력을 발휘한다. 그리스 사람들은 자부심이 부족했다. 그래서 더 위대해지지 못했다. 오이디푸스 왕은 불운해서 위대해지지 못하지 않았을까. 그는 연민만 깊었다. 그러나 이슬람교도들은 자부심이 강하다. 이슬람교는 그렇게 사는 사람을 자랑스럽게 만든다. 모두가 군복이라도 입은 듯 뻐기는 사람을 명예롭게 한다. 이렇게 이슬람교도의 삶은 고상하고 의연한 감정이 뚜렷하고 풍부하다.

엄격한 이집트 공주의 말이 생각난다. 심한 고통을 겪으며 살다가 차분히 종말을 기다리던 공주는 이렇게 말했다.

래(Dans l'ombre chaude de l'Islam)》를 참고할 만하다.

"우리 여자들은 남자들처럼 예언자께서 약속한 영생의 복이 없어. 그렇다고 무슨 상관이야? 살아서 해야 할 도리를 안 한 것도 아닌데? 여자들은 아무 보상도 바라지 않고 사랑으로 선행을 하잖아!"

이슬람교도의 깊은 생각이다. 이슬람교에만 특별히 위대한 표현이다. 다른 데서 볼 수 없는 위대함이다. 불교도도 생사를 깊이 걱정하지 않는다. 삶은 중요하지 않고 열반을 동경하다가 삶을 조용히 포기한다. 반대로, 이슬람교도는 세속 생활만 생각한다. 초월성에 사로잡히지 않는다. 그래서 이슬람교도의 고고한 포기는 더욱 고상하다.

기독교의 경우 단 하나의 종파가 이슬람교도와 비슷하게 우수한 교인을 낳았다. 칼뱅주의 개혁파다. 앞에서 말했다시피 이슬람교와 칼뱅주의는 사실 매우 가깝다. 모두 예정설을 가르친다. 청교도도 이슬람교도처럼 하느님에게 선택받았다고 느끼는 만큼 자신감이 넘친다. 그들의 하느님도 똑같은 성격이다. 예언자 무함마드와 칼뱅 모두 지상 정복을 꿈꾸고 신학적 사색에 반대했다. 대의도 결과도 똑같다. 청교도가 개혁 기질로 지상에서 세력을 넓히는 데에 이슬람교도보다 뛰어나다면, 이슬람교도의 고상한 정신은 청교도가 절대로 견주지 못할 만큼 크다. 청교도가 기독교의 원죄 의식에서 완전히 벗어나지 못했기 때문이다. 항상 하느님 앞에서 떨기 때문이다. 반면, 이슬람교도는 무엇보다 자기 확신에 넘친다. 마치 장군 품의 병사처럼!

델리의 옛 시가지에 맑은 하늘을 향해 힘차게 솟은 둥근 지붕을 올린 건물들이 있다. 황제와 장군들을 추모하는 건물들이다.[115] 이곳에서

115 무굴제국 2대 황제 후마윤과 그 가족의 묘로 사실상 무굴제국 황가의 영묘다. 정원식으로 조성되었다.

후마윤과 그의 가족의 영묘, 1858년

나는 죽음과 영원을 대하는 이슬람교도들의 태도를 생각해본다. 그럴 때면 그들의 내면에서 루터의 노래가 울려 나오는 듯하다.

"우리의 하느님은 요새 같다."

요즘의 루터파보다 무함마드 정신에 더 잘 어울리는 비장한 노래다. 자신감 넘치는 어조와 투지와 용맹성이 뚜렷하다. 기독교 정신에서 부른 노래인데도 애당초 아랍 예언자의 신앙에 물든 듯하다.

오늘 나는 오래전부터 그랬듯 유일신주의의 위엄을 다시금 깊이 새겨 본다. 고독하고 단순한 인간관이다. 중간 단계도 없이 자기 하느님 앞에 직접 나서니까 위대하다. 어떤 법과 규범에 묶이지도 않고 마음대로 자기 운명을 결정할 그런 신(神)이다. 이런 개념으로 한 번뿐인 개인의 삶은 비장해진다. 신학자들의 신앙보다 하느님에 대한 확신이 얼마나 강할까! 얼마나 큰 힘을 얻을까! 역사는 보기 드물 만큼 정확하게 그 사실을 보여준다. 그 어디에서도 이슬람교도와 개신교도 사이에서 이보다 더 강한 성격은 없다.

유일신교의 신자는 절대적으로 자기 자신만 본다. (반대로 인간이 자기 목숨을 완전히 하느님의 손에 맡긴다는 것은 똑같은 믿음의 표현이지만 방법만 다르다.) 그는 자신에게 절대적 책임을 진다. 그래서 개인의 정신은 타고난 것보다 더욱 확고해진다. 그러나 그렇게 확고히 믿다 보면 부드러움을 잃는다. 무겁게 경직되고 너무 쉽게 메마른다. 유일신교의 신자는 영혼을 물들이는 색채로서만 다신교도와 경쟁할 수 있다. 그 대신 영혼은 강해진다. 유일신의 신자는 무엇보다 성격이 확실하다. 영혼에 지고의 가치를 두고 변함 없어야 한다고 다짐한다. 아랍에 이런 가르침이 있다.

> 만약 산이 움직였다는 소리를 듣거들랑 그렇게 믿어라. 하지만 어떤 사람이 성격을 바꾸었다고 하는 말을 듣는다면 믿지 말아라.

어떤 인도 철학에서 이런 식으로 생각할까? 여기에서 자명한 사실이 문제가 아니다. 인간 본성의 구성 요소가 절대적으로 결정된 것이라는 문제가 아니다. 그 요소들이 돌이킬 수 없는 식으로 조합된다는 것이 문제다. 유일신교의 신자만 보여주는 관념이다. 자기 밖에 있는 단 하나뿐인 하느님을 믿는 사람, 무엇보다 어떤 성격을 지닌 신을 믿는 사람의 관념이다.

인도 사람의 개념은 심오하다. 그러나 세속 문제에서 이슬람과 개신교의 개념이 '실제 시험'을 더욱 잘 뒷받침한다. 부정하기 어려운 사실이다. 유일신교의 신자는 자의식이 깊다. 절대적인 의식이라 누구도 뛰어넘을 수 없다. 최후의 심판에만 응할 만하다. 이렇듯 깊은 곳에 있는 것이 그의 사람됨과 하나가 된다. 우수한 인도 사람조차 이슬람 사람에 비해 얼마나 나약해 보일까! 제아무리 위대한 서양 사상가도 (그의 자아에 대한 감정이 자기 개인을 뛰어넘는 곳까지 이른) 프로이센 장교 옆에서 얼마나 위축되는가! 분명, 프로이센 군인이 형이상학적 의미에서 더 나을 것이 없다. '성격'이 곧 그의 한계다. 그렇지만 양의 문제에 높낮이가 없듯이 대중성 같은 것은 없는 편이 나을지 모른다. 단순하고 교양 없는 사람들이라면 누구나 하느님을 이슬람교도처럼 믿지 않을까?

만약 내가 남인도에서 다른 곳을 거치지 않고 곧장 델리로 건너왔다면, 이제 와서야 생각하게 된 것을 도착 즉시 느꼈을지 모른다. 이곳의 환경은 그만큼 낯설다. 유럽 사람이 이곳에 적응하고 이해하려면 자신의 지향점을 고쳐야 한다. 과거, 이탈리아 사람들이 델리 궁전을 찾아왔을 때 금방 환호하면서 이곳의 문화적 감각에 자연스럽게 어울렸을 것이다. 그 궁전은 당시 라틴 국가들의 궁전과 비슷한 분위기였기 때문이다. 델리의 문화는 라틴 문화와 조금 미묘한 차이만 보인다. 신기루 같은 성격이 흡사하다.

무굴제국 사람들은 변방 예술가들이 창조한 동화 같은 세계에서 살지 않았다. 그들은 극장에서 축제 구경하듯 구경만 했다. 그들의 풍습은 거칠고 엄혹했다. 요컨대, 교황이나 이탈리아 군주의 생활에 비해 훨씬 진지했다. 그러나 마치 대리석 천사상과 유제품이 중개도 거치지 않고 델리의 거대한 요새에 접목이라도 되었을까? 거칠고 힘겨운 현실을 세련되고 아름다운 베일로 덮었다는 듯 매혹적인 환상에 휩싸였다.

티무르는 가장 무서운 정복자였으나 까다로운 탐미주의자였다. 그는 알라의 은총으로 우아하게 살려고 했다. 이런 욕구는 그다음 세대에 더욱 커졌다. 인간들이 어떻게 이런 예술을 만들 수 있을까. 사실, 요정의 예술이다. '진주 사원'을 만들자면 영혼들을 묶어줄 요정들이 있지 않았을까. 물론, 인도 예술가들은 얼마든지 그런 몽상을 표현했다. 그들에게 현실성은 없었다. 넘치는 상상 속에 살았다. 상상은 동화 속에서 가장 자유롭게 펼쳐진다. 그런데도 이런 환경은 낯설지 않다. 그 의미도 익숙하지만 그에 못지않게 다양한 화신들도 친근하다. 그런 것들 대부분을 이전에 본 적은 없지만 그것을 바라보고 느낄수록 더 인간의 정신이 얼마나 자유롭지 못한지 확실히 알게 된다. 새로운 형태를 내놓았다지만 멋대로 창작했다는 뜻은 결코 아니다. 그 형식은 (하느님만 아무 형태도 없는 데에서 시작할 수 있겠지만) 수 세기 동안 고유의 법칙을 발전시킨 결과일 뿐이다. 창작하는 인간이란 중개자일 뿐, 떡잎을 보고 조상을 짐작하듯 진화는 일단 시작되면 전적으로 고유의 법을 따른다. 이전에도 나는 스타일의 변화에 외부의 요인이 있다고 주장하는 예술사가들을 비웃곤 했다. 예를 들면, 계몽주의 철학자 디드로의 글이 "그가 살았던 18세기에 결정적으로 프랑스 회화의 방향을 틀어놓았다."라는 식이다. "그렇다면 작가들은 평론가의 영향을 받기만 했을까? 언제나 그런 외부 요인으로 내부가 변했을까?"

그 자체로서는 잘못된 건물도 이론으로 비추어 보면 현실을 정확히 반영한다. 형식이 발전하고 쇠퇴하는 과정에서 우연히 조정된 부분도 없지 않다. 가령, 디드로가 실제로 화가들에게 영향을 주지 않았더라도 그는 평론가로서 화가들의 창작 경향을 설명했을 것이다. 그렇게 간추려서 말하려다 보니 디드로가 그 운동을 이끌었다고도 한다. 어느 사조나 한계가 있다. 형식마다 그 속에 차후의 잠재 성향이 담겨 있다. 그래서 그것으로 원칙적으로 예상할 만한 변화를 짐작할 수 있다.

리하르트 슈트라우스가 없었다면 그의 음악이 어떻게 있을 수 있을까. 그의 음악관은 리하르트 바그너의 관념에서 '흘러나왔다.' 슈트라우스의 독창성은 무엇일까? 여타 작가들과 마찬가지로 관념상 필요했던 것을 실제로 경험하도록 했던 것 아닌가. 그래서 어떤 철학자든 기초 사상을 서로 이해할 수 있다. 그렇기 때문에 부분만 알 수 있는 어느 시대의 철학을 경험하지 않고서도 더 멀리 내다보는 눈으로 예상할 수 있다.

조형 예술은 모든 형태의 필수 관계를 명백히 드러낸다. 창조의 법칙을 가장 분명히 드러낸다. 그래서 예술 비평의 역사가 있고 예술 작품의 고유한 역사와 그 발전이 중요하다. 모든 표현 형식이 필요하고 또 계보도 드러나기 때문에 익숙한 형식과 나란히 새로운 형식을 금세 알아볼 수 있다. 무굴 예술에 이런 점이 보였다. 무굴제국의 예술은 동로마제국의 특징을 물려받았다. 애당초 동서의 경계에서 시작했기 때문이다. 그래서 낯설지 않다. 발전은 어떤 법칙을 따르기 마련이다. 그래서 발전을 한눈에 알아볼 수 있다. 그런데 어떤 '큰 뜻'은 그에 걸맞은 형식을 낳는다. 거꾸로, 나중에 형식이 그 뜻에 영향을 준다. 비잔티움의 표현 방식에 따라 동서가 친근했으니까 델리는 정신적으로 우다이푸르보다 콘스탄티노플과 가까웠다. 결국 표현 수단도 비슷했다. 독일 사람이 프랑스 말을 자주 하고 프랑스 말로 계속 생각하다 보면 결국 그의 지성도 프랑스 사람처럼 된다. 칸트학파를 자주 접하는 사람은 어느 정도 그의 추종자가 된다. 애당초 칸트와 상반된 생각을 했던 사람조차 그렇게 된다.

이곳 환경은 처음에 생각했던 것보다 훨씬 친근하다. 이슬람 문화는 내게 낯설지 않다. 정신적으로 나와 잘 통한다. 유럽 사람들은 이슬람 문화를 '동쪽'에서 온 것이라며 낯설게 본다. 하지만 인도를 배경에 두고 본다면 이슬람 세계는 기독교 세계와 그다지 다르지 않다. 그리스 정교와 가톨릭이 가까운 만큼이나 정신적으로 가깝다.

유대교도와 기독교도와 이슬람교도는 형제간이다. 모두가 '모세 시대'라는 같은 역사의 뿌리에서 나온 만큼 같은 정신을 받아 태어났다. 오늘은 이런 점이 훨씬 더 분명하다. 셈족과 아리안족의 문화를 대립해 보는 것은 잘못이다. 셈족의 신앙심은 게르만 쪽으로 기울지 않았다. 게르만의 성향은 인도 쪽으로 더 기울었다. 게르만의 문화유산은 지중해에 기원을 두고 있으니 라틴, 셈, 튀르크 사람들과 마찬가지다. 무함마드 시대가 시작되기 전에 고대 중동의 정신, 모세의 정신, 기독교와 북쪽의 켈트와 게르만의 정신은 그리스와 로마의 정신을 받아들이면서 하나가 되었다. 결국 이슬람은 서구 정신에 적응한 특수한 표현이다.

이런 것을 힌두교 정신과 비교해보면 그 실질적 성격이 더욱 분명하다. 힌두교 정신은 두 가지 점에서 다르다. 시간과 또 힘이 남긴 자취에 대한 태도다. 이것은 인도에서 절정에 달한 오리엔트 정신과 근본적으로 다르다. 인도 사람은 사물의 본질을 생각한다. 현상에 무심하다. 개성을 무시하다 보니 세상사에서 실패한다. 현실적 성공과 과학적 이해와 기술 숙련을 중시하지 않는다. 열반을 동경하니까 정신적으로 깊이를 찾는다. 이런 것이 전형적 성향이다. 이슬람교도를 포함해 모든 서양 사람과 정반대 쪽을 바라보고 있다. 서양 사람은 최대한 자신을 표현하는 사람을 바람직하게 본다. 인간 정신을 무한하게 생각하는 기독교 관념과 지상에 하늘의 왕국을 세우려는 법에 따라 표현하려고 한다. 이슬람교도도 기독교도 못지않게 현실을 진정한 일터로 여긴다. 이들의 철학은 개인을 넘어서는 어떤 현실도 무시한다는 뜻에서 개인주의적이다. (우리가 지금 개인주의라는 것으로 설명할 수 있든 아니든 상관없다.) 이들 모두 힌두교도보다 훨씬 더 이상주의자들이다. 현실을 확고하게 인정하는 사람만이 이상적인 것을 찾아낼 수 있기 때문이다. 또 다른 한편, 이들은 힌두교도보다 더 물질주의자들이다. 무엇보다 현실을 관념의 표현으로 본다. 그래서 반드시 그런 것은 아닐지라도 쉽게 물질주의에 빠진다. 서구의 이슬람교도는 가장 물질주의자처럼 생각한다. 그들은 초월을 생각해 하늘나라를 동경하는 것이 아니다. 물질주의자로서 동경한다. 물론 요즘 기독교도보다야 이런 면이 덜하다. 이슬람교도는 구도자는 아니지만 높은 이상주의자답다. 신앙의 이상은 그들에게서 어떤 사실보다 중요하다. 완고한 이상이다. 그래서 진보 성향이 부족해 유럽 사람보다 힌두교도에 더 가깝다. 그렇다고 그들의 이상은 확고부동할 뿐만 아니라 그 중심에 몰입한다. 마치 에너지가 타오르기를 기다리는 서양 사람과 비슷하다. 특별한 영성만 생각하는 정교회 신자와 다름없다. 정교회의 성격은 개신교보다 이슬람교에 가깝다.

이슬람교는 이렇게 서구 정신의 표현이다. 이슬람교도는 기독교도보다도 힌두교 정신과 소원하다. 기독교도는 이슬람교를 금세 이해한다. 기독교도에게 이슬람교도의 사고방식은 조금도 낯설지 않다. 사실, 이슬람교는 힌두교 정신을 따라 인도에서 차츰 발전하고 있다. 그렇지만 그 피는 속일 수 없다. 마치 오래전 페르시아에서 그랬듯, 인도에서 이슬람교도의 신비한 자세가 새로운 종교 지도자에게서 더욱 강하게 나타난다. 그런데 기독교는 수 세기 동안 유대교와 멀어졌다. 게다가 기독교는 게르만의 열망을 끝없이 담아냈다. 지금 서구 세계를 고취하는 정신은 그 원래 요람이던 지중해의 유대 정신과 유난히 달라졌다. 그렇다고 그 정신의 완벽한 실현이 여전히 똑같은 정신에서 나왔다는 사실마저 달라질 리 없다. 서구와 중동의 모든 창조 활동과 모든 인종의 대립을 넘어서는 바탕이다. 이슬람 세계는 인도에서도 서구의 고향을 연상시킨다.

아그라

어떻게 이런 일이 가능했을까? 믿기 어렵다. 육중한 대리석 건물이 공기처럼 가벼워 보인다니! 건물은 건물인데 완전한 장식품이다. 정확한 용도도 없는데 가장 높은 뜻을 담고 있다. 아그라[116]에 자리한 타지마할은 위대한 걸작이기도 하지만 인간 정신을 가장 놀랍게 발휘했다. 그동안 내가 알던 최고의 완성을 능가하는 듯하다. 이곳에서 어중간한 완성은 보이지 않는다. 인도 땅에 비슷하게 설계된 건물이 수십 채 되지만, 이곳처럼 샤 자한[117]의 창의력이 완벽하게 종합된 곳은 없다. 합리성에 따랐으면서도 아름다운 장식으로 채웠다. 너무 조화로워 어떤 건축에 적용해도 좋을 듯하다. 타지마할은 설계도를 따랐다. 그런데도 합리성은 장식 속에 녹아들었다. 모든 건축 구조의 기본 요소인 하중이 느껴지지 않는다.

타지마할은 기이하고 아름답기만 하다. 거대하지만 소중한 보석이다. 우아하고 매력에 넘치지만 숭고한 느낌은 없다. 건축으로 표현할 수 있는 것으로 보이지도 않는다. 파르테논 신전이나 이슬람 사원처럼 힘

---

116 Agra, 인도의 우타르 프라데시주의 수도다, 타지마할을 비롯해 무굴제국의 수도 유적과 성채 등이 유네스코 세계유산으로 지정되어 있다.

117 Shâh Jahân. 1592~1666. 1627년부터 1658년까지 무굴제국의 5대 황제로서 '세계의 왕'이라는 이름을 얻었다. 많은 아내들 가운데 총애하던 뭄타즈 마할을 위해 타지마할을 지었다.

1900년대의 타지마할 전경. 엑토르 레베이에 사진.

이 집중된 구조도 아니다. 남인도 신전의 동물적인 감흥도 고딕 대성당의 종교적 배경도 없다. 그렇다고 타지마할이 반드시 장묘 건축만으로 보이지도 않는다. 비록 삼나무들을 장엄하게 둘렀으니 당연히 묘소로서 중요하다지만. 휴양을 위한 별궁으로 볼 만하다. 아니면 그 무엇보다 금슬 좋던 부부애를 사별한 뒤에도 궁륭 아래 영원히 기념하려는 건물이라며 흐뭇해하는 사람들이 가장 많다. 작고한 황비의 혼이 타지마할의 혼은 아니다. 타지마할은 다른 곳에서 또 누구에게서 끌어온 혼이나 의미는 아니다. 건축가들이 결코 실현해본 적 없는 궁극의 예술 작품이다.

흔히 건축을 별도의 예술이라고 한다. 용도에 맞춘 건물에서만 우러나는 아름다움을 보여준다는 주장이다. 목적이 없는 것의 아름다움에는 의미도 정신도 없다. 장식무늬는 아름다워 보이지만 무의미하다. 그래서 목적이 분명한 합리성은 장식성과 대립한다. 헬레니즘 예술처럼 완전히 합리적인 예술에서 장식은 덤에 불과하다. 장식과 꾸밈이 덜할수록 훨씬 훌륭하다. 반대로, 장식은 그 의미를 덧붙일 대상이 반드시 필요하다. 장식은 그것에 적합한 대상에 근거할 때 가장 훌륭해 보인다. 이탈리아와 인도의 궁전들처럼 장식에 그 나름의 의미를 붙이려고 하면 할수록 그만큼 무의미하고 공허하다.

타지마할 건물은 완전히 합리성을 따랐지만 목적은 없다. 또, 장식성이 풍부한데도 내용으로 충만하다. 분명 특별한 세계에 속한다. 건축 양식의 기본적 범주에 포함될 만한 것이 아무것도 없다. 여기에서 장식은 목적에 맞춘 까닭에 우러나는 아름다움 못지않게 견고한 그 무엇인가를 표현한다. 합리성도도 눈부시고 깊다. 타지마할은 절대의 예술 작품이다. 건물에 창을 뚫지 않았다시피 그 혼도 배타적이다. 우리는 오직 직감만으로 숭배하게 된다. 사실 그곳으로 들어가는 통로도 없다.

타지마할의 또다른 특징이 있다. 그토록 거대한 건물에서 보기 어려운 많은 세부의 미묘한 협동이다. 타지마할의 평면도는 수많은 힌두교 사원과 별다르지 않다. 수없이 많은 건물에서 타지마할의 채색을 모방했지만 결과는 과자 장식 같을 뿐, 조금도 신통하지 못했다. 크기와 재료를 조금만 바꾸어도, 습도와 햇빛이 조금만 다른 지역에서 그것을 모방해도 절대로 같은 분위기를 보여주지 못한다. 여기에서 대략 1백 킬로미터도 안 되는 거리에 있는 사원들도 이곳과 똑같은 흰 대리석으로 지었는데 타지마할처럼 은은한 빛깔이 전혀 나지 않는다.

타지마할이라는 걸작은 개성의 의미를 각별하게 보여준다. 그럴 만한 근거를 줄줄이 꼽아보거나 그럴듯한 관계를 낱낱이 설명해보더라도 그 개성의 본질을 설명하기는 어림없다.

무의미해 보이는 주변 환경도 없고 의미 있어 보이는 것도 금세 달라보인다. 개인의 느끼는 실감과도 거리가 있다. 경험할 만한 조건에 뚜렷하게 의존하는데 어떻게 또다른 실체를 생각할 수 있을까? 그래서 그 현상의 절대성을 입증한다. 단 하나뿐인 현상이다. 그 밖의 다른 어떤 것으로도 대신할 수 없다.

때때로 플라톤의 뜻을 따라보고 싶을 때 나는 관념을 놀랍고 유일한 현상으로서만 인식한다. 영원한 정신으로 결정된 면은 일정한 경험의 조건 속에서만 볼 수 있다. 조건 자체는 실체가 아니다. 개성은 그 조건 속에 녹아들고 개성을 고취한 정신만 남는다. 그 정신이 어떻게 표현되는지는 별로 중요하지 않다. 타지마할의 원형은 관념의 세계를 꾸밀 수 있다.

타지마할의 경이로움은 일부분 이탈리아 건축가들 덕분 아닐까? 혹시 무굴제국 문화의 르네상스 덕분일까? 무굴제국의 르네상스도 이탈리아 르네상스와 똑같은 의미였다. 그 문화도 위대한 수수께끼일까? 지성인들이 어떻게 그 문화가 고대 문명과 다시 접했다고 주장하는지 나로서는 확실하게 이해하기 어렵다.

이런 접촉이 다시 시작해 어떻게 그토록 당대에만 놀랍도록 특이한 결과를 낳았을까? (그런 접촉이 절대 단절되지도 않았고) 르네상스 시대 몇백 년 동안만 그러다가 다시는 되풀이 되지 못하지 않았을까? 당시 이탈리아 사람들은 어떻게 그토록 위대한 일을 했을까? 생리적으로는 그때나 지금이나 똑같은 사람들이고 조금도 퇴화하지 않았다. 시인 알피에리가 뭐라고 하던가. 지상에서 인간이라는 식물이 이탈리아에서처럼 잘 자란 곳은 없다고 하지 않았나. 정말 맞는 말이다.

요즘 이탈리아 사람들은 자기네 조상만큼 예술의 재능에 조금도 변함이 없다. 그런데 왜 르네상스 시대에만 그 재능이 활짝 피어났을까? 분명 어떤 '정신'이 있었다, 위대한 몽골 제국 시대에 인도의 예술가들에게 깃들었던 정신이다. 예술가들의 재능으로 표현된 똑같은 '정신'이다.

내가 무슨 말을 하는 것일까, 나도 모르겠다. 몇 해 전부터 이 문제와 씨름했지만 르네상스 같은 문화의 절정기는 증명할 만한 인과관계로서 절대 설명할 수 없다. 그 시대는 이전과 이후의 시대와 질적으로 다르다. '은총' 받은 성격을 부인할 수 없는 영혼의 흐름 같은 것에 결정적으로 당시의 존재가 덕을 보았다. 은총으로 한동안 모든 본성이 바뀌었다. 그러다가 그 은총의 샘이 말라버리자 어떤 재능과 노력도 소용없었다.

르네상스의 절정기를 지난 뒤로 이탈리아에서 예술은 쇠퇴했다. 때때로 재능있는 사람들이 등장했지만, 지금 이탈리아 사람들은 모든 민족 가운데 창의력과 취미가 가장 부족해 보인다. 예술의 재능은 여전히 타고났는데도! 도대체 어떻게 된 일일까? 나로서도 알 수 없다.

타지마할을 보고 나서 현상과 실체에 관한 상념이 떠올랐다. 타지마할을 경험할 여건이 조금만 달라지더라도 놀라워 보이지 않겠다는 생각이 들었다. 기존의 여건은 우연히 찾아낸 것이었을 수 있다. 우리가 무슨 말을 할 때 단어 하나나 문맥 하나만 살짝 바꾸어도 언변의 달인처럼 참신한 소리를 하는 사람이 된다. 그런데 말을 바꾸는 바람에 시시껄렁하고 빤한 소리나 하는 사람이 되기도 한다. 어쩌다 부주의하게 그은 선 또는 그렇게 칠한 얼룩이 화폭에 두 번 다시 모방할 수 없는 표현을 남기기도 한다.

이와 같은 표현이 본질적으로 조콘다의 가치를 결정했다. 우연한 경험과 정신 사이에 필연적인 비밀이 있었을까? 그래서 어느날 우연히 천재가 나타나 역사에 결정적인 시대에 개입하고 거의 뚜렷한 자취를 남긴다면 이는 섭리처럼 불가피한 일이었을까? 그렇다는 예감은 들지만 여전히 막막하다. 르네상스 예술과 무굴제국 예술의 경이로운 걸작들은 '큰 뜻'의 표현이었다고 밖에 설명할 수 없다. 적어도 지금 나로서는.

유럽 사람들은 인도에서 무굴제국 황제들의 궁전을 가장 보고 싶어하는데 그 이유를 알 만하다. 사람들은 인물과 직접 관련이 있는 곳에 관심이 많기 때문이다. 즉시 이해하기 쉬운 곳이라 편안해한다. 하지만 이제 떠나야 한다. 이런 보물의 한복판에서 내가 무엇을 할까? 익숙해지다 보니 더는 자극도 없다. 한복판에 머물기에도 그 예술은 너무 거대하다. 나의 모든 길에 방해나 될듯하다. 나는 피렌체에서도 살지는 못할 것 같다. 15세기의 정신이 우리 시대의 기를 죽이는 곳이다. 그래도 피렌체를 즐겨 찾고 그때마다 전과 다른 즐거움을 맛본다. 눈으로 볼 수 있는 아름다운 구경거리가 정신의 꽃으로 피어 있고, 또 당대에 유행한 플라톤 철학의 의미와 똑같기 때문이다.

초기 르네상스의 거장 조토 디본도네가 설계한 산타 마리아 델 피오레 대성당의 종루를 바라보면 인본주의에서 추상적 표현을 찾았던 이성의 장점이 느껴진다. 메디치 예배당에 들어가 보면 다른 여건에서라도 그런 세계를 창조했을 법한 인물의 존재감을 느낀다. 피렌체에서 볼 수 있는 모든 예술은 먼 곳까지 깊은 뜻을 퍼트렸다. 인도와 이슬람의 예술에 이런 의미는 없다.

예술뿐인 예술을 볼수록 나는 예술이란 관념의 실체를 직접 표현한다고 편에서 좀더 이해하게 된다. 사람들이 감탄하는 걸작이란 이런 점에서만 더욱 의미 있다. 그래서 장식 미술에 시큰둥하게 된다. 섬세한 아라베스크 장식은 그 이면에 그 작가의 세련된 취미 외에 숨어 있는 다른 깊이는 없다. 장식 미술이 가치 없다는 뜻은 아니다. 장식 취미를 충분히 음미하지 못하는 나의 한계 때문이다. 아무튼 장식 미술은 분명 피상적이다. 그러나 깊이 있는 것만 존재할 권리가 있다고 할 수는 없다. 피상적인 것도 인정해야 한다. 피상적인 예술을 인정하지 못할 뿐이다. 내게 그것을 음미하는 데 부족한 점이 있다. 우선 그것에 관한 교양이 부족하다. 왜 부족할까? 우리 고향은 유럽에서 가장 예술의 분위기가 부족하다. 형태미에 대한 취미와 지식을 자연스럽게 얻은 피렌체 사람들처럼 은총을 받지 못했다. 분명 그것은 타고난 이점을 누린 덕이다. 단순히 창의력으로 보상하기 어려운 우수한 장점이다.

바라나시

상카라의 《화장터》에 실린 시 한 수를 읽어보자.

브라흐마가 신들과 함께 바라나시와 하늘의 무게를 달아보았네.
바라나시가 가장 무거워 땅에 떨어졌지만
하늘은 가장 가벼워 끝없이 높이 올라갔네.

갠지스강에는 다른 곳에 없는 신성한 기운이 감돈다. 특히, 아침에 강변으로 이어지는 '가트(Ghat)'라는 층계를 가득 채운 수많은 신자가 금빛 물결에 실려 떠오르는 해를 향해 찬가를 부른다. 그렇게 '큰 뜻'이 미묘하고 감미롭게 펼쳐질 때 세상은 온통 성스러움에 젖는다. 이런 성소에서 수천 년 전부터 경배했으니 인도 사람들은 오죽 좋을까! 이곳은 기적 같은 신앙의 힘 덕에 정말로 성소가 되었다. 바라나시는 목이 검은 시바 신께 바친 곳이다. 시바는 초인으로 표현된다. 아무것도 내치지 않는 신이다. 모든 것은 그를 거친다. 인도 전국 각지에서 종파를 가리지 않고 바라나시[118]로 순례하러 온다. 모든 사람이 이곳으로 순례한다. 힌

118 우타르 프라데시주에 있는 도시로 힌두교 최대의 성지로 1,500개가 넘는 힌두교 사원이 있다. 서양에서는 '베나레스'라고 부른다.

▲ 1920년대 바라나시의 전경.
▶ 1900년대 바라나시의 힌두교 사원. 새뮈얼 분 사진.

두교 사원 한가운데 이슬람 근본주의 종파의 아우랑제브[119]가 세운 이슬람 사원이 높이 서 있어도 놀랍지 않다. 멀리에서 바람을 타고 갠지스 강 위로 기독교 찬송이 들려오더라도 나는 이 분위기에 완전히 녹아들기만 할 듯하다.

바라나시는 성스럽다. 경박해진 유럽에서 이런 것을 이해나 할까. 머지않아 아무도 성지순례에 나서지 않을 것이고 조만간 기독교 성지가 남아 있기나 할까. 얼마나 삭막할까! 어떤 장소가 '정말로' 성스러운 곳인지 왜 물어야 할까? 까마득한 옛날부터 그렇게 여기다 보니 신들도 여기에 못이기는 척 눌러앉았다. 이 땅을 가득 채운 순례자들은 이곳에서 놀랍도록 쉽게 신심을 추스른다. 경건한 감정으로 사람들의 혼이 넓고 깊어진다. 누구든 아무 도움 없이 어디에서나 하느님을 만난다고 느낀다면 얼마나 바람직할까. 그러나 이럴 수 있는 사람이 수백만 명 가운데 하나나 될까? "아버지처럼 내 안에도 모든 생명이 있다."라고 예수처럼 말할 수 있는 사람이 해마다 나올 수는 없다.

솔직담백한 사람은 어떤 과정도 필요 없다. 이곳에서도 인간은 예술과 철학과 도덕에 흥분한다. 만약 그렇지 않다면 순례지는 물론이고 왜 위인들을 예찬할까? 그들이 없다면, 그들이 우리에게 없는 것을 우리에게 주지 않는다면 왜 숭배할까? 우리 누구나 실제로 숭고한 것을 접하려면 자극이 필요하다. 자극이 없으면 신성함을 느끼기 어렵다. 성서를 읽고 예배에 참석하면서 자극을 받는다. 쳇바퀴 굴러가는 일상은 정상

---

119 Muhi-ud-Din Muhammad Aurangzeb, 1618~1707. 무굴제국의 6대 황제로 가장 넓은 강역을 차지하며 무굴제국의 전성기를 이루었다.

생체 리듬이나 유지할 뿐이니 일탈은 당연하다. 서로 다른 일을 하면서 살아 있다고 느끼며 타성에 젖어 살아가는 사람이 갑자기 고상해질 수 있을까? 그러자면 특별한 계기가 필요하다. 종교마다 이런 목적에서 축일을 마련해 성자들을 자주 접하게 했다. 순례야말로 이런 뜻에서 나왔다. 사실, 순례 중에 믿고 싶어 하는 영혼은 모든 것에 예민해진다. 그 상태도 오래간다. 장소를 바꾸면 익숙하던 환경을 잊게 된다. 사람들은 늘 찾아보고 싶어 하던 곳으로 순례하면서 황홀한 심정으로 나쁜 기억을 몰아낸다. 상상 덕분에 성소의 영향력은 더 커진다. 사람들은 극히 예민해진 채 눈앞에 있는 것에 몰입한다.

성지가 막연한 암시 때문에만 유익할까. 성지에는 그곳을 찾는 사람들이 경건한 생각에 젖을 만한 거룩한 힘이 있다. 그런 힘 때문에 별다른 신앙심도 없이 그곳을 찾은 사람조차 성스러운 분위기에 사로잡힌다. 이렇게 사람을 '붕' 띄워주는 힘은 세월이 가면서 더욱 커진다. 그러다가 진짜 은총의 샘이 된다. 역사 깊은 성스러운 순례길을 경건히 걷다 보면 목적지에 도착했을 때 여러 해 동안 마음속으로만 키웠던 신앙은 더욱 깊어진다. 그런데 인도는 순례길이 첩첩이 겹쳐 있다. 온 나라가 성지로 덮여 있다. 어디에서나 순례자는 항상 신이 새로운 모습으로 나타난다는 인상을 받는다. 갠지스 강변만큼 이런 느낌이 강렬한 곳은 없다.

신성한 갠지스강은 히말라야 만년설에 덮인 카일라스산[120]에 있는

120 티베트고원 서단의 고봉으로 카일라스는 '수정'이라는 뜻이다. 카일라시(Kailash) 또는 카일라스(Kailas)라고도 하며, 티베트에서는 '눈의 보석'이라는 뜻인 강 린포체(Gang Rinpoche)라고 부른다. 해발 6,638미터의 미개척 봉우리로 수도승 시인 밀라레파(12세기 초)가 정상에 올랐다는 전설이 있다. 티베트 불교에서 '수미산(須彌山)'으로 불리며 신성시하고 힌두교, 자이나교, 티베트 뵌

시바의 낙원에서 샘솟아 흐르며 신 같은 존재가 된다. 그 강은 구도자들이 사는 산골의 장엄한 숲을 거친다. 초인 같은 구도자들에게 삶과 죽음의 구별은 없고 하나일 뿐이다. 이들은 자기들을 찾아 그곳까지 올라간 사람을 제자로 삼기도 한다. 갠지스강은 태양이 이글거리는 펀자브에서 비옥한 벵골 평야까지 남쪽으로 내려오는 동안 주변을 성스럽게 적신다. 지금까지 카일라스산 정상에 오른 사람은 없다.

바라나시는 누구든 접근할 수 있다. 바라나시는 모든 종교 사상을 갠지스강으로 모으는 거대한 구심점이다. 신성한 힘을 주는 강이다. 보면 볼수록 존재를 실감하게 되는 그 영기(靈氣)는 대체 무엇일까? 알 수 없다. '에테르'의 진동 같은 것일까. 물론, 의사가 지어주는 약은 아니다. 아무튼, 구체성을 띠고 떨며 피어오른다. 분명, '사상'도 몸이 있다. 물건처럼 '객체'다. 구체적이기만 할까? 생각보다 오래갈지 모른다. '시대정신'도 바람 못지않게 객관적이다. 만약, 사상에 구체성이 없다면 감염력도 없지 않을까? 그렇지 않았다면 내가 어떻게 영기를 직접 파악할 수 있을까. 어떻게 내가 서 있는 곳에서 이렇게 강한 영향을 받을까? 이곳 주민이나 체류자는 익숙해서 그러겠지만, 이곳을 느끼지 못할 만큼 우둔한 사람이나 영기가 어디 있다며 의심하지 않을까. 고대 인도에서 전해지는 유혹의 이론을 글로 남긴 사람은 아직까지 없다. 어둠에 싸인 타트바[121] 이론이다.

교를 포함해 네 종교의 성지이다. 서양에는 1715년에 예수회 수사 이폴리토 데지데리가 라싸 여행 중 이 산자락을 통과하면서 기록을 남겨 처음 알려졌다.

121 Tattva. 힌두교에서 '진리'라는 뜻으로 사실의 구성 원리인데, 가시계와 비가시계 전체를 아우른다. '개념이 담긴 현상'이라고 할 수 있다. 라마 프라사드(Rama Prasad)가 발표한 〈자연의 섬세한 힘

해가 뜰 때면 산자락으로 몰려드는 수많은 신도가 모든 생명의 죄를 씻으려는 몸짓은 장관이다. 힌두교도가 섬기는 태양신은 없다. 정신과 마찬가지로 물체를 경배하지 않는다. 그러나 태양을 찬미할 수는 있다. 신이 가장 찬란하게 창조하는 물리력을 과시하니까! 인간이 해 없이 어떻게 살까! 모든 존재는 태양에서 나왔고 해가 만들었다. 태양이 생명을 살리고 죽인다. 생명의 샘이 거기에 등 돌릴 때에도 그렇게 한다. 좀 더 알게 될수록 나는 태양을 더 예찬하게 된다. 에스토니아에서 무서운 몇 달 동안 태양이 쩨쩨하게 겉만 훑으면서 (조금 살아남을 만큼만) 그나마 마지못해 하던 의무를 마치고 나서 금세 남쪽으로 내려가버리면 내 생활의 주기도 하강 곡선을 그린다. 몸이 아프고 활력이 떨어진다. 정신은 해이해진다. 반대로, 낮이 길어지는 계절에는 창조력이 왕성해진다. 하지만 태양이 (북쪽 지방에서) 가장 뜨거운 때라고 해도 인도에서의 것과 비교나 할 수 있을까? 희미한 촛불에 불과하다. 인도의 햇볕은 무시무시하다. 나는 갠지스강 순례자들처럼 아침마다 태양 앞에 엎드려 절하고 싶은 기분이다. 햇볕은 감당할 수 없는 정도로 나를 덮친다.

여기에서 매일 드높은 혼의 광채를 받는 기분이다. 이른 아침부터 나는 동쪽에서 오는 심오한 지혜에 놀라기만 했다. 태양이 가깝기 때문이다. 모든 모습이 곧 육체다. 정신은 표현할 수 있는 곳 어디서든 나타난다. 뭐라고 하든 모든 힘은 태양에서 나온다. 인도의 태양은 생각을 방해한다. 다른 어떤 의식 활동도 마찬가지다. 태양의 힘은 너무 강하고 황홀해 우리의 나약한 의지로 감당하기 어렵다. 그것은 곧장 선과 악에

《Nature's finer forces》(1907년)이 지금까지는 이 교리를 다룬 보기 드문 글이다.

가리지 않고 작용한다. 그 광채를 너무 많이 받은 건방진 두뇌를 죽인다. 그 대신 햇살은 굽실대며 감지덕지 받아들이는 사람을 갑자기 비춘다. 많은 것을 순식간에 밝힌다. 북쪽에서 아무리 머리를 쥐어짜도 붙잡지 못하던 것을 단김에 밝혀준다. 우리의 원초적 힘이 되살아나면서 의식의 중심을 파고들기 때문에 나타나는 명증성이다. 깊이 숨어 있던 인식이 한꺼번에 깨어난다. 평소에 가려져 있던 깊은 곳에서도 수많은 가벼운 일상의 여파가 출렁대기 마련이다. 그래서 그 가장 깊은 샘까지 파고들어야 비로소 이해할 수 있다.

유럽 사람은 인도 사람보다 더 활달하지만 그만큼 피상적이다. 인도 사람은 움직이기 좋아하지 않는다. 사고도 종종 불완전하다. 동력도 별로 없다. 표면으로 드러나는 모든 것을 태양이 불태워버린다. 그러나 다른 한편, 태우려는 것에 반발하는 힘이 있다. 받아들이기도 하지만 물리치기도 한다. 그래서 가장 빈곤한 의식에서도 빛이 감지된다.

내가 도대체 무슨 말을 하는 것일까? '정확할' 리 없는 상념이다. 그러나 정신적으로는 진실하고 중요하다. 태양의 찬미자는 신 앞에서 옳다. 신화를 믿는 사람에게 사실 같은 것은 없다. 우리가 알고 있는 사실이라는 의미의 현실은 없다. 그런 사람은 물리에서 말하는 태양이 무엇인지 모른다. 그는 자기 생명의 근원에 직결된다고 느끼는 것 앞에서 기도한다. 먼 훗날, 합리적으로만 생각하면서 정확성만 중시한다면, 인간은 태양 숭배를 부인하게 되지 않을까? 그런 인간에게 천문학적 사실만 있을 뿐 신성은 정말이지 사라지지 않을까? 혼이 살아 있는 인간은 고대 신앙이 새삼 옳다며 고개를 끄떡인다. 거기에서 우리 내면의 깊은 속에 살아 있는 신성을 아름답게 인식한다. 모든 진리를 상징을 통해 본다. 태양이 최상의 합리적 개념보다 더 적절하게 신성을 표현한다고 이해한다.

강물에 퍼진 자비의 분위기는 비할 데 없는 힘이다. 내가 찾아갔던 그 어느 성소보다 강하다. 모든 기독교 목회자 후보들은 일 년쯤 신학 공부를 접어두고 갠지스 강변에 와서 지내보면 좋을 듯하다. 여기에서 그는 인정(仁情)이 무엇인지 배울 게 틀림없다. 유럽에서 그런 사랑은 희미한 자취뿐이다. 이곳 사람들이 아직도 열렬히 기도한다는 사실을 유럽에서 알기나 할까? 누가 자신을 가득 채우는 경건한 자세로 외부의 자극도 없이 스스로 어수선한 주변을 물리치는 기도를 알까? 수백만 명에 하나쯤 될까? 어쨌든 경건하다고 자처하는 유럽 사람들이 많지만 신앙심은 여전히 부족하다. 그들의 신앙이란 어떤 것을 사실로 믿는 것이다. 기도는 복을 비는 구걸일 뿐 진정한 헌신이 무엇인지 모른다. 그러나 어떤 인도 사람, 제아무리 순박한 사람도 신앙을 조금도 무시조차 하지 않는다. 인도 사람 누구나 신앙은 곧 진리에 대한 믿음이다. 숭배하는 신이 얼마나 많든 자기네 남녀 신들을 의심하지 않는다. 인도 사람은 기도하며 요구하지 않는다. 그들은 누구든 구걸하는 사람을 칭찬하지 않는다. 요구는 항상 자신에게나 한다.

기도라는 성례(聖禮)로서 신을 찬송하고 경배한다. 그중에서 묵상이 최상이다. 영혼의 가장 깊은 곳을 열어두고 자유롭게 곧장 성령과 하나가 되려고 소식을 기다린다. 어떤 방법이든 상관없다. 인도 사람은 이 모든 일에 익숙하다. 소박하든 영성에 충만하든 어떤 종교적 표현에나 똑같은 성스러움을 인정한다.

인도 사람의 앎은 어디에서 올까? 엄마 품이다. 인도의 어머니가 아기에게 처음 가르치는 것이 명상이다. 자기 속으로 가장 깊숙이 빠져드는 기술이다. 이것을 배우고 나면 밖에서 배울 필요 없다. 성소와 교리 또 고행도 신을 접하는 데 불필요하다. 갠지스 강가의 교통이 혼잡한 소음 속에서 자기네 앞을 오가는 이방인들에 눈을 휘둥그레 뜨고 어리둥절하다가도, 기도 시간이 되면 아기들은 조금도 허둥대지 않고 열심히 신의 품속으로 뛰어든다. 나중에 어른이 되면 어려서 익힌 기술을 천천히 이해하게 된다. 머리가 아니라 가슴으로 이해한다. 중요한 것이 무엇인지 경험으로 안다. 가장 깊은 생명력을 끌어올리는 것이 무엇인지 알고 있다. 수단과 방법을 혼동하는 요즘 기독교도와 다르게 혼동할 줄 모른다. 적어도 중요한 것과 그렇지 않은 것을 분간하도록 배운 덕이다.

명상과 심호흡을 가르쳐준 어머니는 자식이 지도자를 선택하도록 방치한다. 예를 들어보자. 만약에 자식이 가톨릭교도와 개신교도가 다르듯, 어머니와 다른 신앙을 따르더라도 어머니는 자식을 방해하지 않는다. 그렇게 한다면 죄라고 생각한다. 인도 사람들은 그렇게 본다. 타인의 믿음을 억지로 간섭하는 것은 범죄일 뿐이다. 누구나 특별한 존재이며, 결국 신성을 향한 순례의 길, 자기에게 맞는 길을 따라가야 한다. 바로 이런 것과 똑같은 의미에서 아이가 배우고 싶어 하고 지능도 타고났다면 브라만교 사원에 보내 계속 공부를 가르친다.

브라만교는 아이에게 세상에 신은 단 하나뿐이라고 가르친다. 기존의 수많은 신은 유일신이 제 모습을 인간에게 쉽게 가르쳐주려고 나타나는 것이란다. 신은 스스로 모습을 보일 수 없으니까. 따라서 자기 자신 속으로 좀 더 깊이 들어가는 사람은 어떤 의례도 필요 없다. 그래서 수많은 신앙 공동체 밖에서도 살아 있는 현자들을 만날 수 있다. 어쨌든, 인도 사람이 어떻게 중요한 것을 모를 수 있을까? 어떻게 종교의 계시로 축복받은 사람이 겸손해질 수 있을까? 서유럽도 중세에는 인도와 무척 비슷했다. 요즘 정말로 헌신하는 신자를 거의 찾아보기란 어렵지만, 중세 수 세기 동안 벽촌과 오지를 제외하면 정신이 군림했다. 그렇게 독실한 사람이 고스란히 남은 곳은 러시아뿐이다. 사실, 인도에 머무는 동안 틈틈이 러시아 사람이 생각나곤 했다. 러시아 사람이 세상을 보는 특별한 감정은 인도 사람과 매우 흡사하다. 보편적 우애와 전체적 이해의 감정이다. 어쨌든 똑같이 실용 감각은 부족하다. 그런데 그 신앙심은 인도 사람과 특이하게 닮았다. 물론, 갠지스 강가에서 기도하는 순례자들과 세르기옙스카야 라브라[122]에서 기도하는 순례자들은 다르게 고백하겠지만 가슴속에서 타오르는 열성만은 거기나 여기나 똑같다. 그렇다. 러시아, 소박한 농부들의 러시아는 오늘날 하느님의 이웃에 사는 유일한 기독교 국가이다.

마음의 길이 하느님의 이웃까지 닿았다고 할 만한 것이 있다. '박티 요가'[123]다. 누가 뭐라 하든 서양인의 심장은 별로 발달하지 못했다. 우리가 그렇게 상상하는 까닭이 뭘까. 천오백 년 넘게 사랑의 종교를 영위하면서 사랑에 취했기 때문인가! 그러나 그렇지 않다. 우리는 극성맞기

122 Sergievskaja Lawra. 러시아 정교회의 대성당으로 모스크바 북쪽에 있다.

123 Bhakti Yoga. '신에 헌신'하는 구도를 뜻한다. 힌두교 전통에 따르면, 박티 요가는 자유와 해탈로 가는 가장 쉬운 방법이다. 박티 요가의 경전은 〈바가바드 기타〉다. 힌두교 종파 중 박티 운동을 펼치는 주요 종파로 시바파(Shaivism), 비슈누파(Vaishnavism), 샤크티파(Shaktism)가 있다.

때문에 동양에서 건너온 정신을 즉시 실행에 옮겼다. 생활 방식과 인생의 행로와 제도로 변용했다. 그래서 이런 것들을 동양보다 애지중지한다. 우리의 가슴도 거기에 걸맞아 보인다. 서양 사람들은 정신을 드높였지만 감정은 빈곤하다. 정신을 몸 안에 붙들어둘 줄 모른다. 라마크리슈나에 비하면 토마스 아 켐피스가 내놓은 것[예수를 모방하고 충실히 따라하며 살자는 것]은 얼마나 쩨쩨한가! 하물며 고고한 유럽의 고행자는 페르시아 신비주의자에 비해서도 초라하다. 그래도 서양 사람들은 정감의 추진력만큼은 동양 사람보다 훨씬 강하다. 그렇지만 풍요와 섬세함과 다양성이라면 어림도 없다.

성 후안 델라크루스[124]는 번번이 외설스러웠다. 진지한 하느님의 사랑에도 그는 거친 스페인 혼으로 세련되게 표현하지 못했다. 아시시의 성 프란체스코는 온화했으나 회심자라기보다는 체력이 뛰어나다는 인상을 준다. 기독교계는 사랑으로 독점하려는 미신에서 벗어나는 데 오랜 시간이 걸렸다. 그래도 기독교계는 사랑이라는 '사업'의 선두에 섰다. 그러나 사랑 그 자체를 몰라도 너무 모른다. 사랑이라는 경험을 모른다. 인도 아대륙의 인정 많은 사람보다 사랑을 모른다. 교양 있는 인도 사람들이 유럽 사람들을 얼마나 거칠게 보았을까. 유럽 사람들은 정말 거칠다. 그들은 절대로 진정한 구도자가 못 된다. 우리는 다른 방향으로 발전하고 있다. 우리의 독실한 신자는 점점 더 줄어들고 있다. 그런데 어느 날 서구에서, 특히 신지학파처럼 인도에 고취된 많은 종교 단체가 경

124 Juan de la Cruz. 1542~1591. 스페인 신비주의 성자로 '카르멜의 성자'라고 한다. 아빌라의 성녀 테레사처럼 하느님과 가장 깊은 사랑에 빠졌다.

건한 척하며 방황하니 곤란하다. 경건주의를 소집단, 특히 여자들이 따르는데 그 동아리는 원래 서양 사람 같은 마음으로 돌아가야 차츰 줄어들 것이다.

여기에서도 자연은 겉으로나 한계를 보인다. 인도 사람처럼 경건하려면 인도나 러시아에서 태어나야 한다. 찬양의 욕구는 타고난다. 찬양의 적성은 높이 끌어올려야 한다. 자기가 타고난 피를 믿어야 하고 헌신할 일을 열망해야 한다. 자기 의지를 믿고 삶을 견뎌야 한다. 요컨대, 여성다운 본능이 필요하다. 그런데 유럽인의 정신은 극도로 남성적이다. 그래서 유럽인의 불경함, 신앙과 기도에 대한 몰이해로 볼 때 박티 요가는 유럽인을 신성으로 이끌 확실한 길이 못 된다.

나는 매일 몇 시간씩 미로를 헤맸다. 이 신전 저 신전으로 제단과 움푹한 벽감(壁龕) 속에 신상들을 모신 곳들을 찾아다녔다. 어떤 기독교 성지순례에 바라나시처럼 많은 '순례 성지 정거장'이 있을까? 그곳마다 특이한 모습의 신상(神像)들을 모신다. 당연히 가장 많은 인파가 시민들에 걸맞은 신상들 앞으로 몰린다.

시바의 도시 바라나시는 '가네샤'의 도시다. 가네샤는 세속의 성공을 주관하는 코끼리 머리가 붙은 수호신이다. 그 앞에 공물이 잔뜩 쌓인다. 지성인들은 이에 관해 아무 말이 없다. 그들의 우주관은 봉헌이라면 무엇이든 인정하고 권한다. 그들의 철학을 대변하는 모든 성상의 목적은 하나다. 인간이 가장 깊은 자아를 알게 될 방향을 가리킨다. 소박하고 때 묻지 않은 사람일수록 거칠기 마련이고, 그의 눈을 끌 만한 이미지도 거의 없다. 세련된 이미지는 이런 사람에게 부적합하다. 농부에게 신처럼 절대적인 존재와 직접 사귀어보라고 할 수는 없다. 세련된 교양이 아니라 민중의 상상력으로 빚어낸 신상들에 조용히 기도할 뿐이다. 만약에 그가 믿고 숭배하는 대상이 정말로 그의 영혼을 뚫고 들어간다면 그것은 고대 구도자들의 한없이 깊은 명상과 다름없다. 많은 사람은 '학식'이 없다. 정말로 전통 예배의 효용을 넘어서는 사람도 많지 않다. 신성을 접했다는 상상만으로는 부족하고 또 '실제로' 자기 안에 든 신성을 깨달아야 하지만 쉽지 않다. 그렇다면 누가 모든 '명색'을 뛰어넘어 거기에 도달했을까? 샹카라나 라마누자[125]도 그렇지 못했다. 이들조차 그 정도로 헌신하지 못했으리라. 이들은 자기 시대의 종교 형식에만 충실했다. 그들은 새로운 것을 찾는 데 무심하고 자기 철학에만 몰두했다. 그들은 타고났든 배워서 알았든 신상이 성령을 가장 쉽게 퍼트린다고 생각한다.

벵골에 있는 칼리 신을 모시는 다크신스바 힌두 사원[126]의 온화한 성자 라마크리슈나는 지상의 모든 인연과 환생의 고리를 벗어나 해탈하고 살아 있는 신 같은 해탈자로 숭배받았다. 그는 그 누구보다 반드시 필요한 것과 남아도는 것을 잘 안다. 최근에도 그는 자기 민족에게 관례를 따르라고 새삼 충고했다.

"성령은 '길을 찾지' 않으면 얻을 수 없고 최상의 수행은 오랜 전통이 뒷받침한다."

---

125 Rāmānuja. 1077~1157. 인도의 신비주의 철학자로 《베단타》의 최고 해석자로 꼽힌다. 샹카라의 철학에 맞서는 다른 한 축의 중심인물이었다.

126 Daksshinsvar Kali Temple. 콜카타 근교 후글리 강가에 자리 잡고 있다. 1855년에 칼리 숭배자 라니 라슈모니가 세웠다. 현대 박티 요가의 거물 라마크리슈나가 살던 곳이다.

사실, 내가 만난 인도 신사들은 진지하게 신을 믿었다. 그들은 철학자라고 해서 힌두교 경전을 믿는 데 거북해하지 않는다. 모두 신앙생활을 한다. 물론 그들은 요즘도 인도 사람들이 예배할 때 기본으로 삼는 원시 의식까지 따르지는 않는다. 그렇지만 모두가 어떤 식으로든 예배에 참여한다.

종교로서 힌두 정신은 가톨릭 정신과 마찬가지이다. 다만, 힌두 정신이 좀 더 이지적이다. 힌두교와 가톨릭교의 신도들이 지켜야 할 계율의 의미는 같다. 지혜와 심리적 깊이와 기회 모두 똑같다. 그렇지만 힌두교도가 의미를 더 제대로 이해한다. 가톨릭 교회는 정말로 하늘에 살아 있는 하느님의 심부름꾼이기 때문에 성자들을 숭배한다. 하느님은 자신에게 직접 호소하지 말고 그럴 만한 전령에게 하소연하라고 신도들에게 명한다. 그러나 힌두교도가 신상을 예찬하는 이유는 인간이 스스로 신성해지기 어렵기 때문이다. 오직 신성이 중요한데 신상은 그 화신이므로 당연히 중요하다. 특별한 열망에 응하는 특별한 형상이 가장 효과적이다.

가톨릭도 성상을 예찬한다. 가톨릭의 성상 예찬은 원초적 의미의 우상숭배, 사실상 물신숭배인 셈이다. 그러나 힌두교의 성상은 신도의 자기 집중에 도움이 될 때에만 가치 있다. 신도 대부분은 눈앞에 무엇인가 보이는 것이 없으면 정신을 집중하기 힘들어한다.

가톨릭에서 고대의 심오한 교리를 오도해왔지만 힌두교의 전통 교리 해석은 정확하다. 이것이 바로 두 종교의 기본 차이이다. 힌두교 철학은 심리학과 형이상학의 놀랍고 풍부한 광맥이다. 지식의 보물이 첩첩이 쌓여 있다. 섬세하게 다듬는다면 그 보물이 과학 개념을 얼마든지 고쳐줄 만하다. 힌두교도는 서양 사람에게 부족한 두 가지 관점이 뛰어나다. 신앙을 훨씬 넓게 바라보며 이해한다. 신앙의 형식적 의미와 실현 가능성이 어느 정도이든 그들은 보통 그 객관적 의미를 정확히 이해한다. 지극히 중요한 일이다. 힌두교도는 어느 누구보다 자신을 잘 이해한다. 그는 '명색'의 복잡한 관계를 놀라울 만큼 훌쩍 뛰어넘어 '실행'한다는 점에서도 가톨릭과 마찬가지다. 라마누자나 샹카라 같은 위대한 힌두교 철학자들 모두 성 토마스 아퀴나스처럼 행동했다.

힌두교에서도 개혁자들이 나왔다. 붓다, 시크교 수행자, 최근 벵골에서 일어난 브라모스마지(Brhmo-Smaj) 인권운동 단체 창립자들까지 이어진다. 그러나 개혁자들 가운데 루터처럼 전진한 사람은 없다. 넓은 의미에서 힌두 정신을 크게 흔들거나 대중의 인기를 얻지 못했다. 불교는 왕권의 지지를 못 받고 인도에서 사라졌다. 다른 개혁 종교들도 소수파가 되었다. 대체 왜 그랬을까?

힌두교도는 가톨릭을 비할 데 없이 영혼에 유익한 제도로 본다. 가톨릭 형식을 종교 궁극의 의미를 이해하기에 좋다고 본다. 모든 종교개혁에서 기술적으로 필수적인 것이 있다. 종교의 진보에 유리하도록 치장을 단순화한다. 가톨릭은 신앙심을 부추기는 데 필요한 모든 수단을 동원한다. 개신교는 그중 극히 일부만 허용한다. 영혼을 다른 도움 없이 하느님과 직접, 즉시 접하도록 배려한다. 만약 하느님과 단순한 지름길로 접할 수 있다면 얼마나 좋을까? 그런데 힌두교도에게 이런 일은 불가능하다. 그들의 경험에 따르면, 우수한 인간만이 개혁 정신을 따를 자격이 있다. 그만이 자기 나름대로 하느님을 찾아낼 눈을 갖고 있기 때문이다. 아무나 찾지 못한다. 신을 찾아낼 안목이 없는 많은 사람에게 수 세대 동안 축적한 지혜로 구성된 보조 수단을 이용하고, 이 수단으로 모든 사람이 넓은 길로 드나들 수 있게 하는 편이 더 낫다.

그렇다고 힌두교도의 관점이 모든 면에서 옳다고 오해하지 말자. 물론, 그들 자신들로서는 옳다. 기독교의 방법은 가톨릭이든 개신교이든 하느님에게 이르는 길이지만 서로 기질에 맞는 길을 따른다. 성상을 모셔놓고 거기에 몰입하면서 성상이 자기 영혼에 더 크게 울리게 하면서 '큰 뜻'을 더 잘 의식하는 사람은 '실제로' 신앙심이 어떻든 정신적으로 가톨릭이다. 마찬가지로 성상을 쫓기보다 '큰 뜻'에 참여하는 사람의 정신은 기본적으로 개신교도라고 하겠다.

세계는 진보한다. (과학도 알아야 하는) 이런 상황에서 개신교 정신이 객관적으로 좀 더 효율적이다. 그러나 다른 한편, 가톨릭 성향에도 절대적 이점이 있다. 묵상하면서 하느님을 생각하고, 만나려는 사람이 있는 곳이라면 어디서든 그렇게 하려 한다. 그러나 명상만이 신앙 체험의 형식일까. 그렇지 않다. 하늘만 바라보지 않고 땅에서 실천하려는 사람이라면 개신교 정신이 한결 유용하다. 가톨릭에 세계를 바꾸라는 소임은 없다. 가톨릭은 기본적으로 진보에 호의적이지 않다. 그러나 하느님을 묵상하면서 바라보기는 훨씬 쉽다. 그래서 힌두교도가 현실에 완전히 무심한 채 오로지 의식에 몰두하면서 극단적 명상에 빠져 있을 때, 가톨릭 신자와 똑같은 식으로 느끼고 생각할 수밖에 없다.

개신교로 종교적 '인식'이 깊어졌다는 주장은 크나큰 잘못이다. 사실 그 정반대다. 개신교는 종교적 의미에서 행동에 깊이를 끌어들였다. 그렇다고 '앎'에 도움이 되지 못했다. 개신교의 의식은 내향적 신성에 등을 돌리는 만큼 외향적이다. 사람이 하느님을 만들어낼 수 없다. 하느님께 우리를 바쳐야 한다. 하느님이 우리에게 찾아오는 것이지, 우리가 스스로 절대자를 끌어내지 못한다. 하느님은 자기가 원하는 대로만 모습을 드러낸다. 우리가 원하는 대로 나타나지 않는다. 그래서 수동적으로 권위를 따르고 믿는 사람에 비해 새로운 것을 갈망하며 자신만의 표현을 찾는 사람이 종교적 관점으로 볼 때는 불리하다.

루터가 신성에 매우 수동적이었다고 반박하는 사람도 있을지 모른다. 루터가 "어떤 교리보다 신앙과 겸손을 높이 쳤다."라고 했다며. 물론, 루터는 개인적으로 끝까지 가톨릭 본원의 가치를 지켰다. 아무튼, 그의 승리에 이바지한 '원리'는 신앙과 자애에 적대적이다. 어느 날, 진정한 개신교 정신은 루터파에서 사라졌다. 비판적 학문에서만 보인다. 만약 그렇지 않았다면 개신교회가 전 세계에서 불치의 내분을 겪지 않을지 모른다. 특히, 루터주의가 지금처럼 빈사 상태에 이르지 않았을 것이다. 사실, 문제는 가톨릭이냐 '아니면' 개신교냐, 믿느냐 '아니면' 자유롭게 결정하느냐에 있다. 그런데 하느님을 명상하는 사람은 항상 가톨릭을 택할 것이다. 세상의 신비주의자들은 누구나 어느 정도 가톨릭 정신에 젖었다. 명상하는 기질을 타고난 사람이라면 가톨릭 정신에 참여하는 것과 다름없다. 모든 종교적 각성은 가톨릭 정신에서 나왔고 앞으로도 그럴 것이다. 그러나 가톨릭의 특별한 영향력이 변함없을 수는 없다. 요즘처럼 많은 종교 행사에 참석하면서 나는 그 어느 때보다 더 의식이 말짱해졌다. 마법은 한참 시들해지고 그 목적도 잃었다. 이런 식으로 세계는 개혁교회의 방향으로 걸어 나갈 것이 틀림없다. 《탄트라》[127]의 계

127 Tantra. 힌두교 교리 의례와 수행법을 적은 지침서로 6세기경부터 널리 퍼졌다. 티베트-몽골 불교

율을 정확하게 따르는 양식 있는 힌두교도는 점점 줄어들고 있다. 가톨릭교회에서 미사를 집전하면서 구원의 영향력을 덜 중시하는 것과 마찬가지다. 예배는 영향력이 현저히 줄었다. 이미 18세기부터 유럽에서 가톨릭은 전 같지 않았다. 당연한 원칙을 따르지도 않았다. 오늘날에도 일반적으로《탄트라》의 원칙에 매달리는 것은 이롭다기보다 손해나 보는 것 같다. 왜 그럴까?《탄트라》는 미신으로나 표현되고 지금 사실로 확인된 것만 이해하기 때문이다.

신지학자의 주장도 정확한 것은 아니다. "인류가 의도적으로 가장 효과적인 구원 수단을 배제했다."라는 주장 말이다. 마법을 믿지 않게 되는 바람에 이런 상황이 빚어졌을까? 아니다. 나는 개인적으로《탄트라》의 주장이 대체로 맞지만 그럼에도 점점 무시받게 되었다고 확신한다. 마법은 특정한 의식에서만 효력을 보인다. 따라서 그 효력은 영적 힘이 작용하는 상태에서나 가능하다. 한창 무르익는 상상과 믿음을 비판하고 흔들어서는 안 된다. 그런 균형 상태에서 마술은 영향력을 발휘한다. 바로 그때,《탄트라》 수행은 내적 깊이에 도달할 만큼 확실한 수단이 된다. 그러나 균형이 깨지면 수단은 통하지 않는다. 많은 사람이 균형을 잃고 있다. 이성이 상상력을 압도하면서 그렇게 되었다. 외적 세계를 지배하려는 곳 어디에서나 합리성의 진보가 있었다. 그러나 그와 동시에 현실의 또 다른 면을 보는 안목도 잃었다.

《탄트라》의 수행 단계를 넘어선 사람은 종종 정신세계의 거북한 많은 영향도 넘어선다. 그러다 보니 완성에 이르는 데 유익할 긍정적인 면

에서도 이것을 받아들였다.

조차 놓쳐버린다. 완성이 무엇인지보다 잘 이해할 수 있는 것인데!《탄트라》수행으로서 종종 모순된 이론에 따라 실제 사건을 해석하지만, 합리적인 사람은 자신이 아는 사건을 객관적으로 정확히 해석할 수 있다. 그러나 그렇게 하는 일은 드물다.《탄트라》의 구도 정신은 서양 사람의 의식에 영향을 준다. 그런 영향 때문에《탄트라》수행의 의식 수준을 넘어서지 못한다. 합리적인 유럽 사람들은 미신을 믿는 인도 사람만큼 많이 체험하지 못한다. 그 정신 상태 때문이다. 사소하고 자질구레한 경험들뿐 아니라 인간의 영혼으로 도달할 만한 수준 높은 경험도 크게 부족하다. 고상한 각성이란 순진함은 물론이고 아이들처럼 비합리적이며 비판 감각이 없는 철부지 정신에서 나오기 때문이다.

분명, 힌두교는 마음을 통찰하는 문제에서 지혜로운 가톨릭 정신을 능가한다. 자체의 법칙만으로 그렇게 정당한 정신이 또 있을까? 그러니 종교 지도자와 예언자가 철학자인 인도 사람들은 얼마나 행복할까! 기독교도도 이에 못지않았다. 기독교의 선지자와 지도자들도 겉으로 내세운 구실에 깊은 영향을 받았다. 그들의 교리도 폭이 넓다. 그렇지만 많은 사람을 구하지 못했다. 그럴 수밖에 없다. 진리를 정해진 신앙의 틀 안에서만 보여주는 특별한 교리 때문이다. 힌두교에 이렇게 잘못된 교리는 없다. 힌두교도는 진지한 형이상학적 형식을 넘어서 있다. 그들은 신앙을 실용성에 따라 표명할 수 없다고 생각한다. 분명 절대 진리도 인간이 알아볼 만한 형태가 있다. 그러나 이런 형태를 누가 내놓았을까. 항상 인간이 만들어내었다. 잘해봐야 현세의 그릇이다. 신의 혼을 담아낼지라도 어디까지나 지상의 그릇이다. 다시 말해, 종교의 본질을 역사나 심리학의 방법으로 어떻게 분석할 수 있을까? 신성한 황홀경을 맛본 성자들의 견신 체험이 그들이 속한 교회의 사상과 일치하는지 어떻게 알 수 있을까? 신성은 인간 내면의 좁은 틀 안에서 어디서든 나타난다. 그렇기 때문에 라마크리슈나는 제자들에게 종교 사상을 고칠 필요가 없다고 강하게 만류했다. 크리슈나를 숭배하는 사람은 크리슈나 곁에 있어야 한다. 기독교도가 그리스도와 함께 지내야 하듯 비슈누를 은밀히 섬기는 바이슈나바파는 그 신도로 그 곁에 있어야 한다. 새로운 사상이 토착 사상만큼 견고한 적은 없었다. 결국, 신사상은 성령이 깃들기에 그다지 좋은 수단은 못 된다. 마찬가지로 오래전부터 궁극의 경지에서 브라흐마의 법열에 취했던 사람은 평상시에 어머니 같은 칼리 신을 숭배하며 살 것이다.

비베카(Viveka)라는 분별력이 힌두교도 사이에서 어느 정도로 발전했는지 놀랍다. 인도의 신사들 가운데 합리적 사고를 이해하지 못하는 사람은 없다. 이곳에서 "믿기지 않는 것이므로 믿는다."라는 주장은 없다. 지식으로 이해할 수 없는 것은 어디에서도 전제 조건이 못 된다. 불가해한 것일 뿐이라고 보지만 어쨌든 그 이유를 밝히려고 한다. 나는 항상 《탄트라》를 다시 읽어본다. 그 주제의 상당수가 이상하고 황당한데도 어디서든 의미를 따라갈 수 있다. 어디에서나 기본 관념은 합리적이다.[128]

오늘날, 인도에서 얼마나 많은 기독교회가 고질적 오류로 철학적 통찰을 방해할까? 힌두교도는 기독교도와 마찬가지로 금욕에 높은 정신

---

128 애서 애벌런(Arthur Avalon, 1865~1936, 본명은 Sir John George Woodroffe)이 쓴 《탄트라의 원리(Principles of Tantras)》는 읽어볼 만한 훌륭한 책이다. 보기 드문 종교 철학서로 기독교 신학자들이 필독서로 삼아야 한다.

크리슈나로 분장한 소년 배우, 1890년대

적 가치를 둔다. 아무튼, 그 가치는 어디에서 오고 어떤 뜻일까? 기독교회는 그것을 절대로 이해하지 못한다. 이 문제라면 공상적 교리만 통한다. "성애(性愛)는 원죄", 심지어 "여자는 마녀"라면서 "하느님은 순결만 좋아하신다."라고 한다. 기독교회는 이런 식으로 반자연주의를 이상화했다.

힌두교도는 사랑의 기쁨을 포기하면 무슨 가치가 있을지 이해하려고 애썼다. 그들은 절제가 성인의 건강에 좋다는 사실을 알았다. 정력을 정신력으로 옮겨 쓸 수 있었다. 그렇게 하는 사람에게 절제는 기술에 필요한 부품 같다. 그러나 이런 전용은 성자처럼 예외적인 사람이나 할 수 있다. 성자들의 금욕 생활은 보통 사람에게 정신적으로 유리하지 않다.

평범한 사람은 자기 몸에 맞는 정신이 필요하다. 욕구를 억누르면 정신에 해롭다. 기독교는 사실 수 세기 동안 필요에 맞춘 선택일 뿐인 것을 걸맞지 않게 본능에 적용하면서 이상처럼 떠받들었다.

힌두교도는 우리가 '신성한 사랑'이라고 하는 것도 훌륭하게 이해한다. 앞에서 본대로 신성을 향한 열정은 인도에서 매우 강하다. 그것이 오늘날 신성 숭배의 근간이다. 고대인들은 궁극의 목적으로 이르는 길이 셋이라고 했다. 앎과 사랑과 일(Gnana Yoga, Bhakti Yoga, Karma Yoga)이다.

구원(Mukti)은 기본적으로 이해력에 달렸다. 그렇기 때문에 철학이 원리에서 시작해 궁극의 빛을 찾아간다는 뜻에서 첫 번째 길, 즉 알고 이해하는 '인식의 길'이야말로 가장 고상하다. 세 번째 길이 가장 낮은 길이다. 그 길에 자율 정신은 거의 끼어들지 못한다. 무조건 기계처럼 순종해야 도달할 수 있다. 두 번째인 '사랑의 길'은 어떨까? "가장 쉬운 길"이다. 어떤 점에서 그럴까? 사랑의 감정은 퍼트리고 나누려는 본능에서 나온다는 뜻이다. 사랑하는 사람은 자기 생각만 하지 않는다. 그의 영혼은 자연스러운 필요에 따라 열린다. 그런데 자기 자신에서 완전히 해방된 사람도 이런 식으로 신을 찾는다.

기독교회를 세운 사람들은 사랑이 애당초 더 높은 곳에 있다고 했다. 힌두교도는 경험하는 감정을 깊이 인식한다. 그들은 자기 내면에서 경험을 벗어나는 일이 벌어진다고 볼 만큼 어리석지 않다. 그들은 아무리 좋은 것이라도 그것을 궁극의 수단으로나 삼기에는 너무 합리적이다. 따라서 사랑의 길을 사람에게 가장 쉬운 길이라고 생각했다. 그래서 그들은 다른 어떤 것보다 사랑을 권한다. 성자마다 줄줄이 박티 요가의 장점을 크게 중시했다. 그러면서도 구도의 오솔길이 좁고 가파르다고 역설했다. 오늘날, 기독교회에서 개인적인 것으로 보는 것이 힌두교에서는 곧 핵심이다. 그러나 지금도 여전히 위대한 철학의 시대에 그랬듯 '인식의 길'을 최상으로 간주한다. 사랑의 길 또한 서구 못지않게 존중된다. 사실, 박티 요가 수행자는 이렇게 말한다.

신이 곧 절대적 사랑이다. 신이 모든 궁극의 실체이기 때문이다.

그러나 인간이 이해하는 애정은 하늘을 지향하면 할수록 전혀 신성한 것이 못 된다. 욕망이 어떻게 이기주의 없이 가능할까? 어떻게 뜨겁게 한 몸이 되어 사랑하고 나서 무심히 등을 돌릴 수 있을까? 인간의 사랑은 본질적으로 이기적이다. 그래도 사랑은 나를 벗어던지고 가장 빠르게 이룰 수 있는 길이다. 영혼이 열리기 때문이다. 어쨌든 이것만으로 사랑을 신성화하기에는 부족하다. 사실상 인간의 사랑은 본질적으로 이기적이다. 이 점을 의심하는 사람은 편견을 버리고 기독교 역사를 생각해보는 편이 좋다. 사랑의 정신에 고취된 기독교의 인간성에서 유례없이 치사한 이기주의 시대가 나왔다. 주요 종교 사제들 가운데 기독교도가 내면적으로 가장 자유롭지 못하다.

인간성에 신성을 붙여준다면 틀림없이 해롭다. 유럽에서 사랑에 매달려 예배하지 않는다면 우리는 정신적으로 좀 더 진보할지도 모른다. 덜 사납고 자기도취도 덜하며 이해력과 지성은 더 깊어지지 않을까? 만약 수도사가 걸치는 두건 달린 망토만 없었어도 그렇게 자신을 숨기지만 않았어도, 우리는 그렇게 광적으로 이기적 본능을 발산하지 않을 수 있지 않았을까? 순수한 감정으로서 사랑은 조금도 신성하지 않다. 그런 사랑은 순수한 경험이다. 우리는 사랑을 이해하고 행하는 방식, 가르치고 배우는 방식에 따라 고상해지거나 타락한다. 사랑은 본질적으로 부정하고 편파적이며 배타적이고 자애롭지 못한 욕심이다. 사실 이런 속성이야말로 진실로 너무나 인간적이다.

사랑은 고상한 기운 덕에 신성하다. 사랑이 대가를 바라지 않고 순수하게 실현될 때, 받으려는 욕심 없이 주는 것만으로 재능을 발할 때 사랑은 정말이지 신성에 가까워진다. 그렇지만 이런 정신이 애당초 사랑의 원리에 들어있는 것은 아니다. 반대로, 그 정신은 평소에 "사랑받을 만하다."라고 여기던 모든 것을 배제한다. 그러고 지적 갈증과 행동 또는 창작 욕구 같은 것이 된다. 지난 2천 년 동안 이런 정신을 '사랑'이라고 생각했다니 정말 불행한 일이다. 플라톤이 부추긴 일이다. 플라톤은 신화적 표현을 너무 좋아했다. 그는 자발적으로 우러나는 힘을 "사랑의 신"이라고 불렀다. 자생력이 생식에서 가장 구체적으로 표현된다는 점을 중시했다. 그렇다고 그가 사랑을 성행위와 하나로 본 것은 아니다. 나중에 기독교에서 그렇게 보았다. 어떤 개념에나 점점 더 약자들의 열망을 담아내려고 하면서부터다.

오늘날, 사랑을 당연히 절대적인 것으로 볼 지경이 되었다. 모든 고상한 열망을 사랑의 교리로 설명한다. 만약 사랑에 모든 창조적 자발성이 담겨 있다는 애정관을 키울 수 있다면 그것을 왜 반대할까. 하지만 그런 일은 없다. 감흥도 애착도 동하지 않는 사랑이란 공허한 관념일 뿐이다. 교리에서 말하는 사랑이다. 사람들 대부분은 사랑이 특별한 경험이라고 생각하지 않는다. 경험하기도 전에 원래부터 있는 것으로 본다.

누군가를 개별적으로 사랑하지 않는 사람이라면 너무 이상적인 영감일지 모르지만, 그것은 요란한 방울일 뿐이다. 그들은 기독교도가 아니던 플라톤이 내놓은 사랑의 개념으로 사랑을 이해했다. 그들은 감상성 자체를 깊은 영혼의 표현으로 보았다. 어떤 성자도 결코 감상적이지 않았고 애착을 영성의 증거로 보았다. 이런 미신이 있을까! 인간이 지식에서 영혼을 영영 제거하기 전에 영혼과 진실에 따라 살자면, 니체에게 절실하던 풍부한 인간성과 반기독교도가 여전히 필요하다.

현재까지 힌두교도만 신앙의 중요한 의미를 정확히 이해했다. 실제로 힌두교는 신을 확신할 때 나타나는 효과를 기독교와 똑같이 가르친다. 힌두교는 [〈바가바드 기타〉에서] 점점 더 인간적으로 발전하면서 크리슈나의 가르침을 자기 것으로 삼았다.

> 앎과 사랑과 일 가운데 어느 길을 전적으로 따르지 못할망정 자기 자신만이라도 전적으로 믿는 사람은 구원받으리라.

힌두교도는 이런 교리를 사실로 수용하고 믿기에 충분한지 실험하려 할 만큼 신앙을 기적적인 힘으로 해석하지 않는다. 특히, 그들은 맹목적 신앙이 앎보다 우월하다거나 알려는 욕구가 신성모독이라는 터무니없는 생각 따위는 하지 않는다. 그들은 뛰어난 심리학자처럼, 애당초 무능해 신앙으로 직접 통하는 길이 막힌 사람이 이해력을 얻게 된다고 간파한다. 인식으로 구원에 이르는 것이 아니라, "인식이 곧 구원이다." 정말로 브라흐마와 하나가 되는 (다시 말해, 이론적 이해뿐만 아니라 자기 지성만으로 뚜렷이 인식하는) 사람만이 모든 속박에서 벗어날 수 있다. 의식이 향상되면 존재의 위상도 높아진다. 그 향상으로 모든 존재에 차이가 생긴다. 야만성과 지성, 또 지성과 신이 구별된다.

사람들이 우수한 존재(사람과 생물)를 두고 어떤 면에서 뛰어나다고 할 때 이는 분명한 사실이다. 명백한 사실일 뿐, 이 사실 뒤에 다른 것이 숨어 있을 여지는 없다. 명맥한 사실을 다르게 보고 달리 생각한다면, 사실 자체는 그대로 있지만 그것을 인식하는 사람의 생각이 달라져 그 사실에 영향을 받지 못한다는 뜻이다. 그런 인식은 사물을 더 잘 이해한다는 뜻이기도 하다. 결국, 인식은 구원의 조건이기도 하지만 '인식 자체'가 구원이다.

사실 아는 것이 힘이라고 할 때 그보다 더 큰 힘이 어디 있을까. 아는 것만 한 내면의 진보는 없다. 선을 동경하는 사람은 악과 어울리는 사람보다 지성적이다. 이해하려 드는 사람은 황금을 쫓는 사람보다 과학적이다. 심지어 지성과 전혀 무관해 보이는 도덕과 윤리의 진보에서도, 또 앞선 사람조차 개인적으로 이해하지 못하는 것을 알아보려고서 사실상 지식을 쌓는다. 어떤 내면이든 말짱한 정신으로만 깊어지기 때문이다.

자연의 결정을 뛰어넘을 수 없다고 믿는 것처럼 조잡한 미신은 없다. 그냥 있는 그대로의 자연을 어쩔 수야 없다. 빤한 사실이다. 하지만 어떤 힘이든 어느 정도 작용하기 마련이다. 그 수준을 넘어서면 그 영향권 밖으로 벗어난다. 그런 영향을 상상으로 피하는 것이 아니라 실제로 피한다. 고도의 과학이란 우리가 달라진다는 것을 전제로 한다. 사람은 내면이 가장 깊은 정신적 존재다. "사람이 곧 영혼이다." 이런 사실을 더욱 인지하고 더 강하게 믿을수록 그만큼 자신에게서 자유로워진다. 인간은 힌두교 신화에 따르면, 완전한 이해로 죽음조차 이겨낸다.

모든 구원은 인식 속에 있다. 신앙이 그 길을 터준다. 신앙은 알고자 하는 사람에게 무한한 힘을 펼치게 해준다. 무심코 머릿속에 떠오르는 이미지마다 그냥 지나치지 않는다. 믿음이 깊은 사람의 의식을 예민하게 건드린다. 인간은 보기보다 훨씬 감수성이 예민하다. 무의식은 의식의 일면과 매우 흡사하다. 믿음의 대상이 의식에 자취를 남기며 자극한다. 인간은 자연스럽게 믿음과 관련된 이미지를 모범으로 느끼곤 한다. 따라서 모범을 현명하게 선택한다면, 우수한 종교에서 이상이 실현되듯 모범이 내면의 발전을 촉진하고 이해로 이끈다. 소양이 조금 부족한 사람이 주관이 뚜렷한 사람보다 모범의 이미지에 훨씬 빠르게 끌린다. 어떤 생각도 항상 각별한 효과를 내기 마련이다. (조직하고 자극하며 꿈틀대면서) 마치 자연이 힘이 필요할 때 그렇게 하듯 상당히 믿음직하게 확고해질 때까지 효력을 발한다.

믿는 사람의 영혼이 곧 영매다. 그래서 어느 종교든 '믿으면 된다'고 가르친다. 그 나머지는 여분이다. 스스로 움직이는 영혼은 무지한 사람의 정신보다 목적에 훨씬 빠르게 접근한다. 믿음이란 더욱 빠르게 아는 방법이다. 다른 의미 작용은 없다. 그래서 원칙적으로 무엇을 믿는지, 믿는 것이 사실인지 아닌지 또 그것이 과학적으로 증명될 수 있는지 아닌지는 별로 중요하지 않다.

무지한 사람은 믿는 대상이 실제로 있다고 확신하는 것만 믿는다. 예컨대, 크리슈나는 정말이지 '아바타', 즉 화신이고, 성서는 정말로 하느님의 말씀이며, 그리스도가 정말로 죽음으로써 인류를 구했다고 해야 믿는다. 그러나 신앙과 과학 지식에 공통점은 전혀 없다. 그리스도가 실제로 살아 있었는지 아닌지는 종교적 관점과 무관하다.

교양 있고 영성까지 충만한 사람이라면 믿음을 마치 도구처럼 자유자재로 활용할 것이다. 힌두교도 중에 이런 거인들이 많다. 브라흐마와 한 몸이 된 사람들이다. 이런 사람들은 "종교는 사람을 통해 구체화한다."라고 이해한다. 아무튼, 그들은 여러 신에게 신앙으로 헌신했다. 이런 구도가 영혼에 유익하다고 알았다. 라마크리슈나는 한때 기독교도이자 이슬람교도였다. 그는 종교의 효력을 알아보려 했다. 그는 예수와 무함마드가 그 앞에 나타날 만큼 믿음이 강했다. 그러면서 그는 신성한 어머니 칼리에게 충성하고 또 숭배했다. 자신에게 가장 잘 맞는 숭배 대상이었다. 그런 대상을 섬기는 것이 진정으로 중요하다고 믿었다.

누구에게든 마땅한 종교가 있다면 신앙을 철칙으로 삼으려는 경향이 있다. 그럴 때는 인식의 길로 통하는 소질이 있는 사람들만 신에게 다가간다. 사랑의 길로 가는 사람은 풍부한 감정을 타고난 사람들이다. 또, 일의 길로 가는 사람은 체력으로 다가간다. 이렇게 각각의 길은 타고난 기질에 적합하고 누구도 그런 입장을 바꿀 수 없다. 이론으로 미루어본다면 누구든 믿음을 가질 수 있다. 그렇기 때문에 시간이 갈수록 신앙의 명령이 어디서든 통하게 된다.

불교의 교리는 어떤 것과도 다르다고 주장하는 붓다의 계승자들도 마찬가지다. 말하자면 가톨릭의 열망을 높게 보지 않는 한 낮은 원리로 높은 원리를 대신할 수 없다는 뜻이다. 그러나 그때부터 항상 신앙은 효력을 잃는다. 그때 이성이 해방되기도 하지만 무너지고 흩어지는 때이기도 하다. 이성은 무르익어야 비로소 무엇인가 짓고 세운다. 그런데 이성이 어떤 사람을 지배하면 그 의식 수준이 달라진다. 그런 사람은 이전처럼, 내면 깊숙한 곳에 있던 것을 곧장 '알아차리지' 못하게 될지 모른다. 지성으로 중개해야만 그럴 수 있다. 그런데 지성으로 깊은 문제를 당장 급하게 풀 수 없기 때문에 깊은 밑바닥에 있던 것과 단절된다. 그렇게 피상적 인물이 된다. 이런 식으로 고대의 서양 사람은 피상적이었다. 그들의 이성으로 신앙이라는 장애를 걷어치우자 그렇게 되었다. 마찬가지로, 종교개혁 이후 현대인은 더욱더 심하게 그런 모습이었다.

도대체 어떻게 해야 할까? 지성을 억압하고 맹신(盲信)으로 돌아가자고 한다면 이야말로 최악이겠다. 인간의 이성이 인간의 힘을 키워준다면 유익하다. 불리하지 않다. 단, '깊이' 있게 이해해야 한다. 지성으로 신앙의 의미와 또 무의미해 보이던 것의 깊은 뜻을 이해하게만 된다면야 지성 또한 종교성을 띠겠지만 그렇게 되기 전까지는 어림없는 일이다. 현대인은 지능적이다. 자신이 이해하는 것에서나 실력을 쌓는다. 따라서 조상들의 위업을 가능한 한 빨리 이해한다는 것은 생각조차 못한다.

갠지스 강가에서 기도하는 신도들이 "오옴"이라고 중얼대는 신성한 소리가 빈번히 들린다. 그 한마디에 "우주의 절대적 의미로서 지혜가 시작부터 끝까지 모두 담겼다."라고 한다. 그런데 그 소리를 낼 때 특이하게 신경이 감응하면서 "오래 반복하다 보면 신체 기관이 '참된 나'를 깨닫는 데 최적의 상태가 된다." 사실 그럴 것이다. 나도 그 "오옴" 소리를 내보려 했지만 쉽지 않다. 누구라도 유효한 소리를 정확하고 오래 내기는 어렵다. 그렇지만 확고한 몸짓으로 소리를 되풀이한다면 정신과 육체는 균형 잡힐 것이다. 비록 이와 같은 몸짓에서 나오는 "오옴"의 효과에 근거가 없다고 해도 반복하는 미덕에 대한 믿음은 정당하다. '미신'은 합리성에 맞설 때 옳다. 사람이 마음에 새기려는 것을 큰 소리로 반복한다는 데 '큰 뜻'이 있다. 나폴레옹이 즐겨 했던 말이 있다.

"진정한 수사학 공식은 단 하나, 반복뿐이다."

나폴레옹은 반복이 결국 무의식에 영향을 주며 깊은 곳에서 지속되는 것을 솟아나게 한다고 알았다. 똑같은 이유로 자기 자신에게 큰소리로 말하는 것이 유용하다. 가능한 한 당당하고 '알아내고 싶은' 말을 되풀이한다. 반복은 사유보다 강력하다. 무의식에 곧장 영향을 준다. 무의식은 맨정신으로 절대 끌어낼 수 없는 모든 의식의 대상을 자동적으로 언어로 이어준다. 아무튼 이런 과정도 그 말을 생생한 뜻으로 느끼면서 진지하게 현실에 이용하려는 사람에게만 효과가 있다.

갠지스 강가에서 기도하며 '공작새처럼 재잘대는' 사람들은 무슨 생각에 취했든 반쯤 최면에 걸린 듯 똑같은 말만 되풀이하면서 몸을 끄덕거린다. 이런 몸짓이 무의미해지고 말까? 그럴 것 같지 않다. 방법 자체는 무의미하더라도 그 방법을 사용하는 사람이 그것에 붙이는 뜻만큼은 의미 있다. 붓다만 제외하면 어떤 종교 지도자도 이런 사실을 이해하지 못하지 않았을까. 대부분은 자기에게 유용한 것이면 누구에게나 유용하리라 생각하기 마련이다. 인도의 위대한 요가 수행자들은 "가장 쉬운 구도법"이라고 신성한 이름을 반복해 외우라고 권한다. 그들에게 걸맞은 말이다. 정신을 집중하고 반복하다 보면 자잘한 기도보다 훨씬 훌륭하게 자신들과 결부된 표현을 불러내기 때문이다. 기도할 때는 문구에 매달리게 된다. 기도하는 사람이 생각하는 신성의 의미를 벗어나지도 않는다. 공식만으로 종교를 유지할 수는 없다.

예배하는 것은 좋은 일이다. 끊임없이 종교의 현실감을 유지해준다. 반면에 교리는 종교의 현실감을 떨어뜨리기 때문에 해롭다. 이 문제에서 루터가 가장 좋은 본보기였다. 누가 루터만큼 강렬한 신앙 체험을 할 수 있을까? 그가 "신앙으로써 정당해진다."라고 이해했던 체험은 너무나 어마어마했다. (너무나도 심오한 체험이라 기독교의 역사를 통틀어서도 아마 성 아우구스티누스만 그 비슷한 체험을 하지 않았을까.) "신앙으로써 정당화"한다는 공식을 어떻게 생각해야 할까? 가장 불운한 공식이다. 가장 얄팍한 개념일지 모른다. 이를테면, 그 공식은 정해진 교리를 몽땅 받아들이기만 해도 영혼이 올바르게 되고 구원받는다는 소리로 들린다. 깊은 노력이 쓸모없다고 해서 나쁠 것까지야 없다. 루터의 공식에 제자들도 큰 영향을 받았다. 루터 신봉자의 종교 감정은 요즘도 그렇지만 당시에 더욱 조급했다. 몇 가지 교리만 충실하게 믿으면 쉽게 하느님의 복을 받는다는 식이다. 삶의 깊이를 잃게 하는 감정이다. 루터의 경험이 종교의 역사에서 발휘했던 효과는 사실상 비극으로 이어지고 있다. 아주 큰 비극이다. 루터의 체험은 본질적으로 단 한 번뿐이었다. 그것을 보편화하거나 심화할 수 없다. 마르틴 루터는 축복받은 모범이 되기에는 보편성이 너무 없다. 아무튼 그래서 새로운 시대를 열기는 했다.

어제 해 질 무렵, 행인들을 바라보는 성자를 보았다. 인도 친구들이 그 사람에게 정중해야 한다던 사람이다. 인상이 강렬한 사람인데 비둘기 집 같은 오두막에서 일곱 해 넘게 살았다. 그는 하루에 딱 한 번 갠지스강으로 목욕하러 나갈 뿐 꼼짝하지 않는다. 그렇다고 그 오래 세월 동안 한마디 안 해서도 아니다. 고행자의 생활로 대성공을 거두고 가르치는 스승이 되어서도 아니다. 이런 이유라면 거의 모든 인도 사람이 감탄할 만하다. 그들은 누구나 언제든 당장 속세를 떠나 청빈한 은거 생활을 할 수 있다. 그런데 이런 이유 때문에 그 성자에게 깊은 인상을 받은 것은 아니다. 지극히 고상하고 지적이며 놀라운 영성에 넘치는 표정 때문이다. 그의 눈빛에 특이하게 감흥에 젖은 광채 같은 것은 없었다. 그의 용모에 마음가짐이 산만해 보일 만한 이상한 면도 없었다. 그의 의식은 완전히 자기 내면에 흡수되지 않았을까. 아무튼 그의 의식은 가장 깊은 자아를 반영한다. 그렇지 않다면 표정이 그렇게 생생하지 못했을 것이다. 시선도 운동을 많이 하는 사람 못지않게 집중력을 보였다. 그가 말만 하려고 했더라면 우리는 서로 잘 통하지 않았을까. 그렇지만 그는 말이 없었다.

왜 말이 없는지 충분히 알 만하다. 내공이 커지면 밖으로 발산하는 것이 없어진다. 학자 같은 기질도 사라진다. 이런 식으로 이 세상에 묶이지 않은 채 자신이 쫓는 목적만큼이나 멀어진 채 항상 한마디 할 듯 말 듯 하다가 결국 완전히 침묵한다. 극단적인 것을 모두 배제하기 때문이다. 자기 사상의 본질을 철저하게 아는 사람은 자기의 진심도 소통할 수 없다고 알고 있다. 깊이 있는 것은 항상 유일하다. 타인에게 이해받기 어렵다. 같은 것을 경험한 사람이나 예외가 되겠지만, 자신과 같은 또 다른 사람을 바란다면 타협밖에 없다.

형이상학적인 것을 어떻게 객관적으로 정의할까? 나는 우선 그것을 사방에서 틀어막을 틀부터 찾는다. 사실 그렇게 찾아낼 수도 있다. 하지만 그럴 수 있다고 해도 내 생각 자체를 정말로 설명할 수 있을까? 그저 윤곽이나 전하지 않을까? 가령 뚜렷하고 정확한 윤곽을 그려본다고 해도 지성을 타고난 사람이나 윤곽에 자기 것을 채울 것이다. 그렇게 한다면 나는 실체를 보여주었다고 생각할 수 있겠지만 사실은 그렇지 않다. 불가능한 일이다. 과학적 표현을 이해하려면 공식부터 알아야 한다. 나와 비슷한 자의식이 없는 사람은 아무리 열심히 설명해도 내가 하려는 말을 절대 이해하지 못할 것이다. 그래서 과학의 진보에 무심한 성자는 자기 자신이 누구인지 설명할 수 없기 때문에 자신의 지식을 보존하려고 하지 않았을까.

현대 유럽의 사상에 비추어 볼 때 이런 사람의 삶은 무가치해 보인다. 그는 아무것도 하지 않았다. 가르친 것도 없다. 그는 자신만을 위해 살았다. 장터 위쪽에서 이웃이 주는 것을 먹고살았다. 인도 사람들은 이런 사람의 삶을 이웃에 열심히 봉사하면서 사는 사람의 삶보다 더 중히 여긴다. 그들은 그런 사람이 살아 있다는 점을 존경한다. 그가 자기들 곁에서 살았다는 것을 복으로 여긴다. 그의 삶에 도움이 될 수 있었다며 자랑스러워한다. 바로 이런 것에 내가 실론에서 말했던 이상형이 나타난다. 자신의 이상을 추구하는 고상한 성격을 타고난 사람에게 필요한 이상이다. 무심하게 이상을 실행할 만하다. 그러나 아무 활동도 하지 않는 성자가 인도인의 이상형이라는 것을 어떻게 설명할까? 그 세계관을 들여다보자.

빤한 사실이 있다. 신지학자들은 서구중심주의에서 벗어나지 못하고 만사를 자기들 나름대로 정의한다. 사실, 요가 수행자는 세속인보다 더 많은 일을 하지만 완전히 다른 세계의 일이라고 주장한다. 요가 수행자는 "지상의 어떤 일보다 인류에 유익한 정신과 우주의 파장을 계속 방사한다."라는 주장이다. 그럴 수도 있겠다. 그러나 인도 사람들은 그렇게 이해하지 않는다. 그들에게 행동은 선행조차 중요하지 않다. '살아 있다'는 것만이 참으로 중요하다. 인류를 이끌어 향상시키고 더 행복하게 하려고 한들 그게 다 무슨 소용있을까? 누구나 타고난 인연에 따른 단계에 정확히 자리 잡고 있으며, 그렇게 살아가는 동안 자신에게 걸맞은 행불행을 겪을 뿐이라면? 사람은 타인을 직접 도울 수 없다. 어떤 훌륭한 선행도 세상의 불행과 원죄를 줄이지 못한다. 행불행이 존재의 내면에 좌우되므로 아무리 조건을 더 낫게 고쳐본들 본질적으로 중요하지 않다. 인간이 선행하고 타인을 위해 일하며 친절하고 자기를 희생할 명을 받았다고 해보자. 그러나 선행자의 내면만 발전할 뿐 타인에게 봉사하려고 그렇게 하는 것이 아니라면 무슨 목적으로 그래야 할까?

인간은 '자신에게 유리하기 때문에' 선행한다. 완전해지려는 수행의 한 가지다. 그런데 완전하거나 거의 그렇게 된 사람에게 수련이 무슨 필요가 있을까? 가능한 모든 일의 목적을 이루었는데 왜 움직이고 일해야 할까? 그는 자기 인격에서도 해방되어 인연조차 벗어났다. 그가 할 수 있는 어떤 것도 그에게 중요하지 않다. 그는 그렇다고 하자. 그렇다면 다른 사람들은 어떨까? 타인을 물질로 도울 수 있다는 미신에 젖은 서양 사람과 생각이 다른 사람들은 어떨까? 이타주의는 이기주의보다 한 푼어치 나을 것이 없다. 심지어 타인에 대한 편견에 따라 선행하는 사람이 혜택마저 누리려 한다는 점에서 해로운 면도 있다. 도움 받는 사람의 이기심을 부추기지 않고 선행할 수는 없다. 사실, 도움 받는 사람은 자신의 이기적 요구가 진지하게 통했다고 생각하게 된다. 이것이 나쁜 점이다. 우선 그 자신의 행복부터 생각하게 만든다. 해탈만이 중요한 법인데 이런 생각으로 그는 더욱 부자유스러워진다.

사람은 타인에게 모범으로 이바지할 때에만 도움이 된다. 바로 요가 수행자가 그렇다. 세속의 인연을 끊고 일도 하지 않으며, 이기심과 이타심과 애증까지 넘어서서 모든 사람들 사이에서 가장 높은 모범을 보여준다. 그래서 그는 사람들 사이에서 가장 소중한 존재다. 가장 유능한 일꾼들보다 더욱 그렇다. 어쨌든 두 가지 보편적 진리가 있다.

첫째, 일은 목적이 아니며 수단일 뿐이다. 물론, 누군가 일을 해야 한다고 생각한다면 그의 정신이 젊다는 뜻이다. 천한 사람이나 일이 없으면 퇴보한다. 발전 가능성도 사라진다. 영주는 아무 일 할 필요도 없고 항상 높은 곳에 있다. 현자가 직업에 따른 일을 넘어서 있는 것과 마찬가지다. 영원한 가치는 일이 아니라 존재와 관계가 있다. 일이란 누군가 그것을 할 때만 중요하다. 상반된 개념에 근거한 서양 문명이 이런 진리를 잘 보여준다. 서양 사람들은 일을 위해 산다. 그들은 일을 가장 중요하게 여기며 모든 것을 일의 효율에 따라 판단한다. 그 결과, 일의 실용성은 지상에서 행했던 모든 성공을 능가한다. 그러나 삶은 다른 어느 곳보다 각박해졌다. 동양의 것을 깊이 접할수록 현대 서양의 것은 무의미해 보인다. 삶은 생활 수단에 불과한 일 때문에 위신을 잃었다.

두 번째 진리는 인도 철학에 있다. "선행'은 '본질적으로' 그것을 행하는 사람에게 유용할 뿐 절대로 상대방에게 유용하지 않다."라는 것이다. 딱한 과오와 볼썽사나운 오만으로 서구 사람들은 선행을 굳게 믿는다. 아무튼, 이런 선행이나마 있으니 다행이다. 그 선행자를 발전시키기 때문이다. 종종 선행이 수혜자에게 해롭기도 하지만 대체로 그의 몫은 선행자가 누릴 혜택에 비하면 별것 아니다. 선행자의 이익은 생각보다 훨씬 크다. 그들이 타인에게 선행한다고 과시하지 않고, 자신들이 받은 것만큼 준다거나 보답 받을 권리가 있다고 광분하지만 않는다면 말이다. 이런 터무니없는 잘못으로 그들은 번번이 자신이 누릴 혜택조차 잃는다. 서양에서 선행자(또는 기부자)들은 대부분 최악의 위선자들이다. 자화자찬을 일삼고 공격적이며 권위적이다. 게다가 타인을 존중할 줄도 모르고 건방을 떤다. 수혜자들에게 이보다 더 고약한 고문은 없다.

선행자는 남아도는 것을 내놓으면 기본적으로 타인보다 자신에게 복이 된다. 그들은 결국 빈자를 존중하기보다 자신이 존중받으려 한다. 자기네 행동으로 더욱 복 받기를 바란다. 그들은 더 빠르게 발전하고 더 사랑받을 만하다. 그러나 빈자의 영혼은 그렇게 되지 못한다. 내면의 거부감 때문이다. 어쨌든 감사를 표해야 하고 그러다 보면 주눅 들고 만다. 애써 공허한 말이나 한다. 없는 사람 사이에서 기적을 행한다고 생각하는 사람은 물질적 행복을 인생 지침으로 삼는다.

동양 어느 곳과 마찬가지로 인도 사람들 사이에서도 서양 사람들보다 '실질적으로' 더 많은 선행이 지배한다. 이곳에서 인간의 연대감이 매우 깊다. 그러나 개인은 거의 발전하지 못했다. 자기가 가진 것을 이웃과 조금 나누려고 엄청난 법석을 떨지 않아도 된다. 재앙과 기근을 추산해보면 동양에서 빈곤이 훨씬 덜하다. 서양에서 굶주림에 고생하는 사람들이 훨씬 더 많다. 동양에서는 누구나 가능한 한 고생하는 사람에게 재물을 나누어준다. 가난한 친척과 병자, 순례자와 여행자를 돕는다. 당연하다는 듯 그렇게 하지 요란하게 생색내지 않는다. 무슨 대단한 좋은 일을 한다고 생각하지 않는다. 게다가 존경받으려 하지 않는다. 그저 '자기 자신'의 이익을 위해 그렇게 하는 줄 안다. 그래서 광대한 오리엔트에서 가진 자에 대한 못 가진 자의 원망은 상당히 적다. 부자를 존경하거나 과장하지 않는다. 물욕과 그 만족도도 훨씬 덜하다. 불행한 사람은 누구든 도움 받기 어렵지 않다. 어떤 성직자도 자기네가 받은 헌물에 특별히 고마워하지 않는다. 아무 일도 하지 않는 성자는 이웃이 먹여 살린다. 자연스러운 일이다. 온 세상이 이렇다면 얼마나 좋으랴! 그러나 물질로 넘치는 서양에서 이렇게 고상한 관점을 취하려면 한참 멀었다.

바라나시는 병자와 불구자로 미어터진다. 많은 순례자가 갠지스강에서 삶을 마감하러 들어온다. 이날 나는 고타마 싯다르타가 이 세상을 떠날 때 그랬을까 싶을 만큼 대단한 구경거리를 보았다. 그런데 불쌍한 감정은 들지 않았다. 죽어가는 사람들이 거의 괴로워하지 않았다. 그들은 죽음을 두려워하지 않았다. 대부분 성스러운 강가에서 삶을 마감한다며 되레 행복해했다. 잠시의 불행도 그들을 이 땅에서 지탱해준 것이었다. 그들에게 이제 해묵은 빚도 없다.

누가 인도 사람들의 신앙이 염세적이라고 했을까! 나는 조금도 그런 사람을 본 적이 없다. 그들의 신앙은 사람들이 기필코 일어서리라고 믿는 세계관이다. 모래알처럼 많은 사람 가운데 고작 한 사람이 낙오될까. 우주의 모든 움직임이 사람을 앞으로 걸어 나가게 받쳐주니까, 길을 잃으려면 그 모든 도움을 뿌리쳐야 할 판이다. 이런 상승 목표는 서양인에게 부자연스럽다. 서양 사람의 정신은 해탈을 갈망하기에 너무 미숙하다. 해탈이 인도 사람에게 기독교도의 세계와 똑같은 복인지 확실치 않다.

나는 바라나시에서 라마크리슈나 선교단원들과 하루를 보냈다. 일종의 '호스피스' 같은 곳이다. 시내로 죽으러 오는 사람들이 이곳에서 며칠 묵거나 보살핌을 받는다. 그렇지만 병자들은 제 발로 걸어오려 하지 않는다. 그들의 신체적 고통은 별로 중요하지 않은 듯하다. 많은 선교단원이 매일 시가지를 돌면서 위중한 환자를 데려온다. 세상에 어떤 병원의 분위기가 이렇게 기쁠까! 구원에 대한 확신으로 모든 고통을 잊고 이웃 사랑으로 불구자들을 안심시킨다. 이들은 정말이지 라마크리슈나의 진정한 후예로서 신성에 취한 사람들이다. 그들은 사랑에 넘치고 모든 것을 이해한다. 광신도도 아니지만 경솔하지도 않다. 인간의 참다운 벗이라면 이들 같아야 하지 않을까? 이들을 자주 만나면서 나는 기독교와 인도의 박애 정신이 두 종교에서 가장 비슷해 보이지만 사실 다른 점을 확인했다.

인도 사람은 죄의식이 없다. 번역이 맞는다면, '죄'라는 말을 종교 문학에서 종종 들어도 그 의미는 완전히 다르다. 인도 사람은 서구의 원죄 같은 것을 모른다. 이해조차 못 할 것이다. 모든 잘못은 마야의 책임이기 때문이다(모든 선행도 마야의 것이듯). 그래서 어떤 실수도 형이상학적으로 중요하지 않다. 각자 업(業)에 따라 보상받을 뿐 각자 결과를 인정해야 한다. 어떤 힘으로도 그것을 모면할 수 없다. 그러나 구원은 자연의 모든 우발적 사건에서 벗어나는 길이다. 구원받는 경지에 이르면 모든 사실의 자취도 사라진다. 그러나 이것이 문제의 핵심은 아니다. 기독교의 원죄 의식은 사람이 저질렀다는 구체적 실수보다 우리가 항상 죄인이라 자책하게 하는 계명에 근거한다. 그러나 인도 사람들은 금기로 대응한다. 인간은 자신이 생각하는 대로 된다. 만약 누군가 끊임없이 스스로를 나쁘다고 생각하면 그렇게 나빠진다. 인간은 가능한 자신을 좋게 생각해야 한다. 어떤 사악한 것도 생각하지 말아야 한다. 자신의 현재에 지나치게 흥분하지 않아야 한다. 최상의 상태를 위해 기를 쓰거나 절망하지 않으려면 그래야 한다. 낙관론처럼 자기 발전에 유리한 것이 없듯이 자신감이 없는 것처럼 해로운 것도 없다. 저 자신을 못 믿는 사람은 무신론자나 다름없다. 어떤 사람이 기독교 교리대로 큰 죄인이라고 자책하는 대신 언제나 흠이 없다고 여긴다면 가장 바람직하지 않을까? 물론, 살아서 완전해질 수도 있을 것이다.

죄의 문제에서도 힌두교는 절대로 옳다. 죄의 감정에 사로잡히지 말라는 것은 의식이 말짱하다는 뜻이다. 이론적으로 기독교 개념처럼 허구적인 것이 또 있을까? 서구인의 무수한 결함은 죄의식이라는 심리적 오류에서 비롯한다. 요즘에는 그런 잘못을 극복했다고 하기도 한다. 서구인 가운데 각성한 사람들이 해묵은 교리를 버렸다. 기독교의 여러 분파도 점점 더 활기를 되찾아 발전하고 있다. 원죄 감정은 미숙하던 시대의 잔재다. 그런데도 그 효과가 사라지지 않았다. 우리의 난폭한 조상들이 죄의식을 견뎌낸 것은 하느님이 분노할까 무서웠기 때문이다. 조상들은 회개해야 향상될 수 있다고 믿었다. 심지어 요즘도 죄의식은 많은 사람에게 좋은 효과를 나타내기도 한다. 그것이 무엇인지 제대로 알든 모르든, 그것을 고집할 만큼 좋아하는 사람도 드물지 않다.

인간은 마조히즘(피학대음란증)에 깊이 물들었다. 더 강한 폭력을 당해야 활기를 찾는 사람들마저 보인다. 기독교도 대부분은 회개하는 과정에서 그들 나름의 특이한 희열을 맛본다. 어쨌든, 구도하는 인간은 조만간 죄책감을 걷어치울 수밖에 없다. 죄책감이 왜 해로워질까? 자신에게 솔직하지 못하기 때문이다. 물론 죄는 있다. 어떤 사람이 자기 속에 있는 신성에 반하여 생각하고 행하는 것을 죄라고 부른다. 이런 점에서 모든 심오한 인간은 항상 원죄 의식을 갖고 있다. 그것이 분명할수록 그만큼 유익하다. 인식만이 완성으로 가는 지름길이기 때문이다. 그러나 기독교적 의미의 원죄는 없다. 원죄는 굴종에 불과한 죄이기 때문이다. 인간은 있는 그대로 자기 조상과 자기 행위의 소산이다. 기독교도는 살아가면서 매 순간 신앙이 또 다른 세상을 위해 예약해둔 보상과 처벌을 받는다. 그가 행한 대로 최후의 심판을 받는다. 그의 영혼이 살아 있는 한, 자기향상을 할 수 있는 한, 그 영혼은 종종 빠르게 어둔 밤에서 찬란한 한낮의 빛으로 이동한다. 길을 잃었다는 것을 칠흑 같은 공포 때문에 알 수밖에 없다. 그렇다고 희미한 빛이 반드시 보이지도 않는다. 이 경우에도 인도 사람은 우리의 조상이다. 우리보다 훨씬 현명하다. 그러나 지혜 못지않게 광기도 보탬이 된다.

서구 사람은 영벌이라는 악몽을 믿어 대체 무슨 선행을 했을까? 대다수 인도 사람이 심오한 교리 때문에 많은 사람에게 악행을 저지를 수 있었을까? 죄에 대한 감정도 이와 마찬가지다. 그것은 어느 것으로도 대신할 수 없을 만큼 사람을 비장하게 만든다. 비장감은 인간으로 태어나고 사라지는 우리 삶에 특별한 깊이를 준다. 모든 사람 가운데 청교도와 이슬람교도가 성격이 강하고 힌두교도는 가장 약하다. 청교도와 이슬람교도는 인간의 현실로 나타나는 확고하고 변함없는 운명을 믿는다. 반면에 힌두교도는 인간을 절대로 자율적 존재라고 믿는다. 사실, 힌두교 신앙이 그렇다. 양식 있는 사람은 믿음을 높은 인간적 미덕으로 승화시킨다. 반면, 무지한 사람은 어떤 반응도 없이 그냥 무기력하게 살아간다. 이런 사람은 항상 자기 통제를 하도록 비록 허구일망정 외부의 힘으로 구원받을 궁리를 하도록 해야 좋다.

성스러운 바라나시에서 진정한 종교성을 표현하는, 높은 지성의 성현을 만날 수 있을까 기대하는 사람은 몹시 실망할지도 모른다. 세상 어디보다 이곳처럼 미신과 무지, 종교 상업주의와 치밀한 사기가 만연한 곳이 있을까? 보고 만질 수 있는 것이 그토록 많은 곳이니 대중은 미신에 취하지 않을 도리가 없다. 성숙한 사람이나 사실과 상징을 분별할 뿐. 인간 세상에서 우둔한 사람들에게 돈을 뜯어내려는 사람들이 없을 수야 없겠지만. 많은 요가 수행자가 거룩한 신성이 아니라 짐승과 낮은 곳을 향해 구도한다고 과장한다. 만약 자율신경을 평소와 다르게 마음대로 움직일 수 있다면, 다시 말해 의식적으로 심장 박동을 조절할 수 있는 사람이라면 지상의 벌레 수준으로 되돌아간다는 뜻이다. 그렇게 한다면 그는 몇 주일 동안 겨울잠을 자는 동물처럼 땅속에서 지낼 수도 있다. 싱거운 사람들이라는 소리를 듣는 '하타 요가' 수행자들이 그렇게 수행한다. 그들은 지능으로 끌어내는 모든 에너지를 몸으로 흡수한다.

물론, 순례자들도 대부분 어지간히 미신을 믿는다. 영혼을 인간의 첫째 조건으로 생각하는 곳에서 그럴 수밖에 없다. 합리적으로 사고하고 충분히 깨우친 사람들이나 진위를 구별한다. 대중은 세속적 성공을 바라는 만큼 거친 본능을 더 많이 이용한다. 그래서 기독교도와 이슬람교도가 힌두교도보다 더 현실적으로 보인다. 기독교도는 만질 수 있는 것만 인정한다. 보편적 현실이란 아무리 작은 것이라도 엉뚱한 공상이 아니라 사실이어야 하기 때문이다. 아무튼 이슬람교도는 비현실적인 현실(사막 생활, 신기루 등)을 자주 접하다 보니 결국 그들 자신도 비현실적으로 되었다.

힌두교도는 어디에서나 흔히 접하는 오차(誤差)에서 진실이 나타난다고 본다. 매우 깊이 있는 생각이다. 우리 삶과 관련된 어떤 것도 무시하지 않는다는 점에서 깊이 있다. 힌두교에서는 먼 옛날부터 모든 경험이 엄격히 조건에 따른다고 인식했다. 누군가의 옳거나 그른 생각, 선하거나 악한 성격, 신앙의 현실성과 비현실성은 외부 조건에 좌우된다고 알았다. 어떤 사람이 성자나 죄인이 되는 것도 우연이라고 알았다(모든 생명이 그렇게 살아간다는 것이 아니라 운명을 타고난다는 점에서 그렇게 생각했다). 어떤 현상이나 의미는 똑같다. 가령, 뇌의 일부분이 제대로 돌아가지 않는다면 그것만으로 현자가 광인이 되고도 남는다. 단지 유리한 조건이 어떤 사람에게는 엄청난 것일 수 있다. 우연한 경험이라고 해서 신을 찾는 사람에게 지복으로 보이지 말라는 법은 없다. 이렇다면 누가 겉모습이 그 속의 존재와 필연적 관계를 맺고 있다고 장담할 수 있을까? 결국 오차에 대한 믿음이 사실에 대한 믿음과 마찬가지라면, 이는 사람이 멋대로 생각해낸 개념은 아니다. 이해력이 부족한 사람일지라도 신을 인식하는 사람과 다른 식으로 신과 관계를 맺기 마련이다.

인도에서 현교주의와 비교주의는 가톨릭보다 훨씬 더 밀접하다.[129] 가톨릭은 단지 수준이 다른 경험을 표현하는 형식들의 실제 관계만 가정한다. 즉, 밖으로 드러나는 것과 안에 들어 있는 것은 똑같은 성질의 여러 모습이다. 그 목적은 같다. 당연히 힌두교는 이런 관계를 인정하

---

129 현교(顯教)주의는 은밀한 교리를 드러낸다는 뜻이 아니라 종교 의식이나 성례를 공개적으로 치르고 가르친다는 뜻이다. 반면, 밀교(密教)라고도 하는 비교(秘教)주의는 모든 교리를 비밀로 전수한다. 동양의 밀교는 불교와 힌두교의 종파이기도 하다. 서양에서는 점성술, 연금술, 기독교 신비주의, 헬레나 블라바츠키의 신지학(神智學), 루돌프 슈타이너의 인지학(人智學) 등을 일종의 밀교로 간주한다.

는 만큼 오차도 진실과 마찬가지로 가치 있다고 이해한다. 사실상의 의미만이 아니라 존재론적 의미로서도 그렇다고 이해한다. 일정한 경험의 조건에서 (지식과 지침이 부족하거나 감정이 격앙된 상태처럼) 형이상학적 사실 인식은 비현실성을 믿는 형태로 나타난다. 따라서 위대한 정신력을 지닌 사람은 그것을 순수한 인식처럼 드러낸다. 그런데 애당초 특별한 생각이 있었는지, 아니면 나중에 결과적으로 그렇게 생각하게 된 것인지는 별개의 문제다. 대체로 후자의 경우일 때가 많다. 형이상학적 관계는 역사와 별개로 독립적이다. 어쨌든, 어떤 이유로든 어떤 순간이든, 항상 어디에서나 사건들은 고대의 선인[130]이 인정한 진리를 확인해줄 것이다.

이렇게 힌두교도에게 오차와 진리 사이에 가로놓인 심연은 없다. 그 둘은 서로 통한다. 그러나 서양 사람은 '명색'을 실질적인 것으로서 지지한다. 항상 지성으로서 삶을 전체로 파악하려 한다. 우리에게 진실로 보이는 것은 오차를 부정하며, 완벽한 표현은 불완전한 표현을 무색하게 하는 듯하다. 논리적으로 상반된 관념 가운데 둘 중 어느 하나만 정확하다고 생각한다. 다른 많은 점에서도 그렇듯 이런 점에서 서양 사람은 불완전하다. 초보적인 진화 단계에 있다. 그래서 대다수 서양 사람이 여전히 힌두교의 깊은 지혜를 이해하지 못한다. 이를테면, 세계 문학의 걸작이라고 할 〈바가바드 기타〉를 철학에 무익한 잡동사니 문집으로나 여긴다. 다양한 사상이 담긴 걸작인데! 인도 사람들은 〈바가바드 기타〉

130 성현, 선인, 고행자로서의 초능력자 등 힌두교에서는 오묘한 명상 속에서 '진리(베다)'의 노래를 들을 수 있는 사람.

에 하나로 통합된 절대정신이 담겨 있다고 본다. 역사상 가장 근본적 일원론 아드바이타 철학[131]의 시조 샹카라는 생존 당시 이원론자였다. 그는 샹키아 요가[132]로 다신교도로서 구도 생활도 했다. 어떻게 이럴 수 있었을까?

샹카라의 논리 능력은 의심할 여지가 없다. 하지만 그는 단순한 논리학자가 아니었다. 그는 목적이 다르면 수단도 달라야 한다고 보았다. '실제로는' 이원론에서 벗어날 수 없다. 이원성을 암묵적으로 인정하지 않고서는 생각과 의지도 탐구와 행동도 없다. 그런데 어떻게 그것을 부정할까? 부정한다고 빤한 사실이 절대 달라지지 않는다. 다른 한편, 이원론이 실질적으로 필요하다고 해서 그것이 '실질적 존재'의 일부라는 증거는 아니다. 십중팔구 우리는 우리의 지식에 비추어 사물을 본다. 아무튼, 실체는 '둘도 없는' 하나일 수밖에 없다. 그러나 그렇다고 실체가 여러 방식으로 나타나지 못한다는 것은 아니다. 그래서 극단적 일원주의자도 만약 유일신을 쉽게 '알아볼' 수만 있다면 여러 신께 기도했다.

이렇게 존재의 본질을 둘로 보는 학파, 하나로 표현하는 학파가 있다. 유신론, 무신론, 범신론의 해석이 있다. 형이상학적 사실을 직접 표

---

131 Advaita. '아드바이타'는 산스크리트어로 불이론(不二論) 또는 불이일원론을 뜻한다. 7세기경 인도의 철학자 가우다파다(Gaudapada)가 설립하여 8세기경 샹카라(Shankara)가 체계화했다. 이원론이란 없으며 불이일원론만이 궁극적인 진리라고 주장한다. 또, 우주적 원리로서의 절대자인 브라만과 개인적 원리로서의 자아인 아트만은 별개의 존재가 아니라 하나의 존재라는 범아일여(梵我一如) 사상을 강조했다.

132 샹키아 학파의 시조는 카필라(Kapila, 기원전 4~3세기경)이다. 현전하는 원전은 이스바라크리슈나(Iśvarakṛṣṇa, 3~4세기경)의 샹키아 송(Sāṁkhya Kārikā) 샹키아는 수(數)를 뜻하는데, 이것은 '숫자' 그 자체가 아니라 '순열'을 의미한다. 즉, 인간과 우주의 존재론이다. 샹키아 철학은 고통의 원인을 영원히 제거하는 인식으로 영혼을 속박에서 벗어나게 하려는 해탈을 구한다.

현한다는 점에서 정통성 있고 정당한 해석들이다. 인간이 이성의 범위를 넘어서 참과 거짓(眞僞)을 궁극적으로 판단하기 어렵다. 그래서 모든 철학은 '표현 형식'일 뿐이다. 실질적 이해가 필요하다는 점은 오직 샹키아 요가에서만 인정한다. 모든 실질적 이해는 이원론을 전제로 하기 때문이다. 결국, 믿는 사람이라면 누구나 자신이 원하는 것을 생각할 수 있다. 우선 진리에 대한 '실용' 개념을 중시했다.

그렇다면 힌두교도는 절충주의자일까? 전혀 그렇지 않다. 그들은 합리주의자의 맞은편에 있을 뿐이다. 그들은 형이상학적 사실을 논리로서 표현할 수 있다는 미신을 인정하지 않는다. 그들은 어떤 사실이든 단 하나의 원인으로 결정될 수 없으며 여러 가지로 결정된다고 알고 있다.[133] 이 문제에서 일원론과 이원론의 대립에 모순은 없다. 측량 체계에서 '피트'나 '미터' 같은 체계와 마찬가지다. 두 가지 체계 중 어느 것을 택하느냐는 개인의 문제다. 어떤 물건을 두고 어느 측량법이 다른 것보다 더 유리할 수 있다. 아무튼, 유리한 쪽을 사용하지 않는다면 비합리적이다.

인도의 현자들(오직 현자들만)은 '법률 박사'라는 뜻의 푼디트[134]와 다르게 결코 서양 사람들처럼 착각하지 않는다. 어떤 지식이든 형이상학의 관점으로 진지하게 다룬다. 지식은 어떤 마야의 이미지보다 본질적이거나 확고하지 않다. 그것은 어느 정도 명확하고 그럴듯한 상징들로써 사실을 설명할 수 있다. '어느 정도'가 중요하다. 그렇지만 상징 자체는 결코 본질이 아니다. 인도 사람들은 본질에만 관심을 둔다. 모든

133 현대 철학에서 알튀세르가 말하는 중층결정론과 비슷하다.
134 pundit(pandit), 고대 산스크리트어와 경전에 능통한 학자나 교사로 우리의 서당 훈장 비슷하다. 유학자 비슷하게 힌두교 사상과 학문과 예술 등 전통을 가르친다.

것에서 본질을 본다. 그것이 무엇이든 또 무엇을 통해서든. 그들은 어떻게든 이해하고 길을 잃지 않고 모순에 빠지지 않으려 한다. 그래서 〈바가바드 기타〉를 읽는다. 마치 최고의 기도서, 신성한 정신을 읽듯 한다. 절대자가 들려주는 말씀이다. 비록 책은 불완전한 물건이지만 그 속에서 말씀이 울려 나오기 때문이다.

많은 사람의 노력에도 어째서 힌두교 지혜의 참뜻이 유럽에서 그토록 오해받을까? 일반적 원인이 있음 직하다. 기본적으로 잘못된 점이 있다. 유럽 학자들이 인도에 잠깐 머물다 갔을 뿐 다시 찾지 않고 또 이 나라의 살아 있는 사람들을 접하지 못했기 때문이다. 물론, 인물과 장소를 모르더라도 언어와 철학으로 정신을 이해할 수 있다. 이런 의미에서 서구는 인도를, 인도가 자신을 이해하는 것보다 좀 더 이해하고 있는지 모른다. 그러나 어떤 사람이나 민족의 담론과 사상은 그 의미를 완벽하게 표현했다고 할 만한 곳에서나 드러난다. 그런데 이런 경우는 매우 드물다. 그 어떤 철학보다 (다른 뜻이 있을 수 없다는 점에서) 일방적일 만큼 명쾌한 칸트의 철학조차 서구 사상계 인사와 아무 접촉도 없는 이방인이 정말로 이해할 수 있을까? 매우 의심스럽다.

힌두교 정신의 창의성은 의미를 완벽하게 구현한 어떤 세계 문학보다 못할 수 있다. 그 저자들이 우리가 그 이야기를 읽을 때를 대비한 정확한 표현에 무심했기 때문이 아니다. 그들은 과학의 정확성이나 예술 형식에 매달리지 않는다. 그들의 글은 그런 것과 완전히 다르다. 그들은 전통의 뼈대를 세우면서도 다른 한편 영적 진리를 '실현'할 수단을 찾았다. 흔한 상징의 도움으로 그런 사상을 퍼트리고 보존하기 쉬운 안전 장치도 마련했다. 무지한 대중용이 아니라 '입문자들'을 위한 것이었다. 결국 인도 사람들이 바라는 것은 서구에서 이해하는 것과 같은 의미의 표현이 아니다. 그런데 어떻게 글만 보고 의미를 이해할 수 있을까? 유감스럽지만 힌두 철학과 그리스 철학 그리고 칸트 철학은 나란히 평행선만 그었다. 대중적인 만큼이나 착각하기도 쉬운 탓이다. 부정확한 사실을 바탕으로 정확한 이론을 세울 수는 없다.

애당초 사유(思惟)에 바탕을 두지 않는 힌두 철학은 본질적으로 서구 철학과 비교할 수 없다. 전통 경전《우파니샤드》곳곳에서 나오는 교수법을 생각해보자. 제자가 질문하면 사부는 곧장 답해주지 않고 듣기만 한다. 초보 수련생은 그렇게 질문만 되풀이하면서 10년 동안 사부를 찾는다. 그 10년 동안 사부는 서양식으로 가르치는 것은 없다. [화두 같은] 생각할 문장만 던져준다. 문장도 깊이 생각하거나 분석하지 않아야 한다. 결론을 내려고 논리의 계단을 쌓지 않고 정신으로 완전히 소화해 자기 것이 될 때까지 문장에 녹아들어야 한다. 칸트는 학생들에게 자주 이렇게 말했다.

> 내게서 정해진 철학을 배우려 하지 말게. 생각하는 법을 배워야지.

이와 마찬가지로 인도의 사부 구루는 제자 쉴라에게 절대로 가르쳐주지 않는다. 요즘 우리가 알고 있는 방식대로 공부하는 학생은 외워서 배운다. 그렇게 되면 유익하다고 생각하는 것과 정반대가 될 수 있다.

유명한《수트라》를 생각해보자. 인도 사람들에게 가장 중요한 교리와 지식이 함축되어 있다. 주해 없이는 절대로 이해할 수 없을 만큼 함축적이다. 서양식으로 공부하려는 학생을 위한 것은 아니다. 인도 사람의 확신에 따르면, '자아의 깨달음', '단 하나 바람직한 지혜'는 사유만으로 얻을 수 없다. 생각한다는 것은 그런 생각이 나온 곳에서만 움직이며 그곳을 벗어날 수 없다. 생각만으로 형이상학적으로 인지할 수 없다. 감각이 제아무리 풍부해도 그것으로 어떤 생각을 파악할 수 없듯이 아무리 많은 생각으로도 형이상학적 인식에 도달할 수 없다. 의식 수준이 달라져야 한다. 이런 심오한 수준에서야 형이상학적 사실은 마치 눈앞에 보이는 자연처럼 또 지성으로 볼 수 있는 관념처럼 자기 앞에 나타난다. 따라서 공부는 사고의 훈련이 아니라 자아를 심화하는 방법이다. 주어진 도구로 사실을 탐색하는 것이 아니라 새로운 최상의 도구를 만들어 내야 한다. 따라서 인도의 공부법과 서구의 철학적 지식 습득법을 비교할 수 없다. 서양 사람들은 깊이 생각하고 시험하며 비판하고 정의한다. 그러나 인도 사람들은 요가를 수행한다. 그러면서 정신의 변형을 통해 칸트가 경험할 수 있는 것과 없는 것 사이에 그어놓은 경계선을 뛰어넘으려는 높은 목적을 겨눈다.

이렇게 서로 비교할 수 없는 방법에서 비교할 수 없는 결과가 나온다. 서양 사람들은 이런저런 생각으로 미분하고 적분하면서 귀납을 이끌어내려 한다. 인도 사람은 이런 상태에서 저런 상태로 이동한다. 서구 사람은 추론의 왕국에서 정상에 도달한다. 특수한 사실에서 보편적 사실로 나아가며 관념을 발전시킨다. 그러나 인도 사람은 계속해서 의식을 고쳐 나간다. 당연히 그는 의식이 여러 다른 차원에서 경험하는 것을 객관적 개념으로 설명한다. 종종 서구적 개념과 같다.

인도 사람들도 서양 사람들처럼 절대를 말한다. 그러나 서양에서

'절대'라는 개념은 추상적 의미이지만 인도 사람들은 구체적 경험이라고 생각한다. 절대란 무엇인지 그 정체를 알아야 하거나 측정할 수 있는 것이 아니다. 그들에게 아트만[참다운 나, 또는 범아일여(梵我一如)]은 합리적 사고가 아니다. 도달할 수 있는 구체적 의식 수준을 가리킨다. 푸루샤[135]는 상상계의 혼이 아니라 생명의 원리라는 식이다.

이렇게 우리는 한편으로 (서구 철학 전반에서) 합리적 법칙에 따른 체계적 연결고리를 갖고 있다. 밑바닥의 기존 현상부터 맨 꼭대기로 밀어올린 추상 개념까지 이어진 고리다. 다른 한편, 열등한 상태에서 우수하게 올라설 수 있다는 점을 경험으로 설명한다. 이 두 경우에, 각 상태(또는 생태)를 가리키는 개념은 비슷해도 사실상 인도 철학과 서구 철학을 완전히 비교할 수 없다. 서로 어떤 관계도 불가능하다.

우리는 종종 힌두 철학의 핵심이 무슨 학파처럼 무거운 틀 안에 숨어 있다고 생각한다. 따라서 이런 틀에서 본질을 보는 사람, 심지어 불가분한 요소를 보는 사람은 성 토마스 아퀴나스의 논리에서 핵심 교리를 파악한다고 생각하는 사람보다 더 심하게 착각하는 셈이다. 사실상 살아 있는 생태계를 합리의 틀로 설명하려고 하겠지만 절대로 설명할 수 없다. 그런 시도를 진지하게 보는 것은 옳지 않다.

핵심을 찾으려면 행간에 숨은 뜻을 읽어야 하듯, 힌두 철학자들에게서 그 핵심을 파악하기 어렵지 않다. 찾아내기 쉬울 만큼 잘 드러나기 때문이다. 인도 사람들은 결코 서구의 중세 철학자처럼 완고한 합리주

---

135 인도 철학에서 절대 존재, 대우주로 신화에 등장하는 거인 또는 인류 최초의 원인(原人)을 가리킨다. 《리그베다》에서는 푸루샤의 몸에서 태양과 달 그리고 대지와 신 등의 만물이 태어났다고 노래한다. 거기에서 카스트의 네 계급이 나왔다.

의자가 아니다. 그들은 그리스에서 물려받은 요소를 전혀 부담스러워하지 않는다. 그들의 논리는 밧줄처럼 보여도 조금도 질기지 않다. 심오한 철학자들은 현실에서 자신들이 무슨 말을 하려는지 잘 알고 있다. 따라서 금욕 생활자들은 요가 수행을 존재를 이해하는 데 유일한 방법이라 생각한다. 푼디트는 서구에서 그렇듯 인도 어느 곳에서도 현자로 주목받지 못한다. 말하자면, 서당 훈장이나 골동품처럼 그저 현실에서 그 모습만큼 대접받는다.

앞에서 성 토마스 아퀴나스 이야기를 꺼냈다. 사실, 서구 문학에서 위대한 신학 박사들의 글이 힌두 철학에 비할 만하다. 하지만 신학 박사들은 힌두교 현자들과 다른 길을 걸었기 때문에 마냥 비교할 수 있는 것은 아니다. 물론, 애당초 같은 길이었다. 가톨릭교회는 수행을 신앙 강화 수단으로 생각했다. 인간의 완성, 곧 신념의 완성으로 이끌 수단, 현실적 수단이다. 가톨릭교회는 결코 각자 개인으로서 사물을 인식하도록 가르치려 하지 않았다. 반대로, '라자 요가'에서 각자 실제로 이해한다는 것은 까다로운 심신 수련의 목적이었다.

힌두 철학에서 합리와 이론과 관련된 것 모두 해롭다. 그런 것은 가장 고약한 교부학파의 철학 비슷하다. 철학이 나타난 뒤로 정신과학과 학파의 사고는 나란히 한 쌍이었다. 정신으로 이성 너머에 있는 모든 것을 통찰하려면, 정신은 이성이 마음대로 움직이도록 양보할 만큼 대단히 성숙해야 한다. 이성은 종종 정신의 숙제를 받는다. 정신이 알고 있는 것을 기어코 증명하라는 숙제다. 정신은 진리를 확신하는데 굳이 그것을 입증해야 하냐는 듯 형편없는 증명에도 만족해한다. 이런 식으로, 합리적 증명으로 정신이 예상했던 것을 추인한다. 그만큼 고매한 성 토마스 아퀴나스였지만, 그는 결코 자신의 부족한 이론을 설명하지 못했다.

인도의 신학자는 서구보다 더 고약하다. (서구교회에 박사가 있듯이, 푼디트는 '법학 박사' 노릇을 한다.) 그들이 즐기는 개념은 애당초 합리적인 것이 아니다. 구체적 상태만 지시할 뿐이라 기초 구조가 전혀 없다. 그런데 모든 힌두 철학은 어지간히 신학자의 철학과 비슷하다. 여기에서 샹카라, 라마누자를 옹호해야 허사다. 그들은 철학자였지만 신학자였다. 다시 말해, 일정한 확신에 동참했다. 그들은 확신을 설명하고 입증하려고만 했다. 이런 점에서 그들은 서구의 어떤 비판 사상가보다 못하다.

올덴베르크[136]는 힌두 철학을 건조하게 전한 사람들에 비해 분명 옳다. 아무튼, 힌두 정신이 이론 체계라든가 일반 철학 속에서 절대적으로 구체화했다고 생각한다면 이는 완전한 오해다.

"드바이타와 비시스타이트바이타는 아드바이타에 맞선다."[137]

즉, 일원론으로 존재와 인식의 이원론을 보완했다. 외견상 "그것(절대자)이 바로 너!"[138]라는 말씀을 내세웠다. 평등성과 기존의 미묘한 차별을 맞세웠다. 이것으로 일체화에 거슬리는 개념을 버리고 풍성한 신

---

136 Hermann Oldenberg. 1854~1920. 독일의 인도학자로 1881년에 《붓다, 삶과 교리와 공동체(Buddha: Sein Leben, seine Lehre, seine Gemeinde)》를 내놓았다. 여러 나라에 번역되어 널리 읽힌 참고서다.

137 Dvaita, Viśiṣṭādvaita, Advaita Vedānta. 인도 철학의 학파들이다. 아드바이타는 '둘이 아님', 베단타는 '베다의 궁극점'이라는 뜻이다. 이중 '아드바이타 베단타' 학파는 인도 철학에서 가장 영향력이 크다고 한다. 인도의 정신적 사부들 대부분이 따른다.

138 Tat Tvam Asi. 《우파니샤드》에서 차용했다. 자아와 궁극적 실재는 모든 현상의 바탕에서 하나라고 암시한다. 학파마다 조금 다르게 해석한다. 아드바이타 학파에서는 절대와 궁극적 실재와 자아 모두가 하나다. 드바이타 학파에서는 셋이 모두 동등하지만, 개인은 절대의 일부라고 본다. 비시스타드바이타 학파에서는 개인은 브라만이라는 절대자의 일부다.

화와 신성으로 대신했다.

인도에 서구적 의미의 일원론(또는 단성론), 범신론, 교리, 일체감은 없다. 그런 감정으로 자연의 다양한 권리를 편파적으로 보지 않는다. 현상계의 풍요를 파괴하지 않으려는 아드바이타 교리는 이런 풍요의 표현이다. 인도의 정기를 과시하면서 그 나무에서 자라난 또 다른 가지였다. 구도자들은 개인적으로는 어떤 교리를 다른 교리에 맞세워 설명한다. 개인마다 특별히 적합한 경험이 있기 때문이다. 구도자 자신이 브라흐마였는지, 실재했는지, 또는 하나인지 여럿으로 존재하는지는 논란거리가 아니다. 절대자는 자명하다. 그래서 브라흐마라는 이름으로 부른다. 절대자를 재현하는 방식은 타고난 기질에 좌우된다.

박티 요가 수행자는 항상 유신론(有神論) 편이다. 반면, '즈냐나 요가'[139]는 일체성을 강조한다. 우리는 자신 속으로 더 깊이 들어갈수록 자기 존재를 더욱 의식으로 '깨달을' 수 있기 때문이다. 일체감도 강해진다. 따라서 일체성의 교리는 형이상학적 실재를 가장 잘 표현하는 편이다.

요가 수행자와 구도자들은 지독한 경험주의자들이었다. 그들은 체험한 것만 신뢰했다. 따라서 일상에 쓸 만한 것에 그들의 철학을 적용한다면, 실용주의라고 할 만하다. 그들은 사실 실용주의의 이상이었다. 그들은 윌리엄 제임스와 F. C. S. 실러가 모든 현실은 공리(公理)의 "구체화"일 뿐이라던 주장에 동의한다. 다시 말해, 어떤 형태에도 형이상학적 실재가 들어 있거나 숨어 있지 않다. 각 형태는 경험에서 나온다. 각 개

---

139 Gnani(Jnana). 즈냐나는 산스크리트어로 지식을 의미한다. 〈바가바드 기타〉에 근거한다. '나의 생각'이 무엇인지 깊이 추구한다. 철학자 아디 샹카라는 즈냐나 요가를 중시했다. 라마누자는 지식을 헌신의 조건으로만 보았다.

인이 인식하는 진실은 개별적이며 구체적으로 각자의 기질과 편견과 욕구에 좌우된다는 뜻이다. 그들은 그 이론은 "우리가 진리 또는 진실이라고 부르는 것의 '표현'만 다루기 때문에" 끝은 아니라고 할지 모른다. '큰 뜻'은 실용주의의 틀을 벗어난다. 형태를 넘어서 있는 '저세상'이 있고 더 순수한 큰 뜻의 왕국이 있다. 어떤 공리도 그곳을 꿰뚫을 수 없다. 그러나 바로 그런 세상과 왕국에서 모든 공리가 태어나 구체화한다. 이와 같은 세계까지 의식을 끌어올려 실용성의 경계를 계속 뛰어넘을 줄 아는 사람이 있다. 이런 사람은 모든 공리 또는 가설을 꿰뚫어 본다. 그런 사람의 의식은 모든 현상의 일차적 동기로 살아 있어 그 속에만 들어 있는 창의력을 충실히 반영한다. 이런 사람을 "진리를 깨달은" 사람이라고 할 수 있을까? 그러나 부적절한 말이다. 실용주의자들은 논리적 진리가 아니라 살아 있는 진리의 관점에서 볼 때 개념은 공허하다고 알고 있다. 왜냐하면 개념은 의미 자체가 아니라 의미의 표현이기 때문이다. 어떤 표현이든 불가분 상대적일 수밖에 없다. 그렇다면 착오와 진리를 모두 뛰어넘어 "깨달아 아는 사람"은 차이 같은 것은 없다고 하지 않을까? 깨달은 사람은 순수하게 살아 있는 큰 뜻의 왕국에 사는 사람이다. 그런 큰 뜻은 진리 또는 착오로 표현될 수 있다. 큰 뜻은 순수한 기운이라 붙잡히지도 않고 다른 모습으로 재현될 수도 없다. 그렇게 해보려고 애써봐야 영원한 큰 뜻 대신에 덧없고 불완전한 형상이나 붙잡고 그려볼 뿐이다.

현명한 구도자 또한 어지간히 정확하더라도 별수 없이 정확하다는 가설로서 이야기할 수밖에 없다. 큰 뜻은 오직 직접 '겪어봐야' 알 수 있다. 즉, 체험할 수 있으나 설명할 수 없는 세계에 관한 이야기다. 어쨌든 큰 뜻에 따라 생각하고 움직일 수 있겠지만 그때부터 그의 언행은 어긋난다.

힌두 철학에서 항상 깊은 정신이 우러나는 소중한 사례를 본다. 하지만 그 세련된 면모를 더 완전한 형식으로 표현할 수도 있겠지만 그 철학 자체를 좀 더 깊이 파고들기란 어려워 보인다. 가장 깊은 곳에 이미 도달했기 때문이다. 인도 사람들은 확고한 진리 개념을 이미 넘어섰다. 그 대신 의미가 바뀌는 역동적(일종의 변증법적) 개념을 내놓았다. 서양 사람들도 조만간 그렇게 할 것이다. 머지않아 사물의 본질을 이해할 수 있다는 말이 아니다. 어떤 수준이 될지 모르겠지만, 서구적 의식을 보완해서가 아니라 있는 그대로 철저히 탐색하면서 더 높이 끌어올려야 그런 인식에 이를 것이다.

인간은 자기 인식의 해묵은 도구를 넘어서기 마련이다. 칸트의 '비판 3부작'에 실려 있는 추상적으로 표현된 생태학적 한계를 넘어서 지금보다 향상될 것이다. 인간의 의식은 표면에 안주하기보다 그 바탕의 깊은 정신을 반성할 것이다. 이런 전체성을 향한 발전은 인도에서 시작되었다. 인도 사람들은 존재 인식과 생명론에서 기적에 가까운 것을 이루었다. 그것을 우리가 이어가야 한다.

인도의 값진 형이상학의 지혜와 직관이 이렇듯 바람직하고 깊이 있다면 요가를 수행한 덕이다. 누구나 인정하는 사실이다. 요가는 힌두교 지혜의 실질적 중심축이다. 서양 사람들이 재능에 기대하는 것을 인도 사람들은 교육에 걸었다. 얼마 전에 어떤 인도 사람이 내게 이런 말을 했다.

"우리가 진리를 찾는 데 필요한 위대한 인물이 당신들한테는 무식한

잔나비로 보일 겁니다. 어쩌다 나온 엉뚱한 사람으로나 보겠지요. 그런데에 진리가 있잖습니까. 우리 누구 앞에나 있지요. 미물에도 들어 있고. 충분히 수행만 하면 누구든 그것을 인식할 수 있습니다. (모든 진리는 근본적으로 자명한데) 당연한 것을 깨우치려고 독창적인 인물이 태어나기를 기다리면서 조급해하는 당신들이 아이러니 아닙니까!"

지당한 말씀이다. 서양 사람들은 얼마나 선천성에 의존하는지 부끄럽다. 부끄러움을 어떻게 피할까? 지혜로운 인도 사람의 놀랍도록 소박한 모습을 보면 가능한 일이다. 그 인도 사람에게 초보자도 그렇게 알다시피 우리가 생각하는 위인은 문제가 아니다. 개성부터 정력까지 우리는 천재의 자질과 독창성과 타고난 역량을 평가할 수 있다. 그런데 나는 인도의 역사에서 붓다만 빼놓고 서구적 의미에서 위인의 자질을 갖추었다고 할 만한 사람을 본 적이 없다. 어떤 인도 철학자도 어떤 면으로든 위대한 서구 사상가들과 비교하기 어렵다. 샹카라, 비아사, 라마누자는 2류 철학자라고나 할까. 아무튼 이들이 심오한 개념을 내놓았다. 고대의 구도자들이 내놓은 것은 아니다.

어쨌든, 힌두 철학은 전체적으로 매우 심오하다. 그렇지 않다고 할 만한 것은 전혀 없다. 깊이 들어갈수록 우리의 관점은 인도 사람에 더 가까워진다. 한 발씩 심리학적으로 파고들수록 고대 인도 과학의 실증성을 확인한다. 비록 부족한 이론일망정 고대 구도자의 직관은 철학적 비평의 결과에 비추어볼 때 다시금 수긍하게 된다. 그 직관이 신비한 모습을 띠고 있더라도 그렇다. 베르그송은 인도에서 항상 따르던 길로 형이상학을 끌어들였다. 사실상 그의 형이상학만큼 야슈바고샤의 것과 닮은 것도 없다. 야슈바고샤는 형이상학을 요가 수행하며 알게 되었다고 털어놓았다. 그 기본 사상은 다음과 같다.

사람은 집중력을 키워 엄청난 힘을 자유자재로 다룰 수 있다. 누구든 그 수단에 통달하면 우주의 어떤 대상 속으로도 들어갈 수 있고, 먼 거리까지 자기 힘을 미칠 수 있다. 신처럼 자신이 원하는 모든 것을 이루고 창조할 수 있다. 사람은 어떤 문제점에 집중하면서 그 문제점까지 접근한다면 그것에 관한 모든 것을 알 수 있다. 완벽한 요가 수행자는 세계에 영향력을 발휘하려고 물질적 수단을 이용하지 않아도 된다. 인식에 이르려고 학문의 도움을 받을 필요도 없다. 요가 수행자는 모든 것을 즉시 배우고 행할 수 있다. 그 자신이 완벽한 수행자인지 아니었는지도 중요하지 않다. 앞장에서 설명했다시피, 중요한 원칙은 요가의 원론과 그것을 경험으로 입증한 사실을 이해할 잠재력이 있어야 한다. 아무리 굉장한 것이더라도 그것을 실현한 개연성을 볼 줄 알아야 한다.

집중력은 분명 인간 정신의 실질적 원동력이다. 집중력의 개발이야말로 마음에 힘을 실어준다. 어떤 분야에서든 성공이란 이런 힘을 어떻게 지적으로 활용하는가에 달렸다. 특별하게 집중된 의지력을 가로막을 장애는 없다. 어떤 문제에 주의력을 집중하면 머지않아 그에 걸맞은 지능으로 접근할 수 있는 모든 면을 찾아낼 수 있다. 요가 철학은 고도의 집중력으로 이런 지능을 대신할 수 있다고 주장한다. 그렇다면 수학자의 특별한 능력은 무엇이라고 해야 할까? 요가 수행자들은 이런 말을 한다. 수학자는 문제를 깊이 들여다보는 역량으로 그 문제의 성격과 결과를 완전히 밝힌다고 한다. 수학적 관계는 실제로 존재하기 때문이다. 정신세계의 조건도 자연물만큼이나 사실적이다. 다만 찾아내는 일이 남아 있을 뿐이다. 만약 그와 같은 수학적 관계에 객관성이 없다면, 즉 알려진 것이든 아니든 어떤 사실과 무관하게 그 자체로서만 존재한다면 수학 문제는 성립되지 않는다. 따라서 모든 인식은 지각으로 느껴서 알 수 있다. 반사, 연역, 귀납은 그저 그런 감식 수단이다. 눈에 보이지 않는 것을 공연히 "거기 있다고 '안다'"(무엇인지 안다)라고 하지는 않는다. 그게 뭔지 알기나 할까!

우리는 추상적 세계도 그런 식으로 알아본다. 사물의 관찰과 화가의 상상에 비치는 것 그리고 어떤 사고를 반영하거나 어떤 생각을 꿰뚫어 보는 것은 원칙적으로 같다. 모두 지각과 관련될 뿐인데 대상과 구성 요소만 다르다. 그런데 생각과 관념도 우리 눈앞에 보이는 나무처럼 밖으로 드러나는 현상이다. 감각계와 마찬가지로 사유의 세계에서도 지각과 이해력은 우리가 사물을 얼마나 분명하게 보는지에 달렸다.

여기에서 두 가지 결론이 나온다. 우선, 우리가 재능이라고 하는 감각이다. 재능은 특히 현상을 간파하는 개인의 특이한 기질이다. 무능한 수학자는 추상적 상징들과 그 상호 관계와 정확한 개념에 집중하지 못한다. 그런데 그가 가진 능력을 발휘하지 못할 때 그것을 '암시'해주면 최면에 걸린 사람처럼 능력을 되찾을 수 있다.

두 번째는 이런 것보다 먼저 전체를 고려할 때 나오는 더욱 중요한 결과다. 자신의 정신을 움직이는 장치를 완전하게 통제하는 사람은 집중력을 모든 감각에 고르게 활용해 어떤 대상과 문제에 대해서든 완벽하게 주목할 수 있다면 그것만으로 자신이 주목하는 모든 관계를 순식간에 인식할 것이다. 그것들이 완전히 분명해 보일 테니까. 말하자면, 어디서든 즉시 진리를 파악하게 된다. 이런 사람이라면 과학적 장치가 필요할까? 그에게 어떤 논리라든가 심지어 사유조차 없어도 문제없지 않을까? 논리니 사유니 하는 것은 지각의 보조 수단에 불과할 테니 말이다. 특별히 타고난 재능도 필요 없겠다. 불완전하더라도 지각으로 그런 것을 알아본 사람은 중요한 결과를 얻을 수 있기 때문이다. 여기에서도 기본 원리부터 그 이론에 유리한 경험이 보여주는 유사점이 있다. 즉, 재능이나 천재의 핵심이 무엇일까 하는 점이다. 많은 다른 사람이 수많은 중간 단계를 돌고돌아 도달하는 것을 즉시 일순간에 파악하는 데에 있지 아닐까? 따라서 인도 철학자들이 분명 재능이 뒤지는 데도 위대한 서양 천재들보다 더 깊은 인식에 도달했다고 해서 놀랍지 않다.

요가 철학은 이런 것이다. 요가 철학이 방금 말한 대로 곧이곧대로 가르치지는 않는다. 그러나 사실상 그 궁극적 뜻을 그런 식으로 구체화할 수 있다. 이런 뜻에 반대하기 어렵다. 그것이 현실에 부합한다. 분명, 인도 사람들이 근본적 중요성을 발견했던 집중력은 무엇보다 자기계발에 유익하다. 서양 사람들도 인도 사람들 못지않게 활기차고 정신력이 뛰어나다. 우리가 충분히 수행한다면 어떤 결과에 이를까? 단순한 예상이 아니라 경험담이다. 이런 것을 이용하려 하지 않는다면 어리석다.

나는 인도에 처음 머물던 즈음, 요가 수행자와 영감(靈感)에 관해 대담했다. 나는 유럽 사람들이 영감을 통해 이해하며, 때에 따라 영감을 받은 사람들이 그것을 붙잡아두거나 되살리지 못해 얼마나 딱한 노릇인지 안타깝다고 했다. (이런 고취 상태는 창작에서 훌륭하게 나타난다.) 그러자 수행자가 반문했다.

"왜 붙잡아두지 못합니까? 방법을 모르니 그러지 않겠습니까. 그렇게 할 수 있습니다. 특별한 의식 수준에만 이르면 됩니다. 초자연적인 것도 아니고 정상적으로 할 수 있습니다. 내가 당신이라면 정상적으로 영감을 받은 상태를 줄곧 유지할 수 있을 겁니다. 당신 말대로, 당신에게 그런 영감이 더욱 넘친다면."

나는 펄쩍 놀랐다. 나는 라자 요가 방법을 따라 해보았다. 그때까지 내가 했던 것처럼 말과 생각에 떠오른 순간적인 영감을 즉시 옮겨 적는 대신, 그것이 떠오르는 곳을 붙잡아보려고 하면서 가능한 한 그 한 복판으로 나를 끌어들이려 했다. 물론 성공했다. 몇 초에 불과하던 이전의 상태와 달랐다. 나는 꽤 오랫동안 그렇게 고양된 기분이었다. 수행자들이 주장하는 나 자신을 맛보았다. 즉, 현상학적으로 모든 의식 수준이 어떤 다른 수준과도 동등하다는 맛을 보았다. 누구나 힘들이지 않고 자기 정신으로 느낄 수 있는 세계와 외부 세계를 돌아다닐 수 있고 그 속에서 구체적인 것을 볼 수 있다. 가능하다, [사진처럼] 재현된 세계의 이미지가 "정지해 있을" 때다. '취한 잔나비' 같은 상상력으로 이 세상을 느긋하게 산책하면서 자기 자신의 모습을 마치 나무 바라보듯 조용히 바라보면서 거닐 줄 알게 된다.

떠오른 관념을 사유와 표상으로 금세 옮기지 않고 그렇게 붙잡아두게 되면, 플라톤이 관념론으로 정의한 것을 경험하게 된다. 그러나 관념의 세계는 궁극의 수준에 미치지 못한다. 그런 세계보다 더욱 높은 곳에 순수한 '큰 뜻'의 왕좌가 있을 것이다. 그 왕국에서 계속 살 수 있는 사람은 전지(全知)한 사람이 되지 않을까. 내가 아직 그런 곳에 못 갔다고 서두를 필요는 없다. 그렇지만 나는 플라톤의 경험을 종종 다시 겪었다. 관념을 마치 물건처럼 살필 수 있었다. 그럴 때마다 관념의 연쇄와 출처와 의미가 "환하게 보였다." 다시 돌아볼 필요도 없었고, 때때로 문자 그

대로 그것들을 뒤에서 바라보았다. 이를테면 그 전체를 주시할 수 있었다. 나는 플로티노스[140]부터 셸링[141]까지 철학자들이 "지적 관조"라고 어색하게 부르던 힘을 시험했다. (지능적인 것이 아니라면 경험적인 것이라 하겠지만 의식의 수준은 다르다.)

나는 평소에 명상할 때나 감지하던 것을 직접 보았다. 이런 경험 끝에 나는 인도 사람의 개념의 깊이에 놀라버리고 말았다. 완전히 집중해 정신의 움직임을 관찰하는 것을 배우면서 깊은 인식에 도달하지 않을 수 없다. 바로 그전에 모습을 보이던 매 순간이 거꾸로 관찰의 바탕이다. 그렇게 되면 (머릿속에 떠오른) 어떤 개념과 표상을 물건처럼 붙들어 두기가 별로 어렵지 않다. 공간이나 경험과 마찬가지로 관념들의 관계도 알아보게 된다. 여기에서 인도 사람들은 비판적 생각을 접어두고, 매우 조잡한 과학적 수단으로도 관념과 현상의 형이상학적 사실관계의 참다운 본질을 금세 이해한다. 그들의 심리학은 여기에서 시작된다. 그 형식을 뭐라고 반박하든 지금까지 서구의 것보다 분명 더 심오하다. 그뿐만 아니다. 인도 철학에만 있는 전체적 깊이도 여기에서 나온다. 위대한 구도자들은 계속 깊이를 추구하며 살았다. 어떤 서구 철학자도 그렇게 하지 않았다. 사실상, 관념을 응시할 줄 알던 플라톤은 어쨌든 그 너머까지 눈길을 던지지 못했다. 그래서 관념의 참다운 성격을 인식하지 못하고 중요성만 과장했다. 그는 어쩌다 가끔씩만 관념을 응시했다. 그래서 그것을 볼 때마다 그 영감에 취한 순간의 피상적인 면만 밝혔다.

---

140 Plotinos. 3세기경 로마의 철학자로 신플라톤 학파의 창시자다. 서구 관념론에 큰 영향을 주었다.

141 Friedrich Wilhelm Joseph von Schelling. 1775~1854. 독일의 철학자로 독일 관념론의 완성자로 평가된다.

플로티노스는 항상 '진정한 자아'를 계승했다. 그가 하는 말의 뒤에는 항상 '참된 나'가 있었다.[142] 피히테와 헤겔은 깊은 곳까지 내려가 피상적 현상을 재구성해 보려고 했다. 니체는 거기에 끝없이 빛을 비추고 들추고 했다. 그러나 누구도 살아 있는 깊은 곳까지 가지 못했다. 그들은 재능이 있었지만 집중력을 충분히 못 살렸고 우발적 경험에 의존했다. 어떤 서양 사람도 깊은 자아 속에 계속 머무는 집중력이 없었다. 괴테가 이런 약점을 가장 두드러지게 드러냈다. 괴테는 자신이 하는 또렷한 말들이 다른 어떤 당대인보다 깊은 곳에서 샘솟는다고 생각했을지 모른다. 하지만 그는 어떤 천재보다 광채가 나오는 곳에 오래 머물 줄 몰랐다. 그는 피상적 생활에 바빴다. 깊이 사색에 잠길 때에도 표면에 더 오래 머물렀다. 《파우스트》는 이런 부족함의 다른 표현이다. 시적 공상에 넘치는 작품이지만 어떤 상태에서 다른 상태로 이어지는 동안 앞서 것의 깊이가 심화된 적은 없다. 그렇게 종장은 전체적 삶의 완성을 보여주지 않는다. 단지 우연히 끝에 자리 잡게 되어 절정으로 제시되었다.

몸이 성숙하면 그때부터 내면의 진보는 사실상 집중하기에 달린다. 이런 것은 모든 점에서 자기 자신의 발전에 따라 확실해진다. 스무 살 때 나는 지금 못지않게 멍청했다. 절제할 줄 몰랐고 절제가 무엇인지도 몰랐다. 중요한 줄 몰랐으니 중요한 일을 전혀 못 했다. 그러다가 문학과 철학을 공부하면서 내 정신의 빛을 한가운데로 모으기에 좋은 렌즈를 갖게 되었다. 그 빛을 한군데로 모을수록 나는 더 유능해졌다. 해마

142 플로티노스는 힌두 철학의 영향을 받았다.

다 자신을 더욱 통제했다. 그렇게 정신력이 강해졌다. 배워야 할 기본을 일찍부터 인정하고 오래 집중하던 끝에 결국 신경쇠약에 걸렸다. 노력할 때마다 좌절하면서 어지간히 피상적으로 지냈다.

신경 에너지가 직접 작용해야 생각에 추진력이 붙는다. 뇌를 유연하게 굴릴 줄 모르는 사람은 깊이 생각하기 어렵다. 직관적 깊이 정도에나 이를까. 마치 측정기로 사고의 깊이를 가늠하려고 하듯 (무모해 보이지만) 어쨌든 가능한 일이다. 지적 광채의 투시력은 집중력의 수준에 또 집중력은 신경의 힘에 달렸다. 그렇다고 이런 확실한 사실 때문에 발전에서 집중이 덜 중요해지지는 않는다. 정신은 집중할수록 더 차분해진다. 그럴수록 유용하다. 표면이 한결같은 움직임을 지킨다면, 깊은 직관은 영원히 표면을 꿰뚫지 못할 것이다. 그렇게 되면 직관은 분주하게 터지겠지만 그 지속 기간은 표면이 변하기에 너무 짧다. 지성은 집중되면 오히려 직관을 스쳐 보낼 뿐만 아니라 그 충실한 기관이 되어 모든 마음은 결국 깊은 곳에 있는 '빛'을 설명할 수단이 된다.

그렇게 몇 해 동안 나는 더욱 충만해졌다. 활기찬 정신을 점점 더 냉정히 가라앉히는 대신, 그 반대쪽으로 더욱더 구체적인 것을 향해 단순해지며 성장했다. 과거에는 지성을 충실히 따랐다. 그러나 이제 그것은 더 충직한 표현 수단이다. 집중력을 키운 결과였다. 예술만 조금 예외겠지만, 어느 분야에서나 활발하게 창조적인 일을 하는 나이는 누구나 서른에서 마흔 사이쯤이다. 정신의 집중은 늦게 시작되기 때문이다. 오래전부터 있던 것을 완전히 파악하기 시작하는 때부터다.

인도 문화는 유난히 집중을 강조해 모범적이다. 앞에서 요가에 관해 했던 말은 그 개념이 인도 사람에게 포괄적 개념의 일부라는 뜻이었다.

인도 사람은 자기계발에 온 힘을 쏟는다. 이것은 인지능력 개발에서 기술적 문제가 된다. 그 문제는 아무리 의미에 차이가 있더라도 외부의 힘을 이용하려고 애쓰는 것과 같은 차원에 있다. 서양 사람은 주어진 도구로 세계를 변화시킨다. 그러나 인도 사람은 우선 그 도구를 완전하게 만드는 데 전념한다. 미리 목표에 따라 정해진 자리를 잡아야 어떤 자세가 최상일지 결정할 수 있다. 그런데 인도 사람들이 서양 사람들에 비해 우수한 점은 기본적으로 다음과 같은 것을 이해하기 때문이다.

> 진정한 교양은 산만하고 피상적으로 이룰 수 없다. 깊은 방법으로서만 이룰 수 있다.

그 깊이는 집중 수준에 달려 있다. 집중하는 사람은 결코 피상적인 인간이 아니다. 최소한 그가 야무진 사람이라는 뜻에서(모든 점에서 또는 가장 중요한 점에서 그럴 필요는 없더라도) 깊이 있기 마련이다. 그래서 현명한 인도 사람은 신앙과 도덕은 일을 통해 얻을 수 있다고 장담한다. 이런 것을 공부해야 얻는 것은 아니다. 자의식을 개발하면 누구든 접근할 수 있다. 피상적인 사람은 비종교적일지도 모른다. 그러나 깊은 정신이 표면을 뚫고 나오게 되면 즉시 신성에 대한 의식이 확고해진다. 피상적인 사람만 선악의 차이를 의심할 줄 모를 것이다. 사람이 지각이 있는지 없는지 선악으로만 판단하기 때문이다. 마찬가지로, 완전한 깊이 속에서 사는 사람은 선을 원할 수밖에 없다. 그래서 자기도야와 요가의 수행에 매달리면서 어떤 정신 상태든, 신을 믿든 무신론자든, 배덕자든 회의론자든 원칙적으로 누구나 아무 차이 없이 시작할 수 있다. 다시 말해, 보는 입장과 방식은 궁극적으로 중요하지 않다. 그저 "알아야 한다." 그렇지만 지식은 내면의 발전에 따라서만 찾아온다.

(가장 넓은 의미로) 종교적 깨달음의 수준과 정신적 분별의 수준은 그 사람의 의식 수준에 좌우된다. 사람은 깊이 성숙할 수 있다는 사실을 부정할 수는 없다. 서구의 훌륭한 지성인들도 이런 점을 항상 인정한다. 그러나 인도 사람만이 그러한 풍부한 인식을 실제로 이해한다. 바로 그런 점에서 인도 문화가 모범적이다. 서구에서도 그만 한 것을 찾으려 하겠지만 인도와 다르다. 서구에서는 극히 다양한 사람들의 힘을 하나로 집중하기 어려울 만큼 각자 개별화하지 않았을까? 그래서 구심력을 발휘하지 못한다. 사람들이 하는 말이 있다. "현대 문명을 이룰 만큼 고도로 진화한 인간은 더는 사랑할 줄 모른다." 물론 그렇다. 사랑이라고 할 만한 모든 것을 갖고 있고, 그런 것이 과거 어느 때보다 풍부하고 화려할지 모르지만 그것을 종합하지 못한다.

육체적 사랑은 특별한 길로 접어들었다. 이상주의나 감상 취미와 같은 길로 가고 있다. 완전한 사랑은 실현되지 못한다. 엄청난 열정으로서나 그럴까. 결국 우리 시대에 요란하게 정념을 축하하고, 본능은 마치 두 번 다시 그러지 못할 듯이 모든 것을 압도한다. 대도시의 지붕 어디에서나 외치는 소리가 들린다.

"자연으로 돌아가자!"

대단한 착오다. 동물에게 정념이란 위기를 맞았다는 표시다. 발정기라는 위기다. 그 큰일을 하는 동안 모든 것이 무의미하다. 약자에게 정열은 힘, 비겁자에게는 용기다. 그런데 이들 모두 기본적으로 원래 그들 있는 그대로 머문다. 자연으로 돌아갈 때, 그렇게 내려가서 어떻게 일단 높아진 문명의 단계로 재도약할 수 있을까. 물론 그랬다가 허겁지겁 되돌아올 수 있겠지만, 자연성과 동물성은 동등한 개념이 아니다. 사랑의 예를 들자면, 동물 같은 애욕을 종종 완전한 사랑으로 간주한다. 매우 즉각적이기 때문이다. 그렇지만 고상하고 높은 사랑에서 그런 모습은 보기 드물다. 사실, 육체적 쾌락이 사랑의 모든 것처럼 될 모양이다. 어떤 개화한 민족이 시들어갈 지경에 이른다면 그럴 것이다. 퇴폐기의 로마인이 그랬다. 그러다가 서유럽의 퇴화한 환경에서 더욱 그렇게 되었다. 그러나 정기가 떨어지지 않은 곳에서 즉각성으로 통하는 최상의 길이 있다. 집중으로 차별화를 뛰어넘는 길이다. 바로 그곳이 인도가 따라온 길이다. 장차 우리가 따라야 할 길이기도 하다. 이 길이야말로 우리 서구인이 현 상태를 극복해야 할 유일한 길이다. 흩어진 힘을 생명의 중심으로 다시 모으고, 말을 듣지 않는 몸을 다스려야 한다. 우리는 우리의 현 상태를 조금도 부정하지 않는다. 인류 역사상 현대인은 믿기 어렵게 폭을 넓혀놓았다. 줄어들지 않는 폭이다. 확실한 잉여가치를 보여주니까 그렇다. 우리 존재는 엄청나게 미분되었는데, 이는 순수한 장점이다. 우리는 이런 몸을 풍부하게 해야 한다. 인도 사람들의 깊이를 수단으로 삼아야 한다. 우리는 현대인이 의식하는 유일한 부분인 표면으로 깊은 거울을 만들어야 한다. 다시금 몸을 표현 수단으로 삼아야 한다. 육체를 목적으로 삼지 말고! 그렇게만 한다면, 우리는 어떤 인간보다 더 향상된 인간으로 살 것이다. 표현 수단이 풍부해질수록 감각은 더 확실해지지 않을까. 우주 삼라만상을 표현 수단으로 삼고 있는 하느님은 바로 그런 수단 때문에 인간보다 더 신성하다. 그런데 표현 수단이 풍부할수록 그것을 다룰 만한 힘이 필요하다. 그래서 서구인의 의무가 인도 사람들보다 힘겹다. 서양 사람들이 인도 사람들을 보면서 얼마나 탄식했을까.

"당신들은 얼마나 쉽게 깊이 내려가나! 별로 크지도 않은 덩치에 그렇게 야위었는데, 그 몸으로 정신의 표현 수단을 쉽게 마음대로 다루다니. 덩치 크고 비대한 우리들은 당신들의 길을 조금만 걸어도 힘들어 쩔쩔매는데!"

그러고 나서 다시 이렇게 중얼거린다.

"당신들처럼 한다면, 우리가 초인이 되지 않을까?"

니체의 초인은 생리학적 기초만 정의한다. 그렇게 해서 그는 서구 사람들이 가야 할 길을 가리켰다. 그렇지만 목적지를 제시하지 않았다. 신지학의 초인들인 '사부'들은 현실 세계에서 너무 멀다. 사람들에게 낯설어 북극성처럼 우리를 인도하기 어렵다. 나로서는 초인이 어떻게 될지 알 수 없다. 하지만 태어난다면 분명 우리 힘을 모아 낳은 아기가 될 것이다.

인도 문화에서 좀 더 일찍 인식하지 못하고 그 효과가 무익한 것이 있었다면 무엇일까? 대부분의 사람이 현상과 그 의미를 각각 파악할 줄 모른다는 점이다. 어떤 현상도 어디로든 고스란히 전달되지 않는다. 정해진 상황에서 단 한 번뿐인 결과만 나오기 마련이다. 이런 결과는 특별한 경우에만 적합하다.

가령, 영국을 좋아하는 취미가 이제 누구에게서나 시들하다면 인도 취미도 대부분 비슷해 보인다. 특히, 인도 문화의 가장 중요한 면이 더욱 그렇다. 즉, 집중의 문화다. 예컨대, 인도에 널리 퍼진 호흡법이 대표적이다. 요가 수행자 비베카난다는 미국에서 순회강연을 하면서 유명했지만, 단 한 명의 미국인을 높은 상태로 이끌지 못했다. 그러나 수많은 그의 추종자가 병원과 호스피스에서 그렇게 하고 있다. 인도에서는 하타 요가가 해로울 수 있다고도 한다. 오래전부터 그 많은 수행법이 몹시 해로울 수 있다고 권위자들은 경고했다. 그 번창은 뿌리 뽑기 어려운 기이한 체형의 변화와 몸짓 때문에 유지될 뿐이라고도 한다. 사람들은 완전한 수단보다 이상한 수단을 더 좋아하기 때문이다. 가볍고 수동적인 그 수행조차 유럽 사람의 신체에 적당한지 입증된 것은 없다. 대부분의 유럽인에게 유용하기보다 무용하거나 해로울지 모른다. 호흡을 신체와 정신 기관의 제동 장치로 보고 완벽하게 조절하는 사람이라면 자신을 통제할 수 있다고 본다면 틀린 말은 아니다. 그러나 일반적으로 호흡 수련이 얼마나 유익하든 그것을 하는 사람들은 매번 그 체험의 원인, 절대적으로 의존해야 할 조건이 무엇인지 알아야 한다.

인도의 집중하는 문화에서 모범은 기본 사상이지 그 특수한 시연이 아니다. 이런 시연은 서구의 관점에서 본다면 사실 아쉬운 점이 많다. 서양 사람의 자부심과 명예가 되는 많은 부분이 인도에는 없다. 그러나 인도 사람들도 똑같은 목적을 겨누지 않는다. 결국 그들의 부족함을 비난할 수 없다. 인도 문화의 진정한 모범을 파악하려면, 인도 사람의 수행하는 모습 대신 서양 사람들이 그와 똑같은 관념에 따라 보여주는 것을 생각해보는 편이 좋다. 비록 서양에서 이런 관념을 이해하려 노력하지 않았지만 말이다.

영국 사람들과 뛰어난 미국 사업가들을 생각해보자. 영국 사람의 타고난 재능은 독일이나 러시아 사람에 비해 많지 않다. 아무튼, 영국 사람들은 제한된 조건으로도 더 풍부한 수단을 지닌 민족들보다 더 많은 것을 이루어내었다. 영국 귀족의 재능이 얼마나 다채로운지 놀랍다. 오늘은 언론인, 내일은 총독, 모레는 통상부 장관이 된다. 이 사람들은 시간만 있다면 역사 자료로써 중요한 저작도 집필한다. 이런 식의 다채로운 재능을 보면, 러시아 사람과 독일 사람은 각 분야 사람 60명쯤 모여야 영국 사람 하나를 당할 수 있지 않을까.

영국 사람들은 각 요소를 생산적으로 조직하고 어떤 유럽 사람들보다 자신의 수단을 능숙하게 챙기고 다룬다. 그래서 매우 효과적이다. 인간적 의미에서 깊은 효과를 낸다. 영국 사람은 교양이 높지만, 자신의 본디 존재는 흔들리지 않는다. 꿈쩍할 기미도 없이 확고하게 자기 생활의 깊은 곳에 박혀 있다. 삶에서 사생활이 어느 것보다 중요하다. 이런 자질을 수행에서 배웠다. 인도 요가가 아니다. 청교도와 감리교 사상에서 나온 수행이다. 이들 또한 성격은 매우 다르지만, 인도의 집중에 못지않게 집중하는 문화가 있다.

인도의 중요한 기본 관념에 비할 만한 또 다른 사례는 미국의 금광업자들에서 볼 수 있다. 그들을 만나 성공 비결을 물어보면 보통 이런 식으로 답한다.

"감으로 하지요. 이것저것 생각하다 보면 빨리 못해요."

이 말은 그들이 시급하고 중요한 결단을 해야 할 때나 어떤 계획을 세울 때, 보통 사람이 드물게나 이용하는 잠재력을 계속 활용한다는 뜻이다. 대체 무슨 뜻일까? 그들은 예외가 정상이 되고 절정이 바탕이 될 정도로 높은 수준에 이르렀다는 뜻이다. 요가 수행자도 마찬가지다. 그들이 원칙상 우위에 있기도 하지만, 힌두 사상의 서구적 표현이라고 장담할 만한 것은 그들만 자기 행동의 의미와 가치를 이해하고 있기 때문이다. 즉, 세상의 어떤 가치보다 앎이 으뜸이다. 이해한 진리만이 생산적이다. 인도 사람들이 얼마나 더 진보할지 아닐지는 서양 사람에게 별로 중요하지 않다. 그러나 우리가 알든 모르든, 모든 내적 진보의 뜻을 이해하고 폭로했던 것은 그들 덕분이다. 이런 이해식 덕에, 민족이든 개인이든 장차 타고난 기질이 가리키는 뜻을 향해 열 배 더 빠르게 나아가게 될 것이다.

넘치는 생기의 표현은 집중력의 효과를 대변한다. 집중력은 반드시 깊이를 지향하게 마련이다. 어떤 방향으로 깊어지는가는 그것을 실행하는 사람의 정신과 의도에 달렸다. 집중력은 어느 문화에나 이롭다. 존재를 이해하고 찬미하려는 사람은 항상 인도에서 모범을 찾을 만하다. 인도 사람들과 같은 사상계에서 기본 가치를 창조하려는 사람은 예술가들과 극동의 위대한 제자들뿐이다. 이미 우리는 서양 예술이 동양의 고대 민족 문화에 담긴 영적 표현에 못 미친다는 사실을 충분히 이해했다. 그뿐만 아니다. 그들의 예술이 자연주의를 전혀 따르지 않는다는 사실도 알았다. 그 창작의 본질에 대해 우리 대다수는 무지하다. 다시 말해, 서양 사람들은 불교 미술을 그리스 미술과 비교하려고 착각하지 않아야 한다. 젊은 작가들은 동양의 수단을 통해 표현하려 들기 전에 한 번 더 깊이 생각해야 한다. 결과가 좋을 수 없기 때문이다.

동양 예술의 의미는 서양 예술의 것과 완전히 다르다. 그 의미는 동양 예술의 고유한 형식으로만 표현할 수 있다. 동양 미술이 보여주는 특수한(이 말은 마땅치는 않지만) '양식'의 의미는 무엇일까? 그 양식은 합리성에 따라 단순하게 장식화하지 않았다. 그리스 사람들이 상당한 전형을 보여주었다시피 서양 예술의 기초는 합리성이다. 두 점을 이어주는 여러 선 가운데 직선이 가장 짧다. 어떤 목적을 이루려는 모든 운동에서 가장 적합한 것이 최상의 것이다. 우리가 생각할 수 있는 모든 건축에서 가장 완벽한 구조는 거기에 반영된 수리(數理)와 또 건물로서 구체화한 관념을 동시에 중시한 것(신전, 궁전 등)이다. 모든 합리적 예술에 자명한 이치다. 말하자면, 아름다움이라는 무게중심은 그 작품에서 관객에게 전달될 때 밖으로 조금 수정될 뿐 그대로 지속된다. 의미나 취지가 달라지지 않는다. 이런 경우 모든 형태 가운데 작품이 나오기 전부터 있던 관점에 맞춰 가장 충실하게 표현한 이미지가 선호된다. 바로 이런 정신에서 파르테논의 기둥 곡선과 미켈란젤로의 콘트라포스토[143]와 로댕의 복잡하게 물결치는 형태가 나왔다. 순수한 이성의 정신이다. (시각 효과를 가장 실감 나게 하려는 것이다.) 그것은 힘의 집중 덕에 풍요로웠다. 사실에 이성을 집중함으로써 재료로 재현하기 어려운 사실의 법칙과 정신을 보다 실감나게 엿보게 할 만한 형식을 찾아내었다. 마찬가지로 예술가도 자연에서 쉽게 놓쳐버리는 것을 단순하게 함축해 눈에 띄는 형태로 드러내었다.

"예술가들은 성찰하지 않고 감성만으로 작업한다."라고 오해하지 않아야 한다. "예술 작품은 합리성만 따지며 바라보는 것과 다르게 더 풍부한 인상으로 만족감을 준다."

그러나 어떤 인상이 의식에 좌우되지 않고 효과가 풍부하다고 원인까지 복잡한 것은 아니다. 인간은 기본적으로 이성적 존재다. 그래서 합

143 한쪽 다리에 체중을 실리게 한 약간 기운 자세. 미켈란젤로의 〈다윗 상〉이 대표적이다.

리적이고 기분 좋은 형태는 활력을 깨우기 때문에 누구나 이성을 창의적으로 활용할 수 있다. 서구의 예술 형태는 원칙적으로 이성의 집중에서 나왔다.

아무튼 이런 수단으로는 배워서 이해하는 것이나 파악하게 된다. 그래서 서양 미술은 음악과 시로 표현할 수 있는 것을 몰랐다. 시와 음악의 표현은 사람에게 감정을 불러일으킨다. 시는 감정을 엮어낼 수 있다. 그러나 오직 음악만이 의미에 엮이지 않은 감정을 표현한다. 가장 깊이 살아 있는 생명력이다. 왜 이런 주관적 감정을 조형으로 표현할 수 없을까? 이성의 집중력이 아무리 강해도 결코 영혼 속까지 침투하지 못하기 때문이다. 서양 미술가들은 합리적이기 때문에 결코 조형 형식으로 '영혼'을 직접 풀어내지 못할지 모른다. 음악은 이런 것을 경이롭게 해냈다. 성모, 성자 그리스도의 성상은 완전히 지상의 존재들이다. 그만큼 영성도 깊지 않다. 그 자세는 영혼에서 울려나오는 감흥을 주지 못한다.[144]

물론, 중세 초기 걸작들과 이탈리아 르네상스의 거장 페루지노의 몇몇 화폭은 예외다. 그러나 페루지노의 화폭에서도 종교성은 미술평론가 버나드 버렌슨이 증명했듯이 신앙심의 즉각적 화신이 아니다. 공간을 다루는 특수한 수법에서 나온다. 보는 이에게 종교적 연상을 불러일으키는 방식이다. 영혼을 직접 표현하려면, 눈에 보이는 형태는 영혼을 직접 정확히 표현해야 한다. 그 바탕에 이성과는 다른 자질을 집중해야 한다. 서양 미술가들은 이런 식으로 집중할 줄 몰랐다.

---

144 르네상스에 이르러 몇몇 거장의 작품을 제외하면 공감할 만한 주장이다. 중세의 수많은 성상의 감흥은 어렴풋하고 오히려 보는 사람의 신심의 덕을 보지 않았을까.

반면, 동양 미술가들은 그런 집중에 능했다. 그 덕에 그들은 서양 미술가가 보여주지 못한 예술을 내놓았다. 사실, 합리적으로만 본다면 어떤 동양 작품도 그리스 것만 못하다. 그러나 그런 식으로 판단할 일이 아니다. 그 작품들은 생명의 깊은 곳에서 솟아 나온다. 바로 서양에서 시와 음악에서나 솟아나는 것이다. 동양의 작품에서 모든 기준이 달라진다. 합리성이 직접적 원인이 아니다. (물론, 합리성을 엿볼 수 없다는 뜻은 아니다. 인간은 탁월한 이성적 존재이니까.) 가시 형태는 존재의 직접적 표현이다. 그렇기 때문에 그 형태는 아기 울음이나 여자의 변덕처럼 감각이 지성을 뿌리치고 벗어나는 바로 그때를 가장 설득력 있게 건드린다.

나는 항상 [오늘날의 첸나이인] 마드라스의 박물관에서 보았던 '춤추는 시바'를 다시 생각하곤 한다. 팔이 여러 개 붙은 그 청동상은 해부학적으로는 터무니없다. 그러나 어떤 그리스 사람도 느끼지 못했을 것을 실현했다. 신은 자유자재로 춤추면서 우주를 휘젓고 장난을 친다. 어떻게 이런 작품이 나왔을까? 우리 자신 속에서 신성을 "깨달아야" 가능하지 않을까. 그런 직접적 체험을 즉시 눈에 보이는 현실로 되살리는 능력 덕분이다. 동양 미술가들은 이렇듯 불가능해 보이는 것을 실현했다. 그들이 집중력을 키운 덕이다. 우리는 중국과 일본의 예술가들이나 알뿐 인도 아대륙의 위대한 예술가들을 거의 모른다. 이들 모두 요가 수행자의 후예였다. 그들은 요가에서 예술의 유일한 길을 보았다. 물론, 그들은 처음 시작할 때 표현의 달인이 되려고 진지하게 자연을 모방했다. 하지만 모방은 예비교육에 불과하고 차분한 자기 집중이 중요하다. 그들은 자신 속으로 깊이 몰입하거나 폭포, 풍경, 인물 속으로, 즉 자신이 그리려는 대상 속으로 그것과 하나가 될 때까지 깊이 몰입한다. 그러고 나서 그들은 넘치는 마음으로 외부의 규범에 조금도 구애받지 않고 그려냈다. 송나라의 거장 이공린[145]의 화법에 따르면, 그는 그림을 그리는 것이 아니라 산과 골짜기 냇가에서 명상했다.

어느 날, 노자(老子)는 왕의 부름을 받아 풍경을 그려달라는 부탁을 받았다. 그는 들로 나갔다가 밑그림도 습작도 아무것도 없이 빈손으로 돌아왔다. 그러고 나서 놀란 사람들에게 이렇게 말했다.

"내 마음속에 자연을 담아왔어!"

11세기 북송의 거장 곽희는 풍경화를 이렇게 배우라는 글을 남겼다.

> 화가는 무엇보다 먼저 그리고 싶은 강과 동산과 정신적으로 하나[혼연일체(渾然一體)]가 되어야 한다.

이렇게 화가들은 자기 침잠을 밖에서 배우는 것보다 중시했다. 사실 내면이 완벽한 사람이 이성보다 더 높은 곳에 있다. 이성은 그의 정신 속에 들어있는 법이기 때문이다. 따라서 그것을 따를 필요가 없다. 그는 선악을 넘어서 인식하는 사람과 마찬가지다. 이런 사람은 무의식적으로 모든 행위를 조절한다. 요가 예술가가 변화무쌍한 선을 틀림없이 그려내는 것과 마찬가지다. 동아시아 그림의 리듬은 합리성에서 나오지 않는다. 음악처럼 내면의 리듬에서 나온다. 그것을 르네상스의 화가 레오나르도 다 빈치나 알브레히트 뒤러의 체계와 비교해보면 차이가 분명하다.

---

145 李公麟. 1040~1106. 고향 안휘성에 자리한 용민산에서 따온 호 '용민'으로도 불린다. 관리 생활을 했고, 특히 말 그림에 뛰어났다.

이성을 집중함으로써 객관적 규칙을 찾아내는 쪽이 있고, 순수하게 자아의 깊은 곳으로 들어가 같은 결과를 얻는 쪽이 있다. 이런 것이 고전 형식으로 집약된 순수한 주관성이다. 이렇게 동양은 서양이 아직 못했던 것을 성공적으로 해냈다. 요컨대, 신성을 가시화했다. 불상처럼 이 세상에서 숭고한 것이 있을까. 영성의 완전한 화신을 눈앞의 현실로 보여준다. 영성과 그 깊이에서 우러나는 편안한 표정 때문만 아니라 자연 속에서 볼 수 없는 완전히 독자적인 표정 때문이다.

유럽 사람들에게 전해진 다음과 같은 글이야말로 우리 시대에 가장 적절하게 요가 사상의 핵심을 설명해준다. (어느 시대나 그 시대에만 특별한 관념에 잘 맞는 옷이 있다.)

인간의 소명은 타고난 인간성을 뛰어넘는 데 있다. 이것을 어느 정도 성취하고 아니고는 각자 하기 나름이다. 무기력이 가장 못된 악습이다. 인간은 자신을 포기할 권리가 없다. 어떻게 해서든 일을 하라는 뜻은 아니다. 서양에서 명령처럼 따르듯이(일을 신성시하는 서양 사람은 구도자를 얼마나 하찮게 볼까). 인간은 꾸준히 자신을 깨우고 생기에 넘치도록 애써야 한다. 자신의 긍정성을 강화하고 또 부정적인 것을 긍정적인 것으로 고쳐야 한다. 그렇게만 한다면 누구나 목적을 이룰 수 있다. 스리 크리슈나는 〈바가바드 기타〉의 구절을 인용했다.

> 사람들이 내게 어떤 식으로 접근하든 나는 그들 모두를 반긴다. 그들이 따를 수 있는 길이라면 어떤 길이든 내 길이 될 수도 있으니까.

그는 정말로 그렇게 했다. 우주는 "유일무이한" 기운으로 채워져 있다. 그 기운이 모든 형태를 낳고 살리며 모든 형태 속에서 드러난다. 따라서 누구나 그 힘의 표현이다. 신성의 완벽한 표현인데 그 완전성이야말로 궁극의 목표다.

각 형태는 신성을 구현할 수 있다. 물론, 형태의 본디 성질이 있지만 그 형태 속에 살아 있는 정신에 좌우된다. 가령, 각 형태가 깊고 진지한 정신 속에 살아 있다면 그것은 하느님에게 가게 될 것이다. 죄지은 사람이라고 해도 마찬가지다. 왜 그럴까? 하느님 앞에서 선악의 구별 같은 것은 없다. 진심으로 악행을 저지른 죄인은 바로 그 진정성으로 머지않아 자기 잘못을 알게 되고, 구세주와 나란히 그 옆 십자가에 못 박혔던 도둑처럼 회개할 것이다. 그렇게 그전 상태를 벗어날 것이다. 그런데 속죄야말로 이해력이다. 속죄하는 방법 가운데 가장 가까운 지름길은 (오래전부터 권하던) 사랑과 사심 없는 일처리[思無邪]와 이해하려는 노력이다. 그러나 이기주의와 무지막지한 의지도 같은 길로 통한다. 진실이 그곳을 따른다. 잘못된 길로 들어섰던 사람도 조만간 길을 거슬러 돌아온다. 이렇게 모든 길은 이해로 가는 길이다. "이해가 곧 구원이다."

인간이 진정한 자아를 알아보게 된다면 그것이 곧 하느님의 표현이다. 그때부터 모든 것이 신성한 빛에 젖는다. 선악과 행불행의 대립, 평안과 고통의 대립은 더는 없다. 영혼은 슬픔에 짓눌리지 않는다. 그러면 삶도 태양처럼 너그러움만 쏟아내는 맑은 샘이 된다. 선과 악은 이해하지 않으면 다르게 보인다. 물론, 판단의 차이에 근거가 되는 사실들이 있다. 이런 사실들은 이 세상만큼이나 오래갈 것이다. 그렇지 않다면 미래도 없을 테니까. 그저 사실이 달라지기만 바라는 것처럼 맹목적인 것이 어디 있을까! 인간의 의식 수준은 변할 수 있다. 인간은 참다운 자기와 하나가 된다면, 모순투성이의 삶에서 악조차 그렇게 대단치 않다고 알게 된다. 혈관을 거스르는 저항 때문에 오직 그 덕에 우리 몸에 피가 돈다는 것만큼이나 자연스럽다고 이해하게 된다.

어려서부터 나는 순진하게 인도 사람을 여러 면에서 존경했다. 나는 처음《우파니샤드》를 잡았을 때 펄쩍 뛰며 이렇게 뽐냈다.

"이 사람들이 아는 것을 나도 알고 있네."

우리는 배우는 동안 자기가 무지한 줄 절대 모른다. 그렇게 나도 상당 기간(개인적으로 인도의 정신을 접하고 큰 영향을 받게 될 때까지) 인도 사람들이 정말로 생각하는 것을 모른다고는 상상도 못 했다. 내가《우파니샤드》에서 알았던 것은 나 자신이 그들과 하나가 되었기 때문이다. 사실, 깊은 곳에서 우러나는 정신은 어디서든 기본적으로 하나다. 결국, 심오한 사람들의 사상은 바탕이 같다. 야즈나발키아[146], 노자, 에크하르트[147]는 사후의 낙원에서 처음 만나자마자 금세 서로 이해하지 않았을까? 아무튼, 본질적으로 하나가 된다고 해서 밖으로 나타나는 차이가 사라지지는 않는다. 내가 쓰고 있는 글은 원본이 아니라 일종의 번역이다. 인도의 지혜도 별개의 표현이다. 만약 그렇지 않다면 무슨 생명력이 있을까. 생명은 보편성이 아니라 개별성을 통해서만 번창한다.

어느 날, 나는 인도에서 집집마다 가정교사가 어린이가 배울 때 특별한 이름을 지어주고, 그 이름으로 신께 기도하라고 한다고 들었다. 그

---

146 Yājñavalkya Mithila. 인도 전설의 현자로《우파니샤드》의 주인공이다.
147 Johannes Eckhart(Meister Eckhart). 1260~1328. 독일 신학자로 도미니코회의 수사다.

런데 그 이름은 아이만 아는 이름이다. 아이는 그 이름을 누구에게 알려 주지 않고, 누구도 그 이름을 묻지 않는다. 사람들은 이 세상에서 오직 그 이름을 아는 그 아이만이 그 이름 덕에 신성과 하나가 된다고 생각한다. 이것도 똑같은 진리의 가까운 실례다. 오직 어떤 한 사람, 전적으로 유일한 개체만이 보편성을 담아내는 살아 있는 그릇이다. 이렇게 인도의 지혜는 보편성이 있지만 유일하다. 그것에 사로잡히지 않는 한 누구도 그 속으로 침투할 수 없다.

그런데 내가 인도의 지혜에 사로잡히기라도 했을까? 나의 내적 체험은 더욱더 인도 사람처럼 되고 있다. 나는 점점 더 이 세상을 인도 땅의 정신적 빛에 비춰보고 있다. 그래서인지 얼마 전부터 바라나시에 좀 더 머물고 싶어졌다. 이 고장의 고유한 지혜를 이해하고 싶었다. 그러나 오늘 시작하기에는 너무 늦었다. 이미 시내는 잠들었다. 내일 날이 밝으면 다시 갠지스 강가로 나가 떠오르는 햇살을 받고 싶다.

힌두 철학자는 우리 삶에서 의미가 사실을 창조한다고 정말로 확신한다. 우리가 하는 일 자체에 아무런 차이가 없으며 모든 것은 그 일을 하는 사람의 정신에 좌우된다고 믿는다. 이런 관점이라면 아주 멀리 내다봐도 어디에서나 그 원리를 확인할 수 있다고 한다.

많은 유럽 사람이 〈바가바드 기타〉의 주제에 놀라지 않았을까? 그것대로라면 모든 행동을 접고 자아를 깨닫는 사람에게 선악의 차이도 사라진다고 한다! 진리를 충분히 설명하는 주제라고 하겠다. 이와 똑같이 생각하는 현대 사상을 일찌감치 보여주기 때문이다.

자기 뜻대로 행동하는 사람은 더할 나위 없이 편안히 행동한다. 다른 사람들이 자기 행동을 어떻게 볼까 신경 쓰지 않는다. 신 같은 인간(神人)의 행동이 누구에게나 항상 좋아 보인다고 생각할 수도 있다. (사실 속물들은 그렇게 생각하지만) 이는 옳은 생각이 아니다. 가령 사람들이 그보다 더 인격이 깊어진다면 어떻게 될까? 당치 않은 가정이겠지만, 만약 그렇다면 모든 사람이 그의 행동을 비난할 만하다고 볼 것이다. 위대한 사람이 종종 탄압받는다. 바로 이런 가정을 입증하는 사실이다. 통속적인 비교를 해보자. 이기주의와 이타주의를 구별하는 경우를 보자.

우리는 보통 타인의 감정과 욕구를 존중하는 것이 좋다고 생각한다. 그렇다고 타인으로부터 비난받을 면이 없을까. 어떤 심오한 인간도 이런 점에서 결코 이타적일 수 없다. 자신이든 상대방이든 서로 동기가 다르기 때문이다. 그가 상대방에게 좋다며 했던 일이 번번이 그들이 바라는 것과 다른 것일 뿐이다. 행복하기보다 불행하게나 한다. 욕구를 채워주기는커녕 무시하기나 한다. 이기주의를 이해하지 못하면 이타주의도 모르게 된다.

힌두교 교리의 진리를 잘 보여주는 사례는 더 있다. 국가 지도자들이다. 지도자들은 적어도 사후에는 선악을 초월해 평가받는다. 왜 그럴까? 그 사람이 과거에 (정권을 잡거나 유지하려고) 아무리 피비린내 나는 악행을 저질렀어도 그 행동의 의미가 그 인물과 하나가 되지 않고 따로 놀기 때문이다. 어지러운 세상에서 현실적 수단으로 이상을 추구하는 사람은 은둔 수행자처럼 때 묻히지 않고 살 수 없는 법이다. 그가 처한 시대에 따라 어지간히 못된 짓을 할 수밖에 없다. 어떤 식으로든 악한 힘도 현실로 인정할 수밖에 없다. 그렇다고 그가 저지른 악행이 그의 깊은 자아까지 건드리지는 않는다. 원죄적 의미에서 그를 건드릴 뿐이다. 카르마의 의미로 보면, 누구나 일정하게 자기 시대의 잘못에 책임질 몫이 있듯이 모두의 벌을 나누어 받게 된다. 그렇다. 비록 피를 뒤집어쓰고 있어도 본질적으로 깨끗할 수 있다. 누구나 어떤 정신에 따라 살아갈 텐데 그 정신이 그의 기본 성격을 결정한다. 이런 사실이 의아하다면, 정치인이든 성자든 사실과 의미의 관계를 비교해보면 된다. 즉, 의무 때문에 사람을 죽이는 사람의 행동과 의미의 관계와 같다. 누가 사형선고를 내리는 판사를 살인자라고 부를까? 전투에서 많은 적을 사살한 군인을 살인자라고 하지 않는다. 의무로 행하는 일의 의미는 다르다. 우리가 따르는 정신도 이와 마찬가지다. 이런 정신이 사실이나 사건의 의미를 결정한다. 인도 사람들은 이런 진리를 완벽하게 이해한다.

그들은 이런 진리를 깊이 의식하며 살고 있다. 어느 정도냐 하면, 사실도 사건도 더는 없고 상징만 남는다. 사실이나 사건에 비해 그 의미를 너무 중시한 결과다. 사실이나 사건은 그 원래의 의미조차 없어진 듯하다. 그런데 사실과 사건[넓은 의미의 현실]에도 그 나름의 고유한 의미가 "있다." 그래도 인도 사람들은 이것을 감안하지 않는다. 따라서 인도 사람들이 복수를 자행한다고 놀랄 필요는 없다. 만약 영혼이 실제로 모든 현실을 변형할 수 있다면, 현실적 조건을 인정하지 않는다고 해서 무슨 말이 필요할까. (서구의 '기독교학'에서 의식적, 체계적으로 그렇게 하고 있다.) 하지만 영혼에 그런 힘은 없다. 영혼도 자신이 알아보는 것만 지배한다.

서양 사람들은 자연의 법칙을 이용하면서 그 주인이 되었다. 인도 사람들은 이와 같은 이해에 무관심하다. 그들은 세계와 순수하게 영적인 관계로 산다. 그 관계 자체는 실질적이며 언제나 깊다. 그래서 그것을 곰곰이 들여다보면 진실성에 깊은 인상을 받게 된다. 하지만 이런 영적 관계는 자연과 맺는 관계만큼 견고하거나 강하지 않다. 그래서 갈등이 벌어지는 곳에서 자연과의 관계가 승리한다. 그러다 보니 인도 사람들의 생활은 종종 이상하게 어색해 보인다. 그 자체는 진실과 의미로 충만한 높은 수준에 오른 것이 실생활에서는 미신이다. 영혼의 관점에서 확고한 것이 실제로는 제멋대로 얽힌 관계로 나타난다. 현실적으로 거의 쓸데없는 의미인데, 그런 인도 사람의 의미론을 어떻게 인정하겠느냐고 생각하면 착각이다. 인도 사람의 생활은 절대로 모범적이지 않다. 인도의 지도자들은 의미란 그 의미가 현실의 법칙을 충분히 존중할 때에만 현실에서 제대로 드러난다는 점을 이해하지 못한다. 인도 사람들의 형이상학적 인식은 불충분한 이론으로 나타난다. 너무 빈번하다. 진솔한 신앙은 미신으로 심오한 도덕성은 의아한 생활 방식으로 나타난다. 이것도 너무 빈번하다.

앞에서 나는 힌두교의 가톨릭과 같은 성격을 누차 말했다. 인도에도 개신교도가 많다. 예컨대, 시인 타고르는 분명 청교도였다. 만약 독자가 그의 자서전이 인도 사람의 것인 줄 모른다면, 그것이 뉴잉글랜드로 건너간 청교도의 작품으로 볼 만하다. 그러나 힌두교의 일반 정신은 가톨릭에 가깝다. 고상하고 심오한 그 종교 정신은 가톨릭 정신에 고취되었다. 특히, 깊은 이해에 이르는 방법에 관한 교리가 그렇다.

다시금 개신교와 가톨릭을 단순히 비교해보고 싶다. 가톨릭은 세상을 이해하고 교칙을 착실히 따르는 것이 구원받는 길이라고 가르친다. 개신교는 각 개인 나름으로 하느님을 찾아야 한다고 가르친다. 물론, 이는 루터와 칼뱅의 주장이 아니다. 지금도 여전한 개신교 교리이고, 가톨릭도 현재 통용되는 의미에서 그렇다는 말이다.

힌두교는 그 특별한 신앙이 어떻든 구원의 길을 항상 가톨릭처럼 생각한다. 힌두교는 자율적 방법의 탐구를 거부한다. 내면을 들여다보려면 종교의 권위를 확신해야 한다. 붓다도 마하비라[148] 또 모든 위대한 힌두교 개혁자들 가운데 누구도《베다》와《샤스트라》의 깨우침을 의심하지 않았다. 그것을 의심하는 것은 치명적이라고 단언했다. 이는 무슨 뜻일까? 위대한 앎의 스승들조차 기본적으로 믿음을 이해의 수단으로 확신했다는 말 아닌가. 의심하는 자는 지혜로워질 수 없고 "신앙심이란 정해진 교리와 규범 속에서만 가능하다."라는 뜻이다. 이것들 모두 거역할 수 없다. 그들 모두 승려와 정신적 지도자에게(숭고한 인물들조차 죽는 날까지 그들에게 복종했다는 듯) 복종하라고 권한다. 마치 "똑같은 교리라도 그냥 받아들이는 것보다 완전히 신뢰하는 누군가가 생생하게 전하는 목소리로서 받아들일 때 무의식에 더 크게 들릴 것"이라는 훈계 같다. 바로 가톨릭 개념이다. 중세 유럽에서 신학자들 모두 이와 똑같이 가르쳤다. 마르틴 루터도 마찬가지였다. 그러나 힌두교도들은 똑같은 교리의 의미를 더욱 잘 이해했다. 그래서 힌두교는 가톨릭처럼 자주 영혼을 들먹이지 않았다. 아무튼 그것을 활용한 수준을 지나치게 강조하지 않아야 한다. 이론상 가톨릭은 정통 개신교만큼이나 사상가에게 자유를 보장하지만 실제로 그렇지 않을 뿐이다.

---

148 Mahavira. 기원전 599~527. 자이나교 창시자로 이름은 '위대한 영웅'을 뜻하는 대웅(大雄)을 뜻한다. 지나(勝者) 등으로 존칭된다. 고타마 싯다르타와 거의 동시대의 인물로, 브라만교에 만족하지 않고 새 종교를 창시하였다.

이론적으로 가톨릭 신자는 지성과 이성으로 모든 영역을 자유롭게 탐구하고 생각할 수 있다. 하지만 너무 그러지 않아도 된다. 이성의 영역을 벗어나면 이해할 수 있는 것은 아무것도 없을 테니까. 이런 관념을 이해한 사람은 거의 없었다. 어쨌든 순수한 관념만이 우위를 점했다. (대혁명 이후) 교회가 버틸 수단이 궁해지자 그제야 그렇게 되었다. 아무튼 가톨릭교회에서 미사와 성사는 절대로 유리하다. 개신교는 차츰 교리에 적대적인 극단적 형식으로 교리를 이해하게 되었다.

이제 힌두교로 돌아와 보자. 힌두교도는 가톨릭교도만큼 신앙 형식을 엄격하게 여기지 않는다. 신성을 표현하고 구현하는 수단으로나 본다. 서양 사람들만큼 신앙 형식을 진지하게 대하지 않는다. 형이상학적으로도 보지도 않는다. 그러면서도 중시한다. 힌두교도치고 그 쓸모를 모르는 사람은 없다. 그래서 힌두교도는 유럽보다 신앙을 훨씬 더 진지하게 다룬다. 신앙이 '무엇을 의미'하는지 알기 때문이다. 어떤 존재를 '알아보는 데' 가장 뛰어난 수단이라고 이해한다. 교양이 낮은 사람들 사이에 자유로운 사상가가 많아도 해박한 힌두교도들 가운데에는 없다. 예지가 번뜩이는 사람들은 종교의 기본 진리를 의심조차 하지 않는다. 그들은 적어도 믿음보다 높은 곳에 있다. 체험으로 '알고 있는' 수준에 이르렀기 때문이다.

힌두교도는 영적으로 너무 세련되어, 믿음과 진실을 분명히 구별한다. 그들은 어떤 것이 실제로 있는지 묻지 않고서도 믿을 수 있다. 그들에게 신앙이란 수단이다. 최고의 유일한 '수단'이다. 그래서 믿지 않으려는 것은 무의미하다. 그 밖의 문제는 누구나 마음대로 생각할 수 있다.

영국 언론인 타운센드[149]가 인도의 한 천문학자와 대담을 한 적이 있다. 그 사람은 과학자로서 매 순간 태양의 이지러짐을 계산했다. 그럴 때마다 그는 태양을 삼키려고 위협하는 악귀를 쫓겠다며 북을 두드렸다. 놀라서 묻는 타운센드에게 천문학자는 웃으면서 답했다.

"신앙과 과학은 완전히 별개의 문제거든요!"

과학자였지만 당연히 속을 리 없는 사람이 신비 개념을 믿었던 것이다. 천문학자는 어려서부터 생각이 꼬리를 물며 줄줄이 떠오르는 연상 작용을 체험한 덕에 신비 개념이 신성을 깨닫도록 도와주는 줄 알았다. 어떤 깨달음이길래? 힌두교도에게 가장 소중한 깨달음이다. 그 밖의 것은 깨닫기 위한 수단에 불과하다. 그들은 깨달음만 전적으로 강조한다. 그래서 이곳에 서구에서 중요한 몫을 하는 두 가지 경향은 거의 없다. (정확한 결정을 내리게 하는) 형식의 정확성과 새로운 것을 향한 노력이다. 힌두교의 형이상학에서는 확실한 개별성만으로 충분하다. 사실 어떤 형식으로 자극받고 소통할 수 있는 체험만 중요하다면, 그 형식이 과학적으로 정확하든 아니든 무슨 상관일까? 전통 형식이 가장 쓸모 있는데 굳이 새 형식을 개발할 필요가 있을까? 이런 형이상학에서 그 진리와 깊이는 서구의 과학으로 점점 더 비할 데 없는 것으로 확인되고 가장 원초적 전통 사상으로 전해진다.

힌두교도들은 "자신이 말하고자 하는 것"이 무엇인지 알고 있다. 또, 그 의미가 스승에서 제자로 생생하게 끊임없이 전수된다. 따라서 어떤 혁신도 쓸데없다고 여긴다. 그뿐만 아니다. 이와 똑같은 이유로 이들은

---

149 Meredith Townsend. 1831~1911. 〈더 스펙테이터〉 기자.

편협한 기독교도에 비해 훨씬 더 관대한데도 종종 기독교도보다 새로운 것에 지나치게 적대적이다. 힌두교도들은 [언어와 성상 같은] 표상의 고유성을 인정하지 않는다. 이런 시각 때문에 새로운 과학을 못 본다. 사실상 신과학은 정신의 진보에 유익하지만 인도에서 고대부터 거의 자리 잡지 못했다.

힌두 철학의 이런 특징이 기본적으로 가톨릭적 성향에서 나온다고 한다면, 서양 사람은 펄쩍 놀라지 않을까. 진리를 또 다른 길에서 찾을 수도 있다고 인정하고 싶지 않을 테니까! 힌두교도에게 진리란 드러나게 마련이며 반드시 그것을 체험한 사람이 가르쳐야 한다. 이런 개념을 브라만 승려들이 내놓지는 않았다. 물론, 수많은 명령을 따르면서 구도자들의 위신이 높아지기는 했다. 어쨌든 그것은 힌두교도의 기본 관념이고 심리적으로도 확고하다. 깨달음을 구하는 곳에서 생각은 쓸모없다. 화두에 완전히 몰입하면 빛이 '찾아온다.' 이런 곳에서 빛은 사람이 붙잡는 것이 아니라 굴러들어온다. 기독교식으로 말하자면, 선행의 결과가 아니라 하느님의 은총이다.

모든 힌두교도는 존재에 계급이 있다고 전제한다. 그들은 지도자 없이 요가 수행을 절대 하지 않는다. 그들은 '선입견 없는 탐구' 같은 것은 아예 생각조차 하지 않는다. 따라서 그들은 깨달음을 높은 곳에서 내려주는 계시로 본다. 당연히 어떤 사람이나 생물에서 계시가 튀어나온다. 이런 것도 가톨릭의 권위와 비슷하다. 단, 이곳에서는 이런 관념이 보편화해 성직자만의 특별하고 위대한 무기가 되지 못한다. 이런 관념을 고해로 이겨내려는 데 이용하지 않는다는 점이 중요하다. 깨달음, 인식이란 전적으로 계시다. 누구도 어떤 제도도 자신의 특별한 계시를 유용할 수 없다.

이런 개념에 힌두교 사상가들의 근본 결함이 있다. 독창성을 열망할 만한 자극이 부족하다. 그들이 보기에 서구식 독창성은 없다. 이런 개념 때문에 그들 학파는 건조해진다. 권위로서 통하는 신앙이 비대해진 것도 이런 개념 때문이다. 세상 어느 곳과도 비할 수 없이 지나치게 부푼 개념이다. 어떤 앎이든 '그냥 받는 선물'로 정의되면 권위보다 더 높은 것을 생각하기 어렵다. 그러나 이런 개념을 바탕으로 힌두교의 진리관이 실속을 챙겼다. 힌두교의 관념이야말로 인식에 대한 최고의 비결이다.

독창성은 사실상 인식 문제에서 아무것도 하지 못한다. 독창성과 진리의 인식에 불가분한 관계는 없다. 진리는 진리로서 있는 것이다. 마치 온 세상을 비추는 태양처럼 누구 앞에나 있다. 그것을 눈먼 사람보다 더 많이 보는 사람이라고 해서 그만의 장점은 아니다. 아무튼, 그가 없어도 태양은 계속 타오를 테니까.

어떤 앎을 서구식으로 천재가 알아냈다고 하거나 그 결과에 도전하는 것은 원칙적으로 스위치로 전등을 켜는 사람을 초인으로 보는 것만큼이나 웃기는 것이다. 안다는 것은 가능성을 지각하고 발견하고 활용한다는 뜻이다. 천재적 재능이 있다는 말은 자연의 유산 가운데 뛰어난 도구를 물려받았다는 뜻이다. 이런데 앎에 이르는 자의 절대적 독창성이 대체 무엇일까? 힌두교는 비록 신비스럽게 말하고 있지만, 진리라는 것을 실제로 정확하게 찾아낼 수 없다고 가르친다. 그래서 그들은 형이상학에서 그토록 멀리 나아갈 수 있었다. 힌두교의 탁월한 영성의 바탕에 깔린 개념이다. 독자적 인식이 불가능하다는 사실을 자명한 이치로 삼는 곳에서, 과학에 심취한 사람은 건방지며 거만한 의욕과 공허한 편견을 지닌 사람으로 보일 뿐이다. 정신이 천박해졌다고 본다.

보통 사람들은 성서에 실린 영적 사건에 아무 저항 없이 쉽게 사로잡힌다. 이런 점에서 가톨릭교도의 영성은 개신교도보다 훨씬 우수하다. 물론, 힌두교보다는 한참 뒤떨어진다. 만약 힌두교 경전을 세상에서 가장 성스럽다고 한다면, 그 경전이야말로 가장 심오한 인식을 설명할 것이다. 인도인의 심리에 걸맞은 성스러워지려는 행동은 해석의 오류와 부적절한 논의라는 착오 때문이다.

구도 수행자들은 영적 깨달음을 걱정하지 않는다. 그들은 누구보다 그 방향으로 더 멀리 나아갔다. 그들 중 많은 사람이 실제로 초인이라고 할 만한 높은 의식에 이르렀다. 착오만 제외하면 정신은 순수한 '큰 뜻'의 세계 속에서 그 뜻에 따른 모든 것을 알아보고 인식했다. 그러나 바로 이렇게 한 곳에서 그들은 특이한 무관심으로 자신을 표현했다. 또, 우리에게 큰 도움이 되었다. 하지만 플라톤이나 헤겔보다 더 생기 넘치고 큰 사상을 세상에 전하지는 못했다. 높은 의식을 지닌 위대한 힌두교도들은 사물의 의미를 마치 보통 사람이 자기 안팎의 세계를 의식하듯이 직접 인식한다. 그들이 그것을 지각하는 데 독창성은 필요 없다. 그래서 그의 정신은 창의적으로 움직이지 않는다.

모든 생산은 깊은 무의식에서 나온다. 자기 앞에 이미 있는 것은 자신이 낳은 것은 아니다. 기껏해야 그것을 모사한 것일 뿐이다. 이런 결과에서, 문인이나 사상가로서 구도자는 필경사나 다름없다. 그들의 문체는 평범하고 사상에는 생기가 부족하다. 위대한 서구 사상가들은 자기 앞에서 한 폭의 풍경을 보듯이 진리를 볼 만한 의식 수준에 도달하지 못했다. 그래서 만들어내야 했다. 그들의 인식은 창조적 사상이 되었고 힌두 사상에 결코 없는 움직임을 보였다.

지혜로운 힌두교도는 깨달음만 걱정한다. 그러나 이들 또한 독창성을 보려 하지 않는다. 창의에서 나온 것과 무관하게 주어진 사실이 진리를 반영한다고만 생각한다. 발견과 개인적 장점도 무관하다. 인간은 자연이나 더 높은 힘이 자신에게 드러내준 것만 찾아낼 수 있기 때문이다. 라위스브룩[150]이 했던 말과 같다.

> 하느님은 하느님이 택한 자만 이해할 수 있다.

실재를 구체화하려면 기존의 진리를 '깨닫기'만 하면 된다. 윤회 같은 이동 원리는 아무 소용 없다. 관점의 변화를 다른 곳에 더 잘 활용할 수 있도록 힘써야 한다. 신념의 인간은 행동의 인간처럼 관념 문제에서 독창성의 적들이다. 신념의 인간은 지적 창조자와 마찬가지로 각자 다른 면에서 활동한다. 관념을 내면에 맞춰 변용하는가 하면, 현실에 맞춰 변용하기도 한다. 관념 자체는 그들에게 무의미하다. 관념이란 그들에게 밑그림이자 스케치, 출발점이다. 관념은 구체화해야만 가치 있다. 이런 기질의 사람들은 이론에 불과한 것을 모두 공허하게 본다. 나폴레옹은 물론이고 비스마르크도 이데올로기를 공공연히 혐오했다. 두 사람 모두 신의 섭리를 확고히 믿었다. 그들에게 심리적으로 필요했던 신념이다. 자기 뒤에 믿을 만한 것이 없었다면 그들은 확신을 가지고 앞으로 나아가지 못했으리라. 그들은 분명 신념으로 행동하는 인간이다.

---

150 Jan van Ruysbroeck. 1293?~1381. 플랑드르의 가톨릭 신비주의 신학자로《영적 사랑에 이르는 사다리의 일곱 단계(Van seven Trappen inden graet der gheesteliker Minnen)》라는 저작을 남겼다.

'종교적'이란 '깨닫는다'는 뜻이다. 다시 말해, 살아 있는 사람에게 영적 가치를 주려고 한다. 깨달음에 주저 없이 자신을 바치려면, 영성 자체가 어떤 질문보다 앞서야 한다. 따라서 교리를 믿어야 하고, 기존 사상에 확고히 달라붙어야 한다. 이런 태도는 온건하든 광적이든 지식의 폭과 교양 수준에 좌우된다. 정통파 기독교도는 교리 자체가 구원이라는 환상을 품고서 믿음이 다른 사람들을 기어코 개종시키려 한다. 그러면서 그들을 가엾게 본다. 나는 힌두교도치고 교리를 고집스레 믿지 않는 사람을 본 적이 없다. 그렇지만 그들은 타인을 개종하거나 미신에 빠졌다고 경멸하지 않는다. 힌두교도에게 무엇보다 교리 자체가 중요한 것은 아니다. 교리의 실천이 중요하다고 알 만큼 교양이 있다.

힌두교도의 독창성에 대한 부정적 태도는 우리가 살펴본 것보다 더 깊은 이유가 있다. 구도자들은 깊은 의식으로 큰 뜻을 직시하면서 이렇게 생각하곤 했다.

"이 세상에 그렇게 많은 현상이 넘치는데 왜 또 다른 것을 덧붙여야 할까? 창조라는 것이 들판에 덮인 작은 꽃과 다를 게 무엇인가? 누구든 자기 나름대로 발전한다고 그게 뭐 그렇게 중요하다고."

구도자들은 회의론자로서 이렇게 생각하지 않았고 진지하게 그렇게 생각했다. 회의론과 형이상학적 인식은 사실 표면상 일치하곤 한다. 회의론자는 신비주의자 못지않게 현실의 상대성을 인정한다. 결국 현실을 이해하는 방식은 똑같다. 단, 신비주의자는 회의론자가 예측하지 못하는 "현실은 상대성으로 파악되지 않는다."라는 사실을 알았다. 그들은 현실의 모습으로 표현되는 실체를 인식한다. 행동파든 창의력에 넘치는 인간이든, 또 진지한 사람들이라면 누구나 어느 정도는 이렇게 생각한다. 인류는 이런 사람들을 회의론자보다 높게 평가한다. 그러나 이런 평가를 받는 사람은 극소수다. 그래서 모든 행동과 인간에 한계가 있다. 그들의 일방성과 결함과 편견이 있다. 그런 것을 보면서 회의론자는 꽤 재미있어한다. 지혜로운 사람도 대체로 재미있어한다. 현자는 현실의 모습을 그냥 넘겨보지 않고 진지하게 대한다. 그래서 하느님처럼 편협하지 않다. 이런 인식이 풍요로운 삶으로 귀결될까? 하느님이야 그럴 것이다. 하느님은 자신을 개별적으로 충분히 표현하지 않아도 그 에너지는 결코 줄어들지 않는다. 하느님은 항상 전체를 보면서 창조한다. 인간은 지성으로서 신과 같은 보편성에 이를 수 있다. 하지만 행동하는 인간의 한계는 분명하다. 살아 있는 개인이라는 한계를 절대 뛰어넘지 못한다. 그뿐만 아니다. 지나치게 깊은 통찰력은 인간의 힘을 마비시킨다. 결코 그렇게 하라고 강요받은 적이 없어도 시간 대부분을 거기에 쓴다. 바로 힌두교도가 그런 경우다. 물론 힌두교도의 사고방식을 진실하지 않다고 할 만한 까닭은 조금도 없다. 분명, 알렉산드로스 대왕의 야심 찬 생각도 우주에 비하면 꽃송이에 불과하다. 자연현상이란 그런 것이고 각각 자기 나름의 방식이 있다.

사상을 창조한 사람은 원칙으로 치자면 새끼 낳는 암소와 똑같은 일을 했을 뿐이다. 또 미에 대한 개념이 발전하고 유지된다는 것도 다른 것과 마찬가지로 자연현상일 뿐이다. 유명해지려는 예술가들의 투쟁, 국가들의 세력 투쟁, 다양한 이상을 위한 인간의 투쟁 모두 똑같은 일이다. 그저 생존 경쟁이라는 투쟁의 한 형식에 불과하다. 진보는 어디에서나 마찬가지로 움직이는 생태 과정이다. 야망도 동물의 성장 본능에서 나온다. 이상주의는 성장으로 진보하려는 모든 생물에 보편적인 노력의 표현이다. 가령, 이런저런 일이 벌어지고 걸작과 원리와 위업으로 세상이 풍요로워진다고 해도 우주의 관점에서는 별것 아니다. '큰 뜻'이 어디에나 있고, 개념을 완성된 형태로 표현해도 얻는 것은 아무것도 없다는 점에서 별것 아니다. 그렇다. 알렉산드로스 대왕의 야심 찬 계획도 하느님 앞에서는 꽃 한 송이에 불과하다. 그런데 이런 식으로 생각하는 것이 그에게 유익할까? 만약 알렉산드로스가 모든 것을 무릎 쓰고 대왕의 운명을 이겨냈다면 그럴 수 있었을지 모른다.

힌두교도는 어떤 인식도 다르마를 따른 행동을 거스르지 않아야 한다고 알았다. 〈바가바드 기타〉의 기본 관념이다. 스리 크리슈나는 아르주나[151]에게 자신의 이해와 지식이 어떤 것이든 싸워야 한다고 가르친다. 싸우려고 태어났기 때문이다. 이와 같은 관념이 모든 초월주의에 스며든다.

> 네 자신 속의 야망을 죽여라. 그렇지만 마치 네가 무한한 야심에 고취되기라도 한 듯 행하라. 모든 이기주의를 죽여라. 하지만 나만의 특별한 삶을 이기주의만큼이나 힘차게 살아라. 모든 피조물을 똑같이 사랑하라. 하지만 우선 가까운 사람부터 관심을 두라.

모든 힌두교도들이 알고 있는 원리다. 그러나 인식과 생활이 다르다는 원리가 이들에게서만큼 두드러지는 곳은 없다. 힌두교도로 살아가는 사람치고 이런 지혜를 크게 실현하지 않은 사람은 없을 듯하다. 터키 사

151 인도 서사시 〈마하바라타〉 가운데 〈바가바드 기타〉의 주인공. 지혜로운 영웅이다.

람, 중국 사람 틈에서 살고 있는 힌두교도만이 조금 못 했을지도 모른다.

힌두교도는 언제나 영적 체험보다 존재를 강조한다. 그 덕에 신성에 대한 인식과 묵상을 경이롭게 발전시켰다. 그러나 바로 그렇게 했기 때문에, 살아서 행동하는 인간으로서 자기에게 걸맞게 이론을 지지하지 못했다. 당연한 일이다. 만약 정신이 표상으로 나타나는 세계 속에서 자기 중심을 잡는다면, 그 인식은 생활과 별개일 것이다. 누군가 많은 것을 알고 깊이 이해하더라도 그 사람의 생활은 그가 살았던 그대로다. 위인이 되려면 다른 정신 자세가 필요하다. 힌두교도들은 깨달음을 향한 생활의 장단점을 분명하게 보여준다. 그 방향으로 나아가면서 다른 어떤 것과도 다른 이해에 이른다. 게다가 그런 이해로써 지혜와 성덕(聖德)을 위해 태어난 사람들은 다른 조건이었다면 접근하지 못할 완성에 이른다. 그러나 이런 방법은 그런 소질이 없는 다른 사람들에게는 유익하거나 건강하지 않다.

얼마 전부터 힌두교도들은 영어를 사용하게 되면서 유럽 사람들이 힌두교를 이해하는 방식에 불쾌해했다. 힌두교 교리가 실생활의 이해에 관한 것이지 조용한 신앙 생활을 설교하지 않는다고 강조한다. 사실 힌두교 교리는 진실하고 심오하다. 과거와 다름없이 폭넓고 완전하다. 그러나 그것들은 인도 사람들의 '생활'에 어떤 영향도 주지 못했다. 지나친 과학 지식은 평범한 사람에게 이롭지 않다. 가령, 알렉산드로스 대왕이 어느 날 하느님 앞에서 자신이 한 송이 꽃이라는 소리를 듣고 깨닫는다면, 그는 알렉산드로스라는 인격을 쉽게 버릴 수 있을지도 모른다. 그렇다면 그 자신 외에 어떤 생활도 중요하지 않게 된다. 고작해야 자기 손에 닿는 것이나 할 수 있을까. 그는 그럭저럭 자신이 태어난 자리를 채워 나가며 살면서 모든 야심을 일찌감치 포기할 것이다. "지극히 뛰어난 인간만 궁극의 삶을 향해 성숙한다."라는 성경의 가르침은 사실이다. 보통 사람들은 야심차게 경쟁하면서 활발히 싸울 뿐이다. 그래야만 정신적으로 발전한다. 하지만 어떤 사람이 남다른 교양이 없고 뛰어난 지위를 위해 태어나지 않았다고 가만히 있을까? 어떤 곳이 최고라고 알려지면 누구나 그곳으로 달려가려고 한다. 힌두교도는 야심을 천박하게 여긴다. 이것이 불행이다. 전능한 인간이 야심이 없다면 숭고하겠지만 무능한 인간은 발전하지 못한다. 힌두교도들은 그리스도처럼 온순함이 최고의 미덕이다. 이것도 불행이다. 표트르 대제 같은 정열적인 사람만 온순함을 이상으로 삼을 수 있다. 약자들은 (힌두교도들도) 온순하기 때문에 더욱 약해진다. 모든 것을 이해하는 것을 최고의 상태라 여긴다. 무지한 사람들이 이런 말을 한다면 이런 이상은 발전을 가로막는다. 무기력한 회의론자가 된다. 이렇게 그들의 인식은 비할 데 없이 깊지만, 이런 것은 인도 민중에 해롭다. 그런 깊은 인식 때문에 그들은 반발할 줄 모르는 약자가 되었다. 지극히 의미심장해 보이는 부분이다. 인도가 인류에 주는 중요한 교훈이다. 누구나 철학자처럼 완성을 지향하는 것이 별로 유익하지 않다는 것을 여실히 보여준다. 그런 길은 창조적인 극소수에게나 좋다. 다른 사람들은 잃는 것이 많다. 따라서 힌두교 이론을 따르던 구도자, 요가 수행자, 또 '나'와 '나의 소유'를 포기하는 '사냐시[152]'는 가장

---

152 Sanyassi. 비쿠(bhikkhu)의 우리말인 비구(比丘)의 또다른 표현이다. 비구승(比丘僧)은 출가하여 독신으로 수행하는 승려. 아내와 자식을 두고 가장 노릇을 겸하는 대처승과 대비된다.

높은 수준에 오른 사람들이지만, 그렇게 보이는 것과 또 다른 의미를 지닌다. 이런 인물들이 실제로 모든 사람보다 우월하다거나 누구나 각자 자기 틀에서 자아를 완전히 깨닫는다는 뜻이 아니다. 그것은 힌두교의 가설에 따르면 타고난 철학자와 성자만이 완전해질 수 있다는 의미다. 다른 사람들은 시든다.

바로 이와 같은 실제 원인이 있었다. 힌두교도의 철학이 공연히 정적주의로 보였던 것이 아니다. 교리 때문에 무기력하고 기운을 억눌렀던 것은 아니다. 교리가 생활에 영향을 준 의미 때문이다. 신지학자들은 고대의 이론에서 실용적 결론을 끌어냈을 뿐만 아니라(논란의 여지가 많은 부분이다) 그 이론이 보편적이라고 했다. 인도 사람도 마찬가지였다. 생각하는 사람으로서 인도 사람은 다른 민족보다 높은 수준으로 경험주의의 우연성을 뛰어넘었다. 그러나 실생활에서는 정신의 도약을 따라가지 못했다. 그러곤 신들이 반드시 벌할 특이한 생활 방식을 드러냈다.

전체성은 생활의 힘이 될 수 있으나 특별한 조건에서나 그렇다. 말하자면, 철학의 영역에 걸맞은 해석과 응용과 개념에 따를 때나 성공할 수 있다. 구도자의 교훈은 보편적이지만 애당초 원리부터 특별하게 이해된다. 《베다》에서 가르치는 범여일체는 현상을 뛰어넘어 오직 그 자체에만 근거한다. 명색도, 수동성도 적극성도 없다. 존재의 최고 목표는 범여일체에 있다. 다시 말해, 의식이 삶의 원리 속에 깊이 뿌리내려야 한다. 그 교리의 결과는 다양하다.

힌두교도들은 삶을 신성과 하나가 되도록 한다는 높은 목표를 내세운다. 그렇게 창조 작용을 감춰버린다. 왕보다 더욱 당당하고 또 우주의 형식으로 고상해지려는 브라흐마보다 더욱 현명하게 그들은 기어코 생성과 변화를 피하려고 했다. 이런 식으로 세상을 포기하는 사람들이 최고의 인간형을 보여주어야 했다. 아무튼 그들은 이런 생활 방식에 어떤 가치도 결부시킬 수 없었다.

나는 똑같은 교리와 논리에서 정반대의 결론을 끌어냈다. 우리는 자신 속의 자아를 인식하고 현실에서 그것을 실현해야 한다. 우리는 브라흐마를 도와야 한다. 우리가 그 한 부분의 표현이니까 현실 속에서 완전해져야 한다. 이렇게 이해할 때 베다의 교리는 삭막한 결과가 아니라 극히 유익할 것이다. 우리가 의식하고 하는 행동은 나 자신에 반드시 필요한 것은 아니다. 우리는 모든 것에서 자신을 반영할 곳을 찾는다. 합리적 의식 자체가 가장 깊은 '나'는 아니다. 따라서 나를 설명할 수 있도록 의식을 발전시켜야 한다. 이런 수준에 이르면, 어떤 사람은 자신의 신성한 원리를 현실에서 실현할 수 있을지 모른다. 그렇게 되면 절대성과 상대성의 차이도 더는 문제 되지 않을 것이다. 문제에 '그렇다', '아니다'라고 답하지 않고 현실 속에서 자기 나름대로 살 것이기 때문이다. 만약 힌두교도들이 양자택일에서 이쪽을 선택하지 않더라도 그들은 최고의 수준에 달했다고 인식할 것이고, 분명 모든 것이 그쪽에 유리할 것이다. 경험의 바탕이 되는 여건, 특히, 열대의 자연환경 때문이다. 열대 환경에서 일찍이 원기왕성하던 아리안 이주민은 차츰 온순해졌다. 그들의 생활은 더욱더 불교에서 완전한 표현을 찾은 식물성을 띠었다. 그들은 또 그런 식(아마 그들은 무의식적으로 자신들의 퇴행성을 알아보았을지도 모른다)으로 불교에서 벗어나는 데 아무런 도움이 필요 없었다. 그런 식으로 벗어나려는 성향을 타고 났기 때문이다.

이제 알아야 할 문제가 나온다. 힌두교도들이 사상가이자 정관자(靜

觀者)로서 비할 수 없이 높은 수준에서 신성을 이해했을까? 인간으로서도 그만큼 달라졌을까? 만약 그들이 그렇게 할 수 있었다면, 그렇게 하는데 "무엇이 필요한지" 분명히 알았을까? 그러지 못했을 듯하다.

위대한 도덕군자는 전형적으로 비도덕적이다. 편견이 없으니 도덕적으로 절제할 줄 모른다. 위대한 각성자는 전형적으로 무성격하다. 어떤 사람에게 특별히 유리한 형식이 있다고 생각할 수 없어서 그렇다. 반면에 위대한 행동가는 편협하다. 그가 보기에 예외란 규칙을 확고히 해줄 뿐이다. 그런 예외 때문에 인간적 보상을 받지 못하고 더 높은 곳에 이르지 못하더라도 그렇다.

인도 주민들은 어쨌든 가톨릭 정신에 가까운 기질과 개신교 정신을 싫어하는 성정이다. 그들은 내면이 자유로운 만큼 퇴화하지 않으려면 엄격한 외부 규범이 필요하다고 느낀다. 그들의 주장이 입증하는 믿기 어려운 사실이 있다. 모든 지성인에게 삶의 목적이란 (고상한 성격이나 뛰어난 정신이 아니라) 완전한 이해에 도달하는 것이다. 인간은 만물의 영장이지만 이성으로서만 자기 결단을 할 수 있다. 그러나 힌두교도들이 이 점을 이해하든 아니든 분명 변함없는 사실이 있다. 이해와 깨달음의 세계에서 최고의 완성에 이르려면 최소한 매우 흔치 않은 바탕이 필요하다.

사람들 누구나 놀라곤 하는 사실이 있다. "똑똑한 사람이 착한 것만은 아니다." 이런 사실은 과학으로도 충분히 입증되었다. 높은 신앙심은 '병적'이라고나 할 만큼 타고난 기질과 관계가 있다. 예술가의 선천성도 이 세상 어디에서나 여론으로 확인된다. 예술가가 완전한 인간인 경우는 매우 드물다. 생물학적으로 이와 비슷한 예를 든다면 더욱 확실하다. 사상가, 종교인이나 시인에게는 행동파나 성격파의 윤리적 유전자와 두

드러지게 대립하는 소질이 있다. 이런 사람들에게서 참다운 삶은 영적인 세계에서 펼쳐진다. 즉, 그들에게 다른 사람들이 '실질적'으로 보는 생활의 반향은 거의 무의미하다.

완벽한 인식을 얻으려면 인식하기 위해서만 살아서는 곤란하다. 자기 자신이 곧 인식이라는 점을 알아야 한다. 마치 여자가 사랑의 화신이듯 앎의 화신이 되어야 한다. 이렇게 사는 사람은 다른 데에 쏠린 자기 바탕의 힘을 삶을 이해하는 데에만 써야 할지 모른다.

이렇듯 힌두교도를 인식과 신앙의 세계에서만큼 실생활에서도 위대하지 않다고 비난한다면 망언이 되겠다. 그들의 약점은 그들의 장점에 따른 보상이다. 모든 힌두교도가 사상가도 아니고, 또 그렇지 않은 사람이라도 유럽인보다 질적으로 별로 부족함이 없다. 이런 점에서 유럽의 할 일 없는 사람들은 같은 부류의 인도 사람들보다 훨씬 더 고약하다. 각 문화계는 그것을 개발한 민족의 평균 성격을 지향한다. 그런 틀과 정신에 따라 받은 교육은 필경 대다수 기질이 다른 사람들에게 편견을 보이기 마련이다. 그렇다면 다른 성향에 비해 절대적으로 우월한 표현 성향이 있을까? 이를테면 유럽 기독교도의 성향을 인도인의 기질과 비교할 수 있을까? 대부분의 사람은 그럴 수 있다고 생각한다. 나도 그럴 수 있지 않을까? 만약 대중의 완성을 표준으로 삼는다면, 우리가 더 나은 몫을 차지할 수 있다. 그러나 이런 양적 관점이 과연 그렇게 중요할까?

나로서는 유럽이 아니라 인도에서 지금까지 가장 심오한 형이상학과 완벽한 종교 이론이 나왔다고 인정할 수밖에 없다. 인도 주민에게 심성(心性)은 기본 원리다. 깨달음이란 생리적으로 서양인이 현실에서 실현하는 것과 마찬가지다. 그들 사이에서 사상가, 철학자, 정관자와 또 세상을 등지고 법열에 취한 사람들이 가장 고상한 인간형을 대표한다. 힌두교의 가설에서 그런 것이 사실이다. 힌두교도가 그보다 더 높은 생활 방식을 생각할 수 없느냐고 유럽인이 묻는다면 황당해한다고 놀랄 일은 아니다.

히말라야에서 조용히 살고 있는 지혜로운 사람들이 고고한 인간의 대표가 아닐까? 그보다 더 높은 것을 생각할 수 있을까? 이에 대해 "모든 설명은 피상적이며 설명에 오해가 따르기 마련이다."라고 반박할지도 모른다. 위대한 사상가가 반드시 위대한 인간은 아니다. 사상가는 기질적으로 소중한 가능성을 배제할 수밖에 없다. 더욱 고상한 인간형을 생각할 수 없느냐는 질문에는 오해가 있다. 다른 누구보다 절대로 우수한 인간형이 있다는 가정하에 나온 질문이기 때문이다. 그런 존재는 없다. 존재할 수도 없다. 특수한 재능을 타고난 인물마다 한계도 분명하다. 보편적 자질이 부족할 수밖에 없다.

어떤 한계든 유리할 것이 없다. 어떤 충동도 억눌리게 된다. 궁극적 의미로 높은 수준에 이른 사람은 인간의 모든 능력을 완벽하게 구현한 사람일 테지만 사실 이룰 수 없는 이상이다. 실현 가능성은 (타고난 한계 때문에) 떨어지기 마련이고 많은 가능성이 배제된다. 구체화하기 쉬운 이상이란 타고나면서 정해진 바탕과 상반된다. 완벽한 영국 사람, 프랑스 사람, 현자, 성자, 왕, 예술가를 생각할 수 있겠지만, 절대적 의미에서 완벽한 인간을 생각할 수 없다. '완벽한 인간'이란 불가능한 인간형이다. 이런 사실을 이해하지 못한 채 오랫동안 인류는 무수한 상처를 받았다. 그리스도를 이어가려고 얼마나 많은 대가를 치렀나! 그리스도는 정해진 전형의 완성을 대표할 뿐이다. (그리스도는 서구 예술에서 다른 모습으로 변해왔다.) 그리스도를 인류의 이상형으로 보는 바람에 많은 훌륭한 인간성이 빛을 내지 못했다. 그래서 기독교도의 문화는 고대의 수준만도 못하다. 이것이 기독교가 불순해진 원인이다. 지금도 어디에서나 다른 종교 신자에 비해 기독교도에 불리하게 작용하는 억압된 감정 때문이다. 사실, 힌두 철학에서도 이론적으로 이런 위험을 예상하게 된다. 그러나 앞에서 보았듯이 이론에 그친 문제였다. 실제로, 세속을 포기하는 현자들을 이상형으로 바라본 탓에 사람들의 행동력은 마비되고 생활의 활력을 떨어뜨렸다.

이론이야 경이롭다. 한편, 그 특별한 '다르마'를 누구든 갖고 있고 그것을 따르기만 하면 된다. 그러면서 다른 한편 일반적 위계질서를 확립했다. 다르마와 수드라는 바이샤를 낳았다. 바이샤와 크샤트리아, 크샤트리아에서 브라만의 법을 줄줄이 낳았다. 그리고 이런 법을 완성하는 사람은 최고의 인간형을 대표한다. 따라서 지혜로운 구도자를 인류의 이상형으로 본다. 하지만 그런 상태는 '영혼의 나이'가 좌우하는 소질을 타고나야 접근할 수 있다고 가르친다. 이렇듯 가장 높은 이상이 절대적 보편성을 띠는 것은 아니다. 단지 마지막 가능성이다. 사실상, 이런 식으로 힌두교도가 진리를 파악하는 곳에서 그것을 떠받치던 신비한 사다리를 치워버리더라도 그 진리는 진실로 남는다. 분명, 지혜는 늙은이의 성격을 띤다. 젊은이의 역할 속에 있을 수 없다. 젊은이가 그곳에 도달해도 늙은이로 보일 것이 빤하다. 어쨌든, 이와 같은 지혜가 삶의 영광인 것도 반박하기 어렵다. 우리가 현자보다 더 훌륭할 수는 없다. 만약 힌두교도가 이론에서 말하듯이 실제로도 혜안이 있다면 그들은 생활 문제를 해결할 수 있지 않을까? 하지만 그들은 우수한 지성을 갖고서도 현자를 모든 사람의 모범으로 삼았다. 유럽인이나 현대인은 타고난 수준에 걸맞은 실리파 물질주의 때문에 거칠고 맹목적으로 현실에 집착하는데도 인간적 수준은 힌두교도들보다 더 향상되었다.

정해진 상태에서 이상을 실현할 수 있다고 믿는다면 그것은 지금 즉시 타파해야 할 미신이다. 이 세상에서 어떤 상태나 존재도 고립될 수 없다. 우주처럼 크게 보면 살아 있는 자연은 '하나뿐'이다. 개인은 자연이라는 전체에서 하나의 요소에 불과하다. 또 다른 모든 사람들을 함축하는 존재를 생각할 수도 없다. 그런 식으로 일반적인 모범이 될 수 있을지라도 누구나 인체로서 살아있는 한 사람일 뿐 그 이상은 아니다. 결국 이런 사실을 이해하려면 전체로서 보아야 한다. 우리는 다른 자질을 지닌 사람들과 서로 돕고 도우며 각 개인으로 존재한다. 그러나 다른 중요한 요소들이 있다. 어떤 사람은 많은 잠재력을 갖고 있지만, 그렇지 못한 사람도 있다. 많이 가진 사람이 다른 사람들에게 영향을 준다. 언제나 인류가 고상하다고 존경한 인물들은 바탕이 특별히 조화로운 성격이다. 그런 특징이 알맞게 안배되고 넉넉하고 순수하게 펴질수록 그 조화는 아름답다. 성현들의 기본 특징이다. 반면, 다른 인물들은 중간에서 부차적인 특징을 맡는다. 그래서 전자가 후자에 비해 우수하다고 한다. 이렇게 비교해보면 어떤 사람들이 다른 사람들에게 어떻게 영향을 주는지 분명히 알 수 있다. 부수적 특징을 기본 특징으로 삼으려 하지 않고 기본 특징에 따라 조절해야 한다. 이런 점에서 성현을 존경하면 모두에게 이롭다. 성현들은 기본 특징이라는 점에서 불가피한 존재다. 물론 행동파 인간에게 유용하다는 점에서 더욱 필요하다. 그 특징이 거의 보이거나 작용하지도 않는 듯할 때조차 그 효과가 나타난다. 그 화음이 조화롭기만 한다면 모든 것이 잘 된다. 그래서 성자들이 드물다고 나쁜 것은 아니다. 우리가 추앙하는 그리스도처럼 누구도 그런 삶을 살았던 적이 없다고 나쁜 것은 아니다. 그리스도는 숭배받는 위인들이 세월에 따라 변신한 존재로서 살아남은 세계 속에 함께 있다. 그 멜로디가 계조만 바꾸었을 뿐 기본 특징은 같다. 하지만 이런 기본 음정만으로 불충분하다. 콘트라베이스 하나로 합주단을 대신할 수 있을까? 콘트라베이스는 합주단 속에서만 제 가치를 돋보일 수 있다. 마찬가지로, 성자는 세속인을 잉여인간으로 만들지 않는다. 반대로, 두 인간형은 직접 상호 의존한다.

이렇게 보면 절대 가치라는 해묵은 문제가 풀린 듯도 하다. 사실, 절대성이란 기본 음정과 같은 특징이다. 삶의 전체적 조화는 그것들에 의존해 굴러간다. 그런 특징이 본질적으로 중요하다고 난처한 일은 아니다. 그러나 우리가 항상 그런 것들만으로 삶을 이론적으로 정당화하려 하거나 그것들만 모범으로 삼으려 한다면 낭패하기 쉽다. 그렇게 시도할 때마다 삶은 위축되고 빈곤해진다. 베토벤의 '전원 교향곡'을 콘트라베이스 한 대만으로 연주할 수 없는 노릇이다.

청교도의 세계관은 언제나 해로웠다. 도덕성과 영성만 가치 있다고 볼 때마다 인간다운 풍요를 해쳤다. 그렇게 억지를 부렸다. 물론, 성현들은 절대가치를 구현한다. 그러나 그들만으로는 아무것도 아니다. 다른 모든 인간형이 있어야 그들도 있다. 그래서 절대성을 앞세워 각 분야의 완전한 현상을 무시하려 한다면 엉뚱한 기만이자 신성모독이다. 그와 같은 현상은 절대적 가치와 대립하지 않는다. 반대로, 그 절대성을 현상의 내부로부터 결정한다. 마치 기본 음정이 그에 따라 나오는 음정을 이끌고 결정하는 것과 마찬가지다. 이미 번번이 드러났던 인식이다. 특수한 완전성이 모든 사람에게 적합한 유일무이한 이상이다. 우리는 누구나, 기본적이든 부수적이든 그 나름의 특별한 성질을 타고난다. 이것이야말로 하느님의 '일'이다. 하느님에게서 순수하게 우러나는 일이다.

붓다와 그리스도뿐만 아니라 힌두교의 사상가와 수행자는 어떤 점에서 보편적 모범일까? 인간형으로서가 아니라 완전한 존재로서다. 그들은 그들과 다름없는 사람들에게만 유익한 이상형이자 특수한 현상이다. 그러나 완전한 존재로서라면 정해진 인간형이라는 틀 속에서 가능성을 완성한 개인으로서 모두에게 모범이 될 수 있다. 그럴 만하다.

오늘 해 질 무렵, 바라나시에서 쉬면서 사르나트[153] 유적을 찾았다. 붓다가 처음으로 유명한 설법을 했던 곳이다. 실론에서 건너온 여러 사람이 이곳에 머문다. 그들 중에 누런 승복 차림의 승려 둘이 있었다. 그들은 아소카 왕이 세운 탑 주위에 모여 있었다. 둥글게 둘러선 채 예배를 드렸다. 힌두교 사원과 얼마나 대조적인 모습인지. 불교의 자비는 얼마나 소박하고 차분한지! 나는 그 분위기에 흠뻑 젖어들었다. 바라나시에서 보고 겪은 모든 것을 다시 떠올렸다. 그렇다. 불교는 다채롭고 풍성한 정신을 지닌 사람, 그토록 오래 수많은 환생 뒤에 찾아오는 죽음을 느끼면서 더는 나아갈 걱정도 없이 종말만 원하는 사람에게는 복음이다. 불교는 인도의 지는 태양이다. 인도 불교에는 황혼의 분위기가 뚜렷하다. 찾아올 휴식을 차분하고 열렬하게 기다리는 분위기다. 사랑하는

153 바라나시에서 북쪽으로 10킬로미터가량 떨어진 곳으로 흔히 녹야원(鹿野園)으로 알려져 있다.

사르나트 불교 유적과 사자 기둥 1905년경

사람이 준 약속의 치유력이다. 이제 곧 모든 것이 다하리라.

나는 정말이지 사르나트의 분위기에 사로잡혔다. 휴식 끝에 찾아온 밤이다. 모든 대가를 치른 끝의 휴식이다. 붓다가 차라리 우리가 영원한 잠드는 것이 진실이라고 했더라면 얼마나 멋진 일이었을까? 그럴 수 있을까? 억겁의 환생에 비해 이런 생각이 더 건방지지 않을까? 신들은 붓다의 대담한 시도를 건방지게 보지 않았을까? 붓다 자신도 자신이 얼마나 엄청난 일을 했는지 잘 알았을까? 브라만의 모든 창조는 영원히 계속되는 과정 안에 있을 것이다. 오직 붓다만이 사람들 중에서 윤회의 바퀴에서 벗어났다. 붓다의 열반은 힌두교의 열반과 다르다. 힌두교에서 열반은 실질적이다. 그러나 붓다는 거기에서 궁극의 끝을 보았다. 그는 자기 본성에 관해서 아무것도 드러내지 않았다. 모든 가능성을 열어두기만 했다. 그에게 결정적 지점은 종말이었다. (의심의 여지 없다.) 바로 이것이 불교에만 유일한 분위기다. 지는 해의 온화한 빛이다. 신들의 모든 황혼 가운데, 바라나시의 설법처럼 황혼을 닮은 것도 없다.

부다가야

불교 최고의 성지 부다가야[154]에 경이로운 영적 분위기가 물씬하다. 그런데 내가 엊그제까지만 해도 사르나트에서 받은 느낌과 다르다. 불교 자체의 분위기가 아니다. 갠지스 강변과 람스와람에서 풍기는 경건한 분위기도 아니다. 그렇다고 위대한 유적에 감도는 엄숙함도 아니다. 오직 이곳, 위대했던 한 인간이 깨달은 곳에만 특별한 혼이다. 바로 여기에 힘차고 순수하게 한 인간을 다시 태어나게 만든 많은 원인이 있었다. 우선 붓다는 지금도 여전히 푸른 보리수 그늘 밑에서 깨달았다. 아직도 수많은 사람을 깨우칠 만큼 강력한 깨우침이다. 부다가야는 세계에서 보기 드물게 각별한 역사의 구심점이다. 그리스 델포이 신탁 정도가 비슷할까. 성소는 잘 가꾼 깊은 골짜기에서 완전히 또 다른 세상을 보여준다. 어느 구석이든 위대한 옛날을 상기시킨다. 탑파들을 둘러싼 돌담도 아소카 시대(기원전 3세기)의 것이다.

순례자들도 이곳을 끊임없이 살아 숨 쉬게 하는 데 한몫했다. 부다가야는 지금 불교가 번창하는 나라들에서 멀리 떨어져 있다. 그래서 순

---

154 인도 북동부 비하르주에 있는 마을로 석가모니의 탄생지인 룸비니, 최초의 설법지 녹야원(사르나트), 열반지 구시나가라와 함께 불교의 4대 성지다. 기원전 5세기경 고타마 싯다르타가 이곳의 보리수 아래에서 깨달음을 얻었다고. 보리수의 동쪽에는 높이 54미터에 달하는 대정사대탑(大精舍大塔)이 있다.

◀ 산치 탑에 새겨진 부다가야 사원과 보리수, 1세기경 ▶ 마하보디 사원

례자가 많지 않다. 그러나 먼 길을 마다하지 않는 사람들 덕에 이곳의 혼은 장중하다. 단순히 호기심으로 찾는 사람들이 아니다. 오늘 나는 여기에서 버마 사람 몇, 일본 사람 둘, 티베트 사람 여남은 명을 보았다. 모두 가야가 인류에게 어떤 의미가 있는지 깊이 통찰한 사람들이다. 이렇게 순례자들의 혼도 현장의 혼과 함께 떨린다. 평화롭고 신성한 기운이 물씬하다. 누구나 이곳에 관해 나직하게 말한다. 시끄럽게 떠들지 않는다. 고목들도 위대한 추억을 낮은 소리로 중얼댄다.

부다가야는 지상에서 가장 성스러운 곳이라는 기분이 든다. 예수의 교리는 싯다르타의 교리보다 심오했다. 하지만 예수는 싯다르타만큼 뛰어난 존재는 아니었다. 예수는 이 세상 어두운 곳 여기저기에서 떠오르는 자연스러운 햇살과 같았다. 독일 사람들이 "주말의 아이, 노는 아이,

또는 팔자 좋은 아이"라고 하는 아이였다. 그 아이는 하늘의 순수한 선물처럼 내려왔다. 당시의 세상과 자기 자신에 책임질 일이 없어 보였다. 예수는 정말이지 사람들 사이에 살아 있는 신 같았다. 그냥 신으로서 태어났다면 그렇게 중요한 뜻은 없었으리라. 인간이 신성까지 올라갔기 때문에 의미심장했다. 바로 붓다가 그랬다.

불교 전설은 "신들이 인간 붓다 앞에서 기도했다."라고 한다. 브라만교도들은 전설을 의심하지 않는 모양이다. 유럽과 다르게, 인도 사람들은 어떤 사람의 가치, 즉 공덕과 은총의 관계를 정확하게 이해하고 해석한다. 물론 지복(至福)은 은총 받는 사람만 누린다. 공덕도 없이 은총 받는 일은 없다. 은총이란 공덕을 쌓은 자만이 받을 수 있는 화관(花冠)이다.

신비주의자들은 무슨 뜻으로 느닷없이 은총을 받는다고 할까. 결정적으로 중요한 지점을 거친다는 말이다. 어디에서나 지속되는 서로 다른 자연 상태를 유지하는 데 분명하게 드러나는 해법이다. 곧 임계점이다. 물의 온도는 꾸준히 높아지다가 갑자기 증기로 흩어진다. 또, 계속해서 낮아지다가 돌연 얼어버린다. 이와 마찬가지다. 꾸준한 장점인 공덕에 갑작스러운 은총이 닥친다. 여기에서 '공덕'이 서양 사람이 '장점'이라고 이해하는 것과 같은 뜻은 아니다. 하느님의 길은 인간의 이성이나 윤리와 반드시 일치하지 않는다. 순박한 어부가 종종 셈이 바른 사람보다 더 쉽게 구원받는다. 은총은 "내면의 깊은 어둠 속에서 바른길을 생각하는 사람"(괴테)이 아닌 한 누구도 받지 못한다. 은총은 더럽고 비겁하며 천박한 사람에게 절대로 굴러떨어지지 않는다. 은총은 아무리 불완전하더라도 모든 고결한 사람처럼 진실하고 의지력 있는 사람이나 받는다. 많은 사람이 빠른 지름길로 가려고 서두른다. 그렇지만 그것이 어디에 있는지, 어떻게 가야 하는지 입구조차 못 찾는다. 가령, 하늘이 보내준 예수 같은 아들이 눈앞에 나타난다면 사람들은 그를 공경하겠지만 복음을 믿더라도 용기를 얻지는 못한다. 갈 길이 너무 멀고 불확실해 보이기 때문이다. 그러나 그들이 우리와 똑같은 인간으로 태어났지만 결국 노력 끝에 인간성을 극복한 사람이라고 생각하게 된다면, 열광하고 활개 치면서 화려한 희망을 품고 그를 따른다.

따라서 예수 자신은 사람들에게 이런 식으로 부푼 꿈을 자극하기 어려웠을지 모른다. 예수 그리스도는 너무나 가늠할 수 없는 엄청난 존재였다. 그렇다고 그가 기독교라는 종교의 창시자는 아니다. 그와 같은 시대에 태어났고 누구든 이해할 수 있는 사람으로 결국 성자가 된 바울이 없었다면 우리가 예수를 어떻게 알았을까. 또, 성자 아우구스티누스는 서구에 복음을 전하고 기독교를 전 세계에 널리 퍼트렸다. 그가 서구에 가장 튼튼한 윤리를 낳게 했고, 그리스도를 모범으로 삼은 인간이 받은 은총을 보여주었다. 아우구스티누스는 원죄가 장애도 되고 도움도 된다는 점을 직접 증명했다. 자연의 장애가 자연을 뛰어넘도록 도와준다고 했다. 하느님은 인간으로서 모습을 나타내자면 불완전한 것이 필요하다. 이렇게 성 아우구스티누스의 모범은 인간적이다.

붓다는 아우구스티누스보다 더 위대했다. 붓다는 훌륭한 인간성을 타고났다. 풍부하고 깊은 경험도 쌓았다. 그러고 나서 붓다는 역사상 어떤 사람도 능가하지 못할 수준에 도달했다. 그가 얼마나 위대했으면 그 작은 손놀림만으로도 지금까지 '훌륭한 법의 바퀴[法輪]'가 굴러가고 있지 않은가. 불교에 바울과 아우구스티누스도 같은 성자는 없다. 붓다 석가모니만이 사령관이다.

'교회법 박사들'은 놀라서 종종 (그들만의 신성한 권리인) 순진하게 질문한다. 그리스도와 붓다가 어떻게 전무후무하게 그 어떤 위대한 정신보다 월등히 중요해졌을까? 그리스도는 자기 이전과 이후에 공언된 것을 조금도 가르치지 않았다. 붓다는 지식의 깊이에서 분명 선배들만 못했다. 그러나 그렇게 중요해진 이유는 이들에게서 말씀은 말씀으로만 통한 것이 아니다. 구체적으로 그들이 곧 말씀의 화신이 되어 실천했기 때문이다. 그런데 이렇게 말씀이 몸이 된 임계점이야말로 그들이 도달한 지점이다.

현자로 '보이려면' 광대 같은 재능만 있어도 된다. 진정 상식적으로 이야기하는 현자가 되려면 정신이 빼어나면 된다. 그렇지만 부처가 되려면, 지고의 인식을 구심력으로 삼아 완전한 생명의 동력으로 즉시 물질을 다스리는 힘을 얻어야 한다. 실제로 머리를 굴리기는 좀 쉬운가! 머릿속에서 생각만으로 빚어내는 모습은 얼마나 멋진가! 그러나 그런 의미로 '자아' 전체를 빚어내고 본능을 생각대로 놀리려면 초인의 능력에 이르러야 가능하다. 누구에게나 이런 잠재력이 있다. 가장 작은 분자도 해방만 되면 엄청난 폭발력을 발휘한다. 인간에게만 이런 에너지가 없다. 초인만이 그것을 가동한다. 붓다는 브야사[155]의 수준에 못 미치는 지식뿐인 사람인데도 창조적 존재의 중심으로서 여러 시대의 현자들을 능가한다.

---

155 Vyāsa. 힌두교 전통의 중심인물이며 또한 그 전통에서 존경받는 인물이다. 브야사는《베다》의 편찬자라는 뜻에서 베다 브야사라고도 한다. 힌두교 전통에 따르면, 브야사는 힌두 서사시《마하바라타》의 저자 또는 그 속에 등장하는 인물이다.

모든 힌두교도 가운데 가장 위대한 인물이 요가 수행에 그치지 않고, 전통적 이상을 추구하고 나서 그것을 부정했다는 점이야말로 매우 뜻깊다. 붓다는 제아무리 높은 경지에 이르든 절대적 이상의 화신이 될 수 없다고 깨달았다. 그 같은 경지에 이른 수행자는 기예의 완성만 겨냥한 사람과 뭐가 다를까. 그래서 붓다의 인식에 생명력이 있다. 말씀이 살이 되었기 때문이다. 위에서 받은 은총 덕이 아니라 자기도야에 강하게 집중한 자연스러운 성장 가도에서 그렇게 되었다. 붓다가 역사상 가장 위대한 모범을 보였다. 오직 붓다만 인도 사람의 기본 이해를 풍부하게 했다. 붓다는 우리를 지지했다. 우리가 소박한 인간이지만 명색[우리의 이름과 존재]이라는 결정론을 넘어설 수 있다고 했다. 고대의 구도자는 이런 인식으로 현상계를 벗어나려고만 했다. 요가 수행자는 종종 이 세상에서 가장 높은 단계에 이르려고 할 뿐이다. 그러나 붓다는 그 인식을 완전히 이해하고 주민들에게 정확하게 응용했다. 그래서 그 영향력이 그토록 커져 오늘날 더욱 풍부해졌다. 사실, 붓다의 교리는 명색의 관계를 훌훌 털어낸 면이 있다. 그 교리는 인도 사람들의 바탕에 깔린 사고를 해석할 뿐이다. 가장 피상적인 이론조차 실천할 수 있게 되었다. 그렇지만 붓다는 사상가는 아니다. 불교의 교리에 따라 붓다를 평가하는 것은 잘못이다. 붓다의 뜻은 경전의 문구보다 훨씬 더 중요하다. 이런 의미가 오늘날까지 불교의 전체 성격을 결정한다.

그 자체는 별것 아닌 듯해도 엄중한 네 가지 진리가 가장 초라한 미물 속에서 똑같이 작용하는 영적 그릇 속에 담겨 있다. 불교 교리는 마치 숭고한 영혼의 중얼거림처럼 말을 더듬는다. 이렇게 더듬는 말이 이해받지 못한 적은 없었다. 신비한 길을 따르면서 훨씬 명확하게 말하는 철학도 그렇게 못할 만큼 더욱 활기를 깨운다. 어쨌든 붓다는 불교에만 고유하고 위대한 것은 아니다. 붓다의 위대성은 그가 살아 있는 모범이라는 점이다. 보통 어떤 것도 계속 살아남지 못하는 인도, 모든 역사의 존재가 일순간 꿈으로 날아가 버리는 인도에서 오직 붓다라는 사람만 그가 살아 있을 때처럼 기억과 말과 이미지로서 살아 있는 까닭이다.

바라나시에서 이 글을 쓰면서 철학자와 성자를 비교하면서 그 기본 특징을 다시 생각해본다. 그러다 보니 한 가지 놓친 것이 있었다. 붓다는 어떤 의미에서 모든 구도자보다 더 깊은 근본을 대표할까? 앎보다 삶이 더 심오하기 때문이다. 말씀이 육신이 된다는 뜻은 말씀 그 자체보다 더 깊다. 그래서 성자가 철학자보다 뛰어나다.

히말라야

해가 뜨지도 않은 새벽에 햇살을 받고 있는 히말라야의 거봉들을 보았다. 땅은 여전히 밤중이라 보이지 않는다. 구름이 낀 곳은 희미한 섬광에 싸인 채 어슴푸레한 안개가 지나간다. 구름 위로 불쑥 솟은 봉우리들은 햇빛과 첫 번째 입을 맞추며 반짝인다.

어제 내가 이곳에 도착했을 때 하늘은 잔뜩 흐렸다. 거센 바람이 잿빛 구름을 갈라놓자 그 틈으로 잠시 칸첸중가 봉[156]이 보인다고 했다. 알프스에서 배운 경험대로 160킬로미터 넘게 떨어진 곳에서 보이는 봉우리가 어디 있는지 찾아보았다. 그렇지만 아무것도 없었다. 다행히 높이 올려다보니 천상의 물체가 있다고 믿어지지 않을 만큼 높은 곳에서 영원한 백설이 눈부셨다. 처음보는 거대하고 힘찬 물체였다. 히말라야는 다른 산맥들과 다르다. 마치 달이 갑자기 쪼개져 푸른 대지에 처박혔다고 할까. 히말라야는 지상의 것을 완전히 뛰어넘고, 우주 같은 거대함으로 지상의 어떤 형태와 크기도 훌쩍 벗어난다. 내가 있는 곳에서 머나먼 곳으로 산봉우리들과 계곡들이 끝없이 펼쳐진다. 연봉은 알프스의 최고봉 높이로 이어지고 계곡은 거의 바다에 이를 만큼 깊다. 야생 동식물은

---

156 Kangchenjunga(Kachendzonga). 인도와 네팔 접경에 있는 산으로 8,586미터 높이의 인도 최고봉이자 세계 제3위 봉이다. 인도의 시킴주의 수도 강톡에서 잘 보인다.

칸첸중가 봉, 1903년

생성에 생성을 거듭했다. 열대 식물은 차츰 극지 식물로 바뀌었다. 코끼리의 왕국은 곰의 왕국으로 이어지다가 설산에서 표범의 왕국으로 이어진다. 분명 히말라야는 우리가 살고 있는 이 세상의 끝에서 시작된다. 그렇다. 신들의 왕국이 어딘가에 있다면 바로 여기 아닐까. 엘로라의 조각이 생각난다. 거인 카일라스가 잠든 시바 신을 없애려고 히말라야를 뒤흔들어 보는 모습이다. 걱정하는 파르바티가 시바 신을 깨우자 시바는 발을 뻗어 아무렇지도 않게 거인 카일라스를 걷어차 버렸다. 황당무계한 이미지이지만 그런 것을 빚어내는 데 굳이 상상력이 필요할까. 이곳의 엄청난 자연만으로 충분하다. 그 자체가 터무니없어 보이니까 과장하게 된다. 거대한 분위기마저 초라해 보일 정도의 이야기를 낳는다.

공상은 모든 장애를 뛰어넘는다. 공상은 승승장구하면서 모든 한계를 벗어난다.

거대한 산을 바라보면서 제일 먼저 무슨 생각이 들던가? 정신으로 산을 움직일 수 있다는 생각이다. 우스운 이야기로 들리겠지만, 인간의 왜소한 생각이 머리를 스칠 때마다 나는 저 멀리 만년설의 품에서 시바의 비웃음을 듣는 듯하다. 나도 그냥 창피해 웃을 수밖에 없다. 이렇게 높은 산을 밀어올린 자연 속에서 대서사시《마하바라타》가 쉽게 태어날 만하다. 시바의 낙원은 바로 이 땅에 있다. 이곳에서 신성한 강물이 샘솟는다. 히말라야 연봉 속에서 고행자와 구도자들이 살고 있다. 끊임없이 끝이 보이지 않는 행렬이 이곳으로 몰려든다. 모두 지혜를 갈망하는 사람들이다. 히말라야 산중에서《베다》와《우파니샤드》그리고 지금도 여전히 그 노래의 감흥에 취한 글들이 나온다. 그렇다. 이방인조차 산중의 기운이 차오르는 듯하니 그러고도 남을 만하다. 아침 햇살을 받는 만년설처럼 수많은 수호신이 무엇을 깨우치며 좋아하는 아이들처럼 깔깔대면서 언제나 나를 사로잡는 편견을 걷어낸다.

"이리 와봐!"라면서 내 앞에서 허공으로 날아가 버린다.

"날 좀 붙잡아봐!"

"그래, 쫓아가고 있어. 하지만 쉽게 잡히지 않잖아. 너희는 자유로운 신이잖아. 너희들이 웃고 재미있어하는데, 나는 그러지도 못하고 감격해서 멍하거든. 잠깐만이라도 그 높은 곳을 걸어본다면 웃다가 죽어도 좋을 것 같기야 한데. 그럴 수야 있을까."

"거기에서 알아볼 게 뭐가 있길래? 모든 게 확실한데."

"바로 비밀은 그런 곳에 있지 않을까?"

갑자기 의심만 하던 새로운 앎의 길이 내 앞에 트이면서 수수께끼처럼 알 수 없는 빛이 나를 스치는 기분이다. 지상의 모든 장애가 사라지고 인간세계가 새 세상에 자리를 내준다.

이제 나는 과거에 보이지 않던 것을 보게 되었다. 사물의 관계는 완전히 달라 보이고 나 자신도 주변처럼 달라진다. 영원히 줄기차게 거침없이 쏟아지는 햇빛처럼 내 속에서 무한한 힘이 솟는다. 어떤 문제도 걱정되지 않고, 이전에 찾던 것이 무엇인지 이해하고 싶지도 않다.

그런데 그 빛이 갑자기 꺼졌다. 빛을 내기 시작하던 때만큼이나 수수께끼처럼 꺼졌다. 과거의 문제들도 그전처럼 여전히 풀리지 않는다. 나는 이제야 문제가 무엇인지 깨달았다. 브라만이 "문제는 없다. 보편적 수수께끼의 해결이란 바로 그런 것이다."라면서 한 사람의 영혼 속에 밝혀준 빛이다.

땅 위에 사는 사람이 내놓은 질문에 답은 없다. 질문은 값만 다를 뿐 질문과 똑같은 것만 제시한다. 그런데 그 값이 틀리기에 문제는 풀리지 않는다. 지상에 묶여 사는 사람은 길을 가다 마주치는 개미가 전하는 진리를 알게 되는 사상가와 마찬가지다. 개미는 본능에 충실하니까 자신을 능가하는 엄청난 존재와 마주치고 있다고 알 뿐이다. 우주의 수수께끼를 풀려는 탐구자도 이와 마찬가지다. 이성의 관점으로 풀어지지 않는다. 이성은 너무 빈곤해 모든 것을 한꺼번에 볼 수 없다. 그런데 인간의 상황은 가엾은 동물만도 못하다. 인간은 제 능력 밖의 답을 구하는 질문을 하지 않는가. 안타깝게도 인간의 의식은 아무것도 보이지 않는 것과 모든 것이 다 보이는 것의 중간에 있다. 그러나 힘으로 이겨낼 수 있다. 신께서 그 힘을 일깨울 준비가 되어 있고, 어느 날, 즉흥적으로 돌연 브라만의 빛이 그의 정신 속에서 솟아났다가 모든 인간의 문제를 꺼트린다.

내 상상 속에 이런 희미한 불빛이 여전히 남아 있다. 나는 이상하고 성가신 사람이다. 만약 내가 내 주변에서 서성대는 귀신 중 하나였다면 세상의 불행을 웃어넘기려 하지 않았을까? 그렇게 보이지 않을까? 오직 보는 일밖에 없다. 이해하면서! 대체 귀신들은 어떻게 이해할까? 지금 나는 기억 속에서 떨며 이해한다. 또 내가 생각하는 것을 표현하고 싶다. 하지만 그러지 못한다. 내가 도움을 청해봐도 말은 사라지고 생각은 달아난다. 아는 것을 놓쳐버려 산산조각이 날까 두려워하기 때문이다. 만약에 내가 그것들을 억지로 붙들려고 해봐야 헛소리나 해댈 것이다. 이런 것은 무의미하다. 그러니 사람에게 말해봐야 소용없다. 사실상 쓸데없는 일일지도 모른다. 막힐 데로 막힌 사람이 거듭 변신하며 어둠을 삼키는 빛을 예감하지 않았을까. 빛을 예감하지 못했다면 기독교도가 예수의 모순된 교리를 어떻게 믿었을까? 힌두교도도 절대적 목표를 부정하고 모든 생명이 꺼져버릴 수밖에 없는 열반에서도 살 수 있는 불교도를 볼 수 없지 않았을까?

우리 누구나 우리가 생각하는 것보다 더 많은 것을 알 수 있다. 우리의 생각을 받아쓰게 하고 우리의 향수를 자극하는 것이 바로 이런 지식이다. 지식도 있지만, 무의식도 타고났기 때문에 우리는 종교적 모순에 충실하다. 브라만의 빛이 마침내 모두의 빛이 될 때까지 최후의 심판까지 충실할 것이다.

히말라야에서 인간은 경이롭게 신성에 가까이 다가선다. 지상 어느 곳과도 다른 자연이라 의식의 울타리를 넓혀준다. 모든 비루한 관계는 산산이 찢어진다. 가장 넓고, 가장 마지막까지 가능할 것으로 보이는 것들이 허공에서 불확실하게 떠돈다. 마치 매 순간 햇빛에 터져버리는 비눗방울처럼 방대한 공허 속에서 초자연적 힘이 퍼진다.

나는 히마바트[157] 봉우리들을 무한한 향수에 젖어 바라본다. 봉우리들이 부럽기 짝이 없다. 신들처럼 순수한 허공 속으로 날아 올라갈 수 있다면! 영원히 떨어지지 않는 날개를 달고! 그러면 마침내 "나도 잘 알아"라고 말하면서 자유를 만끽할 수 있지 않을까?

해가 갈수록, 점점 더 새롭고 뛰어난 그 무엇인가가 내 속에서 꿈틀대며 튀어나와 터질 듯한 느낌이다. 마치 밑에서 위로 치고 올라오는 힘 같다. 그런 힘을 이곳에서처럼 강하게 느낀 적은 없다. 감사한 마음으로, 축복이 담긴 시바의 낙원 앞에서 기도하고 싶었다.

거대한 봉우리들을 바라볼 때마다 나는 "정신으로 산을 들어올릴 수 있다."라고 중얼대곤 했다. 물질이 초자연력을 띤 듯한 이곳처럼 이런 진리를 뚜렷이 의식한 적은 없었다. 의식은 내 안에서 해방감을 억누르기는커녕 더 키웠다. 사실 어떤 의식이든 반발에서 나오지 않을까?

산을 들어올릴 수 있는 정신. (이런 힘을 신앙심에 결부시키는 해석은 너무 뜻이 좁다. 오해받기도 쉽다. 기적은 확신만으로 일어나지 않는다. 그러나 신앙은 정신력을 극대화한다.) 분명 그럴 수 있다. 그 진리를 의심한다면 우스운 일이다. 특별한 경우를 증명해보려 드는 것만큼이나 우스울 것이

157 Himavat. 힌두교에서 눈[雪]의 신. 히말라야의 산을 의인화한 것으로 히말라야를 히마바트라고도 한다.

다. 그렇다면 그러기를 바라고 생각하고 행동하면서 내가 무엇을 하는 것일까? 나는 정신으로 물질에 영향을 준다. 마법사가 일으키는 기적과 평범한 일상의 몸짓 사이에 원칙상 차이는 없다. 내가 머릿속에 이미지로 그려보는 세계는 '나'와 외적 관계를 맺고 있는 세계일 뿐이다. 나와 우주 속의 머나먼 별의 관계나 다름없다. 물질이 고유의 법칙으로 영향을 주듯 정신도 내 표상의 세계에 영향을 준다. 사실, 그 경계는 뛰어넘을 수 없다. 경계가 없었다면 자연도 모두 사라져버리고 말았을 테니까. 그러나 이런 경계를 넘어서야 모든 것이 무한정 가능하다. 원칙적으로 온 세상은 정신의 울타리 안에 있다.

히말라야의 눈 덮인 고봉들은 지난 30년간 내가 부려온 내 몸과 다를 바 없다. 신체적으로는 나와 그토록 멀리 떨어져 있어도 이는 보기 나름이다. 나는 내 눈으로 그것들을 직접 접하고 내 생각 속에서 그것들 곁이나 위에 있다. 만약 사유를 말할 때 공간만이 문제가 된다면 그것들은 꼼짝없이 거기 그대로 있을 것이다. 이 넓은 우주에서 나 자신만큼 나와 가까이 있는 것은 없다. 그렇게 있다는 것은 내가 바라본 방향에 좌우된다.

우리는 자신과 멀어질 수도 자신을 탈피할 수도 있다. 인도의 지혜는 사실 그렇게 가르친다. "개인의 고립은 이기주의 탓이며 이기주의만 버리면 사라진다." 가령, 내 정신력이 햇빛처럼 퍼져 나가고 어떤 빛도 사사로운 이해관계에 얽힌 내게 되돌아오지 않는다면, 나는 무한히 자유로울 것이다. 가능한 일이다. 정신과 자연현상 간에 풀지 못할 관계는 없으니까(맺지 못할 관계도 없다). 모든 우수한 종교는 이기주의에 반감을 보인다. 자신에게만 집착하는 인간은 왜소해진다. 무한하게 뻗어나지 못하고 저 자신에게로만 되돌아가는 사고는 인간을 넓은 현실과 유리시킨다.

나를 둘러싼 이 찬란한 세계를 생각한다. 나 자신보다 더 자유롭다고 느낄 만한 나 자신의 세계를 생각한다. 물론, 나는 자연의 일부로서 그 세계에 확고히 묶여 있다. 무한한 시간 속에서 다른 어떤 것보다 내가 구심점에 있다. 그러나 나는 그런 세계와 더불어 있을 뿐이라는 것을 "알 수 있다." 의식의 뿌리가 내면 깊이 내려가기만 한다면 나는 그 결정적 중심일 수 있다. 그런데 왜 나는 오래전부터 이미 중요한 줄 알면서도 아직 그런 곳까지 내려가지 못했을까? 내 본성을 충분히 꿰뚫어보지 못했기 때문이다. 내 영혼은 여전히 정념에 사로잡힌 내 몸과 하나가 되지 못했다. 정념은 제멋대로다. 아무런 영향도 받지 않는다.

저녁에 티베트 사람들이 횃불을 밝히고 가면무도회를 열었다. 그들은 익살맞은 무언극의 달인들이다. 특히 용으로 분장하고 춤을 출 때, 각 동작은 정확하고도 개성이 넘치고 자연스러워 보여 정말이지 백악기의 혼을 부르는 듯했다. 군중의 요란한 환호에 나도 끼어들었다. 히말라야 산중에서 벌어지는 이런 한밤의 기분 풀이로 신화를 직접 겪는 듯했다. 세계의 탄생과 죽음에 관한 인도의 전설들이 떠올랐다. "브라흐마는 세계를 재미있게 놀면서 만들었다"지 않은가. 철부지 아이처럼 아무런 계획도 노력도 고민도 없이. 종말의 날도 이렇게 놀이로 끝날 것이란다. 최후의 심판의 날, 시바는 야만스러운 춤을 추기 시작하리라. 만취한 상태로 광기를 더해가며 춤을 추다가 허공 속에서 갈기갈기 찢겨 사라질 때까지 춤추리라. 얼마나 숭고한 신화인가! 늙고 인색한 노인 같은 서양의 조물주보다 얼마나 더 위대한가! 고작해야 엿새 동안 정해진 목적에 맞춰 일하고 이레째 되는 날에 흐뭇해하고…. 결국 미주알고주알 따지면서 각각의 자리를 다시 따지지 않던가.

나는 놀이꾼과 도박사와 브라흐마에 축하를 보낸다. 인도 신화가 진실을 보여줄 수 있기 때문이다. 우주에 시작이 있고 또 우리가 이해할 만한 이유가 그 바탕에 있다면, 목적도 계획도 없이 시작되지 않았을까. 시인의 정신에서 작품이 불쑥 튀어나오듯 시작되지 않았을까? 그럴 때라야 걸작다운 것이 나오지 않던가! 목적 자체는 없다. 그런데 브라흐마가 춤추고 놀면서 세계를 창조했다면 찬양할 만하다. 창조하는 동안에 풍부하고 다양한 사건이 벌어질 텐데! 얼마나 독창적으로 얽히고 섞이고! 그 놀이의 규칙이 얼마나 기막힌 솜씨로 정해졌을까!

사람이 인생을 비극적으로 생각한다면 착각이 아닐까? 사람도 브라흐마처럼 사는 것이 더 낫지 않을까? 누가 일과 놀이를 구별했을까? 진지하게 일하는 사람이 아니다. 나는 진짜 어린아이처럼 진지하게 놀 줄 모른다. 무상(無償)한 놀이처럼 하는 일은 더 효율적이다. 그런데 우리의 삶도 애당초 무슨 목적과 계획이 있기나 했을까? 삶과 생명은 순수한 분출, 순수한 성장이다. 더욱 명쾌한 표현을 지향하는 순수한 경향이자 재능이다. 인생에서 목적이니 쓸모니 하는 것은 족쇄에 불과하다. 그래서 누구나 독창적이고 진지하고 자연스럽게 살수록 그렇게 살아가는 생활은 놀이에 가깝다. 어떤 신의 존재도 놀이로 볼 수 있다. 내 생각도 그렇다. 그렇다고 해서 내가 잃을 것이 뭐 있을까! 운명과 나 자신과 나와 관련된 모든 것을 넘어서 있을 텐데! 세계를 더욱 예리하게 바라보게 되고 나쁜 것을 전혀 찾아내지 못할 것 아닌가. 셰익스피어는 극본을 집필할 때 바로 그렇게 통찰했다. 그의 희곡은 신의 솜씨 같다. 인간의 것이 아니다. 더는 비극도 없고, 법과 운명은 사람이 지어낸 공허한 말장난일 뿐이다. 놀이의 규칙밖에 아는 것이 없기 때문이다.

캘커타 – 시인 타고르의 자택에서

콜카타[158]에 있는 시인 타고르 가(家)의 집은 옛 궁전이다. 비단으로 짠 양탄자 위에 음악가들이 터키식으로 둘러앉아 있었다. 이상하게 생긴 류트에 맞춰 옛 노래를 불렀다. 그 음악에 멜로디가 없다. 이렇다 할 화음도 없고 일관된 리듬조차 없어 알아듣기 어렵다. 각각의 소리조차 불분명하다. 그런데 합주마다 실제로는 통일된 것처럼 들렸다. 하나에서 다른 하나로 계속 이어진다. 기이한 신화 같은 음악이다. 까마득한 태고 때부터 아무렇게나 이어지는 소리가 그림 같은 주제를 그려낸다고 할까. 전문가라면 전통 음악 라그(Rag)에 주제가 있고, 곡마다 한 해의 어떤 때와 관련이 있으며, 정해진 때에만 연주해야 하는 줄 알 것이다. 즉, 하루의 낮과 밤의 일정한 시간에 맞춘 라그가 있다.

어제는 겨울날 저녁이었다. 내 욕심대로라면 한여름의 남쪽 나라 가락을 듣고 싶었지만, 악사들은 걱정했다. 그들은 이런 욕심을 이해하지 못했다. 인도 음악의 의미를 말로 설명하기는 너무 어렵다. 서양 음악과 같은 점이 거의 없다. 인도 무용도 마찬가지다. 어떤 의도와 정해진 형식도, 시작도 끝도 없다[재즈처럼 무한한 즉흥성이다]. 영원히 흘러가기

158 영국 식민지 시대 인도의 수도이자 현 웨스트벵골주의 수도다. 2001년에 영국식 지명인 캘커타를 콜카타로 개칭했다.

시인 타고르, 1916년

만 하는 생명의 강처럼 유연하게 출렁이며 흘러가기만 한다. 듣는 사람들도 마찬가지다. 청중은 싫증을 내지 않고 언제까지 하염없이 들을 것 같다. 누구도 삶을 지겨워하지 않으니까. '무용곡'에서 전체적으로 가장 세련되고 친밀하게 다듬어진 음악이다. 영원의 배경에 비춘 듯 어떤 삶의 한순간 같은데, 분명 시간 그 자체는 아니다.

짜인 틀에 맞춘 유럽 음악은 음악이 아닌 소리(다른 음질)를 표현하려 해도 그렇게 못한다. 음악성은 다른 세계에서 같은 성질의 것을 찾을 수 없다. 음악은 즉각적 표현일 수밖에 없다. 바그너의 악극 〈트리스탄과 이졸데〉에서 거센 모래바람 소리는 손에 잡힐 듯하다. 그렇지만 이런 효과는 청중이 무엇을 연주할 것인지 미리 알고 있기 때문에 나타난다. 음향 자체는 숲속에서 울리는 소리와 더욱 어울리지 않을 것이다. 사실, 이런 음악은 객관적으로 정의할 수 없는 상태나 표현한다. 라그가 여름날 오후에 연주될 때 반드시 찌는 더위를 표현해야 하는 것은 아니다. 아무튼, 인도 사람들은 이런 표현을 결코 과장할 줄 모른다. 오후의 라그는 마치 자기 앞에 놓인 큰 거울을 마주 볼 때처럼 주제와 하나가 된다. 그런 음악 아닐까.

어떤 프랑스 음악가가 어느 날 인도 음악에 다른 음악보다 더 특별한 역량이 있다면서 이런 말을 했다.

"천상의 음악이다."

사실상 맞는 말이다. (별나라가 사람들이 오래전부터 생각해온 모습과 같다면.) 가늠할 수 없이 거대한 세계, 그곳에서 나라들조차 물건들처럼 작은 자리를 차지할 뿐인 세계의 음악이다. 그 음악을 들어보면, 정해진 것이나 잡히는 것이 없다. 그런데도 강렬한 생기를 느끼게 된다. 소리의 흐름에 젖어든다는 것은 곧 진실 그 자체를 듣는 것이기 때문이다. 저녁이 밤이 되고 밤이 낮으로 변신하는 느낌이다. 무거운 오후가 참이슬 내린 아침으로 이어진다. 자기 앞에서 쉽게 인상을 흐리는 상투적인 이미지가 떠오르는 것이 아니라, 항상 새롭고 미묘한 맛으로 울리는 소리를 거울 속에서 들여다보는 기분이다. 그런 소리로써 삶은 우주의 자극에 반응한다. 그러니 어떻게 그 시간이 지겨울까? 어떻게 듣기 싫어질 수 있을까?

내가 아무것도 몰랐을 때, 나는 맹인이 권태를 모른다는 사실에 깜짝 놀랐다. 보통 우리가 대상의 변화하는 데에 따라 느끼게 되는 시간은 우리가 바라는 것만큼 빠르게 변하지는 않는다. 끊임없이 이어지는 표현에 따라 감지된다. 우리의 영혼은 끊임없이 창조적인 만큼, 이미지 위에 또 다른 이미지를 척척 얹어가면서 심심할 겨를이 없다. 자연이 맹목에 주는 위안, 인도 음악은 귀가 트인 사람이면 누구나 느낄 행복을 준다.

라그마다 편성은 다양하다. '여성 라그'인 라기니스(Raginis)도 있다. 남성 라그는 여러 명으로 구성된다. 그 양편은 각자 특이하고 개성 있는 음악을 연주한다. 물론, 부분적으로 음악적 어울림이 문제지만, 남녀 그룹은 특별한 자세와 동작을 서로 주고받는다. 여자들은 사실상 남자와 다르게 청중에 호소한다. 인도 음악은 서양 음악과 다르게 은밀하게 숨기는 면이 있다. 서구적 객관성이란 있으나 마나 한 수준이다. 거기에서 이어지는 소리는 화음을 따르지 않고 박자도 없다. 계조와 율동은 계속 바뀐다. 인도 음악의 참다운 성격을 서구의 관념으로 설명이나 할 수 있을까? 인도 음악에서 단 하나의 객관적인 면조차 유럽에서 주관적인 감상에 맡기는 것이다. 요컨대, 표현은 놀이이자 촉감이다. 그 음악은 순수한 창조적 분출이다. 순수한 주관성, 모든 순수한 "실질적 지속 그 자체", 앙리 베르그송의 말처럼 어떤 외부와의 관계에 따르지도 않는다. 리듬만 객관적으로 감지된다. 이를테면, 리듬은 주체와 객체 사이에 무심하게 놓인 다리 같다. 그 음악은 누구나 이해할 수 있지만, 영혼이 고상해질 때에나 들릴 것이다. 누구나 이해할 수 있을까? 누구나 살아 있고, 그 음악이 곧 생기에서 우러나는 소리라는 의미로서 그럴 수 있다. 고상한 사람만 음미할 수 있다는 것은 자기의 영혼을 들여다보는 요가 수행자 같은 사람만이 영감을 포착할 수 있기 때문이다. 그런데 음악의 재능을 타고난 사람더라도 영혼을 울리는 예술을 음미하기는 쉽지 않다. 그러나 요가 수행자와 비슷한 형이상학자는 그런 특권을 누린다. 형이상학자는 생명이 있는 그대로 흘러나오는 샘 같은 혼을 지녔다. 인도 음악은 바로 이런 혼과 비슷하다. 그것을 들으면서 형이상학자는 가장 내밀한 과학을 인식한다. 소리의 세계에서 기막히게 되살아나는 과학이다. 그 음악은 사실 인도 사람의 지혜를 화려하게 표현한다. 그것을 완전히 이해하려면 '자각'해야 한다. 개인이란 교향악 가운데 덧없는 한 마디 소리에 불과하다. 모든 것이 전체와 관련될 뿐, 전체의 어울림에서 떨어져 나오는 것은 전혀 없다. 본질적으로 모든 객관적 대상은 어떤 상태일 뿐이다. 끊임없이 흘러가는 삶의 깊고 어두운 흐름에서 일시적인 이미지일 뿐이다.

우리가 알아야 할 것이 또 있다. 존재는 모든 형태를 넘어서 있다. 존재하는 형태 또한 표현이거나 반영이다. 의식으로 존재 깊숙이 뛰어들어야 구원받는다.

나를 초대한 인도 사람들은 그 음악을 음미했다. 연주자들은 황홀경에 빠져 신성한 소리를 서로 나누는 듯했다. 손님들도 신성함을 깨우치듯 진지한 태도로 들었다.

잊지 못할 밤이었다. 타고르 가택의 고상한 인물들은 세련되고 재기에 넘쳤다. 우아한 옷차림은 고서화들이 걸린 실내와 멋지게 어울렸다. 시인 라빈드라나트 타고르의 조카, 화가 아베닌드라나트는 먼 옛날 알렉산드리아를 누비던 인물들을 닮았다. 라빈드라나트는 고상하고 풍요한 정신세계에서 건너온 사람 같은 인상이다. 그토록 영기가 물씬한 사람을 어디에서 볼까.

나는 단번에 인도의 생활과 지혜와 음악을 이해하게 되었다. 그 음악은 서양 음악에 비해 단조롭다. 곡이 길다 보니 종종 소리가 끊어지기도 하고 하나의 음정으로 전체를 표현하기도 한다. 그 음악의 본질은 다른 데에 있다. 맑고 순수한 면이다. 이런 면이 반드시 넓지는 않다.

인도의 형이상학 또한 단조롭다. 항상 '하나밖에 없는 것'만 이야기한다. 두 번째 것은 없다. 영혼과 세계를 하나로 묶는 신이다. 유일무이한 것이 모든 복잡다단한 것 속에 든 본질이다. 이것도 강렬한 순수성만 표현한다. 완전히 객관성과 무관한 궁극의 실재, 즉 생명이다. 거기에서 대상들은 불쑥 변덕스럽게 튀어나온다. 우리는 언어로 넓게 펼쳐지지 않는 것을 단순한 형태로만 말할 수 있다. 인도의 철학에서 펼쳐지는 것은 관심사가 못 된다. 다른 어떤 '철학'도 그와 같은 절대적 통일성을 분명히 이해할 수 없다.

인도 사람 자신들은 무슨 생각을 할까? 본질만 염두에 두는 그들은 현상에 거의 무심하다. 현상이란 화려한 식물처럼 퍼지지만 정신의 지지를 받지 못한 채 근근이 버티곤 한다. 인도 사람의 인격이 특별히 폭넓어 보이지는 않는다. 가장 넓어 보일 때조차 서구인에 비해 초라해 보인다. 그러나 언제나 지극히 순수하다. 어느 누구보다 그런 순수성이 깊고 풍부하고 다양하다. 우리 시대의 모든 서정시 가운데 라빈드라나트 타고르의 것이 가장 화려하고 눈부시게 빛난다.

4부

극동으로 가는 길

벵골만에서

몇 달 동안 머리만 쓰다 보니 몸이 견뎌내지 못했다. 결국 나 자신의 반발을 못 이기고 심하게 앓고 말았다. 인도에서 마지막 몇 주간, 병들어 누운 채 꼼짝 못 했다. 어쨌든 내 나름대로 흥미로운 시간이었다. 사람이 아니라 어떤 무대가 된 특이한 느낌이 들었다. 미생물의 격전장이다. 몸이 약해지자 산만한 마음이 썩 나쁘지만도 않았다. 병중에 평소 숨어 있던 면들이 드러났다. 여자 같은 면이 우세해지더니 세상이 더 인간적이고 정답게 눈부셔 보였다. 극성맞던 내가 의욕을 잃어 딱한 꼴이었다. 마치 여자가 엉큼한 남자를 바라볼 때 같은 꼬락서니였다. 이제 회복했으니 다시 튼튼하게 지내야지! 나는 보통 내 몸을 낯설게 느끼곤 했다. 마음에 질질 끌려다니는 물건 같고 나 자신과 무관한 듯한 기분이다. 그러나 지금 내 마음은 완전히 차분하다. 체력이 왕성하게 되살아나면서 몸속에서 중심을 잡고 있는 의식 때문에 행복하다. 물론 철부지 같은 행복감이다. 어른은 몸이 약해졌을 때나 새삼스레 행복해한다. 또, 지적인 사람일수록 행복감은 덜하다.

심신의 정상적 균형이란 무엇일까? 의식이 몸과 마음의 한 가운데에서 중심을 잡고, 둘의 무게와 거리가 실제로 똑같아 보이는 상태일까? 이런 것이 정상은 아니다. 심신의 기운은 서로 다르지만 동력은 같은 것을 받아 쓰고, 또 어느 한쪽이 비상사태를 맞게 되면 그쪽으로 더 많은 에너지를 주어야 한다. 그러면 다른 쪽은 덜 받을 수밖에 없다.

영국인은 심신의 균형을 가장 잘 조절한다. 영국 사람들은 지식노동자로 일하면서도 동시에 '스포츠맨'이다. 사실, 바로 그렇게 다른 활동이 공존하기 어렵다는 것을 그들이 가장 확실하게 증명한다. 영국 사람들의 지적 수준은 깊이에 관해서라면 거의 예외 없이 독일 사람들만 못 하다. '멋지고 좋은' 취미에 홀려 힘을 낭비하기 때문이다.

물론 한두 번쯤은 아무것도 하지 않고 몸이 굴러가는 대로 살아간다면 뭐가 나쁠까. 그런 때에 정신의 반응은 긴장된 때에 비해 자연스럽다. 그러나 요가 수행자들은 절대로 늘어지지 말아야 한다고 당부한다. 우리는 단 하루만 아무 목적 없이 지내더라도 극복했다고 생각했던 원상태로 되돌아가 버린다고 충고한다. 고차원의 세계 속으로 올라가려는 뜻이라면 그들이 옳다. 반대로, 정상적인 역량을 지나치게 뛰어넘으려 하기보다 그저 가꾸고 키우려는 사람이라면 지나친 요가 수행은 바람직하지 않다. 자연에 무리한 힘을 가하면 지속적인 마비가 올 수 있다. 인도 사람들이 요가 수행을 그렇게 많이 하지 않았더라면 그들은 좀 더 생산적이었지 않았을까. 정신을 너무 한 곳에만 계속 고정시키면 정신의 탄력이 떨어진다. 그래서 더는 자발적으로 움직이기 어렵다.

생산이란 조용한 정신 활동으로 창조한 것을 밖으로 야금야금 내놓는 일이다. 그래서 실용적인 생산 활동을 바라는 사람은 절대로 자연에 억지를 부리지 말아야 한다. 자연이 가는 길은 곧게 뻗지 않았다. 곡선이다. 서로 다른 의식의 층들이 교대하려면 다양한 관심의 율동이 반드시 필요하다. 이것이야말로 건강에 유익하다. 졸음과 잠이 교대하며 이어지는 것과 똑같다. 내가 우울함에 시달리지 않고, 지적인 반응에 흥분하지 않는 법을 배운 지는 오래되었다. 아무튼, 일시적 무기력은 장차 활기를 충전하는 과정이다.

랑군

세상에 대위법이 있어 얼마나 신통하고 다행인가! 어떤 나라에 싫증을 내고 떠나는 사람은 매번 받아들일 만한 것이 없다고 생각한다. 그러다가 다른 나라로 들어가서는 놀랍다고 즐거워하고 예전처럼 다시금 마음을 연다. 새로운 인상에 몸도 전과 달라진다. 버마는 인도를 완전히 다른 것으로 보충한다. 이곳에서 모든 것은 감각을 위해 감각을 따른다. 인도는 아름답고 땅은 거대하다. 그런데 테오필 고티에[159]처럼 말할 브라만이 있을까?

"나도 바깥세상이 있다고 믿는 사람이다."

브라만은 현실을 마야의 세상으로만 본다. 별로 눈길을 끌지도 못할 만한 세상이다. 그 세계는 엄청난 초감각적 성향을 보여준다. 자연을 그림자놀이 같은 것으로 볼 만큼 자연의 색채를 지워버린다. 산의 고유한 혼 같은 것을 거의 무시한다. 숲도 바다의 영혼도 무시한다. 고작해야 악몽 속에서 보았던 정원의 귀신 같은 것만 알 뿐이다. 브라만은 자연의 인상에서 벗어나지 못할 만큼 강렬한 자연에서라면 경험할 수 없는 세계의 의미를 끌어낸다. 그러면 있는 그대로의 실감도 모두 사라진다. 정

159 Théophile Gautier, 1811~1872. 프랑스 낭만주의 문학의 거장으로 시인, 미술평론가, 소설가다. 《스페인 여행(Le Voyage en Espagne)》을 비롯한 로마네스크한 기행문도 남겼다.

상적인 태도는 아니다. 초감각적인 세계를 느끼지 못하는 사람들에게는 해롭다. 사실, 이런 사람들은 그들보다 못난 사람들보다 더 멍청해 보인다. 그들이 감각 세계를 감지하려 하지 않는데 어떻게 초감각 세계를 감지할까. 결국 아무것도 감지하지 않는다. 그런 식으로 사물을 악몽에 사로잡힌 듯이 본다.

마음이 좁은 사람들은 인도의 영적 분위기에 깊은 인상을 받지 못한다. 그런 사람들은 풍경에 직접 반응한다. 그들은 마치 수 세기의 명상으로도 세계는 그대로라는 듯 바라본다. 나는 끊임없이 나타나는 정신들을 본다. 나도 인도에서는 자연을 마야처럼 생각하지 않을 수 없다. 마치 내가 그 이름에 사로잡히기라도 했던 것만 같다. 그래서 오늘 나는 완전히 감각적으로 살아 있는 환경 속에서 조금 해방감을 느낀다.

유럽보다 버마에서 이런 것은 굉장한 수준에 달했다. 지금도 유적에 그 분위기가 살아 있는 고대 그리스보다 더 높은 수준이다. 유럽에서 지성은 지나치게 힘이 세다. 그리스 사람들은 항상 영원한 아름다움을 꿈꾸었다. 그때부터 서구 예술은 이상형만 좇았다. 그래서 거친 자연조차 이상적으로 보았다. 프랑스 사람은 관능조차 형이상학적이다. 정신적 조건을 따르기 때문이다. 프랑스 사람이 상상력을 잃는다면 그 뜨거운 육체적 사랑도 사라지지 않을까.

버마의 기본 색조는 버마 여자와 자기도 모르게 자신을 의식하는 처녀들이 퍼트린다. 처녀의 매력이 민중 생활을 지배한다. 자연도 그런 빛깔을 띠고 예술도 그런 색채를 간직한다. 사원들과 탑, 목조각과 화려한 기둥의 곡선을 보면, 그 사이로 즐겁게 떠들며 오가는 처녀들이 문득 생각난다. 버마 예술의 유연한 형태는 처녀들의 걸음걸이와 똑같다. 장식 유리창은 처녀들의 웃음과 청순한 색채를 반영한다. 심지어 현관에 붙은 무시무시한 용과 뱀과 깃대들도 여기저기 철부지들에게 겁을 줄 만큼 근엄하지 않다.

버마는 처녀가 지배한다. 사람을 반기는 노인들의 내심은 처녀들과 한마음이다. 승려들은 처녀들이 삶의 무게를 잊지 않도록 할 만큼 엄하게 위신을 차리지도 않는다. 처녀들은 어느 총각이든 한때나마 승려 생활(독일 처녀들이 군인을 원하는 것처럼 이곳에서는 승려가 인기 있다)을 했다는 점을 강조한다.

해가 떨어질 때까지 나는 랑군[160]의 슈웨다곤[161] 사원 광장에 앉아 있었다. 석양이 금빛 지붕 위로 천천히 넘어갔다. 처녀들은 꽃을 들고 저녁 기도를 하고, 노인들 모두 담배를 피우면서 처녀들을 지켜보았다. 내 앞에서 탁발승 둘이서 이상한 모습으로 수선화처럼 생긴 작은 건반 악기(일종의 아코디언)를 연주했다. 그 주위로 까마귀들이 맴돌았다. 알록달록한 닭들은 휘황한 자태로 흠잡을 데 없는 개성을 뽐냈다. 그때 개 한 마리가 다가왔다. 굶주려 흉측한 모습으로 다가오는 바람에 나는 지붕 위의 용들로 눈길을 돌렸다.

밤이 깊어서야 시내로 들어왔다. 이곳 민가에서 묵었다. 늙은 어머니가 코를 골며 잠에 빠져 있는 동안, 나는 담배를 피우면서 귀엽고 명랑

---

160 미얀마(버마)의 옛 수도로 이라와디강 하류 삼각지에 자리 잡은 항구 도시다. 현재 이름은 양곤이다.

161 Shwedagon Pagoda. 미얀마의 양곤에 있는 높이 98미터의 불탑이다. 시내가 한눈에 내려다보이는 전망 좋은 언덕 위에 있다. 전설에서는 이 탑을 2500년 전에 세웠다고 한다. 고고학계에서는 탑은 사실상 6~10세기 사이에 몬족이 지은 것으로 본다. 불탑은 미얀마에서 가장 인기 있는 순례 성소다.

한 네 딸들과 이야기를 나누었다. 철부지들과 나는 서로 언어를 몰랐지만, 누구나 하듯 손짓발짓으로 통했다.

예술적 취향이 조금이라도 있다면 버마와 그 사람들을 이상형으로 볼 수밖에 없다. 여기에서 보고 느끼는 것마다 신화의 황금시대 분위기가 물씬하다. 걱정도 부족함도 없던 시절이다. 모든 사람이 서로 사랑했다. 전쟁과 불화를 몰랐다. 삶은 어른의 생각을 거울처럼 반영하는 철부지 생활처럼 흘러간다. 버마 사람들이 사는 모습이 그렇다. 그 장점은 불교 덕분이다. 열대 지방에서 불교는 실론보다 버마에서 거대하고 인상적인 창조력을 보였다. 이곳 사원은 실론 사원이나 형식만 갖춘 사원보다 더 중요하다. 버마 사람 개개인의 수준이 어떤 점에서나 높은 편은 아니다. 특별한 선의나 깊이나 재능도 보이지 않는다. 어린이들에게 이런 장점을 키워주지 않았다. 위엄이 대단한 승려들도 실론의 승려들만큼 불교 정신에 심취한 모습은 아니다. 평범한 가톨릭 수사들처럼 외향적이다. 가톨릭에서 규범은 대단히 중요하지만, 비정상적이라고 할 만큼 특별한 때에나 유용하다. 효험 있는 불교의 규범도 매우 단순하지만 열대 주민에게 매우 걸맞는다.

버마 사람들은 종교를 얼마나 철부지처럼 생각하는지 모른다. 종교는 그들의 일상생활이다. 건강한 심신으로 이어온 형식이다. 또 다른 한편, 저세상과 장차 환생에 대비해 비용도 거의 들지 않는 손쉬운 보험이다. 탑 하나 세우면 된다. 우물을 파거나 공동주택을 짓거나, 가난한 사람들에게 남은 것을 나누어주거나, 유럽 들판에서 벌이는 축제처럼 즐거운 종교 행사에 참여하면 장래를 안심해도 될 만한 '자격'을 얻는다. 이탈리아 남부와 스페인 주민들의 신앙심과 매우 흡사하다. 가장 소박

슈웨다곤 불탑

한 전형이다. 그러나 문제는 있다. 이렇게 소박하고 피상적인 혼으로 깊은 종교적 감정을 요구할 수 있을까? 그들은 그럴 만큼 충분히 자율적이지 못하다. 그들에게 종교는 격식이다. 그 성격은 각자의 교육 수준에 따라 다르다.

버마의 불교에 수준 높은 점이 있다. 책임을 모르는 철부지들이 사실상 황금기에 버금가는 분위기를 지배한다. 그들의 특별한 기질에 따라, 불교 덕에 그들은 바로 거기에서 더 성장하거나 더 나아질 필요는 없다. 물론, 형식에 좌우되기보다 불교의 무한한 깊이에 의존한다. 그 표정에 솔직한 영성이 넘친다. 놀라운 진실성을 보여주는 영성이다. 영성의 표현은 그 뜻을 이해하지 못하는 곳에서도 기적적이다. 이들은 자기

탁발을 하고 사원으로 돌아온 버마의 승려. 1890년대. 펠리스 비토 사진.

가 따르는 규범의 지혜를 실생활에 비추어 이해할 필요는 없다. 규범이 현명하다면 이해받지 못하는 곳에서도 마력을 발휘한다. 마력에 대한 고대 신앙에서 우리가 인정하지 않으려 해도 진실이 적지 않다. 문자를 모르는 사람도 소통할 수 있는 장점을 지닌 말과 예언이 있다.

이라와디강[162]에는 갠지스강보다 경건한 기념물이 더 많다. 탑들은 층층이 겹친다. 승방들은 활짝 핀 꽃나무와 짙고 푸른 정원에 파묻혔다. 강변 모래밭은 활기차다. 하지만 이라와디강은 신성한 강은 아니다. 깊은 상징성은 없고 그냥 넓은 강이다. 순례자들은 심각하지 않다. 어린 학생들처럼 피곤한 줄도 모르고 순례 여행의 즐거움을 만끽한다.

162 Irrawaddy. 미얀마 한복판을 흐르는 강이다. 에야와디(Ayeyarwady)강으로도 부른다. 미얀마에서 가장 중요한 강이다. 이라와디강은 히말라야산맥 남단에서 발원한 느마이강과 말리강이 합류해 형성된다. 미얀마를 북남으로 종단하고, 광대한 삼각주 지대를 형성하며 안다만해로 흘러든다. 어원은 '코끼리의 강'이다.

페낭

말레이반도의 식물은 처음 보는 것 같다. 양지의 한 자리를 차지해 볕을 쐬려고 기를 쓰는 잡초와 넝쿨과 잎사귀는 모두 자신감에 넘쳐 유연하게 몸을 놀리는 모습이 재미있다(열대 식물은 너무 경이롭다). 그런 조용한 움직임이 오가는 인파의 소란보다 더욱 큰 소리를 내는 듯하다. 볕이 강렬한 이곳에서 북유럽 숲의 은은한 아름다움에 비할 만한 색조는 없다. 녹음 속에서 각각의 형태는 분간조차 어렵다. 전체적 생동감은 어마어마하다. 모든 개체가 전체에 녹아든다. 수많은 개울이 큰 강으로 합치듯이 그 자연은 보이지 않지만, 위대하게 살아 있는 것에서나 느낄 감정을 전한다. 숲은 기막히게 풍요롭고 실론보다 거창하다. 커다란 나무들이 밀림 위로 여기저기 솟아올라 놀랍게 군생하는 식물은 장식적이다. 거대한 고목의 잿빛으로 전체적으로 푸른 풍경이 부쩍 돋보인다. 죽은 나무들은 숲을 답답하게 우거지지 않도록 칸막이처럼 막아준다.

아무튼, 식물계는 얼마나 경이롭고 매혹적인가! 수목의 태연한 완벽함과 조화롭게 어울린 모습, 무심한 아름다움과 그 삶에 문제는 전혀 없다. 모든 것이 찾을 목적 같은 것이 어디 있냐며 느긋한 모습이다. 나도 식물의 생활에 완전히 빠져버렸다. 그래서 그것을 이해할 수 있다. 나를 움직이는 몸이 바로 그렇게 살아간다. 그것을 의식하면 할수록, 강하게 느끼면 느낄수록 식물의 생기에 끌린다. 초목은 내가 맹목적으로 싸우며 찾는 확실성을 이미 갖고 있다며 안심하라고 한다. 모든 것이 최적의 상태인데 목적을 이루지 않았냐며 위로한다. 이럴진대 활동적인 사람이 어떻게 식물에서 그 보완책을 찾지 않을 수 있을까? 비스마르크는 자신의 작센발트[163]에서만 편안한 시간을 보냈다. 그곳의 우람한 참나무와 소나무는 유명하다. 그 나무들의 표현을 사람이 어떤 개념이나 말로서 표현할 수 있을까. 여자의 삶이나 식물에 비할까. 여자의 삶은 식물을 닮았다. 그래서 싸움꾼인 남자가 평화로운 여자와 태평한 수목에 끌린다. 여자든 수목이든 원칙적으로 그 목적을 이룬 생활 방식을 드러낸다. 불안한 남자는 그런 방식에 하소연한다. 남자들은 결정권을 쥐고 있는 한 여자의 식물성을 강조한다. 남자들은 활동력에 넘치는 여자를 필요로 하지 않는다.

식물의 세계가 여전히 여자를 지배하던 시절에 여자는 얼마나 매혹적이었을까! 거칠게 변해 돌아가는 무거운 삶을 살 필요가 있었을까? '큰 뜻'으로 본다면, 어떤 인간도 장미만큼 완전해지지 못한다. 세상살이는 왜 이렇게 힘겹게 돌아갈까? 시원한 풍경 앞에서 항상 뾰족한 답도 없이 되돌아오는 질문이 또다시 튀어나온다. 우리가 뛰어넘지도 못할 운명을 뛰어넘으려고 기를 쓰지만, 그나마 멈춘다면 절망만 남지 않을까. 어쨌든, 밝은 미래를 내다보며 즐겁던 날을 돌아보던 때가 훌쩍 지나가 버렸으니 얼마나 그리운지.

---

163 독일 북부 함부르크 주변에 있는 숲이다.

싱가포르

수목의 세계는 정말로 말레이 지역 자연의 결정적 특징이다. 나는 다른 것을 볼 겨를이 없다. 항상 식물 구경하느라 정신이 없다. 실론부터 나는 느릅나무같이 울창하게 자라는 삶에 푹 빠졌다. 삶에 대한 관심도 새로워졌다. 새삼스레 인정할 수밖에 없다. 만약 우리가 식물을 깊이 이해한다면, 삶에 더는 비밀이 없지 않을까. 식물은 자기도취에만 빠져 구경꾼을 아랑곳하지 않는다. 누구도 그처럼 진지하고 진실하지 못할 것이다. 이 세상 모든 생물 가운데 식물만이 있는 그대로의 제 모습을 정확히 드러낸다. 이렇게 하는 사람이 얼마나 드문가. 잠깐 그러는 사람들뿐이다. 사람들도 진실하려고 꽤 노력하지만 참모습과 다른 우연한 모습이나 드러내면서 본성이 왜곡되곤 한다. 고등동물도 같은 모습이다. 하지만 순수하고 복 받은 식물들은 겉과 속이 그렇게 다르지 않다. 그들의 겉모습은 항상 존재의 깊은 바탕을 드러낸다. 어디 그뿐인가. 식물의 살아 움직이는 모습도 꽤 흥미롭다. 그렇게 엄청나고 다양하게 성장하는 것은 상상조차 어렵다. 동물에 비해 인간에게 대단한 유연성을 주는 영혼의 세계는 처음부터 새로워진 면이 거의 없다. 식물이 고유의 영역에서 계속 새로워지는 데 비하면 더욱 그렇다. 일정 지역의 야생식물은 정신의 완전한 표현이다. 지금까지 정신이 찾아내었던 것보다 더 완벽하다.

완전하게 피어난 꽃 한 송이에 비해 위대한 인간들의 결과는 그만 못하다. 꽃은 인간이 제기하는 문제도 내고 답도 내놓는다. 꽃을 들여다보고 있으면 생각은 훨씬 자유로워진다. 그 자유로운 움직임을 뭐라고 할까? 자발적이지만 엄격하게 예정된 법칙에 따른 사건 아닐까? 그 법칙은 식물의 삶 속에서 놀랍도록 유연한 행태를 과시한다. 열대에서 어떤 싹이 자라는 것이야말로 기계적이다. 자연 발생이라고 할 수 있는 형태가 승승장구한 모습이다. 자연의 법칙은 어디에서도 이처럼 분명히 드러나지 않는다.

괴상하게 자기 줄기에 다시 들러붙는 커다랗게 희귀한 잎을 보았다. 비록 순리에 따를 뿐이고, 과학자는 그 자취를 공식으로 풀어보기도 하겠지만 내면의 긴장을 드러내는 자태다. 아무튼, 우리가 실생활에서 식물보다 얼마나 자유로울까? 자유는 제멋대로 할 수 있다는 뜻이다. 그런데 제멋대로 하는 사람이 사실 가장 예속적이다. 독재자처럼 세계를 지배하지만 스스로의 노예이기 때문이다. 자신의 정열과 혼에 사로잡힌 노예다. 식물과 다른 점이라면, 그의 본성이 더욱 유연하다는 것뿐이다. 하지만 스스로를 지배하는 사람도 정말로 자유롭지는 못하다. 정말로 자유로운 사람은 오직 자기 자신으로부터 해방되고, 또 어떤 식으로든 이기심에 젖지 않은 사람이다. 신비주의자처럼 말하자면 신에 완전히 복종하는 사람이다. 과학적으로 말하자면, 그 사람의 의지는 현실 속에서 자신이 맡은 자리에서 발휘하는 초개인적 능력과 하나가 될 뿐이다. 말하자면, 백합처럼 자연에 순응하는 사람이다.

이렇게 보면, 식물과 인간 모두 자유롭다. 그들의 생명은 본질적으로 자유롭다. 경험의 변화도 똑같다. 성장 법칙에 따른다. 이런 성장이 무의식을 거치는지, 맹목적 본능에 따르는지, 개인 의지에 따르는지, 아니면 의식적으로 받아들인 것인지, 또 그 목적이 개인을 넘어서는 어떤 물질에 끌려가는 것인지 조금도 중요하지 않다. 식물의 싹이 돋는 것과 자의성과 인간의 출혈 모두 같은 의미다. 만약 식물이 자유를 문제 삼는다면 답도 우리와 같지 않을까.

나 자신의 감정을 따지지 않고 푸른 숲을 깊이 들여다보면 불쑥 불멸을 깊이 느끼게 된다. 불멸에 대한 사상은 어디에서 왔을까? 개별적인 것이 궁극의 존재는 아니며, 삶의 진정한 뜻은 존재의 더 깊은 곳에 있다고 인식하면서부터다. 식물은 이런 진실을 우리 '눈앞'에 보여준다. 초목은 개별성을 모른다. 죽음도 극히 예외적으로나 안다. 모든 개체의 특징은 아무리 별난 존재라고 해도 죽지 않고 살아 있는 것에만 남는다.

아름다움은 무엇일까? 식물을 보고 있으면 우선 아름다운 감각이 눈에 띈다. 어느 모습이나 아름다움을 발한다. 그 속에 들어 있던 가능성이 완전한 표현을 찾았다. 그래서 풀과 나무는 항상 아름답다. 그들의 발전을 밖에서 가로막는 것은 없다. 거리낌 없이 가능한 대로 피어나는 아름다움이다. 그런데 초목은 때가 되면 화려한 옷을 입고 축제에 나선다. 눈부신 꽃으로 치장한다. 학자들은 이런 것을 기능에 맞춰 설명하려 하지만 너무 맹목적인 판단이다. 아름다움은 어디에서나 그 자체가 목적이며 가능성의 궁극적 표현이다. 어느 생물의 성장에서나 사랑하는 시절이 되면 아름다워진다. 그때에 각자 개별적인 것을 뛰어넘는 무한한 가능성을 표현한다. 바로 그때, 불멸의 정신이 생물 속에서 잠시 살아난다. 이런 정신으로 사람의 혼도 활짝 핀다. 영혼이 활짝 피어나는 동안 보잘것없는 얼굴조차 아름다워진다. 영혼은 활짝 피는 식물에서 구체적 꽃을 내놓는다.

식물의 세계를 바라보면 어둡고 비극적인 문제가 밝혀진다. 모든 성장의 일방성이다. 존재나 원소나 요소 모두 마찬가지다. 이런 원소는 죽을 수밖에 없다. 그러나 요소는 죽지 않아도 개별성이 없다. 나무는 꽃과 열매로 완성된다. 그 등걸의 높이나 그늘과 빠른 성장과 단단한 재질의 내구성으로 완전해진다. 하지만 이 모든 것이 동시에 그런 상태를 유지하지는 못한다. 모든 노력으로 자원을 끌어대지만 살아 있는 동안 하나씩 차례로 수없는 가능성의 완성을 이룬다. 우선, 빠르게 자라고 힘을 얻는다. 꽃을 피워야 열매를 맺는다. 곧장 자라고 나서야 가지를 늘어뜨린다. 그러나 그런 한쪽 방향을 넘어서 완전해질 만큼 내적인 힘은 없다.

홍콩

홍콩 해안을 보면 지중해 리비에라 해안이 떠오른다. 이제 나는 정말 열대 지방을 벗어났다. 공기도 무겁지 않고 햇볕도 숨 막히지 않는다. 모든 것이 부드럽게 움직인다. 적도 밑에서 일출과 일몰에서 거창한 구경을 기대했지만 실망스럽다. 조금 주춤대던 불덩어리처럼 해는 아침에 지평선으로 솟아오르고, 저녁에는 무거운 쇳물처럼 바닷속으로 녹아내린다. 그러고는 밤이다. 그 무렵에 색채의 교향악은 없다. 구름이 조금 끼었을 때나 굴절된 빛이 온대와 비슷하게 퍼질 뿐이다. 온대는 사실 극심한 대조에서 열대와 겨룰 수 없다. 하지만 열대는 거친 대조 때문에 미묘한 맛이 전혀 없다.

오늘 저녁, 높은 봉우리에 올라 방대한 남중국해를 내려다보았다. 새로운 힘이 솟았다. 며칠 전만 해도 보이지 않던 형형색색의 세련된 계조를 보았다. 극동의 자연은 이런 점에서 비할 데가 없다. 선은 순수하고 북유럽에서는 그림으로나 그려낼 만큼 선명하게 흐른다. 하느님의 솜씨로 빚어낸 자연이다. 동양화의 그윽한 성격은 이곳에서 이미 예고된 것이었다. 첫날 저녁 이 바다를 처음 보았을 때, 긴 흰 구름에 덮여 있는 듯했다. 그런데 그 위로 섬들이 떠올랐다. 섬들이 하늘에 떠 있는 것이 아닌데 금세 알아보지 못했다. 이런 자연 앞에서 원근을 파악하려면, 아시아 화가들의 그림을 볼 때 있을 때처럼 상상해야 한다. 나는 이미 그것

정크와 삼판 선박으로 붐비는 홍콩항, 1900년경

을 보았다. 중국에서 눈이 달라져야 한다. 여기에서 모든 물질은 의미로 넘친다. 결코 마주친 적 없는 존재 앞에 서 있는 기분이다.

5부

중국

광저우

내가 중국에 머물 때 여건은 좋지 않았다. 중국은 한창 혁명[164] 중이었다. 혁명기를 종종 위대한 시대라며 그것을 "겪었다"라며 자랑스러워하는 사람이 많다. 그러나 사려 깊은 사람들은 정치적 대혼란에 시큰둥해한다. 사실, 사람들은 밖에서 벌어지는 엄청난 사건에 평상심을 잃는다. 우왕좌왕 겉돈다. 그러나 겉모습이 그들의 진심은 아니다. 진짜 인격은 겉으로 드러나지 않는다.

프랑스 대혁명 때 공포정치의 폭력과 또 7월 혁명[165]은 참여했던 평범한 시민에게 어떤 뜻이었을까? 무의미했다. 시민들은 거대한 군중에 휩쓸려 다녔다. 물론, 예외도 있다. 혼란한 시국에 자신감에 넘쳐 태풍에 실린 새처럼 일취월장하는 사람들이다. 꽤 흥미로운 인물들이다. 어쨌든 이렇게 뜨는 새들은 생각보다 많지 않다. 사람들 대부분은 비상 상황에서 거의 무심히 행동한다. 위험한 아이를 본 어머니처럼 신사는 위험한 순간에 용기를 낸다. 특히, 독일에서 직업상 극한 위기에서 용기를

---

164 1911년에 쑨원이 주도하여 청나라를 무너뜨린 신해혁명을 말한다. 그해 여름, 장강이 범람해 십만 명 넘게 사망했다. 황화강 사건은 1911년 4월 27일, 중국혁명동맹회가 광저우(廣州)에서 일으킨 반청(反淸) 무장봉기로 '72열사 사건', '신해 광저우 봉기'라고도 한다.

165 1830년에 프랑스 파리에서 일어난 혁명으로 샤를 10세의 전제 왕정을 무너뜨리고 루이 필리프의 입헌 왕정이 들어섰다. 7월 27일에 일어난 군중 시위에 의해 7월 29일에 샤를 10세가 퇴위하여 '사흘간의 영광'이라고도 한다.

내는 사람들이 있다. 침몰하는 배의 선장, 전투 현장의 장군, 전염병이 퍼진 도시의 시장이다. 평소와 완전히 다른 영웅이 된 사람들은 개인이 아니라 '대표'로서 행동한다. 영웅다운 행동은 대체로 자기 자신을 벗어난다는 뜻이다. 단두대 위에 오른 죄수가 진정한 자신을 숨기고 최후진술이라며 마음에도 없는 딴소리를 하는 것과 마찬가지다. 나폴레옹은 '목숨을 거는' 부관들의 행동만 중시했다. 자신도 '목숨을 걸고' 모든 결정을 내렸기 때문이다. 나폴레옹은 인명에 무심했다. 만약에 그가 장군들의 목숨을 걱정했다면 그렇게 생각할 수 있었을까. 인명은 일상에서 항상 중시되지 않는다. [노벨문학상을 받은 벨기에 문인] 메테를링크의 주장처럼 이런 상황이 반드시 누구에게나 걸맞지도 않다. 각자에 걸맞은 상황의 문제였다.

그렇다고 그런 상황이 '애당초' 예외도 아니다. 특히, 중국처럼 질서와 태평을 중시하는 나라에서 그렇다. 진짜 중국 사람이라면 누구도 그것을 유럽 사람처럼 심각하게 받아들이지 않는다. 중국 사람은 혁명을 마치 갑자기 몸이 아플 때처럼 어디에서나 나타나는 돌변쯤으로 여긴다. 신체는 고통을 겪으며 성장한다. 병들고 고열과 몸살을 앓는 돌연한 변화는 불가피하다(현대사에 기록된 혁명들의 절반쯤이 비슷한 성격을 보였다). 특히, 프랑스 대혁명은 내적 요구에 따랐다. 프랑스에서 그 결말이 대체로 좋지도 않았다. 구체제는 더는 존속할 수 없던 제도인데도 너무 굳은 힘 때문에 달리 꺾을 수 없었다. 그러나 불가피했더라도 사춘기의 병을 영웅다운 행위로 보기 어렵다. "민중의 고상한 행위"라는 칭송을 들을 때면 웃음을 참기 어렵다. 중국인은 이런 식의 어리석은 소리를 하지 않을 것이다. 쑨원은 유럽에서 영웅 대접을 받겠지만, 중국에서는 순수한 상징이 아닌 한 얼마나 오래 영웅 대접을 받을까? 물론, 그의 업적을 인정하겠지만 사실보다 크게 과장하지 않을 듯하다. 쑨원은 훌륭한 뜻을 품고 태어났지만 이상주의자로서는 위험했다.

시간적으로나 공간적으로나 내가 처음 중국에 들어간 날은 기대만큼 좋지 않았다. 광저우에서 사람들의 생활은 속내를 모를 만큼 몹시 거북했다. 어쨌든 공적 생활은 흥미롭지 않다. 공적 생활상은 영혼의 표현이 아니다. 집단생활의 필요나 편의에 따른다. 그래서 사람들이나 사람과 동물 사이에도 별로 다양한 뜻은 없다. 특이한 중국의 제도에 관해 글을 쓴 사람이 많다. 그러나 유럽의 제도와 엇비슷해 보인다. 사실 다르겠지만 차이점에 비해 의미는 가깝다. 독특하기로 유명한 거대 상업 도시 광저우에서 나는 그다지 이방인 기분이 들지 않았다. 베를린이나 프랑크푸르트에서 중국 철학자가 무엇을 배울 수 있을까? 유럽 대도시의 움직임에서 이곳과 다른 정신적 자취를 느낄 수 있을까? 분주한 일에 비해 소란스럽고, 결국 유럽인도 똑같은 인간이지만 문화 수준은 별로라고 생각할 것이다.

빈손으로 돌아갈 수 없어 나는 우선 철학자의 태도를 버리고 구경꾼처럼 보려고 했다. 분명, 광저우는 내가 전에 본 어느 곳보다 활기찼다. 단 한 사람도 빈둥대지 않는다. 의아한 면도 있다. 힘든 일을 하는데도 누구나 만족해한다. 왜 유럽 사람이 그토록 쉽게 중국 사람을 괴상하게 보는지 이해할 만하다. 중국인을 원숭이처럼 보는 사람은 원숭이의 특이한 괴상함이 어디에서 나오는지 생각해 보아야 한다. 원숭이의 눈은 사람처럼 지성으로 반짝이는데 모습은 동물이니 괴상해 보인다. 눈은 초롱초롱한데 관상은 완전히 원숭이다. 칸트도 그런 인상이었다. 광저

1900년경 광저우 시내, 1902년경

우 주민은 짐승 같은 인상은 아니지만 인간의 모습치고는 매우 낯설다. 우리들이 생각하기에 인간성에 걸맞지 않은 고된 생활의 이면에서 야만인이 아니라 교양 있는 인물을 느끼게 되기 때문이다. 그들의 태연자약한 태도는 문화에서 나왔다.

그렇다면 이 도시는 왜 이렇게 불쾌하게 느껴질까? 정말이지 왜 그런지 딱히 뭐라 말하기 어렵다. 중국도 이탈리아 못지않게 악취를 풍기고 불결하지만 이곳은 또 다르다. 지독한 악취는 광저우의 특징이자 각별한 매력이다. 바라나시에서 풍기는 냄새가 고약해도 결국 좋아하게 되었던 것과 비슷하다. 아무튼, 광저우가 특별히 중국적이라서 그런 것도 아니다. 중국적인 것은 좋게 느껴지기 때문이다. 아마 극도로 장터 같은 분위기 때문 아니었을까? 나는 이렇게 어수선한 난장판을 본 적이 없다. 어쨌든 이런 생각도 문제의 답은 못 된다. 아무튼 답을 찾기는 했다. 광저우에서 그토록 불쾌했던 것은 영혼이 없이 기계처럼 돌아가는 생활 때문이다. 사람들은 오직 일밖에 모른다. 목표도 목적도 없다. 그들에게는 사업가의 이상주의 같은 것은 전혀 없다. 관점은 산만하다. 개미처럼 동분서주한다. 분명 개미인데도 사람의 얼굴을 하고 있고, 반박할 여지 없는 문화를 갖고 있으니 이것이야말로 의아하기 짝이 없다.

자주 듣는 주장처럼 광저우가 중국의 심장처럼 뛰고 있다는 말은 사실과 다르다. 광저우는 이제 마르세유나 나폴리가 유럽을 대표하지 못하듯 중국의 대표 도시가 아니다. 어쨌든 대표성을 지닌 면이 더러 있다. 이런 면마저 없었다면, 그 아름다움을 못 보고 지나쳤을지 모른다. 중국인은 어떤 사람보다 개미에 가깝다. 이런 점에서 우리보다 못하다. 그러나 다른 한편 바로 이런 점이 이해하기 힘든 우수성이다. 밑바닥 민중의 놀라운 교양이다. 개미처럼 일하는 사람들이 보여주는 자기 분야의 교양은 유럽의 대영주 못지않다.

나는 차츰 익숙해졌다. 광저우에서 받은 부정적인 인상이 더는 되새기지 않아도 될 만큼 거북하지 않았다. 어쨌든 뭐니 뭐니 해도 이 도시는 참 아름답다. 꾸밈이 완벽하다. 금은세공과 목각과 상아 조각 등 공예는 믿기지 않게 수준 높다. 이곳에서는 천한 장인도 고상한 취미를 가진 모양이다. 그런데 훌륭한 장인들이 막상 꽉 막히고 건조한 사람인 줄 알게 되어 당혹스럽다. 공예는 작가 자신과 거의 무관하다. 그 모든 완성은 일상에 바탕을 두고 있다. 나는 무심결에 지금은 굳어 버린 형태가 여전히 살아 움직이던 먼 옛날을 생각해본다. 완벽한 형태미는 그 의미를 찾기 전부터 널리 퍼졌던 것이 아니었을까? 피렌체에서 다빈치와 미켈란젤로가 살아 있을 당시는 그 후의 쇠퇴기만큼 아름답지 않았다. 어림없는 일이었다. 아름다움은 그것을 한창 빚어낼 때에 나타나지 않는다. 이와 마찬가지로, 오늘날 중국은 당나라 때보다 더 그림처럼 아름답지 않을까.

옛날에 중국인은 창의력이 뛰어났는데 이제 현저하게 잃었다. 중국 사람이 일상과 마찬가지로 예술에서도 퇴화한 것 같지도 않아 이는 더욱 의미심장하다(서양도 안정된 시기에 항상 퇴화했다). 중국 사람이 전통을 따를 때에는 생물처럼 창조하는 것 같다. 가능한 형태는 무엇이나 중국에서 결정되고 굳은 듯하다. 그래서 한동안 새로운 창작이 나타나지 못한다. 그러나 똑같은 주제가 예의 힘으로 다시 나타날 때에도 싱겁지 않다. 자연의 방법을 따른다. 똑같은 주제가 다시 혁신되기까지 오랜 세월 계속된다.

중국인의 문화를 바로 보려면 장구한 지질학적 주기로 판단해야 한다. 그렇게 해야 중국인이 왜 새로운 것을 싫어하는지 이해할 수 있다. 물론, 중국 사람은 본질적으로 혁신을 적대시하지 않는다. 중국의 역사도 유럽만큼이나 적지 않은 변화를 겪었다. 그러나 급하지 않은 편이었다. 일반적으로 지나친 서두름은 좋지 않은 징후다. 서두른다는 것은 아무리 부지런히 달려도 도착할 수 없을 만큼 목표가 너무 높다는 뜻이기도 하겠지만 다가오는 종말을 예감한다는 뜻이기도 하다.

광저우 거리에 형형색색 믿기 어려운 아름다움이 항상 넘친다. 마주치는 것마다 탐미의 극치를 보여준다. 실용품이든 장식물이든 조잡한 작품이든 예술성이 담겼다. 해가 지고 나면 도시는 한 편의 동화를 펼친다. 어둠 속에서 찬란한 교향곡을 연주하는 모습이다. 사방으로 칠흑 같은 어둠 속에서, 화염 같은 한자(漢字)가 멋지게 반짝인다. 놀라운 표의문자다. 그 경이로운 형태의 간판과 광고만으로도 대단한 구경거리다. 문자와 그림을 똑같이 존중한다. 그들의 관념에서 상형문자는 위대한 예술이다. 한자를 쓸 때 늘 그렇듯 예술가의 솜씨가 필요하다. (애호가가 구입하려면) 서예 한 폭의 값이 걸작 동양화 한 폭 값에 맞먹는다.

시각 형식과 관련해 중국 문화의 높은 수준은 대부분 그 문자 덕을 톡톡히 보았다. 모든 사람이 어려서부터 형태의 뜻을 익히는 환경에서 산다. 모양새를 중시하는 데 반드시 필요한 생활이다. 구어(口語)에서 통일된 중국어가 없는 것과 마찬가지다. 지방마다 다른 방언을 사용한다. 영어와 독어만큼이나 서로 다른 사투리다. 그러나 모든 중국 사람의 문자는 똑같다. 그 덕에 서로 말을 알아듣지 못할 때에도 이해한다. 이런 조건에서 어떻게 작문을 깊이 연구하지 않을 수 있을까! 이런 식으로 다른 장점이 자연스레 이어진다. 표의문자의 자연미는 취미가 된다. 서예에 익숙하지 못하면 무식하다는 소리를 듣는다. 종종 예리하고 섬세한 서체에서 수많은 표의문자를 즉시 알아보아야 한다. 교양 있는 중국 사람이 추한 글을 써내는 법은 없다. 대중의 높은 형태 감각은 곧 문자 체계에서 나왔다.

또 다른 장점도 있다. 한문의 폭넓고 세련된 표현력은 감탄할 만하다. 한문은 생각을 상징으로만 표현한다. 객관적 설명이 아니라. 그 자체로서 그 자체를 말하는 상징 관계를 그려낸다. 이웃한 것의 관계에서 말하려는 의미가 나온다. 우선 읽는 동시에 생각하지 않을 수 없다. 바로 여기에 중국인들이 읽고 쓰는 능력이 아무리 낮더라도 그들만의 탁월한 조합 능력이 있다. 그다음에 표의문자로 문장에 얽매이지 않고서 말할 수 있다. 이런 기적 같은 언어는 없다. 어느 시대, 어떤 천재도 뛰어넘을 수 없는 특수한 한계가 있을 뿐만 아니라, 각 언어에도 특별한 한계가 있다. 모든 것을 객관적으로 설명할 수 있는 언어는 없다. 언어는 '명쾌한 표현'을 추구하며 발전할수록 퇴화하기 때문이다. 이런 사실로 미루어 믿기 어려운 일이다. 프랑스어로 똑같은 뜻을 독일어로 말할 수 없고, 현대 영어로 엘리자베스 1세 시대의 영어처럼 같은 뜻을 전할 수 없다.

원칙은 이렇다. 하지만 형언할 수 없는데도 더 깊이 실감하는 것은 어떻게 할까? 철학의 사유와 깊은 신앙심을 어떻게 설명할까! 이런 것들을 우리의 언어로 도무지 표현할 수 없다. 그러나 한문으로는 표현할 수 있다. 상징들을 관계로 묶을 수 있어 상징들이 무한한 성격을 띤다. 마치 열린 각이 무한 공간을 가리키는 것과 같다. 상징 기호들을 보면서 초보자라도 금세 무슨 말을 하려는 것인지 알아차린다. 그전까지 몰랐어도 긴 설명을 듣는 것보다 더 많은 것을 배운다.

치중화(致中和)[166]라는 개념을 보자. 이것은 유교 전체를 세 가지 상징으로 표현하는데, 그 셋을 함께 동시에 읽어야 한다. 첫 번째 것(致)은 집중과 노력이라는 뜻이다. 두 번째 것(中)은 한복판을, 세 번째 것(和)은 바깥과의 조화를 의미한다. 사실상 공자의 사서(四書)에 있는 모든 것을 설명하는 조합이다. 그뿐만 아니라, 유교 사상에 함축된 것까지 설명한다. 그 창시자가 몰랐을 것까지 설명한다. 사실, 한 사람의 정신력을 극대화한들 정신 속에 완전하게 담아내는 것밖에 더 무엇을 할 수 있을

166 공자의 손자 자사가 저술한《중용》1장의 마지막 구절 '致中和 天地位焉 萬物育焉'의 첫 세 자다.

까? 그렇게 자기 속에 담은 것을 자기밖에 있는 현상과 어울려 남기는 것밖에 더 무엇을 할 수 있을까? 유교의 본질은 이런 것에 그치지 않는다. 공자가 생각하던 것 이상으로 인간의 노력을 최고의 이상으로 삼는다.

한자를 쓸 줄 모르니 너무 안타깝다. 한자를 쓸 줄 안다면 다른 모든 표현 수단을 기꺼이 포기할 수 있지 않을까? 모든 언어가 사라져도 복받은 사람들은 한자 앞에서 여전히 진실을 찾을 궁리를 하지 않을까. 중국 사람들은 암시로서 표현한다. 듣는 사람, 곧 청중이나 공감할 상대방을 전제로 한다. 완전히 여자들이 자기를 표현하는 부정확한 방식을 예상한 듯하다. 여러 가지 점에서 불편한 방식이다. 실용적이거나 사무적인 일을 어렵게 한다. 암시하고 마는 것보다는 하고 싶은 말을 분명히 할 수 있어야 낫지 않을까. 그런데 넌지시 암시하려는 유럽의 시인과 문인은 글을 명쾌하게 쓰는 사람들보다 위가 아니라 밑에 있다. [상징주의 시인] 스테판 말라르메가 보들레르보다 한 수 밑에 있는 것과 마찬가지다. 바로 철학에서 특히 두드러지는 거북한 점이다. 철학의 고유 임무는 사람들이 억누르고 있는 것을 드러내는 것 아닌가? 결국, 한문에서 객관적 개념은 불완전하게만 표현된다. 그렇지만 이런 식으로 말라르메 언어의 섬세한 장점을 반박한다면 잘못이다. 표의문자는 말이나 글과는 또 다른 표현 수단이기 때문이다. 표의문자를 수학 공식과 비교할 수 있다. 단순한 사람은 수학 공식이 불충분하다고 한다. 공식에서 나온 답까지 공식으로 정할 수 있어야 하지 않겠느냐고 고집할 정도다. 사실, 공식은 어떤 언어보다 정확하다. 또 더 많은 것을 담아낸다. 한자를 읽을 줄만 안다면 '중국 서식(書式)'도 마찬가지다. 하지만 서식으로 즉시 만사형통이 되지는 않는다. 그것은 다른 의미들과 모호하게 뒤섞인 것까지 가리키지 않는다.

여러 가지 점에서 중국어는 서구 언어보다 우수하다. 그것은 수학처럼 언어 형태로 포착하기 어려운 관계를 표현한다. 어떤 '의미'가 홀로 떨어져 있을 수 있을까? 높낮이가 다른 수많은 소리가 동시에 울려 나오기 때문에 의미를 분명히 밝히자면 숨이 막힐 지경이다. 그러나 중국어 작문에서 어조는 조금 과장되더라도 뜻은 모호하지 않다. 그뿐만 아니라 수학 공식의 치명적 결함처럼 사실성이 배제되지도 않는다.

중국 지식인의 사상에서 역설 취미는 대단하다. 당연한 일이다. 어떤 사실이든 그것을 모르는 사람은 역설로 들릴 테니까. 특히, 멀리 있는 사실일수록 강한 대위법으로나 표현된다. 이런 경우의 역설이 특히 주목할 만하다. '유머'가 잔뜩 묻어나는 역설이다. 내가 기분이 그저 그럴 때, 정말 웃겨주는 중국 사람의 지혜로운 말만 한 것이 또 있을까? 어떻게 그런 말이 나올까? 그 민족 기질을 간추려 원칙처럼 삼아본다면, 그 문장의 찬란한 생기는 우주에서 끌어낸 것만 같다. 심오한 유머다. 유머로 점잖은 사람이 느끼는 깊은 모순을 설명한다. 한자는 이렇게 우주가 담긴 상자다. 우주의 운행이 한 편의 풍자시가 된 셈이다.

중국이 문자를 보존하는 한, 최소한 문자 때문에 의미가 죽을 위험은 없을 것이다. 이곳에서는 의미가 사실을 낳기 때문이다. 현대적 제도로서도 달라지지 않을 것 같다. 중국도 일본처럼 상업화하면서 한자를 쉽게 간소화할지도 모르지만, 한자를 서구어로 대체하고 그래야 진보한다는 생각은 터무니없다. 우리가 진보라고 하는 것은 정신이 물질을 지배하는 것일 뿐이다. 그 반대가 아니다. 그런데 정신을 물질에 적응할 수밖에 없게 한다면 물질이 승리할 것이다.

오늘 나는 불과 얼마 전까지 거의 매일 끔찍한 살육이 벌어졌던 곳을 찾아갔다. 이런 고문은 갑자기 금지되었다. (현대 유럽 사상으로 본다면 매우 중요한 사건인) 제도 개혁 차원에서 결정된 듯하다. 위원회가 그 결정을 내린 까닭은 단지 그렇게 하는 것이 현 시국에서 보다 인간적인 면을 보이는 데 유리하기 때문이다. 중국에서 이런 변화를 특별하게 보는 사람은 없다. 가장 밀접한 당사자인 범죄자들도 마찬가지다. 다만 형리들은 아무나 할 수 없는 '까다로운' 일감이 줄어들게 생겼으니까 불만이다.

고문 현장에 서 있다 보니 사형의 잔인성을 생각하게 된다. 잔인성의 원칙은 확고하다. 어쨌든, 사형은 사랑의 즐거움만큼이나 교묘하다. 사랑이든 잔인한 고문이든 즉각적 감각이 아니라 감각이 전달되는 중계 기간이 길어지고 전달 매체가 늘어난다. 거기에 결부된 상징적 전달 효과가 커진다. 결국, 사람들이 죽음 자체를 별로 겁내지 않는(대부분 동양이 그렇지만) 곳에서 효력이 크다. 고문의 인상적 연출로 죽음을 보여주는 것이 당연하다. 형집행이라는 공포감의 효과는 무시무시하기 때문이다. 아무튼, 사형 집행에 따르는 고문의 의미는 고문받는 당사자를 겨냥하지 않는다. 죽어가는 그를 보는 구경꾼들에게 과시하려고 한다. 구경꾼들은 죽임 당하는 사람 못지않게 끔찍한 상상에 치를 떤다. 사실, 고문받는 사람은 극도로 고통스러워 아무 생각조차 할 수 없다. 실제 감각과 그 전후의 감각을 연결시키지도 못한다. 오직 고통스러운 현재뿐이다. 그토록 무서운 일은 치과에서 환자가 겪는 일이나 마찬가지다.

나도 많은 고통을 겪었다. 참기 힘든 고통 그 자체를 겪고 있을 때, 고통을 거의 의식하지 못하고 고통이 더 강해진다는 생각마저 없어진다. 그 대신 어느 정도 견딜 만한 고통에 익숙해진다. 그렇게 고통을 거지반 의식하지 못할 정도가 된다. 감수성이 죽지는 않은 채 무뎌진다. 고문을 당한 사람들이 이런 사실을 확실히 증언한다. 우선 예민한 사람보다 거친 사람들이 고통을 덜 느낀다. 감각을 되새기는 능력이 떨어지기 때문이다. 특히, 중국 순교자들은 놀라운 침착성을 보인다. 고문을 전혀 무서워 않는다. (신앙 등으로) 감수성이 세련된 유럽의 중세 사람들도 놀랍도록 침착했다. 따라서 고문이 구경꾼이 아니라 직접 범법자를 겨냥했다면 고문의 개발과 응용은 오해에서 비롯되었다고 해야 한다. 이런 오해 때문에 문명국들도 오랫동안 잔인한 처형 제도를 유지했다. 무엇보다 처벌이 겁을 주려는 목적이라는 이론을 받아들인 곳에서는(어디서든 받아들이지 않을까) 고문을 원칙적으로 정당화한다. 문제는 언제 그것을 인간적 대의를 내세워 포기할지가 문제다. 그래서 유럽은 백 년 전에 고문을 금했고, 중국은 지난주에야 그렇게 했다. 시기는 달랐지만 개혁의 내용은 별다르지 않다. 잔인한 제도를 포기해 좀 더 인간적인 면을 보이려 할 뿐이다.

유럽에서 제도는 인간보다 더 인간적으로 완화되었다. 진보를 믿는 사람들은 인간과 제도를 분명히 구별할 줄 모른다. 제도를 인간에 맞추어야 한다는 사실을 인정하는 경우는 드물다. 중세에 끔찍한 고문을 지시한 판사라고 해서 꽤 인간적인 현대인보다 훨씬 못된 인간이었을까? 오히려 요즘 사람들의 인간성이 별로 사람답지 못하지 않던가? 그런가 하면 유순한 형리도 적지 않다. 보통 사람은 자기에게 익숙한 것을 항상 옳다고 생각한다. 그렇다고 고문의 비인간성을 주목하는 사람이 반드시 천사 같은 사람은 아닐망정 분명 생각이 자유로운 사람이었다. 마르쿠스 아우렐리우스 황제는 잔인한 전차 경주를 아무렇지 않게 참관했다. 루터는 현대적 의미에서 인간적인 사람은 아니었다. 16세기 스페인의 성녀 테레사는 역사상 가장 훌륭한 영혼을 지녔다지만, 펠리페 2세의 사법 제도[대대적인 마녀 화형]에 이의를 제기하지 않았다. 성녀 테레사는 오늘날 인간이 저지른 어떤 만행보다 잔인했던 멕시코의 아즈텍족을 말살하는 전쟁을 고상하다고 보았다.

분명한 것이 있다. 중국인이 유난히 그렇지만 아시아 민족은 특이하게 동정심이 부족하다. 일찍이 붓다의 '자비'도 서양 사람의 '연민'과 다른 것이었다. 누구를 도와주려 하지 않았다. 서양 사람과 사고방식이 이 다른 인도 사람이라면 타인의 고통을 태연하게 지켜보면서 그다지 괴로워하지 않는다. 중국 사람들은 기독교적 의미의 연민과 동정심은 없다. 생리적 차이 때문일까? 이런 의미에서 동양 사람들의 자의식은 서양 사람들보다 개인에 중심을 두지 않는 편이다. 그래서 개인의 고통을 별로 중시하지 않는다. 기본 심리의 차이다. 모든 생활에서 중국 사람들의 고도의 연대감에서 비롯하는 차이다. '자아'라는 것은 법과 제도에서 서양만큼 반영되지 않는다. 서양에 비해 자아가 연대의 깊은 동기도 아니다.

사람이면 누구나 자신과 무관한 것에 무심하다. 특히, 남자가 더 잔인하다. 타인을 괴롭히며 즐거워하는 동물처럼 원시 본능에 따른 잔인성이다. 잔인한 즐거움은 생존 경쟁에 뛰어들면서 일차적 기능이 되었다. 누구나 타인의 희생을 바탕으로 살아간다. 개도 자기보다 다른 놈의 형편이 불리할 때 더욱 기가 산다. 그래서 고의로 상대를 괴롭힌다. 인간도 때마다 똑같은 잔인성을 보인다. 전쟁이 벌어지면 짐승 같은 인간이 된다.

잔학 취미를 절대로 극복할 수 없을까? 예측하기 어렵다. 영국 사람은 타인을 괴롭히며 좋아하는 자연스러운 충동을 자주 보였다. 그들은 자기네 힘이 훨씬 더 유리한 상황에서도 그렇게 했다. 적도 아래 아프리카에서도 사나웠다. 일반적으로 잔인성은 그 깊은 뿌리에 비하면 꽤 훌륭하게 억제되었던 편이다. 그러나 인간이 타인에 기대 살고 있다는 생각을 접어두고 악행이나 일삼으며, 제 이익을 위해 다른 모두의 이익을 독차지하면서 우세를 지키려 할 때마다 잔인성은 여지없이 다시 드러난다.[167]

군인들은 사원 대부분에서 성상을 파괴했다. 그런데 대중은 불경한 작태를 방관한다. 교회 편에서 보면 중국 사람들은 정말로 신앙심이 없다. 그들은 유난스런 합리주의자로서 저세상과 관련된 신화라면 뭐든 의심한다. 신학과 공자를 대하는 지식인의 태도를 보면 경험하기 전의 문제를 피상적이고 해롭다고만 생각한다. 세계의 '큰 뜻'은 자연과 구체적 현실에서 완전히 드러난다고 생각하기 때문이다. 지금 중국 사람들을 신앙이 부족하다고 하기는 어렵다. 나중에 이 문제를 다시 생각해보기로 하자. 그렇지만 분명 그들의 의식(儀式)에 종교성이 없다. 그 대신 미신과 마술성을 보여준다. 이곳에서 '성직자'에 대한 대중 여론은 자유롭다. 유식한 사람들도 사원의 예불이나 행사를 별일 아니게 본다. 그 이유가 무엇일지 궁금했다. 그러다가 매우 흥미로운 것을 알았다. 이곳에서 신전이나 사원은 서양으로 치면 농업조합 사무실이나 경제진흥원과 비슷하다. 사제들은 기능인, 전문가로서 영계(靈界)와 관련된 것을 다룬다. 비록 괴상한 색채를 띠고 있지만 피상적인 것은 아니다. 중국에서 빈번하고 뿌리 깊다. 인도 사람들도 우리가 보기에 기독교의 하느님

---

167 요즘의 어디에서나 평화적 투쟁으로 보이는 선거 때마다 이와 같은 잔인성은 전쟁 때 못지않게 극명하게 나타난다. 선거판은 피를 보이지 않아 더욱 비열한 전장이다.

과 다른 존재로서 자기네 신들을 본다. 그냥 뛰어난 자연현상처럼 여긴다. 인도에서 예배는 신들과 사이좋게 지내려는 사교술 비슷하다. 그렇지만 인도 사람은 신전에서 볼 때 매우 독실하다. 그들은 오직 신만 생각할 만큼 신들을 중시하다. 칼리 숭배는 기독교 예배와 크게 다르지 않다. 그렇지만 실용적인 중국 사람들은 종교에서 우선 끌어다 쓸 만한 것부터 생각한다. 만약에 귀신들이 악행을 선행으로 돌릴 수 있다고 생각하면 즉시 그렇게 한다. 그러자면 그토록 중요한 일에 종사하는 사람과 기관들이 필요하다. 그래서 신전이 있다.

악귀를 어르고 달래는 기술자가 몇이나 될지 알 수 없다. 중국은 사실 귀신이나 신령을 억압한다. 귀신들을 계속 감시하느라 이에 따른 말썽으로 불편한 생활을 감수한다. (액땜이나 벽사가 일상에 거북할 만큼 만연했다.) 결혼식과 장례식도 아무 데서나 원하는 곳에서 못 한다. 적합한 날과 장소를 잡아야 한다.

어느 날, 어떤 선교사가 중국 고관에게 신령을 믿지 말고 유럽에서처럼 살 수 없냐고 물었다. 대답이 걸작이다.

"유럽에서 아무도 신령을 어째서 믿지 않습니까? 신령님이 없으니까 그렇지 않겠소."

고관은 중국에서 신령들이 사라지기를 원하는 사람이다. 하지만 희망사항일 뿐이다. 누구나 다 믿고 있으니 금세 해결하기 어렵다. 중국에서 신령들은 사람들이 믿기 때문에 객관적인 존재다. 사실 그런 것 같다. 신령들이 개입하는 신들림, 악귀 쫓기 등의 행사(굿)는 중국에서 빈번하다. 관리는 얼마나 통찰력이 뛰어난지 모른다. 신들을 일시적 자연현상처럼 생각하면서 왜 기도하냐고 물었을 때 이런 대답을 했던 브라만 사제 비슷하다.

“기도하면 신들이 더 강해지는 데 도움이 되요.”

신들이 현실적으로 존재하는지 단순히 사람의 마음속에 있는지는 차치하고 그는 언제나 기도가 그 기도를 받는 신들과 통하게 해주는 ‘채널’이라고 했다.

중국에 사는 유럽 사람들이나 여행자들은 중국 사람들을 싸잡아 비난하지만, 나는 그들이 피상적이라 생각하지 않는다. 아무튼, 중국 사람들은 사려 깊은 프랑스 사람들보다 사물의 의미를 더욱 깊이 들여다본다. 프랑스 사람들은 기독교도에 대한 탄압을 중국 사람들의 교양이 부족해서라고 생각한다. 중국의 미신은 현대의 미신이나 무신론보다 더 깊은 뜻이 있다. 어쨌든, 중국 사람들은 깊은 직관으로 지금까지 해왔던 것보다 훨씬 유익하고 좋은 결과를 끌어낼 수 있을 것이다.

괴테는 재치 있게 중요한 한마디를 했다. 오늘 그 비슷한 말을 들었다. 나는 우연히 별것 아닌 듯한 것에서 중국 사람의 지성을 좀 더 이해하게 되었다. 중국 사람의 태연자약한 태도는 놀랍다. 무사태평하고 침착하기 그지없다. 인도 사람과 터키 사람의 차분함도 이에 비하면 별것 아니다. 인도 사람들은 생기가 부족하고, 터키 사람들은 냉정하다. 하지만 중국 사람들은 조금도 차갑지 않다. 침착하면서도 생기 넘친다. 어떻게 그토록 태평할까?

어쨌든, 나는 바로 옆에서 정말 지독하게 악을 쓰는 소리를 들었다. 스칸디나비아 해적이 지르는 것보다 더 심했다. 중국 사람이 분을 못 참고 펄펄 뛰었다. 그 사람이 누그러지는 데 여러 날이 걸렸다. 그런 상태로 투우처럼 씩씩대며 아무런 이유도 없이 그랬다. 중국 사람들은 울화가 쌓여 그렇다고 '쉬(Ch'i)'라고 한다. 이 병에 걸린 사람이 많다. 유럽 의사들은 이론상 맞는 말이라고 한다. 중국 사람들 가운데 울화병으로 몸을 망쳐 고생하는 사람이 많다. 사망자도 많이 나온다. 이런 일을 보면 대중의 태연자약함은 더욱 수수께끼 같다. 물론 누구나 아는 사실이 있다. 카이사르, 나폴레옹, 무함마드, 알렉산드로스 대왕, 표트르 대제, 비스마르크 등 거물들은 신경증 환자였다. 주기적으로 앓고 뇌전증 증세를 보였으며 발작하듯 사나워지거나 통곡했다. 항상 '진정하려는 반작용' 같은 증세였다. 화산처럼 폭발하는 에너지를 가진 사람들은 활화산처럼 한꺼번에 터지지 않으려면, 간간이 휴화산처럼 에너지를 방출하면서 균형을 잡아야 한다. 김이 끓고 있을 때 막아두면 곤란하다. 행동파 영웅들의 그런 기질을 중국 사람의 어지간한 민족 기질이다. 중국 사람들은 엄청나게 활달하다. 그런데 이런 것을 잘 다스린다. 자연스레 타고난 기질인 만큼 중국 사람들 누구나 고루 갖고 있다고 인정할 만하다. 이들은 유럽 남부 사람들에 비해 더 격렬하게 분통을 터트리고 나서 태연해진다. 사실 그렇다. 우리의 어떤 생각도 구체화되고 나면 차분해진다.

'쉬'라는 울화의 심리는 더욱 연구해볼 만하다. 요즘, 몸과 마음의 상호작용은 중요한 관심사로서 극동에서 가장 훌륭하게 연구해왔다. 자기 수양을 가장 깊이 하는 곳이다. 그래서 수련의 한계(자연이 문화를 제약하는 한계)도 뚜렷이 보여준다.

사실로서 입증할 만한 예가 있다. 중국 사람들은 어느 나라 사람들보다 기운이 넘친다. 개인이든 민족이든 지칠 줄 모른다. 과도한 노동과 지적 노동을 훌륭하게 견딘다. 괴로워하지도 않고 최악의 고생을 거뜬히 견뎌낸다. 중국 사람들은 약해지지 않았다. 거친 문화로도 동족혼으로도, 심지어 아편과 매독에도 끄떡 없다. 요컨대, 중국 사람들은 다른 민족을 무너뜨린 어떤 해악과 질병도 견뎌냈다. 다만 교양층에서 점증하는 속물 근성은 퇴폐의 조짐이지만, 유럽이라면 병적으로 볼 만한 것도 아니다. 혹시 이런 감탄할 기운이 정신문화에서 나오지 않았을까? 분명 교양 있는 사람이 전쟁 중에 피곤을 잘 견딘다. 용기 있는 사람은 병에 덜 걸리고 정신적으로 나약한 사람보다 상처도 덜 받는다. 신경을 잘 다스리는 사람이 강인하다. 한마디로 신체의 위험에 정신은 면역력을 발휘한다. 그래서 요즘 학파들이 정신으로 몸을 강화하려고 한다. 중국 사람들이 물려받은 원기(元氣)도 정신 수양에서 나오지 않았을까? 바깥 조건의 제약을 이겨내려는 지혜로 보강된 중국 사람들은 수천 년 동안 자제할 줄 알았다. 같은 조건에서 유리한 서양 사람들만 중국 사람들 공통의 유산을 물려받을 수 있지 않을까? 중국에서 자연적 선택 원리가 인종의 형성과 가장 잘 어울렸다. 이런 것만으로도 많은 사실이 해명된다. 중국에서 나약한 체질로는 살아남기 어렵다.

마카오

번잡한 광저우를 벗어나 극동에서 가장 한가하고 편안한 곳으로 건너갔다. 마카오, 위대한 포르투갈 시인 카몽이스[168]가 《루지아다스》를 탈고한 뿌듯한 곳이다. 금세 중국 분위기가 완연하다. 도시에 대한 반감은 광저우에서 내가 느꼈던 것과 다름없다. 노장사상의 영향으로 당연한 것이 되었다는 말일까. 분명 이들의 극도로 유유자적함은 극단적 활동과 사회성에 대한 중국 특유의 거부감을 대표한다. 노자와 장자의 글을 읽으면서 나는 나 자신의 목소리를 듣는 듯 착각했다. 그들이 유럽과 인도의 색채를 똑같은 정신으로 담아낸다는 것은 이상하고도 부적절해 보였다.

중국적 비의(秘儀), 그 신비주의의 특징은 어디에서 나올까? 분명, 그 의미와 정신적 태도에서 나오지 않는다. 그래서 그것은 어느 시대 어느 민족의 지혜와도 어울린다. 중국의 비의는 그 사상을 설명하는 방식이다. 한문이 즉시 발휘하는 기능이다. 한문은 도교 철학처럼 확고한 사상보다 그 궁극적 의미의 표현이다. 의미만 영원히 할 뿐, 관념의 표기는 언젠가 사라지기 마련이라는 듯 언어 형식을 절대로 중시한다. 중국

---

168 Luis Vaz de Camões. 1524~1580. 포르투갈의 시인으로 1498년에 포르투갈에서 인도까지 항해한 바스쿠 다가마의 여행 이야기인 서사시 《루지아다스(Os Lusiadas)》를 썼다.

사람들이 머릿속에 떠오른 지식을 옮기는 형식이다. 그 형식만이 계속될 것이다. 다른 언어에서도 원시적 단어 몇 개만으로 중국적 지혜의 표현과 마찬가지로 응용되는 형식이다.

오늘은 이런 문제에 흥이 나지 않는다. 광저우에서부터 나는 너무 지쳐 쉬어야 했다. 추상적 문제에 몰두하기에 광저우는 너무 아름다웠다. 만약 오늘 내가 노자를 생각한다면 내 앞에서 영원한 진리를 전하는 사람이 아니라 마르지 않는 유머와 인간미로 '눈빛이 살아 있는' 점잖은 노인으로 보일 것이다. 그 중국만의 독창적 지혜를 지닌 노인 말이다. 원칙적으로, 난해한 문장을 포함해 모든 문장에서 중국의 지혜를 낭랑하게 들려주는 신중한 어조의 독창성이다.

"추태를 피한다, 미리 신중히 따져보고 짓는다. 천박하게 튀지 않도록 진상을 숨기고 강하기보다 약해 보이도록 한다. 매사에 대비한다."

바로 이것이 서양의 낙관주의라든가 인도에서 간절히 바라는 평화와 마찬가지로 중국 사람의 전형성이다. 사실, 그 색채에 공감하지 않을 도리는 없다. 이미 광저우에서 나는 그런 색채에 거의 물들었다. 자신의 여러 면을 뿌리칠 수 없는 법인데, 어떻게 고대 히말라야 현자처럼 초연하거나 그리스 철학자들의 방법에서 자유롭다고 자부할까? 복잡함 속에서 만약 둘로 쪼개진 삶을 견딜 수 있다면 현자의 샘은 단 하나 남지 않을까. 계략의 샘이다. 그럴 경우, 서양 사람은 종종 광대의 가면을 쓴다. 그들은 새롭고 특별한 것을 좋아해 현명한 사람이라면 절대로 용인할 수 없는 기발한 것을 기꺼이 허용한다. 그래서 정치에서 지혜는 미친 짓처럼 보이기도 한다.

어떤 상황에서도 예외적인 것을 비난하는 중국에서 특출한 사람은 개성에 따른 확신을 피하려 한다. 당연히 자부심이 훼손되기 마련이다. 대중과 고립된 극소수 개인은 집단성과 문화에 극도의 반감을 보인다. 사람이라면 뿌리치지 못할 반감이다.

중국에서 그 많은 인구로 얼마나 많은 것을 이해할 수 있던가! 백인에게도 얼마나 교훈적인가. 조만간 우리도 밀집되어 살 텐데, 인구 과밀에서 비롯한 기질에서 얼마나 배울 것이 많은가! 중국 사람들의 뛰어난 도덕은 혹시 인구 과밀 덕분이 아닐까? 중국처럼 서로 거의 붙어살다시피 하는 생활에서 교육이 부족하다면 번창하기 어렵다. 중국에서 상스러운 사람은 서구의 악당만큼 위험하다. 얼마나 불편할까! 그렇게 기겁할 만큼 많은 제안이 쏟아져 나오는 가운데 어떻게 독창성을 펼칠 수 있을까? 벌써 서구에서도 천재가 자기 소임을 제대로 다 하기 어렵다. 중국에서 어떤 목적에서든 특별한 우연이 불가피하다. 작은 벽촌에 재능 있는 사람이 있어도 수백만 명의 사람이 길을 막고 있는데, 어떻게 뛰어넘을 수 있을까? 이런 경우, 기본적으로 겸손만이 이로운 처신이 아닐까.

마카오 사람들이 광저우 사람들보다 훨씬 더 마음에 든다. 물론, 상인들은 어디서나 나를 잘 속여 넘긴다. 그러나 별로 문제 삼을 일은 아니다. 마카오의 중국촌에서 공자식 분위기는 매우 친근하다. 태평한 시민 생활은 매우 특이해 보인다. 사람들은 실생활을 거의 모른 척하듯 그냥 넘겨버린다. 실생활에서 벌어지는 일은 무의미할지도 모른다. 중국이라는 무대에서 끊임없이 울리던 요란한 징 소리는 들리지 않는다. 조용하다. 대도시의 침묵이나 사막의 침묵과도 다르다.

파리의 분위기는 흥겹다. 파리 시민들의 처신이 엉뚱해도 그렇다. 반면, 상트페테르부르크의 분위기는 사람들이 많이 몰려다니는데도 썰렁하다. 어떤 도시의 정신적 분위기는 수많은 요소가 결합한 결과다. 각 요소의 역할은 거의 드러나지 않는다. 많은 요소가 뒤섞인 탓에 분위기는 별수 없이 어중간하다. 이곳에서 나는 무엇보다 다른 어디에서도 그렇게 뚜렷이 느끼지 못했던 것을 느낀다. (확실하게 알고 있는 이론처럼 뚜렷한) 이론과 행동과 존재가 내게는 반드시 일치하지 않듯, 이것들이 애당초 하나는 아니었다. 이것이 힌두교도의 기본 사상이다. 그러나 다른 많은 경우에도 같은 일이 벌어지는 만큼, 인도에서 더 깊이 있는 것이 중국에서는 생활 방식에서 더 잘 드러난다. 그래서 중국에서 파악하기 쉽다. 뭐라고 하든 중국은 문화적으로 서구와 가깝기 때문에 둘의 차이를 더 쉽게 알아볼 수 있다. 유럽 바깥에서 살고 있는 유럽 사람은 행동에 제약이 따른다. 그래서 이곳 유럽 사람들 가운데 일반적으로 선량한 사람들은 고상한 직업에 종사하는 사람들뿐이다. 유럽에서 정치인은 큰일을 공평무사하게 해야 하므로 인간적으로 고상한 위치에 있다고 할 만하다. 보통 공상이 많은 예술가는 인간관계가 좋기 어렵고, 사업가는 어디에서나 반감을 부른다. 그의 본의와 상관없이 업무상 기만을 뛰어넘어 높게 보지 않기 때문이다.

동양에서 일반적으로 어떤 사람의 직업적 처신과 인격이 반드시 일치할 필요는 없다. 지금 여기에서 더 확실해진 생각이다. 나는 내 주머니를 기막히게 터는 상인들을 유심히 주목했다. 당연히 상술 탓이려니 하고 선의로 생각할 수 있겠지만, 많은 가게 주인이 정말로 상인으로서만 일한다. 그들은 뛰어난 사람일 수도 있었을 것이다.

독일 사람은 이런 심리 관계를 이해하지 못한다. 이런 점에서 러시아 사람에게 배울 점이 있다. 유럽 사람들 가운데 러시아 사람만 자기

마카오 항만 전경, 19세기 후반

와 가까운 사람에게 소박하고 솔직한 동정심을 보인다. 사람이 거짓말하고 속인다고 해서 꼭 나쁜 사람일까? 물론, 이런 식으로 모두를 두둔할 수는 없다. 누군가 당신을 지나치게 이용한다면 속아 넘어갈 수만 없고 법적으로 해결해야 한다. 법의 권위로서 손해를 피해야 한다. 그렇지만 사람의 본성을 행동에만 비추어 '판단'한다는 것은 너무 거친 방법이다. 자기 행동이 자기 영혼을 온전히 반영한다고 할 만큼 완전무결한 사람이 있을까? 그런 사람을 본 적이 없다. 자신과 행동이 일치하지 않은 탓에 거짓말하고 속인다. 관행이 허용하기 때문이다. 사방에서 정직하게 처신하는 사람 못지않게 관행을 따르려 한다. 초보자는 비법을 전수받은 '공인받은 자'와 '무허가 중개인'을 구별할 줄 모른다. 두 사람 모두 그들의 직업과 상관없이 똑같은 인간이기 때문이다. 그런데 '브로커'는 이상을 품지 않은 사람이라는 점에서 '공인받은 자'보다 유능하다. 그래

서 정직하지 않을 수 있다. 위험 부담이 따르는 생각이지만 덕행과 영혼은 영향을 주고받기 마련이다. 이런 점에서 인도 사람이 가장 앞서갈 것이다. 그들은 어떤 인물과 그 행동을 엄밀히 구별하지 않는다. 그래서 나는 사실상 현실정치에 별 관심이 없다.

노자는 말한다.

자신의 빛을 알면서도
어둠 속에 웅크리고 있는 자
세상의 모범일세.

'모범'이라는 말은 리하르트 빌헬름[169]의 번역이라 정확하겠지만, 서구의 철학(진실을 감추는 것이 대죄가 되는 철학)과 도가(道家) 철학에 가로놓인 특별히 깊은 심연을 보여준다. 가령, '모범'이라는 말 대신 '거울'이라고 한다면 흠잡을 데 없겠다. 무심코 무의식적으로 행동하고, 아무 목적 없이 앞으로 나아가고, 주어진 틀에 안주하는 것. 이런 것이 자연의 순리다. 그 자취를 의식적으로 따르는 인간은 그 거울이라고 할 만하다. 그런데 이런 인간을 모범이라고 할 만할까? 자연의 길만큼이나 높은 다른 길이 있다고 생각하기 어렵다. 사실상, 중국인의 지혜가 내놓은 가설이다. 서양 사람은 자연을 능가하는 자유의 왕국이 정말로 있다고 인식한다. 우리는 자연으로 결정된 것에서 자유를 실현하는 것을 의무로 여긴다. 자연의 균형 상태는 이상이 아니라 넘어서야 할 수준이다. 창조를 수동성보다 우월하게 본다. 겸손보다 극복하려는 노력을 우월하게 본다. 전체적으로 의지가 없는 것보다 의지 자체를 뛰어나다고 본다. 하지만 중국 사람은 정반대로 역설적인 입장이다.

"깨인 사람은 자신을 숨기는 것이 도리다."

이런 논지를 근거로 사람들은 도교의 지혜를 삭막한 정적주의라고늘 반박한다. 공자 추종자 쪽에서 내놓는 반박이다. 그런데 이들도 아무리 따져보아도 도교와 같은 생각을 하고 있다. 창작이 원리대로 되지 않듯이 우리 삶이 생각처럼 되지만은 않는다. 그러나 어쨌든 도교의 고전에 삶의 철학 가운데 가장 심오한 격언이 들어 있다. 서양의 실존철학보

169 Richard Wilhelm. 1873~1930. 독일의 중국학 선구자로《역경》,《금강경》등을 처음으로 서양에 번역하여 소개했다. 지금도 그의 번역본이 고전이다. 특히, 당나라 도가 사상가 여동빈(呂洞賓)의《황금꽃의 비밀(太一金華宗旨)》을 옮겼다.

다 더 깊다고 인정해야 한다. 도교의 격언은 곧 '서양'의 창조적 자율과 마찬가지 관점이다. 어떻게 이럴 수 있을까? 그럴 수 있다. 지금까지 도와 '큰 뜻'(빌헬름이 탁월하게 번역했다)은 가장 큰 자유보다 자연의 활동에서 더 완전하게 표현된다. 따라서 자연력에서 비롯한 활동을 절대적으로 반영하는 삶은 반드시 완전해진다.

하늘은 영원하고 땅은 지속되네.
천지가 자신을 위해 살지 않기 때문이네.
그래서 끊임없이 굴러간다네.
선민(選民)도 마찬가질세.
자신을 뒤로 물리면
앞으로 나서게 되고,
자기 허울을 벗으면
무탈(無頉)하네.
자기 인격을 부인하기에
그 인격도 완성되네.

노자의 이 훌륭한 생각은 진실이다. 그는 비록 천지를 신비롭게 보았지만, 자연 활동을 가장 깊이 이해했다. 그 깊은 의미로 보면 신성한 생활과 식물의 생활에 아무런 차이가 없다고 알았다. 이렇게 이해하면, "자연으로 돌아가자"라는 명령이 항상 인간을 선도한다. 루소와 최근의 도교 신자들이 그랬다시피 결코 해롭지 않은 명령다. 자연은 그 자체의 세계로서 완벽하다. 자연을 모방하면서 자연의 순수한 상태로 돌아감으로써, 관념의 노예가 된 인간을 그 자연의 살아 있는 품으로 이끌기 때문이다.

이런 것이 도가의 철학에서 의미와 표현의 특별한 중요성이다. 지금까지 형이상학적 실체에 대한 공식 가운데, 중국 사람들이 내린 뜻만 영원할지 모른다. 아무튼 노자 철학이 내놓은 예술가처럼 모호한 인간형을 따져보자.

노자는 작가로서 인간 본성의 가장 높은 곳까지 올라간다. 그렇지만 (지고의 인격에 대한 것을 제외하고) 그 밖의 인격에서 다른 인물들만 못하다. 노자는 위대하지만 그를 신봉하는 도사들은 대체로 열등하다. 최소한 서양 사람들은 그렇게 판단한다. 인간의 소명은 자연적인 것을 능가하는 데에 있다고 생각하기 때문이다. 서양에서 노자를 위인이라 감탄하는 까닭이 무엇일까? 노자는 현상의 깊은 곳을 통찰함으로써 자연의 결정론을 극복했기 때문이다. 공자 추종자, 즉 공가(公家)는 도가 추종자들을 열등하다고 생각한다. 그런데 우리가 보기에 공자의 철학과 도가의 철학에 두드러진 차이는 없다. 두 가문 모두 똑같이 합리주의를 드러낸다. 곧 중국 사람의 합리성에 기초한 철학이다. 우리로서는 완전히 이해하기 어려운 철학이다. 따라서 보통의 도사들을 열등하다고 한다면, 내가 유럽 사람으로서 생각이 부족해 그렇게 예단하는 것인지 모른다.

오침 때마다 나는 《요재지이》[170] 가운데 〈사무실 괴담〉, 〈불멸자의

---

170 요재(聊斋) 선생이라고 불리던 산둥성 출신 문인 포송령(蒲松齡, 1640~1715)이 쓴 민담집으로 동양의 《아라비안나이트》로 통한다. 보르헤스의 해설본이 우리말로 출간되었다.

최후〉를 읽으며 보냈다. 세련된 유머 감각이 돋보인다. 사실이든 허구든 사건들을 냉담하고 건조하게 실감나게 묘사했다. 그런데 이야기는 폭소를 자아내고야 만다. 사람의 심리에 대해서라면 러시아 작가 고골의 유머에 비할 만하다. 그리스 이후 유럽 문학에서 부족한 솜씨라고 할 텐데, 형식만으로 재미를 빚어낸다. 유럽 사람들은 너무 진지한 형식으로는 희극을 풀어낼 수 없다고 생각한다. 중국인은 이런 입장이 잘못임을 보여준다.

잘못된 번역일지도 모른다. 하지만 번역으로 본질을 모두 옮길 수 없는데 원작이 무슨 상관일까? 유럽 언어를 이해하는 중국 사람들은 고대 그리스 문학에 비할 만한 중국 문학을 진정한 예술로 인정하고 싶어 한다. 어쨌든, 그리스 사람들의 표현 방법은 풍부하고도 엄격했다. 라틴과 로마네스크 형식도 엄격하기는 해도 너무 배타적이다. (서양에서 그리스 이후 이때만 엄격하게 형용사를 붙였다). 형식은 그 반대를 의미할 수 있기 마련이다. 다시 말해 형식은 포용력이 크다. 형식은 가능한 내용을 잘라내지 않고 함축하는 한 덩어리로서 엄격할 때 높은 가치를 띤다.

중국의 거장들은 사실 좀 더 유리한 조건에서 일한다. 그들은 명확한 경계를 정하지 않고서도 형식을 엄격히 따를 수 있다. 경이로운 한문 덕분이다. 앞에서도 주목했다시피, 중국에서 세 글자만으로 수많은 페이지에 걸친 다른 언어의 글만큼이나 많은 말을 할 수 있다. 서양 문인들은 정확하게 써야 하므로 많은 것을 침묵 속에 그냥 흘려보낸다. 그러나 중국 문인들은 과학에서 물리학자보다 수학자가 유리한 것과 마찬가지 이점을 갖고 있다. 서구식 사고방식에서는 고유한 문자가 곧 거북한 점이다. 다시 말해, 시는 기본적으로 눈을 위해 존재한다. 큰 소리로 잘

읽히지도 않고 잘 들리지도 않아 중국 사람에게 뚜렷한 실감을 주지 못한다. 중국 사람은 크게 낭송하고 경청하는 데 익숙하다.

어쨌든, 유불리의 조건을 따져본들 뭐하랴? 인간은 자신에게 걸맞은 조건을 만들지 않았나. 중국인이 지닌 빼어난 형식은 언제든 의심의 여지 없다.

저녁에 나는 가끔 '지옥'이라는 유명한 도박장에 가서 '판탄'[171]을 즐겼다. 이곳처럼 조용하고 평화로운 지옥이 또 있을까 싶었다. 종종 노름꾼들은 심각하고 긍정적인 표정을 짓기도 한다. 아무튼, 그 어디에서도 나는 마카오처럼 태평한 모습을 본 적은 없다. 도박꾼은 잘해봐야 몇 푼 못 딴다. 어느 경우든 도박장 측이 엄청나게 번다. 그러나 중국 사람은 낮에 번 것을 잃고 나서도 아무렇지도 않은 얼굴로 귀가한다. 꽤 많이 잃었다 싶을 때는 아편을 피우며 아련한 몽상으로 위안을 삼는다.

도박을 생각할 때마다 〈바가바트 기타〉에서 읽은 구절이 떠오른다. 그곳에서 크리슈나는 직접(신으로서) "나는 노름꾼들의 노리개"라고 했다. 이의가 있겠지만, 사실 우연의 의미에 예민하면 활력에 넘친다. 순수한 우연에만 기대어 살아간다는 것은 어떤 사람에게는 삶의 영고성쇠를 다루는 것과 마찬가지다. 삶이란 변화무쌍한 사건의 한복판에서 내적 균형을 잡는 능력이 아닌가. 노름꾼 대부분이 내적 모순을 통해 질서를 추구한다. 우리는 항상 거의 스스럼없이 자기 본의와 무관한 것을 한다.

(어떤 노름이든) 노름꾼을 왜 고상하게 보지 못할까? 삶과 외부 세계의 관계에서 '우연'한 면을 강조하는 사람은 그렇게 함으로써 무의미를

---

171 서넛이 즐기는 도미노의 일종.

의미보다 중시한다. 이런 사람은 정말이지 자유롭게 책임지듯 포기한다. 노름꾼은 영웅과 정반대다. 영웅이 자기 삶에 깊은 뜻이 있는 줄 알고 그것을 목숨보다 더 중요하다고 인정하니까 희생하듯, 노름꾼은 놀이에 목숨을 건다. 삶이 무의미해 보이기 때문이다.

칭다오

혁명의 추이가 궁금했다. 혁명 덕에 과거 지방 총독을 비롯한 많은 중국 요인이 칭다오로 몰려들었다. 그들은 이곳의 친서방파 곁으로 피신했다. 리하르트 빌헬름이 통역을 맡았다. 그 덕분에 중국 최고위층을 만났다.

현실은 기대 이상이었다. 중국 인사들은 모두 하나같이 고상했다. '빼어난' 인격자들이라 감명 깊었다. 그들은 열악한 물자 사정을 이겨내고 있을 뿐만 아니라 언행과 인품 모두 뛰어났다. 그들은 요가 수행자처럼 현실을 넘어선다기보다 혼란의 와중에서 더욱 힘겹게 내면의 자유를 지키는 현자 같았다.

인도에서 나는 사람들에 실망했다. 그들은 자기네 문학보다 수준이 낮다. 고상하고 심오한 표현을 추상적 지식에서 찾았다. 인도 사람들은 살아 있는 사람으로서 대다수가 글을 쓰지 않고 이상을 향해 노력하는 단순히 행동하는 사람이었다. 그래서 그들과 자주 만나도 배우는 것은 거의 없다. 반대로, 중국 사람들은 자기 철학보다 더 자기 몸으로 살아 있는 인간이다. 그들은 자기네 고전문학보다 더 위에 있는 듯했다.

이런 점에서 나는 유교의 의미를 이해했다. 공자를 합리적 도덕주의자로만 보았는데, 맹자라는 모범에 놀라고 말았다. 맹자의 철학이 합리적이지만 깊지 않아 보였기 때문이다. 아무튼, 공자의 철학은 인도나 독일 철학과 완전히 다르게 이해해야 한다. 그것은 철학으로서 고유하고 자율적인 표현은 아니다. 단지 경험한 사실 또는 겪게 될 사실에서 끌어낸 이론이다. 공자의 말씀은 살아 있는 사람에게 잘 어울리는 지침이나 심지어 또 다른 인물처럼 보인다.

유교 교리는 겉보기에 매우 비슷해도 유럽의 18세기 정신 철학과 전혀 다르고 멀지 않을까? 그 사상 자체가 심오한지 아닌지는 나중 문제다. 나는 하느님이 심오한 사상을 품고 있다고 생각하지 않는다. 하느님 자신이 곧 심오한 존재이기 때문이다. 심오함을 완벽하게 구체적 존재로 표명하고 있는데 굳이 깊이 있게 생각할 필요가 있을까! 이런 점이 칭다오에서 내가 만난 거물들이 던지는 인상이다. 그들은 살아 있는 유교와 마찬가지다(그들은 유교를 몸으로 실천한다). 그때까지 내가 이론과 공식으로나 생각했던 것이 그들에게는 생활 방식이다. 그 정치인들 모두 "국가는 도덕의 바탕 위에 서야 한다. 정치는 윤리의 표현이며 정의는 선행으로 이어져야 마땅하다."라고 생각한다. 기독교도로 치자면 지복이라고 할 만한 것이다. '당연한 것'은 아니고 드물게 볼 수 있더라도 반드시 필요한 것이다. 이 점에서 근본적인 차이가 난다. 의심하지 않는 것이면 실행한다. 내가 이곳에서 왕래한 정치인들은 정말로 선한 통치자들이다. 어쨌든 유교 정신으로 통치한다. 덕을 기반으로 삼고 그것으로 부족함을 메운다.

나는 '도덕심'이 깊은 인간형을 처음 보았다. 서양에 없는 인간형이다. 서양 공직자들이 중국 공직자들보다 지난 백 년간 더 잘 처신했을지 모른다. (인물로서 공직자 전체는 독일에서도 오래된 직책이 아니다.) 그러나 공복 정신은 중국 사람만 못하다. 실제로 모범이 되지도 못하다. 서구의 정치 문화는 완전히 표면적이다. 개인이 역량을 잘 발휘할 만한 제도에서 나오지 않았다. 인간의 정신 문제와 별도로 형성되었다. 정신과 따로 존재한다. 그러나 중국 사람들의 정신은 자기 성숙에 기초한다. 수천 년 전부터 중국 황제가 현대 유럽만큼 잘 다스리지 못했다면, 이는 개인들의 질서를 자동 조절하는 장치가 없었기 때문이다. 백성의 도덕심에 좌우된 일이다.

중국 지식인의 평균 교양 수준은 굉장히 높다. 물론, 내가 만났던 사람들의 수준은 더욱 높았다. 그들은 서양에서 놀랍도록 보기 드문 겸손함을 보였다. 그들은 정신적으로 서양 사람들을 야만인으로 본다. 서양의 제도가 우수하다고 인정하면서도 개인들의 기본 정신 상태를 인정하기 어려워한다. 이 사람들의 생각이 옳지 않을까 걱정스럽다. 서양 사람들은 합리성을 삶보다 앞세운다. 지금까지 우리가 우수하다 자부하는 것은 지능으로 짜낸 틀 안에서 맡은 기계적 능력을 발휘하는 것이었다. 이렇기 때문에 얼마 전부터 도덕에 등을 돌렸다. 안팎으로 조화롭지 못해 깊이 뿌리를 내리지 못한 사회생활이 서양에서 극단으로 드러난다. 왜 그럴까? 톨스토이 정신과 무정부주의가 한쪽에 있고, 다른 한쪽에는 민족주의와 광신적 인종주의가 자연 상태를 인위적으로 바꾸려고 한다. 서양 사람들은 그 제도만 못 하다. 그런데 중국 사람들은 자기네 제도보다 위에 있다. 공자의 교훈 덕분이다.

유교 원리는 이렇듯 단순해 보인다. "실천만 하면 훌륭한 사람이 된다."라는 원리라서 많은 것을 생각하게 된다. 유럽에서, 도덕의 광신자들 가운데 모범을 보인 사람을 본 적은 없다. 그렇지만 이렇게 차이가 나는 이유를 가까이서 찾을 수 있다. 유럽 사람들은 도덕원리를 항상 바깥에서 받는다. 하느님이든 권위자든 자연에 반하는 실천이든 밖에서 주어진다. 그러나 유교에서 도덕원리는 부자지간처럼 자연스럽다. 남녀

관상산에서 바라본 칭다오, 1910년대

와 '친구의 친구'처럼 군주는 백성과 서로 믿고 선의를 보인다. 사람이 본성을 가꾸는 동안 도덕은 자연스레 우러난다. 따라서 유교는 인간성의 완전한 발전을 강조한다. 그런데 누구든 이런 명령을 내심으로 거부하지 않는다. 누구나 교양 있는 사람이 되려 한다. 누구나 요즘 유럽 청년들이 고대의 혼이 죽어버리고 나서 싹 잊어버린 수고를 마다하지 않는다. 도덕적 방향으로 뛰어든다. 진지하게 인내하며 자기함양을 한다면, 어느 날 유교 이론이 자기 자신 속에서 분명히 드러난다. 즉, 선이나 악으로 기우는 것은 분별력에 달렸다. 그 분별력을 교육으로 키울 수 있다. 그렇게 되면 금세 도덕심이 깨어난다. 교육에서 모든 것은 문답식이다. 중국 사람들이 우리만큼 도덕을 생각하기란 어림없는 일이다. 그들에게 서양의 덕망 있는 지도자들만큼 높은 이상형은 없다(개신교도만큼도 없다). 그렇지만 중국 사람들은 실제로 더욱 도덕적이다.

사실, 중국 고관들은 보수적이다. 그런데 정치인치고 누가 그러지 않을까? 역사의 의미에 비춰본다면, 유기적 성장만이 진보하고 혁명가들이 말하는 식으로 '전진'하지 않는다. 그 말의 의미만 혼자 성큼 앞서간다. 그것만이 삶을 존중하는 것이다. 그래서 어디에서나 혁명가들은 추상적 원리를 위해 기꺼이 희생한다. 프랑스와 벨기에 노동자들은 이미 금세기 초부터 '인권' 개념을 사양하고, '의식화', '조직화'한 같은 계급 동무들보다 생존권을 더 중시했다. 얼마나 의미심장한가.

나와 이야기했던 고위 인사들은 분명 보수적이며 반동적이다. 그러나 경륜이 깊은 유학자로서 어떻게 개혁을 선호할까? 공자가 바탕을 닦은 중국의 전통 국가 형태가 세계 질서와 어울리기만 한다면, 새로운 것을 찾는다는 것은 미친 짓이다. 국민이 전통 규범만 착실히 따른다면 그보다 더 현명한 일은 없을지 모른다. 이 경우 우리가 정체(停滯) 사회라고 하는 뜻은 자연처럼 영원히 다시 젊어진다는 뜻과 마찬가지로 변함없는 틀 안에서 젊어질 것이다. 그렇게 되면, 생존 경쟁에서 무능의 제거는 이단의 제거나 같은 뜻이다.

물론, 도가에서 국가 형태를 다르게 논할 수도 있겠다. 혁신을 덧없게 하는 변함없는 세계 질서에 반대하는 입장이다. 사실상 세계는 계속 변하며 움직인다. 고정관념에 뿌리를 두지 않고 새로운 관념에 걸맞은 새 단계로 접어들고 있다. 그래서 최상의 절대 국가라는 관념은 무시할 만하다. 세계는 이 세계에서 저 세계로 옮겨가는 끝없는 이행의 법칙을 따를 터인데 세계가 이렇게 존재하는 한 '언제나 가능한 국가 형태'라는 것은 무의미하다. 어떤 구체적 관념이라도 일정한 시공간에서만 의미 있다. 그래서 이런 상황을 이해하는 중국 사람들의 생각에 감탄할 수밖에 없다. 그 보편성과 원론성 때문만도 아니다. 자연의 흐름과 인간의 삶이 흠잡을 데 없이 거의 하나가 된 체계를 이룬다는 원리야말로 훌륭하다. 더구나 모든 개별 현상은 그 원리에 다시 이끌려 그 뒤를 따르는 사람의 모범이 되었고, 중국 사람들이 지난 수천 년 동안 우수한 철학으로 증명했기 때문이다. 요컨대, 중국의 사상도 다른 세상사처럼 '실용화 단계'를 훌륭하게 거쳤다. 중국만이 오랜 세월 '사회 문제'에 단호했다. 그 속에서 주민 대다수가 행복했던 유일한 나라였다. 그렇게 정치의 이상을 사회에서 절대적으로 실현했다. 지금 중국 사람들이 먼 조상들을 오해하고 있는데, 어떻게 유식한 사람이 반동적이지 않을 수 있을까?

나도 이곳에서 수구파에 공감한다. 지금까지 중국을 감탄하고 존경할 만한 나라로 만들었던 것을 옛것과 함께 잃지 않을까 걱정스럽기 때문이다. 중국 사람들은 사색하는 민족이 아니다. 그들의 사고는 꾸준히 표피에서 움직인다. 어떤 문명인이나 재능 있는 민족보다 더 그렇다. 그러나 생각이 깊은 것보다 깊이 있게 살아가는 것이 더 좋다. 지금까지 중국 사람들은 비할 데 없이 그렇게 살았다. 중국 사람들의 전통 사회생활은 인도의 숭고한 철학 공동체와 의미상으로 똑같다. 그들의 생활은 도(道)를 직접 표현한다. 어떻게 그들이 행복의 문제에 그토록 단호할 수 있었을까! 일꾼마다 그 영원한 진리를 실제로 살았다. 서양의 위인들이 "행복은 마음먹기에 달렸을 뿐 조건에 좌우되지 않는다."라고 소귀에 경 읽기 하는 것과는 다르게 살았다. 사실, 세상의 행로를 돌려놓을 수 없다는 이론은 잘못이다. 서양 사람은 "좋은 농기구로 일하기보다 좋은 날씨를 기다리는 편이 낫다."라는 맹자의 말씀을 주목하지 않는다. 그래야 자연의 주인이 될 수 있다는 가르침인데 그러자면 얼마나 많은 대가를 치러야 할까! 서양 사람은 외부 세계가 변할 수 있다고 알게 되자 바로 거기에 행복의 문제를 갖다 붙였다. 다른 문제들도 마찬가지였다. 그때부터 출구 없는 불행이 계속되고 있다. 우리가 조상의 잘못을 고스란히 떠안고 말았다. 현재진행형이된 불행이다.

반대로, 중국 사람 각자는 피상적으로 생각하고 서툴게 행동할지 모르지만, 지금에는 심오한 철학자처럼 생활한다. 외부 세계를 정말이지 바깥일로 생각한다. 본질적인 것을 또 다른 차원에서 찾는다. 유럽에서 일반적으로 여자들이나 이렇게 움직인다. 여자들은 훨씬 더 심오한 삶의 철학자들이다. 여자도 사실 판에 박힌 듯 보수적이다. 사실 본질적인 것은 조건에 달려 있지 않다고 한다면 변함없는 세계에서 사는 것이 더 유익할지 모른다. 한 번만 적응하면 영원할 테니까. 번번이 끊임없이 다시 적응해봐야 전체적으로 결과가 좋지만도 않다면 말이다.

지속하는 것이면 모두 반동적이지 않을까? 자연조차도 그렇다. 자연은 정해진 목표를 향해 앞으로 나아가지 않는다. 밖으로부터 교정되는 곳이면, 어디서든 가만히 있지 못하고 원 상태로 되돌아간다. 이런 상태만 영원해 보인다. 이와 같은 해법 때문에 일반적으로 아시아 민족이 유럽 민족보다 장수할 수 있지 않았을까? 그렇지 않다면 생리적인 면이 우세하거나? 체질이 제2의 본성이 될 만큼 정신과 훌륭하게 결합된 보수적인 사고방식 덕이다.

교양 있는 중국 사람의 예절은 정말 완벽하다. 이런 사람을 만나는 것만으로도 큰 기쁨이다. 이방인으로서는 익숙지 않은 어려움이 있지만 그래도 만나면 좋다. 예절이 관계를 쉽게 해준다. 예절은 매번 해법을 제시하면서 이질적 요소의 균형을 잡아준다. 예절은 어부를 신과 똑같이 대하고 거지를 왕으로 만든다. 이방인들을 상호 이해의 넓은 길로 이끈다. 중국에 도착하기 전에 나는 중국 풍습의 기본 주의사항을 익혔다. 지금은 어지간히 익숙해 아무런 문제가 없다.

중국 고위 인사는 완벽한 형식을 보여준다. 누구나 예법대로 풍습의 틀 안에서 움직이면서 자신에게 적절한 표현을 찾아낸다. 요즘 유럽에서 얼마나 보기 어려운 완벽한 표현인가! 18세기 사람을 그대로 물려받은 프랑스 대영주들에게서나 볼 수 있는 풍모다. 요즘 예법이라는 것은 관례적이고 피상적이다. 개인이 순수하게 격식을 차리자면, 지금 유럽의 교육으로는 세련된 교양을 쌓기 어렵다. 그러나 중국에서라면 여전히 그럴 수 있다. 그래서 이 나라 거물들은 유럽보다 높은 교양을 보여준다. '전형'이 곧 개인의 형식이다. '개인의' 형식이라지만, 물론 전형에 따른 것이라 개성이 활짝 피어나지는 못한다.

예술이나 예법은 완성될수록 고전이 된다. 우연하고 개인적인 것에서 차츰 보편성을 띤다. 사람도 마찬가지다. 내면을 향할수록 더욱 깊이와 힘을 얻게 되고, 개인적인 면은 뒤로 물러나고 보편적 인간으로 보이게 된다. 그래서 진정한 위인들은 차라리 그 인물 각자가 전형이다.

톨스토이는 어떤 사람보다 더 러시아 사람답다. 볼테르는 그 자신보다 더 프랑스 사람답다. 이런 훌륭한 인물들이 사회와 민족의 장벽을 깨트린다. 이들이 가장 전형적이다. 보편적 틀에 따라 개성을 가꾼 사람들이다. 성자와 행동하는 인간과 사상가들이다. 사람들은 그리스도를 "사람의 자식"이라고 불렀고, 붓다를 "완전한 사람"이라고 불렀다. 바로 이런 의미에서 사람 사이의 흐뭇한 예의범절은 언제 어디에서나 높은 교양을 갖춘 사람에 대한 최상의 표현이다.

교양 있는 중국 사람들이 보기 드물게, 매우 높은 수준으로 보여주는 예의범절은 어디에서 나왔을까? 서양에서는 17세기에도 이만큼 완벽한 영주들을 보기 어려웠다. 2천 년 넘도록 중국의 교육을 고취한 두 권의 저작에서 나왔다. 《효경(孝经)》과 중국 문명의 진정한 문답서 《예서(禮書)》다.

《효경》은 존경에 따른 도덕에 기초한다. 괴테와 마찬가지로, 중국 현자에게 존경이라는 미덕은 "누구도 타고나지는 않지만 모든 인간관계에서 사람다운 사람이 되도록 한다." 괴테처럼 존경의 미덕에 세 가지 측면이 있다. 윗사람에 대한 존경, 아랫사람에 대한 존경과 또 같은 수준의 사람에 대한 존경이다. 그런데 중국의 지혜는 이보다 한 걸음 더 나아간다. 모든 존재에 대한 존경이 모든 덕목과 지혜의 기초다. 분명 그렇다. 우리는 대상을 진지하게 상대해야 바른 관계를 맺는다. 그래서 예의는 의례적 표현이 아니다. 도덕의 기본이다. 누구에게나 미덕과 선의를 강요할 수 없지만, 누구든 모든 낯선 인물도 존재할 권리를 인정해야 한다.[172] 예절의 깊은 뜻은 여기에서 나온다.

《예서》는 예절을 훌륭한 이론으로 발전시켰다. 예절을 생활의 전제로 삼았다. 이 책에서, "사람이 밖으로 완전하게 처신하지 못하면 내면

---

172 유럽에서는 사상가 블라디미르 솔로비에프(Vladimir Soloviev, 1853~1900)가 이런 진실을 깊이 파헤쳤다.

도 불완전하다."라고 한다. 중국 사람의 주장을 들어보면, 개인은 오랜 세월 동안 입증된 규범을 따라야 적절하게 자신을 (개성적으로) 표현할 수 있다. 어려서부터 받은 가르침이니 얼마나 유익할까! 형식이 내용을 상징하고, 밖이 안을 설명하는 자명한 사실이 사실상 균형을 이룬다.

또 다른 여건도 그러한 결과에 유리하다. 중국 사람은 타고난 예절 감각이 있다. 풍습을 착실히 지킨다고 요즘 유럽 젊은이의 반발 같은 것에 부딪히는 법은 거의 없다. 자기 이웃에 대한 존중은 공동체가 모든 구성원을 확실하게 묶어준다. 어떤 관계든 구성원 각자가 주인일 뿐이다. 또, 그만큼 서양이라면 주관적 문제라고 할 만한 것에 따를 때조차 객관적으로 처신하려 한다. 자신이 어떤 여건에서 살아왔든 간에 교양 있는 중국 사람의 내면은 매우 풍부하다.

요즘 감탄할 예절을 보면서 즐겁게 지낸다. 그것은 유교의 꽃이다. 정신이 성숙한 인간이 그 뿌리에 있다. 모든 깊이를 밖으로 드러낼 수 있는 유교 철학이야말로 위대하지 않을까? 정신 수양과 예절 교육은 반듯한 균형을 이룬다. 품위와 진지함과 지혜 모두 고르고 우아하다. 물론, 사실상 교양이 높은 사람들에게나 통할 이야기다. 대중은 비슷한 수준의 문화가 있는 곳 어디에서나 그렇듯 외향적이다. 유럽 민족들 가운데 프랑스 사람이 가장 예의 바르지만 격식은 점점 더 바탕과 멀어지고 있다. 중국에서도 마찬가지로 윤리성과 무관한 '매너'가 지배한다. 그래서 프랑스에서 바보도 정신적으로 풍부한 듯 보인다. 말을 잘하기 때문이다.

따라서 어느 쪽이 더 좋아 보일까. 반드시 개인에 영향을 주지 않아도 전체적으로 완벽한 문화와 요즘처럼 개개인이 완전히 진지하지만 전체적으로 야만적인 것, 어느 쪽이 좋아 보일까? 가톨릭이나 개신교도마다 답도 다르다. 가톨릭 신자는 규범 준수가 최상이라고 강조할 것이다. 격식을 성실히 따르면 결국 내면에 영향을 받고, 그렇게 되면 진지함이 부족해 보인다고 딱한 사람이 될 일은 없다고 한다. 어쨌든, 격식을 통해 향상될 수 있다. 가톨릭 신자는 개신교 신자를 이렇게 반박하지 않을까?

"잠시 성심을 보인들 잠깐이야 해방감을 느끼겠지만, 더 나은 장래를 기약하지는 못한다."

"(애당초 자기 수준을 오해하는 사람인데) 자기보다 높은 것에 따라 결정할 줄 모르는 사람은 절대로 자신을 넘어서지 못한다."

반대로, 개신교도는 기어코 성심이 더 중요하다고 주장하지 않을까?

"인간은 경험으로 향상될 뿐이다. 아무리 좋은 처신이라도 권위에 굴하지 않고 불완전하더라도 스스로 얻은 지식으로 어떤 상황에서든 제 몫을 다한다. 또 그렇게 한다고 미래를 위해 현재를 희생하는 것이 아니다. 사실이 입증하듯, 개신교를 믿는 나라 사람들이 가장 진보적이다. 가톨릭교도는 지난 수 백년 동안 조금도 달라지지 않았지만, 청교도들은 야만 상태에서 단 2백 년 만에 세상이 다 알다시피 문명의 선두로 나섰다."

맞다. 정치적으로 말하자면, 성심을 중시하는 문화가 완전한 형식 문화보다 더 앞서가는 모습이다. 그러나 '아직까지는' 형식 문화의 장점이 더 커보인다. 형식의 문화는 완전히 실현된 모습이지만 성심의 문화는 미래만 바라보기 때문이다.

중국 사람들의 형식 문화를 모범으로 볼 수 있을까? 중국 사람들이 이해하는 방식대로라면 그럴 수 있다. 중국 사람들은 정신적인 면을 훌륭하게 가꾸었고 형식과 내용을 긴밀히 융합했다. 나는 우아한 형식으로 그 깊이를 그려낸 '고상한' 공자의 초상화를 상기하곤 한다. 반쯤 신 같은 존재를 완벽하게 보여준다. 소박한 매력은 세련미와 또 경박함은 진지함과 상반되듯 깊이와 호감은 서로 배타적이다.

한 사람이 독일 사람의 자질과 프랑스 사람의 자질을 동시에 가질 수 있을까? 생각하기 어려운 일이다. 그러나 뛰어난 중국 사람은 정말로 그런 것들을 함께 갖고 있다. 깊이는 독일 사람만 못 하고, 유연성은 프랑스 사람만 못 하며, 재기와 세련도 뒤지며, 타고난 성품은 유럽 사람들에 비해 소박하더라도, 중국 사람들은 배움으로써 성숙한 인간성을 가장 풍부하게 보여준다. 분명 모범적이다. 나도 이런 모범을 따라야 하지 않을까? 그러자면 중국 사람의 타고난 성격이 필요하지 않을까? 그럴 것이다. 세상 사람들은 보편적이고 영원한 의미를 불어넣을 만한 우연한 별자리 같은 것을 바라기 마련이다. 실러의 생각처럼 "오직 시인만 진실한 인간"일까? 강한 인상과 깊은 열정을 보여주는 사람도 우연한 재능들의 결합으로 다른 사람들이 더 깊이 지닌 재능을 대변할 뿐이다. '천재'는 바탕부터 특별한 존재는 아니다. 그 혼자서만 천재적인 창의력으로 엮어낼 만한 타고난 소질이 우연히 합친 결과다. 중국인의 완전성은 중국인만 보여줄 수 있다. 분명, 격식을 엄격히 따르면서 독창성을 입증하려면 특별한 소질이 필요하다.

아무튼, 선천성은 생각처럼 그렇게 낯설지 않다. 영국 사람들도 크게 다르지 않다. 그들도 똑같이 행동하고 생각하며, 똑같은 목적을 원하지만 그러면서도 독창적이다. 대영제국의 자손은 갈릴레이가 옛날에 "그래도 지구는 돈다."라고 확신했던 것과 똑같은 확신을 표현한다. 그래서 모든 유럽 사람들 가운데 많은 영국인이 완벽하다. 그러나 영국 사람의 성격과 중국 사람의 성격이 근본적으로 비슷해도, 절대적 완성에 대한 관념이 보편적으로 전달될 만해야 하지 않을까? 우리는 어떤 사람이든 될 수 있지만, 만약 영국 사람으로 태어나지 않는 한 영국 사람만은 될 수 없다. 영국식 '매너'는 조건이 엄격하다. 수많은 소소한 제약과 우연과 편견에 의존한다. 유럽의 어떤 인간형보다 더 조건이 많다. 많은 예비 조건에 충실해야 영국 사람들의 특수한 성격과 자질을 보여줄 수 있다. 애당초, 유별난 개인들이 주도했던 르네상스 문화도 이런 식으로 태어나고 죽었다. 결국, 중국의 모범도 따라 하기 어려울 수밖에 없다.

나는 그렇게 모방할 수 없어 아쉽지는 않다. 보편적 진보라는 것을 별로 믿기도 어렵지만, 인간이 어디에서나 똑같다고도 믿기 어렵기 때문이다. 바람직하지도 않다. 그렇게 해서 어떻게 된다고? 하나로 통일될 뿐이다. 우리의 이상은 여기저기에서 번쩍이는 번개처럼 잠깐 실현되는 편이 좋다. 고대에, 현재와 미래에, 또 중국과 그리스와 독일 어디에서나 우리가 이상을 향해 기계적으로 끌려가기 마련인 세대에 휩쓸려 손쉬운 낙관주의에 빠지기보다 보초를 서듯 정신을 바짝 차리고 긴장해야 한다.

이쯤에서 중국 문화의 속을 뒤집어 보자. 중국 문화는 전체적으로 피상적이다. 일반적 의미에서 피상적이라고 한다면 이해하기 쉽다. 아무리 교양이 풍부한 대중이라도 완벽한 형식으로 진정한 표현을 내놓기는 어렵다. 인정 많은 대중이 존경심도 많고 호의적이며 진실해도, 동시에 궁중 예법 같은 격식까지 갖추기는 어렵다. 격식은 그것을 드러내는 힘보다 우세하다.

'겉으로 완벽해' 보이는 중국인의 성격은 어디에서 나올까? 사실, 그 형식은 극단적이다. 보통 중국 사람은 너무 편의에 젖어 있다. 완전히 편안하게 자신을 드러낼 때마다 분명 다른 궁리나 속셈이 있다. 그는 평생 항상 자기 행사와 잔치의 주인이다. 그래서 '감쪽같이' 밖으로 드러나는 것에만 책임을 느낀다. 내심 깊은 곳의 생각을 드러내지 않는다.

생생한 것은 추론으로 요약되는 법이 없다. 실체는 설명이 필요 없다. 내가 찾아본 원인을 간단하게 '요약'하지 못할 것도 없다. 하지만 중국 사람들은 '표면상 완벽해야' 하는 성격이라 개성을 별로 따지지 않는다. 중국 사람들은 수천 년간 여러 민족(이 섞인 주민) 간에 통용된 사회성이 매우 두드러지며 형식 감각이 뛰어나다. 마치 많은 사람이 작은 공간에 오순도순 모여 살면서 절대로 밖으로 나오지 않는 모습 같다. 그들의 유일한 생활 방식은 누구에게나 걸맞은 규칙을 엄격하게 지키는 것이 아닐까? 인간관계에서 중요한 것은 그가 생각하는 것이 아니라 그 생각의 표현이다. 현실보다 사물의 외양이다. 이런 식으로 본다면 중국 사회는 가장 극단적인 경우 같다. 개인의 의욕을 위한 자리는 없어 보인다. 엄격히 규범에 따른 생활만 순조롭게 돌아간다. 어쩔 수 없이 따르는 본능도 있겠지만, 형식의 의미만 대단해 보인다. 이런 식으로, 공동생활은 금세 규범과 외향성을 따른다.

우리가 알다시피, 현재 중국 사회는 '경험 없이 관념만으로' 구성될 수 있다. 이것이 무엇을 입증할까? 중국 사회가 얼마나 자연에 충실한가를 증명한다. 사실, 서양인은 통념과 다르게 중국과 꽤 가깝다. 우리는 중국인의 '체면'을 비웃곤 한다. 잘못된 행동의 결과를 불평하지 않고 참으면서 괜찮다는 모습을 취하는 버릇이다. 잘못한 것도 없이 고통 받을 수 있는데도 고통이 별것 아닌 척하기도 한다. 그러나 사실 서양 사람의 태도도 똑같다. 서양의 사회생활도 모든 것이 평판과 여론, 배경과 신화에 좌우된다. 어디에서나 피상적이다. 매사에 타인의 처지에 따라 평가하면서 처신하고 진실과 신뢰는 뒷전으로 밀려난다. 인간적 체면이 문제될 때 진실이야 어떻든 상관하지 않는다. 사람의 체면을 별도의 문제로 보기 때문에 언행일치나 실물과 외양의 일치 같은 소박한 기본조차 사라진다. 특히, 기독교의 사랑에서 이런 면이 뚜렷하다. 기독교의 사랑은 본질적으로 인간을 존중하지 않는다. 완벽하게 이웃의 감정을 조롱한다. 우리는 못된 기독교도라는 점에서 비슷한 이웃들과 똑같다.

중국 사회는 극단적으로 전형만 보여준다. 거의 희극 수준이다. 중국 사람들은 황당하지 않다. 사람으로서 일관되고 당연한 결과일 뿐이다. 일면 진실하다. 서양 사람들도 모두 서로 희극을 보여준다. 의식적으로 자신을 속이면서 마치 자신이 정말로 자신과 다르다고 생각한다. 우리 모두 속으로는 만족한다. 우리가 알고 우리 눈으로 보다시피 겉모습과 내심을 훌륭하게 타협한 덕이다. 타인 앞에서만 자기를 숨기지 못해 두려워한다. 헤겔의 말대로 이런 자의식에서 재미있는 결과가 나왔다. "우리는 자신보다 타인 앞에서 자신에게 더욱 충실하다." 그렇게 우리는 진실성을 버림으로써 진실해질 뿐이다.

서양 사람의 이런 처신에 비해 중국 사람은 혼자서든 타인 앞에서든 진지한 희극을 벌인다는 인상을 준다. 정말 그렇다. 중국 사람들이 얼마나 진지한지 모르는 사람은 그들이 신문에서 어떻게 국내 사건을 논하는지 보아야 한다. 그렇게 허풍을 떨지 않고 사태를 검토하는 모습을 다른 곳에서 결코 본 기억이 없다. 그들은 진지하려는 곳에서 진지하지만, 그럴 필요가 없는 자리에서는 그렇지 않다. 그러나 서양 사람은 항상 진지한 척한다.

중국 사람들이 황당하지 않다는 또 다른 증거가 있다. 중국 사람들은 현대인이 비정상적으로 보든 말든 의례를 중시한다. 사실 중국에서 형식이 내용보다 중요하다. 발전도상에 있는 어느 나라에서나 보는 사실이다. 어떤 민족이 아직도 '자연의 민족'일수록 결국 더 질박해 보이기 마련이고 격식이 좀 더 중요하다. 모든 일은 진화하면서 세련된다. 우선 격식은 더 복잡하고 까다로워지다가 그 집단적 틀을 못 견뎌 하고 반발하다가 끝내 그 오랜 형식을 깨버린다. 유럽 사람들은 이런 식으로 막바지 단계에 와있다. 그런데 교양 있는 중국 사람들은 마지막 바로 전 단계에 있다. 규범이 지극히 다양화한 수준이다.

중국 사람들은 이런 단계의 고전이다. 17세기 프랑스 사람보다 더 고전이다. 그 당시 프랑스는 어제의 중국 사람들의 예법과 놀랍도록 비슷했다. 사건의 형식은 실제 내용과 엇비슷한 격이었다. 인간이 개발한 높은 형식을 따를 때 나타나는 일이다. 그러다 보니 그 중요성을 과장한다. 기계 예찬이 바로 똑같은 경우다(현대의 기계화는 의식(儀式)과 마찬가지다). 인간은 형식을 자율적인 것처럼 본다. 자신의 표현 수단이나 신체와 또 그 활동을 연장해주는 도구로 보지 않는다. 흔히 인간이 개별화하지 못한 단계에서 나오는 생각이다. 누구나 개인보다 계급을 더 중시하고, 공동체의 규범이 개인의 규범과 하나가 되기 전의 일이다. 서양에서는 관습의 준수가 개인의 진실성과 맞먹는 가치를 띤다. 아무튼 민족마다 각자의 능력과 교양에 따라 이런 사실을 다르게 해석한다.

인도 사람들처럼 신비주의로 기운 민족은 의례에서 마술의 장점을 본다. 상상력이 빈곤한 프랑스 사람들은 풍습을 가장 나중에 고려한다.

그런데 중국 사람들은 의례를 상상할 수 없이 심오한 이론으로 설명한다. 지식으로서보다 실생활에서 더 값진 이론이다. "개인은 사회 규범을 따르고 지켜야만 인격이 완성된다."라고 가르치고 증명한다. 그래도 대중은 피상적이지만, 평균 수준이 넘는 사람들은 그 이론을 더 확실하게 (더 빠르지는 않더라도) 우리가 따라야 할 궁극의 목적으로 가는 수단으로 삼는다.

중국에서 의례는 예외가 아니라 전형으로서 중요하다. 거의 각자가 개성으로 분화하지 않은 사회의 모습이다. 현대 유럽에서 이런 사회생활 방식을 진지하게 생각하지 못한다. 그러나 진지하게 볼 만한 형식은 당연히 그럴 수밖에 없다. 형이상학자가 보기에 자연이 창조한 형태와 인간의 상상에서 나온 형태에 차이는 없다. 모두 현상이다. 서로가 사실이며 의미도 같다. 형이상학자가 중국취미(Chinoiserie)[173]를 조금 괴상하게 보거나 전체적으로 희극처럼 보더라도, 그와 동시에 완전히 풍자 수준까지 올라간 창작으로도 볼 수 있다. 굳은 형식은 편견과 마찬가지다. 둘 다 보는 각도에 따라 괴상해 보인다. 인간을 자세히 들여다보면서 웃는 사람이라면 그 이상한 요물에 양면이 있고 특이한 의례를 반기며 따르는 것을 볼 텐데, 이는 각자 때에 따른 심정에 좌우된다.

---

173 중국에서 유래한 문예·예술상의 경향 또는 그것에 바탕을 둔 작품을 뜻한다. 17~18세기 유럽의 가구, 도자기, 판화, 직물 등에 종종 등장하여 로코코 양식에 풍부함을 더하는 데 기여했다.

산둥반도를 가로지르다

날이 갈수록 점점 더 중국이 위대하다는 감탄만 나온다. 중국은 완전히 별개의 세계다. 지금까지 내가 알고 있던 다른 어떤 나라보다 실제로 더 위대하다. 이미 알아보았지만 이 나라 사람들은 다른 세계에 진지한 관심이 없다. 때때로 내가 본 것에서 러시아를 연상하게 된다. 러시아 제국은 어떤 일이 일어나든 항상 거대해 보일 만하다. 모든 면에서 다른 데도 두 나라에서 왜 똑같이 강한 인상을 받을까? 공통점이 무엇일까? 확신하기 어렵다.

분명, 동양의 모든 나라와 중국의 차이가 있다. 서양에서 러시아가 그렇듯 통이 크고 선이 굵은 점이다. '황톳빛 평야'보다 드넓은 것이 어디 있을까. 이런 성격은 개개인에게서도 반영된다. 진짜 러시아 사람은 누구나 본디 (아니면 실제로) 통이 크고 관대하다. 마찬가지로, 개성이 뚜렷한 중국 풍경은 크게 통일된 리듬이다. 주민들도 그런 성격이 두드러진다. 중국 사람들도 번번이 무미건조한 속물일망정 도량이 크다. 중국 취미의 바탕은 거대하고 힘찬 통일성이다. 중국취미라는 의미심장한 표현은 우선 쩨쩨한 관념과 대비된다. 사실, 버마, 시암(타이), 일본의 인색한 성격을 에둘러 가리킨다. 중국의 별것 아닌 장식에도 힘찬 정신이 느껴진다. 지극히 파급력이 강하다. 확실히 그렇다. 나도 다른 많은 사람들처럼 그 힘에 굴복했다.

중국 사람들의 실상이 강하게 눈길을 끌었던 까닭은 유럽 사람들이 그들의 겉만 보고 그 깊은 성격을 알 수 없기 때문이다. 예쁘고 멋있고 세련된 것을 우리는 피상적인 것으로 본다. 그러나 중국인은 그 어떤 민족보다 깊다. 그렇게 자연의 질서에 깊이 뿌리를 내리고 있는 인간도 없다. 누구에게든 외모는 그 자신만큼 중요하다. 깊이 있는 사람들만 형태를 그토록 진지하게 여긴다. 그런데 중국 사람은 깊이에서 나오는 특이한 능력이 있다. 그 능력이 몸에 밴 것이라는 점이다. 마치 인력(引力)이 정신력이 된 듯하다. 고대 중국 예술의 걸작에서 정신은 다른 어느 부분 못지않게 강인한 실체였다. 중국의 고대 불상들은 정말이지 강인해 보인다. 불상들은 지상에 그런 모습을 보여줄 신(神)으로서 기운에 넘친다. 기운을 개인마다 조금씩 타고난다. 그러나 중국도 전체적으로 여기저기 그 힘에 고취된다.

중국을 이해하려면 중국취미와 제국의 거대함과 주민들의 잠재력을 충분히 감안해야 한다. 예절과 자연의 호방함을 같은 눈으로 바라보아야 한다. 본성의 크기는 우연한 표현 수단에 좌우되지 않는다. 오직 사람이 결정한다. 중국은 많은 전쟁을 치르면서 패배도 하고 정치적으로 강력하게 통일된 적이 드문데도 여전히 크고 위대하다. 어느 날 또다시 갈라진다고 해도 여전히 위대할 것이다.

지금, 나는 아시아에 있다. 그리스에서 인도와 남중국을 향해 오리엔트를 떠났다. 이집트와 소아시아와 페르시아를 거쳐 왔다. 나는 지금 러시아부터 광활한 대륙의 모든 민족을 거대한 한 덩어리로 끌어안는 아시아에 와 있다. 러시아는 중국보다 인도와 심리적으로 더 가깝다. 많은 점에서 러시아의 살아 있는 혼은 고대 인도의 혼과 결합한다. 두 민족은 그 바탕에서 하느님과 자연의 관계와 마찬가지다. 그러나 러시아 사람은 중국 사람의 뒤에 있다. 모든 아시아 사람의 배경은 끝없는 공간과 시간이다. 유럽과 인도 사람에게 그런 배경은 없다. 가령 어떤 독일 사람과 러시아 사람을 주목해보면, 우리는 러시아 사람을 떠받치는 거대한 배경에 놀라곤 한다. 러시아 사람은 아시아 사람의 성격을 보이기 때문이다. 유럽 사람의 배후에는 그 역사뿐 다른 것은 없다. 그 역사가 위대하고 풍부하고 뜻깊을 때 유럽 사람은 다른 어떤 사람보다 돋보인다. 그러나 이런 배경은 항상 마감된다. 끝없이 펼쳐지는 것으로 이어지지 못하고 분명한 윤곽을 드러낸다.

동양 사람 뒤에는 전설과 동화가 있다. 사실보다 가능성이 더 많기 때문에 전설과 설화가 풍부하다. 그러나 의심을 사기 때문에 불리하기도 하다. 그래서 동양 사람은 상당히 비현실적이며 애늙은이 같은 면이 있다. 아시아 사람의 배경은 방대한 자연, 끝없는 우주의 운행이다. 인도 사람은 인간을 깊이 이해해도 그 지식을 생활에 응용하지 않는다. 인도 사람이 그토록 깊이 통찰했던 자연이 그에게서 구체적으로 느껴지는 법은 거의 없다. 반대로, 러시아 사람에게서 자연은 너무나 강하게 느껴진다. 소박한 농부처럼 누구나 자연과 하나라고 느끼지 않던가! 어떤 작가도 톨스토이만큼 우리의 삶 전체와 자연의 관계를 그림처럼 그려내지 못했다. 슬라브 민족의 예민하고 다정한 영혼은 그 배경에 있는 '전체'와 직접 공감한다.

중국 사람은 바탕이 건조하고 차가워 이런 공감을 모른다. 그렇지만 똑같이 살아 있는 배경이 있다. 중국 사람의 생활을 지켜주는 '우주의 의미(理)'가 살아 있다. 천자(天子)가 올리는 제례와 사계절의 운행과 사회생활을 꿰고 있는 배경이다.

누가 조금이나마 깊이 있게 그 고리를 파악할까? 중국 사람도 모든 것이 서로 인연으로 엮인다고 생각한다. 아시아 사람은 결코 인간과 자연을 대립시키지 않는다. 자기 자신에게서 자연의 일부를 본다.《안나 카레니나》에서 여주인공의 죽음을 그 얼마 전 고상한 시종의 죽음을 뒤따르는 것으로서 표현하니 얼마나 감동적인가! 중국 예술의 위대한 스타일은 얼마나 인간의 형태를 벗어나 자연과 또 동식물과 하나가 되고 '신과 인간이 한 몸이 된' 성격을 띠는가! 분명, 여기에서 자연이 겉으로 드러내는 감탄할 그림이 나온다. 호메로스와 괴테의 작업과 마찬가지다. 자연과 인간을 구별하지 않고 그 둘을 떼려야 뗄 수 없이 결합된 한 몸으로 이해하는 점이야말로 심오하다.

지난

나는 지금까지 중국 내륙을 여행하면서 처음 보는 매우 인상적인 농촌을 보았다. 모든 땅을 정성껏 기름지게 개간했다. 높은 산꼭대기까지 피라미드처럼 인공 계단으로 이어진다. 황토로 짓고 토담을 두른 마을은 너무나 자연스러운 풍경이다. 마을이 들어선 황톳빛 배경과 거의 구별할 수 없다. 어디에서나 농민이 조직적으로 열심히 태평하게 일한다. 넓은 땅 어디에서나 농민의 활력이 넘친다. 농민의 파란 작업복은 푸른 밭과 마른 개울 바닥의 황색과 함께 그려내는 그림에 반드시 빠짐없이 들어간다. 평야에서 구릿빛 피부의 사람을 빼어놓을 수 없다. 방대한 평야는 넓은 묘지이기도 하다. 조그만 땅에 수많은 비석이 없는 곳이 없다. 매번 쟁기질 하는 사람은 묘비를 피해 지그재그로 전진한다.

세상 어느 농민도 진정 이렇게 땅에 붙어 기대 사는 모습을 보여주지 않는다. 이곳에서 모든 삶과 죽음은 물려받은 밭과 뒤섞인다. 밭은 인간의 것이 아니다. 인간이 밭의 일부일 뿐 서로 떨어질 수 없다. 자식들은 그 땅을 절대로 떠나지 못한다. 자식들은 크게 늘어나 같은 밭에서 능숙하게 일하지만 자연에서 거두는 것은 별로 없다. 그러다 죽게 되면 그들은 대지의 품에 자신을 맡긴다. 그렇게 항상 같은 모습으로 살아간다. 마치 선사의 그리스 사람처럼, 중국 농민에게 죽은 듯 보이는 것이 여전히 살아 있다. 땅덩어리에서 조상의 혼이 빛을 발한다. 농민의 노력을 보상하지만 무시하면 처벌하는 조상이다. 조상에게 물려받은 땅은 중국인 자신의 역사와 기억이자 추억이다. 그 땅을 부인한다면 곧 자신을 부인하는 것이다. 그 자신이 그 땅의 일부다. 서양 고대의 목가는 노자의 노래와 얼마나 다른가?

사람은 땅을 본받고
땅은 하늘을 본받으며
하늘은 '뜻'을 본받는데
뜻은 스스로를 본받네.

중국 철학에서 천지와 우주의 운행, 인생과 도덕과 자연의 순환은 하나의 완결된 체계 속에 들어 있다. 하늘은 땅 위에 있고 땅은 사람 위에 있다. 농부는 모든 인간 중에서 가장 엄격하게 땅을 따른다. 그렇게 함으로써 농부는 모든 건설의 큰 기초가 된다[농자천하지대본(農者天下之大本)]. 만약 농민이 의무를 다하지 않는다면 하늘과 마찬가지로 나라마저 흔들린다. 농부는 하늘에서 세상 어떤 존재와도 비할 수 없는 위신을 받는다. 모든 정치 철학은 원칙적으로 농민의 위엄을 인정한다. 어디에서나 위에 있는 것은 밑에 있는 것의 뒷받침을 받는다. 가장 잘게 나눠진 것도 무한하게 큰 덩어리에 근거한다. 자연계 속에 있다는 의미이다. 그러나 중국인에게 이런 위신은 감탄할 만큼 특별한 뜻이 있다. 그 위신으로 살아서 모든 세계와 관계를 맺는다. 세상의 모든 부분은 기계적 관계가 아니다. 위상이 높은 것은 낮은 것에 바탕을 두고 있을 뿐만 아니라 그 바탕 속에 반영된다. 만약 중국 농민이 사상가라면 그는 하늘의 기둥이라 할 만하다.

어느 나라에서 죽은 자를 지혜의 거울로 삼을까? 다른 어느 곳에서 본능대로 사는 삶이 사유와 가장 풍부하게 어울릴까? 이곳에서 삶은 유기적이다. 큰 뜻에 따르고 절대 큰 뜻을 거스를 수 없다. 어느 때에 어느 곳에나 위대하게 반영되는 정신처럼 큰 뜻이 현실을 꿰뚫는다. 그 뜻을 이해하기 어려운 곳에서도 그렇다. 사실상 중국 사람 누구나 신화의 주인공처럼 어울린다. 그런 사람들 가운데 특히 황제들이 빈번하게 자기 본분을 망각한다. 반면, 중국 농민은 언제나 그랬듯 오늘도 자기 본분을 다한다. 이곳에서 정신은 정말이지 현실 세계를 발전시킨다. 정신은 그 이념을 씨처럼 땅에 뿌린다. 그 싹이 트고 무르익을 때 세계도 그렇게 달라진다.

유럽 사람들은 중국 사람들보다 뛰어나게 자연을 지배한다. 그러나 지금까지 자연을 의식하는 작은 생명으로서 인간이 자연을 가장 높은 수준으로 표현한 곳은 중국이다. 요컨대, 유럽 사람들도 자연의 일부로 참여한다. 지배자로서든 피지배자로서든 기본적으로 인간과 자연이 하나로 통합된 관계는 항상 똑같다. 그러나 중국 사람들은 그런 관계를 잘 알고 있지만, 유럽 사람들은 조금도 모른다. 이런 점에서 중국 사람들이 우수하다.

베이징

초저녁 몇 시간을 베이징 천단(天壇)에서 보냈다. 넓고 황량한 모래벌판에 짙은 소나무 몇 그루에 둘러싸인 대리석 제단이 홀로 우뚝 서 있다. 여기저기서 까마귀들이 꺽꺽대었다. 사람에게 낯선 고장이다. 이곳에는 전환기의 역사만 보이는 듯하다. 건물은 거대하고 단순하지만 감탄할 만큼 크고 고상하다. 거친 환경 한복판에서 순수하고 영기에 가득한 아름다움으로 뭉클한 장관을 빚어낸다. 무거운 재료에서 정신을 끌어내 곧장 승화시킨다. 곳곳에 백설 같은 돌에 용의 상징을 새겼다. 용은 창세기의 으뜸가는 상이다. '하늘의 뜻'을 처음으로 한 몸에 담아내 공기처럼 유연하다. 용은 흐름의 상징이다. 어디든 꿰뚫고 어디에서나 나타나며 끊임없이 새로 변신한다. 영혼의 원동력이자 무한한 동력을 상징한다. 용의 혼으로 천단을 지었다. 지상의 둔중한 건축물과 다르게 하늘로 비상하는 작은 신전의 모습이다.

나는 이곳에 맑은 정신으로 도착했다. 길가에서 마주친 농민의 생활상은 우주의 고리에서 인간의 대표를 이해할 자세를 가다듬기에 좋다. 황제는 '인간이 아니라 황제로서' 용상에 앉는다. 농부는 땅과 사람을 잇고, 황제는 하늘과 땅을 잇는 연결고리다. 그렇게 자연에서 벌어진 것을 책임진다. 제례를 엄수해 계절이 제대로 돌아가게 한다. 농부에게 필요한 비가 오지 않으면 황제는 이를 겸손하게 속죄한다. 황제의 권력과 지위는 창조의 조화로운 질서에 의지한다. 황제의 성격은 대신들의 성격과도 같다. 신하의 처신이 곧 그의 처신이다. 이렇게 전제 군주는 모든 책임을 지고 엄중히 한계를 지킨다. 그는 신(神) 앞에서만 책임지는 것이 아니다. 즉, 과거의 유럽 군주처럼 제멋대로 인간을 다룰 수 없다. 그렇다고 황제가 현대 군주처럼 인간에 대해서만 책임을 지는 것도 아니다. 황제는 시계의 핵심 부품처럼 책임을 진다. 가령 시계가 움직이지 않는다면, 그 잘못은 기계 장치 때문이다. 톱니바퀴가 작동을 멈추고 돌아가지 않는다면 부품이 고장 났다는 뜻이다. 그러면 시계가 완전히 멈추거나 부서진다. 마찬가지로 어떤 왕조가 통치할 줄 모른다면, 그 왕조는 조만간 자리를 내주게 된다. 스스로 무너지든 폭력으로 쫓겨나든.

얼마나 놀라운 개념인가! 로마제국 황제들의 주권 개념보다 얼마나 우수한가! 신 같은 권리와 하느님의 사제와 신성불가침이라는 개념보다 얼마나 뛰어난가! 오직 이런 개념으로 절대 주권에게 절대 책임이 따른다는 문제를 시원하게 해결한다. 천자는 어떤 군주보다 큰 권력이다. 그는 자연보다 위에 있다. 그러나 현대 민주주의의 책임 있는 장관보다 권력은 제한적이다. 황제 자리는 집단의 특수직일 뿐이기 때문이다. 그가 살아가고 행동하자면 다른 모든 기관에 의지할 수밖에 없다. 절대군주는 현자들의 충고를 받아야 한다. 백성의 의지를 존중하며 끊임없이 선행에 힘써야 한다. 만약 황제가 이기적으로 통치한다면 자신을 갉아먹고 자신의 존재 근거를 무너뜨리게 된다.

절대군주의 지위와 역할에 대한 이토록 훌륭한 개념은 오직 중국 사람의 특별한 정신을 낳은 철학의 당연한 결과였다. 그 철학에 따르면, 자연과 도덕의 법은 똑같은 체계의 일부분이다. 똑같은 규범이 도덕 행위

▲ 베이징 천단, 1902년경
▼ 베이징 황궁, 윌리엄 헨리 잭슨, 1985년

나 계절과 밤낮의 순환을 관장한다. 이것이 인간만사와 인간이 모르는 것, 생물과 무생물의 현상, 자연과 도덕을 조화롭게 아우르는 유일한 전체와 보편의 질서다. 그러나 정신이 무엇보다 으뜸가는 기본이다. 도는 정신적 자질이다. 도덕은 곧 자기수행이다. 그래서 사람이 자연의 의무인 도리를 무시할 때, 즉 아버지가 아버지답지 못하고, 남편이 남편답지 못하며, 군주가 어질지 못하고, 신하가 신하답지 못하거나 하늘의 다섯 가지 미덕(인, 의, 예, 지, 충)에 성실하지 않을 때, 자연은 다시 혼란에 빠지기 쉽다. 따라서 의무를 행하기에 덕이 부족한 황제라고 해도 이와 같은 기존 질서를 고칠 권리는 없다. 그러나 다른 한편, 그의 성격이 의무에 적합하다면 모든 것이 제대로 돌아갈 것이다.《중용》에 이런 말이 있다.

황제가 질서를 따르면, 그의 모든 의무는 저절로 수행된다. 황제가 현자들을 존중한다면 틀림없이 진위와 선악을 분별하게 된다. 황제가 마땅히 어른을 공경하면 친척과 형제 간 모든 불화가 사라진다. 황제가 대신들의 장점을 높이 사면 국가의 사업이 번창한다. 황제가 비천한 공복을 편안하게 대우하면 문사들이 제사를 열심히 올리게 된다. 황제가 백성을 자식처럼 사랑하면 백성은 그를 본받는다. 황제가 궁정을 학자와 예술가로 채운다면 풍요가 넘친다. 이방의 사신들을 우애로 맞는다면, 온 세상 사람이 황제의 축복을 받으러 제국으로 몰려든다.

정신이야말로 세계의 근본이 되는 힘이다. 정신을 존중하면 나머지는 저절로 해결된다. 칸트는 언제나 새로운 존경심으로 마음에 담았던 두 가지를 말했다. 즉, 머리 위에서 별이 빛나는 하늘과 자기 내면에 들어있는 도덕률이다. 중국 사람들은 천계를 도덕률의 표현으로 본다.

유럽 사람들은 자연의 법칙에서 정신과 공통점을 찾는 것을 모순으로 본다. 어떤 사건이 발생하면 반드시 (정신의 지시에 따라) 수행되는 그 법칙을 알아볼 수 있지만 종종 제지받는다.

중국 사람들은 자연의 법칙을 서양 사람처럼 이해하지 않는다. 중국 사람들은 농부의 눈으로 이해하면서 자연 또한 선을 악보다 드물게 행한다는 전통에 따라 판단한다. 중국 사람들은 물질도 정신과 마찬가지로 '일방적으로' 결정된다고 본다. 결정 방식은 인성에 따라 다르다. 이렇게 인간의 질서와 우주의 질서가 공통의 인자에 따른다는 것은 불합리하지 않다. 정신은 삼라만상의 기본적인 힘으로서 특별한 계기가 없어도 직접 영향력을 발한다. 그래서 위대한 중국 황제들은 통치하지 않는다는 말이 있다. 공자는 이렇게 주장한다.

> 요순 황제가 아무것도 하지 않으면서 천하를 다스린 방식은 숭고했다.

노자는 이렇게 주장한다.

> 위인이 다스리면 백성은 그가 있는 줄만 안다. 위인이 못 되는 자는 칭송과 아첨을 받지만 그만큼 걱정이 많고 무시당한다. 신뢰받지 못하고 신뢰하지도 않을 때, 이런 자들은 얼마나 고심 끝에 말하던가! 일을 끝내고, 손을 털면서 백성들이 하는 말은 모두 똑같다. "우리는 아무에게도 기대지 않는다."

도덕성은 진정한 군주가 군림하는 데 필수조건이다. 사실, 현재의 중국도 매우 불안한데 위신만으로 통치한다. 백성 위에 있는 사람을 백성이 존경하기 때문에 가능하다. 정말로 별것 아닌 통치 수단 아닌가!

관리들은 군경도 없이 질서를 유지하면서 명령까지 수행한다. 그들의 몫에 걸맞은 위신만으로, 아랫사람의 존경만으로 버틴다. 기막히게 감탄할 만한 정부 아닌가! 우리가 생각할 수 있는 가장 고상한 정부 같다. 국민이 교양을 완비한다면 제도와 기구가 왜 필요할까. 만사가 저절로 해결될 텐데! 국민의 교양 수준이 높을수록 국민은 개인의 가치를 더 자부하고 통치 기구도 절실하지 않게 된다. 영국에서 판사들은 사실상 절대군주와 다름없다. 그들이 실제로 법을 만든다. 제도의 결과도 훌륭하다. 국민들이 수준이 제도에 걸맞기 때문이다. 독일에서는 판사에게 아직 이런 권위를 부여하지 못한다. 정확하게 미리 정한 법규가 필요하다. 러시아에서는 법 이외에 그 적용과 해석을 번번이 통제해야 한다. 그런데 중국에서는 도덕심이 지금까지 최고로 발전했다. 정말이지 이는 이 나라의 근본 특징이다. 서양 사람들이 이론으로나 가능하게 보는 초인적 조건이다.

그렇다면 군주의 통치에 필수 불가결한 장치가 전혀 없을까? 있다. 의식(儀式)이다. 훌륭한 깊이와 영원한 인간성이 다시금 '중국식'으로 귀결된다. 법이 있는 한 행정 당국은 필요 없다. 모든 생활이 자율로 조직된다. 그러나 만약 황제가 매년 찾아오는 대제사 기간에 천단 앞에서 단 한 차례라도 범절을 저지른다면, 그토록 바르게 돌아가던 세상은 갑자기 혼란에 빠지고 말 것이다.

베이징 거리는 남부와 중부 지방의 대도시만큼 그림처럼 아름답지 않다. 그 대신 폭이 넓다(물리적 폭만이 그렇다는 뜻이 아니라 시원하고 넓어 넉넉해 보인다). 거리에서 초원의 바람이 분다. 도성의 성격은 유가의 정신이 아니다. 몽골과 만주의 대정복자들과 칭기즈칸의 정신이다. 그래서 베이징이 호되고 거대한 야성을 풍기는 것일까. 베이징은 무엇보다 황도(皇都)다. 가까운 톈진과 지난보다 멀리 있는 인도의 델리나 러시아의 상트페테르부르크를 닮았다.

거대한 성문들과 방벽과 허공에 치솟은 궁과 탑은 절대군주의 거처임을 과시한다. 나는 유적들로 갈라진 넓은 공간을 돌아다니며 황제의 위대한 정신에 흔들리기도 했지만, 새로운 공화국에 대한 반감도 생겼다. 이곳에 그 공화국의 자리는 거의 없다. 왜 그것을 세웠을까? 더 자유롭지도 못할 텐데.

미국은 중국만큼 자유롭지 못했다. 중국의 사회적 기본 단위, 촌락[향촌 또는 현(縣)]은 완전히 자치로 운영되었다. 주민 스스로 촌장을 선출해 운영하며 정기 세금은 없었다. 때때로 관리들이 찾아와 뜯어가는 액수는 훗날 꼬박꼬박 내는 것에 비하면 미미했다. 과거의 정부는 주민의 일상생활에 거의 개입하지 않았다(정말로 거의 간섭하지 않았다). 정부는 불가피하게 움직여야 할 때까지 무기력할 정도로 인내했다. 물론, 부당하고 잔인하게 강탈하기도 했다. 그러나 이는 관리들의 잘못이지 탁월한 원칙의 오류는 아니다.

전제군주제의 중국에 특권층도 없었다. 세습 귀족도 없이 수천 년 동안 최고위 관리직은 누구에게나 개방되어 있었다. 세상 어디에서도 그 정부만큼 드러나지 않는 곳은 없었다. 어떤 당국도 개인의 주권을 이렇게 덜 구속한 곳은 없었다. 그런데도 중국에서 개인이 서양보다 덜 자유롭다면, 이는 정부 제도 탓이라기보다는 물려받은 사회질서 때문이다. 기존의 사회제도를 바꿀 여지가 있었다면 구체제 하에서도 좋든 싫든 얼마든지 바로잡을 수 있었을 것이다. 그러면 혁명이 무슨 소용이 있을까? 그러나 혁명이 필요했다. 청나라를 통치하는 만주 사람들은 행정에 서툴렀다. 그들은 입헌파가 왕조의 개혁을 요구할 만큼 잘못했다. 대표자들의 자질만으로 보장받는 제도에서 그들의 자질이 부족하면 금세 최악의 상황을 맞는다. 왜 그럴까? 선한 군주는 선한 관리들의 도움을 받아야 한다. 정부에서 못된 황제가 국가라는 수레를 궁지에 빠트린다면 소요에 맞설 장치가 없다. 이렇게 되면 혼란은 불가피하다. 변란이 중국의 제도에 잠재된 평소의 위기보다 더 심각했고 제도의 몰락을 초래했다면 이는 외적 요인 때문이다. 서양의 오염된 사례 때문이다. 적어도 그 '상식'과 심오한 문명으로 서양의 오류를 모방하지 않으려 버티지 않는다면, 중국 국민의 불행이다.

나는 공화국을 혐오하지 않는다. 국민이 완전히 개화한다면 공화국이 어떤 정체(政體)보다 최선책이 될 수 있다. 그러나 오늘날처럼 선진화한 국민들이 있어도 공화정은 목표하는 것과 정반대의 결과를 낳고 있다. 더 나은 사람들 대신 무능한 자가 지배하고, 해방 대신에 예속이 지배한다. 게다가 전체 수준은 향상은커녕 추락하고 있다. 우수한 사람들이 지배하지 못하는 이유는 분명하다. 모자란 사람은 자기보다 우수한 사람을 절대로 인정하려 하지 않는다. 보통 자기와 비슷해 보이는 사람을 통치자로 뽑는다. 그래서 미국 시민들은 자기네 '의회'를 훌륭한 의원으로 채울 꿈도 꾸지 않는다고 솔직하게 인정한다. "훌륭한 의원이 민의를 대변하지 않을 텐데"라고! 공화정에서는 자신을 뽑아준 사람들보다 우수하지 않더라도 훨씬 더 음흉하거나 대중을 선동하고 음모나 꾸미는 출세주의자가 권력을 얻을 기회를 잡는다. 공화정 수장들은 통치자로서 반드시 갖출 덕목인 우수성이 부족하다. 그들의 내면은 자유롭지 않고 군주답게 차분히 바라볼 줄 모른다. 그래서 유권자와 언론에 굽실거려야 한다. 당연히 더 중요한 사실이지만, 정부 요인들이나 배려한다. 과거에 로베르 드주브날[174]은 공화정 수장의 문제를 훌륭하게 꼬집었다. 오늘의 프랑스에서 왜 의회가 국민을 대표하기는 고사하고 완전히 자기네 끼리끼리의 조직이 되어, 거기에 기생하면서 정당들끼리 거래와 협잡을 일삼고, 국가의 선(善)을 거의 망각할 정도가 되었는지. "원리로 본다면 모든 공화정이 이와 비슷하며 원칙을 실행하더라도 일시적일 뿐"이라고 했다. 이대로 간다면 공화국의 우수성과 독립성은 사라지게 된다고 개탄했다.

이렇듯 공화정 체제는 해방보다 예속을 초래한다. 공화국의 도래가 곳곳에서 몇몇 종복의 해방을 이끌어내겠지만, 이는 새롭기만 할 뿐 더 고약한 예속을 초래한다. 현대의 공화주의자는 인간이 본디 평등하다는 가설에서 출발한다. 그래서 시민들 사이에서 우수성의 의미가 인위적으로 훼손되었다. 지혜로운 사람은 평범한 사람이나 신사의 위신밖에 없다. 책임이 막중한 자리가 그에 걸맞은 소질을 타고난 사람에게 돌아가지 않는다. 교활한 자라든가 아무나 차지한다. 이렇게 인물은 국가 운영을 보장하지 못한다. 그렇다면 어떻게 해야 할까? 무기력한 장치를 보강

---

174 Robert de Jouvenal. 1882~1924. 《동무들의 공화국(La République des camarades)》(파리, 그라세, 1914) 이라는 평론집을 남긴 언론인이다.

해야 한다. 인재들만이 할 수 있는 가치를 보장해야 한다. 앞서가는 민주주의는 예외 없이 기계적 제도로 돌아가기 때문이다.

정치 제도는 시민의 교육 수준과 밀접하다. 영국 판사가 법을 만드는 반면, 독일 판사는 법을 적용할 권리밖에 없다. 결국, 최상의 인물들이 의회에서 연설할 기회를 얻지 못하는 요즘 같은 민주주의에서 행정 당국이 전권을 쥔다. 미국에서 특히 그렇다. 그곳에서 코커스[미국 일부 주의 대통령 후보 경선]는 어떤 아시아 독재자보다 더 큰 권력을 누린다. 그런데 기계처럼 돌아가는 제도인 만큼 영혼이 없으니까 그 독재는 가장 지독한 전제군주의 독재보다 더 나쁘다.

세 번째 문제는 공화정의 불가피한 수준 하락이다. 인사 문제의 불가피한 결과다. 만약 무능과 유능을 같다고 보고, 우수성의 의미가 위축되고 누구나 지도자의 역할을 자기 비슷한 사람에게 맡기려 한다면 우수성은 실제로 쇠퇴한다. 요컨대, 하향평준화한다. 게다가 우수한 모범이 더욱더 드물어지면서 이상을 품은 시민마저 덩달아 드물어진다. 귀족 시대에 그토록 활짝 피어났던 우수성이 민주주의 사회에서는 불가능해진다. (이는 오늘날 군주제 국가까지 포함해 어느 나라에서나 마찬가지다.) 대중이 우세한 결정권을 쥐고 있는 곳에서 월등히 뛰어난 개인들은 살아남지 못한다. 그러나 군주제에서 그 수준은 결코 공화제만큼 낮아지지 않는다. 누구나 발언권이 있는 곳, 막강한 대중이 시대정신을 만들어내고, 또 그 정신으로 우선 신세대와 통하는 곳에서 기성세대는 다음 세대보다 덜 중요해진다.

공화국에 대한 반론은 여전하다. 정치에서 각 개인의 참정권을 둘러싼 문제다. 정치적 관심은 이상적인 큰일을 찾는 사람만 키운다. 다시 말해, 타고난 군주와 (너무 드물지만) 소명의식 있는 정치인, 진정한 집단 감각을 가진 시민만 키운다. 나머지 다른 사람들은 내쳐버린다. 왜 그럴까? 누구나 사소한 일에 저속한 이해에 따라 행동한다. 그런데 공화정의 통치자는 누구나 큰일에서조차 저속해진다. 통치자가 어디에서나 사적 이익을 추구하고, 그렇게 되고 만다.

자유롭던 중국은 이제 노예가 될 것이다. 국민 수준은 낮아지고 너절한 자가 지성이 필요한 자리를 차지할 것이다. 유럽과 아메리카에 비해 더 행복한 중국이 위험을 벗어나겠다면서 공화국을 끌어들여 향상을 바란다니 이게 무슨 망동인가! 물론, 인부와 관리의 차이가 터무니없이 심하다면, 인부의 조건부터 개선해야 한다. 그러나 인부에게 그보다 우수한 사람보다 더 큰 목소리를 내게 한다고 이런 개선이 금세 이루어지기란 어렵다. 그런 식으로 기술이 이기더라도 정신을 잃게 된다. 그런데 정신문화는 민족의 원칙인데 중국 사람들이 어느 민족보다 더 그러했다. 이런 점에서라면 인부는 그가 가마에 메고 모시고 다니는 거만한 이방인보다 얼마나 훌륭한가! 굶주린 시골 사람은 그를 교화하려는 선교사보다 얼마나 훌륭한가! 특히, 구체제 관리는 지금 제국의 우두머리가 된 부적절한 청년보다 얼마나 훌륭한가!

칭다오에서 거물급 망명객과 지낸 날을 다시 생각해본다. 이와 같은 결함에도 지도자 자격이 없어 보일 만큼 교양이 없는 사람은 단 한 명 없었다. 옛날에 부유하고 막강했던 그들은 이제 가난하고 조국도 없지만, 그래도 미소를 잃지 않고 침착하게 운명을 견디고 있다. 나는 그들이 절망하고 우는 것도 보았다. 위대한 중국 문화가 끝나가는 모습을 슬퍼하는 눈물이다.

사나운 모래 폭풍이 불고 돌풍이 거리를 휩쓴다. 몽골 사람들은 수레를 모는 노새에 채찍질하면서 급히 피난처를 찾는다. 인력거를 탄 중국 사람은 분칠한 듯 뿌옇게 모래먼지를 뒤집어쓴 채 모래바람이 눈에 들어오지 않도록 소매로 얼굴을 가린다. 아무것도 볼 수 없다. 과부가 된 황후 서태후[175]의 이야기를 읽으며 소일했다.

황후는 무서운 탄압을 했다. 남자를 파리떼로나 보았고, 자신이 그림을 그리고 있는데 궁녀가 입궐해 방해했다면서 궁녀를 물속에 던져버리기도 했다. 그런데도 민중은 황후를 유순하며 심지어 선량했다고 생각한다. 나는 지금까지 황후 밑에서 일했던 관리에게 마찬가지 평가를 들었다. 황후는 여걸이고 후덕한 성품이라 절대 못되지 않았을지 모른다. 선정을 펴려했고 자기 나름대로 군주의 의무를 다하려 했을 것이다. 고대 중국의 위대한 전통이 황후에게 살아 있었다. 황후는 뛰어난 섭정이었다. 인간을 놀랍도록 이해했고 고전문학에도 능통했다. 그럼에도 황후는 좋지 않았다. 양이 아니라 용이었다. 황후가 오늘날 선의의 후광으로 치장되고 있으니 매우 의미심장하다. 형이상학적으로 그 인물을 추론하기보다 더 깊은 까닭을 보아야 한다. 기억의 변덕을 부린 덕분에 나폴레옹도 한때는 '용감한 사람'이나 정감이 넘치는 인물로 추앙받았다.[176]

우선 직감으로 보기에 일어나는 일이다. 모든 아시아, 특히 중국 사람들의 특징이지만 어떤 인물 개인의 존재감 때문이다. 인도에서부터

---

175 西太后. 1835~1908. 청나라 말기 함풍제의 세 번째 황후로 동치제의 생모다. 자희태후(慈禧太后)로도 불리며. 동치제 초기 섭정으로 실권자였다.

176 프랑스 여론에서 나폴레옹은 잘 알려진 출세주의자이자 기회주의자로 프랑스 혁명의 대의와 이상을 자기 일신의 영달에 뻔뻔하게 이용한 추악한 군인으로 평가되기도 한다.

나는 동양 사람이 사람을 자기 잣대에 맞춰 본능적으로 예단하는 데 놀랐다. (내 경험을 요약해본다면) 이런 능력은 인물을 보는 사람의 믿음에서 나온다. 서양 사람도 어떤 사람의 특별한 면보다 전체를 대번에 훑어보는 능력이 뛰어나다. 종합해 보는 방법이다. 물론, 전체에서 부분이 보일 수밖에 없다. 마찬가지로, 똑똑한 아시아 사람들은 타인의 행위를 행위 자체보다 그렇게 움직인 그 사람에게 어떤 의미가 있는지에 따라 판단한다. 어쨌든 황후의 정신은 고상했다. 황후가 사람을 죽였다면, 통치 때문에 불가피했거나 그런 행위를 악행으로 여기지 않았거나(중국 사람에게 사람을 죽이는 것은 대단한 일이 아니다), 아니면 충동을 억제하지 못했기 때문일 것이다. 그런 상황에서 신하들의 정신은 말짱했다. 최고위직 사람들의 공권력 행사를 민중이 대수롭지 않게 생각하는 것이나 마찬가지다. 더구나 그들은 막강한 권력을 갖고 있을 때 자제하기가 얼마나 어려운지 잘 알고 있다. 그래서 자신들은 극히 자제하려 하더라도 황제에게 까다롭게 자제를 요구하기는 쉽지 않다.

중국 사람들이 관대한 것은 줏대 없을 만큼 만사를 너그럽게 보기 때문이다. 그래서 그 철학이 다른 어떤 철학보다 도덕심을 지향하고, 또 법적 자격이 있어도 그에 걸맞은 도덕성을 갖춘 통치자만 인정한다. 중국 사람들은 자기네와 문화 수준이 비슷한 타민족보다 실제로 권력 남용을 더 많이 견뎌낸다. 중국 사람들은 인간이 완전하다고 믿지 않는다. 제도가 완벽하게 돌아갈 수 있다고도 믿지 않는다. 그들은 제도 개선에 근본적으로 회의적이다. 고위 공직자가 난폭하고 하위 공직자는 억지를 부리지만, 남용과 과잉이 눈감아주지 못할 만큼 심하지 않다면 고발하지 않는다. 최근에 유명해진 뇌물 문제로 고관이 했던 말은 이런 성격을 특이하게 함축한다. '순수한 뇌물'과 '더러운 뇌물'을 달리 보아야 한다는 것이다. 공직자로서 품위 유지를 위해 받았을 뿐인 사람을 비난하지 않지만[공식 대우만으로 부족하니까], 그 정도를 벗어난 자는 잘못이라고 했다. 중국 사람들은 정권이 비록 부패했어도 견딜 만하다고 생각한다. 관대한 데다 인간에게 별로 대단한 선행을 기대하지 않는다. 그래서 제도가 아무리 잘못 돌아가더라도, 그들이 실용성을 인정하는 서양의 제도보다 더 나아 보인다. 중국의 제도가 '큰 뜻'으로 볼 때 우수하기 때문이다. 중국 사람들은 서양과 다르게 자기네 제도의 바탕이 도덕이라고 굳게 믿는다. 공직자가 정말로 도덕군자인지 아닌지는 별로 중요하지 않다. 얼마나 바람직한 인물인지 아닌지도 중요하지 않다. 결국, 그들이 정부에 요구하는 것은 권위뿐이다. 단순하고 순수한 권위다. 바람직한 정부에 대한 당연한 결론이다. 다스리지 않는 정부다. 어떤 권위든 권위가 없는 것보다야 낫다. 잘못 행사하는 권위조차 선정을 펴는 권위보다 나을 수도 있다. 만약 권위 있는 당국이 '(하늘의) 뜻'을 더 훌륭하게 따르기만 하다면 그럴 수 있다.

중국 사람은 법과 질서를 무한히 존중한다. 그래서 비정상적인 일이 벌어져도 고개를 숙인다. 종종 확인되는 일이다. 거대한 제국 중국은 기존의 권력 남용을 철저하게 견제하지 않는다. 그런데도 질서는 통제가 심한 다른 나라보다 더 확고히 유지된다. 나라에 경찰도 거의 없다. 당국은 대체로 엉성한 조직처럼 보인다. 그러나 절도와 살인, 사기와 분쟁과 증오는 조직이 치밀한 독일제국보다 훨씬 덜하다. 아무튼, 중국 사람은 관리들을 가장 싫어한다. 관료적 성격을 애당초 싫어한다. 중국 중간층은 도덕적 용기가 부족하다. 영웅성을 발휘할 줄 모른다. 절대로 자기 생활을 밖으로 드러내지 않으며, 적을 만들 수도 있으므로 진실보다 거짓말하는 편을 택한다. 그렇다. 그들은 의식도 있고 자부심도 있다. '부르주아'만 그렇게 하는 것도 아니다. 노자는 고대의 사부들을 이렇게 말한다.

겨울 강을 건너는 사람처럼 주저하고,
사방의 이웃을 두려워하는 사람처럼 신중하며,
손님처럼 겸손하고,
다듬지 않은 물건처럼 소박하네.
그런 사람은 깊고 넓다네.
그런 사람을 어둠처럼 꿰뚫어볼 수 없다네.

이런 구절도 따른다.

물러나 싸우기 좋아하는 천성이네.

고상한 미덕이란 우주를 변함 없다고 여기거나 조화를 이상으로 삼는 곳에서 활짝 핀다. 이렇게 정체된 철학을 주장하는 사람은 이상을 위해 목숨을 바치려 하지 않는다. 세계를 바꾸려 하지도 않고 기존의 것을 좋아한다. 물론, 이런 식으로 생각하고 행동하는 사람을 고상하게 보기 어렵다. 중국 사람들은 그렇게 상반된 성격 덕분에 사회질서의 모범을 보여주면서 위대한 문화와 더불어 오랜 세월 그럭저럭 사회문제를 해결해왔다. 심오한 아이러니가 아닐 수 없다. 우리는 '진보'할수록 고상함을 잃게 될까? 실생활의 질서와 안전이 더욱 보장될수록 오히려 사회가 더 흔들릴까? 그렇지 않다.

중국은 새 정치 체제 때문에 쇠퇴하지 않을 것이다. 우리가 보았다시피, 프랑스는 루이 16세 이후 혁명과 정권 교체를 되풀이했다. 귀스타브 르봉[177]의 "국민은 제도가 아니라 그 성격으로 통치된다."라는 중요한 진실을 밝혔다. 중국에서 권력 남용은 인간이 완전해져야 추방할 수 있다. 외국 문화의 완성이 아니라 자신들만의 고유한 완성으로써 그렇게 해야 한다. 중국에서 서양의 기계와 제도, 도구와 방법을 이용하고 의지할 수도 있다. 그렇지만 그렇게 되면 오랜 문화에 고유한 정신과 긴밀한 조화를 이루기 어려울지 모른다.

날이 갈수록 더 분명해지는 생각이 있다. 즉, 중국에서 개혁이 필요하다면, 낡은 제도가 아니라 그것 때문에 잊어버린 과거의 정신을 되살려야 한다. 이상국가라는 것, 사람들이 주장하듯 수천 년 전 요순시대와 하(夏)나라 때의 통치에 실효가 있었는지 여부는 중요하지 않다. (공자와 맹자가 그 쇠퇴를 한탄하지 않았던가).

중국은 수 세기 동안 역사상 어느 민족보다 이상에 좀 더 근접했다. 지금도 여전히 옛날에 가능했던 정신이 살아남아 있다. 물론, 꽤 약해지기는 했다. 출중한 중국 사람들은 교양이라면 환장하지만 생기와 힘이 부족하다. 움직여야 할 때 한탄만 하고 있다. 어쨌든, 이들과 또 혁명으로 권력을 쥔 사람들이 얼마나 다를까! 무슨 차이가 있을까! 혁명파는 도덕적 바탕도 뿌리도 없다. 러시아 허무주의자나 무정부주의자와 마찬

177 Gustave Le Bon. 1841~1931. 인류학자이자 사회심리학자로 군중 심리에 대한 저작을 남겼다.

가지로 역사의 창의성을 볼 줄 모른다. 역사를 파괴나 하고 복원하지 않을 것이다. 구세주의 부활도 유교 정신을 따라서만 생각할 수 있다. 그렇게 유교 정신을 따를 힘을 잃지 않는 사람만 복을 받을 것이다.

아쉽게도 유교 정신은 다른 것과 다름없이 기존의 수준을 유지하고 있지만 새로와지기에는 적합지 않아 보인다. 어제, 나는 늙은 유학자와 저녁을 함께 했다. 노학자는 열렬한 유교 신봉자로서 인류를 구원해야 할 유교가 무너져 중국이 몰락했다고 했다. 나는 현실을 보자고 했다. 노학자는 황제와 고관이 구해야 할 민중이 거의 사경을 헤매고 있다고 걱정했다. 자신은 분수를 지키며 부모와 가족 부양에 충실해야 한다고 했다. 그러면서 모든 자식이 부모의 은덕에 보답한다면, 나머지는 저절로 해결된다고도 했다. 지나치게 침체된 개념이 아닌가. 모든 것이 훌륭하게 균형 잡힌 세계에서 낮은 균형을 좀 더 끌어올릴 만한 적극적 요인이 엿보이지 않는다. 이런 조건에서 어떻게 세계를 혁신할까? 세계 스스로가 새로워질 수밖에 없다. 각자가 당연한 의무를 수행하는 만큼 삼라만상은 고도의 균형을 잡고 천천히 움직인다. 성장에 매우 유리한 움직임이다. 그 움직임이 절정에 달했을 때 현상은 다른 어떤 방식보다 더 확고한 바탕에 놓인다. 그렇게 중국에서 거대한 주기가 지속되고, 거기에서 중국이라는 나라의 놀랍도록 견고한 구조가 나온다. 그러나 이런 진도는 어마어마하게 길다. 너무나 오래 걸리는 시간이라 진도가 나가는지조차 의심스럽다. 따라서 유럽이 세운 기록과 그 영향에 따른 새로운 조건에서 지금 목표를 이루자면 모든 발전이 매우 신속해야 한다.

그렇다면 장차 어떻게 될까? 지금까지 이야기했던 모든 문제에도 불구하고 갱신도 유교 정신에 따라 진행될 것 같다. 유교가 국민 속에 너무 깊이 뿌리내린 탓에 다른 어떤 것으로 대신하기 어려워 보인다. 그뿐만 아니라 유교를 파괴하려 든다면 범죄 아닐까? 이론상 유교는 어떤 사회의 바탕에서든 가장 고상하다. 사회 구성원들이 절대적으로 지지하는 질서에 따르고 기계적 수단이 불필요한 사회에서 이보다 더 이상적인 것도 없다. 하지만 이런 것이 중국의 해묵은 이상이자 인류의 이상일까? 어느 날, 서양도 유교에 새로운 동기와 추진력을 끌어들인다면 유교사회로 볼 수 있을까?

지도자들이 통찰력을 보인다면 유교의 갱신이 불가능하지 않을 것이다. 민중이 보기에 공자는 너무 성인이라 자신을 어떤 식으로든 또다시 이상화하더라도 결코 놀라지 않으리라. 오히려 흐뭇해하지 않을까? 만약에 공자를 신성화해 공자 자신이 경전에서 예상했던 새 사상을 보여준다면, 그는 "온고이지신(溫故而知新)"이라며 덥석 인정하지 않을까? 이것이 공자가 모든 개혁에 간절히 바랐을 젊은 중국 지도자들의 사명이다. 공자는 사상을 단순한 화법으로 풀어낸 만큼 사상의 실천은 기술적으로 어렵지 않다고 예상할 만하다. 객관적 어려움도 거의 없을 듯하다. 왜냐하면, 인도식 기독교의 지혜로 풍요롭고 새로운 해석이 따르기도 할 테고, 유교 원리를 서양식으로 응용해 새로운 정신적 기반으로 삼으면서 공자의 사상도 좀 더 깊어질 수 있기 때문이다. 이렇게 하면 당연히 역사를 날조한다는 소리를 들을지도 모른다. 그러나 그럴까? 진보의 시대에 과거의 이상에 충실했을 때 무슨 잘못이 될까? 기독교는 역사적으로 어떻게 해왔는데! 기독교는 피동적 종교에서 시작했지만, 지금은 다른 종교를 무시하는 행동의 종교가 되었다. 연민밖에 모르던 구세주가 나밖에 모르는 현대인의 전형이 되었다. 시대마다 구세주를 전통 관념과 어울리게 하려다 보니 번번이 역사를 기만했다. '진짜' 그리스도를 부활시키려한 개혁자들, 성 요한부터 '신사상'의 예언자들에 이르기까지 모두 역사를 위조했다. 이들은 본심이야 어떻든 자신들의 사상에 저항하지 못하도록 사상을 과거에 적용했기 때문이다. 그러나 비난할 만한 이유는 또 있다. 사람의 역사적 뿌리는 제거할 수 없다. 기독교 환경에서 태어나고 자란 사람은 어떤 신앙을 믿든 본질적으로 기독교도다. 그는 절대로 자기 영혼을 빚어낸 사상을 뿌리치지 못한다. 그러나 자기 인격을 지키려 한다면, 그 사상을 자유로이 해석하고 또 다른 개념과 어울리게 할 수 있다. 이런 점에서 중국을 유교 정신에 따라 개혁할 수 있을지 모른다. 다만, 이미 말했다시피 혁신을 가속화할 동기가 필요하다. 근본적으로 꿈적 않는 입장보다 중국인의 성격을 잘 드러내는 것이 있을까? 그런데도 성공할 수 있을까? 유럽의 역사는 그런 변신이 가능하다고 증명했다. 애당초, 나는 고대 유교의 인간형이 옛 루터파 교도의 됨됨이와 매우 비슷해 큰 충격을 받았다. 한 부모의 자식들로 보였다. 아무리 다시 생각해보아도 그 두 세계관은 여전히 너무 가깝다.

루터의 종교관은 정체성이 본질이다. 주어진 틀 안에 최면에 취한 듯 갇혀 있다. 그 틀을 "하느님의 의지"라던가 정신적 바탕으로 삼은 듯하다. 루터파 교도에게 고통은 행동보다, 인내는 솔선수범보다 낫다. 타고난 자리를 극복하려는 노력을 신성모독으로 보는 피동적 철학이다. 비슷한 장단점이 있다. 장점은 가정 중심의 문화라는 점이고 약점은 저항과 반작용이다. 삶에 변화를 주거나, 환경에 적응하거나, 자유로운 주도권을 쥐고서 굳은 것에 탄력을 주지 못한다. 그래도 루터에게서 루터파의 결함이 없는 종파가 나왔다. 바로 칼뱅파다. 칼뱅파는 탁월한 행동파다. 자발적이고 진보적이며 생활을 개선하려는 의지에서 유례없던 위대한 선동자들이다. 그들만큼 '효율적' 인간은 세계 어디에도 없다. 요즘의 칼뱅파는 루터파와 다르다. 그러나 칼뱅파는 루터파에서 나왔다. 기본적으로 따져보면 둘 다 여전히 바탕은 하나다. 두 종파에 공통된 개신교 정신이 있다. 개신교의 진보와 비슷하게 유교 정신이 새 날을 맞을 수 있을지 모른다. 그 덕에 중국인은 자기 역사를 부정하지 않고서 미국이나 스코틀랜드처럼 활력에 넘쳐 살아가게 될 것이다.

유교도와 개신교도는 놀랄 만큼 비슷하다. 중국 사람의 실용 정신, 유연성이 부족하고 무미건조한 영성은 유럽과 미국의 개신교도와 거의 다를 바 없다. 두 경우 모두 인생관은 권위와 자결권이 합친 특이한 신념에서 나온다. 모두 사람을 차별하지 않으며 왕성하게 활동한다. 심한 모순이라고 할 사람도 있겠지만, 교양 있는 가톨릭교도는 정신적으로 개신교도보다 훨씬 풍부하다. 가톨릭 교육은 다양한 영혼의 움직임을 고려하고, 또 그 점을 완벽하게 이해하고 있기 때문에(형식은 내용을 창조하지만 형식의 의미도 낳는다) 영혼이 활짝 피어나지 않을 도리가 없다. 반대로, 단순하고 느슨한 개신교 교리는 인간의 강한 정신적 지주로서 사람들의 활동을 자극하지만, 인간에 대한 이해 수준은 미미하고 정신적 성숙을 별로 보장하지 못한다.

중국 사람들이 인도 사람들보다 부족한 점은 개신교도가 가톨릭교도보다 부족한 점과 똑같다. 중국 사람과 심리학이나 형이상학을 논하면 몹시 지루하다. 그들은 절대로 유교의 원론을 벗어나지 않는다. 마치 루터파 목사들이 루터가 교황청의 파문을 받고서 했던 신앙고백으로 항상 되돌아가는 것과 같다. 그들은 형이상학적 의미를 교육적 문제로 인정하지 않는다. 영혼이 벌이는 일을 직접 파악하지도 못하는 듯하다. 요컨대 종교를 이해하는 폭이 너무 좁다. 루터파 신도의 신앙심처럼 보통 중국인의 신앙심은 일상을 확고히 따르고 기존의 사실을 확고하게 믿는 정도다. 심지어 그들은 진정한 종교적 감동을 모른다. (이런 말을 해도 될지 모르겠지만) 공자 사당은 루터 교회처럼 '권위자'들이 지배하는 세계다.

다른 한편, 중국 사람들은 개신교도가 가톨릭교도에 비해 우월한 점이 있는 것과 똑같은 점에서 인도 사람들보다 우월하다. 칼뱅의 교리처럼 엉성하고 정신적 만족을 주지 못하는 교리는 없다. 말하자면, 소박한 가톨릭 '숯장수'의 신앙심은 유식한 청교도의 신앙심보다 영적으로 훨씬 더 고상하다. 그렇더라도 청교도는 다른 기독교도를 능가하는 정신적 인물을 창조했다. 실생활에서 중요한 것은 해박한 지식이 아니라 일관성이다. 그런 성격 형성에는 단순한 교리만큼 좋은 것도 없다. 중국 사람이 어떻게 위대한 정신문화를 누리게 되었을까? 정신적 문제에 골머리를 썩이지 않고 영원한 진리를 해명하는 유교 원리에 완전히 의존하기 때문이다. 분명, 흥미롭지 않아도 유용한 방법이다.

한편, 자결권에 관해서라면 중국은 서양보다 결코 뒤지지 않는다. 다만, 유교 세계에서 그것은 더 높은 수준으로 생활에 활용된다. 유럽에서 자율성을 주장한다는 것이 무엇일까? 곧 인간이 자신이 이해하는 것만 인정하려 한다는 점이다. 모든 사회 위계질서를 거부한다는 뜻이다. 심지어 자신보다 유능하다고 입증된 사람의 권위까지 인정하지 않는다. 진취적 발전에 유리한 사고방식이지만 그만큼 문화에 불리하다. 즉, 자기밖에 믿지 않는 사람에게 타인의 경험을 전할 교육을 하기 어렵다. 그뿐만 아니라, 이런 사람은 자연적 한계 속에 갇힌 채(실현할 수 있는 생활의 틀을 벗어나 더 큰일을 하게 되는 경우란 극히 드물다) 사실상 완결된 세계 속에서 산다. 그렇게 울타리에 갇힌 채 자기완성을 꾀한다. 완성은 주어진 한계 내에서만 가능하기 때문이다. 그래서 가톨릭교도는 미신적 일망정 종종 문화적으로 '개화한' 인간을 능가한다.

중국에서 자결권이란 언제나 주어진 틀 안의 자결권이다. 중국 사람은 자신에 대해 말하고 판단하며 자기에게 유익한 일을 한다. 그러나 정해진 범주 안에서만 그렇게 한다. 이런 한계 때문에 중국 사람이 자율이라고 생각하는 것은, 마치 유럽의 풍습처럼 중국 하인을 부리려 하는 것에 지나지 않지 않을까 싶기도 하다. 잘못된 의심일지 모르지만, 유럽 사람은 중국 하인이 겸손하게 충성해도 자기에게 편한 것만 할 뿐이라는 사실을 알게 된다. 중국 하인은 유럽식으로 복종하지 않는다. 비록 복종하는 위치에 있어도 최소한 그 자리에서는 자율적이다. 세세하게 자기가 할 것과 하지 않을 것을 결정한다. 모든 직업에서 정도의 차이가 있지만 기본적으로 마찬가지다.

자율과 타율에서 예상할 수 있는 최상의 균형은 이렇듯 원칙에 따라 실현된다.. 절대적 자율이란 하느님에게만 어울린다. 만약 인간이 자기 영혼을 해치고 싶지 않다면, 위에서 밑으로 더욱 좁아지는 한계 내에서 결정해야 한다. 아무튼, 유교와 개신교를 너무 평행선상에 놓으려 해도 곤란하다. 내가 요즘 이런 비교에 뛰어난 중국 친구 구홍밍[178]과 자주 만

---

178 辜鴻銘(Gu Hongming). 1856~1928. 청나라 문인이자 관료로 에든버러, 라이프치히, 파리 등지의 대학에서 공부하고, 《논어》를 비롯해 공자의 문집을 영어로 번역하며 중국 전통 사상을 전파했다. 중국을 여행한 유럽 인사들을 환대했던 인물이며, 전통을 중시한 태도로 유명하다. 군벌 장쯔

나다 보니 벌써 물들었지 싶다.

유교와 기독교에 공통점이 없는 것도 여전히 많다. 유교에 없는 것이 있다. 개신교도가 전지전능한 하나님에 대한 믿음으로 삶을 열렬한 것으로 느끼는 감정이다. 유교도는 영웅적이지만 그 영웅성은 진솔한 기독교도와 이슬람교도에게서 돋보이는 위대성과 다르다. 유교도가 최고의 경지에 이르렀다고 해도 위대한 신념에 따른 희생의 기쁨 때문이 아니다. 원리대로 위풍당당하게 나아가려는 고집 때문이다. 만약 오늘날 개신교도도 삶에 대한 비장한 감정이 중국 사람들만큼이나 부족하다면, 모든 그림이 달라질지 모른다.

유교와 개신교 사이에는 또 다른 근본 차이가 있다. 개신교도의 성격은 비예술적이다. 개신교도는 종교와 예술에 얽힌 감정을 알아보지 못한다. 다시 말해 내용과 형식의 불가분한 관계를 분간하지 못한다. 그래서 개신교도는 일반적으로 형태 감각이 매우 부족하다. 그렇지만 유교도는 뛰어난 형태 감각을 지녔다. 그래서 나는 최근에 불교 사원을 함께 찾아갔던 관리와 죽이 맞을 수밖에 없었다. 나는 그의 집에서 차를 마시며 스타일을 화제로 삼을 때마다 종교에 관한 그의 교양에 놀라고 말았다.

요즘 나는 거의 중국 사람처럼 지낸다. 식사를 대부분 조계지 밖에 나가 해결한다. 좋은 기분 전환이었다. 늘 똑같은 생활을 하면 몸이 위

통의 참모로 20여 년간 종사했다. 말년에는 베이징 대학 교수를 역임했고, 1915년에는 영어로 지은《중국 인민의 정신(The Spirit of the Chinese People)》을 발표했다. 동서양 여러 나라 언어에 통달했으나, 소년기에 말레이시아에서 자란 데다 곧장 유럽으로 유학을 떠나 중국어에 서툴렀던 편이라고 한다.

축되고 정신도 무기력해진다. 만약 인도 사람이 하루 세끼를 밥으로만 때우지 않는다면, 그들은 분명 덜 상투적인 사람이 될 것이다. 물론, 변화 자체가 건강에 유익하지 않듯 다양한 식이요법이 무조건 좋다고 할 수만은 없다. 그런데 유럽 사람이 세상 어떤 사람들보다 다양한 음식을 찾는다는 점은 창의적 본능과도 밀접하다. 어떤 민족의 특별한 섭생으로 그 민족의 독창성을 가늠할 수야 없다. 하지만 그 둘 사이에 밀접한 관계가 없지 않다. 육체적 사랑을 피하려는 사람은 채식을 좋아한다. 반대로, 그것을 세련시키려는 사람은 육식과 양념이 강한 음식을 선호한다. 그런데 특수한 점에서 잘 맞는 것이 대체로 어지간히 들어맞는다. 어떤 민족을 연구할 때 함께 생활해보면 좋다. 중국에서 이런 생활은 정말로 즐겁다.

나는 친구들을 따라 맛있는 변두리 식당을 찾아갔다. 그곳은 베이징에만 있는 특별한 동네의 식당이다. 변두리 산기슭에 붙은 작은 집들인데 그림과 서예로 치장했다. 어제 우리가 저녁 식사를 했던 방에 이태백의 시가 걸려 있었다. 식당은 수백 년 전 명나라 때부터 있었다고 한다. 어쨌든, 입맛을 다시게 하는 세련된 분위기였다. 나는 식당 주인의 제안을 진지하게 들었다. 그는 우리가 먹을 식단을 마치 시인처럼 지어냈다. 나는 그의 식도락에 완전히 사로잡혔다.

혀가 눈과 귀보다 중요하지 않을 까닭이 있을까? 위대한 요리사는 진정 고상한 창작가다. 그는 어떻게 타인의 입맛에 맞춰 별맛 없는 재료로 완전히 새롭게 맛있는 요리를 만들까? 각 요리마다 어떻게 해야 할지 어떻게 알았을까? 이것은 저것과 어울리지 않다고 말하는 지식은 어디에서 왔을까? 별로 먹어보지 않고서도! 이런 것이야말로 재능에서 나온다! 위대한 요리사는 또박또박 예술을 위한 예술의 이론을 설파한다.

아무튼, 지금은 옛날과 썩 달라졌지만 투르 다르장[179]의 노련한 주방장 프레데릭의 솜씨와 다름없다. 프레데릭은 특별한 손님에게만 봉사하지 않았다. 화가가 관객을 살피듯 어떤 손님이든 귀하게 모셨다. 내가 처음 그 식당에 갔을 때, 그는 그 전날 저녁에 뭣도 모르고 어떤 요리에 부르고뉴 와인을 주문했던 사람을 문전박대했다며 나를 반겼다. 어쨌든, 맛에 정통한 미식가도 상당한 예술 애호가가 아닐까? 분명, 우리 인간은 시각과 청각의 중요성을 과장한다. 그러나 어떤 감각이든 다른 감각과 맞먹는다. 어느 감각이나 거기에서 무엇을 얻느냐가 중요하다. 나는 동물들이 코와 혀로 내 나름대로 신비한 철학자와 마찬가지 이야기를 할 만큼 우주에 대한 완전한 철학을 익힐 수 있다고 생각한다. 하지만 인간은 그렇게 못한다. 훌륭한 요리사가 있는 집에서도 미각은 절대로 가장 중요한 감각은 아니기 때문이다. 동물은 다르다. 동물은 코로 거리를 감지한다. 개나 사슴에게 그런 것이 중요하다. 그렇다고 무시하지 말자. 가령, 우리가 맛을 아는 어떤 사람이 사상가보다 밑에 있다고 한다면, 그가 자기 미각을 위해 살기 때문이 아니라 거기에서 제한된 지식만 얻으며 살기 때문이다. 그런데 사유도 높은 경지에 이르는 경우는 극히 드물다. 만약 별 생각 없이 사는 사람이라면, 그런 사람의 사유는 지극히 피상적 수준에 그친다.

---

179 La Tour d'Argent. 파리 시내 중심가에 있는 식당으로 유럽에서 가장 오래된 식당이다. 1582년에 개업한 것으로 추정된다. 센 강변에서 노트르담 성당을 바라볼 수 있는 전망 좋은 곳에 자리 잡고 있다. 문인 오노레 발자크, 조르주 상드 등이 단골이었다. 관광 명소가 된 최근에는 품질이 떨어져 평판에 금이 갔다.

나는 식당들을 전전하며 감미로운 시간을 보냈다. 중국 요리는 감칠맛이 난다. 예술적이라는 점에서 프랑스 요리에 버금간다. 어느 날, 여섯 코스 오리 요리가 나왔는데, 매번 너무나 세련되고 다양해서 같은 오리라고 느끼지 못했다. 소금에 절인 문어로 만든 귀한 요리 솜씨에도 감탄했다. 어떻게 그렇게 흐물흐물한 것을 굳힐 수 있었을까? 알 수 없는 수수께끼다. 중국인은 우리에게 익숙하지 않은 재료를 사용하는데도 거슬리지 않는다. 습관이라는 것은 관례요, 관례는 습관 속에 녹아 있다. 그래서 처음 먹어보니 훌륭했던 벌레 요리를 먹기도 전에 역겨워했던 것이 부끄럽다.

그렇게 많은 술잔을 받지 않았더라면! 식사 중에 권하는 그 수수께끼를 절대 이해할 수 없다. 풍습도 마찬가지다. 중국 사람은 매번 곡주잔을 비운 채 놔둘 줄 모른다. 몇 시간 동안이든 계속 따라 붓는다. 요리에 요리가 뒤따르고 수수께끼로 수수께끼를 이어가는 가운데, 중국 신사들은 재기를 겨루며 지루해하지도 않는다. 이런 자리에서 유럽 사람은 불쌍하게 쓰러진다. 중국 신사들의 수수께끼를 풀려면 한문 공부를 하고, 믿기 어려운 수준으로 구사하는 사람만이 암시하는 단순한 말로서 전체를 단김에 재구성해야 한다. 내 친구와 나를 초대한 사람들은 정말이지 놀랍도록 이런 대화를 즐긴다. 종종 수수께끼는 고전에서 나온 무의미한 행간을 주고받는 대화 중에 우연히 내뱉듯 하는 말로써 풀린다. 그런 말을 여러 사람이 동시에 척척 끌어낸다. 그런 주제를 즐기는 사람은 고전에서 인용한 같은 말을 되풀이하지만, 그와 동시에 살아 있는 정신이다. 그렇다. 그 신사들은 살아 있다. [중국의 학술원인] 한림원의 존경받는 회원들이다. 그들은 풍부한 표정으로 즐겁게 눈을 껌뻑거린다. 지치지도 않고 마셔대고, 내가 이유도 모르면서 같이 웃어넘길 수 있을 만큼 그들의 웃음은 소통력이 대단하다.

유명한 박사 한 사람은 옛날에 선술집 아가씨에 빠졌던 연애 이야기를 했다. 박사는 아가씨 없이 살 수 없었다. 얼마 뒤 아내가 사망하자 그 아가씨와 결혼했다. 지금 그의 집은 낙원이다. 그래도 힘든 공부를 끝내야 했는데, 그녀는 알뜰살뜰 서방님을 즐겁게 보필했고 그는 공부에 전념했다. 그런 이야기를 들던 노학자의 눈은 촉촉하게 빛났다. 중국 사람들은 둔감하지 않았다.

도대체 중국 사람들이 둔감하다는 전설은 어디서 나왔을까? 나는 그들처럼 쾌활한 말투와 점잖은 웃음을 들어본 적이 없다. 교양 없는 유럽 사람들은 절제하는 사람을 무미건조하고 냉담하다고 생각한다. 영국 사람들에 대해서도 그렇게 생각한다. 사실은 다르다. 자신을 다스리는 사람은 잠재력을 끌어올린다. 영국 사람들의 정서는 빈약하지 않다. 독일 사람들보다야 빈약해도 꽤 풍부하다. 아무튼, 정말로 자신감이 있는 사람이나 자신을 드러낸다. 추호도 흔들릴 줄 모르는 중국 사람은 그런 식으로 느긋하다. 그런 만큼 기분도 내고, 숱한 이야기를 동시에 쏟아낸다.

중국 사람들의 감정도 우리만큼 풍부하고 깊다. 어쨌든 똑같지는 않다. 그들은 이웃에 대한 기독교의 사랑 대신 우리에게 없는 연대감이 있다. 우리의 동정심 대신 존숭의 문화가 있다. 만약 그들이 때때로 뻣뻣하고 교활하며 잔인하다지만 서양 사람만큼 그렇지는 않다. 그들을 가축과 야수의 관계에 비할 만하다(중국 친구가 이렇게 비교했다). 그들은 우리를 전형적으로 비정하고 난폭하며 잔인하게 본다. 그들의 관점이 옳을 것이다. 그러나 그와 똑같은 의미에서 여러모로 그들의 감정생활을 투박하게 보는 우리들이 옳다. 예컨대, 그들은 우리가 아는 것 같은 사랑을 분명 모른다.

중국 친구들은 내가 결혼할 뜻이 없다는 데 아연실색한다.

"자네는 늑대도 아니고 세상을 버리고 달아날 만큼 사나운 짐승도 아니잖아."

나는 내가 중국에서 태어났다면 벌써 오래전에 결혼했을지 모르지만, 유럽 사람으로 태어난 지금도 그럴 수 있을지 모르겠다고 답했다. 그렇지만 요즘 문제는 다르다. 인종의 대를 이어가는 것은 우리에게 개인 문제에 불과하다. 그런데 사랑은 혼자 하는 것이 아니다. 생각이 맞지 않는다면 자손을 잇는 기능만 하는 사랑은 무의미하다.

진심으로 유럽에서 결혼에 대한 새로운 개인적 관념이란 오해에 불과하다. 원칙적으로 아시아의 관념에 비해 뒤진다. 대를 잇는다는 것은 인륜지대사이고 개인 의사에 따라 결정되지 않아야 할지 모른다. 개인의 자유와 민족의 이해에 필연적 관계가 있다면 문제는 달라진다. 그러나 이런 관계는 예외적이다. 유감이지만, 사랑으로 낳은 아이들이 반드시 재능을 타고나지도 않는다. 재능 있는 아이보다 평범한 아이는 수없이 많다. 쇼펜하우어는 "자연이 고상한 목적을 이루려고 사랑으로 기운다."라고 했다. 그런데 정확하지 않은 주장이다. 자연에 우수한 목표 같은 것은 없다. 자연은 인류를 고상하게 하는 데에 완전히 무심하다. (특별히 어떤 부부가 자격이 없다고 증명된 것은 아니지만) 어울리지 않는 부부가 자식에게 불리한 유전적 영향을 줄 수 있다. 더구나 뜨거운 사랑이 아이들을 잘 낳게 한다는 보장도 없다. 개인과 인종은 이런 관계에서 일치하는 것이 아니라 상극이다. 개인은 인종을 댓가로 또 인종은 개인을 댓가로 번성한다. 위인들의 후손이 드물다는 사실로서 잘 알려진 사실이다. 빠르게 쇠퇴하지 않는 인종은 인종의 전형이 개인보다 우세하다. 이런 이해를 바탕으로 결혼 문제를 풀어나갈 수 있지 않을까?

아시아에서는 여전히 이런 식이다. 결혼을 개인의 의무로 삼는 것은 현명하다. 결혼에 개인의 욕망을 개입하지 않고 인종의 장점만 따르도록 한다. 이렇게 두 가지 토끼를 동시에 잡는다. 가장 유리한 조건에서 인종을 유지한다. 가족은 항상 결혼 당사자보다 모든 것을 더 분명히 본다. 결혼 중매자들도 안목이 높다. 결국 동양에서 가문은 아주 오래간다. 쇠하는 법이 드물다. 그러나 결혼을 이런 식으로 해결하면서 개인의 감정이 무시된다는 점은 끔찍하다. 결혼을 인생의 필수 단계로 생각한다면, 이런 식의 중매결혼은 개인에게서 거의 중요한 역할을 하지 못한다. 개인은 자신이 '정말로' 행복한지 자문하지 않는다. 그래서 몹시 불행해하지도 않는다. 부부생활의 전형적 장점은 서양과 마찬가지로 제도적인 면이다. 즉, 가정을 꾸리고 안정된 생활을 하면서 동요하지 않는다. 자손 걱정으로 생각도 깊어진다. 결혼의 전형적 이점은 항상 개인에게 결정적이다. 개인이 자기만의 관점으로 볼 때 위축될 경우에도 그렇다. 그렇다면 아시아의 결혼 제도에서 불편한 점이 없을까? 분명하게 드러나는 점들이 있다.

극동에서 유럽에서 생각하는 완전한 부부생활, 즉 부부가 서로 발전하는 관계는 거의 보기 어렵다. 심각한 문제다. 그러나 서양에도 이런 부부가 많을까? 거의 보기 힘들다. 반대로, 완벽하게 이상적인 결혼관 때문에 위축되는 부부가 늘어나고 있다. 서로 사실과 다른 이상형만 생각하면서 서로를 해친다. 서로 이상으로 삼을 수 없는 것을 이상이라 여긴다. 별것 아닌 이상에 따라 처신하다 보니 독수리는 집비둘기가 된다. 그래서 유럽에서 결혼한 남자는 종종 독신자만도 못하고 여자도 처녀만 못하다. 자연에 반하기 때문이다.

중국 사람은 결혼을 이상적으로 생각하지 않는다. 그냥 필요한 것이며 자연의 질서에 따른다는 뜻이다. 대부분 훌륭한 아버지와 부부로서 살아가고 결혼으로 위축되지 않는다. 내가 이런 말을 한 적이 있다.

"오래 살고 싶은 사람은 자신을 버려야 한다."

중국 사람에게도 맞는 말이다. 그러나 중국 사람은 희생을 최소화한다. 부부생활은 당연지사이므로 의식적으로 얽매이지 않는다. 서양 사람보다 인종의 권리를 더 인정한다. 그래서 대를 잇는 문제 때문에 개인의 의식이 위축되지 않는다. 이것이 서양의 결혼관에 비해 값진 점이다. 우리는 인종을 개인 문제로 생각하고 끌어가는 한편, 해방된 개인의식을 인종으로 끌어들이려고 한다. 그 결과는 부정적이다. 종은 제대로 보존되지 못하고 퇴화하거나 죽어버린다. 개인도 동양보다 자유롭지 않다. 예를 들어, 사람마다 엄청나게 달라진 현대의 사랑에서 자의식은 숨어 버린다. 반대로, 성적 본능이 자의식 속으로 강하게 밀고 들어온다. 그러면서 자의식은 개성을 잃는다. 이런 점에서 개인주의가 해방은 아니다.

어느 날, 동양을 배경으로 하는 프랑스 소설을 읽었을 때 얼마나 상투적인 애정관을 보여주는지 놀라고 말았다. 특별한 사랑에 삶의 의미가 있다고? 심각한 오해다. 순수한 사랑이라도 사랑에 대한 모욕이다. 깊은 사랑이라 생각하더라도 이런 사랑은 피상적이다. 《우파니샤드》의 가르침을 들어보자.

> 배우자가 사랑받는 것은 그의 자질 때문이 아니다. 사랑해주는 상대방 때문이다.

서양의 낭만주의보다 옳은 말이다. 어떤 사람이 다른 사람에게 지극히 값져 보일 수 있다. (그래서 부부애가 신성하다.) 그렇지만 이런 사랑이 순전히 자손을 잇는 문제일 때, 개인의 인격을 희생한다면 개인적 사랑이 될 수 없다. 어느 날 경험으로 그 착오를 깨닫게 된다.

지성적인 남자들 대부분은 지성으로 여자에게서 인정받지 못한다고 불평한다. '유명'하거나 재능이나 힘센 사내들이나 인정한다고. 또, 재기를 타고난 처녀들도 남자들은 여성의 틀에 박힌 면으로만 자신들을 평가한다고 투덜댄다. 남녀의 사랑에서 종(種)이 우선이기 때문에 그렇게 되는 줄 몰라서 그렇다. '남성' 본능은 개별 문제가 아니다. 동양에서 개별적 사랑은 보기 드물다. 그래서 동양에서 사랑이 서양만큼 아름답게 피어나는 경우는 드물다. 서양처럼 사랑은 그 의미를 과대평가해야 활짝 피어난다. 동양에 이런 것이 없어 아쉽다. 그러나 나는 이런 편애를 해명하기에 아는 것이 별로 없다. 아무튼, 동양의 지혜에 따르면, 자기에게 맡겨진 종과 타협하는 사람, 자의식을 종의 세계에 두고 있는 사람이 고상하고 득이 많다.

지금, 어제 썼던 글을 다시 읽어보았다. 실제보다 이론에나 맞는 것이었다. 서양의 가정생활도 중국 못지않을 것이다. 일반적으로 인권 의식과 여성의 위신이 높다. 그러나 내 글은 원칙적으로 틀리지 않는다. 우리는 우선 개인을 중시하되 전체와 개인의 기본 관계를 시급히 바로 세워야 한다. 동양에서 확고한 관계다. 인종의 존속을 제멋대로 변덕스러운 취향에 맡겨두지 않아야 한다. 그렇게 되면 그 인종은 반드시 죽는다. 물론, 남자와 여자가 서로에게 마치 짐승처럼 제 뜻에 어긋나는 의지에 따라 처신해야 했겠지만, 과거 서로를 위해 했던 것을 단지 자유롭게 하는 법을 배워야 한다. 종의 존속 문제를 개인도 조절할 줄 알아야 한다. 제멋대로 개인 취향에 따르지 않아야 한다. 개인을 넘어서는 인종의 문제에 해로울 수 있다. 남자와 여자가 자기 뜻에 반하더라도 '개인의 인격'과 '종의 일원으로서 대를 이을 개인'을 이해할 만큼 성숙하게 타협할 줄 알아야 한다.[180]

오늘, 마침내 중국의 고전 정신을 맛보았다. 살아 있는 정신을 밖에서 접근할 길은 없다. 정신은 꽉 닫혀 있다. 따라서 그 속에 들어가지 않고서는 파악할 수 없다. 그 속에 들어가 구체적인 말을 들을 수 있어 더욱 중요하다. 우리는 개종하지 않아도 개신교를 이해할 수 있다. 그러나 개신교도는 막연히 짐작으로만 가톨릭을 이해한다. 이런 점에서 프랑스 가톨릭 문화는 독일 개신교 문화보다 더 폐쇄적이다. 그런데 중국 문화는 오죽할까! 중국 문화의 '정신'은 추상 개념이 아니라 구체적 사실

180 저자는 1925년 결혼이 제기하는 문제를 다룬 24명의 필자의 글을 묶어 〈결혼에 관하여 Das Eherebuch〉를 펴내었다.

이다. 매우 자율적인 정신이다. 그래서 그것에 취한 사람들은 더는 개인들이 아니다. 마치 그 정신의 단순한 표상 같다. 오늘 아침, 공자 사당을 찾아갔을 때도 이런 생각을 새삼 확인했다. 사당 깊숙한 안뜰에 모든 현자의 위패를 모셔 놓았다. 원나라 때부터 이곳에서 위인을 결정하는 회의를 열었다. 넓은 강당에는 새로운 고전들을 새긴 대리석 비석이 즐비하다. 황제가 관례에 따라 매년 자기 시를 낭송한다는 이곳에서 다른 데에서 느낄 수 없이 강렬한 분위기가 압도했다. 비석에 새긴 고전 구절을 큰 소리로 정중히 낭송하는 학사의 소리를 들으면서 나는 내가 찾던 정신을 찾은 듯 그 소리에 취했다.

얼마나 비할 데 없는 정신인가! 완전히 뜻밖의 정신이다. 살아나는 고전인데, 지푸라기 유령처럼 살아나는 것이 아니라 오래전부터 내가 마주쳐왔던 그 무엇보다 확고하게 살아났다. 그 정신은 글을 읽는 학사보다 더 뚜렷했다. 이곳에서 전통 문학 정신은 정말로 지금 사람들의 교실에 살아 있다. 구석구석을 돌아볼 때도 그 정신에 붙들리고 가슴이 두근거렸다. 모든 것에서 고전에서 나온 지혜의 표현과 설명, 주해와 증거를 볼 수 있었다. 모든 것이 고전의 지혜를 그 나름의 개성으로 풀어낸다. 이상하고 색다른 경험이다.

당연히 내 시야는 좁아져 이런 점을 헤아리기 어려웠다. 내 의식은 정상이 아니었다. 마치 장미가 제 눈으로 자신을 알아보지 못할 때 패랭이만 못한 것이나 다름없었다. 이렇게 말할 수밖에 없다. 비판적 생각을 할 틈도 없이 모든 인상을 일방적으로 받아들이고 있었다. 모든 생각이 한 곳에서 술술 나왔다. 주저하지 않고 솟아났다. 보통 때라면 적당한 표현을 찾기 어려웠을 텐데, 전통 형식에 따라 본능적으로 나 자신만의 적당한 방법으로 모든 생각을 표현할 수 있었다.

이런 상태는 심리적으로 중요하지만, 일반적으로 내게 새삼스럽지는 않다. 가톨릭 정신이 사람들을 사로잡는 방식도 이와 비슷하다. 새로운 생각이 들게 할 만큼 새로운 것을 들려주지 않는다. 그런데도 사람의 움직임을 사로잡을 만큼 깊이 뚫고 들어온다. 가톨릭 정신도 어떤 형태로 개별성을 표현할 수 있다. 그래서 자유로운 사람도 반드시 교리에 주눅 들지 않지만, 활달한 사람도 전통 의식을 따르면서 자기에게 적당한 표현 수단을 찾아낸다. 가톨릭은 이렇게 특별한 사람들을 배출했다. 쉽게 이해할 만하다. 가톨릭 정신은 보편적이면서도 풍부한 개별성을 담아낼 만큼 다른 것들과 세련되게 차별화한 조직으로 대변된다. 그러나 중국 고전 정신은 빈곤한 편이다. 바탕의 '뿌리 깊은 사상'은 얼마 되지 않고, 몸통에 가지도 얼마 붙지 않고 잎도 우거지지 않았다. 그런데도 중국 유학자는 정신적으로 빈약하다는 느낌은커녕 잠시나마 완전한 인격자라는 느낌을 준다. 왜 그럴까? 조숙한 아이 같은 청교도도 아니고 불교도도 아니다. 중국 문인 같은 유럽 고전 철학자는 물론 아니다. 매번 동양적 지혜의 샘 같은 것에서 솟아아는 인상이다. 중국 현자들은 이론을 짧고 투박하게 말하지만, 배타적이라서가 아니라 함축적이라 그렇다. 교양 있는 중국 사람이 이해하는 명제들은 모든 현상의 본질을 충분히 설명한다. 내용과 형식 모두 그렇다. 작은 몇 개의 개념으로 많은 것을 담아내면서 깊은 관계일수록 그것을 결정하는 정확한 좌표를 짚어낸다. 서양 수학의 설명 방식은 (중국의 지혜를 이런 수학적 공식으로 설명하고 있지만) 항상 분명하지 않다. 그러나 중국 사람들의 수학적 방식은 자명하다. 고전적 표현은 그 의미를 이해하는 사람에게 정말로 하나뿐이다. 이런 것이 중국에서 특별한 교육의 목표이자 결과가 아닌가! 소년이 거의 일이십 년 동안 공자만 공부한다는 것은 엉뚱해 보일 수 있다. 중국 사람은 각 문장의 의미를 완전히 자기 것으로 소화할 때까지 그 문장을 깊이 생각한다. 그런 목적을 이루면 그가 서양 사람처럼 공자를 이해했다는 뜻이 아니다. 위대한 스승의 정신을 완전히 자기 것으로 삼았다는 뜻이다. 마치 정념에 사로잡힌 사람이나 다름없다. 그때 옛글은 새로운 의미를 띤다. 결국, 어떤 사람이 고전의 완전한 표현에 집중하면서 교양을 갖추었다면, 고전 학습은 사실상 인간성을 열어주는 문이다.

유럽 문헌학자들도 고전 연구를 중시한다. 라틴어와 그리스어를 알고 키케로를 아는 사람이 고상한 인생사를 이해한다. 그러나 유럽에서 이는 정확하지 않다. 그리스와 로마의 정신은 이제 더는 우리의 정신이 아니라 조상의 정신이다. 옛 정신이 아무리 완전해도 중국 사람처럼 또 다른 사람의 완성을 돕지 못한다. 서양 사람은 고전 정신과 하나가 되어 그 깊이를 따를 줄 모른다. 이를테면, 중국 사람은 그 자신이 곧 모든 현상보다 위에 있는 '큰 뜻'으로 살아 있다. 그러나 그리스와 라틴 사람은 일정한 현상의 일면일 뿐, 지금 우리 생활을 결정한 것과 질적으로 다르다. 그래서 요즘 유럽의 문헌학자는 불완전하다. 고전 교육이 인격의 완전한 발전에 불가분하지 않다. 소중한 삶을 다스리도록 이용하지 못한다.

중국의 교육은 전인교육이다. 게다가 생활에 유능한 인간을 만든다. 혁명 전까지 국가고시[과거와 경연]를 통과한 훈고학 박사들이 공직을 맡았는데 당연한 일이었다. 중국 사람은 고전 정신으로 옛 중국의 높은 생활까지 표현한다. 미국 사람들이 비록 지식은 보잘것없어도 솔선수범하는 정신이 투철하다는 것과 같다. 중국 사람들의 고전 정신은 완숙하지 않다. 비록 널리 퍼져 통용되고 있지만 다시 젊어질 수 없다. 그러나 그 세계 속에서 살지 못한다면 중국은 안전하지 못할 것이다. 또, 장점이 많아도 조금 속물스럽다. 문헌학자와 법학자, 유학자가 이상형으로 존경받으려면, 그들의 자질이 그들과 걸맞아야 한다. 그러나 사실 그렇지 못하다.

내 생각을 해본다. 그렇다. 경직되고 현학적이며 케케묵고 이상하다. 나는 서당 훈장처럼 생각하고 가르침을 자부하고 학생에게 모범이 되려고 한다. 그러나 이제 교만을 부릴 수 없다. 더는 사랑에 빠지지도 못할 것이다. 학생들에게 모범을 보이기 위한 것이라면 모를까! 진정한 권위도 없는 사상을 취하지도 못할 것이다. 언어와 별개의 '큰 뜻' 같은 것은 더 이상 흥미 없다. 한 사람으로서 만족하는 속물근성을 벗어나고 싶지도 않으니 최악이다.

그렇다. 어떤 깊이든 한 번 표현되고 나면 피상적인 것이 된다. 표면은 한동안 꽤 두꺼워지겠지만, 금세 또 다른 껍질로 변한다. 유학자가 몸소 보여주던 정신은 이제 그 속에 녹아들어 버렸다. 이렇게 각 문화의 중요한 가치는 결국 시간의 문제다. 그래서 중국 사람들은 영원한 것만 생각할 뿐 다른 형식에 관심이 없다.

나는 매일 중국 친구와 그의 제자들과 함께 몇 시간씩 지냈다. 중국 친구는 열렬한 성격이라 마치 라틴 사람 같다. 오늘 그는 유럽 사람들, 특히 중국 전문가들이 중국 문화의 발전을 서양 문화와 비교도 하지 않고 어떻게 별도로 다루고 있는지에 대해 장시간 동안 설명했다. 그가 보기에 두 문화 모두 똑같은 체계로서 전개되기 때문이다. 어느 쪽이든 고대와 중세 문화의 의미는 똑같고, 르네상스도 '계몽기'도 종교개혁과 반종교개혁도 마찬가지다. (매튜 아놀드[181]가 헬레니즘이라고 한) 그리스와 히브리에서 합리주의와 신비주의가 교대로 지배했다. 이런 평행 상태는 세부도 똑같다. 예컨대, 중국에도 유럽의 중세 기사 같은 인물이 있었다. 비교를 정확히 확인하기에 나는 중국의 역사를 너무 모른다. 중국 친구도 자기네 동포와 마찬가지로, 이탈리아 남부 사람들처럼 너무 쉬운 주지주의로 기운 것이 아닐까. 역사는 특수한 조건마다 특별하다. 그러나 인간 생활의 자연스럽게 통일된 형식 때문에 궤도를 따라 도는 별자리처럼 규칙에 따르는 듯 보인다. 모든 민족이 비슷한 조건에서 비슷한 단계를 거치는 듯 보일 뿐이다.

유럽과 중국 사람들을 얼마든지 비교할 수 있다. 표현이 풍부하다는 점에서 본질적으로 같은 인간이다. 인도와 러시아 사람들에게 없는 성격이다. 역사에서 서로 비슷하고 나란히 가는 모습이다. 아무튼, 이런 비교가 무슨 가치가 있을까? 시간은 일방으로 흘러가도 사람마다 그 의미는 언제나 다르다. 중국 사람들은 시간을 긴 리듬으로 본다. 유럽 사람들은 짧은 리듬으로 본다. 유럽 사람들은 움직이는 것이 정상이다. 그러나 중국 사람들로서는 정지와 휴식이 정상이다. 따라서 어떻게 객관적으로 비교할까? 우리는 빠르게 앞질러 가는 것을 자랑한다. 그래서 야만스럽다. 완성은 주어진 틀 안에서만 이룰 수 있는데 우리는 계속 변하기

---

181 Matthew Arnold. 1822~1888. 영국 시인이자 문화평론가로 사회적 현안에 대안을 제시하는 교훈적인 글을 많이 발표했다. 〈세상의 영원한 이방인〉 같은 걸작을 남겼다.

때문이다. 더구나 똑같은 리듬으로 계속 오래갈 수 있을지도 의문이다. 각 생명의 움직임은 내적으로 제한된다. 우리도 우리가 생각하는 것보다 좀 더 일찍 좋은 날을 맞이할지도 모른다.

나는 인도에서 이런 말을 종종 들었다. 모든 기존 문화가 거의 비슷한 수준에서 시작된 것처럼(맞는 말이지만) 문화의 뿌리는 극히 오랜 세월 동안 뿌리내렸고 그 동안 성장은 매우 더뎠다. 그러나 이는 착각이다. 이론적으로나 사실로서도 그것을 증명하는 결과가 있다. 어디에서나 물질이 허용하는 곳에서만 결과가 나오는데, 이런 조건을 알게 된 정신이 움직이기 시작하면 그 과정은 엄청나게 빠르다. 수십 세기 넘게 졸고 있던 의식은 새로운 의식이 깨어날 때까지 꾸준할 수 있지만, (원시 상태든 중국처럼 상당한 수준의 문화든) 일단 깨어나면 진화는 급격히 빨라진다. 그리스 정신이 깨어나 완성되는 데 얼마나 걸렸을까? 딱 백 년이다. 비행기의 원리를 찾아내고 나서 그것이 얼마 만에 실용화했을까? 10년이다. 이렇게 장차 우리의 예상대로 중국과 엇비슷한 수준에 도달할 것이다. 오늘날 서양 사람이 진보했다지만 고작해야 백 년밖에 안 된 일이다.

내 친구[구홍밍]는 노자를 언급하지 않았다. 그는 기본적으로 공자를 가장 중시한다. 공자가 노자보다 큰 뜻을 더 깊이 이해했다면서 공자는 현실을 외면하지 않고 다스리는 방식으로 깊이를 보여주었다고 했다. 가령, 공자가 정말 그런 인물이었다면 사실상 비교할 수 없이 위대할 인물이겠다. 그러나 그렇지 않다. 자연의 도리에 따라 어떤 인간이 완전히 깊이 있게 살면서 또 그와 동시에 표면상으로도 강력한 모범이 되기는 어렵다. 각각의 노릇마다 특수한 생리 기관이 필요할 텐데, 나는 어떤 한 사람이 그 두 자질을 고루 갖춘 것을 본 적이 없다. 공자와 노자는 완성 가능성의 양극을 대표한다. 공자는 현실적 완성을, 노자는 뜻의 완성을 대표한다. 공자는 '유형'의 완성을 노자는 '무형'의 완성을 대표한다. 결국, 같은 잣대로 평가할 수 없다.

분명, 중국 사람들은 공자를 더 위대하게 본다. 그들은 매우 실용적이라 깊이를 그다지 주목하지 않는다. 중국 사람들을 만나볼수록 나는 그들이 얼마나 사상에 무심한지 놀라버렸다. 사유는 그들의 고유한 자질이 아니다. 그들의 생활이 곧 그들 자신의 깊이를 표현한다. 내 친구 구홍밍도 문인이나 사상가로서보다 인간으로서 더 중요하다.

사실, 보통의 도인은 보통의 유학자만큼 깊이 있는 사람은 아니다. 오늘날 중국 사람은 본질적으로(차라리 생리적이라고 해야겠지만) 유교도다. 그러나 자신을 낳은 정신을 부정하면서 자신에게 충실하지 않다. 이런 면이 벌써 밖으로 고스란히 나타난다. 대중의 조리 없는 도가 이론을 활용하면서 마술이나 물신숭배가 혼합된 사례가 아닐 경우에도 그렇다. 도가의 이론이 깊다고 해도 유가의 '조화' 사상은 도가의 바탕에 깔려 있다. 그 사상은 밖으로 표현되어야 파악할 수 있다. 순수하게 개인의 깊은 내면에 있는 것은 다른 사람이 체험할 수 없다. 도가의 특수한 형식은 우수한 인간형을 만들어내기에 부적절하다. 그러기에는 너무 방만하고 희미하다. 도가의 수행자가 기독교 수사나 불교 수행자보다 못하다고 비교하는 것은 별로 중요하지 않다. 그러나 도인들을 포함해 내가 자주 접했던 중국 사람들에게 노자의 훌륭한 이론적 깊이는 없다. 주관적 원리의 전형적 약점을 드러낸다. 그들에게 형이상학적 인식이 부족하다. 놀라운 일은 아니다. 구체적인 것에 관심을 쏟는 민족들 모두 마찬가지였다. 정도 차이만 있다.

이를테면, 고대 그리스와 프랑스 사람들이 그랬다. 표현 본능이 강한 사람은 자신을 타인처럼 객관적으로 표현한다. 그런 사람은 특수한 자기 입장에 따라 예술가나 정치가가 되기도 하지만, 자신에 대한 지성은 깊어지기 어렵다. 자신을 돌아보기 무섭게 밖으로 드러내려고 하기 때문에 자기 외면밖에 보지 못한다. 그래서 많은 예술가를 배출한 민족의 사상가들은 주로 합리주의자들이다. 그리스 사람들이 이런 경우였다. 물론, 그들의 타고난 디오니소스 같은 성격 때문에 절대적으로 그랬던 것은 아니지만, 그 대신 그 철학자들은 아폴론의 정신으로 균형을 잡았다.

중국 사람들은 지극히 합리적 모습을 보였다. 중국 사람들은 표현력이 극히 풍부하다. 중국 예술처럼 깊이 있는 예술도 없을 것이다. 그러나 이 세상 어디에서도 중국인의 사유만큼 건조한 것도 없다. 맹자의 논설은 꺼칠하고 권태롭다. 서당 훈장의 훈계조다. 사실, 맹자의 교양과 도덕은 흠잡을 데 없이 세련되었다. 그의 외면은 내면을 충실하게 반영한다. 다만, 그 사유는 적당한 표현 수단이 아니었다. 자신의 깊이를 사고로 표현하지 못했다.

중국 사람들은 지상에서 가장 철학적으로 살고 있지만, 그들에게 철학적 사고는 자연에 반하는 일이다. 그들의 지혜는 실생활로서 표현된다. 실생활의 본질이 무엇인지 사유로 표현되지 않는다. 그런데도 중국 사람들은 심오한 철학자들을 배출했다. 이런 사람들은 어떤 인물들일까? 그들 가운데 미치광이나 허풍쟁이들이 많다. 위대한 지혜와 거대한 결함을 함께 지닌 인물들이다. 현자는 《도덕경》에서 이렇게 말한다.(빌헬름이 "군중에 거리두기"라고 번역한 문장이다.)

> 나는 우유부단하다. 웃을 줄밖에 모르는 어린아이처럼 행동 지침이 없다. 마음에 아무런 뜻도 없다. 바다처럼 출렁이고 무위도식한다.

이 문장을 냉소적으로 이해해서는 곤란하겠다. 중국 사람들의 특징인 이상한 무위(無爲)가 바로 현자의 참 모습 아닐까. 아무튼, 중국 사람들은 더할 나위 없이 인간적으로 폭 넓은 데, 도인들을 '고상한 귀인'이나 '전인'보다는 마술사처럼 존경한다.

도인들을 위대한 현자로도 볼 수 있다. 도가 사상에는 불교나 기독교, 브라만교에 없는 우수한 점이 있다. 그 사상은 사실 미완의 요가 이론만으로 구성된다. 인도와 기독교 구도자들이 지극히 행복한 상태에 이르기는 얼마나 어려운가! 그들의 자아에서 벗어나려는 노력은 공허해 보이곤 한다. 행복은 이기심에 따라 결정된다. 행복한 상태는 자기 자신을 극복한 사람만 도달할 수 있다. 도인들만 이것을 인식했다. 실제로 그렇게 인식한 사람이 있다면 그 사람이야말로 위대한 성자라고 하겠다.

자연은 얼마나 모든 이론을 비웃을까! 나는 중국 학자들의 정신을 어지간히 파헤쳤다고 생각했지만, 다시 만난 사람이 나의 추측을 한 방에 날려 버렸다. 숭고하다 싶을 만큼 열렬한 사람이었다. 중국에서도 다른 곳처럼 많은 사람이 보편 종교를 창시하려고 열심히 일하고 있다. 그 예언자들은 흥미롭기 마련이다. (가설이지만) 고등 종교의 바탕이 되는 커다란 의의를 찾는 데 학식을 쏟는 사람들이다. 비교종교론 같은 것을 쓰는 대신 세계 개혁에 나서려는 사람들이다.

그날 오후에 내가 만난 사람은 종교 정신이 충만했다. 여러 점에서 칼뱅을 닮았지만, (중국에서만 가능한) 마치 성 프란체스코처럼 다정해진 칼뱅 같은 인물이다. 사실, 그는 외국 사람이 중국에서 처음 충격을 받는 해악을 잘 알고 있다. 그래서 무의미한 형식주의를 타파하고 새로운 정신을 불어넣으려고 한다. 기독교 사도 요한의 정신과 비슷하다. 그러나 그는 유교를 최상의 뜻이 담긴 형식이라고 생각한다. 교양 있는 중국 사람으로서 다르게 생각할 리가 없다. 그의 도가 정신은 애매하지 않고 불교의 정신도 녹녹하지 않다. 그렇지만 그는 기독교에 관해서라면 중국에서 낯선 언어인 만큼 뭐라 반박하지 못하고 결국 진실하다고 생각한다. 만약 그가 중국어로 낯선 언어를 번역하더라도 결국 유교처럼 이해하지 않을까? 전통 유교는 아닐지라도 유교적 사고방식으로 말이다. 그래서 중국에 도입된 기독교가 피상적이다.

나는 그의 말과 표정에 담긴 정신을 이해할수록 중국 사람들을 개종하려는 선교사들이 부끄럽다. 다른 사람들을 가르치려 하기 전에 자기 자신부터 알아야 할 것이 아닌가. 물론, 나와 대화한 중국 사람이 모두 옳다는 말은 아니다. 기독교에는 유교와 뒤섞이지 않는 특수성이 있다. 그러나 중국 사람들은 유럽 사람들이 인도의 깊은 종교를 이해하지 못하는 것과 마찬가지로 기독교의 특성을 이해하기 어렵다. 생리와 역사가 달라 거북하기 때문이다. 거북한 장애는 종교적 감정으로 낮출 수 있겠지만 그러나 그렇게 되면 시야가 좁아진다. 정통 유가의 인물은 신에게 근접할 수 있고, 각성한 인도 사람들 못지않게 자기 내부의 신성을 표현할 수 있다. 그를 낳은 자연의 틀 속에서만 그렇게 할 수 있다.

중국 사람의 지성은 얼마나 훌륭한가! 서양 사람보다 단순한 수단으로 표현을 극대화한다. 유럽 사람은 두드러지려면 (덥수룩한 머리와 높은 이마처럼) 그만큼 두드러진 특징이 필요하다. 그러나 중국 사람들은 그렇게 눈길을 끄는 모습이 필요 없다. 중국 사람들은 유연한 곡선만으로 조용하고 느긋한 성격으로 표현한다. 유럽 사람에 비해 이런 중국 지성인이 더욱 고전적이다.

중국 사람의 비종교적인 성격을 무엇이라고 하든 중국에서 종교적 혁신을 꾀하는 사람과 집단이 있다. 그런데 이제야 나는 선교사들이 중국 사람들을 비종교적이라고 생각하는 까닭을 알게 되었다. 아무리 열렬한 중국의 개혁 운동가도 절대 교회의 틀 속으로 들어가지 않는다. 어느 한 사람도 새 신앙의 승리를 바라지 않기라도 하는 듯하다. 적극적 개혁은 중국 사람의 기질에 맞지 않는 모양이다. 유교는 완고하게 불교를 무찌르고 이겼다. 그 이방의 교리를 흡수해 자기네 유가 철학을 표현하는 방법으로 삼았다. 그때마다 탄압자도 순교자도 있었다. 이 나라에서 특이한 경우지만, 그들 스스로 알아서 그만둘 때까지 방치한다. 교양 있는 중국 사람들은 인도 사람들처럼 관대하다. 나는 놀랍도록 열렬하던 늙은 유학자를 생각해보곤 한다. 그는 유교를 진리의 절대적 표현으로 믿는다. 그러나 진리 자체의 진정실한 뜻은 기독교에도 있다. 이 문제에 관한 한 어떤 논의도 소용없다. 이런 정신이 루터교회 목사가 가톨릭 사제를 대하는 심정과 무엇이 다를까!

중국의 새로운 종교적 동향은 교회 밖에서 이루어지며 비신앙적인 것이 특징이다. 종교 감정과 무관하게 교회를 사회의 실용 '기관'으로 본다. 개신교도와 같다. 개신교도는 하느님이 세상의 질서를 유지하려고 교회를 세웠다고 본다. 그래서 예배를 내면 활동으로 보는 가톨릭과 다르게 개신교는 그것을 교회 밖에서 찾는 편이다. 중국 개신교도도 개신교와 같은 길을 가고 있다. 이곳에서 추론에 의한 상식은 창조적 직관과 목적이 똑같다. 사실, 중국 사람의 종교적 감정은 미미하지만, 그 대신에 비종교적인 것을 확실하게 이해한다. 원칙적으로 교회는 종교와 무관하다. 종교와 교회의 (관념적) 결합은 부차적이다. 예배는 언제나 일종의 마술이다. 그런데 마술은 중요한 자연과학이고 그 실용은 고상한 사업이지만, 종교적 중요성은 없다. 종교적이라는 것은 자신을 향상하고자 노력한다는 뜻이다. 신성한 빛으로 모든 현상을 이해하려고 한다. 마술로 도움을 받기도 한다. 그러나 이것은 순전히 기술적 문제다. 중국처럼 실용이 바탕인 나라에서 또 북유럽 같은 곳에서 각자의 감정은 매우 성숙해 자신에게 필요한 것에 도움이 되는 것을 당연히 받아들이기 때문에, 실용성이 떨어지는 마술과 교회와 신앙고백과도 멀어지기 마련이다.

유교에서 어떻게 그렇게 높은 인격자들이 심심치 않게 나왔을까? 중국 사람들을 만날 때마다 궁금해진다. 물론 지금까지 진정한 위인을 만나지는 못했다. 공자가 말하는 '귀인' 같은 인물이다. 그러나 많은 사람이 보기 드물게 고고한 인격을 보여준다. 유교 덕분일 수밖에 없다.

군인들의 난동 때문에 외출하기도 어려운 답답한 날에 이 문제에 매달려보고 싶다. 중국에서 바람직한 인간형은 그 민족 문화의 이상형으로 결정된다. 깊은 뜻은 현실로 드러나야 한다고 생각한다. 그런데 각자도를 닦는 것은 특수한 현상으로서 보편적 조화의 연결 고리 역하을 한다. 결국, 각자는 보편적 세계와 하나로 어울려야 자신을 완성할 수 있다. 객관적 규범을 준수하며 살아야 한다. 만약 누구든 그 길을 따라 높은 수준에 이른다면 '그 개성이 어떻든' 그렇게 될 수 있다는 뜻이다. 따라서 유교도들이 그토록 높은 교양을 보인다. 정상인이라면 누구나 자기실현할 수 있을 만큼 그 규범이 적절하기 때문이다. 규범에 따른 형식은 중국 사람이 자기를 실현하는 지름길이다.

어느 민족 어느 종교나 모범이 될 이상형을 내세운다. 서양에서 누구나 그리스도처럼 되어야 하고, 인도 사람 누구든 크리슈나나 붓다처럼 될 수 있어야 한다고 주장한다. 그러나 아무나 성자가 되지는 못한다. 아무리 애써도 그렇게 되려면 사람들 대부분에게 부족한 특별한 소명이 필요하다. 그래서 기독교도들은 자신들이 숭고한 모범이 될 수 없다고 여긴다. 일반적으로 기독교의 모범은 효력이 없다. 효력이 있으려면 모든 사람에게 유리해야 할 텐데, 그렇지 못하다. 자기 본성에 맞지 않는 것을 바란다는 것은 아무에게도 이롭지 않다. 가톨릭 사제는 이론으로는 개신교 목사보다 훌륭하다. 고위 성직자는 유혹에도 끄떡없이 독신 생활을 할 수 있을 만큼 진화했다. 그는 성욕을 다른 곳으로 치워버렸다. 모든 자연의 관계에서 벗어나 타인만을 위해 살아야 한다. 그러나 대체로 이렇게 살지 못한다. 그들의 종교적 기질이 강력한 관능성과 짝을 짓기 때문이다. 그래서 종교개혁에 이런 것이 호재였다. 금욕 생활을 안 해도 되는 사제를 공인했다.

베이징의 공자 사당, 존 톰슨, 19세기 말

이상형은 일정한 조건에서 실현될 때에만 가치 있다. 자연과 좋은 관계를 맺을 만한 이상형이 실현도 되고 쓸모도 있다. 그런데 중국 사람들이 이런 점에서 가장 실속 있다. 그들의 이상형은 예외가 아니라. 누구에게나 있는 평균성을 전제로 한다. 애당초 누구든 접근할 수 있다. 두렵기는커녕 이상형이 되려고 진심으로 노력하는 사람을 도와준다. 몰상식한 것을 부인하는 공자를 주목할 만하다.

알 수 없는 것을 알고 비범한 일을 하고, 요컨대 수 세기 뒤에나 감탄을 살 행동을 나는 절대 하지 않겠다. 도(道)로 가는 길, 구도는 정상적 인간 생활을 벗어나지 않는다.

공자는 이상형을 과대평가하지 않아야 한다고 강조했다. 《중용》에서도 이렇게 말했다.

> 지금 나는 참으로 도덕 생활이 왜 그렇게 드문지 알게 되었다. 현자들은 도덕적 이상을 실제보다 우수하다고 생각한다. 멍텅구리들은 그것을 이해하지 못한다. 고상한 사람들은 취향이 너무 높아 자신들의 바탕보다 더욱 높아지기를 바란다. 천박한 사람들은 목표를 너무 낮춰 잡는다.

공자는 이상을 과대평가할까 진심으로 염려했다. 이상적 인간은 하늘을 기쁘게 하려고 해서는 안 되고, 가까운 이웃 곁에서 의무를 다해야 한다. 겸손한 인간은 자기 분수에 맞는 노릇에 충실해야 한다. 그런데 능력이 어떻든 인격을 높이 끌어올린 사람이 규범을 완전히 표현한다. 개인은 곧 전체의 조화를 비추는 거울이기 때문이다. 공자는 현자가 내면이 깊다고 해서 완전한 것은 아니라고 했다. 사람은 위신을 갖고 처신해야 하지만, 그것만으로는 부족하다. 우아하게 처신해야 한다. 깊이는 밖으로 드러나야 그마나 그 깊이를 알 수 있다.

하느님 말씀 같은 공자의 이론을 따르는 사람, 그 원칙으로 생활하는 사람이 어떻게 완성된 인격자가 되지 않을 수가 있을까? 그 말씀은 사실상 쓸모 있는 지혜의 핵심인데 어떻게 완성의 주변이나 맴돌까? 정상적 인간은 유교도처럼 브라만교도나 기독교도와 마찬가지로 멀리 나아갈 수 있다. 그러나 만약 거인을 열망하고 허풍을 부린다면, 평균을 넘던 사람도 그보다 떨어지고 만다. 우수하게 발전하지 못하고 보통 사람의 이해조차 받지 못한다. 그래서 중국 사람들 가운데 독창적 인간은 드물다. 무지한 대중은 더욱 수준이 낮고 환경도 열악하다. 그러나 규범은 세계 어느 곳보다 완성도가 높다.

유교는 모난 이 세상에서 보편적 이상으로 삼을 만한 최상의 대안이 될 수 있을까? 인간은 자기완성이나 높이 겨눌 수 있다. 그것을 중시해야 한다. 원칙상 누구나 접근할 수 있는 이상처럼 인간적인 것은 없다. 가장 현명한 점이다. 향상에 유리한 조건에서 인간은 다른 조건에서 이룰 수 없을 만큼 크게 성장할 수 있다. 종종 천한 여자에게 두드러지는 깊이와 폭을 생각해보자. 순진무구한 위대함이다. 그 앞에서 현명한 남자도 기꺼이 고개를 숙인다.

유교에 결정적으로 끌리는 이유가 하나 더 있다. 유교는 인간의 잠재력을 크게 키워준다. 거의 언제나 가정생활이라는 족쇄 덕에 여성의 혼이 오히려 풍부하고 커지는 것과 마찬가지다. 이런 점에서 유교도들은 굉장히 엄격한 제도에서도 높은 인간성을 보여준다. 내가 만났던 중국 사람들은 만약 서양에서 자랐다면 지금처럼 발전하지 못했을 것이다. 중국 사람들의 발전은 제자리걸음하는 우주관 덕이다. 중국 사상에 따르면 우주는 움직이지 않는다. 그 자체로 완전하기 때문에 달라질 필요가 없다. 결국, 인간이 주도할 여지는 없다.

삶은 거부할 수 없이 앞으로 나아간다. 삶은 진보와 역동의 원리에 따른다. 정체된 듯 보이는 곳에서도 마찬가지다. 이렇게 삶은 앞으로 나아가지만, 밖이 아니라 안으로 나아간다. 자기가 이끌지 못하는 심정의 에너지는 출구를 못 찾고 쌓인다. 평균적으로 교양 있는 중국 사람들에서 이런 식의 내적 긴장이 두드러진다. 서양에서 보기 힘든 일이다.

중국 사람들은 유교의 높은 '규범' 덕에 우수하다. 이보다 이로운 보편성을 생각하기 어렵다. 서양은 불과 얼마 전에야 이것을 이해했다. 일반 여론도 점점 더 비정상적인 것보다 정상적인 것을 좋아하게 되었다. 그런 생각으로 금욕 수행자나 영웅보다 자연을 따르고, 재능보다 완성을 지향하게 되었다. 그런 분위기 덕에 독일어권에서 괴테를 더욱 숭상했다. 서양 위인들 가운데 누구보다 정상을 크게 벗어났던 사람이지만 다른 누구보다 실존을 배제하지 않았다. 유교가 어느 날 서양으로 건너오게 될까? 가능하다. 그것은 규범이자 철학이다. 그 본질을 학식이 아니라 정신으로 이해할 수 있으니 모든 대중에게 최상의 철학이 될 수 있다.

하지만 환상은 금물이다. 규범의 철학은 높은 이상주의에 유리하지도 않다. 또, 그것을 키우지도 않으며 동기가 되지도 않는다. 서양은 불가능한 것을 성취한다고 자부하지만 유교는 항상 가능한 것만 바란다. 사실 이럴 때, 둘 중 하나를 택해야 한다. 우선 대중을 고려하지 않는 초인을 택한다. 서양에서 최근까지 이런 식이었다. 완성의 이상형은 기독교의 이상형을 포함해 극소수 선택받은 자를 위한 것이었다. 또는 대중의 완성을 지향하는 것이다. 이 경우 우수한 인간형에 무심하다. 우리의 민주주의 세계가 이 해법을 채택할 모양이다. 정상인과 전인이 이상형이 되는 세계다. 그렇게 될 가능성이 크다.

오늘날, 누구나 모방할 수 있는 인물을 이상형으로 생각하지 않는 편이다. 각자 개성을 발할 수 있는 생활의 기본 바탕을 생각한다. 각자 제 목소리를 내면서 전체의 화음과 어울리려고 전체의 통일성을 부인한다. 아직 미숙하다. 그럴수록 현대 생활은 교향악 같은 화음에서 멀어진다. 아무튼, 규범을 지고의 이상으로 삼더라도 현재와 같은 유교를 유럽에 도입하는 것은 실수일지도 모른다. 공자의 규범은 중국 사람만 따를 수 있다. 거의 개성 없는 개인들이나 그 규범을 유용하게 받아들일 수 있다. 상상력이 부족한 사람들이나 건조한 모범에 열광한다. 표현력이 풍부해도 개념을 모르는 사람들만 그렇게 편협한 제도에 만족한다. 막연히 이해한 이상형에 근접한 사람들이 많을수록 완성에 이를 가능성이 크다니 정말 이상하다.

그리스도와 붓다는 인류의 살아 있는 이상형이었다. 그러나 대부분의 사람은 그들과 견줄 수 없다. 반면에, 공자는 중국 사람만을 위한 모범이다. 서양인을 일깨우지 않는다. 그렇다고 그에 반대한다는 뜻은 결코 아니다. 어쨌든 구체적인 것은 배타적이기 마련이다. 영국 사람들은 독일 사람들이 괴테를 예찬하는 것을 이해하지 못한다. 영국 사람들은 고매하고 완고한 시골 선생 같은 사람이 한 나라의 이상형이냐며 놀란다. 사실 영국 사람들이 괴테를 그런 인물로 볼 만했다. 이와 똑같은 의미에서 영국이 존슨[182] 같은 사람을 이상형으로 보는 것을 독일 사람들은 의아해했다. 존슨은 평범한 영국 사람으로서 고집스럽고 독창성이 없으며 편견도 심했다. 그는 영국 중산층의 특징인 이런 편견을 앞장서

---

182 Dr. Johnson(Samuel Johnson). 1709~1784. 대표적 보수파 영국 문학의 거장으로 시인, 전기 작가, 번역가 등 다방면으로 활동했다. 특히, 문학 평론에서 중요한 역할을 했다. 그의 셰익스피어 해설판은 고전으로 간주된다. 제임스 보스웰(James Boswell)이 지은 그의 전기 《The Life of Samuel Johnson, LL.D》는 전기 문학의 걸작이다.

서 예찬했다. 그때부터 생뵈브[183]가 정확히 짚었듯이 이 "유식한 척하는 사람들의 왕"은 넓고 깊은 확신으로 인류의 많은 관심사를 표현했다. 규범의 이상이 구체화할 때 그렇게 될 만한 모습이다.

베이징에서 마지막 며칠간 주변을 둘러보았다. 자연은 웅장하다. 의식을 크게 넓혀준다. 끝도 없이 똑같은 리듬을 타고 펼쳐지는 풍경이다. 공기가 건조하고 맑아 멀리 있는 것마다 환상으로 보인다. 내 시선은 우주의 끝까지 이어지는 것만 같다. 내가 만약 베이징에서 왕좌를 물려받고 태어났다면 지상을 제패한 군주가 되지 않았을까!

나는 황제의 입장에서 상상해 본다. 고대의 역사에서 황제는 그 존재만으로도 세계의 질서를 유지하고 남았다. 그렇다면 나는 요람에서부터 순(舜) 임금을 모범으로 삼을 만했다. 순 임금은 자기 자리만 지켰다. 남쪽을 바라보면서 완벽한 조화로 다스렸다. 사철은 제때에 찾아오고 자녀는 부모에게 효도했다. 부부는 서로 사랑했고 관리는 청렴했다. 사람들은 만약 내 인격이 완성된다면, 우주는 혼자 저절로 잘 돌아가게 된다고 장담했을 것이다. 내 모습이 이런 뜻을 분명히 보여주게 될 만큼 나 자신이 중요해진다면, 넓은 자연을 바라보면서 나는 '위대하다'고 생각하지 않을까. 겸손하게 그런 생각을 하지 않을까. 하지만 부끄러운 생각도 들지 모른다. 산꼭대기에 오른 사람의 심정처럼 큰일을 해냈다는 느낌이지만, 더욱 가늠할 수 없는 거대한 것 속에서 자신이 너무 초라하

---

183 Charles-Augustin Sainte-Beuve. 1804~1869. 프랑스의 문인으로 문학을 그 저자의 삶의 반영으로 보는 관점에서 많은 비평서와 당대 인물의 평전을 다수 남겼다.

다고 생각할 것이다. 나는 황제로서 우주의 무한한 메커니즘의 바퀴일 뿐 (이것을 원할지도 모르지만) 가장 큰 바퀴도 전체의 일부에 불과하다. 그 막강한 권력도 창피할 것이다. 내가 모든 창조를 책임지고 내 몫을 조금만 무시해도 재앙을 초래할 것이기 때문에 나를 절대자라고 하는 것일까? 나보다 더 위에 있는 사람이 없어서 절대자라고 하지 않을까?

모든 도덕의 효과는 권위에 의존한다. 절대 권위가 없으면 도덕도 없다. 야만인이든 기독교도든 절대적인 권위를 누구도 본 적 없는 신에게 맡긴다. 자기 의무를 소홀히 하고 도덕심도 부족한 황제라면 모든 책임을 질 수 없어 창피할 것이다.

그러다가 나는 천자의 혼에서 벗어나 또다른 극동의 도시를 찾아간다. 얼마나 놀라운 발견인가! 최초의 위대한 인물의 혼에서 빠져나와 작은 개인의 혼을 찾아들어간다. 나는 위대한 혼을 더 존경하게 된다. 자기 위로 누구도 인정하지 않는다. 우주의 지존처럼 자신이 가장 높다고 생각한다. 게다가 책임도 진다. 자연의 질서를 벗어나 있다. 어떤 독재자가 이렇게 숭배받을까? 세계가 돌아가는 데 책임을 의식하는 황제이거나 세계를 산산조각 낼 수 있다고 뽐내는 자유로운 미국 사람일 것이다.

한커우

베이징에서 한커우[184] 가는 길에 군인들이 돌연 기차를 멈춰 세웠다. 군인들은 독립 진영 소속이었다. 부대는 공화국도 만주 황제도 인정하지 않았다. 심심하던 차에 굴러 떨어진 재미를 볼까 작심하고 달려드는 모습이었다. 우선 불안했다. 기관사들은 별로 걱정하지 않았지만. 군인들은 열차 안으로 총검을 든 채 뛰어 올라와 짐을 검색하려 들었다. 사실, 그들은 아무것도 건드리지 않았다. 그렇게 뛰어들면서도 무엇인가 기다리는 눈치였다. 또, 그때 '평화적 중재자'들이 나타났던 만큼 그들을 부드럽게 다루는 것으로 보아 그들은 원하는 것을 받았던 것 같다. 몇 시간 만에야 담판이 끝났다. 결국, 우리는 무사히 다시 출발했다.

이 무슨 해괴한 군인인가! 광저우에 머물 때, 시내에서 정부군과 해적 간의 싸움은 극렬했다. 그러다가 때때로 휴전을 하고, 그러면 적들은 언제 싸웠냐는 듯 태평하게 우리들 사이로 드나들었다. 한커우에서 들은 이야기로는, 얼마 전에 유럽 거류민들이 축구를 하고 있는데 전투가 벌어지는 이웃에서 총탄을 날아들었다고 했다. 공을 차던 사람들은 가장 가까이에 있던 장군에게 메시지를 보내 경기가 끝날 때까지만 휴전

184 漢口. 지금은 후베이성 우한시에 속한 과거 강남의 상업 중심지다. 1926년에 우창, 한양과 합병하여 우한시가 되었다.

을 제안했다. 그러자 정말 제안대로 전투를 멈추었다.

아무튼, 중국 병사는 신발이나 모자 장수 같다. 말하자면, 군인이라는 직업에 바람직하게 여기지 않는 듯하다. 군인으로 살아가면서도 마음은 다른 데 두고 있는 듯하다. 인민이 어떻든 평화를 가장 숭고하게 여기는 제국에서 놀랄 일일까? 중국 문학에서 부대장은 영웅으로 등장하는 법이 거의 없다. 종종 난폭한 군인이나 허풍쟁이로 출연한다. 보통은 천박한 인물이다. 중국에서 패전은 절대로 수치가 아니었다. 항상 물리력보다는 정신 무장이 절대로 우세하다.

아름다운 전설도 있다.

> 옛날에 야만족 왕의 사신들이 황제를 찾아와 쳐들어와 정복하겠다며 위협했다. 황제는 처음에는 무슨 답을 해야 할지 몰랐다. 자기 군대가 쓸모없다는 것을 잘 알았고 침략군에 대한 정보도 별로 없었다. 황제는 마침 대궐에 머물던 시인을 생각했다. 시인이라면 즉시 사신들이 겁에 질려 돌아가게 할 글을 지어내리라고 기대했다. 그런데 시인은 늘 그렇듯 술독에 빠져 있었다. 아름다운 궁녀들을 거느린 황후가 간신히 시인을 깨웠다. 시인은 문제가 무엇인지 알게 되자, 능숙하게 빼어난 혼이 담긴 담화문을 즉석에서 지어냈다. 결국, 정말로 사신들은 겁을 먹고 돌아가 버렸다. 돌아가서는 자기네 왕에게 자기 군대는 적의 힘을 지닌 수준에 못 미친다고 했다.

관리들은 나와 대화를 할 때마다 누차 장수의 무용담을 놀라워하기는커녕 경멸했다. 사실 그들은 시시때때로 무사의 용기가 필요하고 훈련을 좋다고 했다. 그러나 그들이 보기에 무인들은 고상한 인간은 아니었다. 싸움을 좋아한다면 천박하다는 증거일 뿐, 무인을 근본적으로 문인보다 깔보고 인간이라기보다 불도그에 비유했다.

우리 유럽에서도 차츰 전사(戰士)의 미덕을 전보다 덜 중시한다. 그런 인간의 약점이 장점보다 더 커 보이기 때문이다. 여러 면에서 이는 바람직한 진보다. 그러나 그 진보의 대가는 클 것이다. 희생할 수 없어 몸을 사리다 보면 우리의 고상한 혼을 잃게 된다. 안타깝게도 현실은 그렇다. 영구 평화는 천국에서나 가능한 환상일 뿐이니까. 지상에 사는 우리는 물리적 위협에 대처할 자극이 필요하다. 그래야 태평성대를 실현할 수 있을 것이 아닌가.

갈릴레이가 나타나고 나서도 이 세상이 둥글다고 알 때까지 얼마나 오랜 세월이 걸렸던가! 결투는 사라져야 할 야만적 제도다. 오늘날, 이미 결투는 우리의 의식과 맞지 않는다. 어쨌든, 겨루는 사람들은 여러 면으로 그 편견을 벗어난 사람들보다 우월하다. 그들은 어떤 경우에도 본능적 두려움에 굴하지 않으려고 한다. 목숨보다 중요한 가치가 있다는 것을 인정하는 원칙에 따라 행동하려고 한다. 특히, 적에게도 승리할 공평한 기회를 주어 거북하게 한다. 고상한 의미에서 타인의 인격을 존중하려고 한다.

내 앞에서 흐르는 양쯔강(장강) 물은 더럽다. 수없이 많은 짐꾼이 땀을 흘리며 힘들게 범선과 정크 선상에서 일한다. 짐(화물)을 내리고 끌고 지고, 밀고 흔들며 당기고 들어 올린다. 중국 사람들에게는 이런 생활이 조국을 위해 싸우는 것보다 더 잘 어울린다. 그들의 이상주의는 힘든 노동을 이겨내는 그들의 방식에서 잘 드러난다.

나는 이제 이로운 양쯔강을 항해한다. 이 강이 없다면 부근의 방대한 땅은 사막일 것이다. 강기슭은 굉장하다. 그러나 강물은 너무 거대하고 무거워 가까스로 흐르는 듯하다. 굴뚝새 곁에서 날고 있는 야생 거위도 마찬가지다. 강변은 완전히 녹음이 우거지고 모든 것이 싹이 돋아 풍성하다. 눈길이 닿는 곳마다 농부가 알뜰하게 경작한 자취가 보인다. 몸을 돌려보아도 어디든 대자연의 손길이 닿지 않은 곳이 없다. 이곳이야말로 진정하고 영원한 중국이다. 그 꽃을 알고부터 그런 생각은 더욱 뚜렷해졌다. "모든 중국 문화의 뿌리는 농민"이라고. 공자의 이론이 뿌리 깊은 자연에서 나온 영적 표현이 아니었다면, 그가 중국 대륙의 대들보가 되지 못했으리라. 요순시대에 밭을 갈던 세대가 족보를 깊이 간직한 채 오늘도 여전히 물려받은 그 땅에서 살고 있다. 다른 곳으로 떠나는 사람은 드물다. 농부가 평생 수고를 쏟은 바로 그곳이 대지의 품이요, 그가 돌아갈 곳이다. 밭은 모든 중국의 요람이다. 이것을 대물림한 귀족은 없다. 시대마다 이런 저런 사람이 거대한 과거 시험을 통과하고 그렇게 고위직을 차지한다. 그러나 대중은 한결같은 모습이다.

중국 농민 사이에 오래 머물던 사람치고 진심으로 그들을 사랑하거나 존경하지 않는 사람은 없다. 그들에게 가부장적 시대의 미덕이 생생하게 살아 있다. 그들의 존재는 공자, 맹자의 가르침을 아주 자연스럽게 대변한다. 이곳에서 모든 질서는 사실상 내면의 질서에서 나온다. 자연의 본능에 기초하지 않은 제도란 생각조차 할 수 없다. 언제 원시 상태에서, 가족 사이에 벌어지는 문제를 해결하는 데 공식적인 법이 필요하기나 했을까? 어른이 자식을 사랑하고, 또 아이가 부모를 사랑하는 것은 당연하다. 일가족이 발꿈치를 굳게 맞잡는 것이 당연하다. 인구가 조밀하고 평화롭고 합리적일수록 자연스러운 것이 풍습의 규범이 된다. 조

20세기 초 한커우의 양쯔강 하구. 네덜란드 여행자가 촬영한 사진.

화로운 협동 속에서만 일가족이 번영하는데 그 조화를 깨트린다면 자연에 반하는 것일 테니까 불경한 대죄를 저지르는 짓이다. 더욱 자명한 점이 있다. 불가피한 질서는 그 속에서 자기 소망을 이루려는 사람 그 누구도 억압하지 않는다. 그러면서 사회성이라는 자연스런 추진력이 최대한으로 발전한다. 이렇듯, 가족 간의 정과 노인과 권위에 대한 존중을 중국 농민은 그토록 오래전부터 자기네 영혼의 일부가 될 정도로 끈덕지게 가꾸었다. 순박한 사람이 무한하게 뻗어 보편적인 인간이 되는 것처럼 매력적인 일이 또 있을까. 거대한 제국만 아니라 우주조차 한 식구들 간의 타고난 관계에 근거한 전체로서 생각한다.

가령, 자식이 아버지에게 바람직한 효도를 한다면 제때에 비가 내린다. 선사시대 중국에서 민중은 거의 의식도 하지 않았지만, 정말로 농민의 지혜 속에 살았다. 또, 그렇게 실행했던 만큼 그 뒤 고대의 스승들이

양쯔강에서 선상가옥을 끌어올리는 인부들, 1913년경
제방을 따라 조성된 한커우의 서양 조계지, 1900년대

교훈으로 집대성하게 되었다. 고대의 사상가들은 이미 사람들 행동의 바탕에 있던 것을 가르쳤을 뿐이다. 공자와 맹자의 교훈은 정확하다고 인정받았다. 또, 교훈이 의식 속에 녹아 있었던 만큼 관심도 배가되었다. 이렇게 해서 유교는 더욱 더 중국의 전례 형식이 되었다. 이미 오랜 세월 그 존재 방식을 대변해오던 끝에, 유교는 갈라지고 명확해지고 세련되었지만 절대로 애초의 의미를 잃지 않는다.

이런 특별한 역사 덕에 중국 사람들은 까마득한 옛날부터 오늘까지 농민의 민족으로 남았다. 이 나라에서 생활 규범으로 농민의 실존에 반하는 강력한 계급 질서를 구축하지도 않았다. 헌법이 제아무리 복잡해도 과거에서 현재까지 기본적으로 가부장적이기 때문에 그럴 수 있었다. 이렇듯, 공자와 맹자의 교훈은 절대로 실용성에 반하지 않았다. 실질적이었다.

심오한 사상가일수록 그 사상의 지혜는 더욱 놀랍다. 그래서 수 세기 동안 계속 위신이 높아졌다. 어쨌든 고대의 효율성을 지켜야 했다. 사람들 속에 그토록 깊이 자리 잡은 고대 스승들의 사상은 너무나 단순하다. 복잡하지 않은 원시적 사람들만이 자연의 질서 속에 완전히 흡수된다. 그러나 그 질서는 성숙한 사람들의 바탕이기도 하다. 유교의 교훈이 누리는 위신 덕에 세련된 정신의 소유자들이 그 의미에 깊이 젖어들었다. 가장 세련된 중국 사람조차 그 바탕에 자연스런 깊이가 두드러진다. 그들에게서 원시의 감각은 항상 살아 있다. 부모와 자식의 상호 관계는 유럽 어디에서도 볼 수 없는 깊이로 탐색된다. 타고난 본능은 결국 교양으로 다스려진다. 세련된 사람들조차 항상 단순한 원초적 감각이 살아 있고, 퇴행적인 사람들조차 도덕심을 생생하게 느낀다. 중국 사람들은 품행(도덕심)을 문명화한 자연이라고만 생각한다. 아무튼, 양쯔강

계곡의 농부와 마찬가지로 선량한 유교도가 아닌 관리도 없다. 애당초 유교는 농민의 세계에 적응했다. 그러나 중국에 엄격한 계급 질서가 없는 만큼 농민은 진정한 중국 사람으로 남고 그 성격이 바뀌지도 않을 것이다. 사라지지 않을 그 특별한 성격 덕분에 중국 사람은 오늘날도 여전히 세상에서 도덕적으로 가장 개화한 인간으로 보인다.

그렇다고 해도 농민이 최근의 혁명 이후에 여전히 자신을 지켜낼까? 만약 그렇지 않다면 무슨 일이 벌어질까? 나는 우울하게 주변의 밭과 마을을 바라본다. 강변을 따라 물려받은 일에 매달려 지칠 줄 모르고 경작하는 사람들이다.

중국 농민의 특징이지만 빈곤은 분명 절대악이다. 그러나 개인의 이기주의를 자극하지 않고서, 결국 중국 문명의 감탄할 도덕적 바탕인 가족에 대한 강렬한 감각을 해치지 않고서 어떻게 빈곤을 퇴치할까? 복지 수준을 높이기 전에 어떻게 위생부터 해결할까? 해마다 그토록 많은 사람이 기아와 전염병에 죽어가는 것을 본다는 것은 정말로 끔찍하다. 그렇지만 만약 자연이 자정하지 못한다면 인구 과잉은 어떻게 될까? 현재보다 나아진 상태를 생각할 수는 있겠지만, 그러나 그렇게 하려면 수 세기가 걸릴 텐데 그 사이에 불행은 그 어느 때보다 더 커지지 않을까.

서양에서 사회적 불행의 핵심은 무엇인가? 사람들은 자신들의 좁은 생활의 틀 속에서 행복이 무엇인지 너무나 잘 알고 있으면서도, 또 다른 한편 자신들이 비판하는 현실이 오랜 시공간이 지나야만 달라질 수 있다는 사실을, 그래서 거기에서 급히 난폭하게 벗어날 수단을 찾다 보니 결국 최악의 상태에만 이르고 만다는 점을 제대로 이해하지 못한다. 외국인 선장은 내게 자신이 청년 장교로서 양쯔강을 오르내리던 시절을 이야기해 주었다.

"그때는 모든 것이 달랐습니다. 중국 상인들과 거래가 얼마나 좋았는지 모릅니다. 상인들은 계약을 꼼꼼하게 지켰고, 번번이 구두 약속만으로도 그렇게 했습니다. 최상급 영국 영사처럼 성실하고 신의를 지켰습니다. 그러나 요즘은 그들을 잘 지켜봐야 합니다. 쉽게 속입니다. 미국식 사업을 접한 결과 이렇게 되었습니다."

미국 사람만 극동에 부적절한 풍습을 이식한 것은 아니다. 대부분의 유럽 사람이 자기네 고향에서는 할 수 없는 수법을 이곳에서 써먹는다.

교양 있는 중국 사람들은 유럽 사람들을 "해적"이라고 부른다. 분명, 별로 거친 표현이 아니다. 오리엔트를 여행하면서부터 나는 유럽 사람의 도덕은 그저 겉치레일 뿐이라는 것을 알게 되었다. 어쨌든, 선행이란 어디서든 더욱 유익할 터이므로 백인도 오리엔트에서 때가 되면 정직한 사람으로서 처신하게 될 것이다. 다시 생각해 보면, 유럽 사람들 대부분이 기독교와 인류애라는 이상을 비롯한 그 밖의 제도가 아무리 훌륭하더라도 몹시 천박하다. 창피하기 짝이 없다. 어떤 신 같은 존재가 갑작스레 우리를 둘러싼 장치를 깨부순다면, 우리는 그저 야만인 모습을 드러낼 모양 아닐까? 물론 신의 위협으로 중국 사람들에게 겁을 줄 필요는 없다. 그들의 도덕성은(이것도 우리들 대다수의 것보다 더욱 높다) 내적인 것이지 외적인 것이 아니다. 물론 중국 사람의 도덕성이 외부에 의존하지 않는 것은 아니다. 그렇지 않다면 중국 사람들은 거의 반쯤 신과 같은 존재일 것이니까. 지나치게 집단 생활의 압박은 없어도 환경이 열악할 때 개인은 크게 성장할 수 없다. 요즘 중국 상인들이 옛날보다 덜 정직하다는 것은 그들 또한 외적 여건을 감안하기 때문이다. 그러나 도덕심은 그들의 기본이다, 유럽 사람들처럼 부차적인 것이 아니다.

나는 중국에 체류하는 동안, 폴 뒤부아[185]의 주장이 종종 떠오르곤 했다. 그의 주장에 따르면, 선악을 구별하지 못하는 불확실한 감정은 어리석기 때문이다. 폴 뒤부아는 객관성이 혼란을 겪는 경우 그렇다고 했다. 그런 감정으로는 동등한 두 의견을 객관적으로 취하지 못한다. 또, 2 곱하기 2가 넷인지 다섯인지조차 모를 것이다. 이런 점에서 어떤 중국 남자도 대부분의 유럽 남자들만큼 '멍텅구리'(또는 더 정확하게 '무식하게')로 보이지 않는다(유럽 여자들은 남자들보다 훨씬 교양이 있다). 그의 행동이 비판받을 수 있을지라도(행동은 성격에 좌우된다) 중국 사람은 항상 어떤 것이든 선행이 간절하다고 생각한다. 그런데 중국 사람이 그렇게 생각하는 까닭은, 그의 영혼의 한구석(이지적인 면)이 유교 덕분에 고상한 교양이 몸에 배었기 때문이다. 우리도 유교식으로 아이들을 가르칠 때가 올까?

분명, 조만간 그렇게 되어야 한다. 너무 늦지 않아야 좋다. 우리의 자부심이 강한 윤리 교사들이 1년 쯤 교양있는 중국 사람들과 교류하도록 해야 한다.(종교에 관심이 있는 사람이라면 바라나시를 꼭 찾아가보라고 권하는 것과 마찬가지다.) 완전히 눈이 먼 사람이 아니라면 중국 사람들이 대부분의 유럽 사람보다 도덕적으로 훨씬 우수하다고 놀라지 않을까.

정신문화 또는 도덕이라는 개념을 보통의 유럽 사람들은 낯설어한다. 그저 "성격"이라는 것 아니냐고만 생각한다. 그런데 성격이란 무슨

---

185 Paul Charles Dubois. 1848~1918. 스위스의 신경학자로 심리 치료의 선구자다. 《몸을 지배하는 정신(De l'influence de l'esprit sur le corps)》의 저자다.

뜻일까? 주어진 정신 구조의 확고함이다. 그러나 그 확고함이란 순전히 생리적인 것일 뿐 품행과 무관하다. 도덕을 아는 사람은 확고함이 훌륭하기도 하지만 그만큼 거친 사람의 확고함은 역겹기도 하다. 우리는 성격의 발전을 강조하면서 동양에 비해 훨씬 굳고 거친 도덕만 내놓았다. 지금까지도 그 모양이다.

우리 선교사들의 활동을 정부에서 제어해야 한다. 개인주의자들인 선교사들은 매우 존중할 만하지만 거의 예외 없이 '개종'한 중국 신자들에 비해 도덕의 수준이 너무 낮다. 비록 정직하고 용감한 사람들이 선발되었다고 하지만 교양 있는 이교도들에게 상스럽고 천박한 사람들을 교사로 보낼 수야 없다.

양쯔강에 폭우가 몰아친다. 늘어진 몸으로 눈을 감고 물과 바람 소리에 귀를 기울여보면서 큰 바다에 떠있다고 상상해본다. 눈을 떠보니 넘실대는 더러운 물만 출렁댄다. 다시 눈을 감아 버렸다. 그러다가 잠시 후 다시 눈을 떠보니 물결 소리가 음악처럼 엄습하면서 모든 것이 달라진다. 성난 파도가 높이 치솟은 해일처럼 무섭게 몰려오지만 마음을 다시 가라앉히니 파도는 다시 작아보인다. 작은 것을 크게 또 큰 것을 작게 생각해보면 언제나 재미있다. 갯벌의 도랑에 떠 있는 보트들을 보려고 억지로 상상할 필요는 없다. 마음속으로 그려보기만 해도 저절로 떠오르니 정말 상상력이란 대단한 힘이다. 자기가 태어난 땅을 떠나지 않고서도 얼마든지 자연의 거대한 사건들을 볼 수 있다. 물론 그렇더라도 상상력으로 우리 인간이라는 조건의 기본 한계까지 무너뜨리지는 못한다. 수렁과 큰 바다에 본래 무슨 차이가 있을까? 크기의 차이 아닌가. 그야말로 각각의 '사실'일 뿐이다. 큰 바다에서 많은 문제가 일어나지는 않는 편이다. 각 원자는 각각이 하나의 작은 태양계이지만 단지 그렇게 보이지 않는다. 아무튼 우리에게 더 거대하게 보이는 것은 크다는 감정을 불러일으키기 때문이다! 우리가 얼마나 외부의 자극에 의존하는지 여지없이 입증하는 사실이다. 난폭하게 요동치는 속에서도 속물은 쉽게 자란다. 그러나 재능은 좋은 환경에서만 제대로 자란다. 외부 환경의 우연한 변덕의 간섭을 받지 않아야 재능을 발할 수 있다. 다시 말해, 자신의 내면을 완전히 지배해야 그럴 수 있다. 타고난 생리와 심리의 조건을 마치 낙지가 껍질 색을 바꾸듯 제멋대로 바꿀 수 있어야 한다.

상하이

오늘, 전부터 그 사람에 대해 많은 이야기를 들어왔던 유명 문인을 만났다. 중요하게 생각했던 만남이다. 베이징에서, 매번 유럽 문제가 화제에 오를 때마다 나는 중국 친구들의 의견을 바로잡곤 했다. 서양 문화에 해박하다는 평판이 자자한 사람의 의견이라고 했던 친구들은 난감해했다. 그 사람은 배우지도 않고서 많은 것을 이해한다는 인물인데 어떤 사람일까 궁금했다. 막상 그의 모습과 그와 인간적으로 접하면서 나는 조금도 실망하지 않았다. 내가 만나본 중국의 거장들 가운데 가장 훌륭한 사람이다. 공자가 말하는 진정 '고상한 귀인'이었다. 젊은이 같은 열정에 넘치는 노인이다. 점잖고 위엄에 넘치지만 현자라고 할 만큼, 또 그러면서도 청년처럼 멋진 사람이다. 형식도 완벽하고 깊이와 감각도 풍부하다. 놀라운 수준으로 노인은 중국 문화의 본성인 구체화의 높은 뜻을 설명했다. 그 사람에게서 모든 개인의 깊이는 형식이 되고 전형적 외피가 된다. 어떤 몸짓도 예서(禮書)에 충실치 않은 것이 없고 항상 완벽하게 자신을 표현했다. 노인의 대화는 감탄할 만큼 교훈적이다. 나는 결코 어떤 중국 사람에게서도 그만큼 중국 사람다운 깊이로 이야기하는 사람을 본 적이 없다. 게다가 노인은 내가 만난 사람들 가운데 가장 엄격한 정통 유학자였다. 요컨대, 새로운 것에 적대적이고 반동적이며, 고대학파의 문사이자 낯선 것을 굳이 알아야 할 필요가 없다고 생각하는 사람이었다. 그 노인의 내면 깊숙한 데에서 우러나는 인품은 너무나 자연스럽다. 노인은 아주 적은 표시만으로도 이미 다 경험했다는 듯 모든 인간적 의미를 짚어낸다. 나는 이런 것을 몇 번이나 이해했다. 지극히 제한된 형식으로 무한을 담아낸다.

나는 운좋게 내 눈으로 완전한 인간상을 보았다. 이미 오래전부터 나는 중국 정신이 무엇인지 정의해보고 싶어 기다려오던 끝에 마침내 그 살아 있는 정신을 본 셈이다. 나는 중국에서 그 노인처럼 완전하고 풍부한 인간성을 본 적은 없었다. 그래서 지금 내가 만나본 노인은 내가 중국에 체류하는 동안 형편 닿는 대로 관찰하고 기록한 중국 정신에 대한 의문을 시원하게 밝혀주었다. 누구나 '어렴풋이나마' 파악할 수 있고, 또 모든 인류에게 상징성을 지닐 만한 정신이다. 중국의 정신적 실체는 절대적이다. 축약하거나 사례를 꼽기 어렵다. 다시 말해, 나로서는 그 실체를 이해할 수 없다. 어쨌든 노인의 신선한 인상을 한 마디로 요약해보고 싶다. "중국의 실체는 거대하다, 그것보다 더 크고 풍부하지 않는 한 도저히 어떤 힘으로도 능가할 수 없는 변함없는 원형 같다."

중국 사람은 유럽 사람보다 개성이 부족해 보인다. 노인 같은 학자가 유럽에서 밭에서 일하며 생활하는 지식인보다 훨씬 인부에 가까워 보인다. 놀라운 모습이다. 중국에서 계층 간 격차는 유럽보다 훨씬 심한 데다가 이전의 현상과도 판이하기 때문이다. 세련된 중국 사람은 괴테가 생각하는 그런 인물이 아니다. 그 사람이 뛰어넘지 못할 한계가 있다. 개성이나 각자의 사랑 같은 것, 특히 그리스도가 심어주었을 순수하게 개인적이고 무한한 사랑 같은 것을 알기 어렵다.

중국 사람의 이웃 사랑은 각 개인의 관계로서 나타나지 않는다. 금욕 생활자의 인류애처럼 집단과 추상적인 관계로서 나타난다. 그만큼 개성에 불가분할 개인의 창의력이 부족하다. 물론, 중국 사람은 지성인이다. 지성은 객관성을 주관으로 반영하는 거울처럼 어디에서나 나타난다. 개성 없이 각 개인이 나눠 가진 인간성이(가장 오래된 것은 결코 아니다. 원시인은 중국 사람들보다 더 개별적이었다.) 높은 지적 역량을 지닐 때, 그것은 예외 없이 무한한 실현 가능성을 발휘한다. 지성은 보편화만 지향하기 때문이다. 그런데 그 가능성이 실현되면 (어떤 특별한 민족성이 더하거나 덜하면 그만큼 더 보편적인 사고가 각 개인을 정당화한다) 오랜 취향은 시간이 갈수록 경직되어 정신의 활력을 방해한다. 지성인으로서 중국 사람들은 형이상학적 실체를 의식하지 않는다. 항상 자신이 생각하는 대로 사물의 표피에 머문다. 이런 한계에도 중국 사람들이 정신적으로 우리와 마찬가지라는 점은 매우 의미심장하다. 중국 사람들도 '본질'을 이해하고 표현하는 데 개별화할 필요를 느끼지 않는다. 신비주의에서도 중국 사람들은 유럽과 인도의 거물들과 마찬가지다. 신비주의 지식은 어디에서든 마찬가지겠지만 삶의 이면, 즉 그 진상(眞相)에 대한 이해라는 뜻이기 때문이다.

중국 사람은 선과 미 같은 관념과 직접 얽혀 있다. 절대적 이상의 실현만이 완성의 유일한 기능이고, 또 구성원 각자의 성격과 독립적이기 때문이다. 본질이 문제될 때마다 중국 사람은 어떤 한계도 보이지 않는다. 중국은 "본질이 개성보다 더 심오하다."라고 진실로 입증했다.

중국 사람들이 별다른 개성이 없다고 우리가 생각하듯 열등하다고 할 수 있을까? 나는 진화론을 별로 좋아하는 편은 아니다. 인간의 지성이 발전하는 것이야 사실이다. 서양 사람들은 중국 사람들보다 많이 달라졌다. 그러나 문화에서 우리가 중국 사람들보다 앞서가는 것은 별로 없다. 문화는 자연 조건의 진화에 의지한다. 중국 사람은 모든 인간 가운데 가장 앞서 있다. 모든 역량이 정신에 집중되었다. 어디에서나 그 표현을 성취한 듯하다.

중국의 사례는 또 다른 사실을 입증한다. 즉, 문화는 진보와 완전히 다른 면에 자리 잡는다는 점이다. 그 밖에 또 다른 증거도 있다. 요컨대, 문화만이 중요하다는 점이다. 열악한 자연환경 속에서도 중국 사람들은 지금까지 우리보다 인간의 이상을 더욱 많이 실현했다. 결국, 중국 사람들의 정신에서 진화의 자취와 함께 이상화한 미래를 예상할 만하다. 장차 고도로 문명화한 인간은 분명 현대인보다 더 전통적 유가에 가까운 모습 아닐까. 또, 미래의 사회 질서는 서양의 이상론자들이 바라는 것보다 중국 사람들의 것에 더 가까울지 모른다. 분명 미래에 인간은 보다 자율적인 존재가 될 수 있다. 외적인 제약도 크게 줄어들 테고, 만약 그런 것이 끝까지 남더라도 수천 년 동안 중국에서 그랬다시피 부득이한 수단(필요악)일 뿐이라고 예상할 만하다. 인간은 뛰어난 지성 때문에 한계를 모른다. 인간은 개인으로서가 아니라 초인으로서 생각하지 않을까. 그런데 초인적이고 완전한 사유야말로 지금 서양 사람의 사유보다는 중국 사람들 각자의 바탕에 깔린 사유와 더 가깝지 않을까?

중국의 전통 정신은 최고의 인간성에 따라 움직인다. 고대의 신비주의 지성과 다르게 과학적 확증에 따라 움직인다. '큰 뜻'에 관한 한 힌두의 현자를 누가 능가하랴. 그런데 중국 문화도 이런 '큰 뜻'에서라면 어떤 문화로도 절대 뛰어넘기 어려워 보인다. 아무튼, 그 뜻의 표현이 부족해 보인다면 단지 중국 사람의 이지주의 때문이다. 이상의 실현이야말로 이 세상에서 가장 중요하다고 할 때, 이것을 중국에서 볼 수 있다. 비할 데 없이 유일한 영혼의 완성으로서가 아니라 표현 형식으로서 실현된다. 인간의 깊은 내면을 건드리지 않는다. 그 궁극점은 인물을 통한 이상의 실현이다. 인간의 가장 깊은 곳은 객관화할 수 없다. 순수하게 주관적이기 때문에 밖에서 파악할 수 없다. 인간은 이런 주관의 세계를 통해 자기 밖의 세계에 대처하며 살아간다. 중국 사람은 객관적 지혜에 의지해 그렇게 산다. 그래서 그 지혜는 아무리 넓고 깊어도 누구에게나 딱 들어맞지는 않는다. 오직 전형이 된 사람에게만 걸맞다. 개인의 정신이 아니라 다수를 관념으로 이어줄 뿐이다. 더구나 그 지혜는 일반성만 존중하기 때문에 평준화할 수밖에 없다. 그것으로 빚어낸 조화는 다양성을 억누른 덕이다.

서양 사람들의 독창성 문제에 관해 여전히 할 말이 있다. 동양 사람들보다 더 위대하다고 하는 독창성이 절대적 장점은 아니다. 독창성은 우리의 나쁜 기억력 탓에 상쇄된다. 동서양은 분명하게 양극으로 대립해 살아 있다. 한쪽에 혁신이라는 극이 있고, 다른 쪽에는 기억이라는 극이 있다. 자연이라는 거푸집은 기억의 거푸집일 뿐이다. 혁신은 발명에서 나오지만 발명과 기억 모두 세계의 존속에 불가분하다. 그러나 새로운 형식의 창조와 기존 형식의 보존은 서로를 동시에 배척한다. 창의력이 뛰어난 사람들 대부분은 기억력이 나쁘다고 불평한다. 반면, 기억력이 뛰어난 사람들은 대체로 생각이 깊지 않다며 불평한다. 동양 사람들의 기억력은 어마어마하다. '망각할 줄 모르는 능력'이라고나 할까. 마찬가지로, 동양에서 생활 방식은 일단 자리 잡게 되면 마치 생물처럼 어마어마하게 오래간다. 동양에서 문화는 전 세계의 자연만큼이나 천천히 표현된다. 그러나 서양 사람들은 앞으로 나아가지 않는다면 금세 퇴화할 수밖에 없다. 기억력이 나쁘기 때문이다. 우리는 새로운 것을 계속 찾아야 지속할 수 있다. 그런데 지금처럼 계속해서 끝없이 발명할 수 있을까? 아니면, 어느 날 현상의 다른 극점으로 건너가게 될까? 그것도 아니라면, 이 지상에서 완전히 사라져 버릴까? 또는 짧은 이력만 남기고 너무 서둘러 떠나버리고 말까? 누구도 뭐라 말하기 어렵다.

내일, 나는 중국을 떠난다. 여기에서 무엇을 가져 가게 될까? 여러 해 동안 공부하고 배울 것들뿐이다. 그런데 불만이 있다. 중국에서 많은 것을 받기는 했는데 막상 나는 달라지지 않았다. 도착할 때와 다름없는 모습으로 떠나려 하고 있다. 친근하게 사람들과 어울리기 좋아하는 내 성격과 다르게, 나는 여기에서 처음부터 끝까지 구경꾼이었다. 나는 최대한 중국 사람에 동화되려고 애썼지만, 그 변신 기간이 별로 중요하지 않았던 모양이다. 어떻게 이럴 수 있을까! 중국은 내게 엄청난 것을 가르쳐주었고, 다른 어느 나라보다 가장 깊은 인상을 남겼다. 어디 그뿐인가. 나는 이 나라를 진심으로 사랑했다. 그런데 가벼운 아쉬움만 품고 떠난다.

왜 그랬을까 곰곰 생각해 보았다. 그러다가 문득 깨달았다. 중국은 그보다 흥미 없는 다른 나라들만큼도 내게 준 것이 없었다. 마치 아그라가 히말라야의 삭막한 공간에 비해 별 의미도 아니었던 것과 마찬가지다. 자연 앞에서 예술이 별것 아닌 것처럼.

나는 인간의 예법을 그렇게 주목하면서도 원래의 가능성을 활용하지 못했을까? 내가 아는 것을 설명할 정도의 새 언어로 말하기를 배우고, 그렇지 않았다면 모르고 지나쳤을 내 자신의 구석구석을 생각하면서도 내 편협한 인간성에 갇혀 있었다. 이런 불운이 중국에서 나를 엄습했다. 중국 사람들은 모든 사람들 중에서 가장 인간적이고 모든 사람들 중에서도 자신의 독창성을 가장 두드러지게 드러낸다. 다른 한편, 그들이 또한 자기 개성에 보편적 인간성까지 담아낸다면 절대로 그렇게 못하겠지만 아무튼 그들은 인간성보다 더한 성격이 더해진 완벽한 표현인데도 여전히 인간적인 이미지를 보여준다. 외적 질서가 마치 자유의지를 간섭할 수밖에 없었던 것처럼 보일 정도로 도덕의 효과가 넓고 크다는 것은 분명 문화의 걸작이다. 그뿐만 아니라 너무나 인간적이다. 왜냐하면, 오직 인간만이 사회 속에서 완성될 수 있기 때문이다. 마치 의례가 자발적인 표현으로 보일 만큼 감정이 생활의 형식으로 드러난다는 것이야말로 최고의 성취로 보인다. 어쨌든, 이것도 너무 인간적이다. 사람들 사이에만 볼 수 있는 도회적 세련이기 때문이다. 분명, 중국 사람들은 가장 뿌리 깊은 사람들로서 가장 보편석인 배경을 갖고 있다. 그런데 순수하게 인간적 성격의 배경이다. 그래서 믿기 어려운 힘을 발휘한다. 그런데 나도 이런 새로운 세계에서 한 인간이다. 내가 잠재적 인간성에 젖어 지냈다고 해도 한계 또한 잠재해 있었다. 나는 그것이 나의 본성 속에 굳어질까 위험을 감수했고 그래서 두렵다.

적어도 중국 문명의 현상을 이해하기 어렵다면, 마찬가지 경우에 인도 문명의 높은 경지에 비해 중국 문명은 모든 것에도 불구하고 자극적인 힘을 지닐 것이다. 개미들은 별수 없이 다른 개미들에 무관심할 수밖에 없어 보인다. 개미마다 '개미'라는 종의 성격이 완전하기 때문이다. 기원전 5세기 그리스 조각가 페이디아스의 입상이 인체 형태의 가능성을 모두 보여주고 다른 입상에 새롭게 덧붙일 것이 없는 것과 마찬가지다. 중국 사람들에 비한다면, 나는 마치 또 다른 개미인 셈이다. 모든 민족 가운데 중국 민족은 가장 금세 이해할 수 있다. 실용 감각은 기본이고 상상을 압도하는 상식, 자명한 것에 대한 즐거움, 고대의 모범에 대한 예찬은 그 어느 것도 멀리서 볼 때 너무나 요란하게 꾸민 듯 보일지라도 주의 깊게 바라본다면 절대로 이해하지 못할 리 없다. 각자에게 모범으로 삼지 못할 중국적 이상은 없다. 중국취미는 누구에게든 온당하다. 중국 문화의 분위기에서 정신을 자극하지 않는 것은 없다. 인간의 일상에서 정신을 강화한다.

중국의 천성은 폭이 넓다. 그 정신에 사로잡힐 때마다 나는 믿을 수 없을 만큼 풍요로워짐을 느꼈다. 그렇지만 중국에서 인간은 다른 어느 곳보다 자연을 뒤로 물려놓았다. 중국에서는 문명이 주군이다. 유럽에서는 그렇지 않다. 서양에서는 효율적인 문명도 자연에 더 큰 비중을 둔다, 인간이 자연을 지배하려면 그 감각에 동화되고 그렇게 해야 가장 힘찬 표현을 할 수 있다. 그러나 중국에서 강렬한 인간 문명은 이를테면 무기력한 지역에만 자취를 남긴다. 그래서 자연을 주목해 봐야 인간세계를 능가하는 데에 별로 도움이 되지 않는다. 그 자체로서 숭고한 자연이 정신을 자극하기는커녕 무디게 하다니! 서글픈 구경거리가 아닐 수 없다! 한번 완벽하게 표현된 원시적 힘을 더는 느끼지 못한다. 모든 가능성이 바닥난 곳에서 정신도 더는 바랄 것이 없다.

오늘날, 서유럽 사람들은 '러시아 사람들'을 가장 원초적 인간으로 본다. 러시아 사람들은 재능을 타고난 사람들 가운데 성취한 것이 가장 적다. 그래서 중국 사람들과 가장 대비된다. 중국 사람들처럼 원초적인 사람은 없다. 내가 중국에서 무엇인가 배웠다면, (빈번했지만) 완성이 반드시 자발성을 꺾지 않는다는 점이다. 문명인이 반드시 야만인보다 생기가 부족한 것은 아니다. 완성된 것이 생기가 부족해 보인다면, 이는 그것을 보는 사람을 자극하지 않기 때문이다. 누구도 동식물의 원초적 성격을 부인하지 않는다. 그러나 이것들은 자기네 세계에서 어떤 인간보다 더욱 완전하며, 어떤 인간도 그것들처럼 완전할 수 없다. 그것들은 인간을 자극할 수 있기 때문이다. 그들을 이해하려면 인간은 스스로 현상을 감각으로 바꿀 수 있어야 한다. 그렇게 해야 동식물에게서 꿈쩍 않고 활기도 없는 것 같은 것이 살아 움직이게 된다. 그러나 이런 사실 때문에 완성된 것이 정신을 자극하지 않는다는 사실이 달라지지 않는다. 그렇기 때문에 유럽 사람들에게 자발적인 자연이 문화보다 더 중요하다. 그래서 나는 문명이 세련된 사람들 곁을 떠나면서도 실론의 원시림을 떠날 때처럼 무엇인가 충만한 기분이 아니었다.

중국 문명을 곰곰이 생각해 보면 자연과 정신의 관계를 좀더 이해하게 된다. 창조는 그 원리를 표현하지만 원리 자체는 아니다. 문화의 표현 자체는 정신에서 비롯한다기보다는 자연의 표현에 더 가깝다. 문화의 표현 또한 '자연'이지 '정신'이 아니다. 일단 형태가 완성되면 거의 자동적으로 돌아간다. 죽은 사회 제도와 별들의 무리 사이에 아무 차이가 없다. 재판이 일상 소송에서 드러내는 것은 천체의 순환 속에 살아 있는 정신과 마찬가지일 뿐이다. 이와 마찬가지로 지금 중국 문명의 전형은 '자연'이지 '정신'은 아니다. 자유의 형태가 아니다. 자유는 어떤 것이든 자제하는 가운데 성취된다. 그러나 나는 지나친 성취에 꽤 질려버렸다. 새로운 단맛을 보고 싶다. 너무나 인간적인 것에서 좀 멀어지고 싶다. 나는 이미 가보았던 곳을 다시 찾는 기분으로 일본을 향해 태평양으로 떠나는 배에 오르고 싶다. 경이로운 물고기가 많다는 곳으로.

6부

일본

야마토 지방을 걷다

야마토[186] 지방을 걸으며 일본 일정을 시작했다. 이 나라에서 가장 신성하고 유서 깊은 지방이다. 마침 불교 성지순례 기간이었다. 모든 길과 숲에 활기가 넘쳤다. 일본인 절반이 휴가 여행에 나선 모양이다. 나도 이들과 함께 느끼고 생각하고 싶었다.

일본의 자연은 풍부하고 다양하기 그지없다. 침엽수가 놀랍게 다양하다. 물론, 다른 종들도 그만큼 다양하다. 어떤 정원사나 화훼가가 이보다 더 예술다운 솜씨를 보일까? 색과 형태가 절묘하게 어울린다. 자리와 높이와 깊이가 서로 다른 데에서 우러나는 어울림이다. 자연 형태에 대한 일본인의 섬세한 감각은 정말 놀랍다. 좋게 보아주는 이방인으로서가 아니라, 자연스레 곁에 있는 듯, 예술 같은 보물 한복판에서 세련되기 좋은 타고난 감각이다. 그런 감각을 얼마나 타고났는지 모르겠지만, (훌륭한 예술가 같은 자질을 타고났더라도) 야생에서 자라는 싹들조차 매우 드문 취미와 안목을 지니지 않았을까. 풍부하고 다양한 자연은 이런 정신에 유리하다. 미묘한 맛을 보기 어려울 만큼 색채 대비가 너무 강렬한 열대 지방에서는 뛰어난 안목을 타고난 민족이라도 빛의 굴절과 반사가

---

186 大和. 일본의 옛 중심지로 오늘날의 나라(奈良)시가 있는 혼슈 섬 중서부의 긴키(近畿) 지방을 일컫는다. 간사이(関西) 지방이라고도 한다.

훨씬 은은한 지방 사람만큼 풍경화에서 깊이를 추구하기 어렵다. 풍경화가 이탈리아가 아니라 네덜란드에서 탄생하고 더욱 발전한 것도 우연은 아니다.

일본 예술의 고유한 색채와 형태에 눈이 번쩍 뜨인다. 이곳에서 해묵은 묘미를 보여준다. 예술 정신을 한번 맛보게 되면 그 감각이 더욱 무르익어 가면서 또 다른 감각을 낳는다. 이런 식으로 극동 예술가들은 자연의 감각과 정신에 따라, 서구인이 모르는 지성을 꾸준히 실현했다. 그들은 마치 자연이 간직한 미적 본능을 의식으로 끌어낸 듯하다. 인간은 높은 완성에 이르려고 특별한 몸과 마음으로 자연에 봉사하는 것 같다. 인간이 완벽한 조화에 이르렀다고 할 만하다.

감탄할 그 역량은 어디서 나왔을까? 사물을 보고 배우는 방식 아닐까. 중국과 일본 화가들은 요가 수행자와 마찬가지다. 그들은 자연을 자기 밖에 떨어져 있다고 생각하지 않는다. 그들은 자연 속에 빠져들어 간다. 하느님에 빠진 신비주의자와 비슷하다. 그렇게 그들은 인간의 밖으로 나와 사물과 혼연일체가 된다. 인간은 사실 그저 인간만은 아니다. 인간은 인간인 동시에 동물이자 식물, 산이자 바다다. 다양한 존재다. 단지 그런 생각이 드는 때는 드물고, 인간이라고만 느끼지만!

인간은 낯설게 변신해 자기 밖의 것과 하나가 되는 법을 배우기도 하겠지만, 그것을 투영도 한다. 이렇게 극동 화가들의 작품에서 살아 있는 풍경과 마주친다. 일본인은 자연을 자연으로서 또 예술로서 표현한다. 일본 사람이 꽃을 가꾸는 완벽한 솜씨는 꽃다발을 엮는 꽃 자체의 혼에서 나온다. 일본의 개발된 숲은 독일의 숲처럼 꼴불견이 아니다. 이곳 사람들은 수목(樹木)에 자기 관점을 부과하지 않는다. 그것들 스스로 하도록 내버려둔다. 식물의 자연스러운 순환과 특별한 토양을 감안한다. 나무가 너무 늙어 벼랑에 축 늘어져도 그냥 놔둔다. 삼림 보호 차원에서 잘라내야 할 때에도 방치한다.

자연의 지능을 극대화하려면 일본 사람이 되어야 한다. 어느 나라의 정원사가 일본 사람처럼 자연을 훼손하지 않고 나무를 난쟁이로 만들 수 있을까? 가르쳐줄 수 있는 방법만으로도 그렇게 못한다. 모든 것은 타고난 지성에 달렸다. 매일 아침, 분재를 키우는 사람은 작은 나무를 조심스레 살피고 나서, 잎이나 싹을 '하나'씩만 자른다. 왜 이 잎이고 저 싹일까? 그 자신조차 모를 일이다. 어쨌든 그 사람은 어떤 부분을 제거해야 예정된 크기를 넘어서지 않고 자랄지 알고 있다. 그 결과는 항상 틀림없다. 설명하기 어려운 직관력이다. 정말 기적 같다고나 할까.

아무튼, 확실해 보이는 것도 있다. 일본 자연의 미묘하고 풍성함, 질이 고른 토양에서 나온 다양한 형태는 주민 역량의 발전에 중요한 요인이다. 나도 벌써 전에 없던 관찰을 하게 되었다. 얼마 전만 해도 나는 거의 장님이었다. 그런데 그토록 쉽게 물드는 황혼을 흐뭇하게 바라볼 수 있는 감탄할 선물을 즐기게 되었다.

지금 나는 백인의 발길이 전혀 닿은 적 없는 깊은 골짜기로 들어왔다. 마을 주민들은 나는 구경거리로 삼았다. 정답고 친절한 사람들이다. 내가 가는 곳 어디에서나 그들은 내 큰 키에 웃음을 터트린다. 그들은 나를 초인(超人)처럼 크다고 생각했다. 오늘 아침, 가파른 오솔길을 올라가는데 갑자기 뒤에서 누군가가 떠밀었다. 뒤돌아 보니 귀여운 소녀들이 웃으며 도망친다. 소녀들은 내가 얼마나 무거운지 알아보고 싶어 했다. 여기 숲속 사람들, 깊은 산골 나무꾼들은 감탄할 사람들이다. 우리 고장에도 그런 사람들이 있어 잘 안다. 나는 외진 숲속 영지에 들어갈 때마다, 작은 집단이지만 일상의 사건을 중시하고 가장 좁게 보면서도 극히 특이한 감각을 키운다는 데 감탄하곤 했다.

우리 관리인은 섬에서 건너온 에스토니아 사투리를 쓰는 떠돌이 일꾼들을 사람 취급하지 않았다. 그저 철새 취급했다. 그에게는 두루미[부랑자나 작부를 암시한다]나 다름없었다. 그곳에서 그가 그 얼마 전에 살았던 사람 이야기를 해주었다. 그가 어디서 왔는지도 모른다. 그는 행동거지도 특이해 모든 것이 비정상으로 보였다. 아무튼, 평범했다. 그러나 그는 한번 숲속 깊은 곳에 들어가면 크고 잘생긴 호메로스의 영웅처럼 돋보였다.

숲속에 사는 사람들은 얼마나 완벽한가! 우리 시대 보통 사람들 가운데 형식과 내용이 일치하는 사람은 이런 사람들뿐이다. 유리한 환경에서 완전해진다고 해도 수 세대에 걸쳐 시야와 행동 범위를 천천히 넓혀야 한다. 며칠 만에 될 일이 아니다. 그렇게 생활은 성급하고, 농부의 자식이 부자 시민이 되는 우리 시대에 엉뚱한 사람만 흥미롭다. 우리 시대 문인들이 범죄자, 괴짜, 사기꾼 이야기를 좋아하는 것이 공연한 일은 아니다. 그럴 수밖에 없다.

구심성은 우수하다. 원심적인 것은 기본적으로 배타적이다. 하지만 구심성은 '끌어안는' 힘이다. 중심이 잡힌 사람은 어느 상황에서도 차분히 깊이 있게 행동한다. 이런 사람만 특별한 국면에도 자신을 표현하다. 그 이미지를 왜곡하지 않고 인간적 깊이를 표현한다. 숲속 사람들은 누구나 독자적이고 또 누구나 타인의 독자성을 쉽게 인정한다. 반면, 무기력하고 개성도 없는 군중은 누구나 서로를 닮으려고 한다. 관행만 따르려고 기를 쓰는 대도시 보통 사람들은 어떻게든 타산적 결과에만 집착한다.

일본에서 숲속 사람들의 생활은 그 생활을 알고 있는 내게도 더할 나위 없어 보였다. 다정하고 세련된 탐미적 감성 때문에 정말 사랑스러운 사람들이다. 라프카디오 헌[187]의 글을 읽어보니 더욱 그렇게 보였다. 이곳 주민은 정말 좋은 사람들이다. 그들의 예절은 진심에서 우러난다. 무엇을 얻으려거나 속이려 들지 않는다. 그들을 가장 좋은 날에 만나서 그랬을지 모른다. 교토의 젊은 시인 친구가 안내를 맡았는데, 그의 충고대로 나는 그들과 한 식구처럼 편히 지냈다. 중세 영주처럼 가부장적 정신에 투철한 농민을 대할 때 같았다.

야마토의 깊은 골짜기에서 중세는 여전히 달라지지 않았다. 그곳에서 메이지 시대[일본의 서구화는 이때보다 반세기 전에 시작되었다]는 막 시작되었을 뿐이다. 농민은 실제로 우수하고 위대하며 거리를 두는 영주를 기다리고 있었다. 나는 우쭐해서 그들과 쉽게 친해졌다. 농민은 여전히 주인을 우러러보고 싶어 했다. 이런 드문 기회를 얼마나 즐겼는지 모른다. 실제로 어디서든 사람들은 나를 도와주고 보상도 바라지 않고 친절을 다했다.

나는 이웃 골짜기로 달려갔다. 콸콸대며 흐르는 계곡물에 숭어가 넘

---

187 Lafcadio Hearn, 1850~1904. 일본인으로 귀화한 아일랜드 문인으로 일본 이름은 고이즈미 야쿠모(小泉八雲)다. 일본 전통 괴담을 수집해 서양에 알렸다. 그의 작품은 여러 편의 만화, 영화 등으로 각색되었다.

치는 곳이다. 이 세상 어디에 일본처럼 개화한 사람들이 있을까? 일본 사람들은 무엇을 하든 항상 진정한 문화를 보여준다. 불결한 것을 절대 그냥 넘어가지 못한다. 더러운 것이 없다. 타인을 대하는 모든 사람의 행동도 세련되었다. 특히, 아이들이 있는 사람들이 그렇듯, 어디에서 그렇게 흐뭇한 모습을 볼까. 아이들이 잘못해도 조심스럽게 다루지만 너무 버릇없이 굴게 하지 않는다. 코흘리개들도 타인을 존중하도록 가르친다. 이기심은 거의 보이지 않는다. 함께 잘 어울려 사는 데 이만 한 것이 없다.

이론적으로 중국도 사정은 마찬가지다. 유교가 일본에 들어왔을 때 주민들은 즉시 그것을 받아들여 원래 있던 풍습을 더욱 순수하게 가꾸며 깊게 다졌다. 그래도 중국과 얼마나 다른가!

유교가 농민의 지혜라면, 일본 문화는 기본적으로 친절에서 나온다. 거의 동물적 본능처럼 친절을 베푼다. 일본 사람들은 고양이처럼 깔끔하고 펭귄처럼 점잖다. 부모가 자식을 사랑하듯 이웃을 대한다. 이런 처신은 동물의 완벽성에 가깝다. 일본 사람들은 중국 사람 같은 깊이와 무게는 없어 보인다. 상상력도 빈곤하다. 하지만 중국 사람과 비교할 수 없게 감수성이 예민하다. 그 감정은 서양에서 동정심을 보일 때나 그럴 만큼 '맑다.' 중국 사람이 형이상학적 이해에 의존한다면 일본 사람은 생리적 감성에 의존한다.

니노미야 손토쿠[188]를 생각해 보았다. 농민 철학자인 그는 19세기

188 二宮尊德. 1787~1856. 19세기 일본 농업의 지도자이자 철학자다. 나무 지게를 지고 책을 읽는 아동의 모습으로 표현된다. 저서《일본의 지혜로운 농부》를 남겼다.

전반에 동포들에 큰 영향을 주었고, 정부에서 그의 전기와 책자를 널리 보급했다. 니노미야는 벽촌 농부로서 비참한 생활고를 딛고 일어나 죽은 날까지 다른 사람들의 생활 개선에 헌신했다. 그는 진정한 유학자였다. 자신도 그 점을 인정했다. 그러나 사실 대다수의 아시아 사람들처럼 니노미야도 일본 땅에서만 나올 수 있는 독특한 인물이다. 그는 중국 현자처럼 시야가 넓지는 않다. 보편적 감정이나 지성은 부족한 편이다. 그렇지만 놀라운 동정심과 정력으로 중국의 현자들보다 더 지혜로운 일을 해냈다. 니노미야의 바탕은 기독교적이다. 그가 몰두한 문제는 이웃 사랑이다. 일본이 이렇게 빨리 서구화를 이룬 것도 그 덕을 보지 않았을까? 서양 사람도 중국이나 인도 사람만큼 깊이 있는 생각은 모자란다. 서양 사람은 감성과 힘이 풍부할 뿐이다. 기독교의 사랑은 신학보다 생리가 뒷받침하지 않을까?

이웃 사랑에서 일본 사람들은 서양 사람들에 가깝다. 보면 볼수록 이렇게 믿게 된다. 일본 사람들은 역동적이며 외향적으로 생각한다. 특히, 서양 사람들처럼 새로운 것을 몹시 좋아한다. 일본 문화가 중국 정신을 표현한다는 것은 우연한 일이 아니었을까? 요 며칠간 일본 사람들을 따라다니면서 유심히 살펴보았다. 이들은 서구화하면서 장차 완전히 다른 사람이 되지 않을까 싶다. 일본의 매력은 기본적으로 중국에서 보았던 것이지만, 아무튼 매우 특이하다. 만약 우리 북유럽 야만인이 그리스-로마의 영향을 받지 않고 중국의 영향을 받았다면 어떻게 되었을까? 그래도 결국 '기독교도'로 살았을 것이다. 지금처럼 활기차고 창의적인 모습이 달라지지 않았을 것이다. 물론, 심미성과 도덕성이 더 세련되었을지 모르지만 기술은 부진하고, 산업 도시도 크게 늘어나지 않았을 것이다. 그런데 독일 사람들이 로마 문화 대신 낙양 문화를 받아들였다면 불리한 점은 없었을까? 뭐라고 단정하기 어렵다. 어쨌든 유럽 사람들에게 부족한 것이 아시아 사람들에게서 크게 두드러진다.

고야산 사찰에서

야마토 여행을 고야산[189] 순례로 마감했다. 산봉우리에 일본에서 가장 유명한 고찰이 있다. 절은 수백 년 묵은 침엽수림 깊숙이 박혀 있다. 너무나도 신성한 총림이다. 알아볼 수 있는 나무들 중에 (일본)삼나무[190]가 가장 성스러워 보인다. 서양 삼나무처럼 빳빳하고 측백나무처럼 가벼우며, 전나무의 우람한 야성과 불멸성을 한꺼번에 보여준다.

사찰은 일본 건물의 전형을 따랐다. 낮은 목재 건물인데, 지붕을 세련된 곡선으로 올렸고 그윽한 정원에 둘러싸였다. 이곳의 짙은 영기에 취한 덕에 지금 그 비슷한 것을 어디에서나 느끼게 된다. 주변에서 익숙한 유럽의 분위기가 풍기지만, 중세 기독교 수도원 분위기를 기대하기는 어렵다. 모든 것이 그 나름대로 우아하다. 그런데도 어딘가 강압적이고 호전적이며 거세고 공격적인 분위기가 있다. 수도승들은 기도한다기보다는 싸움에 나선 듯하고 수도원장은 중세 기독교 군주 같다. 이런 점

---

189 고야산(高野山)은 와카야마현 이토군의 고야정에 있는 높이 1000미터 전후의 봉우리 여덟 개의 총칭이자 봉우리에 둘러싸인 분지 지역이다. 헤이안 시대인 819년경에 고보 다이시(홍법대사) 구카이의 수행 장소로 시작된 고야산 진언종의 본거지로 히에이산과 함께 일본 불교의 성지로 꼽힌다. 현재는 '단조가란(壇上伽藍)'으로 불리는 총본당을 중심으로 전체 사원 수는 진언종 총본산을 포함해 117개이며, 그 절반이 슈쿠보(宿坊, 수도원)를 겸한다. 2004년에 유네스코 세계유산으로 등록되었다.

190 Cryptomeria japonica. 일본 원산의 측백나무과의 침엽수로 높이 40미터에 지름 1~2미터까지 큰다. 껍질은 적갈색이고, 재질이 튼튼하고 독특한 향을 풍겨 가구재로 쓰인다.

에서 불교의 또 다른 순례 성지다. 온순한 사람들이 태평한 부처상 앞에 꽃을 바치는 뜨거운 열대 지방과 얼마나 먼 곳에 와 있는지! 고야산을 지배하는 정신은 의지를 꺾지도 내치지도 않는다. 세속의 소란을 벗어나려는 정신이 아니다. 인도의 정신과 완전히 다르다. 기본적으로 고대 말에서 중세 초에 걸친 서양 사람들의 정신과 같다.

일본 불교의 역사를 생각해 보았다. 인도와 중앙아시아의 경계지 간다라 지방에서 기원후 수 세기 동안 특이한 종교가 번창했다. 경전은 불교였지만, 그 정신은 일종의 요가였다(브라만교의 감정에 넘쳤다). 신성을 개성쯤으로 여기고 신앙과 사랑을 결정적인 미덕으로 본 사람들의 종교였다. 그 교리는 인도에서 극히 새로웠다. 기독교적 의미에서 대속과 구원의 종교였다. 당시 속죄하려는 욕망이 전 세계에 넘쳤다. 사방에서 과거와 현재와 미래의 메시아로 눈을 돌리는 공동체가 탄생했다. 각성을 기다리는 엄청난 분위기가 짙게 퍼졌다. 알렉산드리아에서 극동까지 시대정신은 마치 하나가 된 듯 그 뒤로 다시 볼 수 없는 수준까지 올라갔다. 힌두교 교리는 이집트로, 또 이집트의 교리는 인도로 건너갔다. 상인들은 여러 기독교 종파를 포함해 시리아와 소아시아에서 나온 교리를 중국까지 전했다. 그리스와 스파르타 군주들 덕에 헬레니즘 사상은 아프가니스탄의 카불 계곡까지 들어갔다. 그 결과 많은 지역 종교가 완전히 변하지 않았지만 어느 정도 시대 조류에 물들었다. 마찬가지로, 기독교는 당시 은밀한 소수파였는데, 서양에서 세계적이고 위대한 종교로 도약했다.

간다라 지방의 불교도 사정은 마찬가지였다. 고타마 싯다르타는 신이 되었다. 모든 중생을 구하려고 인간의 모습으로 탄생한 신이었다. 힌

고보다이시 구카이의 초상, 시카고 인스티튜트

두교에 특별한 깨달음을 통한 구원론은 차츰 교리로 굳어졌다. 가톨릭의 구원론은 신앙을 통한 것이 되었다. 신과 영혼을 인정하지 않던 불교는 철학 대신 기본적으로 기독교 교회 같은 성전을 세웠다. 이런 변화에서 무엇이 중요했는지 여전히 불확실하다. 어쨌든 대승론은 매우 유연했다. 기독교 정신은 현실을 진지하게 바라보지 않고 또다른 환경에서 같은 것을 보려는 힌두교 특유의 경향 때문에 네스토리우스파, 조로아스터교, 영지주의 같은 여러 종파의 형태로 중앙아시아에서 큰 위력을 떨쳤다.

대승론의 본질은 오랫동안 힌두교와 같았다. 인도의 정신은 기원을 따지지 않고 신체 표현을 고취했다. 중국으로 들어간 불교는 기본적으로 인도 불교였다. 그러나 일본으로 들어간 불교는 바탕부터 달라졌다. 중국에서 없었던 일이다. 일본 불교는 유교의 실용성을 꾸준히 받아들이면서도 차츰 토착 조상신 숭배와 결합했다. 조상 숭배는 무사들의 종교였다. 따라서 불교는 일본 기사도에 점점 더 적응했다. 그래서 그 정신은 서양 중세를 연상시킨다.

일본 불교는 옛날에 금욕하는 고타마 싯다르타가 일으킨 것과 완전히 다르다. 불교라기보다 기독교 같은 것이었다. 일본 사람은 물론 이런 말을 듣는다면, 서양의 기독교가 초기 기독교의 이름을 들을 자격이 있겠냐고 반문하지 않을까? 애당초, 불교와 기독교 모두 오늘 같은 대속자 개념은 없었다. 나중에 성 바울이 유대의 '메시아'를 그리스어 '크리스토스(Χριστός)'로 바꾸었다. 또, 이집트의 수도자 정신은 어떤 복음서보다 서구를 기독교로 개종하는 데 크게 이바지했다. 예수의 지혜가 아니라 이집트에서 플라톤의 사상을 재해석한 지혜였다. (영지주의는 말할 필요도 없다.) 오리게네스[191]는 팔레스타인의 정신보다 인도와 이란의 정신에 더 충실했다. 그 정신이 결국 북유럽 야만족을 파고들었고 십자군의 신앙이 되었다. 이는 원시 기독교와 다르다.

아무튼, 서양 사람들은 초기의 교리들과 근본부터 다르게 도입된 기독교를 믿으면서 기독교도를 자칭했다. 역사에 적극 개입한 영기를 받

191 Ôrigénes. 185~253. 알렉산드리아 출신의 금욕주의 신학자로 기독교의 사상적 기초를 다진 교부. 그와 동명이인의 또 다른 이교도 철학자와 자주 혼동된다.

고, 그 기운으로 또 다른 형태를 취했다. 그것에 비할 만한 결정적이고 근본적인 다른 기운이 없었기 때문에 강력하게 통했다. 남자와 여자, 행동파, 세속을 등진 구도자, 군인과 사제 모두 기독교적 의미의 사랑을 알게 되었다. 그러면서 사랑을 겪은 사람 누구나 다르게 생활하게 되었다. 종종 그 표현은 모순되어 보일 정도였다. 그들 모두 정신적으로 어린이처럼 순박했지만 옳았다. 기독교도의 신앙 간증이나 선행처럼 밖으로 드러내는 것이 아니라 사랑은 내면의 체험이기 때문이다. 이런 체험은 인도 사람도 신플라톤주의자도 몰랐다. 오직 예수에게서 나왔다.

사랑이야말로 기독교의 본성으로서 예수 시대부터 지금까지 어떤 변화에도 끄떡없었다. 일본 불교도 경험에 근거한 온갖 영향을 받았지만, 본질적으로 불교를 지켰다. 물론, 기독교가 기독교로 남은 것과 똑같은 의미는 아니다. 불교를 고취한 특별한 자비심은 불교에 특수한 것이 아니라 일반적으로 힌두교에서 나왔다. 붓다보다 크리슈나가 자비심을 강조하고 그것에 충실했다. 힌두교의 사랑이 불교를 완전히 관통했다. 이런 사랑이 일본에서 인도와 다른 모습을 보였다면 기독교 내부에서 벌어졌던 것과 비슷한 현상이다. 불교의 사랑도 기독교의 사랑처럼 다양한 형식을 취한다. 어쨌든 다르게 표현했지만 모두 근본을 잃지 않았다.

이렇게 절대적 이상은 다른 성격으로 표현된다. 하지만 실제로는 모두 유익하다. 특히, 불교의 자비는 누구나 완전히 실천할 수 있다. 정력에 넘치는 총각이 처녀처럼 사랑하기는 어렵겠지만 아무튼 사랑으로 좋은 쪽을 향해 '움직인다.' 이상을 위해 싸우든가 약자의 억압에 대한 반발로 분노한다. 이렇게 사랑에 취한 사람은 이상을 실현하기에 유리하다. 생각보다 빠르게 진행된다. 어떤 관념을 따라 계속 움직인다는 것은 그 관념을 이해하지 못하더라도 결국 이해할 때를 준비한다. 사랑을 위한 투쟁에 미움까지 담기기도 하지만, 사랑의 잠재력을 키워준다.

'섭리'라는 신화에 상당히 깊은 진리가 있다. 선을 향해 조용히 천천히 일하지만, 그리스도와 붓다가 보여준 영성의 힘은 절대로 중단되지 않고 움직인다. 세월이 갈수록 힘이 떨어지기는커녕 더욱더 힘을 얻는다.

똑같은 의미가 어디에서나 비슷한 형태로 나타나니 얼마나 멋진 구경거리인가. 유감스럽게도 우리 시대는 이런 변화를 이해하지 못한다. 기독교의 역사는 번번이 왜곡되었다. 기독교는 발전하면서 원시 기독교에서 멀어졌다. 불교도 마찬가지다. 아직까지도 가장 고상한 개념은 원시 기독교와 불교에서나 찾아볼 수 있다. 그렇다고 훗날 변질된 것을 모조리 무시하기도 어렵다. 최고의 수준으로 극소수 사람이나 오를 수 있더라도, 모든 사람을 구원하겠다는 종교에서 어떻게 모든 사람을 헤아리지 않을 수 있을까? 따라서 보편을 지향하는 종교라면 잠재력을 감안해 사람들을 사랑으로 이끌어야 한다. 두려움을 버리도록 격려해야 한다. 기독교회, 특히 중세 교회가 이룬 것과 후기의 불교 교단은 서로 목적이 다르지 않았다. 하지만 원시 기독교와 불교는 누구나 접근할 수 있을 만큼 수준이 낮지 않았다. 여기에서 모든 문제가 비롯된다.

그리스도와 붓다는 모든 사람 가운데 가장 위대하고 최고의 완성에 이르렀을 것이다. 확고한 개성으로 그렇게 했다. 그들의 완성은 특수한 인물의 완성이다. 또, 욕심을 버리고 이룬 완성이다. 그러나 원시 기독교와 불교는 모든 인류에게 길을 보여줄 만한 것은 아니었다. 극소의 신자들만 은밀히 따르면서 세력을 넓혀나갔다. 그럴 때마다 종교는 더욱 깊어졌다. 가톨릭은 원시 기독교보다 더 심오했다. 사랑을 두고 관용을 위해 무자비하게 전쟁하면서 또 다른 세계의 완성을 위해 불완전함과 싸웠다. 분명 불안한 타협이었다. 실제로, 그런 방식으로 낮은 것을 높이 끌어올리지 못했다. 목적으로 가는 도중에 불완전한 것을 희생시킬 수밖에 없었다. 원시 신앙 상태에서 벗어나려는 '실용적 교리'는 오히려 다가올 이상처럼 보였다. 분명 예수의 가르침은 지금에야 과거 어느 때보다 깊이 이해된다. 그렇다고 우리가 예수의 사상이 무엇이었는지 더 잘 이해하지도 못한다. 우리는 그 실용적 의미를 더 깊이 이해할 뿐이다. 다시 말해, 예수 스스로 의식했든 아니든 그것이 중요한 것은 아니다. 예수의 사상을 객관적으로 정확하게 파악한다는 말이다. 아마 예수는 실용성을 의식하지 않았을지 모른다. 그 곁에 있던 직계 제자들이 확실히 증언했다. 기독교 교리는 오랫동안 오해받으며 발전했다. 그러나 오해 덕에 더 잘 이해하게 되었다. 만약 가톨릭과 종교개혁과 반종교개혁이 없었다면, 또 교리 논쟁과 성서 해석과 비판이 없었다면, 우리가 기독교의 순수한 의미를 제대로 이해할 수 있었을까?

이와 마찬가지로, 북방불교에서 불자들은 기존의 '소승불교'를 대승불교로 끌어올렸다. 그 교리가 고타마 싯다르타 시절에 나온 것일 개연성은 희박하다. 하지만 진리에 가깝다. 아슈바고샤의 가르침만큼 심오한 것도 없다.[192] 대승불교론만큼 포괄적이고 통찰력 깊은 것은 극히 드물다. 대승 제도가 일본 사찰의 기반이다. 그러나 사실상 인도에서 퍼진 것과 다르다. 기독교와 마찬가지로 여기에서도 오해의 자극 덕에 발

192 아슈바고샤의 《대승신기론》은 수많은 번역본(한국어판 포함)이 나와 있는데 저자는 티모시 리처드(Timothy Richard)의 번역본이 신학적 관점에 충실하다고 본다.

전했다. 모든 기생적 성장과 왜곡과 위반은 서구의 특징이었다. 가톨릭과 개신교 양쪽 모두 고루 나눠 가진 특징인데, 지금 일본 불교에서 볼 수 있다. 기적을 행하는 마술에만 몰입하는 종파도 있고, 위계적 체계로 개인 생활을 억압하는 종파도 있다. 이와 반대로, 전통 지혜를 포기하고 개인을 제멋대로 방치하는 종파도 있다. 극단적인 경우도 있다. 애당초, 지성을 기본으로서 강조하던 종교가 맹신의 종교가 된다. 깊이 생각하기 어려워하는 사람이면 엄격한 원리를 감당하지 못한다. 초기에 일본에 들어온 종파의 세계관은 철학적인 인도 사람처럼 편안하게 적응하기 어려운 것이었다. 그 철학이 일본 사람들 사이에서 살아남으려면 조금 달라져야 했다. 그래서 일찌감치 화려한 대승불교에서 일본 사람의 기질에 맞춰 교리를 끌어낸 개혁자들이 나타났다. 그러면서 차츰 신앙을 통한 구원이 북방불교의 기본 교리가 되었다. 오늘날 신슈파[193]가 가장 피상적인데, 이들은 단지 '아미타불'만 계속 되뇌면 영생을 얻을 테니 안심하라면서 일본의 다른 종파들을 제치려 했다.

나는 사찰 도시에서 일본 불교를 만나게 되어 무엇보다 운이 좋았다. 이곳은 매우 독창적이라 다른 종파들과 공동점이 거의 없다. 인도의 것은 서양의 것이 절대로 되기 어렵다. 마찬가지로 고야산 불승의 종교는 아시아보다는 서구적이다. 이곳 승려들은 중세 기독교 수사들과 놀랍도록 닮았다. 훌륭한 승려들은 차라리 불교 정신보다 기독교 정신이 낳은 듯하다. 실론과 버마에서도 목격했던 정신이다. 모든 민족마다 일

---

193 Shinshūkyō(新宗教). 일본의 신흥종교 운동으로 일본 전통 사상과 서구 사상을 접목한 종파로 조직되었다.

종의 성직자로서 특별한 지도자들이 있다. 그런데 누구도 가톨릭 고위 성직자와 브라만을 혼동하지 않을 것이다. 일본 사찰의 주지승은 여러 점에서 가톨릭 고위 성직자처럼 보인다. 그 성격은 가톨릭 정신과 매우 비슷한 정신으로 다져졌다.

두 종교는 객관적으로 표현한다는 점에서 밀접하다. 힌두교도 가운데 의례를 중시하는 탄트라 종파는 교리를 엄수해야 구원받는다고 믿으면서 현상을 '겉치레'로나 본다. 현상이 존재에 불가분하다고 보지 않는다. 가톨릭에서 교회는 기독교의 진정한 몸통이다. 죽음만이 교회에서 기독교 정신을 떼어놓을 수 있다. 일본의 불교도 마찬가지로 보인다. 물론, 일본 불교가 이와 똑같은 교리를 인정하지는 않는다. 반대로, (교리를 세계관이라고 할 때) 브라만교만큼 진지하게 현상을 보지 않는다. 일본에서는 자신을 포기하는 고해파를 정통으로 간주한다. 그러나 중국의 종교 감각, 어떻게든 현실 속에 자취를 남기려는 기질 때문에 불교는 일찍부터 고도로 조직화했다. 이 조직은 일본의 유능한 사람들 사이에서 점점 더 살아 있는 예술 작품으로 변했다.

가톨릭과 불교라는 두 성전은 본질적으로 다르다. 가톨릭에서 객관화는 이성의 산물이다. 교리에 비합리적인 면이 있지만, 그런 면들이 얽힌 얼개와 발전 과정은 순수하게 합리적이다. 중세 기독교의 발전을 고취한 것은 엄격하게 합리 정신뿐이다. 신을 옹호하는 이론부터 성직자의 위계질서까지, 대성당에서 성 토마스 아퀴나스의 《신학대전》까지 모두 그렇다. 그 전후 어느 때에도 인류가 균제와 명증성과 합리적 질서를 이토록 중시한 적은 없다.

일본에서 사찰을 보니 정신은 지성을 벗어나 표현되었다. 그래서 합리성으로 거둘 만한 장점이 없다. 그 대신에 직관의 예술을 높이 끌어올렸다. 이곳의 불상들은 항상 상징이다. 감정을 표현하는 데 모든 장점과 놀라운 설득력이 있다. 거의 자명한 힘이다. 나는 고야산에서 불교의 길을 통해 신을 만나고 싶었다. 그러다 보니 유교가 합리적이라면, 일본 사찰에서는 힌두교의 지혜가 이긴 것이 아닌가 싶다. 공자는 "멋은 지혜를 완벽하게 보여주는 사람에게서나 우러나는 법"이라고 했다. 바로 이곳이 그랬다. 대승불교의 진정한 정신, 보편적이며 심오한 정신이 살아 있다. 그런데도 그 모습은 아름답고 우아하다. 놀라운 일은 아니다. 일본 불상처럼 인도의 지혜의 밑바탕에 근접한 느낌을 주는 것도 없다. 하지만 단 하나, 이상한 점이 있다. 내 마음을 이렇게 강하게 흔드는 것에 일본 사람들은 무심했다. 이곳에서 현상과 의미가 하나로 어우러졌다고 금세 알아볼 수 있다. 그런데 한 번 더 사찰 경내를 거닐어 보니 금장으로 휘황한 사원들, 훌륭하게 차려입은 승려들, 삼나무 숲의 웅장한 배경, 그 모든 것이 갑자기 무대처럼 보였다. 어쨌든 이곳 신전은 웅장하고 아름답다. 그런데 실체가 없다. 거기에서 보이는 예술밖에 다른 뜻은 없다. 이곳에 가톨릭 성당의 비장미 같은 것은 없다. 기독교도가 살아가는 곳에서 일본 불교도는 표현만 한다. 물론 그 신앙심의 지극한 표현처럼 보인다.

순례단과 함께 성소들을 찾아가 보았다. 순례자들은 인도 사람들과 너무 다르다. 노파들만 신심이 깊어 보인다. 젊은 여자들은 남자들처럼 여행한다. 기분 전환 삼아 나온 길이다. 여자들은 나들이옷을 차려입고 멋을 찾아 즐기는 순례자 복장이다. 방문객들은 전설과 사원마다 얽힌 기적 이야기를 듣는다. 동화를 듣는 어린애들처럼 반신반의하면서 듣는다.

이곳에 도량을 세운 고보다이시[194]의 제단 앞으로 사람들이 몰렸다. 고보다이시는 기적을 행했고 지금도 살아서 부활할 날을 기다리고 있다. 경건함보다 호기심을 부추기는 성인이다. 고야산 순례자가 이곳을 가장 많이 찾는다. 진언종파 승려의 수도원이다. 이들은 특히 마법에 능하다. 오늘날 일본 사람들은 이들을 가장 못 미더워 한다. 심지어 승려들조차 불공의 효험에 별로 개의치 않는다. 그들은 피히테나 칸트 이야기를 더 좋아한다. 내가 예불과 교리에 관해 질문하자 웃어넘기기만 했다. 어쨌든, 신도든 승려든 모두 예불에 참석한다. 엄숙한 의식을 소홀히 하는 사람은 없다. 그들은 형태 감각이 풍부해 예술가처럼 진지하게 예불을 지켜본다. 몸과 마음으로 자기 역할에 깊이 몰입하는 배우 비슷하다.

오늘, 내가 묵은 사찰의 아침 예불에 참석하지 않았다. 내가 참석하지 못해 유감이라는 뜻을 전하자, 주지승은 내가 한 번 더 예불에 참석하기를 바랐다. 예불이 오래된 것으로 이집트에서 인도를 거쳐 이곳까지 들어왔을 테니까 궁금하지 않을 리 없다고 했다. 당연히 인사치레였지만 예불을 정말 대단하다고 했다. 아무튼, 나는 소임에만 몰두하는 충직한 승려가 예의까지 바르리라고 믿지 않는다.

사실, 일본 사람은 힌두교도만 한 종교적 깊이가 부족하다. 내면의 감흥이 우러나는 바라나시와 람스와람의 순례자 같은 얼굴을 어디에서 볼까? 대승 교리에 관해 승려들과 나눈 대화는 밋밋하기만 했다. 그런데도 불교는 일본에서 첫인상만으로 판단하기 어려울 만큼 중요하게 살아 있

194 Kōbō-Daishi Kūkai(弘法大師 空海). 774~835. 일본 헤이안 시대의 승려로 진언종(眞言宗)의 시조이며 문인, 사상가로서 일본 대중에 큰 영향을 주었다. 804년에 출가하여 승려가 되었고 견당사의 일원으로 당나라를 견학하여 806년에 귀국했다.

다. 분명, 일본 사람들은 힌두교도나 기독교도에 비해 종교적 인간은 아니다. 그러기에는 인식도 상상력도 부족하다. 일본 사람들은 깊이 생각하지 않고, 어디에서나 민중이 그렇듯 기적이나 놀라운 사건만 믿는다. 생각할 줄 아는 사람들은 의심만 많다. 그들의 사색은 필수가 아니고 독창성과 깊이는 감각(감정이 아니라 영혼과 내면의 감수성)에서 나타난다.

일본 사람들의 깊이는 어떤 식으로 나타날까. 그의 깊은 혼이 아니라, 그 거죽이 안팎의 인상에 부응한다. 일본 사람들의 내면은 기본적으로 감각 세계에서 펼쳐진다. 어린아이와 처녀 같다. 종교 감정도 마찬가지로 표현한다. 어린이의 믿음은 깊지 않아도 직접 신과 통한다. 이런 믿음이야말로 세상에서 가장 매혹적이다. 정신적으로 일본 사람들의 신앙심은 피상적인 듯해도, 감각과 인상의 세계에서 감미로운 보물들을 빚어낸다. 어떻게 그토록 향기로울까! 해 뜨는 나라의 서정은 아미타불과 관음보살이 몸소 보여준 사랑보다도 감미롭다. 일본의 불교도는 사후의 삶에 결부된 표현을 정말로 미묘하게 보여준다. 그래서 기독교를 깊이 이해하는 동시에 불교의 높은 경지를 파고드는 선교사들이 이구동성으로 인정한다.

"만약 우리의 사상이 우아한 아름다움과 사랑 그 자체에 깊은 의미를 담고 있다면, 일본 사람의 표현과 성상이 가장 아름답다."

요컨대, 감각으로 구체화한 사상이다. 이 분야에서 일본 사람들이 가장 뛰어나다. 특이하게 피상적일 때도 있지만 일본 사람들의 종교 감각은 잠재력이 풍부하다. 특히, 일본 여자들이 더 그렇다. 금장한 탁자 앞에 절을 하는 귀여운 어린이들의 모습은 아무리 보아도 질리지 않는다. 아이들은 힌두교 같은 신앙심을 전혀 모른다. 믿음이 무엇인지도 모른다. 엄숙해야 할 곳에서 웃는다. 그런데 아이들은 분명 관음보살이라는 화신을 찾은 사랑에 취해 있다. 아이들이야말로 인도의 크리슈나나 유럽의 성 프란체스코가 보여준 인상을 체험하는 듯하다. 아이들은 항상 양보하는 생활 태도와 이웃에 상냥한 행실로서 머리로 이해하지 못할 것을 실천한다.

가벼운 걸음으로 성소들을 찾아와서도 깊이 감동한 순례자들은 안내자를 따라 묘지로 들어간다. 대단히 인상적이다. 유럽 어디에도 이런 애국 기념비는 없다. 우리는 아름드리 삼나무 사잇길을 따라 꽤 한참을 산 쪽으로 걸어 올라갔다. 개인이든 가족묘든 각 비석 앞에 안내자가 멈춰 서 이름을 읽어주었다. 일본의 역사에 영원히 남은 이름들로서 일본을 이어온 적통들이다. 유명한 다이묘[195] 명문가의 석비가 있다. 장군과 고관의 것도 있다. 물론, 모두가 여기 묻히지 않았지만, 추모비가 있다. 일본 전체가 고야산에서 마지막 안식처를 찾은 셈이다. 그런데 방금 전까지 웃고 떠들던 순례자들이 돌연 달라졌다. 깊은 감흥에 젖은 표정이 무거웠다.

오늘 처음으로 일본의 혼을 만났다. 개인과 신, 신앙과 초현실, 신앙의 지적 표현과 관련된 것이 아니다. 일본의 국민과 국가의 관계다. 가장 깊은 애국심이다. 일본 사람들과 그 자랑스럽게 발전하는 조국의 관계는 인도 사람들과 브라흐마의 관계, 또 중국 사람들과 우주의 관계와

195 大名. 10세기부터 19세기까지 일본 각 지방의 영주를 말한다. 에도 시대에 대영주이던 무사를 지칭하기도 한다.

마찬가지다. 유럽 사람들은 이런 정신에 깊이 빠지기 어렵다. 우리에게 그런 혼의 깊이가 없다. 그 대신에 각자 까마득히 깊은 곳에서 나온 해묵은 감정을 느낀다. 의식 속에서 힘차게 솟아나고, 혈족으로 묶인 공동체는 하느님과 우주보다 더 깊은 관계를 맺고 있다. 이런 점이라면 일본인과 멀지 않다.

일본 사람들도 깊은 곳에 있는 혼을 드러낸다. 단지 우리와 표현하는 언어만 다르다. 서양 사람들은 구체적인 것을 높이 숭배할 줄 모른다. 충성심을 가장 높이 떠받들지 않는다. 나라와 민족, 국가와 민중, 가족과 지배하는 가문 등을 합리적으로만 이해한다. 이런 것은 오늘날 일본에서 그다지 서구화하지 않았고 여전히 필수 조건이다. 평화 시에도 조국에 대한 절대적 충성은 현대 유럽의 어떤 애국자에게도 없다. 포트 아서[196]의 영웅 타케 히로세의 노래를 들어보자.

> 우리 위로 펼쳐지는 둥근 하늘처럼 끝없이
> 우리 천황 덕을 보고 있네
> 우리 밑으로 깊고 깊은 바다처럼 어마어마하게
> 우리 조국 덕을 보고 있네
> 지금이 바로 빚을 갚을 때라네

현대 유럽인이라면 전쟁이 터지면 잠시 민족의 일부라 생각하다가도 전쟁이 끝나면 각자 개인으로 돌아간다. 유럽 사람의 혼은 막바지에

196 랴오둥반도 끝의 항구 도시 뤼순(지금은 다롄에 통합)으로 러일전쟁 당시에 불리던 이름이다.

나 나타난다. 개인의 혼으로 정신적 위기에 대처한다. 조국과 개인의 관계는 피상적이다. 합리 정신 탓이다. 그러나 일본 사람의 애국심은 가장 깊은 '뜻'이다. 삶의 모든 깊은 표현에 애국심이 깔려 있다. 가장 깊은 생각, 말하자면 흔히 생각이 깊다고 하는 것만이 사물의 본질까지 거슬러 올라온다. 그런데 의지와 감수성의 깊이는 어떤 객관적 깊이와도 다른 별개의 문제다. 이런 깊이는 개인이 자기 나름대로 생각하는 수준에 따라 다르다.

일본인의 주관성은 앞에서 보았던 것 같은 표상으로 결정된다. 그런 표상보다 더 높은 것은 없다. 결국 표상이 그것을 만든 인간보다 더 깊다. 기본적으로 피상적인 민족이 30년 만에 바탕부터 새로 다진 완강한 희생정신이 없었다면, 어떻게 러일전쟁 때 거대한 러시아제국을 무찌를 수 있었을까. 일본 사람들의 애국심은 누구보다 깊다. 정신적으로만 본다면 분명 피상적이다. 그래서 그들을 보통 정신적 깊이가 없다고 생각한다. 살아 있는 개인이 실제 현실이 못될 때 일본인의 지성과 잠재력은 무용지물이다. 요컨대, 일본인은 인도의 종교인이나 독일 철학자처럼 깊이 사색할 줄 모른다.

여기에서도 다른 곳과 마찬가지로 한계 내의 표현이라는 진리를 보여준다. 신 앞에 바치는 한 떨기 활짝 핀 장미는 부처의 완성이나 마찬가지다. 그러나 완전히 펴야 부처보다 신에 가까이 다가간다. 일본 국민의 애국심은 (완전한 애국심만이 참 애국심으로 신성에 다가간다는 뜻에서) 서구 세계의 발전도상에 있는 우수한 지성보다 더욱 값지다. 그런데 활짝 핀 장미는 절대적이다. 어떤 인간도 그렇게 활짝 피지 못한다. 장미 편에서 본다면 인간은 장미만 못 하다. 이와 마찬가지로 사상이 깊은 개인이 많은 민족도 애국자로서는 일본 국민만 못하다. 그런 나라들에서 전쟁이라는 위기에도 민족의 원초적 힘은 솟아나지 않는다. 전통적인 인도 사람들은 애국심이 없다. 현실을 자신들보다 훨씬 낮추어 보기 때문이다. 중국 사람들도 그렇다. 중국 사람들의 관념은 역사의 우연으로 도달하기에는 너무 높다. 그런데 백인은 과거[특히 중세]에 일본 사람과 비슷했지만 애국심이 줄어들었다. (겉으로는 다르게 보일지 모른다. 현대 국가에서 이해관계에 따라 연대하면서, 민족주의 이론이 그에 걸맞은 감정을 조장했다.) 완전히 개별 인격이 된 사람에게 조국은 최고의 이상이 아니기 때문이다. 완전하게 깊어진 인간에게도 그렇다. 개인주의는 불가분 세계시민주의로 발전할 수밖에 없다. 이런 곳에서 인식이 진보한다. 그 대신 그렇게 되면 심리적 일체감은 떨어진다. 어제의 일본은 서양에서 다시 그러지 못할 만큼 '민족' 관념에 가장 근접했다.

묘지를 함께 둘러본 장교들을 자세히 들여다보았다. 사무라이 얼굴이다. 그 부리부리한 눈에서 유럽에서 지난 수 세기의 혈통을 물려받은 후손에게만 살아 있는 생기가 번뜩인다. 나는 얼마 전에 세운 묘비가 무엇인지 물었다. "만주에서 전사한 일본군은 물론이고 러시아 군인들까지 추모하는" 것이라고 했다. 적을 명예롭게 하는 것이 가장 고상한 기사도 정신이다.

나라

요즘 종교 예술에 흠뻑 젖어들었다. 일본에서 불교 미술과 건축은 숭고한 경지에 이르렀다. 나라[197]와 교토와 그 주변이다. 산봉우리 위로 떠오르는 태양처럼 지상의 어둠을 밝히면서 궁극의 평화를 찾은 듯 명상에 잠긴 불상들 곁에서 신성한 빛을 구현한 아미타불의 불화들을 보았다. 이에 비하면, 기독교의 가장 뛰어난 창작도 얼마나 영성이 부족해 보일까! 깊은 감수성이라면 서구 중세 초기의 순진한 미술가들이 불교 미술가 못지않다. 하지만 그 감수성은 힙리싱만 따랐다. 그들은 신앙을 고지식하게 형상화하는 데 익숙했다. 역사와 과학의 사실에 비추어보면서, 그 논리적 단계로서 표현하거나 우의적으로 해석했다. 이런 두 개념 때문에 예술에서 자연스레 불쑥 우러나는 재미가 부족했다. 그들의 종교적 감성은 특이한 주제와 하나가 될 때도 있었다. 그럴 때마다 매우 인상적 작품이 나왔다. 그렇지만 그들의 작품은 대체로 중개물이다(성서의 내용을 받아 전한다).

인도의 후예와 마찬가지로, 불교도도 교리와 신화를 표현 수단으로나 여겼다. 그것을 별개의 것으로 생각하지 않았다. 그래서 불교 미술가

---

197 奈良. 간사이 지방의 도시로 8세기경 일본의 수도였다. 유네스코 세계유산에 지정된 고도로 비단길의 종착지다.

들은 기독교 미술가들이 실패하는 곳에서 항상 성공했다. 동아시아 종교 미술의 개념은 인도 또는 그리스-인도에 기원을 두고 있다. 인도 사람들은 인도네시아와 캄보디아의 대사원으로 이어지는 작업만으로도 벌써 위대한 예술가의 솜씨를 여실히 보여주었다. 아무튼, 그들의 예술적 의욕으로 넘치는 작품은 서양으로 직접 전해지지 않았다.

극동의 종교 미술에서 중국 거장들의 솜씨가 중요했다. 그런데 이들의 사상은 중국이 아니라 일본에서 훨씬 좋은 입지를 찾았다. 하지만 일본 미술이 자국의 토양에서 탄생하지 않았다는 사실만 강조하면 문제를 제대로 이해하기 어렵다. 절대적 토착 예술이란 없다. 인도와 중국 미술과 마찬가지로 그리스 미술도 외국에 의존했다. 밖에서 받은 충격을 토착의 재능으로 소화했을 때 최고로 발전했다. 사실, 일본의 종교 미술은 끝까지 모범에 충실했다. 하지만 과거의 것과 다른 새로운 것을 내놓지 못했다. 이런 점에서 중국 미술과 비교가 안 된다. 그렇다 해도 인간 내면의 진실한 표현이라는 점에서 진정한 예술이다. 이런 점이라면 심지어 중국보다 뛰어나다.

자기 본성에 가장 잘 맞는 표현 '형식'을 반드시 개발할 필요는 없다. 자기 개성에 충실하려고 전통을 고치지 않아도 된다. 동양 거의 어디에서나 즉각적으로 개성을 찾을 때마다 남의 것을 인용했다. 그렇게 인용했다고 무기력하거나 무취미하지 않았다. 서양도 이런 점은 마찬가지였다. 인용한 형식 속에서 단김에 영혼이 드러난다. 마치 자연이 기죽지 않고 끊임없이 자발적으로 항상 똑같은 것을 만들어 내면서 새로워지는 것과 같다. 그런데 불교 미술은 당시 완전히 유교화한 중국보다 자기 나름의 일본 불교와 잘 어울렸다. 중국에서 극히 드물었던 일이다. (이런 조화가 불교에 이미 있었는지 아니면 나중에 불교의 영향으로 일본의 혼에 나타났는지는 별로 중요하지 않다.) 결국, 그것은 일본 어디에서나 종교 생활의 의미에 충실한 상들을 내놓았다.

관음보살상의 표현은 중국이 아니라 일본의 어법이다. 불교의 우주를 표현한 '만다라'의 묵직한 화려함은 중국 사람의 내심이 아니라 일본 사람다운 내심의 반영이다. 그런데 만약 모든 형태와 색채가 거의 다 중국 대륙에서 개발되었고 그것에 적응할 일본 사람이 없었다면, 그와 같은 삶과 예술의 관계가 가능했을까? 일본에서 불교 미술은 종교적 감정의 정상적 표현이었다. 토스카나 지방에 프라 안젤리코 같은 화가가 하나뿐이라면, 일본에는 수백 명이다. 사찰마다 넘치는 성자와 사제는 화가이자 조각가였다. 고찰에서 볼 수 있는 회화와 조각 대부분이 사제와 교인의 작품이다.

일본 사람들의 영성이 빈곤한데 어떻게 가장 영적인 예술이 그들의 기질과 맞았겠냐며 반박하는 사람도 있겠다. 비록 요즘에 정신적으로 깊이 있는 일본 사람이 드물다고 해도 옛날부터 그랬던 것은 아니다. 어떤 민족과 종족의 개념은 일정한 시대 조건에나 맞는 법이다. 유대인이 지금 같았다면 절대로 성서를 쓰지 못했을 것이다. 20세기의 미국 사업가들을 보면, 과연 그들의 조상이 신앙 때문에 난민으로서 대서양을 넘어 성스러운 왕국을 세우려 했었다고 믿을 수 있을까?

순수한 혈통은 분명 변함없는 상수 같다. 그렇지만 변수도 균형을 잡아주며 상당한 역할을 한다. 기독교는 지난 수 세기 동안 중요한 변수로써 기존의 상수들을 무릅쓰고 판이한 서구 종족들을 통합했다. 결국, 왕성한 통합으로 유럽 사람들이 어떤 종족 출신인지 알아보기 어려워졌다. 불교도 같은 결과를 초래했다. 그러나 불교는 덜 왕성했다. 여러 면에서 외적 생활에 별다른 영향을 주지 못했다. 그 대신에 더욱 큰 영성으로 기독교가 결코 거두지 못할 성과를 거두었다. 기독교는 고작해야 영성이 없는 민족들에게서 부분적 성과나 거두었다.

중국 사람들은 형이상학에 익숙치 못했지만 불교 미술가로서 어떤 민족도 이루지 못할 깊이에 도달했다. 일본 사람들은 그 지식과 종족이 항상 '당면 과제'였지만, 수 세기 동안 대승불교의 빛으로 훌륭하게 계몽되었다. 눈앞에 닥친 과제가 영적 창의력을 끌어내었다. 결국, 종교적 경험의 세계도 보통 경험처럼 경험할 수 있다. 또 다른 세계에서 벌어지기는 해도 누구나 접근할 수 있다. 일본 사람들은 붓다의 이마에 빛나는 보석의 광채로 그 길을 보여준다. 빛으로 깨우침으로써 신성을 응시하고 성취한다.

오늘, 장엄한 나라를 바라보면서 고야산에서 골몰했던 문제가 마침내 풀린 듯하다. "자신들이 무엇을 하는지 모르는" 일본 사람들이 어떻게 인도의 지혜에서 나온 작품과 여러 면에서 비슷한 장점을 보였을까? 즉각 해답이 떠오른다. 인도 사람들은 알고 있는 것을 절대로 완전하게 표현하지 않는다(독일 사람들도 마찬가지다). 그래서 지금까지 유럽에서 가장 오래 지속되는 창작 혼은 독일 사람들이 아니라 라틴 사람들에게서 나왔다. 좀 더 생각해보자.

영성이 풍부한 민족은 정신을 완전히 표현하지 않는다. 그러나 물질주의적 민족은 그런 것을 내놓는다. (여기에서 물질주의란 일반적 의미보다 더 넓은 뜻이다. 있는 그대로의 현실을 보는 사고방식이다.) 물질의 주인이 되려면 그것과 잘 어울리는 몸이 필요하다. 특히, 세련된 감각 기관이 필

▲ 도다이지의 8세기 묵화불상
▶ 도다이지의 관음보살상

요하다. 정신 자체는 무능하다. 그런데 정신과 감각이 고루 뛰어난 사람은 드물다. 두 가지가 상반된 인간형으로 태어나는 편이다. 현실에서 크게 성공하는 사람은 물질주의 재능이 있다. 어쨌든 영성의 표현도 (현실의 일부로서) 어떤 경우에든 현상계에 속한다. 정신적으로 더 성숙한 사람이 반드시 더 나은 표현을 찾아내는 것은 아니다. 그것을 구체적으로 표현할 줄 아는 사람이 표현력이 뛰어나다. 이런 사람도 물질주의자다. 사실, 이런 사람은 영성을 인식하지 못한다. 그러나 그에게 그것을 보여준다면 가장 잘 이해한다. 그래서 종교적 진리를 완전하게 표현하는 사람은 성자나 철학자가 아니라 시인이다.

우리 누구에게나 절대적 혼이 있다. 그것을 따져보든 아니든 누구나 제정신이 있다고 인식한다. 물질주의적 민족이 비록 정신세계에서 아무것도 발견하지 못했더라도, 영성을 알려주기만 하면 그들은 그 표현을 훌륭하게 이해하고 음미한다. 최고의 불교는 중국과 일본에서 금세 이해되었다. 또, 얼마 안 돼 숭고한 표현 형식을 찾아내었다.

극동의 민족들은 비할 데 없는 표현력을 갖고 있다. 자신들이 절대로 찾아내지 못할 기본 사상을 이미 갖추고 있던 덕분이다. 종교 미술에서 중국과 일본 사람들의 소질은 수수께끼가 아니다. 그런 태도는 오히려 예술을 이해하는 데 도움이 된다.

중국에 비해 일본은 스승의 작업을 완벽하게 마무리하는 제자 같은 점이 특징이다. 선구자는 힘겹게 문제를 돌파할 길을 터놓는다. 하지만 그것을 다 설명하지 못하고 죽는다. 모든 것을 설명할 필요를 느끼는 법도 드물다. 그러면 제자가 스승이 멈춘 자리에서 받아든 밑그림으로 작업을 완성한다. 가령 제자가 재기 넘친다면, 형태를 충분히 이해하고 게다가 미묘한 감각과 취미까지 타고났다면 스승의 유산을 완성할 것이다. 유산 자체는 제자의 능력 밖의 것이더라도 그럴 수 있다. 일본의 최상급 종교 미술가들은 이런 식으로 불교를 형상화했다. 그들은 불상을 성 프란체스코처럼 친밀하고 그윽하게 녹여냈다. 일본 사람들은 인도 사람들만큼 신앙심이 깊지는 않다. 성스러운 혼을 드러낸 적은 없다. 그러나 그 감수성을 밝혀내고 그 조명으로 이 세상 어디에도 없는 성령의 이미지를 창조했다.

다시 한 번, 나라의 걸작들 앞에서 중세 가톨릭 정신 비슷한 인상을 받았다. 얼마나 대단한 종합인가. 인도의 지혜, 그리스의 형식, 기독교의 교리가 하나가 되다니! 호류지[198]에 있는 '한국 불상'[199]이 영광의 자리를 차지한다. 그 독특한 형태는 나일강에서 인더스강에 걸친 곳에서도 절대로 포착하지 못했던 큰 뜻을 담고 있지 않은가! 그런데 조금도 절충하지 않았다. 경이로운 사랑의 충동이다. 서양에서 기독교 금욕주의로 또 청빈을 자랑하는 것으로 변형되었고, 율법밖에 모르던 유대 정신 속에서 숭고한 은총의 종교를 낳은 충동이다. 원시 불교에서 수행자는 이런 충동으로 자족하며 살았다. 지상의 어떤 인연으로도 구원받지 못하고 떠도는 혼이 한 명이라도 남아 있는 한 열반에 들지 않겠다고 맹세했던 지장보살의 이미지는 정말로 이론상 결합할 수 있는 모든 것을 함께 녹여냈다. 그런데 만약 서양 기독교와 극동 불교라는 두 정신의 산물을 비교해 보면, 동양은 예술의 뛰어난 표현력만 아니라 인식이 깊고 우수해 보인다. 기독교 교리에 비해 대승불교론의 의미는 어디에서나 한결같고 얼마나 진실한가! 동양에서 힌두교의 지혜를 가꾸는 동안, 아프리카 사람은 제약이 많고, 로마 사람은 철학이 부족하고, 그나마 가장 낫다는 그리스인은 번지르르한 언어로만 교리를 지어냈다. 서양에서 기독교 신화는 그 우화와 문학으로도 어떤 문제를 즉시 설명하지 못했다. 그저 상형문자 같은 형태로 굳었다. 그러나 동양의 세련된 예술은 형태에

---

198 法隆寺. 나라에 있는 성덕종의 총본산으로 쇼토쿠(聖德) 태자가 세운 사찰이다. 창건 시기는 607년경이며, 서원가람(西院伽藍)은 현존하는 세계에서 가장 오래된 목조 건물이다. 호류지의 건물은 호키지(法起寺)와 함께 1993년에 '호류지 불교 건축물'로서 유네스코 세계유산으로 등록되었다.

199 담징(曇徵, 579~631)이 그린 것으로 알려진 금당 벽화를 말한다. 담징은 고구려의 승려이자 화가로 영양왕 때에 승려 법정(法定)과 함께 일본으로 건너가 오경, 채화, 공예를 가르치고 종이와 먹, 건칠, 맷돌 등의 제조법을 가르쳤다. 그가 그렸다는 일본 호류지의 금당 벽화는 중국의 윈강 석불, 경주의 석굴암과 함께 동양 3대 걸작의 하나였으나 1949년에 불타버렸다. 저자의 이 작품에 대한 서구인의 관찰기로서도 이 단락은 극히 귀중한 증언이다.

서 현상의 영원한 의미가 비할 데 없이 즉시 드러나는 언어를 끌어내었다. 아미타불은 서양의 구세주일 뿐이고, 관음보살은 거룩한 사랑의 여신 성모 마리아와 다르지 않다. 수카바티[200]는 서양의 천국과 같다.

기독교 신화는 오늘도 자연과학의 뒷받침을 받으면서 고약하게 비유로나 이해된다. 하지만 동양에서는 항상 상징으로 해석된다. 인도에서는 철학적 사유의 상징이다. 중국에서는 절반은 의식 절반은 본능의 상징이다. 일본에서는 진정한 예술가처럼 순진하게 완전히 무의식의 상징이다. 나는 항상 예수가 십자가에 매달린 채 했던 말을 떠올린다.

"저들은 자기가 무엇을 하는지 모릅니다."

일본 사람들은 물론 자신들의 종교 미술이 얼마나 경이로운지 알든 모르든 상관없다. 원칙적으로 그들이 남의 것을 모방했다는 점에서 책임질 것은 없다. 그런데 그 '모작'이 원작보다 더 함축된 정신을 보여준다.

영성으로 치자면, 인도의 지혜는 충만하고 극동의 감각은 완벽한 표현 수단이다. 이런 곳에서 지성은 별로 쓸모가 없다. 아디아르에서 현대 신지학 이론으로 경험했던 일이다. 그 이론은 대승불교론과 거의 같고, 신지학자들은 일본 사람보다 함축된 지식에 대한 이해도 풍부하다. 그런데 일본 불교는 현대 신지학보다 훨씬 수준 높다. 현대 신지학에서 힌두교의 지혜를 다루는 방식은 서양 중세에서 동방기독교 교리를 다루던 것과 마찬가지다. 문학이나 비유로서만 해석한다. 그 종합도 피상적이

---

200 Sukhavati. 극락(極樂)을 뜻한다. 극락은 불교에서 서쪽으로 10만 억 불국토(佛國土)를 가면 있다고 하는 이상향이다. 참마음으로 아미타불을 믿고 염불하면 죽어서 극락에 태어난다고 한다. 극락에는 아미타불이 살고 있으며 번뇌와 괴로움이 없는 태평한 세상이다.

다. 기본 조건을 이겨내지 못한 듯하다. 앵글로색슨 사람들은 늘 그렇다. 언제나 실용성뿐 영성이 없다. 그들이 대승불교로 개종해도 마찬가지 아닐까. 일본 사람들도 서구화하려고 해도 영원히 극동 사람이다.

호류지의 7세기 백제관음상, 1917년

신앙과 상상이 우수하게 발전하지 못하는 곳에서는 기본 조건이 가장 중요한 몫을 한다. 일본 사람 각자는 이상하리만큼 약하다. 그래서 혈통을 극히 중시한다. 그들이 변신에 뛰어나 모방도 잘한다는 주장은 사실과 다르다. 변신하려면 상상력이 필요하다. 반대로, 변화에도 그들은 다른 어떤 민족보다 자기 자신을 잘 지킨다. 그들이 (한국, 중국, 유럽의 영향 등) 어떤 영향을 받았든 그들의 본질은 변함없다. 일본 불교의 역사는 이런 사실을 뚜렷이 입증한다.

이곳 승려들은 무예에 뛰어나기로 유명하다. 힌두교도의 온순한 지혜에 투사처럼 맹렬한 기질은 전혀 없다. 어쨌든 그것을 권하기는 한다. 불교는 애초부터 조상과 토착신 숭배와 뒤섞였다. 금세 전쟁의 신을 내놓았고, 불교 승려들은 군주들에게 무섭게 난리를 부추겼다. 힌두교의 지혜는 조화롭던 일본 여자들과 예술 감각에 곧바로 영향을 끼쳤다.

일본 여자는 타고난 불교도다. 싹싹하고 겸손하며 이기심 없이 다정하다. 일본 미술가는 인도 사람에 가깝다. 일본의 민중 생활에서 특히 두드러지는 점이다. 진정한 불교 사원이라면 예술적 틀을 보여줄 뿐 다른 것은 없다. 그래서 절은 여기저기에서 개인, 특히 여자를 위해 매우 개인적인 표상을 내놓는다.

가톨릭교회는 우선 국가와 다름없었다. 각 개인이 아니라 국민을 교육했다. 어떤 한 사람이 아니라 모든 인류를 구원하려고 했다. 그래서 가톨릭 성자들은 불교 성자들처럼 다정하고 친근감이 없다. 단 한 사람, 불교 성자들처럼 친근해 보이는 인물은 성 프란체스코뿐이다.

보랏빛 등나무꽃이 활짝 핀 계절이다. 부드러운 덩굴이 빳빳한 전나무 꼭대기까지 무성하게 기어오른다. 일본에서는 이렇게 억센 것과 부드러운 것이 언제나 훌륭하게 서로 보완한다. 여자는 사랑이다. 남자는 싸움이다. 여자에게 불교가 있고, 남자에게 신토[神道]가 있다. 그러나 남녀 모두에게 순수한 혼이라는 부시도[武士道]가 있다. 항상 높이 올라가려는 열망이다. 서로 다르지 않고 하나로서 타협하는 형식은 결코 나쁘지 않다.

나는 앞에서 이미 몇 차례나 일본 불교도의 깊고 훌륭한 신앙심은 성 프란체스코의 성격 같다고 했다. 동양과 서양이 이렇게 만나는 접점을 좀더 가까이 들여다보면 이곳도 온화하고 다정하며 섬세한 취미가 기본이다. 극동에서 가장 높이 발전한 취미다. 프란체스코 수도회의 온

정도 식지 않았다. 알프레드 베버[201]가 했던 말이 있다.

"옛날 프란체스코 수도회의 정신에 적합한 표현을 오늘날에 찾은 곳은 구세군이다."

그럴지도 모른다. 성 프란체스코의 정신은 온정과 친밀감만 넘치지 않았다. 열심히 활동하는 면이 있다. 동양에 이런 면은 없다. 선교사들은 이런 차이가 기독교 교리가 우수하기 때문이라고 주장한다. 사실, 그와 비슷한 근본 사상이 기독교 형식으로 탁월한 힘을 입증했다. 그런데 우수하다는 그 힘은 어디에서 나올까? 성 프란체스코의 정신이 일본에서는 다정하기만 한데, 유럽에서는 그에 못지않게 힘까지 보인다는 것은 어찌된 일일까? 기독교 교리 탓은 아니다. 그것을 믿는 사람들의 타고난 기질 때문이다. 대승불교 교리도 서양에서 이와 비슷한 효과를 낼 수 있다.

성 프란체스코의 사랑을 생각해 본다. 일본 사람의 마음에서 그만큼 열렬한 사랑이 타오른 적은 없다. 이슬람을 제외한 동양에서 그토록 뜨거운 사랑을 품었던 성자는 없다. 기독교 구도자와 아시아 구도자의 차이는 갖고 있는 에너지의 차이다. 기독교와 불교에 차이가 있다면 주로 생리 조건 때문이다. 기독교도는 움직이기에 더 유리하고 밀도 높은 실질적 수단을 찾는다. 나는 아시아 사람 가운데 서양에서 중세 초기에 이미 그랬지만 심정이 충만한 사람을 본 적이 없다. 내가 아는 사람들 모두 심정이 빈약하다. 이에 비해 이른바 동양의 영성이나 물질주의를 살펴보면 흥미롭다. 사실이야 건드릴 것이 없지만, 그 의미는 보통 우리가

---

201 Alfred Weber. 1868~1958. 경제학자이자 사회학자로 현대 경제지리학의 선구자다.

생각하는 것과 다르다. 분명, 동양의 영성은 종종 서양보다 더 높은 구도의 길을 가고 있다. 그렇다고 동양이 실제로 정신에 더욱 근접했다고 말하기는 어렵다. 그냥 그들의 신체가 빈약해서 그렇다고 할 수 있다. 많은 경우에 걸맞는 해석이다. 일본에 관한 한 더욱 그렇다. 그래서 훌륭한 인도의 정신이 사실상 일본에 영향을 주었다. 사람은 열정이 약하면 쉽게 포기한다. 신체가 건강하고 왕성할수록 정신의 표현 가능성도 커진다. 베토벤과 바흐도 이 점을 분명히 증명한다. 동양에 이에 비할 만한 증거는 없다. 그러나 가장 놀라운 증거는 여전히 중국에 있다. 중국은 어느 면에서나 일본과 비교된다. 중국과 인도를 비교할 수도 있다. 문화 형식의 바탕에 똑같은 정신을 깔고 있고, 똑같은 표현 수단을 사용하는 곳 어디에서나 중국 형식의 우수성에 깊은 인상을 받게 된다. 더욱 건강해 보이기도 하지만, 풍부한 표현 욕구, 분명한 윤곽과 활기찬 솜씨, 그 모든 것이 그렇다. 특히 깊이에 취했다는 점에서 그렇다. 깊이 있는 것을 표면으로 끌어내려면 체력이 필요하다. 표면에 있는 것을 다시 깊이로 되돌리려 하거나 표면이 깊이로 밝혀질수록 그만큼 표면이 두드러져 보인다. 중국 사람들은 아시아 민족 가운데 가장 실체가 뚜렷하다. 서양인에 비할 만한 구체적 정신이 있다. 그래서 동양 정신은 중국에서 가장 활기차다.

교토

나는 한 편의 비극을 보고 나서 정말 깊은 감명을 받았다. 흔들리는 마음을 가라앉히지 못했다. 유명한 역사극인데 장엄한 구성에 연출도 인상 깊었다. 특히, 우수로 압도된 분위기가 감동이었다. 묵묵히 판토마임을 하는 동안 단조롭고 해묵은 민중의 분위기에서 모든 것이 우러났다. 동작은 간간이 이어지는 율동에 맞춰 제자리를 찾는다. 완전히 중세의 동작이다.

일본에서 중세는 오래전에 끝났다. 그런데도 몸에 밴 그 의식과 표현은 노인들 사이에 여전히 익숙하다. 그래서 일본에서 중세 정신을 기억하기가 유럽보다 쉽다. 일본에서 두드러진 특징이라 더욱 인상적이다. 사무라이의 미덕이 프랑크[202] 기사의 미덕보다 전통이 더 깊지는 않다. 봉신의 충성과 명예욕과 생사에 초연한 자세 모두 프랑크 기사들이 더 진지했을지 모른다. 그러나 그런 자세는 일본 사람들의 타고난 성향 때문에 사무라이가 훨씬 더 그림같이 보여준다. 일본 사람들은 존재와 표상을 거의 똑같이 보려고 한다. 그래서 형식화하고 과장하는 것이 자연스럽다. 일본의 중세는 연극성과 전체적 예술성에서 서양을 능가한다.

---

202 중세 초기 서유럽의 대부분을 차지한 왕국이다. 훗날 프랑스, 독일, 벨기에, 네덜란드, 이탈리아(북부) 등으로 갈라졌다.

내가 관람한 극의 주제는 다음과 같다. 주군이 가신들에게 소중한 필묵을 맡긴다. 가신 가운데 누군가 그것을 궁내 귀부인에게 보여준다. 귀부인에게 바람피우는 남편을 모욕하게 하려는 뜻이었다. 귀부인은 경쟁자인 여자를 단호하게 제거하려 한다. 그렇게 하려고 귀부인은 필묵을 빼돌린다. 주군의 가신은 돌려받았지만, 그것이 들어있던 함이 비어 있는 사실을 알게 된다. 누군가 훔쳐 갔을 것이다. 귀부인은 미워하던 여자를 지목하고 고발한다. 조정 대신들이 모인 자리에서 귀부인은 바로 고발당한 여자를 '게다'로 후려친다. 고상한 여자로서는 가장 심한 치욕이다. 모략받고 망신을 당한 여자는 자살한다. 그러나 그녀의 하녀는 바로 그 게다로 자기가 모시는 주인여자를 죽음으로 내몬 귀부인을 후려치며 복수한다. 그렇게 두 여자는 기사처럼 결투에 들어간다.

주제는 단순하다. 서양 사람이 보기에 별것 아니다. 인간 비극의 본질을 깊이 들여다보았다기보다 피상적 관례에 따른 듯하다. 그러나 여기에서 관례가 새로운 본질을 낳는다. 완벽한 극적 표현의 영향으로, 일본의 중세 분위기에 감동한 관객은 바로 운명에 압도되는 그리스 비극에서 받는 감동과 똑같이 인위적 장면에서 솔직한 인간성을 목격한다. '숙명성'도 결국 관례였다. 우리는 이제 더는 그 힘을 믿지 않는다. 마찬가지로 비극의 동기가 되는 정념이 필수 조건은 아니다. 인간은 그런 조건을 뛰어넘을 수 있다. 모든 것은 사실상 결과에 좌우된다. 가령, 인간이 엄청난 편견에 사로잡힌다면 편견조차 자연스러워질 수 있다. 그런데 중세 사람 각자의 경험은 너무 강렬해서 그 편견은 현대인이 정신적 비극에서 받는 비장감보다 더 깊은 우수를 낳는다.

'멜랑콜리'였다. 충분히 이해할 만하다. 비록 지성인라고 해도 내심 깊은 곳에서 기사의 본능이 어지간히 살아 꿈틀댄다. 하지만 이런 것은 지금 이 시대와 어울리지 않는다. 기사도를 발휘할 날은 지나가 버렸다. 이런 것이 진보의 자취일까! 분명 기사도의 전형성이 절대적인 것은 아니다. 절대성은 어떤 식으로도 구체적으로 나타나지 않는다. 실현이란 어떤 모습으로 사는가 하는 것일 뿐 반드시 필요하지도 않다. 상대적이며 제한되고 이해하기 나름이다. 특히, 사람에게서 그렇다. 그런 실현은 우연한 일로 보이기 쉽다. 어떤 인간형을 구별한다는 것은 판단하기 나름이다. 부분적이고 특수하며 편견에 젖은 것이다. 물론, 명예로운 기사도는 이론상 편견으로 보이지만 상인의 평판도 그렇기는 마찬가지고, 특히 자유롭게 생각하는 사상가가 "편견이 없다"라는 것 또한 편견이다. 그나마 어떤 편견이 나은지가 문제다. 이런 질문이 무의미할지 모른다. 사슴이 말이 볼 때는 편견이고, 말이 사슴을 볼 때도 편견이나. 모든 형태는 외견상 가능한 틀 안에서 내면의 요구를 표현한다. 형태는 상호 보완적이며 상당한 상호 변화를 이끌어낸다.

그러나 더 나은 편견이 있다. 모든 별자리가 똑같은 성격을 보여주지 않듯, 일정한 생명이 사라지면 그것은 곧 상실이다. 이런 점에서 기사는 오늘날 확고히 자리 잡은 사람들보다 우수하다. 도덕적 용기와 이상주의, 겸손과 성실, 고상한 생각과 물질의 이익에 초연함에서 그에 비할 인물은 없다. 인류는 기사의 죽음으로 고칠 수 없는 상처를 입었다.

물론, 오늘도 인간형이 굳어지고 있다. 기사처럼 훌륭한 사람이 없지 않다. 특별한 편견에 사로잡히지 않고 자유롭게 자기 입장을 취하는 사람이다. 영국식으로 지성과 보편성을 갖춘 '신사'다. 그러나 이런 인물로는 기사가 될 수 없다. 어림없는 일이다. 진정한 신사가 되려면 인종적으로 훌륭한 문화가 필요하다. 쉽게 혼혈하는 우리 시대의 거창한 명문가 사람들에게 없는 교양이 필요하다. 그뿐만 아니다. 자의식을 절제하고 어중간한 이상을 반박할 줄 알아야 한다. 자유롭게 무르익은 사람은 여전히 극소수다. 대부분은 여전히 종족의 혼에 갇힌 채 공동체의 관계를 벗어나 그 관계의 완성에 이르지 못한다. 그래서 과거의 질서가 무너지는 곳에서 오랜 기반을 다져온 틀보다 훨씬 피상적인 새 틀을 짠다. 그런 틀 안에서 관계를 엮어나가는 사람들이 오늘날 부자들이다. 그러나 과거에 고상한 결합은 더욱 아름다웠다.

씁쓸하기만 했다. 고상한 인물들을 다시는 볼 수 없이 날려 버린 우리 시대의 어지러운 광풍을 맞는 기분이다. 역사의 위인들 가운데에도 진정한 귀족은 극소수다. 자연 속에서 퇴조하기 좋게 움직이는 신체 기관이 있다. 상반된 두 가지 방식이다. 각각 '적당하다'나 '해본다'는 두 가지를 강조하는 방식이다. 완고한 수구파 인간은 퇴화한다. 어떤 노력도 하지 않기 때문이다. 반대로, 앞만 보고 나가는 인간도 퇴조한다. 타고난 본성을 거스르며 살기 때문이다. 자신과 다른 길을 따라가려고 애쓰다 보면 물려받은 본성이 쓸데없어지는 그런 길에서 망가지고 만다.

이제 시골 신사들 대부분은 장사밖에 할 일이 없다. 그런데 그들은 상인 소질이 없다. 장사할 때 합리성을 고민하다 보니 거짓말을 하게 된다. 자신을 속인다. 그래서 사업할 때 그들은 번번이 사업가로서 장사꾼만 못한 비신사적 사업가라는 소리를 듣는다. 이런 사람들은 기사도의 명예만 타고났다. 상인 정신에 완전히 어리둥절해하는 사람들이다. 그래서 그들은 새 사업을 시작하면서 종종 오래된 사업가 가문의 후손보다 낮은 계층으로 몰락한다.

인류의 전형은 교환할 수 없다. 안타깝게도 조금 고쳐지기만 한다. 일본의 모든 사례가 교훈적이다. 일본은 중세에서 곧장 현대로 넘어왔다. 경제적으로 보면, 십자군 시대에서 곧장 현대로 이어졌다. 그 결과는 어떤가? 기사들은 가게 주인을 항상 무시하면서 고상한 감각을 애당초 뭉개버렸다. 중국과 다르게 일본 상인들은 대체로 정신 수준이 낮다. 그런데 기사들은 전쟁 중에 기사도를 눈부시게 보여준다. 나는 이런 기사도가 아직까지 여전한 인물을 여러 번 보았다. 나는 종종 일본 귀족들이 발트해 연안의 신사와 너무 비슷해 깜짝 놀라곤 한다. 그들 모두가 돈키호테처럼 돈을 경멸한다. 그들 모두 지금까지도 통 큰 중후함을 보여준다. 그러나 사무라이 대부분은 옛날처럼 생활해서는 살아남지 못한다. 고사(枯死)하지 않으려면 생존 경쟁에 뛰어들어야 한다. 그러나 경쟁하는 마당에서 그들은 마땅한 길을 찾을 만한 확실한 본능도 없다. 사업에 뛰어들어 머리를 굴려본들 그 바탕은 이미 다른 성격으로 다져진 것이므로 결과는 뻔하다. 동양에서 사업하는 백인은 일본 사람이라면 천박하다며 불신하는 사람들뿐이다. 중세적 비극은 계속되고, 유럽인의 옷을 걸친 일본 사람들의 얼굴은 달라졌다. 현대에 살면서 그들의 현은 더 이상 울리지 않는다. 깊고 풍부하며 순수한 소리를 내던 현이다. 전 세계 어느 곳이나 비슷한 사정이다.

교토는 일본에서 지금까지 내가 본 여느 대도시와 달랐다. 거대한 제국의 생활 방식이 한 곳에 운집했다. 호기심을 끄는 곳도 많다. 궁정과 대영주의 위력, 화려한 성직자의 문화재, 또 일본을 일으킨 사납고 정력적인 기사도의 기념물이다. 이곳 옛 생활의 다양한 모습도 놀랍다.

세련된 교양, 여성적 감수성, 탐미적인 고관과 거칠고 정력적인 사무라이는 어떤 점이 닮았을까? 고대의 아마조나스 같은 여제들과 최상급 문학을 남긴 중세의 여류 명사들과 스파르타 여자 같은 사무라이의 아내들은 어떤 점이 닮았을까? 각자 다른 인간형으로 보였다. 그런데 만약 과거에 그토록 다양하던 일본과 지금 단조로운 일본을 비교해보고 더욱 평준화할 앞날을 생각해보면 다시금 씁쓸하다. 사회적 장애를 걷어치우면 인간이 다양해진다고 누가 황당한 착각을 했을까. 어느 정도 개인차가 나게 된다고 전형의 차이에 얼마나 영향을 줄까. 씨가 말라 버릴 텐데.

사람들이 너도나도 개성화한 사회에서 개성이 가치 있는 경우는 드물다. 반대로, 각자 개성이 두드러지지 않는 사회에서 전형은 예외 없이 인간성이 풍부하다. 사회적 차이는 전형이 사라지게 되면 자연히 사라진다. 인간은 서로 다른 존재로 살아간다. 인간은 타인과 달라 보일 때 자신의 독창성을 의식한다. 상대를 의식하며 살아가기 때문이다. 그렇기 때문에 우수한 문화는 귀족 사회에서만 번창한다. 민주주의 사회에서 개인차가 인간형의 차이를 대신한다. 따라서 같은 수준에서 자극을 받기에는 약하고 피상적이다. 현재 일본의 사례가 그렇다. 누구나 전문가를 자처한다면 기본적으로 비개성적이다. 개성 있는 감각은 거의 발전하지 못한다. 전형이 불가능해진다. 많은 것을 잃기나 한다.

과거에 궁정 사람은 거친 사무라이에 비해 세련되었다. 반면, 강건한 사무라이는 세련된 '다이묘'보다 더욱 강했다. 귀족 숙녀는 거의 본능에 따라 살아가는 하녀에 비해 우월감을 느끼면서 엄격하고 도도했다. 오늘날, 모든 일본 사람이 점점 더 평등하다고 느낀다. 무엇보다 그들은 '현대인'을 동경한다. 그래서 눈에 보이는 것만 믿는 평범한 사람이 되어간다.

교토는 아직 고대의 분위기가 짙다. 군주가 살던 곳으로서 그 혼이 남아 있다. 베르사유에서 받은 느낌과 비슷하다. 나는 10월의 햇살 아래 베르사유 궁전을 돌아다니면서 자연 그대로의 오솔길을 걸었다. 내가 궁정 대신이라도 된 듯했다. 예절은 충동을 걸러준다. 외모는 지극한 현실이고, 격식이야말로 사물의 본질이다. 이런 식의 느낌이 어색하지 않았다. 어색하기는커녕 마음은 되레 자유로웠다. 루이 14세의 베르사유 궁전에서 단 한 사람의 진짜 궁정 사람은 왕 자신밖에 없지 않았을까.

교토에서도 마찬가지다. 인위적 사회에서 인형 같은 황제들의 모습과 모든 것을 음모로 좌우하는 실세로서 애첩들이 지배하던 사회에서 '궁정인'이 그 사회의 본질이었다. 놀랍게 구체적인 본질이다. 일본 사람은 감수성을 집약하는 뛰어난 소질 덕에 상상력이 부족하기는 해도 사실상 궁정인이 완벽하게 진술했다. 그들은 펭귄처럼 자연스러웠다. 펭귄은 남극의 빙하 위에서 예절 바른 생활을 하지 않던가.

옛날 일본 상류사회에서 가구와 여자의 복장은 계절에 따라 어울리도록 바꾸었다. 밖에서는 눈 내리고 한파가 몰아치는데 집안은 여름 분위기인 법은 없었다. 위스타리아가 활짝 필 때 일본 귀부인은 절대로 국화 피는 가을 옷차림을 하지 않았다. '중국적 조화'와 같은 생각이다. 단, 일본에서 깊이는 덜하거나, 깊이가 있더라도 겉만 보여준다. 괴테가 "화가는 '때깔'로만 사물의 의미를 포착하고 그려낸다."라고 했던 것과 같다.

일본인은 하늘나라 걱정을 거의 하지 않는다. 그 대신 자연에 대한 놀라운 감정으로 지상을 낙원으로 가꾸었다. 난쟁이로 만든 일본식 분재를 보면서 프랑스식으로 반듯하게 손질한 나무처럼 어색하다고 느낄 수 있을까. 그렇지 않다. 거친 상처를 주지 않고 자연을 주변과 멋지게 어울리도록 바꾸어 놓은 정원사가 고마워진다. 취미가 고상한 사람이라면 그렇게 인정할 것이다.

자연을 지성으로 대하는 '감각'은 아시아에서 노자처럼 말하자면, 삶과 세계관의 바탕이다. 인도 사람들은 철학과 종교와 음악으로 다진 바탕이고, 중국 사람들은 문화로 그렇게 했다. 일본 사람들은 특히 눈에 띄는 것을 가꾸었다. 이런 점에서 그들은 본질적으로 아시아 사람이다. 동양 어디에서나 사람들은 인간을 자연에 통합된 일부로 생각한다. 그런데 서양에서는 그런 통합을 기본적으로 부인한다. 물론, 동양의 관념이 더 심오하다. 아시아 사람의 보편적 감정으로서만 어떤 것이든 배척하지 않고 포용하는 철학과 종교를 일으킬 수 있다. 그런 감정으로만 완전한 사회를 꾸릴 수 있다. 원칙적으로, 아시아 사람의 보편적 감정을 가진 사람이 가장 고상한 취미가 있는 사람이 될 수 있다.

사실, 취미란 비례를 제대로 이해하는 것 아닐까? 일본에서 공부한 사람의 눈으로는 유럽에서 주변을 둘러볼 마음이 동하지도 않을 것이다. 얼마나 야만스레 덧붙이기만 했는지가 주변의 배치와 걸맞은 곳에 놓인 것은 얼마나 보기 드문가! 그림들도 서로 뒤얽혔다. 유럽 사람치고 자기 방을 사람에 맞춰 생각하는 사람은 드물다. 커튼이나 조각이 아니라 그 방의 주인이 방을 값지고 개성 있게 하는 법 아닌가? 일본 건축물은 이런 점에서 창의력이 대단하든 아니든 현대 유럽 건물보다 우수하다. 일본의 사원은 주변과 하나가 된다. 서로 떨어질 길은 없다. 건물마다 능숙하게 배경과 하나가 되는 만큼 전체의 모습은 탐미로 넘친다. 서양 건축은 건물 자체는 우수한지 몰라도 탐미적인 면에서 이만 못하다.

특이한 점이 있다. 일본 사람은 유럽의 풍습과 복장으로 멋과 개성을 부리지 못한다. 서양의 옷은 낯설고 그 환경과의 관계를 모르기 때문이다. 이와 마찬가지로 언제나 사원에 많은 것이 담겨있다. 인간을 위해 만들지 않고 지고의 존재를 위한 것이라 조금 추상적이기 때문일까? 사람들은 장엄한 격식을 갖춰야 하는 엄숙한 때만 신전을 찾는다.

오늘, 나는 니시혼간지 사원[203]의 연례 행사에 참석했다. 엄청나게 화려하고 근엄한 행사가 열렸다. 일본 사람이라면 종교 축일에 당연히 이렇게 한다. 비범해야 하고, 신전의 축제에 걸맞게 금으로 눈부시고 으리으리하게 꾸민다.

일본 정원은 지극히 아름답다. 완벽한 정원이다. 그리스 신상만큼 고전적이다. 일본에서 왜 나무를 분재로 만들까? 작은 것을 특별히 좋아해서가 아니다. 비록 땅이 좁지만, 좁은 곳에서도 무한하게 트인 전망을 보고 싶어 하기 때문이다. 밀레의 풍경화 같다. 교토의 황실 정원처럼 꽤 넉넉한 공간에서는 배경에 나무들이 죽죽 뻗어 멀리 작아 보일 때까지 첩첩이 겹친다. 그 전경에서 매우 큰 나무들인데 멀리 거리를 두면 작아 보이듯 작아진 나무도 거대한 이미지처럼 보인다. 자연을 훼손하지 않고 특징을 존중하면서 다룬다면 그 결과는 얼마나 멋진가! 돌 몇 덩어리, 몇 그루 나무와 물줄기로도 예술가는 자연의 마술을 부리듯, 좁

---

203 西本願寺. 정토종 혼간지파의 본산 사원으로 떨어져 나간 히가시혼간지(동본원사)와 구별하려고 서본원사라고 불렀다. 혼간지는 1244년에 일본 불교의 성자 신란(親鸞)의 묘소에서 시작했다. 1272년 히가시야마(東山)에서 사원으로 또 1321년에 혼간지가 되어 다이묘에 맞먹는 봉건 세력으로 성장하였다.

은 공간에서 호기심을 훌쩍 뛰어넘는 아름다움을 보여준다.

날이 더울 때, 나는 마술 같은 정원에서 《겐지 이야기》[204]를 읽었다. 일본 군주들의 삶을 완벽하게 그려낸 중세 소설이다. 서구의 궁정에 이런 세련은 없다. 중국 궁정에도 없다. 일본에서만 가능한 동물적 직감과 최고의 예술적 경지에 오른 감각의 협연이다. 겐지 왕자는 달빛 아래서 즐길 때 페르시아 시인처럼 꿈꾸지 않는다. 그의 감각은 매복한 야수처럼 생생하지만 여전히 세련된 탐미주의자다.

나는 하루하루 세상에서 이보다 더 탐미적일 수 없는 나라의 매력에 사로잡혔다. 이곳에서 세상만사에, 사상의 왕국에서 사상에 빠지듯 빠져들었다. 모든 것이 내 영혼에서 중요한 것만 콕 짚어내며 조율해준다. 영혼에 맞춘 음악이라도 지어내려는 듯하다.

일본에서 맛보는 감각 덕분에 내가 매일 젊어지기라도 했을까? 그럴 수밖에 없다. 우리는 이 세상을 위해 이 세상에 왔다. 지상의 기능을 부인하기 위해서가 아니라 활용하려고 태어났다. 그러나 우리가 감각을 넘어서 너무 조숙하게 살려고 하면, 결과는 좋지 않다. 삶이 세속의 고비를 넘어서면 차츰 순수하게 지적 세계에서만 살게 된다. 그러다가 그 다시금 지상으로 하강하기 때문에 감각은 드세지기 마련이다. 자연의

204 《겐지 이야기(源氏物語)》는 일본 헤이안 시대 중기(11세기) 소설이다. 작가는 통상 무라사키 시키부로 알려졌지만, 여러 작가의 공동작이라거나 후대의 창작이라고도 한다. 54첩에 달하는 장편으로 800여 수의 와카(和歌)가 들어있다. 일본 문학 여명기의 걸작이다. 이야기는 헤이안 시대를 배경으로 천황의 아들로 태어나 신하 계급으로 강등된 히카루 겐지(光源氏)와 그다음 세대까지의 이야기다. 등장인물은 500명에 이르고 4대의 임금 70여 년에 걸친 장편이다.

과정은 축약할 수 없다.

일본에서 나는 정말로 만족했다. '해 뜨는 나라'에서 의미와 감각이 살아 있는 둘도 없는 세계에서 누리는 뿌듯함이다. 이 나라에서는 안과 밖이, 자연과 인간이 일치한다. 그래서 어떤 인상이든 원칙적으로 감각으로 직결된다. 그 조화는 최상의 리듬을 타고 나타난다. 이런 리듬이 끝이 없지 않다. 화합물이 일정한 크기와 요소의 조합으로 지속되고 천체의 체계가 일정한 무게와 거리로서 유지되듯, 선의와 만족감과 행복이 알맞은 리듬에 따라 최상에 이른다. 음악처럼 밖으로 표현하는 예술에서 이런 것을 쉽게 이해할 수 있다. 고전 곡일수록 천체의 조화처럼 천계에서 울리는 리듬을 탄다. 예민한 사람은 객관적으로 확인할 수 없을 듯한 내면의 감각을 체험한다. 예술가는 "걸작이란 절대적인 질서 덕분에 아름답다."라고 본다. 어떤 두 사람의 행복은 각자의 몸과 마음이 공감하는 정도에 달려 있다는 점이 중요하다. 각자의 본성의 결들이 함께 울려야 한다. 일본에서 인간이라는 주체는 자연이라는 객체와 완벽한 혼연일체로 어울린다.

가장 적절한 자연의 접점을 알려면, 일본 사람이 되어야 한다. 그런데 일본에서는 이방인도 누구나 일본 사람이 된다. 아무리 소극적인 사람도 그런 변화를 겪고야 만다. 극동의 특이하고 낯선 형식이 일단 자기 앞에 나타나면, 스스로 최고의 접점을 찾아 어렵지 않게 그 스타일을 이해한다. 그렇게 행복해지는 것은 관례로 엮인 관계 때문이다. 그리스의 스타일에 따라서도 마찬가지 관계를 설명할 수 있다. 만약 일본에서 일본적인 것이 우리에게 더 마음에 든다면, 그 특별한 스타일이 주변 환경과 썩 잘 어울리기 때문이다.

중국을 다시 생각해 본다. 하지만 지금 내가 생각하는 완성은 일본에서 특별하다. 이곳의 아름다운 형식이 비록 중국에서 건너왔다고 해도 중국 것이 아니다. 중국이 전성기에도 일본에서처럼 우리의 생기를 북돋을 수 있었을까? 얼마나 교훈적인 비교인가! 사실 귀중한 일본 문화는 대체로 중국에서 발명되었다. 그것을 더할 나위 없이 깊이 이해했던 곳은 여전히 중국이다. 일본 사람들은 불교 미술의 자발적이고 신성한 형태를 창작할 수준은 못 되었다. 깊은 배경을 갖고 있는 중국취미의 형식을 이해하지 못했다.

그러나 '큰 뜻'은 중국이 아니라 일본에서 철저하게 현상을 꿰뚫었다. 일본 불교 사찰은 중국 어디에서도 볼 수 없는 그윽한 분위기에 싸여있다. 그 형태를 개발한 중국 사람이 접근할 수 없을지 모른다. 세련된 예절은 중국에서 시작되어 체계와 깊이를 얻었다. 하지만 일본에서는 완벽하게 구현되었다. 중국인은 자연스런 감수성이 부족하고, 그 신경 조직은 섬세한 떨림에 둔감하다. 미감이 매우 발전했는데도 불결함을 아랑곳하지 않는다. 조화를 깊이 이해하면서도 그것을 절대 자기 감각으로 삼지 못한다. 사람이야 정중하다. 일상에서 항상 타인을 존중한다. 그렇지만 예절이라는 형식을 엄하게 지키려는 배려일 뿐 타인이 어떻게 생각하든 관심은 없다.

어떤 중국 여자가 유럽 여자를 찾아갔을 때, 유럽 여자가 놀라고 말았다는 이야기가 있다. 자기 앞에서 고개 숙여 인사하기는커녕 등을 돌리고 인사말을 했기 때문이다. 예법대로라면 손님을 맞는 유럽 여자는 방의 맞은 편, 즉 남향에 서 있어야 했다. 사실, 중국 여자는 주인 여자가 제자리에서 자신을 기다리지 않은 줄 알고 몸짓으로 반박했던 것이다.

교토를 대표하는 사찰인 긴카쿠지 법당, 오가와 가주미, 1893년

일본에서는 섬세함이 지극히 발전했다. 감수성이 이곳처럼 미묘하고 세련될 수 없다. 일본은 중국이 뿌린 것에서 가장 훌륭한 결실을 거두었다. 일본에서 조화에 대한 생각은 살아 움직이는 현상에 끼어들어갔다. 이런 모습은 어디에서나 잘 어울린다. 리듬을 그렇게 잘 맞출 수 없다. 어디를 가나 편안하고 흐뭇해진다. 물론, 이 나라에서는 세부가 가장 중요하다. 곁에 있어야 할 것과 그렇지 않아야 할 것을 세심하게 분간하는 묘미, 친절과 불친절을 구별하는 미묘함이다. 일본인은 작은 것에 가장 두드러진 의미를 둔다. 그래서 큰 것을 받고 나서 그것을 준 사람이 접근할 수 없는 결과를 내놓았다. 사실, 동전의 이면이다. 어떤 사람이나 민족이 모든 장점을 다 갖지 못할 이유가 있을까? 지상의 여러 민족이 완전하다. 기초를 닦은 민족이 있고 그 위에 무엇이든 완성한 민

족이 있다. 어떤 사람이 밑으로 깔리는 소리를 내면, 다른 사람이 거기에 가락을 붙인다. 인류는 수많은 가수들의 대합창단이다. 철학자는 그 노래를 듣는다. 철학자가 커다란 한 세상을 알려면 돌아다니고 여행해야 한다. 그 하나가 되려는 시간 동안 펼쳐지는 멜로디가 너무 무겁다고 불평하지 말자.

나는 거의 정신없이 몇 시간 동안 골동품 가게들을 뒤졌다. 실내 장식품을 몇 점 구해 들여다보며 공상에 잠겼다. 어색한 일이다. 물건을 갖는 것은 별로 흥미 없다. 특히, 보기 좋은 것을 갖는 것이야 말할 필요도 없다. 억지로 보는 것보다 내가 볼 수 있는 곳에 있는 아름다움이 좋다. 친구 집에서나 박물관에서 보는 것이 좋다. 항상 눈앞에 있다면 거북하다. 값진 것일수록 더 그렇다. 예술 작품과 내 생활 방식도 서로 걸맞아야 한다. 귀한 작품 앞에 설 때마다 상상력은 거북해진다.

어떻게 가슴 속 깊은 무의식을 밝은 곳으로 끌어낼 수 있을까? 아주 솔직하게 내 앞의 공간이 텅 비어 있지도 않고, 거기 있는 걸작에 감각적으로 사로잡혀 있다면? 단순히 보기 좋은 것이라면 그렇게 크게 사로잡힐 일은 없다. 그것을 앞에 두고 볼 일도 없다. 여자 친구들과 함께 있는 것보다야 나을 테지만! 여자 친구들과 함께 있을 때 그들의 사는 모습이 별로 신통치 않다면 다른 생각이나 하게 되고 미숙한 행태에 짜증이나 내고 만다.

내 생활의 틀 안에서 바라는 것은 단 하나. 생활을 너무 의식하지 않았으면 싶다. 그래야 완벽하다. 따라서 지금 일본의 영향을 받으며 예술 애호가 노릇을 해보니 재미있다. 이곳에서 눈에 띄는 것마다 모두 사람을 위한 것이다. 모든 자연이 일상의 틀 속으로 들어온 모습이다. 어떤 것이든 이용하고 어떤 작품이든 구경꾼을 염두에 둔다. 특히, 교토에서 나는 별수없이 주변의 탐미적 분위기 속에서 지냈다. 그동안 나는 우리나라에서도 이런 것이 얼마나 필요할까 생각했다. 웃음이 다 나왔다. 나도 예술적 안목에서 아주 젬병은 아니니까.

오늘 오전, 경매사들의 도자기 품평회에 참석했다. 내가 그들이 눈독을 들이는 것에 까막눈일 수 있다. 하지만 나도 도자기에 대해 몇 마디 해보고 싶었다. 내 판단이 틀리지 않아 보였다. 주위에서 많은 암시를 받은 덕이다. 나는 원래 장식 미술에 둔감하다. 그래서 잠시나마 취미 있는 사람이 될 수 있어 좋았다. 그 기회에 일본인의 기질을 새롭게 이해했다.

괴테는 "연극은 관객에게 관객 자신도 희곡을 쓸 수 있겠다고 생각하게 하는 효과를 낳는다."라고 했다. 어떻게 그럴 수 있을까? 무대에서 펼쳐지는 극을 구경할 때처럼 강렬하게 사건에 집중할 기회가 드물기 때문이다. 또, 실제로 보고 있는 것이 머릿속에 떠오르는 것과 동시에 벌어지기 때문이다. 결국, 관객은 뜻밖에도 스스로 또 다른 극을 써 내려간다고 상상한다. 마찬가지 창작을 할 수 있다고 상상하겠지만 이것이 중요하지는 않다. 야만인도 예술 감각이 넘치는 환경에서는 자신을 '타고난' 예술가라고 자부하고 싶어 한다. 평소라면 몰라보던 것이 눈에 띄기 때문이다. 그러나 생각은 이보다 더 멀리 나간다. 물건을 들여다보다 보면 보는 눈도 함께 발전한다. 거기에서 그치지도 않는다. 관찰을 계속하다 보면 창조적 안목까지 트인다. 이것이 바로 일본 예술을 이해할 만한 비결이다. 일본 사람은 과거의 중국 사람처럼 무엇을 만들어내는 소질을 타고나지 않았다. 하지만 결국 창의적 인간이 되었다. 기법과 상상, 창작과 감상은 전체적으로 똑같은 심리의 일부일뿐이다. 강한 상상력은 필요한 표현 수단을 찾게 된다. 기법이 완전한 곳에서 정신과 감각은 저절로 솟아난다. 완성작을 관찰하는 사람은 결국 그 영감을 받는다. 그런데 일본 사람들은 두 가지 자질을 타고 났다. 독특한 관찰력과 모든 기법에 뛰어난 거장의 솜씨다. 그 덕분에 자신들이 겨루고자 했던 다른 민족들의 발명을 자기 것으로 소화했다. 더구나 독자적 사상이 없이 사상까지 표현했다. 그전에 없던 사상까지도 표현했다.

내가 얼마나 일본 사람이 다 되었는지 모르겠다! 여기 사람들의 감각이 내 것이 되었다. 나는 그 탐미의 세계에 적응하면서 많은 것을 주목했다. 나는 생각하는 사람에서 보는 사람이 되어 버렸다. 눈에 보이는 세계는 얼마나 풍부한가! 지금까지 나는 세상에서 드러나는 것보다 숨은 것이 더 많다고만 생각했다. 눈에 띄는 현실은 영혼과 정신에 비친 세상보다 빈곤하다. 그러나 지금 이 세상은 놀랍도록 풍요롭다. 그것을 보여주는 수준과 중요성은 그것을 보는 사람에 달렸다. 선과 색의 어울림에서 교묘한 연상 못지않게 많은 의미를 짚어낼 수 있다. 그러나 이것은 물론 또 다른 의미의 세계다. 신들은 자기들만의 어조로 말한다고 한다. 가능한 일이겠지만, 그럴 때 신들이 우리와 똑같은 이야깃거리를 늘어놓을까? 항상 관찰하며 사는 사람들은 눈에 보이는 세계를 완전히 별도의 세계라고 생각하지 않을까? 누구나 화가의 경험을 하기는 어렵다. 사상가의 경험도 구체적 세계와 공통분모가 없다. 결국, 눈앞에 보이는 풍요함을 느끼자면 일본 화가처럼 본능으로 사물을 간파해야 한다. 당분간은 그렇다. 하지만 이런 방향이 오래갈 리 없다. 물론, 내 속에도 일

비와 호수 진경, 아돌프 데마이어, 1910년경

본 정신의 가능성이 있다. 사람은 누구나 자연스러운 모든 것을 마음에 품고 있다. 누구라도 고의든 아니든 잠시 호랑이도 노루도 폭포도 풀도, 또 지진도 될 수 있다. 그 사람이 어떤 점을 강조하느냐에 따라 그렇게 된다. 어쨌든, 결국 각자는 개인으로서 자기 자리에서 살아갈 뿐이다. 그것만이 자기 깊이의 진정한 표현 수단이다. 너무 낯선 것에 빠지게 되면 이론처럼 비생산적이다. 가고 싶은 곳으로 가지 못한다.

오늘 오후, 몇 시간 동안 숲이 우거진 동산, 만발한 진달래밭에 앉아 있었다. 그 앞에 넓은 비와호[205]가 펼쳐진다. 나는 다시 한번 더 보는 사

205 琵琶湖. 교토 북쪽에 있는 일본 최대의 호수다.

람이 되었다. 식물의 순수한 모양을 볼수록 일본 그림처럼 보였다. 선마다 뚜렷이 느껴졌다. 그러나 생각을 집중할수록 눈앞의 세계는 사라졌다. 어쨌든 완전히 사라지지는 않았다. 눈앞에 보이는 것에서 예술로 보이는 것만 남았다.

분명히 이해하게 된 것이 있다. 눈앞에 '나타날 수 있는' 현상이 고유한 사실이다. 나는 다시금 생존의 바탕이 되는 힘을 접했다. 사물의 변화와 쇠퇴의 추진력이다. 내 앞의 것을 깊이 생각할 때 종종 그랬듯이 나 개인의 중심을 가능한 지키려 하고, 내가 전체로서든 아무것도 아니든, 아니면 그 모든 것의 일부로서 현실감을 느끼게 된다. 이렇게 놀라다 보면 여느 때처럼 슬퍼진다. 우리의 머리로는 도저히 알 수 없는 것을 본다는 것은 슬픈 일이다. 나는 왜 신이 아닐까? 그럴 힘이 없으니까! 형이상학자와 신성의 차이는 어마어마한 에너지뿐이다. 만약 내게도 그런 힘만 있다면 내 생각을 구체적으로 빚어내고 이 세상에서 저 세상으로 끝없이 생각을 펼치지 않을까. 아무튼, 내가 좋다고 해서 나 자신이 마냥 일본 사람일 수 없다. 나는 이해하지 못하는 한계에 압도된다. 새로운 내 모습마다 과거의 나는 결국 가면을 벗어던진다. 종종 기운이 다 빠지기도 전에 그렇게 된다. 만약 내가 순수하게 바라보기만 하는 사람이라면, 신비주의자처럼 현실에 환상이라도 품었을 것이다. 조리 있게만 행동하려 하지 않고, 어느 날 그 한계를 정말로 깨트려버릴 만큼 변할 때까지 의식의 한계조차 느끼지 못한 채 오랫동안 가능성만 생각했을 것이다. 딱하게도 나는 이런 해법을 찾기에 너무 활동적이다. 최선을 다해봐야 자신을 뛰어넘지 못한다. 교육으로 달라진 '나'라는 사람뿐이다. 최소한 일하는 동안 자신을 잊곤 하는 도구에 불과한 나 자신이다.

일본 무용제에 참석하기 전까지 나는 인간의 몸으로 그토록 찬란한 모자이크처럼 완벽한 리듬을 짜내리라고 상상도 못 했다. 공연장 좌우로 현금 연주자들과 고수(鼓手)들이 자리 잡더니 모두 같은 자세로 앉아 똑같은 박자에 맞춰 통일된 리듬을 꿈틀대는 띠처럼 펼쳤다. 게이샤들은 무대에도 오르고 객석에도 죽 늘어서서 함께 상징적 몸짓을 반복했다. 영원히 되풀이하는 몸짓이다. 중세 천국도(天國圖)의 천사들 같다. 그 어느 때보다 여기에서 자연은 완전히 자신으로 돌아가 자신만의 리듬을 타고, 단순한 곡선만으로 화려하게 피어나며 생기에 넘친다. 나 자신까지도 부풀어 올랐다. 모든 굴레와 거추장스러운 장애를 훌훌 벗어 던진 듯했다. 모든 의지가 행복하게 조화를 이룬 듯.

반주는 유럽 사람에게 아름답게 들리지 않지만, 구경거리 자체가 곧 한 편의 악곡이다. 나는 처음으로 선과 색의 움직임이 음향 효과를 낼 수 있다는 것을 알았다. 유럽의 발레는 그런 효과를 내기에 너무 외적이다. 발레리나의 반주에 맞춘 자세는 흉내 아니면 해석이다. 즉흥적으로 우러나는 표현이 아니다. 에밀 자크달크로즈[206]의 이상은 이론으로나 실현할 수 있다. 그나마 절반이나 이룰 수 있을까? 유럽의 무용수는 아무리 좋은 교육을 받았어도 자의식이 강하다. 유럽 사람은 자신이 어떤 '인물'이라는 점을 절대 잊지 않는다. 그런데 일본에서 이상은 실제로 이뤄진다. 게이샤들이 춤을 추기 때문이다. 타고난 소질에 교육까지 받은 게이샤들은 자신을 잊은 채 매혹적인 인상을 빚어내며 수수께끼처럼

---

206 Émile Jaques-Dalcroze. 1865~1950. 스위스 음악가로 몸의 움직임을 통하여 음악을 체험하고 익히는 유리드믹스(Eurhythmics)를 창안하여 근대 체조의 계기를 만들었다. 1911년 드레스덴에서 리듬 · 음악 · 체육 학교를 창립하여 근대 무용 및 음악 교육에 새로운 장을 열었다.

엮인 '아라베스크'를 재현하면서 무심히 동작을 따라한다. 그것을 보고 있으면 그 여자들 각자의 혼이 있는지 의아해진다. 표현해내는 것이 곧 그 여자들 자신이다. 현이 튕기는 대로 색을 더하면서 각자 무심한 장식 요소로서 어울린다.

게이샤를 존중하는 민족은 복 받을 만하다. 경멸하거나 환락의 수단으로나 삼지 않고 여사제로 삼는다. 게이샤 자신은 비천한 도구일지 모르겠지만 높은 창조 수단이 되었다. 게이샤는 과거의 형식을 가꿀 의무와 특권이 있다. 그렇게 신성한 것을 지킨다. 항상 일본의 혼을 완벽하게 표현하는 의례와 춤을 새롭게 하면서 오랫동안 살려놓았다. 게이샤만 그렇게 할 수 있다. 어떤 관계에 얽매이지 않고 의례와 축제를 위해 '세포'처럼 산다. 게아샤 같은 인간형은 형이상학적으로 자기중심이 없다. 게이샤는 상대적 존재다. 어떤 개성도 없이 살아간다. 그래서 자율적 인간이 하지 못할 것을 한다. 개인의 인격을 뛰어넘는 것을 완벽하게 형상으로 보여준다.

공연 시작 전에 다례(茶禮)를 가졌다. 감탄하지 않을 수 없는 구경거리였다. 소박한 사람들이 차를 마시는 복잡한 절차를 깊이 이해했다. 이런 형식 감각이 살아 있는 한 일본의 혼은 죽지 않으리라. 하지만 여기에서도 서구의 사례를 따른다면 어떻게 될까? 유럽에서 심지어 교황조차 형식의 깊은 뜻을 이해조차 못 하는데! 왕과 왕자들은 최악이다. 영국만 자랑스런 예외였다. 영국에서만 완벽한 지성이 다른 예술적 본능과 똑같은 결과를 낳는다. 영국 사람들은 형식이 내용을 재현할 뿐만 아니라, 내용이 힘을 잃을 만큼 더 큰 에너지로 자신이 이해하는 것을 실용화한다. 오늘날 누구도 권위를 신성하게 믿지 않지만, 영국은 권위의 원초적 위신을 대외적으로 당당하게 확신한다. 눈으로 보는 것은 마음을 울리기 때문이다. 대영제국을 하나로 묶고 있는 관계가 느슨해질수록 각 지역마다 떨어져 나간다. 그러면 그럴수록 정부가 전면에 상징으로 나선다. 그래서 영국의 왕은 사실상 공무원과 다름없고 장관들만 한 힘이 없어도 필요하다면, 자한 샤[207]가 부러워할 만한 장엄한 광채에 둘러싸인다. 물론 이런 방법이 이제 어디에서나 통하는 것은 아니다. 영국 사람들은 독일 사람들이라면 받아들이지 않을 형식을 차린다고 자기들도 인정한다. 그렇다고 독일 사람들이 더 자유롭지도 않다. 영국 사람들이 좀더 교양이 있다는 뜻이다. 내면에 품은 의미가 정말로 사실을 만들어 낸다. 어떤 형식을 자유롭게 받아들일 때 더 고상하고 새로운 현실 세계가 드러난다. 사람들은 그 자체로서 절대 감지하지 못할 현실을 형식을 통해 의식한다. 일본 사람들 사이에서도 여전히 자명한 진실이다. 이런 진실이 계속 살아남을까? 최악이 되지 않을까 걱정이다. 일본 사람들은 그 진실을 이해하지 못하기 때문이다. 그 진실에 충실하면서도 자신들이 무엇을 하고 있는지 모른다. 만약 어느 날 그들이 그 의미를 묻게 된다면, (조만간 그렇게 되겠지만) 분명 오답이나 내놓기 십상이다. 실증적이라 이성으로 즉각 알아볼 수 없는 것을 인정할 줄 모른다. 일본 사람들은 서양 사람들보다 상징적 의미를 훨씬 어렵게(더욱 신비스럽게) 찾아낸다. 일본 사람들은 유럽 사람들을 대체로 매우 미신적인 눈으로 바라본다.

---

207 Muzaffar al-Din Jahan Shah ibn Yusuf. 1397~1467. '카라 코윤루', 즉 흑양(黑羊) 왕조의 군주. 오늘날 이란 북서부와 아제르바이잔, 이라크, 터키 동부에 이르는 지역의 패자(霸者)로 아제르바이잔의 시조다.

게이샤 학원으로 다시 돌아와 보면(그 예절 교육제도는 공식적이고 엄한 권위로 통제된다), 유럽의 사회 개혁파는 이런 것이 아직도 있냐고 분개한다. 게이샤가 사실상 개성이 없다면 인간이 일개 부품에 불과할 수 없으니 그들에게 가르쳐 주어야 한다고 주장한다. 그러나 그랬으면 좋겠지만 사실은 그렇지 못하다. 대부분의 사람은 요소일 뿐이다. 요소로서만 자신을 완성한다. 특히, 게이샤의 품성이 그렇다. 고대 일본 사회가 이상적이라는 말이 아니다. 하지만 그 사회의 원칙이 주어진 여건 속에서 각 요소로서 개인들이 우리보다 더 높은 수준으로 자기를 실현했다. 마찬가지로 유럽의 창부들은 그 역겨운 제도 속에서 일본의 경우보다 훨씬 더 퇴행적이었다. 그뿐만 아니라 모든 사회 계층도 마찬가지다. 서구는 개인의 완성을 이상으로 삼는다. 그 수준은 높아졌을지 모르지만 완성에 도달하는 최상의 수단은 또 다른 문제다. 서구 사람들 대부분은 자기 의지대로 자기완성에 이를 만큼 개성화하지 못했다. (르네상스 이탈리아 시대에도 마찬가지였다.) 현대인은 전형의 완성에 유리하지 못한 만큼 개인들은 독립적이라고 하지만 과거처럼 두드러지지 못한다. 여자들이 특히 확실하게 그렇다. 여자의 본성이 자율적으로 완성되는 것을 남자가 알아보기는 무척 어렵다. 그런데 가장 위대했던 여자들은 남자와 신과 이상에 맞추는 재능 덕에 그렇게 되었다. 지금, 심지어 가장 시시한 여자들도 "완전히 자기만의 자신"이 되고 싶어 한다. 몰상식한 여자들은 (주견 없이) 자신이 속한 전형을 자랑스럽게 긍정하고 전형에서 완성을 찾을 때 가장 높은 수준에 이른다는 것을 이해하지 못한다. 자연과 역사의 예지가 새겨진 이런 형식(언제나 모르고 지나갈 뿐이며 의식적으로 확인하기도 어려운 '개인적 이상')은 '개별적 이상'보다 더 완전하게 자기실

3인의 게이샤, 위그 크라프트, 1883년

현을 하도록 개성을 도와줄 수 있다. 요즘 여자들은 불과 얼마 전의 여자들에 비해 얼마나 뒤지는가! 오늘 유럽에서 가장 수준 높은 여자는 출생 신분이 높은 프랑스 여자로 대표된다. 이런 여자만 아직도 어떤 형식을 사실로서 표현할 줄 아는 교육을 받았다.

나는 밤마다 술집과 찻집을 돌아다녔다. 아침은 천장이 낮고 다다미가 깔린 방에서 시원하게 맞았다. 일본의 밤은 친근하고 매력으로 넘친다. 밤거리는 중국과 다르게 단조롭고 어두우며 조용하다. 눈길을 끌 만한 것도 별로 없다. 그림 같고 사람의 활기에 넘치는 중국과 딴판이다. 그대신 일본의 밤 생활은 거리를 벗어난 곳에서 벌어진다. 종이를 바른 벽(큰 미닫이문)은 그림자놀이처럼 안에서 움직임을 알아볼 수 있는데,

초저녁부터 새벽까지 활기가 넘친다. 밤마다 현금 뜯는 소리와 젊은 여자들의 웃음소리가 거리에 흘러 넘친다. 밤마다 분위기는 화려하기만 하다. 시골 여관에서 옆방과 아래층에 손님들이 끝없이 웃고 떠드는 바람에 한시도 조용히 눈을 붙일 수 없다. 도시에서도 늦은 시간에 후미진 동네를 돌아다니면서 게이샤들의 재잘대는 노래를 들었다. 게이샤들은 깜찍한 아이들처럼 분장하고 우아한 몸짓으로 노래한다. 일본에는 유럽에 없는 인상적인 분위기가 있다. 플로베르의 말이 옳다.

> 어딘지 모르는 침대에서 잠을 깬 적도 없고 베개 곁에서 다시는 못 볼 여자의 얼굴을 본 적이 없는 사람은 어딘가 덜 된 사람처럼 보인다.

플로베르는 이런 경험을 '주검의 춤'의 절정이라고 생각했다. 유럽의 창부들은 진정한 환락에서 나오는 멋과 매력을 모른다. 경멸이나 받으면서 영혼이 살아 있을 때는 비쩍 마른다. 정말로 즐겁게 살지 못한다. 그러기에는 생각과 걱정이 너무 많다. 그래서 그녀들의 환락은 공격적이다. 사랑의 기술이 얼마나 뛰어나든 항상 천박하다.

일본에서는 저급 창부조차 절대 천박하지 않다. 모든 여자다운 멋을 동경하는데, 순수한 여성 교육의 지극한 결과다. 예술을 위한 예술 같다. 일본 여자는 돈과 이방인에게 자신을 바치는 것을 치욕으로 여기지 않는다. 남자는 환락가를 드나드는 것을 창피해하지 않는다. 환락가에 순진한 쾌활함이 넘친다. 유럽에서 성탄절 '트리' 옆에서 좋아하는 아이들 같다. 일본 유흥가로 처음 들어가는 유럽 사람들을 유심히 살펴보면 배울 점이 많다. 그들은 우선 사악한 골목으로 들어섰다는 칙칙한 표정을 짓는다. 그러나 오래가지 않는다. 우악스러운 사람들도 금세 여자들과 맞장구를 치며 순진한 재미에 빠지고, 자기네 나라에서 못된 놀이라 생각하던 감정은 사라진다. 이곳에서 순수한 것을 대할 때 불순한 것은 아무것도 없다. 정말 맞는 말이다.

일본 사람들은 성욕을 당연히 채워야 한다고 생각한다. 성행위 자체를 역겨워하지 않는다. 여자들은 어느 남자든 가리지 않고 사랑하는 일을 수치스러워하지 않는다. 이곳 여자들은 불순하지도 더럽지도 않다. 손님은 그 집을 떠나면서 여자들의 솔직한 배웅을 받는다. 이럴 때 유럽 사람의 감정은 일본 사람보다 얼마나 유치한가! 물론, 창부의 존재와 그에 관련된 문제는 분명 나쁘다. 그러나 완전히 없애기 어렵다. 인간 본성이 엄연히 살아 있는 한 결혼 이외의 육체적 사랑을 포기하게 하려는 시도는 성공하기 어렵다. 이것을 다른 사악한 것으로 대체해보려고 해봐야 종종 더 나빠진다. 차라리 일본처럼 못된 짓에서 악한 성질을 없애버리는 편이 더 낫지 않을까? 어떤 못된 짓이던 그런 생활은 결국 결과가 잘못되는 일이 많다. 그러나 남자들은 혼전에 절제하며 살지 못하고 또 여러 여자와 사랑하고 싶어 하는 본능이 어떻게 사라질까? 여러 남자를 사랑해야만 행복해하는 여자들이 있는 것과 똑같다. 기왕의 것보다 더 나빠지기나 할 방법으로 이런 문제를 해결하려고 하지 않는 편이 더 좋지 않을까?

일본에서 창부가 순수한 영혼을 간직할 수 있다. 창부가 여러 남자와 사랑한다고 반드시 영혼까지 썩지 않는다. 환락가에서 나와 보통 시민의 집에 들어가 살기도 한다. 일본에서 청춘이 끝나면 그만일 듯한 늙은 창부도 몹시 삭지는 않는다. 창부는 공식적으로 인정받는다. 다른 사람들과 똑같이 그 나름의 대우를 받는다. 특정 직업으러서 환경에 따라 새로워진다. 창부의 일은 일종의 공무다. 그래서 어떤 계급에서도 볼 수 없는 특별한 자존심이 있다.

게이샤는 춤과 자세와 놀이라는 일본의 해묵은 전통을 지키는 살아 있는 혼이라는 특권을 누린다. 창가(娼家)는 그 직무를 맡고 있다고 인정받는다. 그곳에 학원을 두고 전통 기술과 예법을 가르친다. 교토의 창가는 문화재로 지정되었다. 초기 왕조부터 수 세기 동안 운영되었다. 나라의 거물급 인사들이 이곳을 찾아와 한시름 돌리거나 중요한 일을 은밀히 꾸미기도 했다. 유명한 화가들이 벽화도 그려 놓았다. 영국 왕가의 성들처럼 방마다 고유한 이름을 붙였다. 아무튼, 그곳에 사는 사람들은 세련된 예절을 지킨다. 숙녀들은 패션과 취미와 궁정 양식에 따른 어법도 익힌다. 공인된 게이샤들은 천황의 연례행사 때 제일 앞자리에 초대받는다.

성(性) 문제에서 일본의 입장은 내가 접한 것만 볼 때 유럽보다 낫다. 더 나을 뿐만 아니라 이상에 가까운 그 관념조차 유럽보다 훌륭하다. 이런 점에서 일본인만 한 자세를 본 적이 없다. 사실 유럽의 사회 개혁파는 동의하지 않겠지만, 그들은 일본인의 생각처럼 이 문제를 정면에서 다루지 못한다. '부도덕'을 일소하면 좋아질 수 있다고 주장하지만 사라진 적은 없다. 반면, 이곳에서는 전락한 여자들을 동정한다. 창부의 자존심을 세워 주려고 노력한다. 미혼모는 과거처럼 끔찍한 운명을 걱정하지 않는다. 그렇다면 기독교의 인류애는 어떻게 된 것일까? 가능한 사악한 성격을 제거하면 타고난 악행도 고칠 수 있다는 주장은 어떻게 되었을까? 전락한 여자로서 창부 생활을 수치스러워하지 않는 여자는 끝없이 몰락하는 것만은 아니다. 도덕을 바로 세우자고 주장하기보다는 부정을 긍정으로 바꾸는 세계를 만들어야 한다. 어떤 형식에나 긍정적 뜻이 있다. 이런 새로운 조화가 새롭고 나은 현실을 낳기도 한다.

어제 했던 생각을 다시 해보았다. 유럽 사람들의 정조 관념은 아시아 사람들보다 극히 거칠다고 했던 중국 사람의 주장이 크게 틀리지 않은 것 같다. "유럽 사람들은 자기 본성에 위배된 생각을 한다."라는 것이다. 그러나 "더욱 부드러운 동양 사람들은 주로 식물처럼 생활하기 때문에 동물성은 덜하며, 따라서 아무 위험 없이 자연스럽게 생각할 수 있다."라고 한다.

사실 그렇다. 동양에서 비정상적인 사람조차 보통의 유럽 사람처럼 감성이 거칠지 않다. '때'를 별로 가리지 않는 유럽의 분위기에서 감수성은 병적으로 심해진다. 멀리에서 한동안 살다 돌아가 본 사람은 그렇게 본다. 프랑스 사교계에서 청순해 보이는 드레스를 입고 추는 무용이 일본 창기의 춤보다 더 관능성이 짙다고 과장하지는 말자. 유럽 여자들은 낮에 입는 아랫도리부터 청순하게 차려입는 모습까지 항상 남자의 눈길을 끌려고 가꾼다. 남자를 정복하려고 도발적으로 차려입는다. 유럽의 문화를 뭐라고 하든 그 고유성을 띠는데 여자의 역할이 가장 중요했다. 그래서 문화 생활마다 '에로티시즘'의 자취가 남아 있다. 사람들은 이런 것이 요즘에 점점 더 우세해진 사랑을 더 자유롭게 생각한 결과라고 생각하지 않는다. 심리적으로 부정은 긍정과 똑같다. 청교도적 순결은 방종한 사람의 냉소와 같은 뜻이다. 이 문제에 중국 친구는 정확하게 "유럽 사람들의 정조 관념은 지나친 관능의 껍데기"라고 했다. 우리의 본능을 어느 정도 억누르자면 순결관이 필요하다는 그의 주장은 사랑을 원죄로 생각할수록 그만큼 더 사랑에 지나치게 흥분한다는 점에서 일리 있는 말이다. 애정 행위에 거부감이 적은 프랑스 사람들은 더 솔직하다. 그래서 영국과 독일 사람보다 더 순수하다. 다른 곳에 없는 감각 문화가 지배한다. 육체적 사랑의 역할도 매우 중요하다. 아무튼, 야만이나 위선이 대체로 고정관념보다 덜 해롭지 않을까? 곧이곧대로 본능에 따른 관념은 본능을 고상하게 하는 데 장애가 된다.

정도는 덜하지만 오스트리아와 남부 독일도 마찬가지다. 북부 독일은 이들만큼 관능적인 편은 아니다. 그러나 조금 차이가 나는 탓에 그렇게 보일 뿐 본능이 약한 편은 아니다. 이들은 개신교 사고방식을 물려받아 종종 사랑에 죄의식을 갖는다. 원죄에 대한 편견이 적은 사람도 그다지 자유롭게 놀 줄 모른다. 본능에 휘둘리지 않는 식으로 행동하고 결국 최고가 된다. 교육으로 원초적 태도가 달라졌기 때문이다. 거친 욕정은 긴장된 힘이 된다. 이런 점에서 성행위를 원죄라고 생각하는 것이 유럽인에게 나쁘지만 않다. 불가피한 편법이다.

유럽 여행자들 대부분이 돌아와서 두드러지게 떠드는 말이 있다.

"아시아 사람들이 기독교도보다 더 관능적이고 음탕하다."

사실은 정반대다. 정신적으로 억누를 줄 모르는 동물의 애욕을 누가 경멸하고 비난할까. 동양 사람들은 서양 사람들에 비해 덜 관능적이다. 그들은 본능적으로 거칠지 않다. 서양보다 사랑을 더 자주 할지 모른다. 자연스러운 일이다. 기후 조건에 맞는다. 분명, 중국과 인도에서 '사랑의 기술'(방중술)은 수준이 높다. 그러나 기술 자체보다 그것을 중시한다는 점이 중요하다. 동양 사람에게 육체적 사랑은 서양 사람만큼 중요하지 않다. 성욕이 있고 그것을 채우는 것은 자연스러운 일일 뿐이다. 그래서 의식적으로 몰두할 필요가 없다.

동양 환락가의 분위기는 유럽의 무도회장보다 얼마나 담백한가! 유럽에서 여자가 신발만 벗어들어도, 일본 여자가 완전히 옷을 다 벗는 것과 같은 뜻이다. 세련된 대도시 숙녀들은 남자들에게 매우 공격적이다. 동양에서 감히 상상하지 못할 정도다. 인도는 어떨까? 성 문제를 성숙하고 현명하게 풀어나간다. 위선적인 기독교도보다 진지하게 접근한다. 자연을 해치지 않는 인도에서 수천 년 전부터(프로이트 박사가 얼마 전에야 알아냈다) 알고 있던 것이 있다.

"아무리 잘못된 생각이라도 솔직하고 진지하게 털어놓는 것에 비해 억눌린 것이 훨씬 위험천만하다."

인도에서 요가 수행자라면 노인이 아닌 한 수도원의 독신 생활을 나쁘게 본다. 자연스러운 본능의 정상적 분출은 억압되기는커녕 권장된다. 사랑을 원죄나 역겹게 보는 금기는 전혀 없다.

그 대신 사랑을 신성하게 보는 것으로 세운 높은 벽이 있다. 사랑은 본질적으로 신성하며, 인도에서 관능 이미지는 포르노그래피가 아니라 신상(神像)이다. 특별히 성스러운 숭배의 대상이다. 사랑하는 사람들은 신앙심에 결부되고 애욕은 영적으로 승화된다. 그래서 기독교에서 죄를 짓는 행위라고 생각하는 것으로 인도에서는 신앙심을 키운다. 창가를 드나드는 것조차 불가피하다면 신성시한다. (누구나 조혼하기 때문에 우리보다 그렇게 자주 드나들지 않는다.)

정조를 어겼다며 속죄하는 사람들은 애욕 문제에서 완전히 자유롭지 못하다. 그것을 인위적으로 억제하면, 그들의 상상력은 순결해지기는 고사하고 오히려 어두워진다. 성 안토니우스[208]가 그 대표적 사례다.

그래서 인도 사람들은 본능을 채울 때 신에게 자신을 바치듯 창부에게 호소한다. 창부들은 신성한 사랑으로 대해 준다. 어디에서나 똑같은 뜻을 보여준다. 사랑을 그렇게 해석하기 때문에, 엉뚱한 소리로 들리더라도 건강한 믿음으로 하는 사랑은 자연스러운 관계 속으로 뛰어드는 것이므로 자유에 목마른 사람의 발목을 잡지 않는다. 이렇게 인도에서 왕자들은 예외겠지만, 담백한 분위기에서 철학과 종교의 명상이 훌륭한 결실을 맺었다. 성생활에 한계가 있다면 그것을 전체적으로 자제하는 가운데 자연스럽게 되찾는 사람보다 우수한 일을 해야 할 때뿐이다. 어떤 식으로든 억압보다 본능을 정상적으로 발산하게 하고 정당화하는 것이 성충동의 과장을 막는다. 과장하면 사실상 독이 오르게 된다. 서양에서는 결혼만 본능을 발산하는 공인된 수단이다.

혼외 성생활을 한다는 것은 동양의 영원한 영광이다. 환락가의 분위기는 서양의 여느 선량한 가정처럼 수수하다. 정말 그렇다. 동양적 부덕의 증거라는 것이 사실 어디 있을까. 증명할 수 있는 것은 없다. 모든 것이 어떤 의미를 띠느냐에 달렸다. 일본 사람의 방종이라면 불감증에 걸린 영국 여자들의 순결관이나 거의 마찬가지 뜻이다.

동양의 훌륭한 제도를 서양에서 채택할 수 없다. 우리가 더 나아서가 아니다. 우리는 너무 거칠다. 게다가 기독교적 금욕 사상에 젖어 있다. 특히, 너무 '무미건조'하다. 우리는 사실 자체를 그 의미보다 중시한

---

208 Antonius. 251~356. 대(大) 안토니우스라고도 한다. 4세기경 이집트의 기독교 교부이자 수사로 알렉산드리아의 주교 아타나시우스가 《성 안토니우스의 생애》를 통해 기도와 금욕으로 신에 순종하는 수도자의 모범으로 삼았다.

다. 아무튼, 우리는 정신적으로 솔직하다. 우선 어떤 사랑이든, 사랑은 아름다움에서 시작된다는 것을 선뜻 과장하지 못한다. 사랑을 위해 자유롭게 살든, 모성의 기쁨을 누리는 여자의 당연한 권리로서든, 전통적 속박을 편견 정도로 본다. (말썽 많은 단계이지만) 정상화하는 첫 단계다. 자유롭고 긍정적으로 생각하는 길이므로 그렇게 될 것이다.

물론, 결혼이 점점 더 아이를 낳는 데 필수 조건은 못 된다. 처녀의 순결이 명예와 치욕의 기준도 못 된다. 여자는 더 자유로워지고 남자는 자기 나름의 준법에 따를 것이다. 그러나 오래된 사회 형식은 사라지지 않고, 이전과 다름없이 양적으로도 크게 달라지지 않을 것이다. 단, 그 형식과 나란히 또 다른 형식들이 정상적인 것으로 간주하지 않을까?

문화가 진보하면 여러 생존 방식에 대한 요구도 줄어든다. 자기가 사는 방식이 정당하다고 느끼기 때문이다.

조금이나마 눈썰미 있는 사람이라면 나비에게 하마의 장점을 요구할 리 없다. 일본 여자는 보기 드물게 완성된 모습이다. 그 장점을 일일이 들지는 않겠다. 다른 사람들처럼 나도 객관적 입장을 지킬 자신이 없다. 일본 여자의 분위기는 너무 좋아 결점을 찾기 어렵다. 있는 그대로 우아한 여자들로 보게만 된다. 일본 여자들은 정말로 솔직하려 하고 감수성은 매우 세련되었다. 이런 면에서 극동 아가씨를 동경하는 유럽 아가씨가 몇이나 될까. 유럽 여자들은 즐기려고나 한다. 여자로서 유혹하면서 지적인 면을 비롯한 나머지 자질은 유혹할 수단으로나 삼지 않을까? 여자들은 지적 관심만 갖는 듯 보이지만, 사실 복잡한 자극 수단이 통하지 않게 될까 노심초사한다. 여자들의 세계에서 뛰어넘기 어려운 초조함이다. 그 여자들이 일본 여자들처럼 처신하지 못한다. 그래서 번번이 변변한 성공도 못하고 목적을 이루지도 못한다. 요즘 처녀들은 순진해 보이려고 하면서도 지나치게 완벽함을 의식한다. 게다가 순수한 멋만으로 살기에는 아는 것이 너무 많다. 특히 자연스러운 일이지만, 쉽게 자기 성취를 이룰 방법이 많다. 현대 서양 미녀의 매력을 제대로 성장한 일본 여자가 겨룰 수 없을지 모른다. 그러나 미모만 고려하면 될까? 형식에 걸맞은 바탕이 따라야 미모도 제값을 한다. 그런 미인이라면 옛 중국에서 최상의 모범을 볼 수 있다.

일본 여자에게 형식은 무기력하다. 일본 여자의 개성은 특별하지 않다. 그래서 유럽 여자에 비해 개성은 뒤지지만 완성도라면 누구도 따라갈 수 없다. 과거의 전형에 속하던 수많은 유럽 여자도 일본 여자들만 못하다. 현대 유럽 여성은 자기만의 이상형을 어렴풋이 보여줄 뿐이다. 일본 여성의 손을 들어줄 수밖에 없다. 하지만 조만간 이런 일본 여자도 옛이야기가 될 것이다. 유럽 귀부인들이 벌써 그렇다. 미적으로 둔하지 않은 남자라면 우울해할 수밖에 없는 전망이다. 일본 여자가 사라진다면 세상에서 가장 그윽한 매력이 사라지는 셈이다. 아무리 애써도 그것을 대신할 여성이 다시 나타나지 못하리라.

유럽 여자는 일본보다 높은 지위로 생활한다. 자신을 드러내고 장점을 알릴 기회도 많다. 가정생활 수준은 일본이나 아시아보다 높다. 일본 사람들이 미처 생각하지 못하는 면이 있다. 기본적으로 서양 현실의 추상적인 장점을 구체적인 것에서 찾으려 한다. 최상의 제도가 반드시 최상의 현실을 낳지 않는다. 오히려 현실을 너무 쉽게 파괴한다. 과거처럼 현재에도 일본 여자는 완벽해 보인다. 그 의식은 그 자신과 하나다. 미

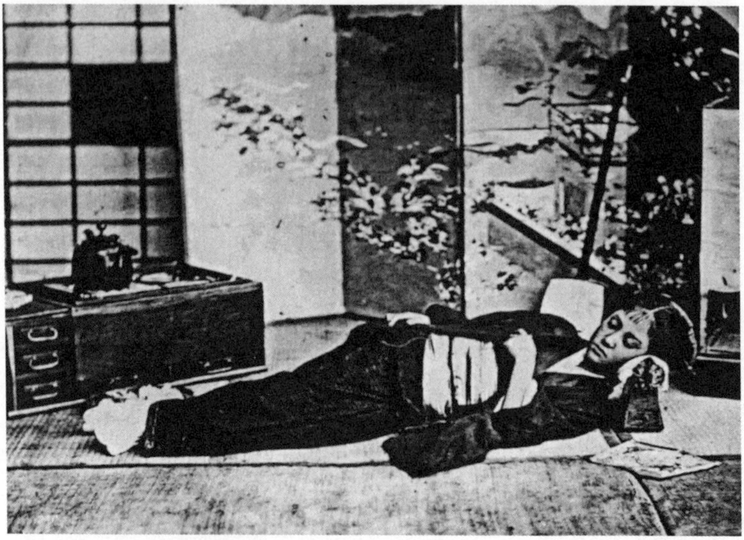

다다미 방에서 쉬고 있는 일본 처녀, 위그 크라프트, 1883년

국 여자처럼 행복하다. 게다가 자질로 치자면 항상 변함없는 순발력을 보인다. 이것이 없다면 그 여자들도 없어지지 않을까. 그러면 지금까지 없던 것 대신 다른 소질이 나타나기라도 할까? 어림없는 일이다. 유럽 여자들과 마찬가지로 한번 잃어버린 소질은 두 번 다시 되찾지 못한다. 지금보다 더 새롭고 넓은 틀을 갖추기 어렵다.

삶은 결정하기 나름이다. 기존의 형식에 다른 것을 담을 수 없다. 어떤 형식이 좋으면 다른 형식이 싫어진다. 절대적으로 완벽한 것은 없다. 정해진 뜻이 곧 한계이기 때문이다. 그러나 장점은 결점보다 긍정적이다. 부정적인 면은 부자연스럽다. 비정상적인 것은 오래가기 어렵고 잠재적 유전으로만 지속된다. 그런데 부정적인 것에 명분상의 장점은 있다. 어떤 전형이든 퇴화하기 마련이므로 결국 소멸하게 된다. 상처받고 불운한 존재들은 언제 어디에서나 비슷하다. 반대로, 한계 내의 가능성은 더 다양하다. 사람이 어려운 조건에서 변화하듯 질적으로 다양해진다. 생명에서 성장은 항상 하나의 길을 따른다. 환경에 적응하려고 변화하면서 그때마다 새로운 아름다움이 나타나지만 단 한 번뿐이다. 정해진 조건에서는 절대 되풀이되지 않는다.

일본 여자들의 완성이라는 것도 수 세기 동안 자신들이 차지하던 자리의 직접적 산물이다. 그 위치를 뭐라고 하든 일본 여자들만 자신이 어떤 존재인가를 보여준다. 그토록 바람직한 장점을 지닌 여자들인데, 한심하게 왈가왈부하는 딱한 사람이 좀 많은가! 그 아름다움을 없애려는 것은 절대로 잘하는 일이 아니다. 새로운 여자들이 '각자 나름대로' 장점을 내놓겠지만, 과거와 같은 여성은 이런 조건에서 살아남지 못할 것이다. 일본에서 전과 같은 인물이 다시 나오기 어려울 것이다. 아무튼, 일본에서 새로운 여성형이 나오더라도 오늘의 유럽 여성형과 다를 수밖에 없다. 몸과 마음이 너무 다르기 때문이다.

흔히 진보는 직선을 따른다고들 한다. 그렇지만 사실 진보는 굴곡이 많고 끊어지기도 한다. 계속 끊어지는 부분이 나온다. 일반적으로 어느 인간형이나 딱 한 번만 완성을 보이기 때문이다.

일본 여자들의 애정에 관해 한마디만 더 해 보자. 불가피한 사정 때문에 순결을 파는 처녀는 유럽에서 흉물 취급을 받는다. 물론, 일본 여자들이 이상형이 되려고 소중한 것을 포기한다고 할 수 없다. 일본 여자들은 유럽 처녀들과 순결관이 다를 뿐이다. 순결을 덜 중시한다. 동양 민족이 보기에 본능에 따르는 것은 당연한 일이다. 본능에 분명 외적 제약이 따르지만 도덕적 억압은 아니다. 그렇지만 다시 묻게 된다. 유럽의 순결관은 정말 그렇게 높고 고상할까? 원시 기독교의 금욕주의에서 시작된 유럽의 순결관은 성관계가 원죄라는 잘못된 개념에서 시작했다. 단지 실생활에 필요해 지지한 개념이다. 처녀의 순결은 남성의 이기주의에 양보하고 그 이기주의를 키운다.

도대체 순결을 이상적으로 생각하는 것만큼 여자로부터 멀어지는 것이 있을까? 여자의 이상은 오히려 자신을 주는 헌신이다. 그럴 수밖에 없다. 유전으로 물려받은 본능적 의식이다. 따라서 순결을 최고의 이상으로 삼는다면 곧 이기주의를 높이 떠받드는 셈이다. 이상화하는 것이야 원하는 대로 할 수 있다. 어떤 대가를 치르든 순결을 지키려는 여자의 투쟁은 자기 확신일 뿐이다. 이렇게 생각하는 세계에서 오빠와 동생이 조국을 위해 싸우도록 유곽에 나오는 일본 여자는 숭고하다. 유럽 사람들은 발끈하며 다른 말을 하겠지만, 정조라는 의미의 순결과 순수한 의미의 순결을 구별할 줄 모른다. 첫 번째 경우에 일본 여자들은 유럽 여자들보다 못하지 않다. 그렇게 청순할 수 없다. 두 번째 순결의 의미에서는 훨씬 여유롭다. 불순한 풍습이 아니라 순수하고 솔직한 본능에서 나오지 않았을까? 이런 점에서 유럽의 선남선녀는 일본 사람들을 더욱 닮아야 하지 않을까? 유럽 사람들은 일본 사람들과 누가 더 방탕한지 아닌지나 비교하려 든다. 유럽 여자들은 춤판에 가서 남자들을 노골적으로 자극하려고 최대한 몸을 노출한다. 그러나 욕실에서 낯선 사람에게 들킨다면 기겁한다. 일본 여자들은 목욕탕에서 누구에게나 자연스럽게 보여준다. 그러나 야한 옷차림을 할 엄두를 내지 못한다. 모두 의도, 즉 뜻에 좌우되는 일이다. 마음먹기 달린 일이다. 어떤 생각이 더 깊고 순수할까?

이세

나는 지금 신토 문화의 최고 성지인 이세[209]의 '아마테라스 오미카미' 신사[210]에 묵고 있다. 황가의 조상신을 모신 곳이다. 초가지붕을 얹은 소박한 건물인데 이십 년마다 수리한다. 금으로 휘황하게 장식한 불교 사찰보다 더 인상적이다. 일본 최고의 혼이 이곳의 성소에 있다. 황제와 조국에 충성하고 희생하는 단순하고 소박한 정신이다. 물론, 기사도처럼 용감무쌍한 혼이다. 일본 사람은 이상주의라는 거울로 자기 정신을 들여다본다. 성소를 찾는 순례자를 모두 그런 정신에 취했다. 자신의 혼을 이해하고 높이며, 비겁한 자신을 돌아본다. 그렇게 하려고 차례를 기다리는 줄을 서서 그 줄 속에서 하나라고 느낀다. 불멸의 제국 일본은 이렇게 하나다.

나도 같은 정신에 사로잡혔다. 내 의식 깊은 곳에서 어렴풋이 그런 느낌이 들었다. 또, 친근했다. 새로운 영혼이 꿈틀대는 듯했다. 고대 그리스 사람의 혼 비슷하다. 나는 정말로 끝없이 이어진 생명의 고리 가운

---

209 伊勢. 이세시는 교토 남쪽 반도 동쪽에 있다.

210 이세 신궁(神宮)을 가리킨다. 아마테라스 오미카미는 태양신인데, 태양신을 모시는 황대신궁과 의식주를 상징하는 신인 도요우케노 오미카미를 모시는 도요우케 대신궁이 있다. 아마테라스는 천황 가문의 조상신이었기 때문에, 이세 신궁은 일본 천황 가문의 성소다. 이세 신궁은 국가 제일의 종묘로서 천황만이 공물을 바친다.

데, 내 앞의 무수한 고리에 걸친 하나에 불과하다. 내 감각은 정말이지 내 속에 뿌리가 있는 것이 아니라 개인을 뛰어넘는 것, 내가 태어난 인종과 내 몸이 된 것, 또 내가 이어가야 할 것에 있다. 가령 내가 초개인적 현실의 상징을 찾아본들 분명히 느끼면서도 딱히 무엇이라고 단정하기 어렵다. 그저 내 인종의 깊이에 나를 박아두게 된다. 모든 생명을 태어나게 했던 머나먼 조상이다. 모든 후손을 고취하는 이런 조상이 내 속에서 살았다. 내가 그 누구보다 존경하고 사랑하며, 감사하는 조상이다. 기도하면서 조상을 생각할수록 내 영혼은 고상하게 움직인다. 나도 그렇게 움직이고 싶다. 넓은 마음으로 그 혼에 걸맞은 존재가 되고 싶다. 그 혼은 모든 완성에 참여했고 상상하기도 어렵게 위대했다. 나는 가장 높은 목적에 그 혼을 쓸 수 있을 뿐이라 이상주의를 예찬한다.

조상숭배를 미신이라며 비웃는다면 얼마나 황당한가! 사실, 조상숭배는 원시적 단계다. 그러나 진실로 조상을 숭배해야 고고한 신앙심 같은 수준으로 현실을 이해할 수 있다. 인간은 자신의 깊은 바탕에 그전과 그 후의 모든 것에 묶여 있다. 자연에 더 가까운 사람일수록 후손이 의식하는 것 못지않게 그런 인연을 더욱 의식한다. 이보다 더 높은 단계라고 하겠지만, 여자의 의식 속에서 생명의 원시적 관계가 살아남는다. 여자만 자기 인종과 직결되어 있다고 느낀다. 지적으로 자유로운 여자도 이렇듯 으뜸가는 본능적 감정을 억누르지 못한다.

오랜 전통을 물려받은 사람들, 귀족처럼 수세대에 걸쳐 같은 땅에 살았던 사람들은 자신들의 큰 뜻이 개인을 초월한 인격에 뿌리 내리고 있다고 알고 있다. 오늘의 사람도 먼 옛날의 조상에게서 물려받은 책임감과 자부심의 도움으로 살아간다. 그런데 여성의 의식과 남성의 의식

이세신궁 조감도, 시토미 강게추의 목판화, 1797년

은 '뿌리 없는 지성'보다 가볍기는커녕 심오하다. 물론, 그 깊이는 자연의 깊이일 뿐이다. 조상을 숭배하는 사람들의 인종적 일체감이 거기까지 미치지는 못한다. 사람마다 심리적으로 그 혼에 묶여 있지만, 그 진정한 실체를 직접 의식하지 못한다. 분명, 그런 사람의 사상이 깊이 있는 경우는 드물다. 그러나 원시인의 사유는 예감과 마찬가지다. 그래서 합리적인 사람은 조상숭배에 흥미를 느끼지 못한다. 특히, 그 대상이 무엇인지 알아보기 어려운 일본 사람들의 숭배 형식에 별로 관심을 두지 않는다.

일본 사람들은 사유 문제에 크게 개의치 않는다. 의미에도 크게 개의치 않는다. 민족숭배의 본질을 이해할 만한 지식이 부족하다고 놀라지 않는다. 밖에서 볼 때 그들의 숭배는 조잡하고 미신적이다. 현실에 대한 힘찬 원시적 감각으로 자연과 조상, 마술과 존경, 전통과 동경에 바치는 매우 흥미로운 것이다. 일본 사람들은 천황 숭배를 조상 대대로 물려받았다. 조상들 모두를 숭배하지만 그것을 설명하지도 시원하게 밝히지도 않는다. 그저 경험으로 어렴풋이 아는 사람은 절대 이해하지 못하는 것이다. 아무튼, 일본 사람들의 천황 숭배는 매우 깊고 정말로 '절정'에 달했다. 일본 사람에게 적합한 특수한 표현이다. 다른 어떤 표현보다 그들의 본성과 어울린다.

얼마 전, 도쿄 미생물학연구소에서 로베르트 코흐[211]를 위한 신토 기념비를 세웠다. 어떤 교수와 학생과 불가지론자도 코흐가 신이 되었다거나 영생을 얻었다고 믿을 리 없다. 그러나 신전을 세운다는 것은 신토의 전통에 따라 위대한 학자에 바치는 존경심에 걸맞으니 적절하다.

정부는 신사참배를 다시 일깨우는 데 큰 힘을 쏟았다. 전통을 되살렸을 뿐이지만 일본인의 영혼을 깊이 흔들었다. 버질 홀 챔벌레인[212]은 오늘처럼 국가 종교가 된 신토는 현대의 창작이라고 했다. 불교가 천 년 넘게 일본 종교였으며, 신토가 토착 종교라는 것은 조작이라는 주장이다. 그럴지 모른다. 하지만 그의 설명은 그 의미와 거의 일치 하지 않는다. 반세기 만에 인위적 창작으로 그럴 수 없다. 그 형식은 일본인의 내면에 적절했기 때문이다. 기독교를 그런 식으로 짜맞추려 했다면 그

---

211 Heinrich Hermann Robert Koch. 1843~1910. 독일의 미생물학자로 탄저균(1877년), 결핵균(1882년), 콜레라균(1885년) 등을 발견하여 '세균학의 아버지'로 평가된다. 1905년에 노벨 생리 · 의학상을 수상했다.

212 Basil Hall Chamberlain. 1850~1935. 영국의 문인으로 일본 메이지 시대에 외국인 고문관으로 일했다. 도쿄제국대학 교수를 지냈고, 일본 전통 시를 영어로 번역하는 등 일본학의 선구자다. 《일본 것(Things Japanese)》(1890)이라는 고전을 남겼다.

렇게 되었을까? 절대 불가능하다. 신앙과 숭배의 특별한 과시는 사제들이 개발했다. 물론, 형식은 만들어낼 수밖에 없다. 그런데도 그렇게 개발된 형식이 왜 성공할까? 그것이 일반 경향을 가장 적절히 표현하기 때문이다.

정부가 모든 수단을 동원해 신토를 지지하고 강화하는 것이 사실이다. 왜 그렇게 해야 하는지 정부도 익히 알고서 하는 일이다. 일본 사람들은 위기를 맞으면 개인과 개성을 포기한다. 완전히 개별화한 기반에서 있는 문명의 영향을 완전히 배제한다. 그들에게 유익한 태도다. 일본은 그 장점을 눈부시게 입증했다.

그와 같은 자기희생 정신이 일본 사람들을 즉시 사로잡으려면 심각한 불편을 감수해야 한다. 일본 사람들 각자는 전체의 뜻 속에서 자기 나름대로 움직일 줄 모른다. 자기 나라와 하나가 된다는 심리에 따라서만 표현한다. 그 민족의 '집단'에 대한 원시적 감정이 식게 되면, 그 고대적 의미의 민족의식과 통일성도 무너진다. 내면에 오래된 '일본 혼(야마토 다마시이)'이 살아 있지 않은 사람은 추해 보일 만큼 피상적이다.

미야노시타

일본에 와서 처음으로 히말라야의 산들을 다시 생각해 보았다. 층층이 깊은 골짜기에서 샘솟고, 높은 바위에서 떨어지며 기상천외한 숲 사이로 흐르는 물도 생각했다. 그렇게 신바람 나게 돌아다니던 그 숲이 문득 떠올랐다. 여기도 전체적으로 웅장하다. 민둥산이든 원시림에 둘러싸였든 주변에 고봉들이 솟았고 여기저기 김을 피우는 유황 온천들이 있다. 산의 암벽 위로 만년설에 덮인 후지산의 모든 기슭은 깊은 송림이다. 정말 보기 좋다. 미야노시타[213]의 숲 사이로 정자들이 숨어 있고, 이끼로 둘러싸인 샘들의 목가적 성격이 완연하다. 그런데 왜 크다는 인상이 들지 않을까? 가꾸는 취미가 유난한 사람들이 자기 성격을 이 고장에 심었기 때문일까? 그들은 풍부한 자연 지식으로 주변의 아름다움을 따른다. 작은 얼룩이 그림의 의미를 달라지게 하듯 일본 사람은 자신이 살고 있는 자연의 모습에 자신을 체계적으로 끼워 넣는다. 자연의 바탕색에 깊이 스며든다. 이곳에서 작은 것만 꾸미면서 큰 것을 추방한다.

큰 것을 작은 것 속에서 알아보고 흡수, 재생하는 일본 사람들의 능력은 놀라운 장점이다. 자연에 대한 그 섬세한 감정은 인도나 유럽 사람

213 Myanoshita. 오늘날 가나가와현 아시가라시모군에 속한 하코네정이다. 하코네산을 중심으로 하는 봉우리들에 둘러싸여 있으며, 아시노 호수가 있다. 예부터 온천 마을로 유명하다.

의 우주에 대한 감정과 맞먹는다. 결국, 일본 사람들은 우주처럼 폭넓은 감정이 부족하기 만무하다. 신비주의자가 자기 혼이 무한하게 피어났다고 주장하는 것이 다 무슨 뜻일까? 물 한 방울이 대양 속으로 들어가 사라지는 것이 아니라, 대양이 물방울에 흡수된다. 이것이야말로 일본 예술의 진면목이다. 어쨌든 '일본취미'라고 할 만한 것 어디에서도 웅대한 것은 보이지 않는다. 노력하더라도 일본 사람은 절대로 그런 웅지에 이르지 못한다. 작은 것이 웅장한 인상을 자아내지 못한다. 개미들은 인간이 이해할 수 없는 자기네 시신을 산처럼 쌓아 올리며 방어해 우리를 놀라게 하지만 그렇다고 굉장한 구경거리는 아니다. 모든 것은 전체와 관련된 비례의 문제다.

중국 사람의 개성은 도(道)에 따른다. 중국취미도 결국 하늘이 배경이다. 일본에서 모든 것은 생활의 틀 속에 있다. 높은 종합은 일본이지 '우주 전체'나 그 비슷한 절대성이 아니다. 그래서 애인을 위해 피 흘리며 죽어가는 처녀는 놀랍도록 생생한 인상을 자아낸다. 엄격한 사무라이는 치욕 때문에 자결한다. 모든 인간 내면의 비극은 이런 틀에 갇혀 있다. 그러나 위대한 영웅은 이런 틀을 벗어난다.

양적인 것을 과소평가하지 않아야 한다. 우리가 절대적 관점을 버린다면 (개별 현상을 제대로 보려면 늘 그래야겠지만) 조물주와 국화의 차이가 분명하듯, 전체와 부분의 차이는 분명하다. 물론, 살아 있는 생명은 모두 신성하다. 각 생명이 저 나름대로 세계의 창조에 이바지한다. 각각의 완전한 표현은 보편적 틀 속에서 전체의 의미를 직접 드러낸다. 큰일을 하는 사람은 작고 섬세한 일을 하는 장인과 크기가 다른 일을 할 뿐이다. 조물주는 단 한 가지 생각으로 수많은 진동을 일으킨다. 일하는

후지산이 보이는 풍경, 위그 크라프트, 1883년

벌들을 만들어내기도 했지만, 개별적인 것에 무심해 사소한 일을 할 줄 모른다. 물론, 조물주도 자기 나름의 한계가 있다. 전능하게 큰일을 하느라고 생긴 한계다. 결국, 특수한 일은 더 작은 존재에게 맡겨둔다. 거창한 것은 거창해서 한계가 있다. 작은 것은 작기 때문에 한계가 있는 것과 똑같은 이치다. 그래도 큰 것이 작은 것보다 우세하다. 우리가 현상에 사로잡혀 있는 한 (영원히 벗어나기 어렵겠지만) 인정해야 할 법하다. 만약 크게 성장하는 개념만 의미 있다면 양적인 것은 객관성을 지킬 것이다. 그래서 웅장한 것은 그냥 기분 좋은 것 이상이다. 히말라야에서 자연은 우주의 조건에 따라야 이해할 수 있다. 풍경 전체가 인간의 척도를 비웃는다. 우거진 수목도 거대한 청동 항아리 속의 작은 밀반죽 같아 보인다.

일본에서 사람의 눈으로 이해하지 못할 것은 아무것도 없다. 자연은 가장 큰 특징을 드러낸다. 큰 틀에서 이미지를 강조한다. 텅 빈 배경 앞에 홀로 떨어져 있는 꽃 핀 매화나무 가지(일본 화가들이 즐겨 그리는 소재다)는 무한한 감정을 불러일으킨다. 나뭇가지인데 그런 감정을 불러일으킨다. 감정을 색깔로 물들인다.

이런 문제에 관한 우리 시대의 개념은 꽤 복잡하다. 완전한 것이라면 무엇이든 무한을 표현한다고 할 때 다른 차원의 존재를 보지 못할 것도 없다. 나뭇가지는 신과 마찬가지다. 나뭇가지 자체는 불행을 모른다. 평론가들이 무엇이라 한들 무슨 상관일까? 결국, 운명을 따르게 되는데. 작가들도 결국 죽는다. 세련된 감성을 타고난 라이너 마리아 릴케는 가을에 죽어가는 잎을 노래하면서 때때로 신성함을 폭로했다. 그렇지만 그는 하느님을 직접 말하지 않고 겸손하게 옆으로 비켜서서 말한다. 릴케는 꽃을 영원의 생동하는 표현으로 보여준 사람이다. 하지만 그는 신성을 직접 토로하는 일을 위인들에게 맡겨두었다.

니코

이렇게 작은 것을 좋아하는 일본에 큰 것도 있다. 니코[214]의 풍경, 높이 솟은 바위와 굽이치는 폭포, 거대한 전나무와 삼나무는 정말 웅장하다. 힘찬 인간성을 담고 있어 더더욱 그렇다. 닛코 도쇼구(日光東照宮)는 베이징 이후 느끼지 못한 거대함을 풍긴다.

도쿠가와 이에야스[215]는 에도 막부의 쇼군으로서 두 세기 반 가깝게 천황을 앞세우고 국운을 좌지우지한 위인으로 모든 대륙의 위인들과 견줄 만하다. 자연은 어디에서나 양적 변화가 질적 변화를 끌어내는 것과 마찬가지로 일본 군주들의 전형도 기본적 변신을 거쳤다. 그러나 그 변신은 신비한 후광과 궁정의 위신, 특권층 출신과 지성, 심지어 권력을 받쳐준 물리력에서 나오지도 않았다. 그 모든 것의 윗자리에서 특별한 한 사람으로서 그 모든 것을 담아낸 진정한 군주의 장점 덕분이다. 위대한 군주들에게서 두드러지는 내면의 존엄성이다. 이에야스는 이런 정신을 후대에 물려주었다. 지금도 그는 니코 하늘 위에 떠 있다. 도쿠가와

---

214 Nikko. 도치기현에 속한 도시로, 도쿄 북방 140킬로미터 떨어진 곳에 있다. 닛코 도쇼구, 린노지, 닛코 후타라산 신사 등 세 곳이 '닛코의 신사와 사찰'이라는 이름으로 유네스코 세계유산에 지정되었다.

215 德川家康. 1543~1616. 일본 센고쿠(아즈치모모야마) 시대의 무장으로 훗날 에도 시대를 열었다. 도요토미 히데요시 사망 이후 1600년 세키가하라 전투에서 동군을 지휘해 승리하고 에도 막부를 개창하여 첫 쇼군(1603~1605년)이 되었다. 니코의 도쇼구(東照宮)는 그의 유해를 모신 곳이다.

니코 신궁, 1902년

와 가신들의 묘비 위를 떠돌면서 일본 다른 곳에 없는 영기를 다스린다.

이에야스 혼자서 하나의 인간형을 만들어냈으니 놀랍다. 일본 정신과 다르게 홀로 떨어진 전형이다. 특히, 그 전형이 계속 살아 있어 더더욱 놀랍다. 틀이 그림의 특징을 결정하는 인상적인 방식이다. 환경에 따라 다른 사람들의 힘을 자기에게로 끌어낸다. 삶의 원리에서 나온 화신을 찾아다니며 달라진다. 아랫사람이 윗사람에게서 보는 위신과 권력, 부와 신임은 인간을 키우는 창조력으로서 언젠가는 철저한 변신을 뒷받침한다. "신께서 자신에게 어떤 몫의 일을 맡겼다고 굳게 믿는 사람은 또한 그것을 이룰 지성도 주기 마련"이라는 민담이 있다. 그러나 명심해야 할 점이 있다. 지성이 얼마나 뛰어나든 아무나 무슨 일이든 해내지 못한다. 살아 있는 정신이 핵심이다. 지성의 도움을 받고, 또 지성은 각자에게서 보기 드물게 커져 변함없이 굳어진다. 어떤 사람을 일으킨 정신이 종종 끝까지 그를 지배한다. 정통성의 진정한 의미는 바로 이것이다. "족보 없는 인물"에 대한 경멸도 바로 여기에서 나온다.

이에야스, 아소카, 나폴레옹 같은 사람은 재능이 많았지만 새로운 지위에 걸맞을 만큼 수준 높은 사람들은 아니었다. 이런 사람들이 군주로서 충분한 힘을 내려면, 그 인물이 지위와 잘 어울려야 한다. 그러자면 자의식이 군주 의식과 하나가 되어야 한다. 이런 자신감이 확고한 사람은 극히 보기 드문 천재뿐이다. 과거에 생각조차 못 하던 것을 위해 자기 확신이 틀림없다는 듯 처신해야 한다. 상당히 지위 있는 집안에서 태어난 사람이라면 벼락출세하기에 절대로 유리하다. 그래서 신통치 않은 세습 군주조차 재능 있는 출세의 길을 걷는다.

나는 오래전부터 운명처럼 마주쳤던 여러 인간형을 공부했다. 군주, 정치인, 금융계의 거물, 자수성가한 사람 등이다. 어떤 식으로든 지도자가 되고서도 몰락하지 않은 이런 사람들에게서 보통 사람과 마찬가지로 의식은 정상이지만, 보통 사람과 완전히 다른 운명을 결정하는 점이 있었다. 당연히 그에 따른 특별한 한계도 있다. 틀이 그림에 맞지 않을 때 우수성은 내면으로 들어간다. 그러나 세습 군주들은 정말로 다스리려는 소명 의식이 두드러졌다. 그래서 인간이 어떻게 우마를 잘 키우면서도 군주들의 '교육'을 부인할 만큼 맹목적일 수 있을까 싶었다.

이에 대한 반증도 결과는 같다. 출세한 사람을 만날 때마다 나는 우선 개인의 자질을 확인했다. 스스로 많은 표현 수단을 찾아내던 사람들이다. 그러나 매번 각자의 크기를 좌우하던 틀이 커지다가 어느 결정적 지점을 지나게 되면 그 사람은 갑자기 왜소해진다. 그의 수단이 그 자신보다 우세해지기 때문이다. 이런 한계는 출세한 사람의 조롱거리가 된다.

이에야스는 자기 가문을 일본에서 가장 중요한 지위로 끌어올렸다. 자수성가든 높은 자리에서 살든 그 자신은 운명적으로 출세할 팔자였을지 모른다. 그는 자기 삶의 틀을 자기 가문에 물려주었다. 그런데 그 틀의 교훈은 매우 컸다. 2백 년 넘게 쇼군들은 지금까지도 전무후무한 위대한 정신으로 묘지에 살아남았다.

도쿄

도쿄, 제국의 수도인데 쇼군 시대부터 내려온 거대하고 아름다운 공원들에 영혼과 스타일은 전혀 없다. 도쿄에 현대 도시의 온갖 불쾌한 면이 있다.

바로 도쿄에 신비스러운 군주의 거처가 있다. 일본 국민이 중국의 천자보다 더 위에 있다고 인정하는 군주의 거처다. 천황의 거처와 신권(神權)은 정말 신성한 의미를 지녔다. 원시와 현대가 공존하니 참으로 이상하다. 천황들은 별로 권위도 없고, 궁정의 패권을 쥔 자들(쇼군)이 최하급 관리처럼 권좌에 쉽게 올리고 내리는 꼭두각시에 불과했는데도 수 세기 동안 위신을 지켰다. 의아한 일이지만 국민이 보는 천황 제도의 중요성을 이해한다면 놀랍지 않다. 즉, 천황은 민중과 다른 차원의 존재라고 한다. 인간으로서 천황은 별로 중요하지 않았다. 천황은 '민중 신'과 마찬가지였다. 국민의 마음에 들지 않으면 없애 버리지만 어쨌든 우월한 존재다. 천황의 위신은 지금도 여전하다. 아무튼, 다른 입헌 군주들처럼 그들은 정부에서 맡긴 노릇만 한다.

현대 일본의 진보는 신비한 절대군주의 명에 따른 결과였다. 황궁에서 여론에 따라 판단하는 것은 그리 오래되지 않았다. 물건만큼이나 평범한 황명(천황의 칙령)을 하늘의 계시로 받들었다. 구체제의 유력 정치인들도 이런 점에서 평민과 똑같이 생각했다. 이런 자세가 일본에 유익했다고 부인하기 어렵다. 개인들이 해방되었다고 느끼지 못하고, 개인을 상징으로 내세워 자신들의 우월한 권력을 재현하려 하는 곳에서, 또 그렇게 계속하기에는 힘과 믿음만으로 부족한 곳 어디에서나 절대군주가 최상의 통치 방식이다. 군주가 그야말로 민족 고유 의지의 화신인 곳에서 신민은 군주에게 자부심을 느낀다. 요컨대, 군주와 신민이 영적으로 하나가 된다. 신민의 신앙심 덕분에 군주는 스스로 인간의 정상 수준을 넘어서 있다고 믿는다.

인도의 현인들은 어떻게 가르치는가. "신은 바로 신에게 호소하는 사람을 찾아온다."라고 한다. 군주와 신민의 관계도 마찬가지다. 신민이 군주를 더욱 중시할수록, 군주는 신민의 이상형과 어울릴 만큼 중요해진다. 러시아 황제들은 얼마 전까지도 유럽 입헌군주들보다 우월한 인간형을 자처했다. 강력한 믿음으로 뒷받침받았기 때문이다. 무쓰히토[216]도 평범하게 태어났지만 거인처럼 일했다. 사람들이 그에게 신과 마찬가지 존재를 기대했기 때문이다.

군주정이든 공화정이든 군주제의 원리를 더 지지할 수밖에 없을지 모른다. 사람이 자기보다 우수한 사람을 과대평가하면 얼마나 유용한가! 애당초 그런 존경을 받는 상전이 실제로 그만 한 자격이 있는지 아닌지는 중요하지 않다. 지위에 비해 지나치게 열등하지만 않다면 자격

---

216 메이지 천황(明治 天皇 1852~1912)의 본명. 메이지 천황은 일본의 제122대 천황(재위 1867~1912년)으로 1868년 9월에 연호를 메이지(明治)를 택하였다. 이에 따라, 그의 재위 기간을 메이지 시대로 부른다. 일본 황권을 강화해 일본 제국의 발판을 마련했다. 1894년 청일전쟁, 1904년 러일전쟁에서 연승 이후 1910년에 대한제국을 병합하였다. 1889년에 이토 히로부미 등에게 명하여 일본 최초의 근대 헌법을 제정하였다. 일본의 근대화를 확립하고 부국강병을 달성했다.

은 시간이 해결해준다. 선한 군주라면 결국 신민 대다수보다 가치 있는 인간이 되기 마련이다. 그런데 신민은 자기네 군주를 본질적으로 우월한 존재로 받들면서 더 나은 행동을 하고, 또 다른 조건에서보다 더 향상된다. 열등한 사람조차 지극한 노력을 하지만 고상한 교양을 갖춘 사람만 군주처럼 높아진다. 그뿐만 아니라, 공화정에서는 누구나 원칙상 주권자이며 누구나 국가원수가 될 수 있다. 따라서 아무도 절제하지 못한다. 지배욕과 야망, 권력 의지는 한 사람의 한계를 뛰어넘기 때문에 과욕으로 위험에 빠진다. 모든 사실로 우리 시대의 편견이 얼마나 잘못되었는지 확인되었다. 구세대 일본 사람들은 자신을 현대적 의미의 개인으로 느끼지 않는다. 그들은 대부분의 현대인과 매우 다르다. 노자의 노래를 들어본다.

메이지 천황, 우치다 구이치, 1872년

하늘은 영원하고 땅은 계속되네.
천지는 스스로를 위해 살지 않기 때문에 영원하네.
그러해서 천지는 계속 생명을 낳네.

뽑힌 자도 마찬가질세.
자신을 뒤로 물리면
자신이 앞으로 나오게 되네.
자기 허울을 벗어던져야
때 묻지 않게 되네.
그렇지 않겠나, 자기 인격을 부인해야
완전한 인격을 얻느니.

일본의 거물들을 알게 되었다. 그들은 평민과 거의 공통점이 없다. 그들 중 가장 괜찮은 인물들은 고대 로마제국 사람들 같다. 여유만만하고 신랄하며 몸과 마음 모두 정갈하다. 하지만 누구도 세련되게 꾸미거나 예술적인 면은 없다. 거친 편이다. 잔인할지도 모르겠다. 아무튼 일본 사람답게 관찰력이 뛰어나다. 시선이 확고하며 모든 사실을 빠르게 이해하는데 몸에 특별한 기관이라도 있는 듯하다. 다른 곳에서라면 예술적 자질이 될 것이 여기에서는 첩자의 자질이다. 타인에 대한 배려가 외교와 거중 조절자의 수완에 이용된다. 이곳에서 민족의 고집은 강철 같은 의지로 드러나며, '평범한' 정치인도 과격하다. 유럽이라면 어떤 마키아벨리주의를 추종하더라도 그런 인물이 되지 못할 것이다. 그래서 라프카디오 헌이 살던 시대에 일본이 어떻게 그토록 큰 정치력을 발휘했는지 알 만하다. 그때 일본은 변화만 따랐다.

아무튼, 일본에서 지도자란 우리가 이해하는 지도자라는 말과 완전히 다르다. 특별히 일본적 의미가 있다. 일본에서 지도자는 짐꾼이라기보다 좌판에 늘어놓고 파는 장사꾼이다. 그들 개인이 얼마나 유능하든 그 실행력은 자신이 제시하기 나름이다. 이 점은 천황에게서 분명하다. 일본만 아니라 이런 역할이 여전히 신비에 싸인 어느 나라에서나 본질적으로 군주의 인격보다 군주라는 '존재'가 더 중요하다. 군주는 민중 신앙의 중심으로서 언제나 생산적 역할을 한다. 일본을 위대하게 만든 정치인도 이와 마찬가지다. 군주든 정치인이든 모두가 자신이 맡은 과업의 성격에 비해 부족했다. 하지만 그들은 과업을 해냈다. 신민의 지지 덕분이다. 각자의 자의식이 부족할 때 각자의 의식은 집단의식에 예속된다. 지도자들은 국민 각자를 자기 밖에 있는 것으로 보는 것이 아니라, 사실상 자신과 결부된 인물들로 본다. 국민은 마치 자기가 속한 질서를 자신에게서 나온 것처럼 따른다.

이렇게 일본에서 지도자의 자격은 대부분 국가 조직의 완성에 의존한다. 무슨 뜻일까? 조직이 잘 돌아가면 자질 있는 지도자는 절대 죽지 않는다는 뜻이다. 그래서 다른 곳에서 오늘날 더는 볼 수 없는 절대 우위에 있는 존재가 나타난다. 오쿠마 시게노부 백작[217]은 천황이 신성한 권리를 갖는 존재라는 것과 똑같은 의미에서 자신의 영향력을 의식하는데 바로 이런 자의식에서 그의 권위가 나온다.

이렇게 일본에서 지배자와 피지배자의 기존 관계는 민주주의 이상을 어느 정도 드러내는 듯하다. 이미 귀족 사회에서 실현했던 이상을 어떤 민주주의 제도에서도 아직 실현하지 못한다는 것이 의미심장하지 않을까? (민주주의의 원칙적 성격인) 개인이 원자처럼 생각하는 한 완벽한 전체 조직은 불가능하다. 이론상으로야 개인들이 자율적인 곳에서 이상

217 일본제국 제8대, 제17대 내각총리대신으로 와세다대학의 설립자다.

을 실현하지 못할 것도 없다. 그러나 그러자면 각 개인의 교양이 높아야 한다. 현재의 민주주의 사회에서 이런 것을 보여주는 곳은 아직 없다.

나는 차츰 전체 그림을 보려고 집중하고 있다. 그럴수록 분명 일본 사람들과 지도층은 정치적으로 동양 사람으로 보이지 않는다. 중국이나 인도 사람들과 중요한 차이가 있다. 일본 사람들은 중국 사람들보다 서양 쪽에 가깝다. 우리를 당연히 모방할 만하다. 중국과의 관계는 중국 문화 대부분을 들여왔다는 사실에 기초한다. 일본 사람들은 기질적으로 서양 사람들처럼 진보 성향이다. 일본의 역사도 그 점을 잘 보여준다. 옛날에 한국과 중국 학파와 겨루었듯이 지금은 서양과 경쟁한다. 그래서 일본의 서구화는 인도나 중국만큼 시간이 걸리지 않았다.

세토 내해(內海)로 들어올 때 나는 완전히 딴 세상에 들어서는 기분이었다. 중국과 완전히 달랐다. 차라리 그리스 섬들 사이로 빠져들어 가는 것 같았다. 대담한 항해자의 분위기 속으로. 중국의 막막한 고요와 장엄한 평화도, 라프카디오 헌이 설명하던 일본 같은 것도 전혀 없었다. 물론, 그가 묘사한 일본이 있기는 있다. 그러나 지금 생각해보면 내 첫 인상이 정확하지 않을까. 일본 국민은 바탕부터 사업가다. 실용성과 융통성이 뛰어나다. [탐미적이고 섬세한] 일본취미가 특징은 아니다.

일본인은 창조적인 편은 아니다. 그렇다고 흔히 주장하듯 모방자도 아니다. 본질적으로 '활용을 잘하는 사람'이다. '주주쓰'[218] 같은 의미로서 가장 뛰어나다. 이것이 곧 일본 정신의 상징이다. 그렇게 뛰어나려면

218 柔術. 일본의 전통 무술로 유도의 원형이다.

어떻게 해야 할까? 창의력 대신 빼어난 관찰력이 필요하다. 각 인상의 의미를 즉시 파악하자마자 즉시 최상의 실용성을 끌어내야 한다. 매우 높은 수준에서 머리와 손이 특별히 하나가 되어 모든 이해가 곧장 최적의 반작용처럼 모든 기억을 표현해야 한다. 일본에 특수한 문화는 바로 이런 능력에서 나온다. 이것이 일본식 '모방'이다.

일본 사람은 모방하지 않는다. 이용한다. 마치 레슬링 선수가 링 위에서 상대방의 자세를 유인하듯 한다. 일본 사람은 베끼지 않는다. 자기 입장을 고친다. 그래서 모든 현상의 특성(본질은 아니다)을 유연하게 이해하면서 몸에 맞춰 최대한 활용해 자기 나름대로 제 것으로 삼는다. 옛날에 일본 사람들은 중국 문화를 이용했다. 그 본질까지 이해하지 못했더라도 단순한 모방에 그치지 않았다. 완전히 껍데기를 뚫고 들어가 중국 사람이라도 된다는 듯 경험했다. 상당히 독립적으로 실현된 크고 특별한 가능성이 담긴 형식은 그것을 채택한 사람들이 그것을 이해하든 아니든 의미 있거나 무의미할 수 있다. 일본에서도 내용이 알찬 많은 중국 형식을 발전시켰다. 그러나 그 정신에 결코 물들지 않았다. 형체만 중국의 것이었을 뿐 자기 내면을 고스란히 지켰다. 많은 영향에도 오랜 세월 일본 사람의 내면은 변함없었다. 잘 알려진 대로 지상의 어느 민족보다 일본 신민은 외국 것을 많이 채택하지만 고민하는 법은 없다. 근본에 영향을 받지 않는다.

중국 문화가 표현의 문화라면, 일본 문화는 자세의 문화다. 몹시 대조적이다. 중국 문화는 깊은 뿌리를 내리고 있을 테지만 일본 문화는 완전한 표면이다. 일본 사람은 실체가 없다. 의심할 여지 없는 점이다. 즉, 자세가 끝이다. 자세로서 내면의 실체를 드러낸다. 이것이야말로 일본의 중요성이다. 일본 사람은 실체까지 들어갈 수 없을 만큼 겉으로 보여주기 때문이다. 믿지 못할 만큼 극도로 그렇게 보여준다. 일본 사람들은 자신들만이 실현할 수 있는 가치를 세상에 내놓았다. 가장 흐뭇한 표면의 문화다. 그들을 부족하다고 한다면 부당하다.

실체는 어디서든 빈번히 드러나지 않는다. 일본 사람들을 만나본 인도 사람들은 이들을 부정적으로 생각한다. 일본 사람들의 실체를 이방인들이 알 수 없다는 점은 일본 사람들에게 이롭지 않다. 누구든 아무것도 아닐 수는 없다. 생물은 지적으로 존재의 근본을 표현하기도 하고, 자세만으로 자신을 극단적으로 드러내기도 한다. 하느님 앞에서 모두 마찬가지다. 각자의 종에서 완전할 수 있다는 점에서 그렇다. 그러나 인간은 각자가 타고난 성격에 따른다고 인정하고, 그럴 수 있는 것만 요구해야 한다.

일본 사람들은 조용히 서구화할 수 있다. (반면, 인도와 중국에서 무사히 진행되기 어렵다.) 일본 사람들은 서구화로 실제 변화를 걱정하지 않는다. 새로운 입장과 싸우는 문제일 뿐이다. 그렇다고 일본의 문제가 해결되지는 않는다. 일본 사람들에게는 변신할 힘도 있고 무엇보다 혼이 있다. 그 혼은 외국의 영향을 받는 대부분의 경우에 비해 덜 위험해 보여도 면역력은 약하다. 면역력을 못 키우면 질병은 다른 곳들에 비해 치명적이다. 어쨌든, 일본이 바라지 않더라도 절대 사라지지 않을 감정이 있다. 자연에 대한 감정과 특별한 애국심이다.

감정은 앞에서 이미 설명했던 대로다. 일본 사람의 자연에 대한 감정은 인도 사람의 우주에 품는 감정, 중국 사람의 조화에 대한 인식과 마찬가지다. 작은 크기와 자신에 맞는 깊이에 맞추었다는 점이 다르다. 이런 절충을 생각하지 못하게 되는 날 일본 사람들은 자신과 또 깊은 자아를 묶어주던 끈을 놓치게 되지 않을까? 가령, 인도 사람이 그리스 사람이 되려고 한다면 피상적 인간이 될 수밖에 없다. 인간에게서 자연의 일부를 보는 방식이 자연을 드러난 이미지로 보는 그리스의 개념보다 더 깊어서가 아니다. 자신의 깊은 내면으로 그리스의 우주관을 받아들이기 어렵기 때문이다. 일본 사람도 이런 위험이 크다. 일본 사람들의 시야는 좁은 편이다. 그래서 자기 영혼과 관계를 맺을 수 있는 현상은 훨씬 적다. 자연주의는 일본 예술을 집어삼킬 뿐만 아니라 (유럽에서 그랬듯이) 거의 죽여 버릴지도 모른다. 일본인이 서양과 다투는 경쟁심보다 우선 자연과 맺은 감정을 키우고 가꾸지 않는다면, 어느 날 영혼은 없고 몸만 남을지 모른다.

애국심은 일본이 아무리 비싼 대가를 치르더라도 잃지 않을 감정이다. 개인과 조국과 명문가의 특별한 합심은 지금 유럽에서 전쟁 때나 잠시 되살아나는 복잡한 감정이다. 일본 사람들은 아직 서양 사람들처럼 개인주의자가 아니다. 그들의 중심은 자신이 속한 집단에 있다. 그래서 서구화는 그들의 옛 바탕에 새로운 조직이 안착할 정도만 활용된다. 서양에서 진보는 개인들이 갈라진 결과였다. 그러나 일본에서 진보는 지금까지 어떤 집단에 예속된 일본 사람 개인의식의 표현이다. 이런 진보는 개인이 서구적 자의식을 갖게 된다면 정지되고 퇴화한다. 진즉에 시작되었다. 지도자들은 신세대를 보면서 고민이 많다. 신세대는 오래된 바탕을 거부하려 들기 때문이다. 이런 진보가 끝나지 않는다면, 무쓰히토 내각 대신들의 훌륭한 건축물은 무너지고 말 것이다. 어떻게든 저지해야 한다. 노기 마레스케[219]는 저지의 몸짓으로 할복했다. 그는 할복으로 젊은이들에게 사무라이 정신을 되살리려 했다. 정부가 신토의 부활을 주도하면서 안간힘을 쓰는 것과 같은 목표다. 성공할 수 있을까? 일본의 미래는 불안하다. 기초가 무너질 수밖에 없다. 몸과 마음의 새로운 관계를 만들려고 견고한 신축 공사를 할 수 있도록 낡은 집을 헐어내고 있다.

일본은 서구화할 권리가 있다. 그러나 아무리 객관적으로 보려고 해도 나는 일본의 서구화가 무척 아쉽다. 현대화한 일본은 전혀 매력이 없다. 도쿄의 분위기는 무서울 만큼 세속적이다. 보통, 발전은 높은 곳을 지향하지 않는다. 어떤 사람이 가장 좋은 의미에서 어린애 같은 것과 마찬가지로, 또 다른 사람들도 성인이나 노인이 되었을 때 마찬가지이지만, 민족마다 자신에게 잘 어울리는 모습으로 발전할 때가 있다. 그러나 새로운 방향이 좋다면서 이런 상태를 벗어나면 민족의 매력과 중요성을 잃는다. 이런 점에서, 18세기 이후 프랑스 사람들은 지금까지 계속 퇴화하고 있다. 마찬가지로, 영국도 19세기에 절정에 이르고 나서 문화적 중요성은 계속 떨어지고 있다. 인간에게는 일정한 상태마다 일정한 표현 수단이 있다. 그것에 잘 적응한 사람만 단호하게 특별한 정신에 부응한다. 그런데 때와 시대, 내면의 자세와 외부 여건이 잘 어우러지면 그

219 乃木希典, 1849~1912. 59대 우다 천황(宇多天皇)의 후손으로 러일전쟁을 승리로 이끌었고, 일본 육군 총사령관을 지냈다. 1912년에 충성하던 메이지 천황이 사망하자 장례식 날 도쿄 자택에서 부인과 함께 주군을 따라가겠다는 정신으로 자결했다. 노기 마레스케의 추모제는 사후 20주년에 당시 경성에서 열렸는데, 조선총독부로부터 노기 신사 신축 허가를 받아 노기 장군 부부에 대한 제사를 신사에서 행했다. 서울 남산 자락 숭의여대 자리 부근이 노기 신사 터였다.

민족은 절정에 이른다. 민족 재능이 발휘되는 때다. 이런 민족은 나중에도 어느 정도 라파엘로처럼 천재적 솜씨를 발휘하게 된다.

일본 사람들은 새롭고 놀라운 일을 해내고 있다. 결과만 본다면, 서양과 맞먹을 날이 오지 않으리라는 법은 없다. 그러나 결과는 무의미하다. 그들은 지능만으로 또 더 나아가서 정신 수단으로만 일하기 때문에 그 일에 내면은 참여하지 않는다. 시간이 간다고 이런 사정이 본질적으로 달라질 것 같지도 않다. 일본 사람들은 서구적 언어의 풍부한 표현법을 배우려 하지 않을 모양이다. 고작해야 그 언어로 더듬더듬 말할 텐데, 그렇다고 완전히 벙어리가 되지는 않을 것이다. 세련되고 예술적인 사람들이지만 결국 건조해질 것이다. 실제로 일본 사람은 너무 심각한 것에 몰입하기를 좋아하지 않는다. 즐기면서 하는 일을 좋아한다. 일본 사람들은 정말로 태평한 운동선수와 예술가의 독창성을 보여준다. 그 혼의 깊은 곳에서 우러나오는 독창성이다. 심각한 것을 겨누게 되면 세계의 의미를 지나치게 추상적으로 본다.

마침, 일본 불교 지도자들이 도쿄에 머물고 있었다. 나는 그들을 만나 보고 경전도 읽으면서 생각을 정리해 보았다. 이 문제를 한번 들여다보자.

대승론의 철학적 성격은 매우 인상적이다. 그러나 그 근거가 어디에 있는지 알기 어렵다. 오랜 세월 동안 많은 부분이 떨어져 나가고 변했다. 그런데 발전하면서 점점 더 기독교 철학 쪽으로 기울었다. 그 이론은 동서양 정신 사이에서 벗어난 이상한 곳을 보여준다. 아슈바고샤의 철학(2~3부 참고)과 고대 인도 철학의 관계는 헤겔과 파르메니데스, 또는 베르그송과 스피노자의 관계와 비슷하다. 추상적 정체성(停滯性)을 생동하는 힘으로 대신하면서 이해력이 크게 발전한다. 고대 힌두교도도 대승론의 창시자들과 같은 말을 하려 했을 것이다. 단, 적당한 표현법을 못찾지 않았을까? 그들은 생성과 변천의 궁극적 의미를 찾다 보니 생성 자체를 놓쳐 버리고 결국 영원한 존재론을 내놓았다. 현상의 흐름을 거스르는 이론이다. 그러나 아슈바고샤는 훗날 헤겔과 베르그송의 방법론과 같은 작업을 했다. 이들은 자기 시대의 주도자들이다. 아슈바고샤는 존재와 생성의 관계를 설정했다. (너무 단정적이지만) 그는 존재와 생성은 절대적 사실의 다른 면일 뿐이라고 했다. 그래서 형이상학적 존재는 "발전하고 후퇴"하는 것이고 또 그렇게 지속하는 시간이 절대적이다. 이렇게 우리 시대까지도 원칙적으로 베르그송이 이해한 것과 같은 성찰에 이른다. 즉, "구체적 생성 과정 밖에서 형이상학적 의미를 찾을 수 없다." 베르그송은 지금까지 여기에서 더 나아가지 않고 있다. 그는 아직 '생성'의 세계 속에 발을 들여놓지 않았다. 하지만 그가 어느 날 그렇게 한다면, 그도 아슈바고샤가 1700년 전에 했던 것처럼 비슷한 말을 하지 않을까?

> 생명의 구체적 흐름을 벗어난 곳에서 형이상학적 의미를 찾지 않도록 해야 한다. 모든 관념은 그 흐름 속에서만 찾아낼 수 있다.

이 점에서 베르그송이 새로 내놓을 것은 없을지 모른다. 그의 생각이야말로 기독교 철학의 주요한 동기이기 때문이다. 아무튼, 아슈바고샤가 같은 말을 했을 때, 고대의 인도 철학에 관한 것이었으므로 그때까지 논리적으로 발전한 철학을 사실상 뒤집었다. 즉 부정적으로 생각하던 우주를 긍정적으로 생각했다. 가령, 생성 과정에서 궁극의 목적이 반드시 이루어진다면(나한, 보살, 부처의 더 높은 경지는 중요하지 않게 된다) 물질적인 현실계를 벗어나려는 욕망에 끌려가는 요가 수행자의 관념은 존재 이유가 무색해진다. 윤회의 어둠이 개고, 역사는 그 의미를 되찾으며 차라리 새로운 의미를 띠게 된다. 더욱 고상한 의미다. 고대 힌두 철학에 따르면, 역사에 의미는 없다. 진보란 오직 현상의 탈피일 뿐이다. 역사는 어떤 경험을 붙잡아두지도 또 다른 상태로 넘겨주지도 않는다. 반대로, 대승론은 신자들에게 역사적 의미를 던져준다. 이렇게 평행선을 그으며 나아가던 것이 세부까지 기독교의 발전으로 이어진다.

북방불교는 거침없이 세계를 정복했다. 인류를 개종해야 한다는 사명감이 확고했다. 남방불교는 힌두교와 마찬가지로 그런 사명감이 없었다. 결국, 북방불교는 오늘날까지 그 이론과 방법을 택했고, 인간과 정치를 이해하는 정신이 종교 정신과 결합했다. 여기에서 성찰하고 고해하는 조직과 종파들이 나왔다. 실용 관점이 인식을 추구하는 것보다 우세해질수록 그 교리는 기독교 교리와 비슷해졌다. 기독교 교리와 불교 종파 교리의 대부분은 매우 유사하다. 권위적인 선교사들을 보면, 대승불교가 정말 기독교 같다고 생각하게 된다. 대승불교에서 고타마 싯다르타가 아니라 예수 그리스도의 교리를 발전시켰다고 볼 수도 있다. 이런 의견은 꽤 정확해 보인다. 그러나 교리들이 발전하면서 놀랍도록 같은 곳을 지향하기 때문에 분명해지는 또 다른 점이 있다. 교리들은 역사적으로 직접 의존하기도 했다. 대승불교도와 기독교도는 정신적으로 매우 가까웠다. 비슷한 여건에서 비슷한 일들이 벌어지기 마련이다. 물론, 두 종교가 똑같다는 말은 아니다. 불교에서 고해 형식은 궁극의 단계가 아니다. 끝까지 사실상 힌두교로 남는 잠정적인 것이며 뛰어넘을 수 있는 것이다. 가령, 그 기독교적 성격을 강조하고 싶어 하는 사람은 대승 교리가 인도 현자들 사이에서 발전했다고도 할 것이다. 철학적으로 그 교리는 서구의 신앙보다 상당히 뛰어나다. 그러나 효율성은 떨어진다. 일방적으로 움직이기에는 너무 많은 것을 담고 있다. 특히, 일본의 대승불교는 완전히 실체가 없다. 삶보다 예술이고 의미보다는 미적 형식이다. 그렇다고 힌두교 교리가 책임질 일은 없다. 일본 대승불교는 오직 일본의 작품이다.

전통 종교 가운데 대승불교가 오늘날 신을 찾는 사람들이 미래의 종교에서 보고 싶어 하는 것에 가장 가깝다. 기본적으로 교조적이지 않다. 예배는 깊이 있고 어떤 이해도 배척하지 않는다. 또, 어떤 기질에나 어울리는 무엇인가가 있다. 요컨대, 브라만교처럼 넓고 깊다. 그런데도 현실 세계를 이해하고 기독교 못지않게 역동적이다. 그러나 바로 그런 식으로 미래의 이상을 보여주기 때문에 현실과 조화는 부족하다. 그 사제들과 만나 보고 이런 점을 확인했다.

일본 대승불교의 형식은 보통 사람을 교화하기에는 지나치게 과장되고 느슨하다. 왜소한 정신을 담기에 그릇이 너무 크다. 특히, 일본 사람의 지적 기질에 비해 그렇다. 과거든 현재든 일본 사람들 가운데 대승불교 철학의 내용을 정당화할 사람이 있을까? 그 교리는 먼 옛날에 들어왔다. 요즘 서양 기술을 수입하는 것과 마찬가지였다. 일본 사람들은 언제나 각 분야에서 최상의 것을 빠르고 확실하게 파악해 최대치를 끌어낸다. 그렇지만 사람은 자기 천성에 걸맞은 것에나 동화된다. 그래서 인도의 신비를 일본에서 충실히 따르지 못했다. 대승론에서 실용성과 감정만 일본에서 활기를 띠었다. 일본 불교의 일부 종파들의 바탕은 비철학적이다. 오늘날 사색하는 승려들은 순수하게 학문으로 그렇게 할 뿐이다. 이들은 그 살아 있는 면을 모른다.

일본 사람들은 본질적으로 서양 사람들보다 종교적이다. 서양 사람들은 중국과 인도 사람들에 비해 종교적이다. 일반적으로 교양 있는 사람들은 특정 종교를 믿지 않는다. 요즘 유럽 사람들도 마찬가지다. 어디에서나 소박한 사람들은 광부처럼 어둠 속에서 빛을 찾는 신앙을 털어놓는다. 동서양 어느 쪽이든 힌두교도와 다르게, 자유롭게 생각하는 사람들은 종종 불가지론자가 된다. 신에게 인식으로 접근하지 못한다. 우선 종교를 곧바로 경험하기에는 너무 생각이 많다. 일본처럼 유럽의 종교 지도자들도 감성과 실용을 중시한다. 철학자나 사상가로서는 평범하다. 이런 특징은 일본에서 극단적이다. 사랑의 구도자는 서양에서 단 한 번 성 프란체스코가 모범을 보였지만, 일본 사람들은 수많은 모범을 보였다. 일본 사람들은 섬세하고 미묘한 감수성으로 사랑의 특별한 가능성을 보여주었다.

서양의 종교 지도자들 가운데 일본의 지도자들처럼 극단적 실천을 하는 사람은 매우 드물다. 오늘 나는 이런 대표적 실행자를 만났다. 가마쿠라[220]의 샤쿠 소엔[221]으로 선종(禪宗)의 지도자다.

---

220 鎌倉. 가마쿠라는 가나가와현의 미우라 반도 서쪽, 요코하마(橫浜) 남쪽에 있는 도시다. 3면이 산으로 둘러싸여 있고 바다와 접해 있다. 12~14세기에는 막부가 있던 정치의 중심지였다.

221 釈宗演. 1860~1919. 미국에서 처음 선불교를 가르쳤다. 《불교 수도승의 맹세(Sermons of a buddhist abbot)》(1906)라는 영어책이 나와 있다.

선종은 불교에서 가장 철학적이다. 신에게 직접 뛰어들라고 가르친다. 불경이나 예불의 지혜에 의지하지 않는다. 샹카라의 이론과 거의 같다. 사실상 요가 수행법인데 달마가 그 교리를 중국에 전했다. 그때가 가장 순수하게 인도의 것이었다. 그러나 그런 식으로 내면화만 가르쳤기 때문에 이질적 민족에서 기본이 다른 결과를 낳았다. 요가는 항상 기존의 타고난 자세를 강화하기 때문이다. 인도에서 요가 수행자는 심오한 철학자가 되었다. 중국에서 요가 덕에 자연에 대한 감정이 특이하게 깊어졌다. 풍경화의 거장들은 선승(禪僧)들이다. 그러나 철학이 별것 아니던 일본에서 일찍부터 '수도와 훈련'만큼 영혼의 힘을 적시고 키워 준 것은 없다. 사무라이들은 선승들을 특별히 좋아했다. 쿠빌라이 칸의 몽골 대군을 물리친 영웅 호조 도키무네[222]는 몇 시간씩 명상을 즐겼다. 요즘도 여전히 마찬가지다. 일본 유력 인사들은 샤쿠 소엔의 제자들이다. 나는 가마쿠라에 있는 그 사찰을 찾아갔다. 놀라운 에너지에 넘치는 내면생활을 하고 있었다. 사쿠 쇼엔은 몸이 유연하고 완전히 군인 같은 인물인데 만주 벌판을 돌아다니며 군인들을 열심히 격려했다! 그가 가르치는 명상법은 매우 엄하다. 제자들은 함께 큰 방에 앉아 가부좌를 튼다. 원장은 그 한복판을 거닐면서 손에 죽비를 들고 조는 사람을 후려친다. 지쳐 힘들어도 수행 시간이 끝날 때까지 쉴 수 없다. 손을 들고 조용히 몇 바퀴 걸어 다니게 한다. 그러고 나서 원장은 무자비하게 심문하듯

---

222 北条時宗. 1251~1284. 가마쿠라 막부 제5대 싯켄(執權, 쇼군의 섭정) 호조 도키요리(北条時頼)의 적장자로 제8대 싯켄으로 있는 동안 원나라의 공격을 두 번이나 받았다. 1282년에 중국에서 무가쿠 소겐(無学祖元) 선사를 초청하고 사찰 엔가쿠지(円覚寺)를 창건하여 일본에 선종이 전파되는 데 이바지했다.

가마쿠라의 불상, 펠리스 비토, 19세기 후반

이 제자가 정말로 화두를 깨달았는지 묻는다. 나는 이런 수행법의 뜻에 관해 원장과 대담했다. 원장은 선종의 교리에 담긴 지성의 중요성을 충분히 이해하는 철학적 인물이다. 원장에 따르면, 그 목적은 빛 속에 있는 것이 아니다. 그 빛을 향해 나아가고 그 힘을 다듬는 것이다. 그렇게 해서 우리 삶의 높은 의무에 이르러야 한다.

그의 설명은 얼마나 '서구적'인가! 나는 미국 사람들의 '신사상'을 생각해본다. 샤쿠 소엔이 석가모니의 교리를 생각한다면, 미국의 신사상은 기독교를 생각하는 것과 똑같은 방식이다. 개념의 상대성을 웃으면서 생각할 수밖에 없다.

어제, 일본 여행의 마지막 일정으로 철학과 교수와 학생들 앞에서 인도 요가 수행의 중요성에 관해 특강을 했다. 요가 문제에 대한 내 입장에 청중은 놀랐다. 그때까지 경전 해석에 의해서만 아니라, 내면으로 고대의 지혜를 공부할 수 있다고 꿈도 꾸지 못했던 모양이다. 그런데 흥미로운 말을 들었다. 즉, 일본 사람들은 불교 사상에 너무 익숙해 더는 깊이 들여다보지 않는다고 했다. 사실 서양도 마찬가지다. 기독교 사상에 젖은 많은 사람도 그렇다. 이것이 얼마 전부터 동양의 종교에 관심을 갖게 된 중요한 계기였다.

유럽은 기독교에 질려 있다. 우리가 익숙한 것에 지겨워하는 것이니 당연하다. 따라서 그 깊이를 더는 이해하지 못한다. 익숙하지 않은 것만이 자극제가 된다. 심지어 익숙한 것과 새로운 것이 별다른 의미가 아니라 활력을 더할 수 있다. 그 효과는 새로운 사상을 즉시 친숙하게 받아들여도 여전히 유지된다(종종 벌어지는 일이다). 이와 마찬가지로 일본 학자들은 불교보다 기독교에서 더 자극을 찾는다. 기독교를 과대평가한다. 우리는 오류를 지적하는 편인데, 낯선 것의 이점에 이의를 제기하기도 할까? 분명 그렇지 않다. 종교의 경우는 더욱 그렇다. 종교에서는 '각성'이 중요하기 때문이다. 물려받은 것보다 외국의 것이 깨우치는 데 더 큰 도움이 된다면 채택한다. 주로 '옛 것으로 되돌아가라'는 수용 방식이다. 서구에서 지금 그렇듯이, 인도가 고취하는 종교적 열광은 결국 기독교에 유익하다. (최근 기독교의 심오한 개념들은 의식하든 아니든 힌두 철학의 영향이 없었다면 당치 않은 일이다.)

이런 현상을 보면, 신봉주의에 대한 반대는 분명 유익하다. 사람에게는 과대평가할 만한 낯선 것이 필요하다. 자신의 기질에만 머무르지 않고 그것을 활기차게 유지하면서 굳어지지 않게 하려면 그렇게 하는 것이 더 큰 조화를 위해 반드시 필요하다.

시인들이 영웅들에 눈을 돌리지 않고서 활짝 피어날 수 있을까? 또, 지도자가 시인들을 과대평가하지 않고서 지도자가 될 수 있을까? 독일 사람들이 자주 비난받는 결점이 없다면 더욱 보편적인 문화 국가가 될 수 있을까? 독일 것이 아니라 외국 것을 좋아한다는 단점이 없었다면? 함께하는 일을 중시하는 사람에게 통일성은 환상이 아니다. 변증법적인 정과 반의 움직임 속에서만 조화롭게 살 수 있다.

강연을 끝내고 나서 반론이 있었다. 내가 브라만교에서 배운 것은 기독교 신비주의와 마찬가지 아니겠냐는 것이었다. 바로 이런 점이 잘못된 반박이다. 상당한 사실이 있다. 요컨대, 외국 것이 자극제라면, 인도 것을 편애하는 데에 특별하고 깊은 동기는 없었을지도 모른다. 서양에서 기독교의 수행은 인도의 구도 생활만큼 중요하지 않다. 기독교의 수행은 완전히 감정 세계에서 벌어지는 일이다. 그런데 감정이야말로 이해의 샘이다. 성모 마리아를 사랑하는 사람이 어느 날 성모를 만날 수 있을지 알 수 없지만, 아무튼 견신 체험을 객관적 사실로 확인할 날은 절대 없을 것이다. 그래서 인도 요가의 완전한 합리적 방법이 놀랍다. 물론, 우리는 요가가 이끌어준다는 곳까지 갈 수 있을까? 그 길에서 마주치는 현상을 정확하게 인식하고 해석할 수 있을까? 여전히 알 수 없다. 그렇지만 어떤 경우에도 가능한 것이 있다. 원칙적으로 교리와 관련된 사실들을 비교하면서 그런 주장이 정확한지 스스로 시험할 수 있다. 인도의 교리는 자아 완성을 위해 이런 것을 보장한다. (이런 시험을 수행한다면) 같은 의미의 기독교 교리보다 더 값지다. 오늘날, 인류의 지성은 매우 성숙했다. 그래서 오직 자신이 내면으로 이겨낼 수 있는 것을 이해했던 사람이 인도 사람들의 심오한 인간적 체험이 무엇인지 이해한다.

유럽 사람들은 점점 더 이런 문제에 부딪힌다. 동양 사람들도 자기 유산에 불충하게 되면 똑같아지지 않을까? 그렇지 않을 수도 있다. 그렇게 단순해 보이는 변화 욕구의 바탕에, 힌두교와 기독교에 일본 사람들이 열광하는 바탕에 더욱 깊은 것이 있다. 일정한 형식은 같은 민족에게서 단 한 번만 가장 높은 사상을 담아내는 그릇이 되는 법이다. 되풀이되지 않는다. 그리스 예술은 지금까지도 온 세계에서 정신적 효소가 되지만 이제 그 예술을 가꾸는 그리스 사람은 없다. 르네상스, 비잔티움, 불교의 예술 형식도 마찬가지다. 사상과 신앙 형식도 마찬가지다. 여기에서도 모든 삶에 작용하는 유일성의 원리에 따른다. 모든 존재는 죽기 마련이다. 그 속에서 영원히 죽지 않는 것이 있더라도 그것은 다음에 태어날 존재로서만 계속된다. 서구는 동양화하고 동양은 서구화하고 있다. 폭넓게 진행 중이다. 분명, 지금까지 우리가 생각했던 것보다 훨씬 더 깊다. 표현 수단이 새로워진다는 뜻이다. 오직 이것만 젊어질 수 있다. 어디에서나 누구나 회춘을 요구할 때 세계는 새로워진다. 지속만 되거나 또 다른 것의 결과일 뿐인 시대는 새로워질 필요를 느끼지 못한다.

불교와 기독교 신자들 그 누구도 역사적으로 마지막에 와 있다는 모습을 보여주지 않는다. 아직 세상에 존재한 적이 없는 것들이 태어나려 하고 마치 지상으로 되돌아오는 영혼처럼, 자기 부모들을 미친 듯 찾고 있다. 우리는 기원후 바로 몇 세기(초기 기독교 시대)와 비슷한 시대를 맞고 있다. 언제나 일어나는 상호작용처럼 동양과 서양은 결합하고 있다. 이번에도 과거처럼 그 결과는 생명 기반의 확장이다. 이런 융합의 결과로 배타적 형태가 나올 것이다. 불교든 기독교든 그들보다 이전 것의 유산을 물려받은 결과일 뿐이다. 오직 서로 다른 '원래의 모습'만 영원히 다르게 남는다. 동서양의 상호 기반은 서로 교환할수록 뒤집히지 않을 것이다. 서양이 동양의 지식에 동화되더라도 동양의 영혼과 조직을 '정도의 차이'가 있겠지만 자기 것으로 삼는다는 뜻은 아니다. 만약 서양이 위기마다 그랬듯이 영향력의 문제를 정신적 의미로서만 본다면 그것은 어떻게 되었을까? 다른 것을 채택한 결과, 근본적으로 달라지기는커녕 때마다 자기를 실현하는 지름길을 보여주지 않았을까? 독일 사람이 시리아에서 건너온 동양 사람의 기독교를 받아들여 '서양 사람'이 되었던 것이나 마찬가지다. 서양 사람이 현 상태에서 완성되려면 인도와 중국의 정신으로 다시 젊어진 뒤에나 가능하다. 일본도 마찬가지로 기대할 수 있다. 외국의 영향으로 불가분한 퇴행기를 겪고 나서 결국 새롭게 거듭날지 모른다. 일본 사람들은 서양의 수단을 자유자재로 이용할 수 있을 때까지 한동안 계속 무너질 것이다. 아무튼, 지금도 일본 사람들은 서양 사람들보다 여전히 활력이 부족하다. 서양 사람들도 인식의 도구에 얽매여 있다. 유럽은 특유의 구도자 정신으로 (외부 세계를 관찰하는) 거대한 장치를 만들어내고 있다. 그 솜씨에 불가분 그 정신의 내향성이 필요할 수밖에 없다. 그런데 이런 내향성이 우리에게 부족하다. 지금까지 서양 사람은 밖으로만 노력하고 있다. 우리도 괴테가 그려낸 마법사의 제자처럼 우리가 창조한 혼을 지닌 존재에 예속되고 있다. 일본 사람들에게서 서양의 단점이 분명하게 나타나는 것은 당연하다. 조만간 더욱 빠르게 이런 단점이 주도권을 쥐면서 심해질 수도 있다.

아무튼, 일본 사람들이 서구화에 뛰어들면서 보여주는 부족함이 흥미롭다. 인류가 위대하게 성취한 것보다 인류에 더 중요한 문제이기 때문이다. 그런 결함은 지금 세계를 정복 중인 문명의 근본과 핵심의 문제를 보여준다. 사실, 일본 사람들은 이상적으로 진보하려는 열망을 가치로 삼지 않는다. 그들은 자신들의 거칠고 미숙함을 극복하려는 것이 아니다. 그들이 극복하려는 것은 자신들의 인간성이다. 어떤 지상의 묘약으로도 영혼의 상처를 지울 수 없는 유전적 믿음이다. 일본 사람들은 서구화한 극동이 구체적으로 보여주듯 순수하게 기계적인 생활을 열망한다. 거기에 어떤 문화적 잠재력은 없다. 그 새로운 인간은 부강해지려는 수단만 보면서 성공만 생각한다. 자신의 '세계관'에 어울리는 것을 알고 있다는 점에서라면 당연하다. 역사상 유례없이 가장 빠르게 경험을 쌓고 성과를 올리고 있기 때문이다. 지금 일본 사람들은 순수하게 외적인 것에만 헌신하면서, 그런 이상에 더욱 매달리는 유럽에서 수 세기에 걸쳐 이룬 것을 단 삼십 년 만에 성취했다. 그래서 이런 사회에서는 영혼이 없는 사람이 더 대우받는다.

7부

신세계를 향하여

태평양에서

대양으로 미끄러져 나가는 기선에서 인간은 돌고래만 못하다. 돌고래는 자기 위치를 잊을 수 있어 얼마나 좋을까! 삶의 바탕은 얼마나 넓고! 인간이 세상의 중심에서 결국 반감이나 품게 되지 않을 날이 언제 올까? 자연에 맞서는 문화에 대한 반감이 아니라 인간에 대한 반감이다. 물론, 인간은 자신에게 유리하게 많은 것을 할 수 있다. 그러나 왜 그런 것만 고집할까? 우주 전체로 볼 때 동물은 무슨 뜻일까? 우리는 다른 관심 없이 오로지 개미만 공부하는 학자를 비웃는다. 마찬가지로 문화만 공부하는 사람도 비웃음을 살 만하다. 우리가 인간인 만큼 좋든 싫든 사람 노릇을 해야 한다. 아이들을 낳고, 먹을거리를 키우고, 나라를 이끌고, 책을 짓고, 만약 우리가 개미로 세상에 태어났다면 누구나 솔잎을 끌어모아야 한다. 그런데 인간에게만 관심을 두는 것도 지나치다.

특히, 백인의 줄기차고 지나친 자화자찬은 실제만 못하다. 그런데 아시아 사람은 백인처럼 자신을 높이 평가하지 않는다. 어림없는 일이다. 인도 사람들은 조금도 거부감을 주지 않는다. 그곳에서 인간은 현실 속에 자신의 특별함을 겨우 남길까 말까 할 정도였다. 사람들은 동물처럼 다른 생물과 구별되지 않는다. 일본 사람들은 기질로 볼 때 서양처럼 부적절하고 불쾌할 정도는 아니지만, 아무튼 어디에서나 지배하려 든다. 그래서 일본이 귀한 나라이기는 해도 미련 없이 떠났다.

이미 산들의 윤곽은 수평선 속으로 사라졌다. 갈매기들이 우리 주위를 맴돈다. 몇 시간이면 대륙의 기억도 지워지리라.

사실, 나는 누구인가? 또다시 해묵은 문제가 고개를 든다. 그러나 이번에는 정확하거나 분명하지 않다. 대양의 물결이 흔들리는 생각을 삼켜버리기 때문일까. 현실 속에서 나는 번번이 드러나는 '내 모습'뿐이다. 형이상학의 관점으로 보면 나, 헤르만은 없다. 내 속에서 태어났다가 죽고, 피할 수도 고칠 수도 있는 모든 것이 구체적이다. 하지만 '변함없는 나'라고 할 것은 아무것도 없다.

모든 일반과 특수 현상은 성격부터 순간의 인상에 이르기까지 모두 '자연'이다. 내가 나라고 생각하는 것은 때에 따라 나를 대표하는 것들의 흐름이다. 그런데 그런 것들은 속과 겉 어디에서나 시작된다. 나를 나라고 할 수 있는 영원한 의식의 실체가 무엇인지 알아야 한다. 그런 생각이 어디에서 오느냐가 아니라 내 속에서 얼마나 강렬한 것인지의 문제다. 다시 말해, 구체화의 문제라고 하겠다. 아트만의 관점에서 보면, 천재의 독창성과 어린아이가 복종하는 마음에 차이는 없다. 그런데 어떤 구체화도 지속될 수 없다. 그것이 따르는 방향만 영원하다. 오직 그 방향에서 내면이 시작된다. 그것을 어쩔 수 없이 '나'로 보아야 한다. 나는 일정한 방향을 따라가며 변하는 것이 아닐까? 이해하기 어려운 개념이다. 아무튼, 내가 방향이거나 그 방향을 중개한다고 가정해 보자. 이런 나는 어떤 경우든 개인은 아니다. 어떤 전체의 단면일 뿐이다. 또는 (누구나 설명하듯) 독립 원소이거나 '나'의 모습으로 체험할 수 있는 그런 인간과 관련된 것은 아니다. 불멸이라는 개념은 이런 점에서 어렵다. 생

저자가 태평양을 건널 때 탄 증기선과 같은 유형의 대양 운행 초대형 여객선. 사진은 북대서양을 주로 항행하던 RMS 올림픽.

존 문제는 당연히 현실의 문제다. 그렇기 때문에 이 문제는 실제 해법을 찾는다. 나 개인의 체험은 무한히 많은 경향의 교차점이고 그 많은 경향 가운데 가장 개인적으로 두드러져 보이는 것을 가리키기 때문이다. 이런 감정과 의견, 사유와 결단은 끝이 없다.

만약 내가 나 자신을 사명이나 이상 혹은 그 이상을 향해 가는 길 같은 것으로 생각한다면 질문은 극히 단순해질 수 있다. 생각대로 행동하며 살아가는 것이 곧 '나' 아니겠냐고. 예컨대, 영원히 죽지 않는 예수란 발전하는 기독교인 셈이다. 이제 이런 개념은 더 이상 마땅치 않다. 나는 어려서부터 관념을 충실히 따랐지만, 사실 그런 줄도 모른 채 끌려다녔다. 애초부터 나는 의무감을 의식했다. (때마다 그것은 '해도 되거나 해서는 안 되는' 것으로 생각하는 방식이었다.) 이런 의식이 너무 강해 지금도 내가 꽤 개인주의자이고 희생할 자세도 되어있지 않지만, 만약 내가 누군가를 위해 쓸 만한 재목이 될 수 있다고 믿게 하는 사람을 만난다면 주저 없이 나를 포기하지 않을까. 그러면 내가 하는 일로서 진정한 내가 되지 않을까? 내가 죽고 나면, 내가 했던 일에 따라 평가된 활동으로서 계속 살아남게 되고. 하지만 내가 그런 일에 서툴러 몰입할 수 없다면, 나는 다시금 또 다르게 살 방법을 생각할 수밖에 없지 않을까? 그러면 나 개인의 의식은 또다시 똑같은 임무를 맡게 된다. 이런 식으로 마치 환생하듯 되풀이되는 일이 절대 벌어지지 않는다고 증명할 길은 없다. 같은 길을 따르는 두 번째 인물은 자아를 새롭게 느낄 것이기 때문이다. 그렇다면 두 경우 모두, 의식의 기본 바탕이 동일할 터이므로 형식도 마찬가지로 똑같을 것이다. 물론, 이런 환생이 실제로 벌어질지 입증할 수도 없기는 마찬가지이겠지만.

지금 나는 관념이 다른 모습으로 되살아난다는 쪽으로 생각한다. 인간의 불멸은 이상(理想)이다. 인간은 자신이 사용하는 에너지만큼만 실재한다. 사후의 삶이 반드시 찾아온다고 믿기 어렵다. 사람들 대부분은 죽고 나면 정말로 죽은 존재일 뿐이다. 그의 몸이 없는데 살아남은 의식만 받아주는 바탕이 어디 있을까? 없다. 역사적으로 잠시 뛰어넘어 이런 바탕이 살아남는 일은 드물다. 그러나 자신이 근본적이며 보편적인 사상의 화신이 된 사람, 즉 붓다와 예수 같은 인물은 개인적으로도 영원히 살아남는다. 이것이 인도 사람의 사상이다. 이렇게 영적 배경을 두드러지게 요구하고 자극하며 지지하는 철학도 없다. 나는 이번 뱃길에 서양을 다시 생각해보려고 성경을 읽어 보려고 했다가 그만두었다. 어마어마한 대양에서 기독교라는 좁은 틀에 갇히자니 분위기에 맞지 않았다.

누누이 말했지만, 창의적 활동으로 본다면 기독교는 불교보다 심오하다. 기독교 교리는 인간을 적극적 행동에 나서도록 부추긴다. 신성조차 현상을 극도로 완성시키려 한다. 그래서 그 교리는 깊이 사색하기 좋아하는 사람에게 부적당하다. 게다가 그런 행동으로 하느님에게 빨리 다가갈 지름길을 제시한다. 그러나 그렇게 하려는 개인에게 한계가 있다. 자신을 과대평가해야 그 에너지가 마르지 않는다. 그래서 '카르마' 요가 수행자는 개인으로서 자기 능력을 과대평가하거나 아니면 무심한 척할 수밖에 없다.

대양에서 인간은 꼼짝달싹 못 한다. 별수 없이 커다란 전체를 생각하게 되고 바닷속의 물방울처럼 자의식을 버린다. 그렇다고 눈앞의 모든 것을 뛰어넘지도 못한다. 단지 커다랗게 이어지는 현상에 묶여 있다는 뜻이다. 이렇게 뜻밖에 대양에서 불교 사상이 떠오른다. '여래(如來)'는 서로 이어지는 인연을 깊이 이해하고 인상적으로 설명한 개념이다.

커다란 알바트로스가 날아오르는 것을 보니 마음이 놓였다. 일곱 마리가 우리 뒤를 쫓아다녔다. 그놈들은 몇 시간씩 따라다니기도 했다. 먹을 것을 찾거나 물결을 타고 졸기도 하지만, 갑자기 연기처럼 되돌아온다. 그러다가 거창한 구경거리를 펼치며 날아오른다. 매끄러운 비행은 완벽하기 그지없다. 일단 높은 곳에 올라가면 더는 활개 치지 않는다. 날개의 각도만 조금 바꾸면서 바다까지 내려오기도 하고, 오르락내리락 바람으로 리듬을 탈 만큼 영리하다. 힘을 조금만 쓰고서도 시간을 잴 수 없을 만큼 빠르게 난다. 새들이 바다를 가로지르며 살아가는 방법은 감탄할 만하다. 큰 곡선을 그리면서 몸을 뒤집어 한쪽 날개를 깊이 물속에 집어넣고 버둥댈 때는 어찌나 아름다운지!

큰 바닷새들은 자연의 놀라운 산물이다. 물고기도 아닌데 뭍이 필요 없는 새들이다. 파도 위에서 바람을 타고 다니며 산다. 드넓은 대양도 이놈들에게 작은 성 안마당처럼 친근하다. 우리가 생각할 수 없는 감각을 타고났다. 이놈들은 태어나자마자 지리의 기본 조건을 안다. 기상 문제 전문가들이다. 내륙까지 거리도 즉시 알아챈다. 우리에게는 엉뚱해 보인다. 남십자성도 모르고 정보도 도구도 없이 사람만큼이나 알고 있으니 분명한 의식도 갖고 있을지 어떻게 알까. 알바트로스는 노련한 선장보다 바다를 더 잘 안다.

우리가 동물의 역량을 너무 깔보지 않아야 한다. 세계를 접하는 무수한 방법 가운데 인간의 방법이 반드시 최상은 아니다. 생물마다 세계라는 큰 그림 속에 제자리가 있고 살아가는 데 필요한 자질이 있다. 그런데 여건이 열악한 곳일수록 탁월한 능력이 필요하다. 아메바는 우리보다 여러 면에서 재능이 많다. 구더기는 계속 잘릴 위험 속에서 힌두교 신처럼 되살아난다. 인간도 신들이 부러워할 만한 능력이 있을 것이다. 이 세상에서 절대적 장점은 늘 그만한 대가를 치른다. 알바트로스도 인간보다 신 같은 상태로만 접근할 수 있는 이상적인 면이 있다.

호놀룰루

호놀룰루의 수족관은 세상의 경이라고 할 만하다. 물고기들은 보석처럼 눈부시다. 그 모양도 일본의 괴기스러운 화가들이 그린 것처럼 이상야릇하다. 빛깔은 알록달록하고 나비나 벌새처럼 화려하다. 물속에서 살아 있는 것도 물 밖에서 살아가는 것만큼 휘황찬란하다. 이런 형태가 무슨 의미일까? 생리적으로 특별한 문제는 아니다. 빛깔이 사실 그렇게 대단치는 않다. 자신을 보호하려는 수단이다. 깊고 푸른 바닷물고기들은 부드러운 광채를 띠고, 새 부리 같은 입에, 심해에서는 눈에 띄지 않는다. 노란 생선도 마찬가지다. 수족관에서 물고기들의 눈빛은 처량해 보인다. 분명, 산호초 깊은 곳을 들여다보는 능력을 잃었다. 어쨌든 놀라운 솜씨로 움직인다.

이곳에서 호기심을 끄는 물고기로 달처럼 생긴 놈이 있다. 몸통에 검고 노란 두 줄기 줄무늬가 있고 등지느러미는 깃발처럼 치솟았다. 지느러미가 너무 커 움직이기도 어렵다. 그것으로 물살을 휘젓지도 못한다. 그러나 바위 밑에서 비늘을 운모처럼 반짝이며 그 길고 엉뚱한 지느러미로 강장동물처럼 해저의 무리한들을 조심스럽게 피하는 소리를 낸다.

분명한 사실이 있다. 살아 있는 형태가 원칙적으로 환경에 적응하기 위해 그런 모양인 것만은 아니다. 하와이 물고기들의 빛깔이 환경에 최적은 아니다. 그런데도 그렇게 할 수밖에 없었던 적응 원리는 무엇일까?. 그런 색채가 꼭 필요한 것은 아니다. 더 쉬운 보호색을 띨 수도 있었다. 힘을 덜 들이는 것이 이점이라면 위장에 능한 모든 생물, 한곳에 머물지 않고 근거지를 자주 옮겨 다니는 생물이 태평양에 꽤 많다.

태평양 해양 생물의 휘황한 색채를 보면, 인간 못지않게 자연도 공상을 즐기는 듯하다. 생물을 보고 즐기면서 나는 폴 고갱과 로버트 루이스 스티븐슨과 같은 생각에 젖어본다. 사람의 정신이야말로 살아 있는 모든 것 속에서 움직이기 때문이다. 정신은 동식물 속에서 자유롭게 상상을 펼치지만, 인간에게서는 심정의 세계에 국한된다. 생물의 경이로운 신체 기관은 이렇게 태어난다. 그에 비하면 인체는 별것도 아니다. 동물이 환경에 완벽하게 적응하며 변신하고 번식하는 능력도 마찬가지로 설명할 수 있다. 신체의 세계도 심리 세계의 창의력과 마찬가지다. 인간은 쓸모 있는 것을 만들기도 하고, 쓸모 있고 보기에도 좋은 것을 만들기도 하며, 장식만 위한 것을 만들기도 한다. 이와 마찬가지로 자연도 유용성과 쾌감 사이를 오가고, 여건만 된다면 상상의 고삐를 풀어헤친다. 아무튼, 그런 본능은 얼마나 확실한가! 엄청난 공상을 발휘하면서도, 자연이 세계에 내놓는 것치고 그 자체로서 잘못된 것은 없다. 살아갈 수 없거나 무의미한 것을 내놓지 않는다. 자연은 결코 미래파가 아니다. 자연에는 밑그림만 그려 놓고 진전이 없어 쩔쩔매는 화가들 같은 한심한 솜씨는 없다. 물론, 어쩌다 우연히 나왔나 싶은 물고기도 있다. 깊은 뜻에 따라 나온 것이 아니라 즉흥시처럼 튀어나온 물고기다. 사실, 긴 등지느러미 생선처럼 특별한 상황에 맞춰 좁은 바위 틈새에서 살아가는 기막힌 생존력을 보면 아무튼 그들의 표현은 완벽하다. 어떤 표현력도 모자람이 없다.

호놀룰루 시가지와 호놀룰루 만의 범선, 1900년대

다시 한번 나는 인간에 불리하게 판단해본다. 우리는 분명 동물보다 훨씬 많은 가능성을 타고났는데도 지금까지 얼마나 실속 없이 달라지지 못했을까! 태평양 물고기들에 비하면 우리는 그저 야만인이다. 우리는 스스로 결정하는 재능도 있다. 그런데 그것을 얼마나 써먹었을까?

어느 날, 나는 바라나시에서 집으로 끌려가는 뿔닭 한 무리를 보았다. 몰이꾼은 손에 큰 나뭇잎을 들고 그놈들을 몰아가는데, 그 수백 마리 중 단 한 놈도 거역하지 않고 바람처럼 이러저리 방향을 바꾸며 따랐다. 우리 인간은 얼마나 다를까? 누구나 우리를 이끌 수 있는 것이 아니다. 우리를 이끌만한 누군가 유능한 인물이 있다면 우리는 각자 얼마든지 따라간다. 그러나 뿔닭 뒤에 사람이 아니라 개가 있었다면 그런 질서가 유지되었을까? '마땅한 사람'이 지휘한다면 십중팔구 기꺼이 그를 따를 것이다.

인간이 자기를 과장하는 방식은 정말 한심하다. 시인들은 자신들만 사물의 의미를 표현한다고 생각한다. 사실상, 고대부터 지금까지 이런 점에서 장미에 비할 만한 사람은 열 손가락도 꼽기 어렵다. 우리가 육체적인 면보다 정신적인 면에서 더 훌륭할지 모른다. 그런데 그런 사람은 너무 드물다. 아무튼, 다시 목적에 적응하는 '합목적성'의 문제로 생각해 보자.

수족관에서 자연과 어울리지 않는 어색한 모양을 보여주는 많은 이상한 생물을 보면 배울 점이 많다. 그 수족관에 일본적 매력에 넘치는 물고기들이 있다. 그것들을 겹잎 패랭이꽃 비슷하게 키웠다. 사람들이 멋대로 만들었다. 일본에서 전시하는 아름다운 어항 속에서 그것들은 꽤 볼 만하지만, 거대한 수족관에서는 낯설고 어색하다. 꼬리는 방향타 노릇을 못 한다. 무기력한 부가물이다. 눈은 멀뚱하고 너무 커서 황소 눈알만 하다. 수족관이라는 축소판 바닷속에서 얼빠진 모습이다. 게다가 인공적으로만 살아갈 수 있다. 그냥 내버려두면 그 물고기 종 전체가 몇 주 만에 죽는다. 이런 사례에서 자연에 충실하다는 것이 무엇인지 알 수 있다. 확실히 우리는 자연으로 돌아가려고 '뒷걸음질' 쳐서는 안 된다. 자연도 가만히 있는 법은 없다. 우리는 막다른 길을 향해 전진해서도 안 된다. 일본의 관상용 물고기들이 그렇게 되었다.

킬라우에아 화산

거대한 화산의 구경거리는 달이 식기 전에 보여주었을 것과 똑같지 않을까. 킬라우에아 화산[223]은 불을 내뿜지 않는다. 그냥 불바다다. 봄의 폭풍이 빙하를 녹여낼 때 사납게 출렁이는 북극해 같다. 파도와 거품이 무섭게 밀려들고 솟구치며 녹아내리는 얼음 주위로 소용돌이치는 듯하다. 뜨겁게 끓어오르며 노래하는 용암은 바다나 다름없다.

낮에 이런 구경거리는 그다지 강렬한 편은 아니다. 방대한 분화구이기는 해도 한계는 분명하다. 분화구는 거대한 용광로처럼 힘차게 용암을 쏟아내고, 상상은 차츰 무한이 아니라 끝을 향해 식는다. 그러나 해가 지고 나면 구경거리는 시시각각 거대해진다. 분화구 둘레는 보이지 않고 화산암 찌꺼기는 거의 침침하다. 무한한 우주 공간 속으로 화염만 치솟는다. 바로 곁에서 이글대는 태양을 보는 듯하다. 잠시 나는 멈칫했다. 사실 인간에게 금지된 구경거리 아닌가. 처음 볼 때부터 나를 집어삼켜 버릴 것만 같았다. 다행히 사물이 태어나는 것을 차분히 지켜보는 조물주처럼 불가에 무사히 서 있었다.

누군가 옆에서 지옥 이야기를 했다. 이런 자리에서 어떻게 그런 비

223 Kīlauea. 하와이에 있는 1,222미터 높이의 화산으로 세계에 가장 활발한 활화산이다. 분화구가 여러 개인데 그중 지름이 6킬로미터나 되는 칼데라 안에는 두 개의 분화구가 있다. 분화구에는 불의 여신 펠레가 살고 있다고 전해진다.

교를 할 수 있을까. 베수비오 화산을 생각했기 때문이겠지만. 베수비오는 화려하던 삶을 폐허로 만들었으니 그곳의 불은 정말이지 죽음의 상징이다. 하지만 이곳에서 불이 죽음과 무슨 상관일까. 어떤 생명도 없으니 그냥 원초적 사건만 보인다. 생명이 아직 태어나지도 않은 그런 먼 옛날을 보고 있다. 분화구 앞에서, 공포? 행복? 아무런 감정도 들지 않는다. 내가 마치 태초의 혼이라도 된 것일까? 물 위를 떠돌던 혼이다. 내가 만약 그 불구덩이 속으로 뛰어들더라도 말짱하지 않을까. 이 장관을 바라볼 수 있는 나는 하나의 혼이니까. 불은 전혀 사납지 않다. 어떤 원초의 불도 적대적이지 않다. 서구 신화들마다 화산을 지옥에 갖다 붙이고 끔찍한 환상을 신성하다고 했다. 신화 작가들이 화산을 본 적이 없었기 때문이다. 그 뒤 야만스러운 기독교 설화를 덧붙였다. 자연을 목적을 위한 수단으로만 보았다. 보상이나 처벌 수단이다.

반면, 하와이 사람들의 생각은 훌륭하다. 킬라우에아의 신화는 이렇다.

'펠레'라는 절세의 미녀가 있었다. 그런데 펠레가 어느 날 불구덩이로 뛰어들었다. 못되게 덤벼드는 징그러운 자를 피하려고 그랬다. 그때부터 처녀는 화산의 혼으로 살았다. 하와이 제도 전체의 수호 여신이 되었다. 분화구는 반드시 어떤 동기가 있을 때만 분출한다. 말하자면 펠레가 이 나라의 운을 현명하게 끌어간다. 펠레의 혼은 짙은 황산 연기를 내뿜어 적들을 죽이고 카메하메하[224]를 왕좌에 앉혔다. 펠레 여신은 순

224 Kamehameha I. 1738~1819. 하와이 왕국의 초대 군주로 하와이 제도 최초로 통일 국가를 세웠다. 1778년에 제임스 쿡 선장이 유럽인으로 처음 하와이 제도에 도착하였을 때, 그는 당시 자기 부족장이던 할아버지 칼라니오프의 명령으로 제임스 쿡 선장을 만났다. 그에게서 영어를 배우고 영

진무구한 사람을 절대 해치지 않는다. 관대한 여신이다. 때때로 용암을 비밀스러운 이유로 다시 흘러넘치게 할 때, 여신은 이 사실을 자신을 믿는 원주민에게 미리 알려준다. 여신은 백인에게도 불행을 주지 않았다. 어쨌든 백인은 여신에게 못되게 굴었다. 그들은 몇 차례나 무엄하게 여신에게 바짝 접근했다. 등반하던 백인들이 그 구덩이로 떨어질 뻔했지만 그때마다 죽음을 면했다. 초자연적인 힘이 없었다면 살아나지 못했을 것이다.

국의 많은 기술을 익혔다. 그러나 제임스 쿡의 부하와 원주민 간의 불화로 무력 분쟁이 발생했다. 결국, 제임스 쿡 선장이 전사하고, 영국 선원들은 하와이 제도를 떠났다. 그는 포로로 붙잡힌 영국 선원을 군사 고문으로 임명하고 유럽의 문물을 적극 수용했다. 이후 우수한 무력으로 하와이 제도 내 여러 섬을 정복하여 1810년에는 하와이 제도 전체를 통일했다. 그러나 릴리우오칼라니 여왕이 1893년에 사망하면서 왕조는 끝났다.

킬라우에아 용암 지대에서

새 아침이 밝을 때마다 세상을 처음 보는 것 같다. 안개와 구름은 많은 형태를 지운다. 사물의 경계조차 알아보기 힘들다. 그러면 거대하고 신성한 침묵(외로운 새 울음 때문에 더욱 깊어지기만 하는 흔들림 없는 침묵)이다. 태초의 분위기로 자연을 압도한다. 한 번 더 이곳에서 강렬한 태초의 모습에 사로잡힌다. 멀리 구름 속에서 불바다가 출렁댄다. 태양의 불길도 바위를 집어삼킨다. 파랗게 질려 굳어버린 용암에서 누런 유황 연기가 꾸물대며 피어오른다. 태양이 차츰 솟아오르면서, 은빛으로 물든 열대 우림과 더 좋은 세계에서 온 신령들처럼 드넓고 고독한 어둠 위를 맴도는 새들을 본다.

식물도 태초의 모습이다. 유황을 좋아하는 식물만 이곳에 살아남았다. 기이하고 살집이 두터운 초목은 납빛이다. 그런데 검붉은 꽃을 피웠다. 거대한 이끼와 작게 오그라든 나무는 분명 이 세상에 더 먼저 나왔을 것이다. 이 땅은 생명이 처음 탄생했을 때와 별다르지 않을 것이다. 생명은 어떻게 태어났을까? 답할 수 없으니 쓸데없는 질문이다. 창세기의 모습이야말로 객관적일 것이다. 하지만 우리가 아는 것이라곤 고작해야 하나뿐이다. 생명은 가능한 한 서둘러 나타났고, 또 나타나기 무섭게 많은 형태를 취했다.

과학으로 기적을 설명하고 지워 버리려고 하다니 얼마나 어리석은

가! 성서대로 천지창조를 인정하는 것보다 바그너가 우연히 난쟁이 요술사를 만들어내는 것을 보는 것이 더욱 경이로운 기적이 아닐까? 의미만으로도 충만하고 적절한 것이 있다는 것은 어찌 된 일일까? 생명이 어떻게 우연하게 나올 수 있을까? 생명이 어떻게 태어났는지 나는 모른다. 인도의 전설에서도 브라흐마조차 생명의 기원을 모른다고 한다. 만약 생명의 탄생이 수긍할 만한 것이 아니라면 분통 터질 일이다. 나는 기적을 좋아한다. 또 그래야 한다. 꽤나 정확한 것을 좋아하기 때문이다. 내가 칸트를 좋아하는 이유도 마찬가지다. 그가 인식의 한계를 인정하고, "결코 생각할 수 없는 사실이 있음"을 증명하기 때문이다. 정직한 사람들처럼, 나도 인간세계와 본질적으로 다른 세계가 어떤 것인지 그려볼 수 없다. 예컨대, 객관적으로 공간의 거리가 없다는 주장처럼, 또 다른 세계를 '구체적'으로 이해할 수 없다.

매번 이런 생각이 들 때마다, 진심으로 이 세상의 시작은 신화로밖에 설명할 수 없다. 신화도 다른 것과 마찬가지로 믿음직하다. 그 자체는 그럼직하다. 그렇다면 세계의 시작이 지금 이 아침의 여명과 비슷하지 말라는 법이 어디 있을까? 절대적 침묵, 번뜩이는 화염, 유황 연기와 수증기가 어둡고 차가운 황야 위를 덮고 있다. 갑자기 (그럴 수밖에 없다는 듯) 멀리서 희미하게 새가 운다.

나는 젊은 날에 지질학을 공부하면서 이 산 저 산을 찾아다녔다. 그러나 오래가지 못했다. 돌보다 멀리에서 들려오는 생명의 소리를 참기 어려웠다. 나는 얼마나 내키지도 않는 일을 억지로 했는지 모른다. 그런데 지금 다시 그 일로 돌아가고 싶어진다. 무생물이라도 자연은 그 어떤 인간 작품보다 거창하고 위대하며 숭고하니까! 이곳의 모든 것이 웅장한 한 덩어리로 거대하기만 하다. 무함마드는 이런 말씀을 했다.

> 천지창조는 진실로 인간의 창작보다 훨씬 위대하다. 그런데도 대다수 사람은 이것을 모른다.

그렇다. 우리는 천재적 인간의 작업보다 차라리 자연의 위업을 파헤치는 편이 좋다. 알프스에서 조사하는 지질학자는 수백만, 수천만 년 동안 벌어진 풍요로운 사건을 한눈에 들여다본다. 지질학자는 산맥이 어떻게 일어섰고, 어떤 동물들이 다른 동물들로 바뀌어 지금처럼 되었는지 순간의 거울에 비추어본다. 그렇게 생명의 위대한 교향악의 첫 번째 연주를 듣는다. 드물기 짝이 없는 소리다. 그런데 듣다 보면 차츰 더 많이 더욱 풍부하고 충만하게 들린다. 그렇게 복잡한 멜로디로 이어지다가 다른 것들로 계속 바뀐다. 시간을 따라 흘러가면서 또 끝까지 다 들어봐야 이해할 수 있다. 연속성과 동시성, 고정과 변화가 분명히 맞서지만 놀랍지는 않다. 변함없이 이어지는 전형 속에서 그 상극에 있는 것이 선율을 자유롭게 지배한다. 자연의 장엄은 이렇게 예술가의 작업보다 훨씬 의미심장하다. 만약 내가 다른 철학자보다 유리한 점이 있다면, 대자연 사이로 많이 돌아다녔다는 점이다. 보통, 철학자들은 고대 언어와 비교문학을 공부한다. 좋은 일이다. 그렇지만 세상의 변화 속으로 들어가 보아야 유익하다. 아무 생각 없이 수정을 굳히는 법칙 속에 이미 모든 음악이 들어 있다. 모든 예술적 관념이 그 플라스마 속에 상징적 모습을 드러낸다. 사물이 진보하는 과정의 끊임없는 연결고리는 형태도 없는 혼돈에서 시작해《일리아스》와 파르테논 신전을 짜내는 원시적 욕망에서 나온다.

오늘 밤, 나는 세계의 창조를 지켜보았다. 창공에서 별들이 반짝인다. 그 밑으로 멀리 불바다가 요란하게 꿈틀댄다. 그 둘레가 마치 우주의 재처럼 보일 만큼 먼 거리다. 졸리지도 피곤하지도 않다. 내 앞에서 벌어지는 것이 거대한 운명보다도 위에 있다. 나는 몇 시간 째 분화구를 지켜보면서 그 역동적 원리를 파헤쳐보려고 했다. 질적으로 어려운 일은 아니다. 이곳에서 일을 벌이는 힘이 내 몸까지 전해진다. 그 법칙이 곧 내 법칙이다. 그런데 그 크기가 일을 불가능하게 한다. 어마어마한 양은 새로운 질을 결정한다. 원자는 '그 자체'로서 하나의 태양이다. 아무튼 원자와 별이 같은 것은 아니다. 원자는 별의 한 조각일 뿐이다. 그런데 화산 활동이 과시하는 잘 알려진 힘의 강도를 짐작하기 어렵다. 설명하고 생각할 수야 있다. 하지만 내가 이해하는 것은 그것이 아니다.

세계의 탄생을 신화의 의미로 이해하면 얼마나 쉬운가! 가장 어리숙한 신화조차 인간적으로는 라듐 현상보다 더 그럴듯하다. 하느님의 뜻으로 무에서 창조되는 것은 어느 사람이나 매 순간에 떠오르는 커다란 이미지일 뿐이다. 내가 무엇을 생각하면, 그것이 즉시 세계 속으로 들어온다. 말하자면, 존재하지 않은 것에서 어떤 존재를 순간적으로 끌어낸다. 마치 야훼가 천지를 창조했을 때처럼 놀랍도록 정확하게 어떤 것을 성취한다. 이런 식으로 "아주 잘된 것"이 나온다. 상상했던 것보다 훨씬 좋다.

내가 거기에서 어떤 '존재'를 마술사처럼 끌어낸 '비존재'는 당연히 실체라고 생각하기 어렵다. 그런 식이라면 내가 조물주에 뒤질 것은 없다. 사고의 실체는 산을 만들어 낸 것보다 상당히 유연하다. 정신이 물질에 정말로 영향을 준다면, 무거운 것도 정신적 실체로서 이루어진 것이라고 굳이 생각하지 않더라도, 산보다 더 무거운 것에까지 영향을 줄 수 있다. 이런 점에서 인간은 간접적으로(신과 자연의 중간에서) 많은 일을 했지만, 지금도 여전히 불가능하다고 생각하기 쉬운 많은 일을 할 수 있다. 인도 요가 수행자의 주장 못지않게 그렇다. 정신 집중은 정신력을 모으는 것이다. 그러나 신경이 약한 사람은 집중하지 못한다. 지속성을 방해하는 것을 어떻게 해결할 수 있을까? 조물주처럼 뜻으로 만들어내는 것을? 의식이 힘을 모으기 좋을 때 완벽하게 집중하면서 "빛이 있으라!"라고 한다면 빛이 나타날 것이다.

잠시 이런 생각에 빠져보았다. 실수를 거듭하면서도 노력하는 것은 재미있다. 내 뜻대로 화산을 분출하려고 해도 뜻대로 되지 않으니 짜증도 난다. 내 능력 밖에서 벌어지는 장엄한 광경이 머지않아 끝나리라고 생각하면 우울하다. 왜 나는 무기력할까? 덧없고 나약한 그 무엇 때문이 아닐까. 우리가 자연을 제대로 안다면, 전등을 끄듯이 별로 힘들이지 않고 화산을 끌 수도 있고. 보조 장치 없이 즉시 그렇게 할 수 있지 않을까? 내 힘 밖의 힘들이 아무리 어마어마하고 거대해도 원자의 바탕에 있는 에너지는 문제 되지 않는다. 만약 내가 용암 한 덩어리를 떼어낼 수 있다면(사실 어려운 일은 아니다), 화산이 어떻게 계속 살아 있을 수 있는지 알아볼 것이다. 그런데 이런 것에 생명의 극히 미세한 자취도 없다. 생명은 무엇인가? 물질을 형태로 빚어내는 비물질 원리 아닌가! 그런 경우라면 우리는 화산에 어떤 혼을 불어넣을 수 있을지 모른다. 나는 항상 생명이란 어디에나 있다고 생각하는 편이다. 생명은 필요한 물질 조건만 맞으면 나타난다. (사실, 부분적으로 생명 자체가 만들어내기도 한다.) 지성은 두뇌가 성숙하면 즉시 드러나기 시작한다. 어떤 선이 그려지면 그림이 표현력을 띠게 되는 것과 마찬가지다. 이와 똑같이, 말 한마디만 바꿔도 무의미한 문장 속에서 심오한 뜻이 꿈틀대며 살아난다.

이상하게 고민하게 된다. 이와 같은 '살아 움직이게 하는' 작용, 생명을 주는 작용은 우연히 벌어진다. 그런데 영혼을 창조하는 위대한 축복이 무엇인지 도무지 알 수 없다. 인간에 세상에 내놓은 생각마다 물질은 새로운 의미를 받아들인다. 진지하게 물어보자. 왜 이 화산에 어떤 영혼을 줄 수 없을까? 아마 이미 하나쯤 있을 것이다. 하와이 신화에 충실한 혼이다. 다만 내가 이해할 방법이 없다.

밤이 깊었다. 용암은 줄기차게 솟아오른다. 더욱 넓고 둥글게 땅으로 흘러내린다. 바탕이 어두울수록 화염은 더 밝게 빛난다. 붉은색이 빛을 삼키며 사라진다. 이제 전체는 검고 황금빛의 교향악을 울린다. 이곳 우주의 대화재 앞에서 뜬금없이 일본 자개가 생각났다. 검은 바탕에서 마그마가 금빛으로 두드러지는 똑같은 원리이니까.

나는 잠시 눈을 붙였다. 관광객의 대화가 내 무의식적 꿈을 깨웠을까? 눈을 떠보니 불바다는 알몸의 사람들로 보였다. 지옥이다. 아니다. 벌 받은 사람들 누구도 괴로워하지 않는 모습이다. 화염은 그들에게 고통을 주지 않는다. 그림자처럼 그들을 둘러싸고만 있었다.

날이 밝아왔다. 또다시 창세기처럼 천지가 갈라진다. 늦도록 떠 있는 달은 신나는 해 앞에서 높고 둥근 하늘 속으로 측은하게 서둘러 도망친다. 아래쪽 분화구 속에서 녹아내리는 용암이 뒤집히고 또 뒤집힌다. 바다는 무기력하게 생명이 없는 듯 굳어있다. 금빛은 무섭도록 시뻘겋게 달아오른다. 끝없는 세계였던 검은 바탕은 칙칙한 잿빛으로 타다 남은 껍질을 드러낸다.

와이키키만에서

먼 옛날, 그리스 사람들은 섬에서 행복하게 살았다. 그들이 상상하기에 이보다 자연스럽고 안전하며 더 좋을 수 있을까? 인간적 의미에서 생각할 수 있는 것만 가능하다. 그러나 그토록 행복한 생활은 바다 한가운데 삭막한 섬에서만 생각할 수 있다. 절대적으로 고립된 곳에서 방랑하고 싶은 욕망은 살아나지 않는다. 고립 지역에서 역사가 될 만한 일은 벌어지지 않는다. 시간은 무의미하다. 활동력이 강한 그리스 내륙 사람이라면 이런 섬에서 정신이 메말라 버릴 것이다. 그러나 행복한 섬사람들은 시간도 욕망도 없어 이곳이 낙원이었다.

하와이 제도의 생활은 자연스레 신화적 성격을 띤다. 본디 역사적 인간인 유럽 사람은 여기에서 수족관을 기웃거리는 파리 같다. 그렇지만 그 틀에 맞는 하와이 사람들은 이상하게 비현실적으로 보인다. 차라리 꿈에서 벌어지는 사건 같다. 그런 의미로서만 현실로 보인다. 오래된 영웅담에서 읽은 것과 내가 눈앞에서 보는 것 사이에 거의 차이가 없다. 이곳 사람들은 신화 속에서만 살아가는 것 같다. 당황스러울 만큼 선량하고 정이 많다. 매일 축제를 벌이면서 재미있게 산다. 하지만 전쟁터에서는 무섭다. 일단 싸우면 잔인하고 무자비하다.

생활은 나무와 숲에서 나오는 것으로 해결한다. 나비처럼 순진하다. 그러나 다른 한편, 카니발을 하면서 산다. 적어도 백 년 전까지 그렇게 살았다. 올림포스의 신들도 그렇게 살았다. 태평양을 지배한 카메하메하 대왕에게 바치는 찬가는 수천 편이 넘는다. 그는 제우스 같은 군주였다. 위대하고 막강하며 잔인하지만 선하고 순박했다. 혼은 가볍고 바탕은 아이처럼 무책임했다. 그가 지휘한 전쟁들은 (많은 부족이 몰살당한 피비린내 나는 전쟁이지만) 전쟁이 아니라 일종의 마상 결투였다. 트로이에서 신들이 겨루던 싸움 같았다. 올림포스의 신들처럼 이들도 죽음을 심각하게 생각하지 않았다.

모든 신화와 어울리는 관계로 미루어볼 때 원시인도 이들 같았을 것이다. 사실 꼭 그렇지야 않았겠지만, 신화에서 한결같이 노래하는 그들의 성격이 중요해 보인다. 최초의 인간들은 원시적이기는커녕 신들의 자식이었다. 말하자면 인간과 상당히 다른 존재였다. 어느 신화에서나, 신들(올림포스산의 신들과 같은 성격의 하와이 신들)은 거의 인간과 비슷하다. 그러나 인도 사람들은 그 차이를 보여주었다. '사트와', '라자스', '타마스'가 세계를 구성하는 기본 요소다.

'라자스', 즉 에너지는 신들에게 넘친다. 그런데 '타마스', 즉 신들은 무기력하지 않다. 어디에서나 그들의 힘은 저항에 부딪히지 않고, 완전한 자유를 누린다. 그래도 신들에게 두 가지 한계가 있다. 무책임하고 피상적이다. 어떤 행위도 그들의 내면을 건드리지 않기 때문이다. 다른 세계에서 어떤 결과를 초래하든 무심하다. 자신의 절대적 성격에서 벗어날 줄 모른다. 반면, 인간은 각성할 수 있다.

'사트와'는 무겁기는 해도 정신 덕에 가장 높은 자리에 있다. 신은 인간의 자식으로 다시 태어날 때에만 그렇게 될 수 있다. 그런 상태를 활용할 수도 있다. '자연신'의 개념에 이렇게 잘 맞는 것을 생각하기 어렵다. 인도 사람들은 자연신이 사실상 인간만 못하다고 생각한다. 이런 점에서 원시적 인간, 신들의 자식은 거의 우리와 비슷하다. 그런데 현재를 신화적 상상과 비교해 본다면, 우리는 신들의 자식과 '더욱' 비슷해 보일 수 있다. 그래서 신화적 원시 상태가 이상적으로 보인다. 우리는 아무런 구애도 없고 책임도 지지 않는 자유를 갈망한다. 그 대가가 얼마나 되든 우리의 삶이 곧 책임이기 때문이다. 그러니 하와이 사람들은 놀랍기만 하다. 마치 신처럼 살듯 인간 조건보다 우월하며 조금도 인간 이하로 보이지 않는다.

하와이식으로 차린 만찬을 즐기고 나서 돌아오니 밤이 무척 깊었다. 만찬은 인상적이고 야만적이다. 음유시인이 고대 전설을 특이한 목소리로 노래했다. 손님들은 큰 밥상 하나에 둘러앉아 손으로 짐승처럼 물고기를 뜯어 먹었다. 깃털 장식을 한 무용수들이 배를 물결치듯 흔들면서도 가슴과 머리는 조금도 흔들리지 않았다.

이곳은 정말로 복 받은 사람들의 섬이다. 매일 태양은 봉우리와 골짜기 위에서 뜨겁게 타오른다. 저녁마다 시원한 바람이 열대 나무들의 꼭대기를 흔든다. 일 년 내내 나무와 수풀에 꽃이 만발하고 과일은 주렁주렁 열린다. 그러나 대양은 불멸의 세계다. 파도는 으르렁대며 사납게 구르며 돌진해 들어온다. 그런데 사람들은 물거품에 불과하다는 듯 파도타기를 즐긴다. 암초들은 고래도 놀라게 할 만큼 높이 솟아 있다. 하와이 사람들은 언제나 즐겁고 겁이 없다. 물결을 타고 해안과 화산섬으로 돌아다닌다. 한가한 뱃사공인 해신들 같다.

하와이 사람들은 갈색 피부에 잘생겼다. 대양에 물고기처럼 익숙하다. 과연 이들이 우리와 같은 인간일까? 꽤 다르다. 각각의 요소가 특이한 존재를 만들었다. 인간은 번번이 다른 존재가 된다. 기사든 잠수부든 사막에 사는 유목민이든 산골 사람이든. 나는 지금까지 물에 사는 사람들은 물을 이겨낸 사람들만 보았다. 육상동물인데 감쪽같이 물에 익숙해진 사람들이다. 그러나 수륙 양쪽에서 자유자재로 사는 양서류 같은 인간은 이제 태평양에만 살아남았다. 이곳 사람들은 이런 면에서 너무 완벽해 초인 같다. 내게 대양의 물길을 안내하던 하와이 사람은 신처럼 미남이다. 장대한 체격에 유명한 상어잡이답다. 그 창으로 만나는 상어마다 눈을 뚫었다고 한다. 그런데도 그는 정답고 감상적이다. 저녁에, 야자수를 들이키면서 슬픈 표정으로 노래한다.

다시금 그리스를 생각해 본다. 그리스 사람의 상상력은 얼마나 감탄할 만하고 믿음직한가! 자연이 태평양에서 만들어 놓은 것은 그리스에서 이상으로 그리던 이미지가 아닌가. 그리스 신들만큼 생기 넘치고 믿음직한 신들은 지상에 없었다.

낙원의 들판은 주관이 지배하는 왕국이므로 그럴 수밖에 없었으리라. 그러나 이곳에서는 영혼의 색조가 현실을 창조한다. 모든 현실에서 영적 분위기가 풍긴다. 이곳에서 세계는 일순간에 변덕스러운 모습이 된다. 기후는 끊임없이 변한다. 변덕이 쌓이면 가벼운 욕망만 깊어진다. 뿌연 물안개 속에서 별이 빛난다. 파도치듯, 야자수와 거대한 자줏빛 꽃에 파묻힌 낙원 속에서 사랑하고 싶어진다.

이곳이 정말로 사실일까? 나로서는 알 수 없다. 현실과 상상적 산물의 경계는 어디에서도 불확실하다. 현실은 얼마나 자주 꿈처럼 녹아들

와이키키 해안의 서퍼, 1910년

고, 꿈이 현실이 되곤 하는가! 얼마나 번번이 허구 쪽으로 원하는 사람을 끌어들이면서 삶의 노래를 부르곤 했던가! 상상이 계속되어야 실물도 만나게 되지 않을까. 그런데 금세 품었던 감정을 언제 그랬냐는 듯 사라지게 만드는 상황과 얼마나 자주 마주치는가! 내심과 다르게 말이다. 정념에서 나온 사랑은 공상만큼 깊이도 없고 확실치도 않다. 외부 사정에 좌우되고 사정이 바뀌면 금세 덧없이 사라진다.

구체적 현실과 상상력은 서로 떨어지기 어렵다. 각자 어디에 중심을 두고 생각하느냐가 중요하다. 자기 본능과 하나가 된다면, 당연히 정념이 중심이다. 또 허구와 하나가 된다면, 허구가 최고의 현실이다. 가령 그의 의식이 풍부하다면, 가족이 곧 자기 자신이다. 그런데 사랑이 절대적으로 실감 나는 현실이 되려면, 어떤 대상이든 자기 자신과 철저히 하나로 느껴야 한다. 나는 이렇게 할 줄 모른다. 물론, 본능이 가끔 찾아왔다가도 다시 가라앉을 것이고, 두 번째 중심이 나의 실질적 중심이 되기도 한다.

이런 상태가 오래가지 않을 뿐이다. 때가 되면 내 의식은 제자리를 찾는다. 그런데 이런 자리에서 볼 때 나라는 인간은 외면 세계의 형태만으로 보인다. 어떤 상황에서나 진지하게 취할 수밖에 없는 모습이다.

이제, 나는 주관이 지배하는 왕국에서 기다리고 있다. 그 왕국에서 태어난 성향은 그 어느 때보다 허구적이다. 객관적 근거 같은 것도 없다. 그런데도 나를 실감으로 압도한다. 또다시 나는 이런 놀라운 정신 상태에서 마치 온 세상이 나를 쥐락펴락한다고 생각한다. 감정의 바다에서 허우적대는 모든 남자를 사로잡는 확신이 부족함을 다시 느낀다. 여자에 대한 것과 다르게 어색한 감정이다. 그러나 이렇게 허우적대면서도 나는 그 바다에 절대로 빠지지 못할 것 같다. 수수께끼 같은 분위기에서 모든 존재가 신비해 보인다. 물의 요정과 물의 신은 사랑을 모르지 않았다. 인간에게 사랑이 심각하지만, 신들에게 사랑은 놀이에 불과하다. 신들의 사랑에는 무기력과 지상의 얽매임이 없다. 독일 사람이 '정겹다'고 하는 감수성이 없다. 지금 내 마음과 혼과 감각을 사로잡는 사랑이라는 것도 이런 것이 아닐까. 그런 사랑이 이 순간 세계를 바꿔 놓는다. 그러나 괴로워하지 않으리. 그 대상이 갑자기 사라질 테니까.

아메리카로

이제, 낭비할 시간이 얼마 남지 않았다. 캘리포니아에 도착하기 전에 동양에 대한 모든 생각을 접어두어야 한다. 아름답게 보았던 것도 또 다른 발걸음을 하는 동안 불순해질 테니까. 다시 힘을 모아야 한다. 변화는 쉽지 않은 일이다. 사실, 미국에 가고 싶은 마음은 없었다. 차라리 두렵기만 했다. 그래서 싫다. 아무튼, 사사로운 감정이나 취향을 진지하게 여길 필요는 없다. 내 속이 좁아서 그럴 뿐. 미국은 확실히 볼 만하지 않을까? 다른 어느 곳에도 없던 가능성을 실현한 곳이니 마땅히 주목해야 한다.

내가 반감을 품고 샌프란시스코에 내린다면, 긍정적인 면을 유심히 보지도 않고 그 나라의 정신을 깊이 파고들지 못할지도 모른다. 무슨 일이든 사랑을 갖고 들여다보면 이해하지 못할 것은 없다. 비판하려는 마음이 조금이라도 남아 있으면 낯선 것을 바르게 볼 수 없다. 금세 바로잡기 어려운 입장이다. 내 생각부터 샅샅이 뜯어 보고 내 감정의 근거가 무엇인지 알아보아야 한다. 그렇게 반감에 별다른 동기가 없다고 확인되면(주관적 불만을 객관적으로 정당화할 것은 아무것도 없으니까), 불쾌한 기분을 다스릴 수 있지 않을까. 그래서 곰곰 생각해 보았다. 미국 자체가 싫은 것이 아니었다. 대체로 유럽과 미국이 싫은 것은 특히 미국에서 서구 정신이 극단적으로 표현되고 있기 때문이다. 우리 유럽 사람들이 미국 사람들과 다르다고 생각하는 것은 대서양으로 갈렸기 때문일 뿐이다. 아시아 사람들은 그런 차이를 느끼지 못한다. 미국 사람들을 전형적인 유럽 사람처럼 볼 뿐이다. 아시아 사람들은 미국 사람들의 정신이 곧 유럽 사람들의 정신이지만 더욱 뚜렷하다고 본다. 옳은 시각이다. 항상 이방인이 어떤 민족의 본질을 더 잘 알아보고 민족들의 차이도 잘 구별한다. 결국, 내가 미국을 싫어하는 까닭은 서구 정신의 본질이 싫기 때문이다. 그렇다면 아시아 사람의 본질과 어떻게 다른 본질일까? 대체로 서양 물질주의는 동양의 정신주의와 대조된다. 동양 사람은 차분하고 위신을 지키지만, 서양인은 채신머리없이 서두른다. 고상하거나 초연하지 못하고 탐욕스럽다. 우리의 열렬한 행동주의는 동양 사람들이 지닌 인식의 깊이와 대조된다.

이런 대조만으로 근본적인 면을 설명할 수는 없다. 아무리 정당하더라도 우리 생활 방식에 대한 반론은 서양의 이상주의가 위대하기 때문에 결국 우리에게 아직 모자라는 것이 훗날 실현되리라는 기대와 상충한다. 우리 시대의 물질주의가 언젠가는 정신주의로 가는 유익한 길이었음을 알게되리라고 기대한다. 서양 사람에게 물질이란 결국 관념을 중시하든 아니든 그것을 구체화하면서 몸짓을 키우는 것이기 때문이다. 서양 사람들은 삶 자체보다 그 수단에 더 관심을 쏟는다. 이 점에서 동양 사람들과 기본은 다를 바 없다. 서양 사람들도 결국 '정말로 중요한 단 하나'를 갈망한다. 무엇보다 우선 갈망에 사로잡혀 있다. 다만, 지금 우리는 현실부터 개선하려고 하고 실제로 그런 의지를 전면에 내세운다. 인간이 한꺼번에 두 가지 목적에 힘을 쏟지 못하기 때문이다. 아무튼, 서양 사람들의 현실 개선 욕구를 비난한다면 잘못이다. 바로 그렇게 하는 것이 우수한 점이다. 동양적 자세는 큰 뜻을 사랑하려고 이 세상에 등을 돌리고 있다. 그래서 현실에서 절대적인 큰 뜻을 찾는 서양에 비해 아쉽다. 서양 사람들은 아직 이상대로 실현하지 못했다. 그렇지만 어느 날 실현하지 않을까. 그날을 향해 직행하고 있으니까.

그렇다. 내가 이와 같은 여건 때문에 반감을 품었던 것은 아니다. 확실히 서구 문명을 실현하는 힘이 부정적 요인은 아니다. 요란하게 서두르지만, 동양도 필요 이상으로 그러기는 마찬가지다. 어쨌든 서양은 더 나은 결과를 내놓고 있다. 내 반감은 다른 것 때문이다. 서양 사람들이 철부지 같은 행태를 보이는 점이 싫다. 나는 개인이든 특정 계급이든 성숙한 사람이 좋다. 아무리 생각해 보아도 동양과 서양의 대조는 별수 없이 전진하게 된 시대부터 벌어졌다. 급변하던 시대부터 벌어지기 시작했을 뿐이다. 사실, 이론적으로 대조는 항상 있었다. 서양은 원칙적으로 언제나 움직이며 개혁과 혁신에 매달렸다. 반면, 동양은 항상 안정된 균형 쪽으로 기울었다.

이와 마찬가지로, 정교회는 가톨릭과 개신교를 똑같이 철부지로 본다. (종교개혁 이후 개신교 경향의 극단적 결과뿐이었고, 이는 차츰 가톨릭의 특징이 되었다). 이때부터 언제나 '동서'를 맞세우고 대조했다. 이렇게 트기 시작한 싹은 현대에 와서야 열매를 맺었다. 고대 그리스와 아시아 문화의 전성기 사이에, 프랑스와 17세기 중국이나 송나라 사이에, '실질적' 조건이라고 해봐야 현실의 차이뿐이었다. 본질적 차이는 없었다. 서양도 근대까지는 안정을 바람직하게 보는 사상이 우세했다. 고대 그리스와 르네상스 시대의 이탈리아도 마찬가지였다. 그곳에서도 삶은 매우 요동쳤을지 몰라도 아무튼 시간이 가도 변함없을 가치를 지향했다.

현대 유럽 사람들은 동양과 서양을 대립해 보지만, 고대와 중세의 이상과 대립하는 개신교의 이상처럼 첨예하다고 보지 않는다. 서양 사람들은 완성과 진보를 대립적으로 본다. 지금 나도 그렇게 본다. 나는 물질적 성공보다 완성을 더 좋아하기 때문에 동양의 정신을 서양의 정신보다 더 좋아한다.

현대인과 미국인은 퇴행적이다. 신대륙에서 인물과 계급의 전통적 차이는 더 이상 인정받지 못한다. 과거에 결정적이었지만 이제 그렇지 않다. 여전히 차이가 있다고 해도 어떤 단계든 오르내릴 수 있다. 그렇게 연극배우 같은 모습으로 산다. 그 배역에 배울 만한 점은 없다. 옷처럼 입었다가 벗어던진다. 따라서 진정한 것을 보기 어렵다. 형식을 판단하는 냉소적 방식인데 실체에 대한 깊은 의식에 바탕을 둔 생활을 강조한다면 값질 것이다. 그러나 현대인은 다른 것을 강조한다. 역할의 변화와 전진하는 발걸음을 강조한다. 그래서 현대인은 우수한 인간이 못 된다.

나는 여기저기에서 우리 시대가 질보다 양을 너무 내세운다고 비난하는 사람들을 만났다. 일정한 형태의 한계를 인식하는 것이 모든 가치의 기본일 텐데, 이런 것을 모른다고 비난하는 사람들이다. 유용한 반박이다. 의미상 다른 할 말은 없다. 다만, 이런 식으로 양과 질을 대립시키는 방식은 현실에 맞지 않는다. 현대인이 만족할 줄 모른다고 불행한 것은 아니다. 만족이란 어느 부분에서든 한계에 부딪히게 마련인 데다가 자제도 하기 때문이다. 그러는 동안 양적 기준이 더 우세해진다. 그런데 순수하게 양적인 경향은 일시적이다. 새로운 인간형이 탈락하게 되면 안팎의 어떤 이유로든 금세 다른 경향이 그 자리를 대신한다. 오래된 경계를 넘어서는 것을 재앙으로만 본다면 상상력이 부족해서다. 어떤 경계도 그 자체가 이상적인 것은 아니다. 어떤 경계나 불리한 면이 있다. 경계에서 멀리 물러나 있을수록 더 나은 법이다.

우리 시대가 성공을 완성이라 착각하니 정말 안타깝다. 우리는 과거의 가치를 부인하지 않지만, 이전보다 더 높이 가치를 실현했다고 생각하고 있다. 요컨대 현재의 상태를 일시적이라 생각하지 않고 이상적이라고 생각한다. 이것이 우리 시대 사람들의 부족한 점이다.

자연은 자기완성을 형태에서 찾는다. 그 형태가 아직 뚜렷하지 않고 불완전할 때 본질은 순수하게 표현되지 않는다. 여기에서 동양 사람들에 비해 서양 사람들의 미숙함이 나온다. 어쨌든, 어린아이가 아무리 미숙해도 귀여워 보이는 까닭은 어린아이답게 순진하기 때문이다. 미국 정신의 성격이 바로 이렇다.

유럽에서 사람들은 점점 더 변하려 애쓸 때에만 유연하다. 유연성이 떨어지는 것은 어떤 전형적 인간이 될 날이 멀지 않았기 때문이다. 미국 사람들이 진보보다 더 높은 것을 보여주는 경우는 드물다. 그래서 야만스러워 보인다. 그래서 서구 정신이 좋지 않아 보였다.

나는 인도 아디아르에서 완성과 진보의 관계를 오래 들여다보았다. 생리적으로 진보에만 몰두해 완성의 가능성을 벗어난다면 진보하기에는 유리하다. 그러나 이런 것이 문제에 충분한 답은 못 된다. 그 두 발전 방향의 관계는 훨씬 복잡하다. 그래서 이제 흥미로운 관계를 좀 더 명확히 따져보고 싶다.

우선, 동양의 성숙한 문화를 한창 무르익어가는 과도기적 서양 문화와 비교해 보면 인간은 동양 문화에서 내면적으로 더할 나위 없이 성숙했다. 반대로, 서양에서는 동양에서 고도로 주관화한 성격이 밖으로, 객관적 힘으로 드러났다. 재능을 타고난 기독교도가 인도의 구도자를 깊이 좋아하지 않을 리 없다. 전형적인 불교도 못지않게 인간적일 것이고, 고고한 유학자 같은 도덕 감각도 갖추었을 테니까. 그런데 기독교도는 사랑과 도덕과 인류애가 객관적인 힘, 즉 권력이 되었지만 동양에서는 그렇지 않았다. 기독교도들은 내면적으로 거친 사람도 어느 정도 이상적 방향으로 움직일 수밖에 없다. 그러나 교양 있는 아시아 사람은 그렇게 움직이지 않는다. 평범한 동양 사람들의 행동은 서양 사람들의 처신보다 매우 아쉽다. 요컨대, 서양 사람들의 행동은 실제보다 더 가치를 발한다.

서양에서는 제도가 사람보다 앞섰다. 서양 사람들은 성자의 모범을 따라 개인이 성취하려고 활용한 것을 기계처럼 반복하는 제도를 내놓았다. 분명 거북한 과정이다. 밖에서 선행할 수 있어 피상적인 것이 된다. 그럴 수 있는 곳에서 인간은 편안한 조건을 추구하는 데 익숙해진다. 결국, 내면의 교양을 무시한다. 그러나 이런 방식에 장점도 없지 않다. 우선 그런 장점을 보고 싶었다. 서양을 호의적으로 보고 싶기 때문이다.

사람은 누구나 여러 모습을 취한다. 자신의 부분들 가운데 어떤 것이 지배적인지에 따라 달라지는데 그 모습은 결국 높은 성장 과정에서 결정된다. 이와 마찬가지로, 야만 시대에 대부분의 사람이 야만적인 까닭은 거칠어야 유리하기 때문이다. 선이 우세하기 좋은 환경에서 사람들 대부분이 착해지는 것도 마찬가지다. 그래서 가능한 외부 여건이 좋은 것이야말로 행운이다. 외적인 것은 분명 내적인 것에 영향을 준다. 지능이 없는 생물의 경우 외부 조건만 좋은 일을 할 수 있는 수단이다.

고대의 사람들은 이런 점에서 무지한 사람은 무조건 지혜로운 사람을 따르라고 가르쳤다. 물론, 제멋대로 놓아두는 것보다 대중을 계도하면 좋은 일이다. 무지한 대중에게 다른 해법은 없기 때문이다. 그런데 우리 시대에 새로운 계기가 마련되었다. 현대의 사회생활에서 선은 더욱 유익하다. 지성으로 사업은 정직해진다. 못된 사업까지도 그렇게 된다. 둔한 사람도 경험에 따를 수밖에 없고, 결국 우리 세계에서 바람직한 관념에 따라 움직여야 더 유리하다고 생각하게 된다. 이런 조건에서 사람들이 조잡한 실용주의를 이상으로 삼기에 훨씬 유리하고 그런 요구가 실질적인 힘이 된다. 또, 불리한 환경에서 성장한 보통 사람이 자기도 모르게 조상보다 더 인간적이고 정직하다고 생각하게도 된다. 그런데도 사람들의 정신은 자연스럽게 발전하지 못한다. 인류가 유전이나 정신으로 물려받은 것은 수많은 세월 동안 똑같다. 대중의 윤리적 진보는 정신의 영향을 받는다. 심리학적으로 말해, 밖으로 성장하는 개인에게만 영향을 줄 수 있다. 그래서 지금 서양의 제도가 낳은 결과는 매우 중요하다. 정신적으로 미숙한 사람이 "스스로 움직여(얼마나 합리적으로 생각하든 간에)" 좋은 것을 찾아 나서기 때문이다.

사실, 그렇게 움직이는 사람은 내면의 힘도 깨운다. 밖에서 부과한 목적과 똑같은 목적을 자유롭게 지향하면서 느려도 꾸준히 전반적으로 향상된다. 동양의 제도에서 열등하게 태어난 사람은 계속 같은 모습일 수밖에 없다. 사람들 대부분의 정신 수준이 아무리 높아도 대중 전체가 진보하기는 어렵다. 다시 말해, 전체적인 인간성은 그 원래의 단계를 벗어나지 못한다. 서양의 제도는 대중이 지금까지 특권층의 것이라고만 생각하던 것에 이를 수 있음을 보여준다. 비주류로 하여금 스스로 좋은 것을 찾아나설 만한 조건이 된다. 아울러 그렇게 하면서 정신력은 타고난 것보다 높아진다. 이런 여건 덕에 극히 불리한 조건에서 태어난 많은 백인이 한 세기 만에 상당한 수준에 올라섰다. 인도의 귀족은 천민이 기나긴 세월 동안 수많은 모습으로 환생하더라도 계급 이동을 보장하지 못한다.

이렇듯 진보 성향은 분명 완성에 유리하다. 그러나 완성은 이런 식으로 이루어지지 않는다. 그래서 현대인이 야만적이다. 어쨌든, 일정한 문화에서 진보 성향, 이상으로 삼는 목표가 실질적인 힘이 되는 곳에서 나타나는 성향 덕분에 결국 많은 사람이 인도에서였다면 최상층이나 누릴 단계까지 올라간다. 브라만이라고 완전하게 태어난 사람은 아니다. 브라만이 우수해지는 것은 우왕좌왕하지 않고 현실에서 도달할 수 있는 고상한 이상을 지향하기에 유리한 유산 덕분이다. 그런데 서양의 문화에서 어느 날 누구든 마치 브라만처럼 태어날지도 모른다. 이런 결과가 평등이라는 이상이 활력을 준다. 그러나 인간성을 피상적으로 만드는 면이 있다. 현 상태가 결정적이라고 한다면 이에 맞서 싸워야 한다. 하향평준화는 애당초 민주주의에 불가분한 결과이지만, 인간성이 엄청나게 위축된다. 만약 이대로 간다면 인간은 황폐해지고 말 것이다. 계속 이럴 수야 없다. 민주주의는 진행 중인 가정일 뿐이니까. 때가 되면 민주주의도 사라질 것이다. 전체 수준이 높아지고 새로운 계층이 형성되면, 새로운 산들이 치솟고 새 골짜기가 파일 테니까. 새로운 귀족은 전보다 수준이 높을 것이다. 그렇게 된다면 그 자질과 장점은 대중의 유산으로 이어진다.

요컨대, 민주주의는 장점이 많다. 진화론에 기초한 철학은 낙관적 인간을 만든다. 자신감만큼 성공에 가속도를 붙여주는 것은 없다. 그런데 과거와 현대의 진화론에 차이가 있다. 현대 이론에서는 발전을 이루는 시간을 줄이려고 안달한다. 인도 철학의 교훈을 보자. 현대 민주주의 헌장과 마찬가지로 누구나 원칙적으로 최고의 목적을 이룰 수 있다고 가르친다. 계급은 진보하는 과정일 뿐이고, 각자에게 주어진 삶은 한 계급에서 다른 계급으로 이동하는 경로일 뿐이며, 오직 한 생명에서 다른 생명, 즉 죽음의 문을 거쳐야만 생각할 수 있다고 가르친다. 이런 뜻에서 귀족은 자기 가문의 우월성과 귀족 사회의 선도적 위상을 거부하는 것은 부당하다면서도, 그와 동시에 적어도 신사 한 명이 나오려면 삼 세대쯤 걸린다고 인정한다. 이에 맞서 현대 민주주의는 그 과정을 일 세대로 줄일 수 있다고 주장한다.

어쨌든, 급성장은 확실히 불리하다. 좁은 틀에서 넓은 틀로 갑작스러운 이동을 견디는 사람은 드물다. 그래서 요즘 유럽과 미국 사람들은 매우 거칠다. 민주주의 신념으로 지나치게 낙관하다 보니 그 장점으로 불가능해 보이던 것까지 가능했다. 그런 힘 때문에 기존의 해묵은 출신의 장벽은 옛날보다 사실 더 부당해 보인다. "만민은 평등하게 태어났다."라는 신념에 위배되기 때문이다. 민주주의 신념 덕에 발전 과정은 단축되었다. 그러나 우선 과거의 파괴가 너무 두드러진다는 점이 거북하다. 얼마 뒤면 완전히 달라질 것이라 예상할 수 있다. 금세 앞서나가는 나라들에서 하층민은 대폭 줄어들 것이다. 모두가 교육을 받고 상당한 교양을 쌓는다. 이런 일이 단 한 세대의 사건에 그치지 않는다면 과거처럼 벼락출세하는 사람도 더는 없을 것이다. 누구나 더 높은 자리를 차지할 자세로 생활할 것이다. 민주주의 이상이란 넓은 민중 계층의 정신적 향상을 겨냥하므로 머지않아 폭넓은 '개선'이 이루어질 것이다. 그러나 이런 목적을 이루자마자 만민평등에 대한 신념도 사라지고 거기에서부터 미래의 귀족 질서를 세울 토대가 마련된다.

고대의 스승은 청년을 제자로 삼을 때 즐거워할 줄 아는지 그 기본 바탕부터 본다. 낙천적 기질을 보는 것이다. 청년은 그렇게 받아들여졌다고 생각할 때 평생 값을 따질 수 없이 멀리까지 갈 수단을 배운다. 억겁의 세월 동안 수많은 환생 가운데 그에게 단 한 번 허락된 수단이다. 인도 철학도 진화의 시간을 줄일 수 있다는 점을 이런 식으로 인정한다. 그러나 수많은 사람 가운데 오직 한 사람만 인정받는다. 그러나 민주주의에서 가능성은 모든 사람에게 주어진다. 지나치게 대담한 가능성이다. 지금까지 민주주의가 내놓은 높은 이상이 인도의 이상에 비해 얼마나 낮은지 생각해보면, 인도의 이상 쪽을 지지하게 된다. 모두가 민주주의 이상을 이룰 수 있을까? 그렇게 된다면 모두가 더욱 높은 이상을 꿈꾸게 될 테지만.

미국 사람 열 명이 모이면, 그중 하나는 분명 '괴짜', 즉 엉뚱하고 독특한 인물이다. 기선에서 나도 그런 사람을 만났다. 선교사인데 악마 신앙 전문가다. 그는 중국에서 다른 처녀 귀신들에 사로잡힌 망령 들린 처녀들을 만났다고 했다. 세례로 이런 망령을 쫓았다면서 그때부터 그런 일을 할 생각이라고 했다. 지금 이런 사람을 다시 생각해 보면, 아시아 사람들 중에서 나는 이런 엉뚱한 인물을 아직 한 명도 만나지 못했다. 물론, 탁발승도 비슷한 점이 있다. 그러나 탁발승 같은 사람은 많다. 특이한 제도를 따르지만 그 사람이 개성이 부족할 뿐이지 엉뚱해 보이지는 않는다.

그러나 서양에서는 개성이 지배한다. 거의 서양 사람들의 전형이다. 서양에서 '기상천외한 사람들'이 크게 늘어나고 있다. 평범한 사람은 개성화로서 만족스러운 결과를 내기 어렵다. '자기 자신'을 찾으려다가 엉뚱해지기나 하고 '계급 전형'만도 못 하게 된다. 전형이 편협해 보일지 모르지만, 전통은 항상 평범한 개인보다 현명하기 마련이다. 그래도 누구나 '자기 자신'이 되고 싶어 할 때, 그 노력은 합당하고 사실상 거기에서 위대한 개혁자들이 나온다. 고대 중국에서 에디슨 같은 인물은 생각조차 할 수 없었을 것이다. 황당한 풍자를 낳기에 좋은 환경은 천재에게도 유리하다. 겉으로 보면 천재도 사실 엉뚱한 사람일 뿐이다. 차별화 경향은 모든 독창성의 필수 조건이다.

이렇게 우리는 우리의 가장 널리 퍼진 성격인 평균적 독창성이 불완전하다는 것을 알고 겸손해야 한다. 어떤 개혁이든 '개혁을 위한 개혁'은 문화에 적대적이다. 문화가 기존 정신의 구체화라는 점에서, 또 갓 태어나는 정신은 여전히 그에 걸맞은 몸을 찾지 못하고 있다는 점에서 그렇다. 그뿐만 아니라 새로움에 대한 지향은 피상적이다. 현실을 바꾸려고만 드는 사람은 그 실체를 접하기 어렵다. 유능한 발명가가 될수록 그만큼 무게를 잃는다. 만약 우리가 계속해서 오랫동안 이런 길을 간다면, 우리는 그로 인해 쇠퇴하고 말 것이다. 이런 식의 진화는 계속될 수 없다. 반대로 분명한 사실이 있다. 우리가 깊이를 잃는 대신 그 부분을 가치가 떨어지는 것으로 채운다면, 그렇게 현실을 개선하는 사람은 큰 소득을 올린다. 사실상, 자본의 축적이다. 서양에서 어마어마한 비용으로 새로운 기관들을 세우고 있다. 모든 문화의 기반이 집단이었지만 이제부터 개인이다. 이런 새로운 조직에서 과거 질서가 보장하던 이익을 잠시 유보한다. 그러나 새로운 조직들이 가동되면, 그 영향력은 열 배는 더 커진다. 장차 백인종에 에디슨 같은 사람들만 남게 될지 알 수 없다. 그러나 모든 가능성으로 미루어 엉뚱한 괴짜의 수는 계속 줄어들고, 새로운 인간형에 자리를 내줄 수밖에 없다. 과거 계급의 인물만큼 진솔해 보이고(정통성이 있다는 듯), 현대의 개인주의자만큼 꽤나 자율적으로 보이는 인간형이다.

사실, 개인주의를 내세우는 사람들은 피상적이다. 깊이 있는 사람은 주변과의 관계를 실감한다. 이렇게 미래는 겉보기에 과거 질서를 재편하려고 한다. 괴짜들은 줄어들고 보통 사람들의 수준이 높아진다. 그런데 완전히 새로운 일이 벌어진다. 누구나 각자 개성적 인간이 된다. 대중 각자의 모습은 과거에 '전형'으로서만 얻을 수 있던 것과 같은 깊이를 얻는다. 이와 같은 것이 진화론자의 입장이다. '양키'처럼 확고하게 진보를 믿는 사람의 입장이다. 사실상, 서양 사람들 사이에서 일반적 진보의 문제라고 할 수 있다. 서양의 진보 개념은 자연 과정이라는 틀 속으로 들어오지 않는다. 이런 사실만으로도 허버트 스펜서의 이론은 반박의 여지가 있다. 그는 이렇게 말한다.

동식물은 스스로 수많은 세월 동안 비슷한 모습을 유지할 뿐만 아니라, 외부의 영향으로 변화에 반응하면서 변화한다. 인간도 마찬가지다. 인간의 생리적 한계를 '벗어난' 어떤 것도 그 생존에 영향을 주지 못한다. 15세기부터 지금까지 러시아 역사는 인간과 그 동기로 미루어 볼 때 반복만 보여준다.

이런 진화론은 '지능'을 충분히 고려하지 않는 한 별로 공감을 얻지 못할 것이다. 지능은 본질적으로 어떤 목적을 겨냥한다. 불가분 목적을 향해 앞으로 나아갈 수밖에 없다. 멈출 수도 없고 포기할 줄도 모른다. 기존의 지식은 새로운 지식을 끌어내고 이상을 향해 직진한다. 결국, 지능이 생명을 지배하는 곳에서 생명은 지능의 규범을 충실히 따라야 발전한다. 서양 사람들은 완전히 지능에 몰입하고 있다. 그 태생적 특징은 그 고유의 움직임에 폭넓게 따르고 이상을 곧 목표로 삼는다. 서양 사람들은 진보라는 공식에 맞춰 스스로를 고쳐나간다. 어디까지 갈지 두고 봐야 한다. 그런데 신체 자체는 보수적이다. 따라서 신체는 정신이 뛰어넘지 못할 한계가 될 수 있다. 물론, 진보는 경계도 없이 무한히 나아간다고 상상할 수는 있다. 물리적 힘을 신념의 목표로 삼고, 이상이 극히 강력한 핵심 견인력이므로 백인종의 미래는 유례없는 약속을 실현할 수도 있다.

아무리 좋게 보려고 해도 나는 전도사들에 공감할 수 없다. 전도사들 가운데 고상하고 위대한 인물이 없지 않다. 그러나 그렇게 드문 인물이 있다고 해도 평범하다. 그들은 진실로 '개종'을 원치 않는다. 타인을 자기 의견에 따르게 하려면 편협해야 한다. 그래서 선교사들이 사실상 편협하다. 우선 내가 만나본 중국에서 여러 해 살았던 선교사들을 보자. 그들은 유교의 장점을 정말이지 조금도 주목하지 않는다. 대단한 맹목성이다. 초자연적인 일이라고나 할까. 특히, 개신교 선교사들은 극히 몇 사람 외에는 둔하고 옹졸하다. 이런 선교사에게 바하이교 사제들이 메시아에게 들었다는 말에 어울리는 면은 없다.

> 바하(Baha)의 아이들아, 지상의 모든 민족을 찾아가거라. 오로지 기쁜 마음으로 모든 종교의 사제들을 찾아가라. 모두에게 유용한 것을 상기하되, 하느님의 말씀을 전하더라도 미움을 사거나 돌팔매질을 받지 않도록 조심해야 한다. 그들이 받아들이고 반색한다면 목적을 이루는 것이고 거절한다면, 그들을 위해 기도하고 그냥 내버려두거라. 절대로 강요하지 마라.

현대에 접어들 무렵 선교사들은 부족한 점이 없지 않았겠지만, 그 당시 사실이 어떻든 발전을 솔선수범했고 요즘 선교사들보다 훨씬 관대했다. 물론, 선교사들은 인도와 중국까지 퍼졌다. 이 나라 사람들은 지적·도덕적으로 조금이나마 유익한 영향을 받기에는 선교사들보다 훨씬 수준이 높다. 먼 옛날 유럽의 거친 야만족을 찾아갔을 때처럼 유용하지 못했다. 선교사들은 기독교 정신의 특이한 교육 효과 덕에 깊은 지혜를 전할 수도 있었다. 교육이라면 기독교가 가장 뛰어나다. 기독교 교육은 많은 선교사들과 교리에 대한 그들의 지적 능력과 무관한 별개의 힘이다. 선교사들은 브라만교와 불교의 전도자들에 비해 영성이 약하다. 영성은 이미 수 세기 동안 계속 위축되었다. 초기 교회의 교부들은 성령의 눈을 지니고 있었지만, 종교개혁기부터 이런 인물은 희귀해졌다. 초기 교부들의 안목은 미국에서 단순한 노동자나 장인이 종교 창시자가 되는 것과 매우 다르다. 그러나 기독교의 실용성과 유용성은 그 기울어가는 지성과 반대로 성장했다. 개신교는 가톨릭보다 더욱 이상을 지향하는 인간을 키웠다. 미국의 종파들은 아무리 싱거운 교리주의자도 기독교 정신으로 사제들에게 유례없는 힘을 실어주었다. 결과는 어떻게 될까? 기독교 정신은 실용 정신이 되어 교리를 이해하는 문제는 거의 무시된다.

그렇게 본다면 기독교가 정당하다. 그리스도의 가르침이 철학적으로 지극히 깊었다고 하지만 사실이 아니다. 〈바가바드 기타〉에 비하면 성 요한의 복음서도 깊이는 부족해 보인다. 스리 크리슈나와 대승불교의 교리에서 서구 구세주 사상의 본질이 더 심오하게 나타난다. 그리스도가 까맣게 모르던 지식과 결부된 사상이다. 아무튼, 그리스도가 구세주 사상에 진정성을 부여하기는 했다.

기독교는 지성의 이해를 추구하는 종교가 아니라 실천의 종교다. 이런 성격으로 다른 종교들을 능가했다. 앞에서도 말했지만, 사랑과 연민과 인류애 사상으로 힘을 얻은 것은 기독교 신자들뿐이다. 그 자체에 대한 이해는 불충분했더라도 그 사랑과 사상이 기독교를 통해 가장 뛰어나게 실현했다. 기독교의 토대를 닦은 사람들은 크리슈나나 아슈바고샤 같은 인물들에 비해 철학의 깊이를 추구하지는 못했지만 행동력은 매우 깊었다. 각자 현실에서 구체적 모습을 보이려고 했다는 점에서 기독교 초기 창시자들이 가장 심오했다. '실제' 현실에서, 사상이 최상으로 표현되면서 최상의 결과를 낳았다. 그것으로 사람들이 만족했든 아니든 중요하지 않다. 기독교는 누가 뭐라고 하든 바로 이런 의미에서만 우수하다. 역사적으로 입증된 우수성이다.

또 뛰어난 실천 덕분에 선교사들의 과업이 정당해진다. 편협한 선교사들은 비록 불확실한 의견을 타인들에게 설득하러 다니지만, 정말로 살아 있는 복음처럼 복음에 충실하게 생활한다. 창조적 일꾼이다. 그들은 높은 희생정신으로 솔선수범한다. 확고한 의지로 승리를 거머쥔다. 서구 문화는 본질적으로 변하지 않는 것을 결코 인정하지 않는다. 우리는 세계를 바탕부터 완전히 바꾸고 현실을 고상한 사람들로 채울 수 있다. 그러나 투쟁과 용기, 낙관론에 대한 사랑은 동양에서 낯설다. 동양 사람들은 인간의 동력에 너무 회의적이고 너무 아는 것이 많다. 결국 중요한 점이 빠져 버리기라도 하지 않았을까? 내가 지금까지 좋지 않은 곳만 짚어왔을까?

미국 갈매기들이 우리 곁으로 날아온다. 바다를 가르던 정신의 선을 넘어섰다. 이제 나는 서구로 끌려들어 가는 느낌이다. 지금 기독교의 우수한 실용성과 그 절대적 표현이 보인다. 자유 정신의 증거다. 자연의 한계를 안고 있는 인간은 두 가지 방식으로만 자유롭다. 변해가는 것을 내면적으로 '그래'라고 긍정하며 그 방향으로 나아간다. 그래서 기독교의 두 가지 계명으로 요약된다.

"각자 목에 십자가를 걸고 겁내지 말며, 즐겁게 선의 승리를 위해 희생정신으로 싸운다."

이런 계명대로 기독교도는 정말이지 자유롭게 살았다. 인도 사람이 생각이 깊어도 실생활에서 성공하지 못하는 까닭은 자신들의 자유로운 실체를 현실의 자취로 남길 줄 모르기 때문이다. 목에 거는 십자가[인연의 고리]를 중요하게 여기지 않는다. 인도 사람들은 바람직하지 않은 사람을 친지로 인정하지 않고 절연하기 때문에 오히려 해방되지 못한다. 절대 존재에 함께 묶인 사실들 전체를 이해하며 행동하지 않고(실제로 이 세상을 잔뜩 채우고 있는 것은 모두 이런 사실들인데도), 또 신이 원하는 방향으로 솔선수범하면서 이해한 것을 실천하기보다 신의 도움만 기다리기 때문이다.

서양 사람들이 인도 사람들보다 이해가 깊어지기란 어림없는 일이다. 그러나 그리스도의 교리는 서양 사람들을 격려한다. 서양 사람들은 무의식적으로라도 자신들이 이해하는 방향에 따라 살아간다. 그래서 서양 사람들이 행동하는 소명 의식이 더 깊다. 우리는 하느님의 손에 달렸다. 비록 유익한 손이지만, 사실 우리의 맹목성이 많은 불행을 초래했다. 그렇지만 어느 날 문제를 이해하게 된다면 지상에 하늘의 왕국을 세울 것이다.

8부

미국

샌프란시스코

서구로 돌아왔다. 우선 극서(極西) 지방이 눈앞에 있다. 서구의 가장 끝에 붙은 세계다. 이곳으로 뚫고 들어가려면 먼저 동양의 이미지부터 지워 버릴 자세가 필요하다. 당장 옛것과 새것이 뒤섞여 불순한 영향을 받게 될 어정쩡한 상태부터 벗어나야 한다.

첫날, 나는 금문교 산책로의 일본 찻집에서 차를 마셨다. (일본에서 차를 마시던 때가 엊그제 같기만 했다.) 무슨 생각이 먼저 떠올랐을까? 난쟁이 같은 나무가 거목이 되고 싶어 하는 것이 아닐까! 일본에서 이런 생각이 든 적은 없었다. 이제 첫날부터 나는 동양과 인연을 끊게 될 기분이었다. 캘리포니아의 공기에는 거대한 창조의 힘이 실렸다. 내 속에서도 무슨 일이 벌어지고 있었다. 정말 변신이다. 존재 의식은 물러나고 큰 변화가 찾아온다. 벌써 자연의 모습을 우리도 따라야 한다는 말이 튀어나온다. 성장하고 진보해야 한다고. 일본 분재가 크고 싶어 한다는 믿기지 않는 인상의 바탕에 찾아온 감정의 변화였다.

동양에서는 내게 이런 '의무감'이 조금도 없었다. 칸트나 피히테 같은 인물이 동양에서 나올 수 있었을까? 어림없는 일이다. 존재만 의식하고 창조의 고통을 모르는 곳에서는 불가능하다. 난쟁이의 감정은 클 수 없다. [인간은 목적이 아니라 과정이라는 의미에서 니체의 명언] "너 자신이 되어라."는 말이 무의미한 곳이다. 그곳도 여기처럼 현실은 똑같다.

단지 사람이 현실을 다르게 대할 뿐이다.

동양에서 악당은 죄의식이 없다. 아무튼, 출세주의자도 인내한다. 열렬하게 성공을 탐하는 사람, 현재의 불완전함을 뼈저리게 느끼는 사람도 어떻게든 급히 성장하려고 안달하지 않는다. 동양 사람들은 "시간이 필요하다."라고 한다. 사실, 시간을 의식하지 않을 뿐이다. 그래서 존재 문제는 그 시간의 진행과 별개의 문제다. 동양 사람들에게 시간이 사실적인 것이라면, 어떤 제자도 스승 곁에서 깨달음을 얻으려고 사반세기 동안 기다리지 않을 것이다. 인도 사람들은 사랑에 빠졌을 때처럼 구체적 사건에 생각이 미칠 때, 우리보다 더 조급하다. 인도 사람들의 전형적인 모습을 보자. 평소 자의식 때문에 죄를 지은 자도 자신이 건강하다 느끼고, 신참자는 완전하다고, 미치광이는 현명하다고 느낀다. 그래서 변화 속에 존재의 흔적을 남기는 일을 불가분하게 여기지 않는다. 인도와 중국의 현자들에게 서양 같은 계명은 없다. 그 대신 이런 말을 한다.

"그렇게 하면 완전하게 될 거다. 네가 이렇다면, 너는 목적을 이룰 수 있다. 이렇게 잘못하면 발전하지 못한다." 절대로, "너 이렇게 해야 돼!" 라고 하는 법이 없다. 동양 사람들은 의무를 모른다. 존재하기 때문이다. 끊임없이 변하는 서양 사람들은 존재를 의무를 진 사람으로 본다.

이렇게 또다시 의무를 져야 하니 너무 어색하다. 지금 새 가치들이 확실해졌다. 사람의 행동이 성공과 인간 가치를 결정한다. 이것이 절대적 현상이다. 존재만으로 똑같은 대우를 받지 못한다. 부자가 가난한 자보다 강자가 약자보다, 현자가 광인보다 더 가치 있는 존재가 된다. 주어진 자리에 안주하지 않고 가능한 최고의 자리를 차지하려 한다. 어떻게 살아가야 좋을까? 동양적인 것일까? 서양적인 것일까? 판단할 수 있을까? 벌써 이렇게 나는 자유롭지 못하다. 이미 나는 또다시 힘차게 바뀌고, 태어나고, 창조하고, 생산하고, 완성하고, 그것을 위해 내가 별종임을 보여주려고 안간힘을 쓴다.

확실한 것이 있다. "이 세상에 대해서"라면 서양은 최상의 몫을 택했다. '권리'가 무엇인지 알게 되었다. 이런 이론이 계속 유효하려면 힘이 필요하다. 그 자신은 무능하다. 정당하든 아니든 아무튼 그런 사상을 실현할 물리적 수단이 필요하다. 동양의 생활 방식이 사상가에게 적합한 만큼이나 서양의 생활 방식은 지식을 실행하기에 최적이다. 요즘 세상에서 죄인을 성자라고 생각한다면 환상이다. 지상에서 자신을 실현하려면 건강하고 행동을 고쳐야 한다. 자신과 세상을 진지하게 대하는 사람만 변할 수 있다. 변화하는 자신을 인식하는 사람만 변한다. 목적을 향해 확고한 의지로 변화를 밀어붙이는 사람만 자기 앞에서 '의무'로서 나타나는 목적을 이룰 수 있다. 사상의 세계 속에 안주하는 인도 사람들은 변화의 물결에 실려 가기만 한다. 그러나 서양 사람들은 그것을 이끌어 간다.

요세미티 계곡

나는 아직 동양에서 벗어나지 못하고 있다. 동양은 내 서구적 생활의 배경이 되었고, 그 덕에 내 생활도 상당히 달라졌다. 당연하게 변화만은 아니다. 내 자신의 한계 때문에 답답하다. 주변의 자연은 어마어마하다. 벌써 오래전부터 나는 인도든 중국이든 그 풍경 속에서 그 전체 속으로 빨려 들어가 버린 기분이다. 요세미티 골짜기의 가파른 암벽들 무게만큼 내 마음도 무겁다. 천길만길 굴러떨어지면서 축축한 물보라로 흩어지는 폭포수의 영혼도 내 영혼 같다. 하늘 높이 솟은 전나무들처럼 내 마음도 치솟는다. 그러나 나는 주변과 자연스럽게 하나가 되지 못한다. 나와 바위를 구별하게 되고, 폭포는 내 속에 없다. 숲의 정령은 낯설다. 본질적으로 나만의 것에 의도적으로 빠져들어 가려고 하면 그것을 정복한다는 기분이 든다. 세계에 대한 감정은 이렇게 벅차게 부푸는 경험에 충격만 받는다. 나 자신을 놓지 못하고 자연에 완전히 몰입하지 못한다. 감정의 결이 너무 두터워 그 속까지 정신으로 녹아들지 못한다.

결국, 내 존재감도 커졌다. 얼마 전까지 공간을 채우던 힘은 이제 나 개인의 한계 속으로 집중된다. 이렇게 내 에너지는 강하게 집약되어 인도에서 전혀 모르던 상태가 되었다. 분명, 내가 주변 세계와 원초적으로 하나가 되지 못한다. 그런데 왜 이렇게 하나가 못 될까? 왜 하늘로 치고 올라가고 땅을 짓밟지 못할까? 원하는 모든 것을 할 수 있을 것 같고, 그

샌프란시스코 해변과 식당 건물, 1905년경

것을 증명해보이고 싶다. 이런 것이 서양 사람들의 정복 정신이다. 서양 사람들은 인도 사람들이 시공의 틀과 별도로 해결하려는 문제를 그 틀 속에서 제기한다. 아무튼 똑같은 문제다. 지금까지 하려던 일이 표면만 건드렸더라도, 내가 동양적 형식을 취했다고 더 피상적인 사람이 되는 것도 아니다. 속으로는 똑같은 의미가 밖으로는 다르게 표현된다니 얼마나 이상한가. 저쪽에서는 신비주의적 이해가 이쪽에서는 정복을 향한 추진력으로, 저쪽에서는 수동성으로, 여기에서는 맹목적 장악으로! 물론, 그렇다고 해도 큰 뜻은 어디에나 있다. 여건에 따라 노루로 나타나기도 하고 맹수로 나타나기도 한다. 무심함이나 야심으로, 지성이나 행동으로.

캘리포니아에서 나는 처음으로 서양 사람들을 배출한 조건을 뚜렷이 실감했다. 이곳의 환경은 몹시 과장되어 이해하기 쉽다. 분위기는 극도로 활기차다. 영화처럼 돌아간다. 식물의 세계를 관찰했을 때처럼 그 표현은 삶의 기본 조건에 대해 진술하다. 이곳의 활달함은 열대의 자연과 완전히 달랐다. 어디에도 실론의 뜨거운 온실 분위기에서 피어나는 식물에 적합한 환경은 없다. 어쨌든, 생활에 썩 적합하지 않은 환경이다. 그런 나라에서 생활은 박력이 없고 개성도 두드러지지 않는다. 사방에서 자연의 기본 요소가 계속 넘쳐흐른다. 일관된 관계는 느슨하고, 밀도 높은 계기들이 한 점에 집중되지 않는다. 식물이든 인간이든 똑같은 현상을 보인다. 비정상적으로 부풀어 집중력이 부족하다. 개별적인 것과 공간의 경계는 흐릿하고, 독특한 것은 잡다한 것 속에 섞여 버린다. 사람들도 넝쿨처럼 무한하게 자라고 상상의 산물이 잡초처럼 무성하게 자란다. 윤곽이 뚜렷하고 힘차고 일관되며 내적으로 확고한 형태는 보기 드물다.

반면, 캘리포니아에서는 모두 개성을 찾는다. 환경이 얼마나 유리하든 각자의 내적 동기가 지배한다. 비옥한 땅이지만 밀림이 우거지지 않았다. 그 대신 여기저기 희귀한 거목들이 자란다. 동양에 비해 서양의 특징으로 강조되는 개성은 제한된 활력에 비해 가능성이 커진 탓이다. 과도하게 넘치는 것이 없다. 그 대신 내부의 긴장된 힘을 이용한다. 나는 이곳(자연이 서양인의 특징에 가장 적합한 곳)에서 새삼 동양이 서양보다 우수함을 느낀다. 이곳에서 정신생활을 하기는 지독히 어렵다. 영원한 문제에 집중하려면 비정상적으로 기를 써야 한다. 주변의 웅대한 자연은 내 영혼에 희미하게 울린다. 내가 원시의 자연 속에 있다는 사실, 또 절대로 생각해본 적 없는 세상에 와 있다는 사실도 한몫했다. 특히, 내 몸속에서 벌어지는 것이 어쩔 수 없는 힘으로 의식을 압도한다. 나는 다시 태어나 자라나는 것만 같다. 내 몸이 새로 시작되는 느낌이다. 몸을 다시 만들려고 모든 체력이 소진되는 듯하다. 모든 정신이 육체에 얽매였을까? 모든 감흥이 물질적이다. 만약 내가 하늘 높이 올라가려고 한다면 전나무처럼만 그럴 수 있지 않을까.

동양에 비해 서양은 '묘목장'이다. 나무들을 보면서 그 상태를 분명히 이해하게 되어 이상하다. 나무들은 고목이다. 유럽보다 두 세배 더 크고 우람하다. 그렇지만 그 고목은 황인종의 것이다. 대홍수 이전의 거대한 짐승들처럼 태고 때 생명의 표현이다. 내가 길을 가다 공룡을 만나더라도 놀라기나 할까. 나를 압도하는 까마득한 고생대에 경악하기는커녕 이곳이 얼마나 아직도 새 세상인지 확인하는 재미에 놀라고 말지 않을까.

우리의 정신은 영적이기보다 물질적이다. 우리는 아직 신체의 성장기에서 벗어나지 못했다. 우리는 어린애처럼 물질주의자들이다. 그래서 우리의 에너지를 무조건 활동에 쏟아붓는다. 내가 이 나라에 더 오래 머문다면 사업가가 되지 않을 도리가 없겠다. 내 정신은 더욱더 물질에 통합되고, 철학자의 이상은 정복자의 이상이 될 것이다. 그렇다고 이 나라가 내게 잘 맞는다는 말은 아니다.

한 가지 확실한 것이 있다. 정신이 본질적으로 현상계를 파고들려 하고, 또 그것이 인간의 사명이라면 우리의 물질주의는 인도의 구도 정신보다 미래에 더 값질지도 모른다. 인도 사람들은 자연에 맞서지 않고 무기력해 자연을 다스리지 않는다. 물론, 그래서 구도의 길을 가기는 한다. 우리도 그 길을 갈 수 있다. 단, 우리는 우선 물질의 한복판을 거쳐야 한다. 우리는 그곳에 완전히 뛰어들어 동양이 쌓아 올린 수준을 건너뛰어야 한다. 당분간 우리는 물질주의자일 수밖에 없다.

요세미티 폭포, 칼턴 왓킨스, 1861년

숲에서 가죽바지 차림의 사람보다 뛰어난 인물을 상상할 수 있을까? '야생마를 다루는 사내들'과 인디언과 카우보이는 장쾌한 황야를 배경으로 멋지게 두드러진다. 모든 것이 그냥 거대하고 드넓다. 이곳 지성인도 여기에서는 뒤지는 모습이다. 모든 것이 잠시 생각해 볼 필요도 없이 단호하고 용감하며 재빨라야 한다. 보호자의 미덕이야말로 기본이다. 아메리카 대륙 정복자들이 현대 미국 사람들 속에 완강하게 살아 있다. 이들은 인간을 착취하면서 보여준 것과 똑같은 솜씨로 숲과 들판에서도 정말 강도짓을 하고 있다. 예전의 짐승 사냥꾼에서 벗어나지 못한 유목민에 가깝다.

나는 어렸을 때 숲속으로 돌아다니며 사냥하기 좋아했다. 내게는 멀리 여행하는 모험가야말로 가장 대담한 이상형이었다. 부쩍 크던 시절에도 당연히 그렇게만 생각했다. 하루가 멀게 굵어지는 팔뚝으로 이 세상에서 무엇인가 붙잡는 재미가 아니라면 무엇을 바랄까? 그런 것을 바라지 않는다면 어떻게 팔을 단련시킬까? 지나치게 높은 이상을 너무 일찍 품는 것은 좋지 않다. 그렇다. 극서 지역 사람들은 거의 원시적일 만큼 젊어 보인다. 분명 야만적이다. 진보로 본다면 제도는 부러워할 만하지만, 그들은 서구 문화의 유지에 위험천만하다. 몇 가지 개념은 여전히 학생 수준이다. 소중한 것을 없애면서 무서운 줄 모른다. 이 나라는 너무 미숙해 성숙한 나라에 비해 코미디로 보일 수밖에 없다. 세상에 자기 부모보다 더 잘난 줄로만 아는 이런 철부지들이 어디 있을까. 미국의 대외 정치는 학생 수준이고, 그들의 시는 수사학을 배우는 중학생의 낭만주의다. 당분간, 그럴 수밖에 없지 않을까. 정말로 젊음이 무엇인지 모르는 사람은 절대로 어른이 될 수 없다. 아이들은 어른이 되려면 실패를 견뎌야 한다. 이해할 수 없고 이해하지도 않는 어른들을 견뎌야 한다. 어쨌든 저희들끼리 지낼 때, 자기네끼리 자연스럽게 주어진 것만 문제일 때, 종종 그들은 훌륭하게 해결한다. 솔직하니까 더러 현명해 보일 때도 있다. 이렇게 미국에서 유럽보다 내치 문제를 무난히 해결했고 공공의식도 별로 천박하지 않다. 이 나라에서 대중은 도덕을 유치하게 판단한다. 애당초, 단순한 원리에 따른 전제만 본다. 결국, 지혜롭지 못하고 잔인하다. 잘못된 뜻에 따른 방법이 아닌 경우도 드물다.

유럽 사람들은 미국 사람들에 비해 빨리 늙는다고 느낀다. 지나온 과거를 느끼고 역사적으로 볼 때 미래의 가능성이 얼마나 적은지 느낀다. 긴급하고 이론으로야 쉽다는 개혁도 파괴적인 것이 아닌 한 시행하기 어렵다. 유럽 사람들은 이런 감정에 짓눌려 동양을 생각하고, 또 동양에서 자기 세계를 판단하는 방식을 생각한다. 동양은 유럽과 미국 사람들의 성격 차이만 보고 있다. 미국을 훨씬 더 전형적으로 본다. 동양 사람들은 유럽 사람들을 덩치만 큰 어린아이 보듯 한다. 여전히 많이 배워야 하고, 많은 시간이 걸리겠다고 본다. 어쨌든 동양이 옳다.

요즘 서양 사람들은 본질적으로 어리다. 우리의 전통은 인도의 전통을 뛰어넘기에 너무 멀다. 지금, 우리는 바로 어제 태어난 세계를 대변하고 있다. 진보나 민주주의 철학은 완전히 새롭다. 중국의 철학을 대신하기에 좋은 것일 뿐이다. 그러나 우리는 그것으로 성장했다. 지난 백년간 백인종은 젊어졌다. 사회에서 하층이 상층보다 중요해졌다. 하층은 몇 세기의 유산에 참여했을 뿐이고, 그들은 훈족이 침입한 시대의 초기와 똑같은 결과를 내놓았다. 그들은 기존의 왕국이라는 이상을 신분 이동이라는 이상으로 바꾸면서 윗세대와도 통했다. 윗세대도 젊은 생활 방식과 현대 정신에 굴복했다.

서양 전체가 오늘날 젊은 혈기에 탈선하는 세대가 되었다. 당연히 그렇게 재미를 보았을까? 시간은 젊음의 잘못을 바로잡는다. 우리 시대의 퇴폐와 신경쇠약은 노화 현상이 아니라 성장통이다. 낭만적 우울증 또는 무기력 비슷하다. 성급하고 거친 성장을 한탄하는 것은 사실 새로운 원초적 힘이 나타났다는 뜻이다. 물론, 오랜 유럽 역사에서 해오던 엘리트의 역할이 뒤집어졌다고 생각하면 괴롭다. 그러나 때가 되면 누구든 신세대에 양보해야 한다. 그렇게 일선 후퇴한다고 죽는 것은 아니다. 고상한 여유를 즐기면서 일시적 목표에 걱정하지 않고, 서구의 교양인은 여전히 꽃을 피울 것이고, 결국 살아 있을 때 할 수 없던 숭고한 수준에 이를 것이다. 그렇다. 이런 사람들이 미래에 더 중요한 역할을 하게 된다. 우울할 때 유대와 그리스 사람들을 생각해보자. 고트와 반달 같은 야만족이 아니라, 게르만 세계의 성장을 크게 도와준 사람들을 말이다.

이곳의 숲에 세상에서 가장 거대한 나무들이 서 있다. 세쿼이아 6백 그루가량이 60~90미터 높이로 자라 있다. 그 둘레는 5~6미터씩 된다. 경외심을 불러일으키며 낭만적 상상을 뛰어넘는 신성한 숲이다. 8월의 태양이 작열하는데 정오에도 어둡고 선선하다. 햇빛은 우거진 나무 꼭대기 근처나 조금 비친다. 붉은 등걸은 영원한 저녁노을 속에 떠 있는 듯하다. 시원하게 쭉쭉 뻗은 거목들은 수많은 세월을 살아온 것 같지 않다. 고독해 보이지도 않는다. 그 발치에서 어린 나무들이 자란다. 오늘 늙거나 죽지도 않을 것이다. 먼 곳까지 매년 씨 뿌릴 테니까. 자연사할 위험도 없다.

가슴이 벅차오르고 뿌듯하다. 우리의 땅이 아직 나이에 비해 약해지지 않았을까? 나는 처음으로 거대한 것을 씁쓸하지 않게 생각하게 된다. 구석기 시대의 유물과 대홍수 이전의 중후한 자취를 볼 때마다 쓰라리지 않은 적이 있었을까. (격세유전이든 우연이든) 우리 시대가 여기저기에 남긴 거대한 것을 생각할 때마다 서글프기만 했다. 우리 지구의 창조력은 식어가고 머지않아 퇴화한 소인배만 살아남지 않을까? 그런데 젊은 신대륙에 원시의 힘이 살아 있었다. 우리 미래의 피난처로서 경의를 표하지 않을 수 없다.

요즘 백인처럼 물리적 환경에 의존하는 인류는 없었다. 백인종 자신이 어떤 인종에도 없던 유례없는 문제를 안고 있다. 백인종은 자신을 끝없이 고치려고 한다. 기존 상태의 경계를 지키려 하지 않고, 경계라면 무조건 뛰어넘으려고만 한다. 그래서 어떤 것을 채택하든 최종적인 것은 아니다. 그런데 젊은 것만이 여전히 상당 기간 고쳐지고 적응할 수 있다. 성인은 때가 되면 단단히 굳어 버린다. 그래서 문화 민족이라면 모두 어떤 지점에서 성장을 멈춘다. 장차 새로워질 것은 더 젊은 피에 맡긴다. 우리는 이론상 이런 한계가 없다. 서양 문명의 별나게 유연한 성격 때문에 목표를 정하지 못하고 최종적으로 정지할 줄 모른다. 매번 새로운 방향을 찾고 각자 역할을 맡아 다양한 상태를 감당한다. 살아있는 동안 내내 젊어야 한다는 뜻이다. 이렇게 우리의 문제는 우선 신체에 있다. 많은 사람이 이런 것을 걱정한다. 요즘 신체적인 것이 유례없는 방식으로 이상처럼 되었다. 벌써 사람들은 건강이 제일이라는 복음을 전파하고 있다. 기독교에서 사랑이 그렇게 중요하다며 떠들던 방법과 마찬가지다. 그러나 전도사들은 인간이 육체적 존재라면 애당초 자연의 질서에 묶여 있다는 사실을 망각한다. 또, 자연이 없다면 신체도 별것 아니라는 사실 말이다.

다시 젊어지겠다는 뜻을 이루는 경우도 뜸하다. 더 젊은 땅에 이주하는 것이 아닌 한 어려워졌다. 세상이 영원히 젊지 않다면, 영원한 젊음을 어떻게 생각할 수 있을까. 지금 우리에게 필요한 몸, 탄력에 넘치고 절대 삭을 줄 모르는 몸을 지니려면, 무한히 생기 넘치는 환경이 필요하다. 창세기 다섯 번째 날만큼이나 젊은 세상이 필요하다. 그런 세계가 여기 있는 것일까. 미국의 자연에 아직 창세기의 힘이 고스란히 남아 있다. 벌써 미국의 자연 속으로 다양한 인종이 단기간에 어떤 식이든 미국 사람으로서 녹아들었다. (다양한 인간으로서가 아니다. 정말로 별도의 '아메리카' 인종이 되었다.) 마찬가지로, 이곳의 자연에서 항상 늘어나는 정신적 긴장에 적응하며 스스로 고쳐나갈 신체가 나올 듯하다.

만약 우리가 어디선가 발전해 왔다면, 그 발전을 미국에서 완수할 수 있다. 그러면 유럽의 역사적 중요성도 끝날 것이다. 전통이란 세대를 강하게 묶고 있다가도 어차피 언젠가는 사라진다. 유럽의 역사는 너무 오래되어 근본적으로 해방되고 갱신하기 어렵다. 그 주민들이 회춘하려고 얼마나 기를 쓰던, 폭력 혁명에 따른 재앙을 아무리 예방하려고 해도 소용없다. 새로운 문화는 새 땅에서나 발전한다는 격언을 되새겨보자. 지금 우리가 역사적 전환기에 살고 있지만, 새로운 형식의 문제도 마찬가지로 해결될 수 있다. 더욱 성숙한 것이 아니라 가장 조잡한 형식으로 해결된다면 이렇게 될 것 같다.

서양 사람들은 지금까지 모든 문화가 해왔던 시도를 되풀이하지 않는다. 단지 사상의 왕국에 따르는 대신, 그 왕국을 지상의 왕국에 편입시키며 새 시대를 열고 있다. 우리는 영장류로서 공룡이 살던 고생대 환경에서처럼 시작하고 있다. 그래서 신대륙의 인간은 세쿼이아 숲이 제격이다. 태고의 오아시스 아닌가. 로마의 폐허보다 그 오아시스와 잘 어울린다.

거목들을 바라보았다. 얼마나 상징적인가! 거목들처럼 큰 인물들에게도 공간이 필요하다. 시시껄렁한 사람들 사이에 끼어 살 수 없다는 모습이다. 도도하고 배타적이다. 만약 마리포사 숲에서 미래도 없는 납작한 초목을 생각한다면 사회를 의심하지 않을까? 열대에서 생각하기 어려운 일이다. 자연의 틀을 벗어날 뜻을 품을 만큼 개별화가 충분히 이뤄지지 않기 때문이다. 결국, 열대에서는 작은 초목도 억압받는다고 생각하지 않을 것이다. 평등의 이상은 왜 서양에서 불붙었을까? 어째서 가장 억압받는 동양 사람들 중에서 그 진정한 추종자가 나오지 않을까? 서양의 진보는 항상 불평등을 키웠다. 그러나 동양에서는 지상에서 가능한 평등한 조건이 있다. 다시 말해, 누구든 태어난 자리를 지키고 누구도 특별한 기회를 누리지 않는다. 현대 서구에서는 누구나 최고로 출세하길 바란다. 극소수나 이룰 일이다. 다른 사람들은 불평하기 마련이다. 이런 식의 문제가 잘못은 아니다. 하지만 결정적 해법은 없다. 불평등한 생활 조건이 뒷받침하는 안정을 인정하지 않는 한 항상 흔들릴 수밖에 없다. 변함없이 공평한 생활 조건에 따라 안정을 이룬다는 의미에서 평등이란 불가능하다. 이런 식의 평등은 자연과도 모순된다. 현대 서구 사회의 문제는 모든 사람에게 평등한 조건을 구하려는 영원한 투쟁뿐이다.

그랜드캐니언

그랜드캐니언의 무시무시한 모습 앞에서 나는 칸트의 숭고한 정의를 생각하지 않을 수 없다. 무엇이 숭고한가. 자연의 범접할 수 없는 사상을 보여주는 것이 아닌가. 이곳에서 뚜렷하고 거대하며 힘찬 지질의 변화가 눈에 띈다. 강 하나가 방대하고 높은 고원을 계속해서 깊고 완전히 깎아 냈다. 계곡의 꼭대기, 즉 태초에 강바닥이던 곳에서, 멀리 히말라야의 사면 사이로 보이는 하늘 같은 모습이 보인다. 아무튼, 지하에서 고산 풍경을 올려다보는 기분이다. 평화로운 강의 흐름으로 만들어 낸 걸작이다. '지옥의 신'의 위력으로 이룬 것보다 숭고하다. 별다른 수단도 없이 만들어낸 것이 아닌가! 하루하루 반복되는 힘이 얼마나 막강한지 몸서리쳐진다. 그랜드캐니언의 변화 과정은 낱낱이 드러난다. 결정적 인과 관계의 고리가 거의 겹치지 않은 덕분이다. 그렇게 변하는 동안 아무런 재앙도 없었고 어떤 생명도 모서리를 깎아 먹거나 빛깔을 남기지도 않았다. 모든 것이 거대한 한 가지 스타일로 시작되고 끝난 모습이다.

콜로라도강은 빙하기부터 선사시대까지 모든 생성 과정을 꿰뚫었다. 무게를 불려나가는 자연 수단만으로 악의도 폭력도 없이 단순한 방법과 정신을 따랐다. 어느 방향에서도 자유로운 길에서 그 고장의 산 전체를 평야로 바꿔놓았다. 하나뿐인 길에서 그 힘을 모아 넓게 퍼진 것을 깊게 바짝 좁혀 놓았다. 결과는 훌륭했다. 플라톤이라면 수력(水力)

의 완전한 표현이라고 하지 않을까. 수력은 생물이 아니다. 어떤 상징도 이곳처럼 확실한 힘으로 사실을 설명할 수 없다.

마리포사의 메타세콰이어 거목, 20세기 초

콜로라도강은 거대한 지질 단층에서 모든 시대에 걸친 생명의 침전물을 통과하면서 침식으로 자기 길을 개척했다. 무기물의 힘이 밑으로 내려가 다시 거스를 수 없는 운동으로 흘러내렸다. 그토록 거대한 골짜기에서 높은 산은 지옥의 신이 만든 작품을 상징한다. 쌓이는 세계가 아니라 파헤쳐진 세계를! 그 걸작 뒤에 살아 있는 혼은 없다. 어떤 의도도 드러나지 않는다. 계획도 없이 시작되어 계획도 없이 끝났다. 그런데도 가장 높은 지혜의 기념비다. 강은 어떤 뛰어난 기술자보다 똑똑하게 모든 장애를 걷어치웠다. 강은 어떤 건축가보다 깊이 물질 고유의 의미를 이해했다. 위대한 풍경화가보다 적절하게 부분과 전체의 조화를 꾀했다. 계산의 법칙이 우주의 법칙과 다르지 않다. 자연은 항상 합리에 따른다. 그렇다고 합리적 존재의 지휘를 받지도 않는다. 그 규칙이 시작해 끝나는 곳 어디에서나 곧 완성이다.

콜로라도 대협곡은 이런 점에서만 아름다운 것은 아니다. 우주의 합리성으로 그려낸 엄격한 선은 장엄하고 찬란하다. 어떤 베네치아 화가도 상상하지 못할 화려한 색이고 윌리엄 터너 같은 화가도 그려내지 못한 환상적 색이다. 그 무생물의 세계는 영원한 생명에 참여하고 있지 않은가. 매번, 그 세계는 새로운 혼을 표현하고 시시각각 성격을 바꾼다. 죽어버린 자연에서 이렇듯 감동을 자아내는 아름다움을 무엇이라고 해야 할까? 죽은 자연 속에서 아름다움은 기계적인 결과다. 우주는 혼돈의 종착지다. 우주를 벗어나는 것은 아무것도 없다. 그러나 아름다움은 우리를 이끌고 우리를 하늘로 밀어붙이는 실질적인 힘이다. 자연의 최후 진술 비슷하다. 우리에게 우수한 세계를 풀어 보이는 마술 공식이라고 할까.

대협곡의 주름진 모습에서 번지는 그 미묘하고 깊이 녹아든 빛은 얼마나 황홀한지. 사람도 죽음의 깊은 잠에 빠지면 살아 있을 때 절대로 지을 줄 모르던 평온한 표정을 짓게 될까? 오늘도 우리 인간은 이런 죽음의 기적을 두려워하는 것처럼, 어느 날 고상하고 순수한 영혼들이 지상의 시신 위를 거닐게 되지 않을까? 이런 강력한 기념물은 우리 인간이 더는 존재하지 않게 되더라도 그 뒤로도 더 오래 서 있을 테지만. 또 때때로 붉은 햇살이 그 생명의 자취를 일깨워주기도 하겠지만, 숭고한 정신은 영원한 죽음이 생명의 박동을 끊어 버릴 때 나타나지 않을까.

여기 지하 세계 앞에서 깊은 생각에 잠긴다. 칸트는 숭고한 인상을 주는 것은 "범접할 수 없는" 자연 앞에서라고 했지만 지금도 여전히 자연은 접근할 수 없는 것일까? 오늘 이미 인간은 자연을 뛰어넘지 않았을까? 단 일 년 만에 수많은 세월 동안 강물이 기를 쓰며 했던 일을 해낼 수 있지 않을까? 내일이면 그렇게 될 것이다. 원칙적으로 이기지 못할 물질적 장애는 없다. 하지만 아르키메데스가 바라던 소망도 언젠가 이뤄지지 않을까? 때가 되면, 우리 지구는 산산조각 가루가 되는 망신을 당하지 않으려고, 멋대로 고른 어떤 시간에 번개처럼 사라져 버리려고 하지 않을까?

오늘의 인간이 비록 하느님처럼 지배할 수는 없어도 지상의 정신으로나마 지배한다. 자연보다 못한 정신으로 물질로만 지배한다. 그러나 자신의 이상에 맞춰 자연을 이끌지 못하고 종종 자연의 요구에 따라야 한다. 이런 점에서 고대인이 믿던 강가에 사는 신들과 마찬가지다. 그 신들의 높은 뜻은 사물의 자연스러운 흐름이었다. 사실, 인간은 이런 신들만큼 현명하지 못하다. 주변 환경을 제대로 감안하지 않는다. 그래서 창작이라고 해야 오래가지 못하고 아름다움도 뒤진다. 만약 인간이 대협곡을 파헤친다고 해도 경이롭고 아름다울까? 폐허 같을 것이고 오래가지도 못할 것이다.

현대인은 맹목적 본능에 따라 애쓴다. 타고난 본능의 고유한 뜻을 절반도 이해하지 못한다. 무한한 힘을 가졌다면서 무한을 열망하느라고 자기 삶의 엄한 한계를 잊어버린다. 자신의 이상을 자기 힘에 맞춘다. 상호적으로 맞추지 않는다. 끝없는 부와 권력을 탐한다. 그러나 그것을 스스로 활용할 줄 모르니까 거기에 자신을 맡긴다. 사업가에게 돈은 자신의 인격을 바치고 희생하는 목적이 된다. 권력을 좇는 사람도 마찬가지다. 자본이 주는 이익 때문에 자기도 모르는 사이에 어떤 악당도 뜻하지 못한 대죄를 저지른다. 국가 권력을 위해 무장에 애쓰다 보면 다른

그랜드캐니언 국립공원, 1902년

모든 것을 말살하는 전쟁으로 이어진다. 개인은 평화만 바라는데도! 수 세기 동안 생명의 반복으로 세운 것을 단 몇 초 만에 파괴한다. 인위적 의지가 사람을 이렇게 만들었다. 생명의 정신이 아니라 죽은 물질의 정신이다.

우리 시대는 그 이전 어느 때보다 파괴적이다. 인간이 자신조차 감당하기에 너무 큰 힘을 쓰고 있어 그렇다. 평온한 히말라야의 초인들은 이런 힘을 갖고 있었다. 하지만 그들은 이런 힘을 오직 그 힘을 제대로 이용할 줄 아는 제자에게만 비밀로 전해준다. 그런데 몰지각한 대중에게 그 비밀이 알려졌다. 현 상황에서 통탄할 일이다.

계급의 차이가 없는 시대, 사람들이 '만민평등'을 외치는 시대에, 내면이 얼마나 성숙했든 아니든 누구에게나 권리를 주고 있다. 이런 사람은 경험을 통해서만 성숙해지려고 한다(바탕이 없다). 엉성한 경험을 전수하는 학교에서 현명한 사람을 바보로 만들고 만다. 확실히 그런 학교는 지름길이다. 개개인이 아니라 모든 사람을 가르치려고 한다. 실험 과학은 자질 있는 제자의 지혜 대신 대중을 계몽하려 든다. 누구나 온갖 바보짓을 해도 된다고 방임하는 자유는 브라만의 제자보다 대중을 빠르게 발전시켰다. 자연을 합리적으로 신속하게 이용하다 보니 자연력의 남용을 초래했다. 파괴 수단이 너무 커지면 어떤 민족도 쉽게 전쟁에 나서지 못한다. 결국, 끝없는 팽창은 인간이 자기 한계를 안고 태어나는 존재라는 사실을 다시금 입증하게 될 수밖에 없다. 이런 사태의 본질은 어디에서나 현자들이 오래전에 인식했던 일이다.

용기를 잃지 말자. 당분간 무서운 시련을 겪겠지만 우리의 미래는 밝다. 인간이 자기 능력 밖의 힘을 휘두르는 법을 배우게 되면, 현자가 자기 열정을 다스리듯 지상의 정신도 조금 달라지지 않을까? 그렇게 되면, 맹목적이던 힘이 이상적 현실을 실현하기에 쉽고 착실한 수단이 될 수 있다.

캘리포니아를 지나

캘리포니아 들판을 가로지르는 열차에서 문득 맹자의 말씀이 생각났다.

좋은 농기구를 사지 말고 좋은 때를 기다리는 편이 낫다.

만약 캘리포니아 주민이 그런 식으로 생각했다면, 지금 지상낙원인 이곳은 황량한 사막이 되지 않았을까? 자연대로라면 이곳은 사막이 될 수밖에 없다. 기후는 몹시 특이해 유카 선인장과 비쩍 마른 소나무만 어쩌다 살아날 만큼 사막 식물만 살 수 있다. 땅은 햇빛에 바싹 말랐다. 물은 봄가을에 시에라네바다산맥에서 흘러 내려오면서 깊이 침식한 하상으로 흘러 넓은 평원을 적시지 못한다. 그러나 인간은 새 길을 개척했다. 물이 부족한 곳에 필요한 수분을 대주는 우물을 팠다. 이렇게 캘리포니아는 오늘날 세상에서 가장 비옥한 땅이다.

서양 사람들은 자연을 이런 뜻으로 대한다. 우리는 있는 그대로의 것에 만족하지 않고 다르게 바꾸려고 한다. 그렇게 하려면 자연을 깊이 이해해야 한다. 자연 고유의 법칙을 유지하고 다스려야 한다. 서양 사람들도 자연의 생명력을 모르는 것은 아니다. 단, 우리는 다른 식으로 처신한다. 반면, 극동 사람들이 자연을 가장 깊이 이해한다. 중국 사람은 자연을 사랑하는 자식처럼 아낀다. 기꺼이 자비와 희생으로 지지한다. 부모처럼 엄하기도 하지만 비난받을 정도는 아니다. 일본 사람들은 자연과 친구처럼 사귄다. 자연을 인정하고 있는 그대로 좋아하며 가능한 장점을 살려주려고 도와준다.

서양 사람들의 자연에 대한 지식은 변변치 못하다. 우리는 자연 속으로 깊이 들어가지 않고 단순히 우리 생각대로 변형하는 데 몰두한다. 있는 그대로보다 더 나은 것이 되어야 한다고 생각한다. 보통 선생들처럼 우리는 개성을 감안하지 않고 강의한다. 그래서 일반적 전형을 만들어낸다. 밭, 초원, 숲처럼 일정한 기능에 따라 활용하는 것을 개발한다. 어쨌든, 평범한 자연을 높은 수준으로 끌어올리기도 한다(개간된 평야는 황무지보다 훌륭하다). 그러나 교사처럼 행동하기 때문에 우리는 평범한 것에서 나온 자연이 정해준 고유의 개성을 다룰 줄 모른다.

어디에서나 목적에 맞게 실현된 곳에서 아름다움은 빠지지 않는다. 미국의 농경은 끔찍해 보인다. 그 땅의 고유성을 감안하지 않기 때문이다. 그러나 두고 볼 일이다. 미국 사람들은 아직 미숙하고 요란하게 탈선하는 철부지들이다. 극동 사람들만큼 섬세해야 한다고 잔소리하지 않아야 한다. 시간이 지나면 그렇게 된다. 서양식으로 자연을 다룬다고 반드시 자연이 추해진다는 생각은 오해다. 그 길을 가는 과정이라 추해 보일 뿐이다. 일본의 농사는 보기에 좋다. 그 관계 자체가 최상이라서 그렇다기보다 일본 특유의 인간과 자연의 관계가 완벽하게 어우러졌기 때문이다. 내가 자연의 일정 부분이나 요소로서 행동하는 것은 원칙적으로 같지만 적절하고 조화로운 크기를 찾을 필요가 있다. 어느 날, 서양 사람들도 대체로 그렇게 하지 않을까. 특수 분야에서는 벌써 그렇게 하고 있다.

과학적 이해에 민감한 유럽 사람들의 입장을 예술적으로 이해하는 극동 사람들의 입장과 비교하기 어렵다. 과학적 태도는 일시적이기도 하지만 예술적 태도도 아니다. 일본 사람들이 학자처럼 관찰했다면 오늘날 빼어난 조원술을 개발하지 못했을 것이다. 일본 사람들에게 과학적인 면이 두드러지지 않는 것은 서양 사람들의 방향을 따르지 않고 진즉부터 생산적 종합을 추구했기 때문이다. 서양 사람들은 자연을 깊이 파고들지만 창조적 종합은 이제 겨우 시작이다. 그러나 어느 날 우리가 탐욕스럽게 자연을 정복하는 대신 자연을 즐겁게 해줄 만큼 성숙한다면, 일본 사람들이 완벽하게 해냈던 것 못지않게 우리의 자연환경과 맺고 있는 특수한 관계를 표현할 수 있다.

옐로스톤 공원에서

반지르르 다져진 동산 높은 곳에 간헐천이 수천 년 동안 솟아난다. 초원은 끝이 없다. 들소들의 초저녁 산책 시간이다. 들소들은 서로 띄엄띄엄 간격을 둔 채 각자 따로 돌아다닌다. 그러나 철새처럼 한 방향을 따른다. 짐승이 어떻게 지리를 알게 되었을까? 알 수 없는 노릇이다. 누구도 모르겠지만. 사람들도 같은 능력을 갖고 있는지 알 수 없다.

수십 년 전만 해도 들소들은 수천 마리씩 떼 지어 다녔다. 그런데 지금 옐로스톤 공원의 방대한 지역에 수백 마리밖에 남지 않았다.[225] 중요한 무리라고 해야 미국 내에서도 과거에 비해 크게 줄었을 것이다. 멸종 중이다. 평원과 멋지게 어울리는 이 마지막 남은 훌륭한 거물들을 보자니 분통이 터진다. 우리는 얼마나 세상을 초라하게 만들고 있나! 방대한 지역에 울타리를 치고 동물을 보호한다고 하고 원주민 보호구역도 만들었지만 멸종을 막지 못한다. 들소들은 울타리 안에서 죽어간다. 원주민들은 싸우러 나서지 못하게 되면서 퇴화하고 있다. 들소와 원주민 모두

225 아메리카들소는 다른 소보다 크고 몸길이가 4미터에 이른다. 19세기 초까지만 해도 애팔래치아산맥에서 로키산맥에 이르는 광활한 북아메리카 지역에 6천만 마리가 살았다. 아메리카 원주민은 이들을 잡아 고기는 먹고 가죽으로 옷을 지어 입었다. 이러한 사냥은 들소 숫자 감소에 큰 영향을 끼치지 못했다. 그러나 백인들이 개발에 방해가 된다는 이유로, 심지어는 취미로 사냥하면서 멸종 위기에 놓였다. 무자비한 학살로 1889년에는 1000마리로 격감하였다가, 현재는 3만 마리 정도가 살아 있다.

종말에 다가가고 있다. 얼마 못 가 모든 아름다운 인종과 동물이 과거사가 될 것이다. 지구는 독일 중부의 농촌 비슷하게 밋밋하게 칸칸이 나누어지고, 한 가지 모델에 따라 경작되고, 선택된 가축과 사람들만 살게 될 모양이다. 우리가 특단의 대책을 내놓지 않는 한 이런 결과를 막기 어렵다. 이런 '진보'에 만족해하는 맹목성은 무엇인가. 이 땅이 갈수록 단조로워진다는 것은 끔찍하다. 있는 힘의 협력이 아니라 힘을 잃는 것이기 때문이다. 사라지는 것을 대신할 것은 아무것도 없다. 생명은 전기처럼 쉽게 전달되지 않는다. 각 생명의 전형은 유일하고 오직 단 한 번만 그 가능성을 실현한다. 결국, 유럽 사람과 우마와 돼지는 미래에 원하는 만큼 번창하겠지만 그 과정에서 또 다른 생명을 제거한 구멍을 메꾸기 어렵다. 세계는 매일 빈곤해지고 있다. 미국은 너무나 빤한 진보의 결과를 보여주고 있다.

미국에서 백인은 유용한 인간의 전형만 보여준다. 다른 어느 곳도 자연이 이곳처럼 웅자하지 않다. 모든 것이 위대한 정신의 자취다. 모든 위대한 것이 번창해야 마땅한 곳이다. 거대한 것만 잘 어울릴 듯한 환경이다. 이런 바탕이 어떤 정신보다 우수한 힘이 되었다고 생각할 만하다. 그런데 그러기는커녕 모든 것이 무시되었다. 오직 양적으로만 생각했다. 양키는 수만 중시했다. 숫자에 따라서만 움직인다. 그래서 정신적 빈곤은 성공만 추구한 당연한 결과다.

미국 사람이 하는 일을 유럽에서도 목표로 삼고 노력하고 있다. 새로운 철학이 널리 퍼져 마치 바람직하다는 듯 '경제 원칙'을 주장했고, 그것이 최선이라고 떠들고 있다. 우리는 항상 거칠고 빈곤해지고 있다. 모든 풍요를 파괴하는 거침이다. 모든 발전이 배타적 방식이다. 서구의 발전 노선은 의도가 어떻든 모든 다른 발전을 파괴한다. 자연에서 맹목적으로 힘을 끌어다 쓰려고 하다 보니, 결국 너무 깊은 저주를 받아 지키고 싶어 하는 것조차 사라진다. 오늘날, 백인은 다른 어떤 것보다 자연에서 가장 큰 즐거움을 찾는다. 자연 속의 각각의 것에 걸맞은 방법으로 깊은 관심을 쏟는다. 그런데도 그에게 없는 것, 또는 그에게 불필요한 것에 등을 돌리면서 그런 것을 죽여 버린다.

유럽 사람들도 몽골과 튀르크 사람들 못지않게 패악을 저질렀다. 몽골과 튀르크는 파괴하는 재미로 파괴하지 않았을까? 로마 사람들은 세계 제국을 세우면서 지중해의 오래되고 독특한 전통이 깊은 나라들을 쓸어버렸다.[226] 그 뒤를 이어 게르만 사람들이 로마가 세운 것을 모두 허물어버라고, 그 후손들은 아랍 문화의 걸작을 싹 쓸어버렸다. 나아가 잉카와 아즈텍 문화도 완전히 멸망시켰다. 그때부터 의도가 좋았을망정 파괴 수단은 너무 완벽했다. 백인 문명은 그 밖의 사람들에게 너무나 치명적이었으며 개선책도 아니었다. 헤겔이 지적한 것이 있다.

> '객관적 정신'이 완전해지려면 폐허를 딛고 걸어야 한다. '생각'을 전하려고 앞장선 민족만 중요하며 나머지 민족들을 말살하거나 구속할 권리가 있다.

---

226 로마제국은 이웃 민족들의 문화를 야만으로 무시하면서 역사를 기록했다. 중국이 주변 민족들을 야만시한 것과 똑같다. 로마제국 중심의 역사에서 배제된 사실들을 찾아내고 복원하려는 움직임이 최근에 유럽 여러 학자들이 재개하고 있다. 알프스 이북의 켈트족을 비롯한 수많은 민족의 선사 문화와 터키의 아나톨리아 고원과 흑해 연안과 도나우강 연안의 많은 민족, 심지어 훈족으로 대표되는 그 밖의 민족의 문화에 대해서도 마찬가지로 연구가 활발하다.

정말로 생각이 역사적으로 중요하다면 그럴 권리가 있을지 모른다. 그런데 분명 그 역사적 중요성은 아무런 편견 없이 결정되지 않는다. 아무튼, 사후에나 그 중요성을 알 수 있고 가설에만 의존하기 마련이다. 의심스럽지만 아무튼, 어떤 사건이든 불가분 좋게 끝나기 마련이라는 가설이다. 이런 가설은 그야말로 물질적 성공이 하느님의 심판이라고 전제하는 듯하다. 그러나 더 분명한 것은 역사적 성공이 정신적으로 반드시 중요하지도 않다는 점이다.

인도와 중국은 문화적으로 극히 중요한 데도 세계사에서 헤겔이 이해한 것 같은 역할을 맡지 못했다. 예수와 붓다가 역사적 힘이 된 것은 우연한 일이다. 불가분한 관계가 있던 것은 아니다. 역사적 과정 자체는 생리 과정과 비슷하다. 신체뿐만 아니라 정신 기관(사상, 신앙 등)을 서로 보완하고 갈등하기도 하는 사람들은 전혀 변하지 않는다. 정신이 생리와 따로 놀더라도 생리의 중개를 거쳐야 진행되고 '나중에' 두 과정의 관계를 세워 볼 수 있다. 어떤 움직임이 발생하는 곳이면 어디에서나 그렇다. 그러나 이런 관계가 사태의 본질은 아니다. 생리는 수단일 뿐인데 그것을 정신적 목적으로 전용한다면 결과는 치명적이다. 그런데도 다음과 같이 인류에게 무엄한 이론이 나오고 있다.

"국가의 선(善)만큼 고상한 것은 없다. 국력이 최고의 목적이다. 국제 관계에서 어떤 수단도 쓸 수 있다. 어떤 인종이 다른 어떤 인종이든 지배할 권리가 있다."

이렇게 '기술적 인간'은 개인적으로 부유해지려고 모든 창조를 파괴하고 절대적 뜻을 이룬다. (가능성이자 억제 수단으로서) 힘 그 자체가 선한 것일 수 있을까? 터무니없는 일이다. (진보의 신봉자들이 완강하게 주장

◀ 옐로스톤의 아메리카 들소, 1902년 ▶ 어로 작업 중인 아메리카 원주민

하듯, 기독교 문명만큼이나 헤겔의 '관념'이 승리하는 것은 물리력을 통해서일 뿐이다.)

반대로, 야코프 부르크하르트가 깊이 이해했듯, 기본적으로 힘은 '나쁜' 것이고 인간을 못 되게 만든다. 지상의 어떤 힘도 죄 없이 일어선 것은 없다. 어떤 힘도 어떤 식으로든 폭력을 부리지 않고 유지된 적이 없다. 힘의 법칙은 악마적이다. 신성하지 않다.[227] 그래서 지상의 권력은 도덕적 선과 자연스러운 관계를 맺지 못한다. 난폭한 서구 문명의 본질은 선하지 않다. 악하다. 거기에 적응하지 못하는 사람에게만이 아니라 그 속에서 살고 있는 사람에게도 해롭고 치명적이다. 이런 결과는 권력을 도덕적 이상 실현에 사용하는 곳에서는 나타나지 않는다. 그러나 권력에 사로잡힌 인간이 권력을 쥔다면 그 힘은 악마적인 것이 된다.

어쨌든, 악은 세계 경제에 불가분하고 결정적으로 작용한다. 파괴만

227 이에 관해서 저자는 《르네상스, 비극의 역사》(하퍼 앤드 브러더스 판)에서 자세히 다루었다.

이 절대적 갱신의 길을 연다. 앞으로 나아가자면, 자연스러운 이행에 박차를 가하게 되고 그렇게 되면 과정 자체가 황폐해진다. 오랜 세월 동안 정착된 형식은 혁명으로만 부술 수 있다. 수 세대에 걸친 예상 끝에 나타나는 전쟁으로만 전통을 끊을 수 있다. 일부 사람이 자연의 정글에서 우세를 차지하면서 자기 권위를 타인들에게 강요하지 않는 한 세계적이며 보편적인 문화는 없다. 요컨대, 죽고 죽이는 것은 자연스럽고 정상적인 현상이다. 야수는 사냥감을 죽일 수밖에 없다. 야수도 식물처럼 조용한 동물들과 마찬가지로 살아갈 권리가 있다. 전쟁으로 인명(人命) 손실이 크게 늘어나고 있다. 재앙과 전염병은 아무런 질적 변화를 일으키지 못하고 양적으로도 변변히 달라지지 않는다. 대부분의 시간을 원상복구로 보내기 때문이다. 야생 동식물이 오랜 지질학적 시대를 거쳐면서 무엇을 증명했을까? "언젠가는 일정한 형태가 반드시 사멸하지만, 여건의 변화에 따라 천천히 사라지기 때문에 아주 무심해 보인다."라는 사실이다. 아니면, 훈족이 급습했을 때처럼 갑자기 멸망하거나.

영원성이란 시간의 본질에 비춰 말하자면 죽는다는 것이다. 힌두교 신화는 창조와 파괴를 신성의 상호보완성이라고 한다. 상당한 진리다. 하느님이 악을 원할 때가 있다. 인간만이 시바 신의 자리를 뒤집으려 한다. 시바 신의 자리를 의도적으로 탐내지 않아야 한다. 죽음이라는 숙명이 살인을 정당화하는 것은 아니다. 자연에서 삶과 죽음이 개인의 의지와 힘 너머에 있듯이 생명 전체가 발전하는 차원을 개인이 이해하기 어렵다. 이성이 없는 생물의 왕국에서 이런 면은 완벽해 보인다. 어디서든 우연이나 인간 멋대로 그것을 뛰어넘을 수 없다. 자연은 규칙에 따라 저절로 움직인다. 경이로운 지혜에 따른 움직임이다. 만약 사람도 각자 자기에 걸맞은 일을 한다면, 인간 세계도 그럴 수 있을지 모른다. 그렇게, 인간 마음대로 중계를 맡아 하느님의 일을 해낸다면 그 뜻대로 필요한 것을 만들어낼 것이다. 어떤 갈등도 필요 없고 어떤 숙명에도 부딪치지 않겠지만, 개인은 아무것도 모를 것이고 전체적으로도 모든 것이 좋아 보일 것이다. 오직 인간만 당연한 것을 하지 않는다. 의식적으로 그렇게 하는 경우도 드물다.

인간은 자신이 안다고 생각하는 '큰 틀'을 세우고 그것에 따라 결정적 변화를 바라는 만큼 재앙을 초래한다. 무모한 전쟁을 일으키고 파괴하며 뒤집어엎는다. 자연의 규칙과 자발에 따른 작용은 허무해지고 '무의미'가 승리한다. 너무나 많은 점에서 백인은 지상에서 파괴자였다. 그런데 그 행동은 다른 점에서 하느님의 뜻이기도 하다.

점점 더 야성과 생기에 넘치는 자연 속에서 나는 내 폭력 본능을 의식한다. 서양 사람들은 기본적으로 싸움꾼이다. 그러나 중국 사람들은 어떤 대가를 치르더라도 지켜야 할 인간과 우주의 절제된 조화를 믿는다. 인도 사람들은 어떻게 하든 자기 자신을 뒤로 물리고 생존 경쟁에 내면적으로 참여하지 않는다. 그러나 서양 사람들은 확신하며 싸운다. 전체를 걱정하지 않는다. 우리는 요소일 뿐이고, 그러기만 원하며, 그런 식으로만 활짝 핀다. 최선이기도 하고 최악이기도 한 것은 이런 투쟁 정신 때문이다.

서양 사람들의 정복과 약탈은 종교개혁처럼 과학과 사회의 경향에서 시작했다. 우리는 기본적으로 호전적이다. 우리는 어떤 권위에도 굴복하지 않고 사태를 자유롭게 검토하며 각자 자신에게 유리하게 결정하려고 한다. 투사는 절충이나 타협을 모른다. 이기거나 죽거나 둘 중 하나, 좌우명은 "너 아니면 나"다.

내가 동양에 머물 때, 우리의 투쟁심은 혐오스러웠을 뿐이다. 어떻게 달리할 방법이 있을까? 투사는 본질적으로 파괴자인 데다 맹목적이고 편파적이며 부당하고 이해심도 없다. 현자는 절대 싸우지 않는다(동양에서 모든 생활을 이에 의지해 살아간다). 당파성을 넘어서 있고 드러난 형태과 사건의 연결고리에서 벗어나 있다. 중심은 자기 자신이지만 자신의 고유성을 진지하게 보지 않는다. 그냥 그들 전체의 한 사람이라고 생각한다. 이런 우수성이 어디에서 올까?

동양에서 나는 이런 질문을 해본 적이 없다. 지금 생각하면, 나는 과거에 서양을 제대로 몰랐다. 현자는 특색도 없고 무심하며, 냉정하고 결단력도 없는 회의론자가 아니다. 차라리 회의론자보다 지혜롭지도 않다. 이런 사람이 싸우지 않는 것은 우선 싸움이 불필요하다고 거부하기 때문이 아니다. 이미 싸움을 '끝내고' 세계와 완전히 화해했기 때문이다. 왈가왈부하는 토론에서 뚜렷한 결론이 나는 적이 드물고 조용히 끝낸다. 이런 관점에서 나는 인도 신화의 깊이를 이해하게 되었다. 그 신화에 따르면, 최상층 브라만이 존재하려면 우선 기사 계급인 크샤트리아가 있어야 한다. 투쟁 없는 이해는 없기 때문이다. 용감하게 싸운 자만이 지혜의 신성한 평화를 누릴 만큼 무르익는다.

따라서 갈등 끝에 나오는 결정은 단지 기계적 결과는 아니다. 다시금 유기적인 변화를 결정한다. 보통, 어떤 확신이든 상당한 논쟁 끝에야 확실해지는 법이다. 가령, 민족들이 전쟁하면서 그전까지 받아들일 수 없다고 거부하던 수정안을 기꺼이 수용한다면, 또 원래 강자라고 해도 싸워야 영웅이 된다면, 싸움 때문에 그 사람들이 달라졌기 때문이다. 싸워야 그렇게 달라진다. 이론과 지식만으로 영혼에 영향을 주지 못한다. 새로운 질서가 필요한 줄 알면서도 실제로 그것을 받아들이지 못한다. 모든 장점을 인정하면서도 아무튼 끝끝내 고집을 부린다.

그리스도와 붓다는 깨닫기 훨씬 전부터 지혜로웠을 테지만 그들의 사명은 깨우치던 때부터 시작된다. 악착같이 싸우는 사명이다. 사악한 악령의 유혹을 받으면서 두 사람 모두 그것을 이겨내려 했다. 그러고 나서야 자유로워졌다. 그들의 영혼이 높은 지혜에 쓸 만하게 달라졌다.

붓다가 되는 변화는 수많은 사람 중에서 오직 단 사람에게서 일어났다. 애당초, 출발한 곳에서 높아지는 사람들은 없었다. 그래서 기존 사회질서는 대체로 계급의 위계를 자연스럽게 이해하면서 항상 현재를 타당한 모습으로서 보여준다. 어떤 전형에 이끌린 개인은 쉽게 자기를 완성하고 전체와 조화를 이룬다. 그러나 이런 틀에 진보는 없다. 이런 사회에서는 지혜롭게 태어난 자만이 지혜로워진다. 각자 자연이 정해준 수준에 머문다. 인간성은 제자리에서 움직이지 않는다.

싸우는 세계에서는 누구에게나 가능성이 열려 있다. 각자 진심으로 옳다고 믿는 길로 뛰어들고 자신의 소명이라고 믿는 것을 이루려고 애쓰며, 직접 체험으로 자신을 확인한다. 어느 싹이든 충분히 클 기회가 있다. 모두 똑같이 이렇게 확신하기 마련이라 전체적 조정이 불가피하다. 사태의 본질은 이렇다. 어느 날, 어떤 실수도 해소되며 잘못된 것은 결국 잘못을 입증하게 되고 썩은 것은 죽게 된다. 그러나 가치 있는 것은 가치를 지키게 되고, 모든 진실은 그 자체로서 진실을 증명한다. 이런 진실은 때에 따라 시험대에 오른다.

진실이 실험 받을 기회를 얻으려면 용기를 내야 한다. 투사들은 항상 맹목적이기 때문에 각자 개별적으로 증명하는 것은 거의 없다. 혁명가와 반동분자, 사회주의자와 개인주의자, 과거 종교의 신도와 자유로운 사상가(이들은 현대의 변화 과정에서 변증법적으로 대립한다) 모두가 어느 정도 옳지만, 또 전체적으로 모두 틀렸다. 그들 모두 거대한 발전의 한 요소일 뿐이다. 어떤 인간도 그 계획을 알 수 없는 거대한 발전도 싸우는 목적도 이루지 못한다. 그러나 어떤 투쟁도 결코 쓸데없는 일은 아니다. 아무리 소박한 이상주의자도 세계를 개선하는 데 자기 나름대로 한몫하기 마련이다. 악에 대한 저항은 아무리 미미할망정 악의 힘을 떨어트린다. 희생은 미래에 이바지한다. 또, 전체는 더 높은 곳으로 발전하지만 사태에 따라 저항에 부딪치는 면이 있다. 아무튼, 이렇게 개선이 가능하고 잠시나마 어느 곳은 개선된다.

프랑스 대혁명이 한창이던 1789년과 1848년에 혁명을 겪은 사람들은 자신들이 바라는 목적을 이루지 못했다. 잘된 일이었다. 그들은 종종 터무니없는 것을 요구했기 때문이다. 그러나 그들 덕분에 우리는 그들보다 부쩍 진보했다. 사회주의자의 주장도 실패했다. 하지만 그들이 없었다면 우리가 좀 더 정의로운 새로운 질서에 이만큼 근접했을까? 어림없었을 일이다. 진보는 싸우는 곳에서만 가능하다. 평화가 지속되는 동안 진보는 없다.

자신의 잘못과 광기와 한계, 심지어 죄까지 인정할 만큼 용기 있고 진지한 사람이 있다. 그렇지 못한 사람은 사태의 본질을 힌두교도가 업보라고 하는 것에 비추어 바라본다. 투사의 길은 분통이 터질 만큼 기계적이다. 사실 그렇다. 그런 길에서 개개인은 목적을 이해하지 못한 채

한 요소로만 나타나고 구원은 밖에서 찾아온다. 대중은 더 높은 길로 접근하지 못한다. 성숙한 사람은 인식의 길이나 사랑의 길을 따른다. 대중은 요가의 업에 따를 뿐이다.

모두들 서구에서 개발하고 실행하는 방법을 충분히 이해한다. 기존 규범을 피동적으로 따르는 것이 아니다. 교리의 금기를 따를 뿐만 아니라 희생할 각오가 되어있는 방법이다. 대다수가 목적을 빨리 이룰 다른 길을 생각하지 못한다. 서구가 다른 어떤 문명보다 앞서 있다는 주장은 전체적으로 건방지겠지만, 그 발전에 가속도가 붙으면서 놀랍게 진보했다는 사실을 어떻게 부인할까. 영국 하층민의 사정을 생각해보자. 그보다 더한 아일랜드 하층민을 기억해보자. 백 년이 된 일이고, 전 세계 공장 노동자의 사정도 얼마 전까지 마찬가지였다. 그들의 불행을 초래한 결과를 잊지 말아야 한다. 그러나 인정할 것도 있다. 우리는 새롭고 더 나은 세상에서 살고 있다. 복지도 도덕도 나아졌다. 그런데 이런 세상은 투쟁 끝에 나왔다. 이기심을 채우려고 싸운 덕이다. 중국 사람처럼 질서를 사랑하거나, 원시 기독교도처럼 '악에 대한 비저항' 원칙을 따랐다면 이렇게 되지 못했을 것이다. 싸우는 세계에서는 이기주의가 목표에 이르는 지름길이다. 그런데 이것을 어떻게 잘못이라고 할까? 사태의 본질이 이기주의를 그렇게 드러내고 또 변용한다. 목숨을 걸고 경쟁하다 보면 불가분 협동하게 된다. 어느 날, 전 세계는 싸움을 그치고, 금세기 초부터 각자 일정량만 생산하기로 합의한 벨기에와 독일의 무기 공장처럼 되지 않을까. 그럴 수밖에 없다. 우리는 폭력이 낳은 자식이기 때문이다.

현대 서구 문화의 독창성과 그 의미는 한 마디로 '솔직한 문화'다. 서양 사람들은 우리가 누구이고 무엇을 원하는지 고백한다. 잠시 양보할지 모르지만, 결국 기본적으로 우리 자신만 생각한다. 세계 속에서 우리의 위치가 우리의 확신에 맞아떨어질 때까지 계속 그럴 것이다. 결국, 이런 확신에 충실하면서 겪게 될 진솔한 경험이 서양 사람들의 가장 높은 이상이다. 우리는 인도 사람들처럼 진실을 외부에 구걸하지 않는다. 중국 사람들처럼 타인이 남긴 질서를 변함없이 추종하지도 않는다. 우리는 그런 질서가 어떤 점에서 우리에게 적합한지 반드시 묻는다. 우리는 우리가 이해하지 못하는 진리를 활용하기보다 차라리 자신의 착오 때문에 죽는 편을 택한다. 거짓 경험을 고백하기보다 자기 신념을 용감하게 붙들고서 형이상학적으로 반론을 제기하는 편을 택한다. 이렇게 우리는 서구 문화의 성취를 밑받침한 사고방식을 따른다. "인간은 현상에 전적으로 의미를 부여하려 하는 운명으로 산다."라고 생각한다.

중국에서 나는 솔직함이 거북해지는 것을 보았다. 통용되는 믿음에 맹목적으로 따르지 않고 솔직해봐야 개인에게 불리하다. 그런 믿음이 객관적으로 최적이며 개인의 의견은 틀린 것이 될 정도다. 이런 점에서 서양 사람들이 거친 까닭은 대부분 솔직하기 때문이다. 그러나 이런 거침이 권위적 문화보다 앞날이 더 밝다. 용기와 진실성만 미래를 기약하기 때문이다. 이것들은 특히 발전을 가속화한다. 사태의 본질에 따르면 착오조차 도움이 된다.

서양의 과학과 철학의 역사를 생각해본다. 너무나 많은 잘못된 길을 걸어왔다. 얼마나 길을 잃고 엉뚱하게 헤맸는지 모른다. 일시적인 것을 궁극적인 것처럼 찬양하곤 했다. 더구나 그런 잘못을 저지를 때마다 결과도 불행했다. 부족한 공식으로 우주의 뜻을 다 파헤쳤다고 생각했다.

존재를 강조하는 쪽과 변화를 강조하는 쪽[존재론과 변증론]이 있었다. 각자 파벌이 되어 싸우고 세계 속에서 자기 자리를 차지하려고 치열하게 탐구했다. 지금은 잘 알려진 사실이다. 대담한 혁명가들이 전통 도덕을 팽개치고 순진하게 이기주의의 깃발을 올렸을 때, 다른 사람들은 다른 적합한 신념을 찾아 나설 수밖에 없었다. 그렇게 되자 솔직한 만큼 진실이 드러났고 잘못도 줄었다. 교회에 대한 적개심과 자유사상과 반종교 정신이 결국 신앙심을 다시 밝히는 데 크게 이바지했다. 과거에 모호하던 믿음을 정확히 이해하게 되었다.

이렇게 볼 때, 아무리 편파적이더라도 비판은 유익하다. 그것이 파괴하는 순간만큼이나 아름답다. 왜냐하면, 괴테의 말대로 "변하려고 죽는" 일이기 때문이다. 꽉 막힌 전통이 무너지는 곳에서 명확한 과학이 나온다. 만약 인간이 자신이 원하고 생각하고 행하는 모든 것에 책임을 질 줄 아는 존재가 된다면, 이런 동기들을 충분히 인식해야 한다. 교조적 주장에 얽매이지 않고 어떤 편견도 벗어나, 인종의 경험에 모든 책임을 떠넘기지 않아야 한다. 현대는 이런 일에 뛰어들고 있다. 그렇게 해서 정신세계는 다시 혼돈에 빠지고 부글부글 끓다가, 결국 예상하기 어렵지만 조금 성과를 거두지 않을까? 그러나 일반적 목적은 이미 확실하다. 솔직한 서양 문화에서 다양성에 따르던 조화는 결국 자율에 따라 조화로워지게 마련이다. 그렇게 해서 과거, 권위에 기대어 믿던 모든 진실을 개인적으로 이해하게 되고 개인의 의식이 인간 의지의 유일한 버팀목이 된다. 이런 문화만이 만족할 만한 결과를 끌어낼 수 있다. 인도와 중국과 가톨릭의 제도는 꽤 많은 완성된 모습을 내놓았다. 그러나 발전 가능성은 조금도 담기지 않았다. 새 세상은 현재 우리의 길을 따라서만 태어날 수 있다.

서양 사람들 가운데 가장 전형적이고 젊은 미국 사람은 솔직하다. 이런 점이 부족한 교양을 상쇄한다. 미국인은 자신이 원하는 사람이 될 수 있다. 그도 당분간 완전한 사람이 못 되더라도 변하는 법에 따라 움직이는 세계에서 살아갈 권리가 있다. 결국, 이런 잠정 상태는 이론적으로 보면 완전해질 수 있는 인도 사람에 더 가깝다. 인도 사람들은 큰 뜻을 깊이 인식하고 있다. 그러나 그 뜻을 표현하는 수단의 고유한 의미를 거의 생각하지 않는다. 그 두 가지 의미가 적절한지 묻지 않는다. 결과적으로 그들에게는 사실과 상상의 산물, 현실과 신화는 거짓말이든 진실이든, 미신이든 과학이든 똑같다. 큰 뜻으로서만 파악하기 때문이다.

'큰 뜻'은 현상을 완전하게 꿰뚫고 이해할 때, 내면과 외면이 어긋나지 않을 때에만 실현된다. 상상과 사실, 거짓과 진실은 질이 다르다. 큰 뜻과 일치하지 않는 표현은 그 실행력을 앗아간다. 여기에서 인간으로서나 실생활의 실수가 나온다. 서양 사람들은 정확성에 광적으로 집착한다. 그래서 현실적으로 보기 드물게 성공했다. 서양 사람들은 여전히 전체적으로 큰 뜻을 모른다. 그것을 이해하게 된다면, 그 완전한 표현을 찾는 데 도움이 되고 사물의 본질과 현상의 완벽한 조화를 이루게 될 것이다.

솔트레이크시티

모르몬교 성전 사무실에서 점심 때 풍금 연주를 기다리는데, 책자를 파는 여자가 내게 다가와 새 복음을 들어보았냐고 물었다. 사실 모르몬교도의 글을 읽었다고 답했다.

"정말 믿으세요? 하느님의 말씀이 거기 들어 있나요?"

그러면서 내가 답할 틈도 없이 말을 이어 나갔다.

"우리 종교가 놀라워요. 신성이 어디에서 나오는지 확실하게 깨우쳐 주니까요. 하느님은 조지프 스미스[228]의 입으로 진실로 묻는 사람들에게 즉시 답해주시잖아요. 또, 약속도 지키셨어요. 그래서 나도 개종했어요. 나는 어려서 뮌헨에서 살았어요. 그러다가 우연히 모르몬교 선교사의 설교를 듣게 되었지요. 경전에서 하느님을 확실하게 이해하는 방법을 가르쳐 주셨어요. 나는 하느님께 물었어요, 그러자 금세 '그래'라고 확실한 대답을 들었지요. 그때부터 여기로 왔어요, 아주 행복하구요."

나는 그녀를 차분히 바라보았다. 그녀는 전형적 개종자였다. '부흥

---

228 Joseph Smith Jr., 1805~1844. '예수 그리스도 후기성도교회'의 초대 회장. 모르몬교회는 그를 선지자로 여긴다. 그는《모르몬경(Book of Mormon)》의 저자. 조셉 스미스는 아버지의 농장에서 일하며 성장하였고, 정규 학교교육은 몇 개월밖에 받지 못하여《모르몬경》"번역" 당시에 겨우 읽고 쓸 수 있는 수준이었다. 1844년에 미국 대통령 후보로 출마하기도 했다. 그러나 선거일 전에 사망하였다. 브리검 영이 그 뒤를 이어 교주가 되었다.

교회' 어디에서나 볼 수 있는 사람과 똑같다. 아무튼, 나는 이렇게 감동적으로 간단명료하게 자기 생각을 털어놓는 소리를 들은 적은 없다. 이런 점에서 모르몬교는 어떤 종파보다 앞서 있다. 모르몬교 일부다처제의 역사는 얼마나 비장한가! 가족 관계를 천국의 것으로 대신한 조지프 스미스가 (계시를 받고) 내놓은 제도다. 그로부터 일부다체제가 현실로 인정받았다. 지상에서 여러 여자와 계속 결혼하는 사람은 하늘나라에서 모두 함께 살게 된다고. 그가 받은 계시에 따르면 남자는 지상에서 많은 여자와 함께 차례로 살아야 한다. 물론, 이런 계명에 신도들은 깊은 충격을 받았다. 그 계명은 앵글로색슨의 사고방식에 비추어 완전히 모순이었다. 그러나 하느님의 가호로 모든 반감을 물리치고 신도들은 여러 여자들과 결혼했다. 그러자 시련이 시작되었다. 교회는 파괴 위협과 악착같은 박해에 시달렸다. 그때 주님이 교회를 불쌍히 여겼다. 하느님은 회장 윌포드 우드러프에게 나타나 장차 일부다처제를 중지하게 했다. 우드러프는 '후기성도에게' 회칙을 발표했다.[229]

> 일부다처제의 도입과 폐기는 누구의 책임도 아니다. 주님께서 인간의 편견을 딱하게 여기셨기 때문에 우선 명하셨다. 그러고 나서 그것을 따르는 신도들의 고통을 불쌍히 여기사, 일부일처제를 다시 허용하셨다. 계명은 하느님께서 책임지는 일이다.

비베카난다가 서구 종교의 교주들을 만나고 나서 판단했던 것을 생

229 《모르몬교 연구(Studies of the Book of Mormon)》, B. H. 로버츠, 후기성도회 발행, 57쪽.

각해 본다. 즉, 그들 모두가 괴상한 미신에 따라 이상한 방식으로 계시를 받았다. 그들은 하느님께 고취되었다. 그러나 그들은 영적 계시를 받았다는 것을 순수하고 정확하게 이해하기에는 너무 교양이 부족했다. 사실 그렇다. 모르몬교에서 서양의 인간 교육에 응용된 종교가 가장 극단적으로 드러난다. 그들은 모르몬 교주는 물론이고 모세, 루터, 칼뱅과 같은 예언자였지만 완전히 일자무식이었다. 그렇기 때문에 그들은 기본적으로 기독교의 위대한 토대를 놓은 사람들과 다르지 않다.

예컨대, 루터가 무슨 말을 했나? 루터는 이전의 심오한 종교인들을 종교의 본질을 구현하지 못하고 빗나간 결과를 본질로 간주했다면서 일시적 현상이라고 거부했다. 그전까지 종교는 하느님에 대한 맹신과 거룩해질 수단에 의지하는 것이 성사(聖事)로서, 신성한 말씀의 가장 고상한 뜻이라고 가르쳤던 사람들이다. 루터의 지성이 얼마나 부족한지 입을 다물 수 없다. 그 자신의 신앙심은 진실로 깊었겠지만, 그의 종교관은 몹시 피상적이다.

칼뱅은 어떠했을까? 그의 교리도 망측해 보이지 않을까? 사실, 그의 영벌 사상은 망측하다. 모든 영생은 무기력한 인간에 대해 명예롭고 지극히 연민에 넘치는 하느님께서 명하는 것이라고? 칼뱅은 교양이 많았고, 루터는 천재적 재능이 있었다. 아무리 결점이 많아도 이들의 사상에서 항상 심오한 정신이 빛난다. 그래서 터무니없는 것이 있지만, 그런 것을 표현하는 것보다 좀 더 많이 알고 있다는 느낌을 준다. 앵글로색슨계 개혁자, 특히 미국 개신교도는 많은 점에서 발전했지만, 종교적으로도 완전히 초기 교회 수준이다. 거의 철학도 심리학적 깊이도 없다. 전체적으로 분별력과 반성도 부족하다. 대영제국의 종파들은 '숯장수'만큼 영혼이 소박하다. 앵글로색슨의 종교 창시자들 가운데 누구도 철학적 판단력을 보이지 못했다. 미국 개혁교회 대부분이 그렇듯 하층민 출신으로 교육도 못 받고 교양도 없다 보니 결국 모르몬교 같은 제도가 나왔다. 인도를 아는 사람이나, 종교 문화가 무엇인지 아는 사람에게 러시아의 두호보르파[230], 북부 독일의 경건파, 미국의 모르몬교에서 대단한 것을 보기 어렵다. 반대로, 이런 종파에서 서양 종교에 전형적인 표현이 보인다.

서양 사람들은 이해하는 것이 아니라 행동하는 사람들이다. 모르몬교도는 종교 사상이 순박하기 짝이 없지만, 물질문명에서 어떤 사람들도 이루지 못할 큰일을 해냈다. 그들은 반세기 만에 사막을 옥토로 만들었다. 게다가 진보의 친구이자, 충직하고 착실하며 훌륭한 시민이다. 인도 사람들은 지성이 뛰어나지만 이런 실용성은 부족하다. 어떤 사상이 깊다고 반드시 실용 능력까지 뛰어난 것은 아니다. 예정설 같은 사상은 괴상망측하다. 그런데 그 사상으로 역사적으로 가장 기운 넘치는 사람들이 나왔다. 현대인의 활력은 칼뱅의 철학에서 시작된다. 또, 루터의 종교 개념은 특이하게 피상적이다. 그런데 바로 이런 개념에 따라 그 속에서 유럽에서 가장 감성 깊은 문화가 나왔다. 그 정신은 요한 제바스티안 바흐의 음악적 바탕이고 독일 사람들의 깊은 사색의 바탕이다.

가톨릭교회는 원초적 신화를 붙든 채, 진보를 적대하면서도 지금도

---

230 Doukhobors. 러시아 정교회의 분리파로 '영혼의 투쟁자'로 평화주의자들이다. 이들은 러시아제국 시절에 평화주의에 근거한 양심적 병역 거부 때문에 탄압을 받았다. 예수의 신성, 복음서를 제외한 성서와 교회의 권위 등을 부인하고 하느님과 직접 소통하려고 한다. 기독교 근본주의를 지향한다. 인간 누구나 신성을 갖고 있다고 믿는다. 일부는 캐나다로 이주했다.

모르몬교 총회장 브리검 영의 (일부다체제 시절)의 부인들, 1899년

여전히 서구에서 훌륭한 심성 교육기관 노릇을 한다. 자기 인식을 배울 수 있는 최상의 학교다. 반면, 브라만교는 이해력이 깊지만, 서양의 거친 종교 형식보다 대중의 실생활에 유익한 영향을 주지 못했다. 이런 기대는 할 수도 없다. 브라만교도 루터주의만큼이나 전체적으로 대중의 수준을 끌어올리지 못한다.

우리가 종교 사상을 판단할 때, 그 사상이 통하는 한복판에서 경험의 조건을 요약하기 어렵다. 사상의 실행력은 인간의 의지에 영향을 주는 수준에 좌우된다. 그 수준은 종교 사상과 그것을 믿는 사람이 기질적으로 공감하기에 달렸다. 이런 기질도 환경에 좌우된다. 모든 것에 비추어 볼 때 정신문화가 약하거나 반면에 의지가 강한 곳에서 원시 사상이 가장 큰 힘을 보인다. 그러나 그 반대의 경우 사상은 무기력하다. 즉, 정신 문화와 의지력이 나란히 고른 수준일 때 그렇다. 지성도 상당히 이런 사상의 효과를 결정한다. 유럽은 바로 이런 마지막 단계에 있다. 그러나 그 부분은 생각처럼 크지 않다. 많은 유럽 사람에게 원시 사상이 어울린다.

미국의 종파들은 서구 종교의 성격을 잘 보여준다는 점에서 매우 흥미롭다. 종단마다 서양의 전형적 인물들이 유럽보다 미국에서 더욱 두드러지게 나타나 활약한다. 이런 종교성이 인도와 어떻게 다를까? 인도 사람에게서 벌어지는 것과 다르게 "개인 원칙"이 절대적이다. 서양에서 종교는 개인과 하느님의 실질적 관계를 맡는다. 인간적 관점에서 개인보다 더 높은 다음 단계는 없다. 그래서 개인이 가치 있는 존재다. 관계를 어떤 식으로 이해하든, "인간 영혼이 무한하다(그리스도), 인격이 최고의 행복이다(괴테), 초인이다(니체), 신-인간이다(요하네스 뮐러, 신사상)"라고 이해하든 말든, 개인마다 스스로 성장하고 깨우쳐야 한다. 이와 같이 개인을 중시하는 데 서양 종교의 독창성이 있다. 이런 점이 동서양 종교의 가장 큰 차이점이다.

인도는 종파가 가장 많고 종파마다 차이도 뚜렷하다. 그러나 차이를 강조하지 않는다. 그래서 서양에서 나올 수 있는 결과 같은 것도 없다. 서양에서는 차이로 인해 항상 적대하고 대립한다. 종파마다 상대 종파를 무시하고 싸우며 탄압하고 무너뜨리거나 개종시키려고 한다. 개별성에 가치를 두는 만큼, 여건에 따라 공인된 종파가 당연히 나머지 종파들을 이단이라며 비방한다. 그 과정에서 정통성이 나오고, 심지어 상당한 방법을 동원해 다른 종파들을 없애야 한다는 의무까지 나온다. 그러나 개별성이 가치가 아니라 더 높은 것의 특수한 표현이라고 생각하는 인도에서, 무자비와 배타성과 개종의 광기나 개종을 권하는 열렬한 전도 사업을 배제한다. 그래서 선교를 사도의 의무로 삼는 대승불교에서도 무자비한 짓을 하지 않았다. 인도 사람들은 특별한 형태를 별것 아니라고 생각한다. 개별성 자체가 가치 있는 것은 아니라는 인도 사람들의 생각이 원칙적으로 옳다. 하지만 그것은 여러 가치를 '지지할 수' 있다. 그렇게 되면 그 자체가 달라진다. 정신적으로 강해진다. 바로 이런 것에서 서구 정신에 특유한 엄청난 효율성이 나온다. 서양에서 얼마나 단지 '다르다'는 것만으로도 큰 힘이 나오던가! 기독교도와 불신자, 가톨릭과 개신교, 전통파와 진보파의 투쟁을 생각해 보자. 반드시 정당하게 보기는 어렵지만 투지는 어마어마했고 또 유익했다. 각자 자신의 믿음으로만 절대적 진리를 표현할 수 있다고 이해했기 때문이다. 각자 그런 이해를 바탕으로 모든 힘을 쏟아 믿었고, 그렇게 해서 별생각 없이 내면에 몰입하는 것보다 더 분명하게 내면을 의식하게 되었다. 이로 인해 서양 사람들은 비록 인도 사람들보다 인식의 폭이 좁고 또 깊지도 않지만, 인류의 진보에서 더 중요해졌다. 서양 사람들은 자기가 알고 있는 것을 자기 '개인' 생활에 끌어들였다. 서양에서 사상은 개인의 욕망과 노력에 활기를 불어넣었다. 이런 식으로 무자비한 알바 공작[231]과 크롬웰이 에라스무스의 보편적 지성보다 의식(양심)의 자유가 승리하는 데 훨씬 더 이바지했다. 즉, 관용은 사실상 무관심으로 이어진다. 그러다가 결국 세계를

231 Gran Duque de Alba. 1507~1582. '알바 대공'으로 통하는데 에스파냐가 네덜란드를 지배할 당시 총독이었다. 훌륭한 장군으로서 매우 평판이 높지만 네덜란드 독립운동을 탄압했다.

바꾸지 못한다. 반면, 심한 편견에서 나온 행동은 그 반발 덕에 낡은 균형을 새로운 균형으로 바꾸는 경향이 있다. 모두 역설의 진리를 증명한다. 순수한 사상은 거의 실력을 발휘하거나 보장하지 못한다. 오히려 괴상망측하고 편협한 표현이 깊은 사상보다 더 유익한 결과를 낳는다.

현상을 중시하면 그 현상이 달라진다. 그래서 그 원래의 의미와 전혀 같지도 않고, 그것과 거의 무관한 의미가 나온다. 그것이 절대적 표현이 된다. 이렇게 서양 사람들은 비록 혼이 맹목적이고 정신은 편협하며 편견투성이에 무자비한데도, 이런 것들 때문에 모든 민족 가운데 지금까지 인류 전체를 위해 가장 많은 일을 했던 편이다. 서양 사람들만 점진적으로 이 세상에 진보로서 믿는 이상을 실현하려고 했고, 또 그렇게 했다. 편파 정신이 '가장 핵심 동기'로서 그 일을 중개했다. 즉, 절대적 가치와 개인을 확실히 믿었다. 어쨌든 실질적 추진력은 이상(理想)이었다. 이렇게 진보의 정상 궤도는 스스로 한계를 넘어 나아간다. 분명, 좁게 보면 미국의 초기 순례자들이 종교적 인간은 아니었다. 오랫동안 신대륙은 잔인하고 무자비하게 짓눌렸다. 모르몬교도에 대한 박해는 끔찍했다. '개별 원칙'이 미국에서 극단화하자 이 나라가 가장 먼저 관대해졌다. 거기에서 종파들이 줄줄이 탄생했다. 종파마다 우선 유일한 진리를 지닌 모습을 보였고, 다른 종파와 엄격하게 떨어져 고립을 지켰다. 하지만 모든 사람이 개인의 절대 자유를 인정했다. 이것이 미국 정치관의 기본 원리다. 결국 개인마다 타인의 존재를 인정할 수밖에 없게 된다. 관용은 더디기는 해도 결국 원초적 편협성을 대신한다. 이렇게 오늘까지 인류애의 발전에서 절정으로 가는 길이 열렸다. 이론상 인도 사람들의 폭넓은 정신과 마음에 기초한 실천이다. 모든 개별성을 정당화하는 것으로서 인정받지만, 실제로는 개인의 의지력에 고취된 것이다. 다시 말해, 서양 사람들은 개별성을 긍정함으로써 발전했지만, 이는 인도 사람들이 개별성을 부정함으로써 발전한 것과 마찬가지다. 서양의 기독교 인생관이 정신적 이해에 고취되었다면, 어느 날 그런 인생관을 바탕으로 가장 성숙한 삶이 나올 수 있을지 모른다. 기독교의 사랑이 지금까지 선행만큼이나 악행을 조장했다고 할 텐데, 이는 자연스러운 감정과 지나치게 잘 맞아떨어졌기 때문이다. 주기보다 받고 가지려는 욕심과 딱 맞아떨어졌다. 더 큰 이기심과 거의 완전히 하나가 되었기 때문이다. 죽음을 맞이하는 기독교도의 자세가 불교도의 자세만큼 고상하지 못한 편이라면 희생이 아니라 보존을 중시하기 때문이다. 고통에 대한 보상과 잃어버린 모든 것을 더 나은 세상에서 되찾는다고 강조하기 때문이다. 이런 관념이 반드시 기독교도가 삶을 이해하는 방식과 결부되지는 않는다. 기본적으로 시대정신에 깔린 모든 사상과 무관하다. 개인의 가치를 믿고 개인의 운명을 인정한다는 특별한 입장을 진정으로 이해하는 관념이다. 인도 사람처럼 초연하게 사는 것보다 더 충만하고 고상한 생활을 낳은 관념이다.

인도 사람들도 누구나 희생을 이야기한다. 그러나 조금도 중시하지 않는 것을 포기한다는 것이 대체 무슨 의미가 있을까? 인생을 진지하게 보지 않는 사람이 그것을 포기하기란 쉽다. 인생을 진지하게 생각하지 않는다는 것은 예외가 있겠지만 아무튼 불성실하다는 뜻이다. 서양 사람들은 무엇보다 개인들이다. 괴로움에 시달리며 현실을 살아가는 존재들이다. 우리는 우리의 모든 경험으로 이 세상에 묶여 있다. 결국, 우리가 이런 것에 무심하다고 한다면 거짓말이다. 만약 무심하다면, 우리는 세상보다 더 높은 곳에 있는 것이 아니라 둔하고 무감각한 존재라는 뜻이다. 아무튼, 우리는 심리적으로 희생할 줄 모른다. 희생이라면 이익을 남길 여지가 있는 것 또는 하찮치 않은 것을 포기하는 것일 뿐이다. 이에 관해 마이스터 에크하르트가 했던 말이 있다. 우리가 '거대한 지속과 변화' 과정에서 벗어나고, 우리 자신에서 벗어나고, 그렇게 해서 하느님과 함께 하는 어떤 존재가 되려면 오직 기꺼이 희생할 의지와 능력이 필요하다. 희생을 이렇게 생각한다면, 이론상 죽음 앞에서 가장 자유로운 태도를 취할 수 있다. 즉, 죽어가는 사람이 '진실로' 자기 삶을 내놓을 수 있다. 왜? 그의 영혼은 계속 살아남을 것이고, 자신이 알고 있고 타인들에게 소중했던 자신이라는 '개인'만 영원히 사라질 뿐이기 때문이다. 이런 사실을 충분히 이해하고 죽음을 받아들이고 아무 저항 없이 사랑받던 존재를 포기한다는 것은 정말로 죽음을 넘어선다는 뜻이다. 왜냐하면, 아무 대가 없이 순수하고 단순하게 자기를 내놓고 포기할 줄 아는 사람은 그렇게 해서 자연을 뛰어넘기 때문이다.

기독교의 사랑이 바로 이렇다. 이웃을 저 자신처럼 사랑하는 것이 세상 어떤 일보다 훌륭하다면, 사실상 각자 스스로를 사랑하기 때문일 뿐이다. 그러나 사랑은 햇빛처럼 무심한 선물이어야 한다. 아낌없이, 다른 꿍꿍이 없이, 배타적 생각 없이, 모든 따뜻함과 너그러움이 살아 있는 선물 같은 것이어야 한다. 그런데 기독교 세계에서 사랑은 이런 것이 아니라 이기심의 표현이다. 기독교 세계는 동양 세계를 무시하지 않고서라면 도저히 그렇게 못할 역겨운 짓을 저질렀다. 그러나 기독교 세계는 자기 이해력을 키운 덕에 또 다른 장점을 얻었다. 즉, 실질적 영혼이 있다. 영성은 영성을 추구한다는 자세에서 이미 나타난다. 그것이 완전해진다면, 신성한 빛이 기독교도를 완전한 매개체, 즉 영매로 삼게 된다. 인도처럼 지성을 빛낼 뿐만 아니라 일본의 불교처럼 감수성을 빛낼 것이다. 지금까지 서양이 그랬듯이 갈 길을 잡아 주면서 완성된 인간, 전인을 고취할 것이다.

동부로

지금 나는 급행열차로 대륙을 횡단한다. 신세계가 내 앞에서 바람처럼 날아간다. 다시금 시간은 본질을 이해하는 데 방해만 된다. 급행열차로 달리면 작은 부분들은 뭉텅이로 지워진다.

발전을 쫓는 최근의 사고방식에서 미국은 유럽보다 이상에 근접한다. 물론, 그 성과는 대부분 잠정적이다. 모든 것을 사들이면서 스스로 창조주연하는 벼락부자를 겨냥해하는 말은 아니다. 그런 인간은 모든 점에서 실체가 없다. 그런 사람은 유럽 사람 옷차림을 한다는 점에서나 영국에 동화된 인도 사람보다 조금 진솔하다. 이런 인물 이야기를 하려는 것이 아니다. 열악한 조건에서 힘들게 일하고 보통 성공도 못 하지만 사실상 민주주의에서 목표로 삼은 사람이다. 이런 사람은 인간적으로 그와 비슷한 유럽 사람보다 훨씬 뛰어나다. 이런 미국 사람에게는 불리한 환경에서 태어난 유럽 사람을 주눅 들게 하는 것 같은 것은 없다. 이곳에서 전망은 아주 넓다. 누구나 자기 길을 닦을 수 있고, 용기와 진지함으로 강해진다. 개인은 생존 경쟁이라는 힘겨운 싸움판에 뛰어든다. 아직 대다수가 이루지 못했지만, 그런 사람 누구나 스스로 도덕적 권리를 쟁취하려 한다. 초라하게 시작했던 사람이 꽤 높은 지위에 오른다면, 태어날 때와 다른 새로운 상황에 성숙하게 적응한다. 그러나 사람들 대다수는 종종 비천한 출신이라 무시받고, 또 이런 무시를 두려워하다 보니 정신적으로 성숙하기 어려워 물질적 향상만 추구한다. 또, 서로 쉽게 실질적 장점을 인정받기 때문에 세습 귀족처럼 자기 인격에 대한 감정에 영향을 받는다. 왜냐하면, 계급의 장벽과 편견이란 생리적으로 실질적 차이가 없는 곳에서는 절대악이기 때문이다. 이곳에서 진정한 문화는 어디에서나 가능한 수준으로 민주주의적 기반에서 피어날 것이다.

미국에서 벌써 어지간히 높게 현대적 진화의 완성 단계에 이른 개념이 지배한다. 모든 일을 똑같이 존중해야 한다고 생각한다. 당연히 이런 생각은 우선 다수 세력에 좌우된다. 높은 지성인이 지지하는 것은 아니다. 그래서 유럽보다 더 한심한 계급적 편견이 통한다. 당연한 결과다. 그러나 누구나 자신만 수단으로 생계를 해결해야 한다는 것은 운명적이다. 미국 사람은 누구나 고상한 문화에 참여할 수 있고, 스스로 군주처럼 느낄 수 있으며, 아무리 신분이 낮아도 신사가 될 수 있다. 자기 나름대로 자기 일을 고상하게 보고, 비천한 사람도 자존심을 키운다. 이렇게 해서 이상적 삶으로 가는 길이 열린다. 일단 이런 이상을 이루면, 밖으로 드러난 것은 상관없다는 진실이 최상으로 표현된다. 인도 사람들은 외적인 것에 무심하다. 모든 현상을 무가치하게 보아 그렇다. 그러나 모든 현상을 소중하게 생각할 수도 있을 텐데 미국이 그 방향으로 발전했다.

하지만 이런 상반된 태도는 사실상 똑같다. 둘 다 경험의 가치에 차이를 두지 않기 때문이다. (하늘나라도 이 땅에서 이루어지리라 믿으며) 미국 사람들은 현상에 깊은 의미를 두지만, 인도 사람들은 거기에 어떤 내용도 담지 않고 비워 버린다. 외양에 무심한 동양적 관념에서 외적 활동에 종사할 수밖에 없는 것이면 모두 삼켜버린다. 다시 말해, 열악한 조건에서 일하는 모든 계급을 삼켜버린다. 반면, 미국에서는 별 볼일 없는 짐꾼도 완전한 인간이라 느끼면서 처신한다. 보통 미국 노동자는 일반적 의미의 진보보다 더 진보했다. 이런 진전은 성공적이기도 하지만 완전해질 수 있다. 가령 모든 외형의 틀을 똑같은 가치로 생각한다면, 신분 이동은 운명적인 것은 아니다. 따라서 조건이 다른 여러 세계의 일을 거치더라도 내적으로 똑같이 성장할 수 있다. 이런 내면은 이미 형성되고 있다. 그러나 '교양 있는' 미국 사람은 여전히 야만적이다. 교양 있는 많은 민족에 비해 그렇다. 내가 때때로 이야기를 나눈 여객 전무는 여러 해 동안 어떤 서양 사람보다 부담스러웠다.

서양식으로 발전하는 미국에서 더 앞서가는 듯 보이는 점이 있다. 이곳에서 민주주의가 반드시 무기력하지 않다. 물론, 그런 상태를 이상으로 지향한다. 노동조합은 동료들보다 더 많이 일하는 사람을 '불공정'하다고 비난했다. 벌써 유럽처럼 작업과 무관하게 동등한 보수를 요구하고 있으니 조만간 그렇게 될 듯하다. 그러나 신세계에서 유럽이 당면한 것 같은 황량한 상황은 계속되지 않을 듯싶다. [제1차 세계대전 직전의] 유럽에서 하층민의 권력 상승은 큰 불행이다. 프롤레타리아는 상당한 자의식이 있고 자율적이며, 상층이 자신들을 먹여 살릴 의무가 있다고 오래전부터 생각해왔다. 고용주와 노동자가 자유 계약을 맺지 않았다면 정당한 주장이다. 그들이 가부장적이든 사제 관계든 어떤 관계로 엮여 있었을 때라면. 그러나 노동자가 개별 투사로서 경기장에 뛰어들면서 이런 주장은 근거가 없어진다. 그럼에도 그 주장이 사회적으로 유지된다면 파국을 맞는다. 유럽에서 프롤레타리아는 오직 가진 자를 무너뜨리려고만 한다. 공식적으로 미국의 프롤레타리아도 마찬가지 열망이 있겠지만 큰 불행을 초래하기는 어려워 보인다. 유럽에서 모든 악의 요인이 되는 사상이 미국에 없기 때문이다. 아무도 가진 사람이 못 가진 사람을 먹여 살려야 한다고 생각하지 않는다. 이곳에서는 고용주와 노동자의 계약 관계분이다. 혼자서 모든 것을 기다린다. 계급 투쟁은 분명한 이익을 위한 투쟁이다.

미국은 유럽보다 크게 유리하다. 진화가 애당초 개인주의 형식이었지만, 구대륙의 개인주의는 매우 조금씩 진행 중이다. 대서양 건너 미국으로 들어온 사람들 모두 자기 친지만 믿었다. 친지는 자신이나 마찬가지인 만큼 낯선 사람들을 위해 일하려 하지 않았다. 또, 자존심 때문에도 모르는 사람들의 지원도 거부했다. 가난한 나라에서 이런 사고방식은 결국 무시받겠지만 엄청나게 풍족한 미국에서라면 다르다. 언제나 더 대담하고 낙관적인 자기 확신으로 이어진다. 그래서 요즘도 선망이나 원한은 매우 드물다. "미국 사람들은 다른 사람들이 자신을 먹여 살린다고는 상상조차 못 한다." 분명 신대륙이 구대륙에 비해 유리한 점이다. 이런 조건에서나 자유 경쟁이 좋은 결과로 이어진다. 모두 똑같은 권리를 갖고 지속할 수 있는 사회질서가 잡힐 수 있다. 각자 자기만의 이익을 굽히지 않고 싸울 권리를 인정해야 무능이 지배하기 어렵다. 또, 민주주의 사상이 실효 있고 고상한 제도로 정착될 수 있다. 이와 같은 이기적 동기가 새로운 질서의 바탕에 깔려 있다. 그래서 미국에서 개인보다 더 큰 종합을 전제로 하는 것마다 수준이 낮다. 진정한 의미에서 인간적인 미국 사람은 보기 드물다. 친절하고 착하고 도와주려고 하지만, 사회 사업가가 아닌 한 미국 사람이 진심에서 우러나 친지를 도우려 한다고 느낄 사람은 드물다. 일할 수 없는 사람은 굶어 죽을 수밖에! 이런 결점은 자율성이 강화되는 과정에서 일시적으로 불가피하게 불거진

북아메리카 대륙횡단 열차, 1902년경

다. 그러나 더 나은 미래를 생각하면 동정심보다 더 중요하다. 동정심에 기초한 개인주의 사회가 존재할 수 있을까. 상상하기 어렵다. 각자 타인이 아니라 자기밖에 믿을 사람이 없는 사회에서는 좋을 것일 수 있다. 이런 개념으로 유럽 사람들도 변할 수 있다. 완전히 달라질 때까지 이로운 점보다 거북한 점이 더 많이 두드러지겠지만 이미 완성된 모습을 보이기도 한다. 그런 모습은 훌륭해 보인다. 생존 경쟁이라는 미국식 투쟁의 잔인한 훈련을 무사히 마친 사람들은 쇠처럼 강인하고 탄력이 있다. 그들은 내면도 질기다. 그들은 누구도 아닌 자신에게만 기대하기 때문에 혼은 고상하고 의욕에 넘친다. 지금까지 일종의 재보험을 든 것처럼 다른 데에 의지했던 인간적 장점은 순수한 선물이 된다. 미국에서 혈기 방장하고 지나친 원초적 이기심과 야만스러운 생활을 고친다면 서구적 관점에서 최고라고 할 만한 문명이 피어나겠지만, 이런 일은 아메리카의 역사적 조건에서만 가능하다. 즉, 완전히 개인주의 문명이다. 누구도 타인에 기대하지 않으면서도 집단을 위해 가능한 한 최선을 다할 때다.

오늘, 열차 편으로 끝없는 초지와 벌판을 달렸다. 이렇게 넓게 개간된 땅을 어디에서 볼까. 캔자스의 경작자들은 유럽의 농민처럼 자기 일을 즐겁게 운동 삼아 하듯 농사짓지 않는다. 힘들고 불리한 조건에서 경작하고, 거대한 구조물을 세우고 비생산적인 것을 보존하면서 비옥한 땅을 정성껏 아름답게 개간하지 않는다. 캔자스 농민은 치사하게 '한 푼을 아끼는' 사람은 아닌 모양이다. 유럽 농민처럼 투덜대거나 솔직하지 못한 보수주의자는 아니다. 이곳에서 유용성이 압도하지만 통이 크다. 이상한 점도 있다. 돈벌이가 목적일 뿐인 방대한 영농 개간지가 종종 사랑으로 일구는 북유럽 경작지보다 더 아름답다. 실용이든 미관으로 보든 농촌 경제에서 최고의 원리는 생산성이다. 실용성 없이 가꾸기나 하는 경작은 종종 꼴불견이나 낳는다.

여로에서 만난 미국 농민들이 생각난다. 태어날 때부터 통이 큰 사람들이다. 지금까지 유럽에서 이런 농민은 찾아보기 어렵다. 거대한 농장 경작자들은 솔선수범하는 것이 최고의 개발 자본이며, 옹졸한 사람은 엄하게 감시견 같은 눈으로 코앞의 세상을 보겠지만 금방 이윤이 남지 않더라도 멀리 내다본다면 더 큰 소득을 보장한다고 했다. 이곳 농민은 강하고 목적의식이 뚜렷하다. 그러나 오래된 나라에서 물려받은 땅에 농사짓는 사람이 보여주는 고상한 도덕적 자질은 없다. 오랜 세월 땅을 지켜온 농가의 후손으로 농토를 물려받은 사람은 아무리 엄격한 경제 원리에 따라 농사짓더라도 진심으로 일한다. 물론, 어느 편이든 농사에 의무감을 느낀다. 논밭을 일구는 사람들은 이윤만 생각하지 않는다. 자신들을 자기 개인이 아니라 민족이나 인종으로 생각한다. 그들의 행동은 개인보다 우선 자연계에 깊이 뿌리 내린 생각에 따른다. 그렇게 뿌리 깊은 의식을 표현하는 자질로 성숙한 사람들이 가장 훌륭하다. 그래서 유럽에서 당연히 농민을 가장 고상한 일꾼으로 보았다. 농부는 누구보다 깊이가 있고 뿌리가 깊다. 그러나 바로 그래서 미국에서 농부는 산업 전사로나 간주한다. 농사가 영리 수단일 뿐이라면 다른 돈벌이와 다름없이 무의미하다. 미국 농민은 전 세계 기업가만큼 인간적으로 수준이 높지도 않다. 완전히 피상적이다. 돈 버는 기계다. 심지어 요즘 사업가보다 더 불쾌한 모습을 보여준다. 어쨌든 그들이 농민이니까, 사업가와 다른 모습을 보고 싶어 하다가는 크게 놀라고 만다.

그러니 지금 중국을 다시 생각할 수밖에 없다. 얼마나 미국 농민과 다른가! 미국에서 농사가 기업이고, 유럽에서는 도덕적 바탕이 있는 기업이라면, 중국에서 농사는 완전히 삶의 정신적 표현이다. 중국에서 물질적 소득이래야 농민은 겨우 수지를 맞추기도 어렵다. 개인은 가족에 속하고 가족은 민족에, 또 민족은 정착한 땅에 속한다. 그 땅은 생명이 없는 것이 아니라, 쟁기질을 하며 누비는 논밭을 둘러싼 선영에서 지켜주는 조상의 상징이다. 중국 농사의 수익은 별것 아니다. 목적도 가치도 없다. 축재 수단은 더더욱 아니다. 농사는 인간의 도리에 따라 정상적 활동을 보장받는다. 이런 자연스러운 도리야말로 중국인 특유의 자질이다. 중국 사람의 농사법을 보면, 미국 농부보다 훌륭하다. 미국 농업은 부를 낳지만, 피상적이고 거친 사람을 만든다. 중국 농업은 고난의 연속이지만, 우수한 인간을 낳는다.

애당초, 미국식 농법은 구대륙에서 금시초문일 만큼 우수한 조짐을 보였다. 삶의 가장 깊은 관계에 대한 의식이 물질적 바탕에 얽매이지 않았다. 사람이 자유로우면 생각도 그만큼 깊어진다. 자기 가치를 해치지 않으면서 자연의 한계를 따지고 수용하지 않을 권리도 그만큼 커진다. 우리가 생각할 수 있는 가장 고상한 인간은 완전히 초연한 사람이다. 지역감정도 관습과 직업에 대한 편견도 없는 사람이다. 배타적 감정도 없다. 그렇다고 냉정하고 무심한 사람이 아니라 높은 교양과 내면의 통찰에 이른 사람으로, 하느님의 뜻에 따라 사랑할 수 있는 사람이며 차이를 인정하지 않는 사람이다. 진정한 교양은 이런 방향으로 발전한다. 애당초, 편협할 문제에 항상 자유롭다. 새로운 교양을 쌓을수록 더 자유로워진다. 이렇게 된다면, 새로운 내용이 성숙할 때쯤 낡은 형식은 깨지고 곧장 미래로 나아간다. 그러나 여러 가지 이유로 그러기 어려울 때가 있다. 새것이 발전하려면 싹 때부터 옛것이 없어져야 한다. 그래서 모든 외적 진보는 우선 내적인 것부터 억압한다. 이렇게 되면 형식이 내용보다 크게 앞서 나간다. 백인종이 지금 야만적으로 가고 있는 길이 바로 이렇다. 새로운 형식 때문에 깊은 의식을 잃었다. 그러나 의식도 다시금 발전해야 정신적인 면에서도 앞으로 나아가게 된다. 따라서 농업이 현대화하면서 그 교훈적 힘을 잃고 가족 관계가 느슨해지고, 직업과 계급의 이상주의가 줄어들고, 심지어 애국심마저 떨어져 평화 시에 민중이 지배한다. 이렇다고 너무 비극으로 볼 일은 아니다. 새로운 바탕을 다지는 곳에서 형식의 해체는 어디에서나 벌어진다. 일단 그 바탕이 안정되면 형식은 보통 그 바탕에서도 살아남지만, 새 형식이 새 바탕에서 앞서게 된다. 이때가 한심한 자리바꿈 단계다. 지금 우리가 처한 단계다. 우리는 어떤 인종보다 피상적이다. 더욱 물질적이고 조잡하다. 우리 시대의 일반적 성격인데 미국에서 가장 우스꽝스럽게 드러난다. 우리가 이렇게 피상적이라면 이는 깊은 바탕을 대신할 새로운 바탕을 미처 마련하지 못했기 때문이다. 우리가 더욱 물질적인 까닭은 우리 정신에 걸맞은 표현 수단을 찾지 못했기 때문이다. 우리는 우리의 부를 제대로 밝혀내지 못해 빈곤할 뿐이다.

미국 사람들은 유럽 사람들보다 더더욱 이런 모습을 보인다. 그들에게서 형식과 내용의 긴장은 엄청나다. 하지만 어느 날, 이렇듯 마땅치 않은 단계를 넘어서지 않을까? 신대륙에서 우선 그럴 것 같다. 과거와 싸우려고 힘을 낭비할 필요가 없기 때문이다. 또, 내적 바탕은 뒤를 돌아보지 않고서도 새로운 형태에 통합될 수 있을 것이기 때문이다.

동쪽으로 갈수록 문화는 더욱 강렬해 보인다. 사람은 자연 속의 주인으로 보인다. 인간이 사물에 좌우되지 않고 만사를 결정한다. 기후의 불리함은 인간의 조정으로 교정된다. 자연 재앙을 안전하게 막고 있다. 평야는 그럴 수도 있겠다고 보이기보다 너무 당연해 보인다. 암소들은 자기네 종보다 더 많은 우유를 내놓는다. 부족한 인력은 기계로 대신한다. 특별히 세계 시장의 수요에 맞춘 생산 방식으로 이 나라는 세계 경제의 발목을 잡고 있고, 별로 어렵지 않게 조정하면서 엄청난 '운명'이 될 것에서 이익을 내고 있다. 나는 갑자기 우리와 가장 다른 미국 생활의 바탕까지 보게 되었다.

인간이 자연보다 우수하다 생각하지 않고 막강한 운명에 지배된다고 생각하는 우수한 문화에서는 미국 같은 문화가 절대 나타날 수 없다. 그런데 미국 문화는 인간이 예상할 수 있는 가장 많은 재화의 대부분을 끌어안고 있다. 이에 비해, 운명에 절대적으로 매달려 살아가는 사막 유목민의 자부심은 얼마나 고상한가! 인도와 러시아 농민의 자연에 대한 감정은 얼마나 깊고! 중국에서도 똑같은 감정에서 얼마나 숭고한 일들이 벌어졌던가! 그렇다. 겸손과 염치를 알고 자기가 별것 아니라는 의식은 미국 사람들이 생각하듯 부정적 요인이 아니다. 위대한 힘의 근원이다. 이런 가치는 기독교의 전성기에도 그랬다. 나는 바흐의 음악을 생각한다. 그 힘과 깊이는 인간이 주인이 아니라 종이라고 느낄 때, 움직이는 것이 아니라 본질의 문제가 될 때, 삶을 감내할 때 드러난다. 최근의 서양 철학에서 마치 그것만이 정당한 것처럼 보는 의식의 방향은 사실상 많은 다른 의식 중 하나일 뿐이다. 그 장점으로 노자와 성 아우구스티누스, 바흐와 루터, 톨스토이와 붓다 같은 생의 체험을 배척한다. 이런 사실이 조금도 달라지지 않고 있다.

형식이란 얼마나 상대적인가! 형식마다 깊은 내용을 표현할 수 있지만, 어떤 것도 모든 것을 말하지는 못한다. 또, 가치 없는 것이 더욱 가치를 발하기도 한다. 신성과 하나가 되려는 감정이야말로 위대한 효력을 낸다. 자기 자신이 아무것도 아니라는 믿음과 마찬가지로 위대한 효력이다.

하느님과 인간의 관계를 보는 두 가지 생각은 경험으로 미루어 똑같이 옳다고 할 수 있다. 원죄 감정으로 내면은 깊어지게 마련이다. 절대적 자아에 대한 의식이 훨씬 분명해진다. 개인의 부족함도 더욱 뚜렷하게 느낄 수 있다. 초개인적인 자아가 아니라 진정한 자아와 하나가 되는 사람은 체험을 통해 자신이 움직이는 것이 아니라 움직여지는 것이며, '은총' 덕에 진보한다는 것을 알게 된다. 자율적이며 자의식이 있는 사람은 성숙한 사람들이 그렇듯 다른 사람들을 자기에게 끌어들이지 않는다. 그런데 이런 사람이 이상형이 되는 것이 좋다. 그렇게 해서 각자는 더욱 깊고 묵직해지기 때문이다. 자아는 창조적 자발성이다.

미국에서 더 나은 미래를 공상하게 된다. 미국이 얼마나 진보에 어울리는 나라인지 확인해볼 수 있지 않을까. 이곳에서 어떤 생활이든 확실하다. 결단력 있는 행동이 생활의 본질이고, 사건은 규칙에 따르며, 이상은 창발력을 띤다. 자연보다 인간 정신의 힘은 얼마나 큰가! 독창성과 유연한 창의력이 필요할 때 현대를 주도하는 사람들은 고대 그리스 사람들보다 훨씬 더 높은 곳에 있다. 다만 그리스 사람들은 다양하게 멀리 나아갔지만 진보를 따르지 않았다. 그들은 재능이 있었지만, 방향 감각이 없었고 절제하지 못했다. 솔직하기만 했다. 인도 사람들의 상상력 같았다. 두 세기 동안 장엄하게 펼쳐지다가 막을 내린 재능이다. 그 뒤로는 내리막길로 접어들다 시들었다. 그래도 그 정신의 효모는 계속 살아남았다. 그들과 다르게, 현대인은 이상을 진보적 관점에서 생활에 맞춰 응용한다. 확고한 심리로 무한한 정신력을 지휘한다. 그래서 쇠퇴하거나 계속 발전하지 못할 이유가 없다.

진보가 낳은 새 인류는 모든 시대의 사상 속에 들어 있던 씨앗을 받아 살아 있는 현실로 활짝 꽃피우려는 의욕에 넘친다. 불완전해 보이기도 하는 재능이지만, 새로운 인간형의 생리는 이런 일에 어울렸다. 그리스의 이상은 우리 세계에서 고대보다 더 뛰어난 실력을 보여준다. 어느 날, 인도의 사상도 이렇게 될 것이다. 오늘날, 연쇄적으로 일하는 데 필요한 노동 조건은 이제 막 갖추어졌다. 현 상태는 떡잎에 불과하다. 이런 조건에서 나오는 힘은 오래가지 못한다. 나는 개인적으로 이런 상태조차 못마땅할 만큼 옛 문화가 몸에 밴 사람이다. 나는 바스티유 감옥을 습격하고 바리케이트를 넘어[232] 싸우지도 못할 것이다. 그런 싸움은 본질적 목적의 문제가 아니다. 혁명이나 선구자의 일을 하려면 맹목적이어야 한다. 그런데 이런 눈먼 사람들이 없었다면 우리는 어떻게 되었을까? 미생물을 잡아먹으며 사는 식충들은 그런 전쟁 자체가 목적이라 생각할지 모른다. 다르게 생각한다면, 어떤 고등동물도 살아남지 못할 것이다. 정확하게 보는 사람들은 자신들이 살아남도록 신세를 지고 있는 식충들을 존경할만하다. 이해력이 깊은 인간은 무식한 사람들이 많이 희생한 덕에 살 수 있다. 무지한 의견이 지배하는 세상은 사실상 즐거운 곳은 아니다. 그러나 무슨 대책이 있을까? 일찍이 에르네스트 르낭[233]은 이런 말을 했다.

> 사람은 너무 고생하지 않아야 한다. 과거 오랜 세월 동안 우리가 보여온 관용을 되찾아야 한다. 민주정권이 편협하면 우리가 겪었다시피 쉽게 흔들린다. 그런데 너무 까다롭지 않고 꾀바른 사람들이 미국에서 산다. 민주주의는 "나를 건드리지 마라"는 요구만 들어주면 되는 모양이다. 언젠가는 사람들이 행복하려면 모두가 천박해져야 할는지 모르지만.

---

232 1830년의 프랑스 혁명(7월 혁명)을 상징한다. 화가 들라크루아가 〈민중을 이끄는 자유의 여신〉으로 그려낸 사건이다.

233 Joseph Ernest Renan. 1823~1892. 프랑스 역사가이자 철학자, 문인으로 당대의 큰 논쟁거리가 된《예수의 일생(Vie de Jésus)》을 내놓았다. 예수의 역사적 실체를 보자고 주장하면서 전통 가톨릭 신학과 다른 관점을 제시했기 때문이다.

시카고

호의적인 기분은 싹 가셨다. 시카고는 끔찍했다. 모든 생활이 기계로 이어진다. 이방인은 도착하자마자 살아남으려면 별수 없이 그 생활을 따라야 한다. 틀림없는 본능이다. 시카고에 온 사람은 정해진 부품이 되든 그러고 싶지 않든 자신을 바쳐야 한다. 숨이 막힌다.

매우 울적했다. 생활에서 기계가 차지하는 자리를 반대할 것은 없다. 오히려 기계로 할 수 있는 모든 것을 금세 기계가 하게 되어 기계보다 중요한 일에 정신력과 시간을 더 쏟게 되면 오죽 좋을까. 고대 문명도 이런 분담 덕분에 수준이 높았다. 교양 있는 사람들이 거북하던 모든 일을 노예에게 맡긴 덕이다. 마찬가지로 현대 문화도 기계가 인간의 일을 덜어줄 때에만 옛날처럼 성숙해질 것이다. 그러나 이곳에서 오히려 생활이 기계에 파묻혀 메말라 버리니 무섭다. 이곳에서 도구가 인간을 부린다. 인간이 주인이 아니다.

어떻게 이 지경이 되었을까? 노동력 부족으로 우선 기계가 필요했다. 기계에 모든 것을 맡겼다. 이어서 생산성으로 증가하자 차츰 모든 이익을 독점했다. 그래서 극단적 기계로 더 많은 잉여 생산물이 나왔고 더욱더 그 궁리만 했다. 안타깝지만, 영혼이 없는 생명에는 완전한 인간적 감정이 없다는 것은 사실이 아니다. 어떤 힘이든 기계로 끌어내게 되었다. 속을 알 수 없을 만큼 텅 빈 듯한 사람조차 그 나름대로 완전하다 느끼면서 냉정한 사람을 '영혼'이 없다고 무시할 듯하다.

인간의 "생기를 빼앗는다."라고 기계를 반박한다면 부당한 일이 된다. 시카고 시민은 극히 활달하다. 그들은 자기네 생활 방식이 최고라고 생각한다. 존재감을 키워 주기 때문이다. 사실 그렇다. 그와 같은 생활은 있는 힘을 극히 좁은 활동 경로 속으로 압축하기 때문이다. 이런 힘은 놀라운 밀도를 띤다. 미국 사업가들은 정말로 요가 수행자 같다. 단 한 가지에 집중한다는 점에서 그렇다. 그들은 원칙적으로 요가 수행자다운 결실을 거둔다. 활기와 정력을 키우고 능력을 개발하며 심리적 자원을 늘린다. 미국 사람들은 살아 있는 존재로서 성격을 잃을 뿐만 아니라 심리도 황당하게 단순해진다는 점이 끔찍하다. 그 사람들은 영혼과 지적 관심과 감정의 문화가 없이도 완전히 내면적으로 살 수 있다. 그러지 못할 것도 없다. 어떤 도마뱀이나 벌레도 자기 조건에서 벗어나려 들지 않는다. 속 좁은 사람이 더 행복하다는 말이 있는 것과 똑같다. 그런 사람은 큰 틀이 아니라 작은 틀 속에서 더 쉽게 전체성을 의식한다. 바람직한 한계는 아니다. 사람이 우주의 중개를 통해 자기 전체성을 의식해야 바람직하다. 그 속에서 완전히 자기 자신이 되어 어떤 것도 배척할 필요를 느끼지 않을 때라야 바람직하다.

미국식 사고방식은 인간성을 빈곤하게 해서 무섭다. 모든 가치를 단 하나, 양으로만 따지듯 모든 마음을 돈벌이하는 기계처럼 쓴다. 이런 식으로 인간을 하등동물 수준으로 몰아붙인다. 요즘 이와 관련된 일을 보면, 정말 끔찍한 것은 그런 일이 무슨 문제냐고 아무렇지 않게 생각하는 태도다. 사실 이런 제도에 놀라운 매력이 없지 않다. 우리 시대에 가장 거대한 제도일 텐데 그것이 돌아가는 것은 우선 누구나 성공하기를 바라는 미국식 생활에 찰떡궁합이기 때문이다. 이곳 생활은 사상과 관념과 감정 등에 빼앗길 시간이 없다. 정서와 도덕의 세계는 잠시도 관심이 없다. 오로지 빠르게 전진할 뿐이다. 그러나 이것이 으뜸가는 매력은 아니다. 미국 사람들은 누구든 최빈곤층조차 자신을 충만하다고 생각하고 뿌듯해한다. 비좁고 제한된 생활에서 각자의 생활력을 끌어낸다. 그래서 위험하다. 저급한 상태가 마치 최고라는 듯 으스댄다. 이런 생각을 버리지 않는다면, 우리는 야만 상태로 되돌아갈 수밖에 없다. 잠시가 아니라 영원히.

도축장을 찾아갔다. 보기 좋은 사업은 아니었다. 그런데 가서 보기를 잘했다. 그렇게 거대하게 완성된 기계가 돌아가는 것을 어디에서 다시 볼까. '스토크 야드'라는 도축장은 인간과 시간을 최대치로 끌어올린 듯했다. 이곳에서 살아 있는 돼지 한 마리는 단 20분 만에 소시지가 되어 나온다. 어린양 한 마리는 26분 만에, 소 한 마리는 35분이면 고깃감이 되어 나온다. 일꾼들은 정해진 작업만 한다. 미리 간격을 정해두고 각자 이 세상 최고수의 솜씨로 일한다. 기계들은 사람들과 완전히 하나다. 이렇게 한 사람이 한 시간 반 동안 천 마리 돼지를 잡고, 다른 사람들도 같은 속도로 일한다. 그 광경을 보면서 《장자》에 나온 요리사 일화를 생각했다.

> 원훠 왕자에게 요리사가 있었다. 그가 동네 소 한 마리를 내주었다. 요리사는 손으로 짐승을 붙잡고 어깨를 누르고 발을 눕히고 무릎을 꿇렸다. 그러고 나서 "여차!"라고 외치더니 껍질을 벗기고 칼로 고기를 발라내었다. 춤추듯 순식간에 벌어진 일이었다. 항상 정확한 솜씨로 해내는 일이다. 왕자는 이렇게 감탄했다.

"아! 놀랍구나! 대단한 묘기일세!"

요리사는 칼을 내려놓고 나서 왕자에게 답했다.

"바로 이것이 제가 좋아하는 도(道)입니다. 제가 짐승을 잡기 시작했을 때, 내 앞에서 짐승만 보였습니다. 그런데 석 달이 되자, 고기로밖에 보이지 않았습니다. 지금은 보이는 것은 없고 그저 고기만 생각합니다. 감각도 없이 생각만 따릅니다."

요리사의 능숙한 솜씨는 '도'라는 삶의 원리를 따랐다. 짐승을 완벽하게 잡는 솜씨가 인식이나 존재의 완성과 무슨 상관인가는 그 목적이 무엇이냐에 달렸다. 시카고의 백정들은 원휘 왕자의 요리사처럼 '도'를 닦고 있는 셈이다. 놀랍도록 단김에 자기 일을 해내려고 한다. 어쨌든, 이런 완벽함이 앞으로 인간 진화의 이상이 된다면 끔찍한 일이다. 도축장은 무섭도록 교훈적이다. 현대 문명의 목적에서 무엇이 부족한지 상징처럼 보여준다. 몸과 마음의 관계는 두세[234]의 놀이 장면처럼 사람의 몸짓에서 정신이 완전하게 표현될 때 이상적이다. 우리 시대에 세계는 점점 더 가용할 힘을 도구로 집약해 무섭도록 놀라운 일을 해낸다. 그러니 인간이 더는 없다. 쓸모 있는 현대인이란 인도 현자와 상극이다. 현자는 밖에서 완전히 물러나 자기 자신 속에서 더욱 실질적으로 살아간다. 그러나 유능한 현대인은 바깥세상에서 놀라운 일을 하려고 내면생활을 포기한다. 그래서 경이로운 기술을 발전시켰고 지구상에 유례없

---

234 Duse. 1858~1924. 당대 이탈리아 최고의 연극배우로 본명은 엘레노라 두세(Eleonora Duse)다. 순회공연 중 미국 피츠버그에서 사망했다.

▲ 시카고 도축장 파노라마, 1900년
▶ 1912년의 시카고 시내 전경. 작자 미상의 사진.
▼ 시카고 우시장, 1909년

는 부를 이루었다. 이런 점에서라면 권리를 인정할 만하다. 요술사와 광대와 뱀을 부리는 사람들처럼 인정해야 한다. 그러나 존경할 여지는 없다. 인간에게 일차적으로 중요한 것이 없기 때문이다. 역사적 발전의 회오리가 솟구쳐 노예를 높이 띄워 올렸다. 인간은 다시금 일하는 능력으로만 평가된다. 또다시 상업성만 판친다. 오늘날 마지못해 일하는 사람들만 아니라 모든 사람이 그렇게 살아간다. 고대 그리스적 의미의 자유인이 더는 없기 때문이다. 세상에서 가장 독립적이라고 생각하는 사람은 고작해야 전쟁포로로 잡아들인 노예를 바라보는 페니키아 사람 정도에 불과하다. 인신을 바치는 사육제가 되살아나지 않을까? 물론, '개화'한 우리 세상에서 미신에 취한 야만인들처럼 사육제를 도덕으로 반대할 억제력도 별로 없다. 타고르가 했던 말이 맞다.

> 현대의 서양에서처럼 몸과 마음이 그렇게 헐값에 시장에 나온 적이 없다.

어떤 문명도 이렇게 유용성만 생각하고 가치를 파괴하면서 창조 문제에 직면한 문명은 없었다. 이런 식의 진보 논리를 완전히 포기하지 않는 한, 지성은 성장을 멈추고 그럴수록 인류는 모든 영혼을 잃어버리지 않을까?

일시적이나마 정상에 오른 시카고의 백정들이 도달한 진보의 목표는 인조인간이 아닐까? 헬름홀츠[235]가 즐겨 했던 말이 있다. "신통치 않은 안경을 들고 나타난다면 안경사를 쫓아내겠다." 이런 의미에서, 어떤 일도 살아 있는 사람보다 자동 기계가 더 잘 해낼 것이라고 생각할 수 있다. 이론상으로 기계가 대신하는 것과 그 완성도는 인간 전체에 응용될 수 있다. 그런 인공물이 상상으로 등장했던 적이 있다. 빌리에 드릴라당[236]의 예언적 소설《미래의 이브(L'Eve future)》의 여주인공 아달리가 그 인물이다. 작가는 완벽한 기계 장치로 인체를 대신할 수 있다며 인조인간의 가능성을 인정했다. 그 가설의 결과 생명 없는 자동인형 같은 기계가 고상한 인간의 잠재력을 뛰어넘었다. 재능은 없었지만 아달리는 실수할 줄 모른다. 어느 상황에서든 최상의 행동을 보인다. 정확하게 답하고 항상 주어진 여건에 적합하게 답한다. 만약 그녀에게 자아가 있다면 신 같은 존재라고 하겠다.

사실, 진보에 두 가지 상반된 목적이 필요하다. 자동인형과 신이다. 도살장이 상징하는 길은 곧장 자동화로 향한다. 가령 소득이 전부이고 영혼은 아무것도 아니라면, 완벽한 인조인간이 자연인보다 우수할 것이다. 그렇다면 이런 식의 진보는 내면의 완성과 무관하게 진행되는 데,

---

235 Hermann Ludwig Ferdinand von Helmholtz. 1821~1894. 독일의 생리학자이자 철학자, 물리학자로 공간 인지, 시각이론, 음향 인지 등에 기여하였다. 물리학 분야에서는 열역학 이론을 정립했다.

236 Jean-Marie-Mathias-Philippe-Auguste de Villiers de L'Isle-Adam. 1838~1889. 프랑스 문인으로 상징주의 문학의 선구자다. '빌리에 드릴라당 후작'으로 통한다.

그 기술적, 심리적 존재 근거는 생명 과정을 지능화한다는 데에 있다. 원래 순수하게 주관적이던 것을 돌이킬 수 없이 객관화한다. 인간은 자기 안팎에서 벌어지는 것을 정확한 개념으로 이해한다. 따라서 사건과 그것이 초래할 수 있고 끌어낼 결과의 의미를 본다. 인간은 개념으로써 현실을 파악할 수단을 얻는다. 또, 그와 동시에 자기 방향을 정한다. 그렇게 욕망을 실현하고 관념을 물리적 힘으로 바꿀 수 있다. 사랑과 정의를 제도화하고 과학을 기술로 바꾸고, 능력으로 공장과 조직을 만든다. 이와 같은 과정이 극단적 결과에 이르렀다면 모든 생명력을 완전히 객관화한다. 그렇게 주관성은 문제 되지 않고 자동 기계가 모든 자유로운 일을 대신하게 될지 모른다.

자동인형, 로봇, 아달리 같은 존재가 실제로 나타날까? 어쨌든 공장주들이 생각하는 바람직한 노동자는 물론이고(테일러 시스템을 생각해보자), 자유롭다고 생각하는 많은 현대인의 개인적 이상을 아달리가 보여주었다. 그렇다면 당연히 그에 대한 반발과 보완책이 나오기 마련이다. 그래서 최악을 피해 많은 사람이 러시아 농민을 이상으로 삼는다. 어떤 식으로도 조직화할 수 없는 절대로 원초적인 인간이다. 이런 인간은 의무 같은 개념조차 객관화하지 않는다. 절대적 주관성만 따른다. 이런 사람이라면 로봇이나 농노가 아니라, 확고하게 하느님의 뜻만 따르는 것이 현명하다. 다시 말해, 그의 영혼은 어떤 지식보다 우수하고 또 그런 지식을 내면에서 자유롭게 지배한다. 지능화(정보화)는 그 자체로서야 좋다. 그러나 이것은 그동안 많은 소중한 것을 파괴했다. 아무튼, 파괴로부터 더욱 소중한 것이 나오고 있다. 분명, 모르는 것보다 아는 것이 더 낫기 때문이다. 이것이 우리의 정보화 단계가 맞고 있는 저주다. 밖에 내놓은 물건의 주인인 우리가 우리 자신이 창조한 물질에 종속되고 있다. 머지않아 이런 것을 극복하기를 바라보자. 아무튼, 우리는 진보를 향한 노력을 인정해야 한다. 로봇의 무의식에 끌려 이해하기보다 모든 것을 합리적으로 이해해야 한다.

뉴욕

현대의 대도시는 경이롭다. 우리 인간도 마침내 개미나 일벌에 감탄할 여지가 없어졌다. 우리도 곤충처럼 집단적으로 일하고 있지 않은가. 사실 군집 생활도 하는 셈이다. 고독이 누구에게 도움이 될까? 성자와 사상가에게 도움이 된다. 그런데 예술가조차 이제는 고독을 어쩌다 잠깐만 이용한다. 모든 사람이 혼자 있기보다 함께 살아간다. 집단 생활하는 모양도 수없이 다양하다. 그 모양마다 특별한 장점을 보여준다. 현대 대도시 생활은 우리 시대 보통 사람의 생활이다. 이곳에서 생활의 리듬과 기회와 욕구 또 그것을 채울 가능성과 욕망은 정말로 개미 떼의 것 같다.

뉴욕은 거대 도시인데 돌아다니기가 너무 쉽다. 바깥 생활에 필요한 수단은 완벽하다. '어디로 가야 할 텐데.'라고 생각하다 보면 벌써 그곳에 가 있다고나 할까. 모든 것이 엄청난 속도로 돌아간다. 서두를 필요가 없다. 런던이나 베를린보다 덜 서둘러도 된다. 그럴 필요조차 없을 만큼 빠르게 산다. 시간 낭비는 없다. 생활은 철저히 조직되어 잃으려야 잃을 시간조차 없다. 이런 데 익숙한 사람은 태평하기가 인도 사람들과 다름없다. 인도 사람들은 시간과 공간이 무한한 지속이라고 느낄 뿐인데, 그만큼 마찬가지로 태평하다. 계속 정신없이 흘러갈 뿐이다.

바깥 생활의 문제는 이렇게 해결된다. 서양 사람들이 염두에 두는 유일한 해법이다. 바깥일에 큰 관심을 두지 않는 만큼 인도 사람들의 내면은 더욱 자유롭다. 바깥세상에 행사할 힘을 접고 자유롭다. 서양 사람들은 그 대신 내면의 자유를 잠시 희생시키고 있다. 조금 심하게 그렇게 하고 있어 점점 더 많은 사람이 "한 걸음 뒤로 물러서자."라고 야단이다. 이런 사람들은 생리적으로 이전으로 되돌아갈 수 없다는 사실을 잊었다. 그렇게 거꾸로 돌아가려면 재앙이 더 빨리 닥칠 것이다. 일단 바깥세계의 톱니바퀴 속에 물리게 되면, "저쪽이냐 이쪽이냐"라는 말밖에 하지 않는다. 지금 우리의 정신 상태는 거의 인도식 겸양(뒤로 물러나 자기 속으로 들어가기)을 보일 가능성이 희박하다. 우리가 자유를 얻자면 자연을 이겨내야 한다. 사실 자연을 극복한 곳에서는 자유의 가능성이 저절로 찾아왔다. 뉴욕이 증명하는 사실이다. 미국 생활은 어디에서나 자연을 이기고 자유를 누린다는 것을 완벽하게 표현했다.

미국에서 인도의 이상을 정반대 방법으로 실현했다. 이곳 생활은 유럽에 비해 단순해 보인다. 유럽보다 널리 보급된 편리한 점(편의 시설)은 인정할 만하다. 하지만 잉여분도 가능한 한 없앴다. 필요한 것은 매우 인색하다. 예컨대, 식당에서 서비스도 거의 없다.

왜 이렇게 살고 있을까? 애당초 대다수 사람이 인건비를 줄이고 욕심에 걸맞게 더욱 큰 이윤을 남기려 했기 때문이다. 그런데 지금 단순한 식사는 그럴 필요가 없을 때조차 그렇게 한다. 사람들 대부분이 거기에 익숙해져 버렸고 사치하지 않고 살 수 있다. 심지어 그것이 더 잘사는 것이라고 생각한다. 노예 노동에 기초한 경제와 같은 결과를 완벽하게 낳은 조직화다. 차이가 없지 않다. 노예 노동제에서 주인은 부덕하고, 현대 생활은 단순히 합리적 욕구를 채워준다. 다른 사람들의 희생에 무관한 채 금욕 수행자만큼이나 초연해하면서!

사실상, 이런 모습이다. 유일한 서구식 생활법이다. 이런 해법이 상책일까? 한번 다르게 생각해 보자. 서구식 인간 존엄성을 개인에 무심한 인도와 러시아와 비교해보자. 자신과 타인을 어떤 경우든 똑같이 존중하는 것처럼 유익한 것은 없다. 그런데 상반되어 보이는 그 두 개념은 사실 같은 뜻이다. 다만, 서구적 개념은 현실에 적합한 표현에 의미를 둔다. 자치 정부들을 비롯해 모든 것이 살아갈 권리는 보호받는다는 사실에 바탕을 둔다. 권력이 권리를 창조하기 때문이 아니라 권리는 심리적으로 '그것을 지키는 해법'으로 표현된다. 자신을 지키지 않는 사람은 희생된다. 그 기회를 활용하고 아니고는 중요하지 않다. 자존심이 없는 민족에게서 인간의 존엄은 점점 더 사라진다. 자존심이 있는 사람들은 애당초 아무리 거칠었더라도 차츰 내면이 발전할 수 있다. 서양 사람들은 폭력에 사로잡혔다. 인도와 러시아의 온화한 인간성이 아니다. 서양 사람들은 보편적으로 인정되는 인권이란 것이 무엇인지 진지하게 생각해 볼 때가 되었다.

뉴욕은 보면 볼수록 인상적이다. 미국의 사회생활에서 대도시들 가운데 가장 앞서 있다. 특별히 신경을 쓰지 않아도 누구나 편리를 누리고 생활수준도 높다. 노동자는 유럽의 일반 시민이 굉장하다고 생각할 만한 생활을 한다. 유럽 사람보다 더 잘 먹고 마시고 입고 할 뿐만 아니라 위생 상태도 나은 편이다. 지적 욕구도 그보다 더 수준 높은 유럽 사람보다 왕성해 보인다. 미국에서 '잘살기(복지)'는 정상적인 것으로 간주한다. 매우 긍정적인 뜻이다.

어떻게 미국에서 서양 사람들이 최상이라 생각했던 생활 문제의 해법을 이만한 수준으로 풀어낼 수 있을까? 여기에 이바지한 것들이 많다. 미국 땅에 자연 자원이 풍부하다. 큰 노력을 쏟아야 할 일을 면할 수 있다. 동력 자원도 풍족한 데다 그 밖의 요인들도 있다.

무엇보다 매우 엉뚱해 보이는 종교가 있다. 사실, 미국 기독교의 중요한 형식은 각기 차이가 있지만, 물질적 성공을 하느님의 총애를 받는 확실한 기반으로 본다. "하느님의 마음에 드는 사람이 부자가 될 수밖에 없다. 하느님은 그렇지 않은 사람이 부자가 되는 것을 바라지 않는다. 십일조를 못 낼 정도라면 하느님의 영광을 위해 진심으로 일하지 않는 사람"이기 때문이다. 얼마나 종교를 내세워 상업 활동을 부추겼는지 알 만하다. 앵글로색슨계 미국 사람들 대부분이 그렇게 했다. 종교 관념으로 현실을 크게 뒷받침했다. 애당초 은행들은 일종의 속죄를 보장했다. 고객들의 신앙심과 종파에 따라 신용을 평가했다. 미국의 기독교는 부를 혐오하지 않는다. 가령 칼뱅은 루터와 다르게 우리 시대를 예상했는데, 그렇게 예상한 성격이 미국에서 더욱 널리 퍼졌다. 우선, 부자가 되어야 한다고 했다. 단, 부를 즐길 권리는 없다. 하느님의 영광에 바쳐야 하니까. 그런데 축재한 것으로 무엇이듯 써야 했으므로 너무나 모순된 자본주의 개념을 내놓게 된다. 즉, 개인 생활을 자본에 봉사한다.

이렇게 해서 차츰 청교도의 원래 성격이 흐려졌다. 권력 의지와 향락 욕구가 점점 더 경제 활동의 진정한 동기가 되었다. 그러나 오늘도 여전히 미국 사람들이 취했던 애초의 종교적 입장은 재화에 비해 분명하게 인식된다. 즉, 하느님의 총애와 '잘사는 것'은 함께 붙어 다닌다고 고집한다. 부와 번영을 정상으로 간주한다. 미국에서 부는 의식적이든 무의식적이든 중시된다. 청빈과 겸손을 중시하는 종파들이 있는 것과 마찬가지다. 미국 사람들 대부분이 지나치게 그렇게 생각한다. 그러나 미국 상층에서 가장 부유한 것을 최선이라고 생각한다는 것은 사실이 아니다. 상층은 부란 최선을 가리키는 '지수(指數)'라고 생각한다. 상당히 다른 생각이다. 최선을 어떤 것으로 이해하든(하느님의 총애이든, 자율적 인격이든, 단순히 에너지나 용기이든) 번영은 그들이 보기에 하느님이 좋아할 만한 것이고, 번영으로 쌓은 재화로 영적 세계를 넘볼 수 있다. 이런 식의 동경이 역겹지는 않다. 미국에서 부자는 가난한 사람의 미움을 사지 않는다. 되레 감탄한다. 이 나라에서 부자가 되는 것은 당연하고, 모든 유럽 사람을 경악하게 할 만큼 거액을 공익에 사용하는 것은 자연스럽다.

세속과 물질적 성공을 신의 은총에 맞추어보는 세계관은 조롱받기 쉽다. 교조적 관념에 따른 것은 가벼운 비판도 견디기 어렵다. 예수의 부활은 원칙적으로 반대파를 피할 수 있는 신앙의 기초가 아니다. 그러나 물질과 정신의 관계에 대한 문제를 이렇게 새롭게 해석하는 것이 코페르니쿠스의 발견과 마찬가지라는 점을 이해하면 좋다. 너무나 중요한 사실이라 그 결과를 예상하기도 어렵다. 이상이라는 관념은 고정된 것이 아니고, 예정된 조건도 아니며, 영원하지도 않다. 사람들이 가슴 속에 담고 있던 것을 세상에 내놓은 것일 뿐이다. 그런 관념을 이상으로 삼아 실행하며 사는 사람의 생각에 따르면 현실은 새로운 의미를 띤다. 그 이해 방식에 따르면, 똑같은 것이 더 낮거나 높게 표현된다. 지금까지 부를 영혼에 반하거나 특별한 성격은 없다고 간주해 왔는데, 가장 논리적으로 보이는 생각이다. 부가 정신에 반할 때는 재화를 탐한다. 내면

뉴욕 중심지 5번가, 1915년경

의 존재를 동경하는 것과 정반대로 나간다. 재화의 소유로 쉽게 쾌락에 젖어 살 수 있기 때문이다. 또, 정신적으로 무의미하다는 것은 부가 정신생활에 방해가 되지 않는다지만 그렇다고 유리하지도 않기 때문이다. 고상한 종교들은 대체로 번영을 부인했다. 얼마 전까지 북유럽이 그랬듯 모두들 가난하게 사는 것이 정상인 곳에서는 이렇게 보는 것이 어디에서나 좋았다. 결국, 치부를 타락이라 비난하거나 너무 더워 힘든 일을 하기 어려운 환경에서 그랬다.

노력에 성공이 따르고 누구나 부를 쌓게 되면서, 노력 자체가 민족성이 된 곳에서는 세속을 외면하는 초연한 생활은 불리해진다. 왜냐하면, 사람들이 십중팔구 안락하게 살기 바라고 금욕주의에 대한 고집은 의무와 의욕 사이에서 계속 갈등을 겪게 된다. 이렇게 되면 결과는 참담하다. 전통 관념에 충실한 사람은 계속해서 흔들리게 되고, 최악에 이르기도 한다. 전통을 믿지 않는 사람은 그 자체로서 이미 어떤 관념도 믿지 않고 천박한 물질주의자가 된다. 또, 이상적 관념에 회의적인 사람은 완전히 절망하지 않지만, 양식 있는 현대인이 특히 그렇듯 내면이 갈라진다. 요컨대, 어느 쪽이든 그와 같은 전통 관념이 없는 사람이나 앞으로 나아가고 더 고상해진다.

그렇다면 이런 고민을 어떻게 풀어야 할까? 크게 이익은 안 되지만, 아무튼 두 가지 방법이 있다. 재화를 동경하지 않거나 동경을 따르는 방법이다. 첫 번째 방법은 설교에서 귀 따갑게 듣는 이야기다. 그러나 목적에 이르지 못하고 그럴 수도 없다. 유럽 사람들에게 포기는 자연에 반하는 것이기 때문이다. 백인 가운데 수백만 명 중 한 명도 부를 이룰 수만 있다면 청빈한 생활을 택하지 않는다. 따라서 유럽 사람들에게 선택의 여지는 없다.

두 번째 길은 서양 사람들이 오래전부터 다른 생각 없이 따라왔다. 개혁이 벌어질 때마다 기독교는 계속 번창했다. 사실상 가톨릭에서 이런 생활 방식을 인정하지만, 그러면서도 전통적 생활이 더 고상하다고 한다. 그러나 루터는 수도원 독신 생활을 부인하고 부부생활과 직업 생활이 신성하고 건강하다고 공언했다. 그러나 분명한 사실이 있다. 미국에서 외적 진보와 내적 성숙을 갈라놓는 심연은 유럽보다 더욱 넓고 깊다. 미국으로 이주하면서 유럽의 늙은 뿌리는 잘려 나갔다. 새로운 뿌리가 아직 땅에 내리기도 전이었다. 중요한 것들 대부분을 평범한 사람들이 이런 식으로 이식했다. 땅은 옥토인데 전문적 문화가 없어 인종 고유의 자질마저 잃었다. 그래서 미국 문명에서 가장 고상한 것이 가장 낮은 문화 수준과 같다.

구대륙에서도 제도의 완성은 인간에 비하면 대단치 못하다. 유럽 사람들이 인도 사람들보다 더 피상적인 까닭은 정신력을 표면에 쏟기 때문이다. 영혼이 불가분 개입하지도 않고 자동적으로만 움직인다. 그러나 인도 사람들은 정신력을 깊이 끌어들인다. 결국 그 힘은 생기를 얻고 존재의 깊은 곳에 영향을 준다. 그런데도 유럽 사람은 항상 외면이 내면에서 나왔다는 느낌을 준다. 매우 실용 정신이 투철한 사람도 이런 인상을 풍긴다. 그가 오래된 인종이며, 고전기의 인문주의 배경을 갖고 있다는 인상이다. 대발견 시대의 이상주의, 중세의 고상한 윤리와 고대 문화라는 배경도 떠오른다. 이렇게 짐작하다 보면 정신적 분위기마저 풍긴다. 심지어 그런 것을 전혀 의식하지 않고 있어도 그의 행동에 무슨 의미라도 있는 듯하다.

이렇게 우리는 피상적인 유럽 사람을 만나서도 깊이를 느끼고 또 각자의 내면에 영혼이 있을 것이라고 느낀다. (기계가 돌아가는 공장 같은 곳에서 영혼이 살아 움직이지 않을까 기대한다.) 어떤 물체나 신체 앞에서 그 속에 아무것도 없는데, 마치 새로운 기계가 돌아가지 않을까 기대한다. 물론 움직이지 않지만 머지않아 움직일 듯 느낀다. 우리의 역사가 든든히 보장해준다고 믿기 때문이다. 루브르궁은 어느 날 에펠탑이 살아 있는 상징이 될 것이라는 보장이었다. 대성당들은 공장들이 정신에 도움이 되리라고 증명한다. 그러나 미국에서 이런 위안을 받을 수 없다. 이 나라 현실은 대체로 물질적 현실주의뿐이고 살아 있는 의미도 배경도 없다.

물론 상대인 감정이다. 미국과 유럽의 현실은 다르다. 본질의 차이가 아니라 정도의 차이다. 미국 대학들은 풍족하지만 정신적 분위기는 없다. 미국의 화려한 건물들도 상징성은 없다. 미국인 자신도 종종 아무런 영혼도 없다고 할 만큼 공허하다. 유럽에서도 안팎의 차이는 난다. 하지만 그 차이는 이곳에서 더욱 크다. 미국 사람들의 내면은 유럽 사람들보다 젊고 조잡하다. 그러나 외면은 훨씬 앞서 있어 허구적 균형이 뚜렷하다. 이 모든 것은 정상일 것이다. 가령 신대륙이 구대륙의 경쟁자가 아니라 속도에서 앞지르지 않았고, 그 모델이 되지 않았다면 이 문제에 할 말은 없을지 모른다. 깊이 우려되는 상황이다.

미국이 보여주는 긍정과 부정 양면을 모두 생각해 본다. 동서양을 비교해 보았던 많은 것을 다시 생각해 본다. 여행 중에 더욱 확실해진 생각은 대체로 무엇에 이끌렸었는지 되새겨본다. 이제 서양 사람들은 진보만 중요하다고 생각하지 않아야 할 때가 되었다. 완전한 표현 수단이 있어야 중요한 일을 할 수 있다. 그러한 수단을 갖게 되는 것처럼 좋은 일은 없다. 그것을 뿌리치려 한다면 분명 무모하다. 어쨌든 수단만 확보했다고 삶의 문제가 해결되지는 않는다. 삶은 항상 변함없는 형식으로 문제를 제기한다. 오직 하나뿐인 개별화한 삶은 완성 개념으로 결정된다. 그런데 현대인은 매우 앞서간다면서도 그 어느 시대 사람보다 불완전하다. 중국인에 비해 한참 멀었고, 고대인과 중세인은 물론이고 남반부 흑인만도 못하다. 동식물보다도 불완전하다. 이런 점을 이해하지 못하고 진보만으로 앞서갈 수 있다는 악몽 같은 생각에 붙들려 있는 한, 어떤 외적인 이점도 내면의 구원에 유익할 리 없다. 자아는 계속 피상화하고 넘쳐나는 수단 때문에 오히려 활기를 잃을 것이다. 반대로, 문제의 심각성을 이해하고 진정 인간적 목표로 방향을 튼다면, 그렇게만 한다면 지금까지 해롭던 것이 유익해질 수 있다. 물질적 힘이 비록 나쁜 것이더라도 영혼에 반드시 해롭지만 않다. 지능이 무조건 파괴적인 것은 아니다. 물리력은 좋은 기관이 될 수 있고, 지능은 정신이 되살아나는 도구가 될 수 있다. 우리가 바쁘게 살기 때문에 깊이가 없어졌다고 생각한다면 착각이다. 모든 생명이 바삐 움직인다. 무한한 것을 동경하고, 완성은 한계와 끝을 전제로 하기 마련이다. 원칙적으로 이런 완성이 불가능하다고 생각한다면 잘못이다. 동경의 한계와 동경을 키우는 인간의 한계를 혼동하지 않아야 한다. 누구나 금세 한계에 봉착한다. 정신력이 강하든 유연하든 상관없다. 가령 우리 나름대로 완전해질 수 있다면, 몸을 완전하게 가꾸면 놀랍도록 풍부해지듯 정신도 마찬가지로 표현할 수 있다.

우리의 염원은 완성이다. 갱신이 아니다. 현대인이 세계를 새롭게 하겠다고 명령처럼 고수하는 갱신이 아니다. 새로운 신화와 생활 방식과 인간형으로 다시 고치겠다며 새롭고 특수한 구원을 열망한다. 물론, 새로운 인간도 과거에서 나올 수밖에 없다. 그러나 이런 식으로 구원받지 못할 것이 틀림없다. 다시 거듭난다는 생각은 진보의 이상을 지극히 높이 보는 것일 뿐이다. 그런 생각은 인간이 사물의 본질을 제대로 이해하지 못했을 때나 도움이 된다. 새로운 형식의 탄생이란 사실상 새로운 실체가 드러나는 일이다. 고대에 이교도가 기독교로 개종하는 과정은 외적인 것이 아니었지만 '진보'였다. 또, 동시에 '일정한 완성'을 결정한 진보였다. 대중이 새로운 내면의 틀 속에서 자신을 더욱 깊이 의식하게 되었기 때문이다. 당시에도 이미 개종은 기하학에서 보조물을 사용하는 것과 비슷했다. 마르쿠스 아우렐리우스 황제는 성 암브로시우스[237]만 못하지 않았다. 황제가 종교를 바꾼다고 해서 얻을 것은 전혀 없었다. 당시에도 개종은 무식한 사람들에게만 유익했다. 그러나 오늘날 대다수 사람은 너무 아는 것이 많다. 그래서 형식의 변화로 무엇인가 얻기 어렵다. 창의력에 충분히 활용할 만큼 진지하게 새 형식을 받아들이기도 어렵다. 내일 어떤 천재가 최상의 종교를 주장해 봐야 루터만 한 호소력을 발휘하지 못할 것이다. 사람들이 자신의 의미를 의식하면서 새로운 방식으로 문제를 제기할 때가 되었다. 이제 자기실현을 심화하려는 새로운 형식을 세상에 내놓아 봐야 소용없다. 존재를 '직접' 이해하려는 열망이 필요하다. 일정한 틀 안에서 자기 내면의 깊은 실체를 표현할 수 있어야 한다. 만약 인간이 오직 완성과 충만을 열망한다면, 나머지는 저절로 이루어질 것이다. 그렇다면 여건에 따라 거듭나기도 하고 개종하거나 갱생할 수도 있다. 그렇게 시대의 요구에 따라 새로운 역사적 형식이 자연스레 나타날 것이다. 명색을 떠나서 생각하는 사람들은 아주 드물다. 우리 모두가 이런 단계를 무심히 벗어나 있지만 형식 자체가 궁극의 목표가 될 수는 없다.

우리는 오직 완성만 바라야 한다. 서양 사람들은 특이한 입장에 있고, 또 그에 걸맞은 운명이 기다리고 있다. 우리는 절대로 우리의 생리적 한계를 탈피할 수 없다. 우리 자신에 불충한다고 좋을 리 없다. 우리의 역사적 장애를 걷어치우려는 시도는 해로울 뿐이다. 우리가 창조했

237 Ambrosius. 340?~397. 서방 교회 4대 교부 중 한 사람으로 밀라노 주교이자 법률가였다. 정통 기독교의 전례와 성직 개혁을 이룩한 성자로 우상숭배를 금하고 기독교의 권위를 높였다.

던 것을 파괴하려 하지 않아야 한다. 이론을 앞세워 난폭한 변화를 이끌려고 하지 않아야 한다. 반대로, 우리가 노력해 거둔 자연스러운 결실로서 유기적으로 발전해야 한다. 지금 우리의 현실적 목적이 참된 목적은 아니며, 우리 고유의 본성이 절대적이지도 않다는 점을 인정해야 한다. 실체로서 실체 속에서 사는 법을 배워야 한다. 그렇게 해야 확실히 우리의 "진보만이 중요하다는 것을 표현할 수" 있다. 그렇게 해서 인류의 목적지로 가는 길로 나아갈 첫발을 내딛을 수 있다. 모든 창조 활동을 우리의 어법에만 따르게 하려고, 지금까지 세상에 악착같이 퍼트려온 모든 해악에도 불구하고, 우리가 고상한 사명의 부름을 받았다는 것도 맞는 말이다. 우리 덕에 인류와 또 삶에 본질적으로 파괴할 수 없는 단단한 것이 과거와 마찬가지로 현실에 자취를 남길 것이기 때문이다.

인도는 이런 자취를 남기려 하지 않았다. 중국은 또 다른 면에서 매우 훌륭하지만, 중국 사람들만 인간으로 보는 잘못을 했다. 서구는 과거에 보편성을 지향하던 탓에 실수했다. 일반적 방향은 정확했더라도 애당초 일반 문제와 특수 문제를 동시에 해결할 만한 길이 아니었다. 고대로 거슬러 올라가려는 노력은 절충주의나 혼합주의로 끝났다. 기독교를 구심점으로 하나의 교회가 전 인류를 포용할 수 있다는 황당한 생각을 다졌다. 17세기에는 부정확한 이론까지 내놓았다. 사고와 신앙에서 우러나는 말을 각자의 내면에 들어 있는 '자연의 빛'의 표현이라고 했다. 또, 18세기에는 평등주의에 빠졌다. 그런데 우리는 지금 또 다른 출발점에 서 있다. 그 덕에 모든 특수성이 전체로서 결정되게 되었다. 우리가 객관적으로 생각하게 되면서 현상과 사상의 세계가 튼튼히 결합할 수 있는 모습이 확립되었다.

서구에서 인간은 '필연적으로' 명색이 지배하는 의식 수준에 도달할 수밖에 없었다. 그래서 배타주의가 영원히 기반을 잃었다. 길은 전체적으로 열렸다. 그 길에서 특수한 것마다 각자 특수한 목적을 확신하면서 전체의 한 요소가 되었다. 오늘 이미 각자 전체와 연계된 각 현상의 의미와 중요성을 알고 있다. 결국, 누구나 잠재적으로 전체와 연계된다고 확신한다. 오늘날 아무도 자신을 속박하지 않는 한 타인이 존재할 권리를 거부하지 않는다. 이렇게 삶의 기반이 넓어진다. 유례없던 일이다. 그와 동시에 개인 생활의 모든 경향도 깊어진다. 과거에 민족 감정과 '세계 시민'의 감정이 대립했지만 이제 서로 불가분하다. 다양한 문화와 신앙이 점점 더 상호 보완하며 존중하게 된다. 배타적, 선택적 단계에서 더욱 고른 수준으로 함께 일하는 공동체로 나아간다. 이런 것은 어떤 의지와도 별개로 이루어질 만하다. 항상 더 긴밀하게 재촉하고 개입하는 객관화 덕분이다. 이미 과학의 바탕과 금전과 상호 의존하는 경제에도 원칙적으로 어지간히 합의할 수밖에 없는 기본 접점이 나타났다. 법 개념도 마찬가지가 될 수 있다. 법에서는 객관화가 주관성을 제한한다. 지각 있는 사람들은 점점 더 민족 문화의 배타성을 부인한다. 노동 계급의 연대감은 날이 갈수록 깊어지고 있다. 어느 날 인류가 대립하고 싸울 수밖에 없더라도 완전히 연대하는 날이 오지 않을까.

더 나은 세상을 만든다는 것이 모든 창조를 서구화하는 것이 아니다. 그런데 서양 사람은 그런 사명감을 느끼고 있다. 서양 사람의 특수한 생리와 역사에는 인도 사람들이 지금까지 쌓아온 깊은 인식과 경험을 현실로 변형시키는 특별한 자질이 있다. 하지만 서구의 생활 방식도 다른 여러 방식 가운데 하나일 뿐이다. 현상의 의미를 꿰뚫어보고 이론으로 좀 더 세련시킬 수 있기 때문에 정신을 실현한다는 점에서 서구의 공식이 더 유리하다고 믿을 만하다. 그러나 결코 잊지 말아야 할 것이 있다. 어떤 현상도 다른 현상을 요약하지 못하고, 어떤 가치도 모든 가치를 담아내지 않으며, 어떤 완성의 범주도 다른 완성의 범주를 배제하지 못한다. 전체성이 모든 발전의 목적이며, 절대로 특수한 것 하나가 좁고 제한된 내면에 고유한 완성을 능가하는 수준에 이를 수 없다.

순리에 따른다면, 지상에서 정신의 화음은 언제나 더 아름답게 울리게 마련이다. 여러 목소리가 더 순수하게 어울리면서 가장 넓게 바탕에 깔린 소리와 하나가 된다. 혼돈에 싸인 원시의 창조와 때로 괴상하고 극도로 다양한 창조는 고전적으로 완성될 수 있다. 모든 풍요를 담고 있는 기념비적인 단순성으로. 변화는 삶의 과정이다. 삶은 끊임없이 새롭고 다르게 나타난다. 생명의 진화는 항상 보다 더 현명한 정신을 따라왔다. 일시적 형태가 궁극의 형태가 되며, 그 차이는 천천히 흡수 통합되어 해소된다. 이성이 예견하는 것만 항상 실현되는 것은 아니다.

고대 그리스 사상에 따르면, 신들은 애당초 지상의 고상한 것부터 파괴하려고 했다. 이는 하느님의 섭리보다 현실에 더 걸맞다. 엉뚱한 우연이 언제나 발전을 가로막기도 한다. 재앙과 전염병과 만행이 언제든 또다시 최상의 정신적 산물을 파괴할 수 있다. 세계가 끝날 때까지 태초의 밑그림에서 벗어나지 못할지도 모른다.

우리 지구는 항상 시작하는 곳이었다. 끝나는 곳이 아니었다. 고대가 끝나면서 결국 보편성을 띤 시대가 시작되듯 야만도 출현했다. 그리스와 이탈리아 르네상스에서 개인주의 문화가 만개했다. 오늘날 이것은 다시 피었다가 과거의 것들과 마찬가지로 갑자기 죽어가고 있다. 언제든 다시 일어나는 일이다. 서로가 다르고 적대적 방향의 수많은 진보가 뒤얽힌 이 세계는 정신의 발전에 확실한 도구는 아니다. 정신의 고유한 목적은 이 세상에 없다. 우리는 제한된 형태로 무한을 붙잡으려고 애쓰지만, 무한은 영원히 우리를 벗어난다. 살아 있는 모든 것이 갈망하는 최고의 자기성취는 쇠퇴하고 죽기 마련인 현실적 의미에서 성취가 아니다. 가령, 이상이 공간과 시간의 틀 안에서 이루어야 하는 것이라면 어떤 이상주의도 무의미할 것이다. 전혀 그렇지 않다. 이상은 다른 세상에 자리 잡고 있다. 영혼의 세계다. 우리가 본질적으로 현실보다 더 많이 속해 있는 세계다. 지상에서 우리의 노력은 영혼으로서 성장하는 데에만 쓰인다. 우리 존재는 목적으로 가는 길, 일시적 의미와 상상의 길에서 실현된다. 하늘의 왕국을 지상에 세우려고 해야 한다. 물질적 제약을 뛰어넘어 그곳에 접근할수록 영혼은 더욱 강해진다.

완전무결한 땅에서라면 영혼은 완벽하게 표현될 수 있다. 그러나 지상의 완성은 그 자체가 목적이 아니다. 그래서 현실이 부당한 것이 되지 않으려면 이런 사실을 이해해야 한다. 생명은 죽게 마련이다. 그 어떤 생명의 완성도 금세 시들고, 미래도 없는 잠시 동안의 이행과정이다. 그러나 시간은 문제가 아니다. 각각의 삶이 완성되는 가운데 영원성은 현실성을 띠고 본질적 목적을 이룬다. 시간의 진화는 수단일 뿐이다. 이런 점에서, 관념 속의 진보는 현실의 진보보다 더 본질적이다. 물론, 어느 쪽이든 상대방 속에서만 실현된다. 우연한 우주의 사건들 때문에 지상에서 정신이 완전히 실현되는지 아닌지는 중요하지 않다. 마이스터 에크하르트가 했던 약속은 믿음직하다.

힘이 없어도 뜻이 있다면, 우리는 진실로 하느님 앞에서 (이 세상에서) 필요한 어떤 일이든 할 수 있다.

유럽으로 돌아갈 기선이 자유의 여신상 앞을 지난다. 얼마나 많은 사람에게 더 나은 새 생활을 기약하는지! 얼마나 많은 사람에게 그들의 이상을 상징하는지! 이민자들을 만났던 생각을 해본다. 누구나 자유로운 미국 시민이라고 자부했다. 나는 신대륙에서 이상적인 것이라곤 하나도 못 보았다. 사실상, 과거의 세계만큼 자유롭지도 못하다. 이곳을 지배하는 것은 자유가 아니라 방임이다. 방임, 아시아의 독재자처럼 한 사람의 마음대로는 아니지만, 각자가 다 제멋대로이니까 더 나을 것도 없다. 보통선거는 '폭력'을 조금 온건한 행태로 되살렸다. 본능과 감정을 조작하면서 암시 효과를 통해 교활한 음모가 맞물려 돌아가는 결과로, 이곳을 지배하고 결정하는 방식은 유혹과 강간을 구별하기 어렵듯, 약탈을 일삼는 중세 기사 시대의 난폭함과 얼마나 다를까? 미국에서 공무원의 부정부패는 러시아만큼 빈번하다. '국민의 뜻'은 보통 무능한 권력이 즐겨 내세우는 표현이다. 우수한 사람들에게 맡기지 않은 권력은 생명 없는 조직(조합과 선거인단)에 나누어지고, 하느님 앞에서 법 앞에서 또 각 개인 간에도 누구나 평등하다는 가설은 지적 수준을 믿기 어렵게 떨어뜨렸다. 유럽에 비해 아메리카의 장점이라는 것의 대부분, 내가 관찰하고 지적했던 것은 당분간 이론으로만 실재한다. 그런데 자유의 여신상은 특별한 상징으로 보인다. 불완전해도 정치적 이상을 처음으로 구체화했다.

모든 사람은 본질적으로 자유인이다. 내면적인 인간은 자기 자신의 결정에 따른다는 점에서 그렇다. 자신이 매달린 십자가 곁에서 다른 십자가에 매달린 강도 둘이 다가오는 죽음에 신음할 때, 예수는 한 명에게만 천국에 갈 것이라고 약속했다. 예수의 의지를 따랐던 사람이다. 예수에게 마음을 열지 않은 사람에게는 아무것도 약속할 수 없었다. 즉, 어떤 힘도 깊은 주관성의 바탕까지 뚫고 들어갈 수 없다. 우리는 어떤 제안을 자발적으로 따르는 사람만 설득할 수 있을 뿐 억지로 설득할 수 없다. 말하자면, 여자의 자발적 동의는 강요할 수 없다. 여자를 강간할 수 있을지 모르지만, 자유롭게 자신을 주는 여자만 정말로 가질 수 있다.

내면의 자아가 완전히 자율적이라고 해서 처음부터 현명한 개인의 중심은 아니다. 원래 작은 싹이었던 것이 차츰 성장해 천천히 개인의 중심에 자리 잡고, 또 이런 중심과 하나가 되지 못한다면 자유롭게 사는 사람이라고 하기 어렵다. 미숙한 사람은 외부의 영향에 본능으로만 대응한다. 그 자신의 자아는 잠자고 있다. 또, 깨어나더라도 주견은 부족하다. 자기에게 닥친 일에 대해 '예' 또는 '아니오'라고나 답한다. 이런 이해 수준에서 지성은 미처 자리 잡지 못하고 드물게만 이해력을 발휘하므로 그것을 이끌어주어야 한다. 이런 수준에서 어떤 의지나 입장을 강요하지 않고 통찰력으로서만 순수하게 억지력을 보이는 것이 최상이다. 억제는 높은 수준에서 심리 작용으로 대신 된다. 신앙 규범, 편견 또는 밖에서 제시하는 의무감 같은 것은 수동적으로 받아들이더라도 의식으로 동의한 것이다. 이런 상태에서 개인은 객관화한 자신을 반영하면서 간접적으로 자기 삶을 산다. 자아의 완전한 탄생과 일치하는 높은 수준에 도달해서야 인간은 외적 동기를 인정하지 않을 수 있다. 이럴 때, 사람은 어떤 제약을 받든 본능적으로 어떻게 대응하든, 자신이 원하는 것을 분명히 의식하면서 자유의사에 따라서만 스스로 성취하기 때문에 가르침이나 안내자가 필요 없다. 그렇게 사람은 간접적 방식이 아니라 스스로 자유롭게 살 수 있다. 이런 수준이 되어야 사람은 정말로 자유롭다. 그 수준이 된 사람은 다른 사람을 구속하려 하지 않는다. 폭력을 행사하거나 간접적으로 영향을 주려고도 하지 않는다. 누구든 마찬가지이기 때문이다. 즉, 타인에게 행하는 욕망이란 각자의 자유로운 완성만 지향한다. 이와 같은 개인의 성장 과정은 사회생활에서도 반영된다. 어떤 나라가 발전할수록 순수하게 외부에서 내린 결정을 거부하게 된다. 국민의 의지를 더 많이 감안한다. 현명한 정부일수록 국민의 완전한 자율에 대비하며 일한다. 이런 발전은 개인과 마찬가지로 국민에게서도 곧장 찾아오지 않는다. 우여곡절, 때로 후진도 하고 꺾이기도 하며 멈출 때도 있다. 사람들이 자신들이 원하는 것이 무엇인지 분명히 알지 못하는 것과 마찬가지 착오를 저지른다. 이렇게 정신이 해방되면서 물려받은 모든 지혜는 비도덕성과 실증주의와 허무주의에 빠진다. 내적 제약이 크던 시대의 전통 개념보다 지적으로 뒤지는 개념들이다. 국민의 해방이란 우선 긍정보다 부정 효과를 낳는다. 축적된 경험에서 유기적으로 나온 것들을 제멋대로 파괴부터 하고 본다. 이것도 마찬가지 착오다. 즉, 해묵은 질서와 금기는 잘못된 내용이었다고 생각한다. 사실, 그것들은 부당하고 거짓이며, 외적 장애를 없애야 상책이라 생각한다. 그러나 성숙한 사람은 그렇지 못한 사람에게 장애에 불과한 것을 자유롭게 할 수 있다. 성숙한 사람에게 편견과 독단, 원칙과 의무조차 필요 없고, 사실상 그런 것들 없이도 살 수 있다면 그런 것들이 "객관화한 것"이기 때문이다. 자유로운 사람은 자기 자아로서 의식하며 살기 때문에, 모든 것은 당연히 의지로 뒷받침된다.

인간의 역사에서 완전히 자유로운 사람이 이상형으로 나타났던 때는 극히 드물다. 정신적으로 성숙할 때, 정신이 깊은 자의식으로 자신을 객관적으로 이해하는 것과 정확하게 어울리는 자발적 성장이 아니라면(원시적 인간은 자의식을 모른다), 이런 객관화는 신통치 않을 것이다. 목적은 어디에서나 중간 단계들을 거쳐야 이룰 수 있다. 자신의 깊은 곳을 직접 접하며 살고 자신에게 완벽하게 의식을 집중함으로써, 개인적 욕망이 그 발전의 규범을 반영해야 한다. 성 바울처럼 말할 수 있을 정도로.

살아 있는 것은 내가 아니다. 하느님이 내 속에 살아 있다.

자기 개인을 이겨내는 사람만이 이런 상태가 된다. 아주 깊이 내면화해서 자신의 지극한 행복을 또는 이기심을 채우는 것이 아니라 대가를 바라지 않고 순수하게 신성한 자발성으로 느끼는 사람이다.

앞에서 말했지만, 자유를 향한 도약은 인간이 자유가 무엇인지 알기도 전에 깨어난다. 처음에는 엉성하고 겉도는 의식이다. 신대륙에서 바로 이런 것이 뚜렷해 놀랍다. 미국 사람들은 외부의 장애를 무너뜨리면 다른 장애도 다 없어진다고 이해하는 듯하다. 자유롭게 선택한 장애에 무너진 장애들이 자리를 내준 것일 뿐인 줄 모른다. 그들이 인정하지 않으려는 문제가 있다. 특수한 경우에 매우 관례적으로 보이겠지만, 분명한 사실이다. 즉, 사람들 사이의 나이 차와 성격 차, 재능의 차이, 심지어 타고난 환경의 차이는 화학 요소들의 차이만큼이나 실질적이다. 자연계에서 살아 있는 어떤 신도 실질적 사실의 법칙을 부인하지 않을 것이다. 미국 사람들은 주어진 현실을 이해하지 않고 자유로우려고 한다. 그 결과,

생활은 더 자유로운 틀 속에서 더욱 독립적이기는 고사하고 차츰 자율성을 잃어간다. 최근의 민주주의에서 벌어지는 사건들은 고대의 어떤 폭군 치하보다 더욱 기계적인 법으로 결정된다. 고대에는 나머지 사람들보다 더 좋든 나쁘든 누군가 사람이 법을 정했다. 그러나 이곳에서 화합물의 뜻대로 아무 생각 없이 작업하는 화학자처럼 삶은 무생물적 권력에 좌우된다. 이런 맹목적 화학자의 손에서 폭발물이 나온다면 터질 수밖에 없다. 경험이 필요하다. 인류는 비싸게 대가를 치른 인식만 간직할 수 있다.

언젠가는 민주주의 단계도 지나가버리기 마련이다. 그러나 많은 사람이 놀라겠지만, (괴테식으로 말하자면) 지금 인류는 그 어두운 충동에 빠진 채 나은 길을 찾고 있다. 지금 미국에 외적 장애가 없어 방종과 야만으로 귀결되고 있지만, 내면이 더 성숙한 인간성에 적당한 틀이 될 것이다. 이런 인간성은 유럽 사람들의 자연에 대한 태도와 똑같은 태도로 당면한 현실에 의식적으로 대응하지 않을까? 물질적인 것과 나란히 정신적인 것도 인정하고 당연히 싸우지 않고 우수한 사람에게 걸맞은 물질적 지위를 인정하게 될 만하다. 다수의 목소리에 따라 인간 가치를 결정하는 것이 무의미하다고 이해하고 한계가 필요하다고 자진해서 선을 그을 만하다. 그렇게 된다면 기존의 장애가 불필요해지고 놀라운 일이 벌어진다. 민주주의의 바탕에 있던 생각이 마치 그 극단적 귀결처럼 이론으로서가 아니라 실제로 나타날 것이다. 그 최고의 의미는 무엇일까? 단순히 "정신이 자연보다 더 힘이 있다."라는 뜻이다. 어떤 자연의 한계도 뛰어넘지 못할 것이 없고, 어떤 신 같은 창조력도 인간의 영혼 속에 살아 있다는 뜻이다. 사실 그렇다. 하지만 인류가 어느 날 완전히 정신적 차원에서 살게 된다면, 어떤 자연계의 불변성도 인정할 필요가 없지 않을까? 그렇게 어느 날의 모든 사태에 반하는 듯한 일이 벌어지지 않을까? 사람들과 화학 원소의 차이와 같은 차이는 마지막 단계가 아니다. 전통과 적성과 인종은 뛰어넘을 수 없는 마지막 단계가 아니다. 그렇지 않다. 정신으로 극복할 수 있다. 이런 일은 특수한 경우에 항상 일어난다. 어떤 인종도 애당초 결정적 재능을 타고나지 않았다. 자연에서 보면 위대한 인물들은 우연의 산물이다. 정신이 만들어낸 순수한 아기다. 성자도 태어날 때부터 성자는 아니다. 성자는 자연을 이긴 사람이다.

오늘날, 이런 정신의 독립성은 이미 일반적으로 증명되고 있다. 전체적으로 지금의 혼란은 우리가 생각하는 것보다 더 크고 넓게 이바지하는 면이 있다. 오늘날, 과거에 밀접했던 자연의 결정주의와 내면의 소명이 멀어지고 있다. 서구에서 출신에 따른 적성이 결정되는지 매우 불확실하다. 더욱더 어떤 자연적 등급도 어떤 높이로든 높일 수 있게 된 듯하다. 그렇다고 우리가 퇴화한다는 뜻은 아니다. 도리어 정신이 더욱더 자연에 승리를 거둔다. 애당초 타고난 결정주의에 대한 이런 승리는 대단히 거대하고, 결국 거칠고 간략하게 미국에서 인종과 전통이 위축되었다. 그 성공이 아직까지 항상 유리한 것은 아니다. 자연보다 높아지려는 사람들 대부분에게 자연에 대한 통제 수단은 여전히 대수롭지 않다. 그런 해방으로 그들은 많은 문화적 가능성을 잃고 있다. 그러나 달라질 수 있는 일이다. 우리는 정신을 구할수록 전통에서 독립될 수 있다. 요가 수행의 놀라운 효과를 개인들만 아니라 집단과 대중 전체가 누릴 수 있다. 인도 사람들은 재능이 없지만, 서양 사람들보다 자신들을 더 잘 이해하는 점에서 훨씬 앞서 있다. 자기 자신 속에 깊이 들어가 있기 때문이다. 천국의 문 앞에서 죄지은 자보다 올바른 자가 한 발 더 앞서 있는 것이 아닌 것과 마찬가지다. 정신적인 면에서 누구든 다시 태어날 수 있다. 타고난 관계를 깨는 사건이 일어나기 때문이다. 그렇기 때문에 인간은 우선 자연이 결정한 것부터 깨기보다 오히려 물질주의에 쉽게 노예가 된다. 정신적인 사람은 싸우면서 강해지고 자유롭고 충만하게 자신을 펼친다. 그래서 어떤 저항도 이겨낸다. 이렇게 지금의 현실적 물질주의는 장차 정신성의 큰 보장이 된다. 이런 정신적 경향이 미국에서 벌써 두드러진다. 내일의 인류는 미국이 가장 근접한 조건에서 살아남지 않을까? 그런 인류는 경직된 형태를 인정하지 않고 각자의 절대 권리와 자결권을 인정할 테고, 또 자연을 능가하고 정신의 가치를 이해한다면 인류는 평등의 이상을 실현하게 된다. 미국은 외적 형식이 내적 실체보다 훨씬 앞서 있다. 이런 형식이 중국 사람들에게만큼 미국 사람들에게 적합한 편은 아니다. 중국 사람들만 문화의 이상에 근접했었다. 정신은 지극히 천천히 육체를 채울 것이다. 이런 일은 그 반대로 벌어지는 것보다 더욱 느리게 이루어진다. 정신이 명하는 것을 따라야 하는 몸과 다르게 정신은 몸의 결정에 직접 예속되지 않기 때문이다. 그러나 정신은 외적 형식에 기대한 것만큼 도달하게 된다. 완전한 표현 수단도 갖게 된다. 그렇다면 정신은 완전히 독립할 것이다. 민주주의 아래에서 지금 사람들이 독립했다고 잘못된 주장을 하고 있는 것이 사실이지만, 정신이 정말로 자연의 주인이라고 증명하려고 할 것이다.

자유의 여신상이 멀리 뿌옇게 사라져갔다. 다시 한번 나는 무한한 바닷속으로 들어간다. 내가 찾았던 곳을 다시 찾을 일은 거의 없을 것 같다. 유럽은 아시아를 배경에 두고 볼 때 무척 젊어 보인다. 그런데 이제 미래에 더 커질 미국을 배경으로 보면 무척 늙어 보인다.

9부

집으로 돌아와서

라이퀄

이제 고향집으로 돌아왔다. 바다에서 폭풍에 시달리던 끝에 돌아온 셈이다. 거센 폭풍이 몰아칠 때 잘도 버텼다. 하지만 상륙하고 나니 발밑의 땅이 흔들리는 느낌이라 몸을 가누기 어렵다. 바깥세상에서 길을 잃은 듯했는데, 지금 이곳은 꿈쩍하지 않는다. 가능한 한 빨리 여행자 기분을 털어내고 정주민으로 돌아가야 한다. 그 먼 여로에서 나는 바깥 세계를 시약으로 검사하듯 떠보았다. 하지만 집에 돌아온 지금 쓸데없는 짓이다. 돌아온 이곳에서 나는 전과 다름없다. 내가 바라보는 곳에서 나 자신의 이미지를 본다. 고향에서 모든 것이 나와 내 인종의 정신을 드러낸다. 당혹스럽다. 내가 죄수라도 된 듯하다. 사실상 그렇다. 여기에서 나는 정해진 모양대로 책임을 진다. 프로테우스처럼 변신할 권리가 없다.

자연스레 타고난 '나'라는 존재, 아담의 후손으로서 나는 사실 여행에서 돌아와 완전히 다른 모습이다. 자기 뿌리를 찾아 익숙하게 살던 고향 땅을 다시 접하면서 기운을 차렸다. 마치 내가 고향의 나무들처럼 메마른 늪지의 물을 마시면서 저절로 자라기도 했을까. 유별한 복도 아닌 이런 자유를 거부하고 싶지는 않다.

넓은 세상으로 떠났던 동기를 다시 생각해 본다. 이곳의 자연 상태를 벗어나려고 하지 않았던가. 어쨌든 목적은 이루지 않았을까. 그 자연 상태가 제아무리 여전해도 이제 더는 그 지배를 받지도 그 세계를 벗어

공방에서 제작 중인 자유의 여신상, 1884년

나지도 않을 것이다. 나는 이제 (내 안에서든 내 밖에서든) 어떤 특별한 현상을 진지하게 보면서 개인의 인격으로 다질 걱정은 없다. 이제부터 자연이 내 안에서 더욱 자유롭게 움직이도록 내버려둘 수 있을 것 같다. 자유롭지 못한 사람이나 자연을 자유롭게 회피하거나 단호히 맞서지 못한다. 자유로운 사람은 어떤 것도 배척하거나 비난할 필요가 없다. 한동안 전환기가 지나면, 과거보다 더 충만하고 개성 있게 살 수 있을지 모른다. 그러나 전환기가 기다린다. 그 기간 동안 내 생각대로 살아가기가 쉽지만은 않겠다. 프로테우스도 조용히 참을 줄도 알아야 하지 않을까? 무엇보다 나는 굳어질까봐 두려워하지 않으려고 프로테우스의 힘을 위안으로 삼았다. 그런데 지금 이런 위험이 만연했다. 프로테우스는 내 이상형은 아니다. 지금, 외부의 장애는 여전히 너무 쉽게 나를 가로막는다. 만약 나의 내면이 완전히 자유롭다면, 어떤 장소도 결정도 두렵지 않을 것이고 필요로 하지도 않을 것이다. 외적인 자유를 절실해하지도 않을 것이다. 우선 물어본다. 이번의 오랜 여행으로 나를 좀 더 깨달았을까? 그럴 수밖에 없다. 내가 거쳐온 여러 가지 생활마다 중요한 것과 아닌 것이 무엇인지를 더욱 분명히 깨달았다. 나는 사람이야 그대로이지만, 느끼는 방식은 힌두교도나 유교도, 또는 기독교도나 불교도처럼 되었다. 이제는 생생한 경험으로 중요한 본질은 개별 형태의 세계를 넘어서 있다고 알게 되었다. 어떤 형태든 조건에 따라 실현된다. 또, 어떤 형태가 특별히 인정받는 것은 사람들이 찾는 목적에 좌우된다.

유럽 사람의 경험은 외적 생활 방식과 과학 지식에 유용하다. 인도 사람은 영성의 세계를 실현하는 데 가장 쓸모 있다. '중국 사람은 사유를 구체화하는 데 최상이다', '일본 사람은 자연미를 이해하기에 최상이다' 등 이런 식이다. 형이상학적 의미로 보면 가장 뛰어난 형식의 틀은 없다. 형식마다 절대성을 한 가지씩 표현하고, 또 각각의 특별한 표현마다 특별한 한계가 있다. 내가 배운 민족들의 정신은 나 자신이 취할 수 있는 양상으로 표현된다. 이런 식으로 나의 본성도 결국 풍요로워졌다. 내 안에서 너무 많은 것이 달라지고 변질되고 있다. 아무튼, 정리되지 않을까. 자연스러운 과정이 다시 제 길을 가고 있지 않은가! 많은 시간이 걸리겠지만 그 시간을 기다려보자. 조용히 믿고 기다릴 수밖에 없다.

요 며칠, 음향 효과가 좋은 우리 집 방안에서 나는 바흐를 오래 연주했다. 그의 음악이 왜 그토록 중요할까? 그 정신이 절대적으로 기본음의 정신이기 때문이다. 사유의 깊이와 소리의 깊이 사이에 긴밀한 어울림이 있다. 어울림 속에서 수많은 외면이 내면에 따른다. 바흐의 음악은 전체가 기본 음조로서 모든 다른 소리들의 바탕이다. 바흐처럼 깊이 있는 음악가는 없었다. 어떤 음악가보다 바흐는 타고난 형이상학자라고 하겠다. 형이상학자는 베이스 연주자와 같다. 인식의 교향곡에서 우주의 음악 바탕에 깔린 소리를 짚어내 울린다. 바흐의 음악 속에 빠져들 때마다 나는 한탄한다.

"나도 바흐가 작곡하듯 생각할 수만 있다면, 내가 아는 것이 그의 음악처럼 깊이를 반영할 수 있다면, 목적을 이룰 텐데."

지금은 아무 사건도 없이 지낸다. 그러나 매번 새 소식이 쏟아지던 시절보다 생활은 훨씬 천천히 흘러가기는커녕 더욱 빠르게 흘러간다. 계절은 마치 영화처럼 훌훌 스쳐가는 것만 같다. 수십 년의 여행을 했던 기분인데, 어제 돌아온 것만 같다. 영혼은 얼마나 놀랍게 환경에 적응하는지 모른다. 요란한 대도시에서 사건들이 휘몰아치고 현기증 나도록 복잡한 가운데에서, 시간은 완전히 다른 곳으로 확장된다. 그러나 단조롭게 지낸다면, 영혼은 자기 자신 속으로 향한다. 그래서 사막의 은둔 수도사들은 세속 사람처럼 심심하거나 지겨울 틈이 없다.

내가 조용히 지내는 동안, 넓은 세상의 이미지와 추억도 차츰 희미해졌다. 어느덧 인도, 중국, 일본을 연상하기가 어렵다. 예상보다 완전히 다른 것이 떠오르곤 한다. 줄기차게 나를 자극했던 수많은 생활 방식이 내 안에서도 고스란히 살아 있으려니 했지만 그렇지 않았다. 내면에서 변형되더니 이제 너무나 달라져 마치 한 덩어리처럼 굳어졌고, 그래서 깊이 생각해봐야만 다양했던 경험을 찾아낼 수 있다.

인간이란 자기 자신을 얼마나 모르는가! 나 개인이란 고작해야 의식 속에 떠오르는 무대를 구경하는 구경꾼일 뿐이다. 그 뒤편에 있는 것은 접근하지 못한다. 무엇이 올라올지, 어디에서 배우들이 나타나 무슨 연기를 하는지도 알 수 없다. 또, 그런 구경거리도 창작이라는 것을 알게 되면 치를 떨게 된다. 내가 과거 나 자신의 한계와 다르게 생각한다는 것이 아니고, 지금 그런 나만의 한계를 확인한다는 것도 아니다. 사실, 그런 한계는 더는 거북하거나 갑갑하지 않다. 한계가 있어도 자유로운 느낌이다. 출발할 때 써두었던 여로와 여행 방향을 다시 읽어보니 그 여행의 동기는 이제 사라지고 없다. 왜 그렇게 되었는지 비로소 알 듯하다. 우리는 다른 사람들이 자기 속에 있는 것을 좋아하지 않는다고 비난한다. 성스러운 것은 절대 자책하지 않는다. 이와 마찬가지로, 내가 속할 수밖에 없는 것에서 비롯한 어떤 형태도 부정하지 않고 싶다. 나는 계속 변화라는 방법으로 가장 높은 수준의 자유를 지킬 것이다. 물론, 이런 중개 수단 없이 직접 자유롭게 살아가는 것이 더욱 좋다. 요가 수행자는 "나는 이도 저도 아니다."라고 한다. 이렇게 부정하고 나서 더는 아무것도 부정하지 않는다. 자기 자신이 또는 타인이 실제로 경험한 모든 것을 '인정'한다. 어떤 형식의 한계도 없다. 그가 보기에 어떤 형태든 표현 수단이기 때문이다. 이런 의미에서 내 의식이 변했다. 항상 내가 겨누던 목표만큼 멀리까지. 이미 나는 과거보다 훨씬 더 내가 느끼는 것에 반감이 덜하다. 내 발전은 항상 경험에 따른 것에서 더욱더 독립했다.

내가 먼 여로에서 들렀던 곳을 다시 생각하면서 쓸데없이 멀리 돌아다녔는지 자문해본다. 물론 "그렇지 않다."라고 답하고 싶다. 특히, 힌두 사상에서 배운 것이 항상 생생하다. 사람의 영혼은 알고 이해하는 복을 받을 만큼 무르익을 때까지 어떤 경험이든 겪어봐야 한다. 이 길 말고는 다른 길은 없다. 빠른 지름길이 있을 것 같지만 그렇게 보일 뿐이다. 왜 그럴까? 목적이란 외견상의 이해가 아니라 내면의 변화로 이루어지기 때문이다. 경험의 단계마다 특별한 진실이 부응한다. 나비의 생활 방식은 애벌레에게 걸맞지 않다. 나비는 애벌레의 목적에나 걸맞다. 나비가 되어 날아오르는 목적을 이루려면, 우선 애벌레나 번데기 같은 유충의 상태를 반드시 거쳐야 한다. 인간의 영혼도 이와 똑같다. 인간의 영혼은 앎으로써 성장한다. 어쨌든 어떤 고상한 앎도 새로운 결정 상태를 전제로 한다. 목적을 이루기 전까지 추상적 학식은 무용지물이다. 자연의 본능은 이상에 충실해야 한다. 이런 사실은 오직 경험으로서 얻을 수 있다. 각자 진정으로 원하는 것을 스스호 이해해야 한다. 그렇게 해야 완성에 이른다. 겪어 보지 못한 사실들을 인식하고 충분하게 경험하려면 많은 것과 부딪쳐야 한다. 자연이 풍부한 만큼 더 풍부한 경험이 필요하다. 세계일주는 모든 점에서, 인간을 자기 자신으로 이끌어주는 가장 빠른 지름길이다. 오래전부터 나는 그렇게 알고 있었다. 그러나 변신을 부인할 수밖에 없는 진정한 이유가 있다. 나는 "모든 형태로서 절대적인 자아(아트만)을 풍부하게 설명할 수 있다."라고 알았다. 다만, 이런 것을 의식하는 개인만의 문제라고 생각했다. 자연에 고유성은 없고, 자연은 마치 투명한 외투 같은 것이라는 의미에서다. 하지만 나는 이제 그렇게 생각하지 않는다. 반대로, "자연은 정신의 살아 있는 몸이 된다."라고 생각한다. 정신은 자연의 법칙을 꿰뚫어 볼 때에만 정확하게 자각한다고 생각한다. 고정된 것보다 변화하는 것이 더 우세하다고 해도 완전한 자유는 변화를 넘어서서 시작된다. 다시 말해, 외견상 갇힌 틀 안에서 표현되는 것은 움직이는 틀 안에서 표현될 수 없다. 그렇다. 여러 가지 형태의 삶보다 유일한 하나의 삶이 우수하다. 왜 그럴까? 삶의 완전한 경험이라는 것은 충만한 의지와 함께 느끼고 받아들이는 단 하나뿐인 것(유일한 것)에서만 가능하기 때문이다. 이런 점에서, 기독교 신비주의가 힌두교 신비주의보다 더 깊이 보았다. 자기 자신 속의 하느님과 사람에게서 드러나는 하느님을 구별했다. 그렇게 눈앞에 보이는 것을 구별했다.

"어떤 사람의 인간성에도 하느님이 이루지 못하거나 불만스러워할 것은 전혀 없다. 그래서 오직 신성이 '인간화'하는 과정에서만 세상은 신성화한다."

이런 신성이라면, 즉 과거에 내가 목적이라 꿈꾸었던 신성이라면, 궁극의 결정 상태는 아니다. 그것은 단지 영성화한 '인간성과 다른 어떤 것'만 가리킨다.

시간은 훌쩍 날아가듯 너무나 빠르게 지난다. 정신에 즉시 보이는 것이 많아질수록 그 시간은 더욱 왕성하게 움직이겠지만 그럴수록 더욱 실감이 나지 않는다. 기독교 성서의 시편을 지은 사람이 야훼에게 하소연했던 말이 맞는 것이 아닐까?

"수천 년 세월도 그대에게는 바로 어제 단 하루일 뿐이거나 엊저녁 동안에 벌어진 모양입니다."

밖에서는 [제1차] 세계대전으로 난리를 치르고 있다. 갈수록 더 많은 국민이 서로 대들며 싸움터로 달려가고 끔찍한 투쟁을 벌인다. 서로 모조리 죽여 없애려고 할 뿐만 아니라, 지도자들은 상대방을 중상모략하고 모욕한다. 절제 따위는 조금도 없다. 호메로스의 영웅들이 하던 식이다. 어떤 합의나 지성도 집어치웠다. 인류애가 정말 사라지기라도 했을까. 나는 인류애가 여전히 살아 있다고 본다. 과거에 지금과 비슷한 경우가 많았던 것처럼 대재앙의 위기는 진화의 종말이 아니라 진화의 속도를 높일 뿐이다. 모든 진보는 반작용의 시기를 거치기 마련이다. 그동안 납작하게 짓눌렸던 저열한 충동과 본능이 들고 일어나고 잠시나마 승승장구한다. 바로 이럴 때야말로 내일의 세계가 시작되는 때 아닌가. 유례없는 민족 간의 증오로 시작하지만, 또 민족들끼리 장차 파멸적인 전투보다 먼저 손을 잡는다. 마치 아우구스투스 황제 때 자리 잡은 태평 시대가 잔혹한 내전을 치르고 나서야 시작된 것과 비슷하다. 이런 위기 때마다 인류는 역겨운 구경거리를 보여준다. 옛날 같았으면 나는 역겨워하며 외면했을 것이 빤하다. 그런데 지금 나는 그러지 못한다. 내가 어떤 편을 드는 입장이 확고해서가 아니다. 모든 창조는 오직 하나로 보인다. 나는 싸우는 사람들이 좋아하는 일방적 감정에 공감할 수 없다. 그렇다고 나는 전체에서 떨어져 나올 수도 없다. 옛날처럼 "당신들과 상관없다(내 알 바 아니다)."라고 말하면서.

내가 더 자유롭게 생각할수록 그만큼 더욱 분명하게 고립적 경향이 자유와 대립하는 것은 결코 아니라고 생각하게 된다. 본질적 자유의 실현도 창조 전체와 연대하게 된다. 확실히 형이상학자로서 나는 나 자신을 스스로 만들어가는 인간이다. 그러나 경험을 고려해보면, 나는 나 자신만으로서 아무것도 아니다. 부모에게 물려받은 자질이 있고, 거기에서 삶을 시작했고, 또 일차적 영향을 받은 고향이 있다. 또, 내가 성장기에 나눈 정신은 우리 시대에 빚지고 있다. 또, 온 세계에서 다양한 경험은 오늘의 나를 만들어준 빚을 온 세계에 지고 있다. 나 자신은 지각 있는 사람으로서 단 한 가지를 주장할 수 있다. 내게 주어진 힘으로 나 자신의 완성을 향해 꾸준히 일했다는 사실이다. 이런 내 에너지조차 장점이나 성공과도 거리가 멀다. 또, 내 사고라는 것도 무엇인가? 내가 부른 것이 아니라 내가 불려다녔다. 이렇게 나는 세계와 떼려야 뗄 수 없는 관계다. 나 자신을 스스로 받아들이듯 세계도 나를 받아들인다. 만약 나 자신의 완성이 나의 의무라면, 또 다른 의무가 따른다. 내 힘이 닿는 한 세계가 더욱 완전해지도록 이바지해야 한다.

오늘, 나는 내 자신의 현 상태를 부인하기 어렵다. 모든 지속되는 것의 산물이다. 만약 세계의 흐름이 달라졌다면, 나도 달라졌을 것이다. 반대로, 만약 내가 좀 더 완전하다면 세계도 더욱 완전해질 수밖에 없고, 결국 미래도 개인들의 의지와 행동의 조건으로 사방에서 그 성격을 드러내지 않을까. 어느 경우든 예외 없이 그렇게 될 듯하다.

사람들이 각자 잠시 움직일 때마다 수많은 시대의 소리가 울린다. 우리 누구나 개인마다 '전체'와 따로 떨어질 수 없고 떨어져서도 안 된다. 이것이 진실이다. 평화로운 때에는 거의 의식하지 못하던 사람들이 자신을 지키려는 전쟁에서 대부분 이런 전체와 하나라는 강한 충동에 사로잡힌다. 지금 사나운 민족들의 한복판에서 각자는 자기 자신보다 더 크고 중요한 무엇인가를 위해 목숨을 바칠 각오를 한다. 모든 사람들 사이에서 그런 사람은 함께 싸워야 한다고 느낀다. 고립될 권리도 없이 민족의 '운명'을 버텨야 한다. 그 운명이 범죄이든, 행복이든 죽음이든, 뭐든 간에.

나는 민족 관계의 범주를 넘어서 생각했다. 그래서 이런 싸움에 어떤 편도 들지 못했다. 그러나 그 사건은 내게 깊은 영향을 주었다. 물론, 특별한 개인의 성향을 두드러지게 보여주는 사람들이 있고, 보편적 인간이 되어야 한다고 호소하는 사람도 있다. 보편성은 추상적인 것도 아니다. 생생하게 살아 있는 것이고, 어떤 개성보다 더 구체적이다. 개별성은 일시적으로만 보편성에 이용된다는 점에서 그렇다. 본질적이고 심오한 힘들은 개인과 민족을 넘어서 있다. 이런 힘이 개별적 사실들에 의미와 경향을 준다. 형이상학자의 의식도 즉시 이런 힘에 뿌리내린다. 보편화하는 과정에서 그 의식은 그 전체의 힘에 표현 수단으로서 한몫한다. 또, 이런 몫은 싸우는 전사들의 몫만큼이나 중요하다. 만약 편파적(개별주의) 증오에 찬 목소리가 항상 새롭게 어떤 편도 인정하지 않는 또 다른 목소리, 사랑만 주장하는 목소리에 덮이지 않는다면 유럽은 어떻게 될까? 바로 그런 목소리가 인류애의 뜻을 가장 깊이 울리는 곳이다.

인간애를 더욱 의식할수록 이런 의지가 지배할 것이고, 모든 개인의 노력을 깨울 것이다. 인간의 힘과 용기가 일시적이고 제한된 목적만 겨누지 않고, 오직 보편적, 궁극적 목적만 바라보는 시대가 다가올 수 있다. 이해하는 마음이 지상의 힘을 이끌게 되고 그 힘은 절대 멈추지 않고 돌아가게 된다. 강도든 고해자든 똑같은 용기를 보여준다. 그 원인이 어떻든 약자는 계속 약할 수밖에 없다. 결국 영웅성과 관용 사이에서 선택해야 한다면, 인류는 보편성에 이를 만큼 무르익지 못했다는 뜻이겠다. 아직 멀었다. 인류가 보편성을 좀 더 앞당기려면, 이미 깊이 있는 몇 사람의 지식이 최상이라고 떠들어서는 안 된다.

열반에 들어가지 않겠노라고(목적을 이루기 전에 부처가 되지 않겠다고) 맹세했던 보살[지장보살]을 생각해보자. 그 모습을 세상만사에 무심한 채 신성만을 이해하며 살려고 하는 현자와 비교해보자. 이런 현자는 아직 명색을 넘어서지 못했다. 모든 관계가 끊이질 때에도 그는 여전히 알려는 본능에 사로잡혀 있을 테니까 말이다. 신만 바라보려고.

보살은 과거에는 현자였지만, 마지막 인연의 고리마저 끊었다. 지금, 보살은 그 자신으로서 살지 않는다. 보살은 신성한 빛(이해)으로 환경을 완전히 투명하게 비춘다. 눈부신 빛이 그를 통해 거침 없이 빛나는 광채를 비추려고만 한다. 창조 전체와 관련되어 움직일 뿐이다. 마치 열기를 벗어난 원자를 남길 수 없는 햇빛처럼 나누어준다.

보살은 아무리 나쁜 세상이라도 "괜찮아"라고 자비로 끌어안는다. 그 자신의 허물에서 벗어나, 보살은 자신의 바탕이 신의 속에 있는 줄 안다. 아무튼, 그의 겉은 다른 모든 존재와 접해 있다. 이렇게 보살은 모든 존재를 자기 자신처럼 사랑할 수밖에 없다. 보살은 신성이 모두를 완전히 비출 때까지 쉴 수 없다. 현자가 아니라 보살이 인류가 향상될 목적을 몸소 보여준다.